離騷校詁

修訂本

上

黃靈庚 撰

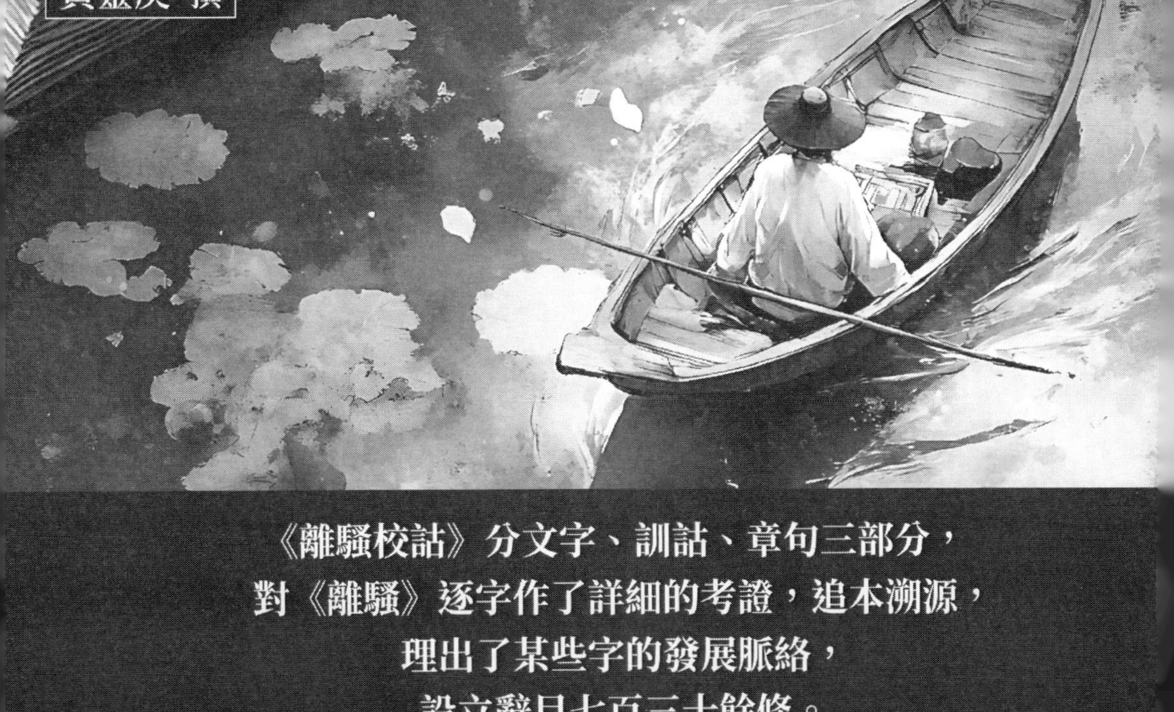

《離騷校詁》分文字、訓詁、章句三部分，
對《離騷》逐字作了詳細的考證，追本溯源，
理出了某些字的發展脈絡，
設立辭目七百三十餘條。

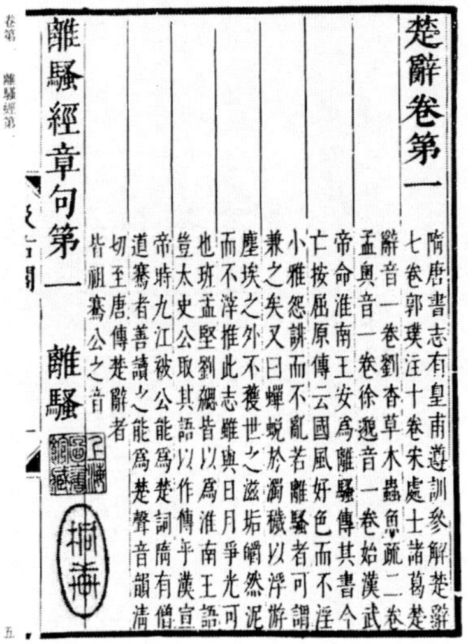

楚辭卷第一

隋唐書志有皇甫遵訓參解楚辭
七卷郭璞注十卷宋處士諸葛楚
辭音一卷劉杳草木蟲魚疏二卷
孟奧音一卷徐邈音一卷始漢武
帝命淮南王安爲離騷傳其書今
亡按屈原傳云國風好色而不淫
小雅怨誹而不亂若離騷者可謂
兼之矣又曰蟬蛻於濁穢以浮游
塵埃之外不獲世之滋垢皭然泥
而不滓推此志雖與日月爭光可
也班孟堅劉勰皆以爲淮南王語
豈太史公取其語以作傳乎漢宣
帝時九江被公能爲楚詞隋有僧
道騫者善讀之能爲楚聲音韻清
切至唐傳楚辭者
皆祖騫公之音

離騷經章句第一　離騷

卷第一　離騷經第一　汲古閣

五

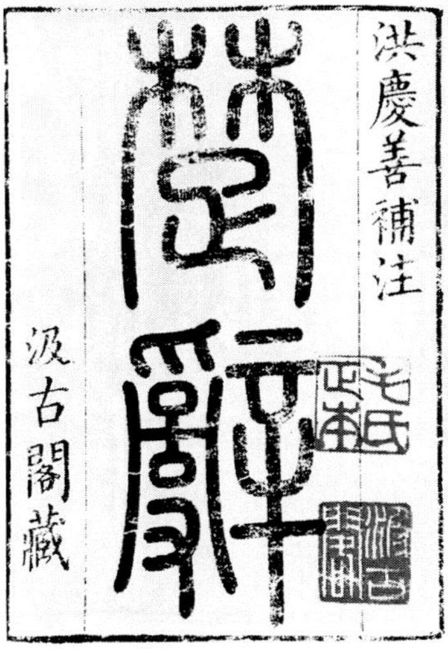

洪慶善補注

楚辭

汲古閣藏

清汲古閣毛表校刻洪興祖《楚辭补注》

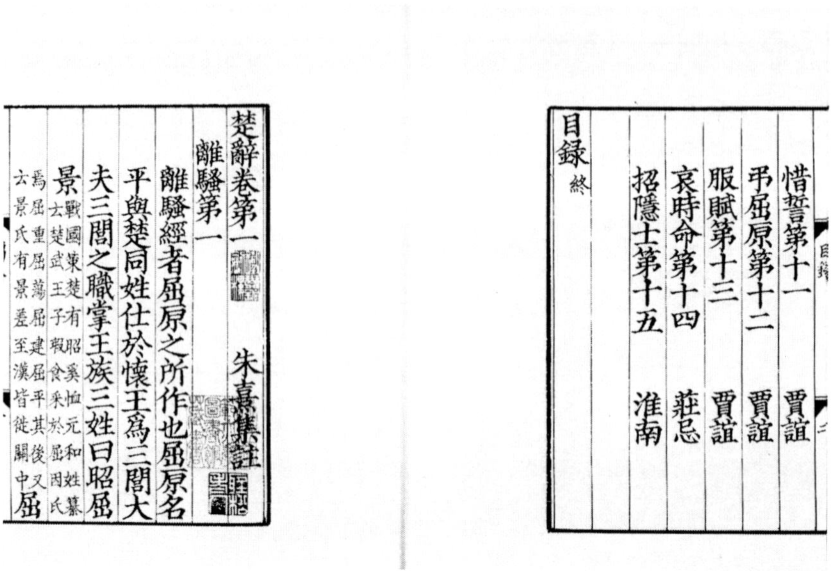
惜誓第十一　賈誼
弔屈原第十二　賈誼
服賦第十三　賈誼
哀時命第十四　莊忌
招隱士第十五　淮南
目録　終

楚辭卷第一　朱熹集註
離騷第一
離騷經者屈原之所作也屈原名
平與楚同姓仕於懷王爲三閭大
夫三閭之職掌王族三姓曰昭屈
景戰國策楚有昭奚恤元和姓纂云楚武王子瑕食采於屈因氏爲屈重屈蕩屈建屈平其後又云景氏有景差至漢皆徙關中屈

宋嘉定六年刻朱熹《楚辭集注》

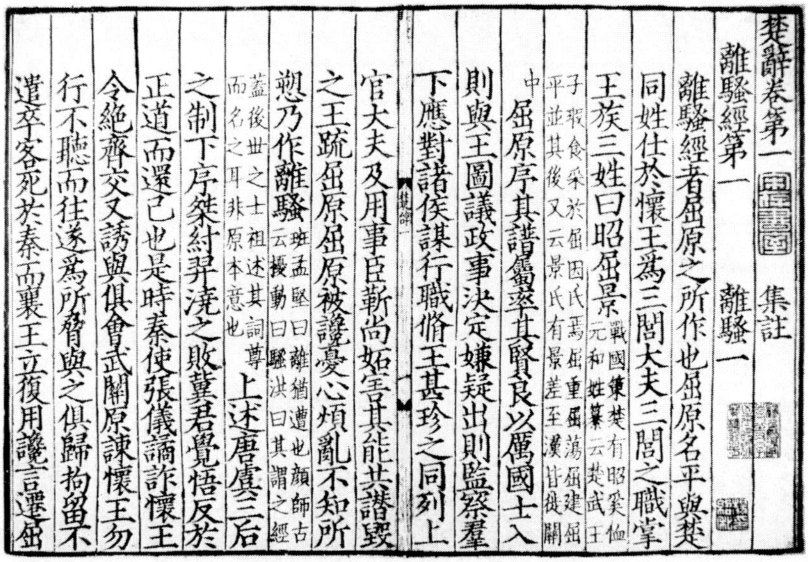

楚辭卷第一　集註

離騷經第一　離騷一

離騷經者屈原之所作也屈原名平與楚同姓仕於懷王爲三閭大夫三閭之職掌王族三姓曰昭屈景戰國策楚有昭奚恤元和姓纂云楚武王子瑕食采於屈因氏焉屈重屈蕩屈建屈平並其後又云景氏有景差至漢皆徙關中屈原序其譜屬率其賢良以厲國士入則與王圖議政事決定嫌疑出則監察羣下應對諸侯謀行職脩王甚珍之同列上

楚辭一

官大夫及用事臣靳尚妬害其能共譖毀之王疏屈原屈原被讒憂心煩亂不知所愬乃作離騷班孟堅曰離猶遭也顏師古云擾動曰騷洪曰其謂之經蓋後世之士祖述其詞尊而名之耳非原本意也上述唐虞三后之制下序桀紂羿澆之敗冀君覺悟反於正道而還己也是時秦使張儀譎詐懷王令絕齊交又誘與俱會武關原諫懷王勿行不聽而往遂爲所脅與之俱歸拘留不遣卒客死於秦而襄王立復用讒言遷屈

宋端平二年刻朱熹《楚辭集注》

離騷
晉陵錢杲之集傳
帝高陽之苗裔兮朕皇考曰伯庸高陽帝顓頊有天下之號顓頊生老僮老僮之後熊繹當周成王時封於楚至熊通子瑕受屈爲客卿其後以屈爲氏伯庸蓋屈原之父字伯庸也苗裔苗裔謂後裔猶自穀而苗也朕我也秦巳後始爲天子自稱皇美辭禮祭其父稱皇考屈居勿反攝提貞于孟陬兮惟庚寅吾以降攝提歲名陬月名孟首時也爾雅歲名在寅曰攝提格月名正月爲陬庚寅日也原自以寅歲寅月寅日而生若有禎祥然降下也尚書惟皇上帝降衷于下民揚雄法言云天降生民陬側留反皇覽揆余于一無于字初度兮肇錫余以嘉

宋刻錢杲之《離騷集傳》

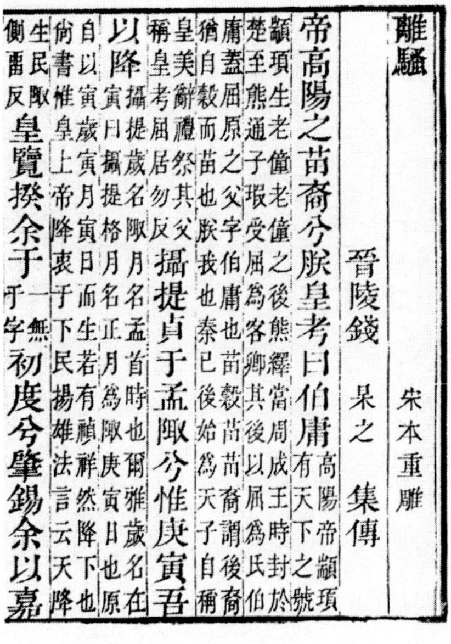

離騷　　宋本重雕

晉陵錢　杲之　集傳

帝高陽之苗裔兮朕皇考曰伯庸高陽帝顓頊有天下之號
顓頊生老僮老僮之後熊繹當周成王時封於楚至熊通子瑕受屈爲客卿其後以屈爲氏伯
庸蓋屈原之父字伯庸也苗穀苗苗裔謂後裔猶自穀而苗也朕我也秦已後始爲天子自稱
皇美辭禮祭其父稱皇考屈居勿反攝提貞于孟陬兮惟庚寅吾
攝提歲名陬月名孟首時也爾雅歲名在寅曰攝提格月名正月爲陬庚寅日也原
以降
自以寅歲寅月寅日而生若有禎祥然降下也尙書惟皇上帝降衷于下民揚雄法言云天降
生民陬側留反皇覽揆余于一無于字初度兮肇錫余以嘉

清初據宋本重刻錢杲之《離騷集傳》

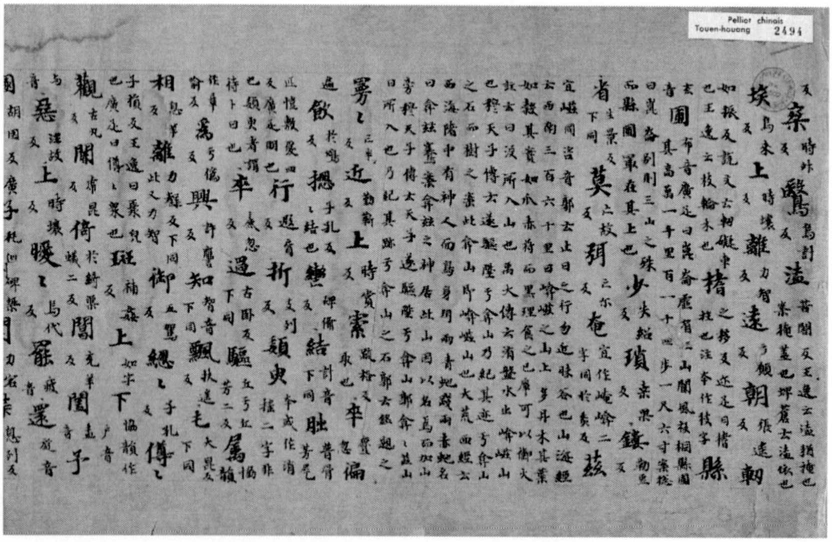

隋智騫《楚辭音》殘卷（敦煌抄本）

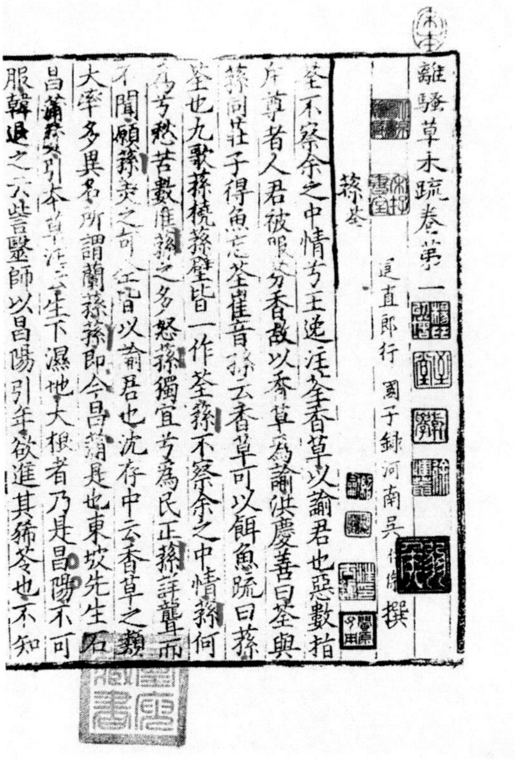
離騷草木疏卷第一
迪直郎行國子錄河南吴仁傑撰
蓀荃
荃不察余之中情兮王逸注荃香草以諭君也惡數指
斥尊者人君被服芳香故以香草爲諭洪慶善曰荃與
蓀同莊子得魚忘荃崔音蓀云香草可以餌魚疏曰蓀
荃也九歌蓀橈蓀壁皆一作荃蓀不察余之中情蓀何
爲兮愁苦數惟蓀之多怒蓀獨宜兮爲民正蓀詳聾而
不聞願蓀美之可完皆以諭君也沈存中云香草之類
大率多異名所謂蘭蓀蓀即今昌蒲是也東坡先生石
昌蒲贊引本草注云生下濕地大根者乃是昌陽不可
服韓退之云皆毉師以昌陽引年欲進其豨苓也不知

宋慶元六年刻吴仁傑《離騷草木疏》

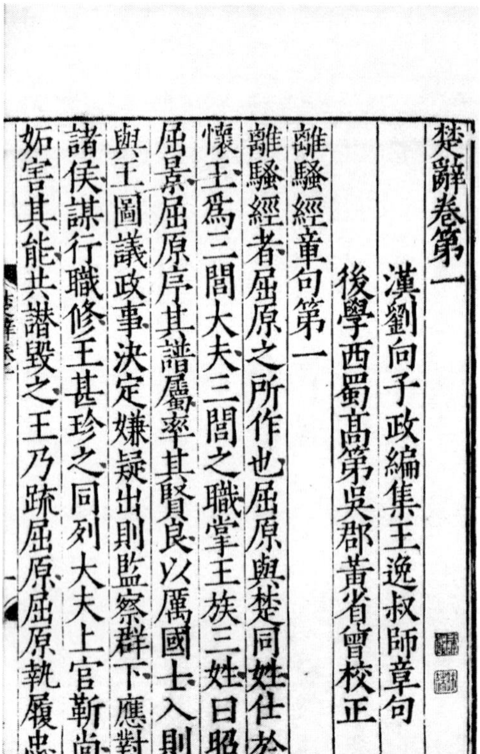

楚辭卷第一

漢劉向子政編集王逸叔師章句

後學西蜀高第吳郡黃省曾校正

離騷經章句第一

離騷經者屈原之所作也屈原與楚同姓仕於懷王爲三閭大夫三閭之職掌王族三姓曰昭屈景屈原序其譜屬率其賢良以厲國士入則與王圖議政事決定嫌疑出則監察群下應對諸侯謀行職修王甚珍之同列大夫上官靳尚妬害其能共譖毀之王乃疏屈原屈原執履忠

明正德十二年刻王逸《楚辭章句》

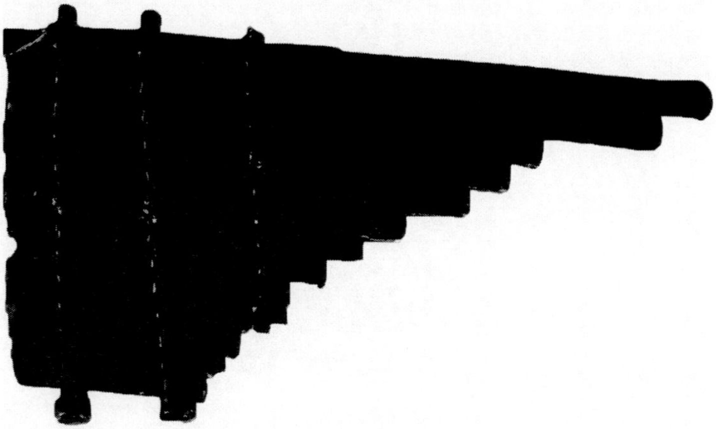

擂鼓墩曾侯乙墓出土排簫

擂鼓墩曾侯乙墓出土漆箱蓋面二十八宿星象圖

信陽戰國楚墓出土
彩繪鳳虎鼓座

長沙子彈庫一號楚墓出土
人物御龍帛畫

長沙馬王堆一號漢墓出土帛畫

長沙陳家大山楚墓出土
人物龍鳳帛畫

江陵馬山一號楚墓出土
錦帛鳳鬥龍虎圖

修訂本序

這是二十多年前的舊稿，現在讀來如見故人。

這本書出版後，在楚學界頗受關注，屢見徵引，曾獲得國家新聞出版署第二届全國古籍整理圖書獎二等獎。我的《楚辭》研究由此起步，後來又陸續出版了《楚辭異文辯證》、《楚辭章句疏證》、《楚辭集校》、《楚辭文獻叢考》及《楚辭文獻叢刊》等著作。我的許多觀點形成於此，至今未改。

這本書是在方格紙上一字一句謄抄的，當時寫了抄，抄了改，前後七八遍，紙稿堆疊起來有一尺多高。前後經歷了八個年頭，且正處於我人生的低谷，其間曲折艱難，不是他人所可想象的。而今年且八秩，垂垂老矣，回憶往事，歷歷在目，尤感親切有味。

湯炳正先生在審閱過初稿之後曾先後來信四次，提出了許多中肯的建議。湯先生建議對書稿斟酌删改，做到『字字珠璣』，對於前賢既成之説，也宜『持謹慎態度』。由於時間倉促，當時未做修訂，留下了諸多遺憾，辜負了先生的期望。值得慶幸的是：中州古籍出版社决定再版此書，而原版已損壞，這無疑給了我一個改錯的機會。湯先生的批評建議是這次修訂的原則。

修訂本在保持初版基本框架的基礎上，做了以下工作：一、正訛補漏。重新核對底本，逐字逐句核對引文，校正文字訛誤。二、字斟句酌，加以删改，争取做到如湯先生所言『字字珠璣』。三、對原書中明顯已爲自己廢棄的不妥説法，做了修改，增補了《離騷》研究的新成果。四、將書後所附詞目索引原來的筆劃爲序改爲以拼音爲序。五、精選約二十幅珍貴的《離騷》文獻書影及相關出土文物圖片，附於書前，書後增附潘嘯龍先生評文《訓釋精當，新見迭出——簡評黄靈庚〈離騷校詁〉》。

感謝中州古籍出版社原編審趙智海先生及現編輯高林如女士爲再版此書所付出的努力。參與此書校勘的門生有：王琨、李鳳立、肖選搏、胡玉萍、周娟等，在此深表謝忱之意。是爲序。時維壬寅仲夏初伏，黄靈庚識於婺州麗澤寓舍。

初版序

湯炳正

黄君靈庚《離騷校詁》既成，來書求序，我説他「研究楚學，走的是前人老路，專攻文字訓詁、章句，在楚學這圈子裏頗感寂寞」。及讀他寄來的複印《離騷校詁》十數條，又見其中多精闢之言，發前人所未發。對此，我深有所感！

前人有言：「不從小學入經學，則經學爲無本；不從經學入史學，則史學爲無源。」我們雖不贊同尊《離騷》爲「經」之説，但屈賦乃先秦典籍，作爲一門學科，如不從「小學入手」，也只能是無本之木，無源之水；任何高妙的理論，都將是空中樓閣。最近幾年，譯古之風頗盛，有一次，上海古籍出版社的同志跟我談到翻譯《楚辭》的問題。我説：「還有許多文字没有認清楚，怎能談到翻譯？」他説：「我們收到一些翻譯稿子，只能將就出版；等下去，也不是辦法。」我一面感到他的話説得有理，一面又感到楚學界的責任重大。因而，專攻文字訓詁，雖是「前人老路」，仍要堅持走下去，決不能以「頗感寂寞」而停步。

而且，從文字訓詁着手治屈賦，自然是「前人老路」，但由於我們所處的時代條件跟前人不同，故走的雖是老路，卻往往會達到前人所意想不到的目的地。所謂「前脩未密，後出轉精」的學術發展規律，對屈賦領域的文字訓詁之學，仍然是適用的。

黃君在《離騷校詁》中，釋「時俗之工巧」的「工巧」爲「工匠」，釋「解佩纕以結言」的「結言」爲「介言」，釋「吾令蹇脩以爲理」的「蹇脩」爲「嶲周」，靈氛之言用兩「曰」字乃「龔卜」之詞，釋「陟陞皇之赫戲」的「陟陞皇」爲「登遐」，等等，皆饒新意，有理有據，自成一家之言。這顯然是新的時代條件加上個人勤奮所取得的豐碩成果。這裏所説新的時代條件，主要是指：我們繼承的學術遺産比前人更豐厚，我們見到的文化資料多爲前人所未見。在這方面，我們比前人確實占了不少便宜，我個人深有感受。例如我在二十世紀七十年代所寫的《釋温蠖》，提出《漁父》中「温蠖」的借字，亦即一本「塵埃」的異文。只可惜「蠖」、「污」通借在先秦兩漢典籍中，僅有間接佐證，並無直接通假之例。但近讀《文物》，得知一九八四年江陵張家山出土的漢簡《引書》中，竟直書「尺蠖」爲「尺污」，成爲「蠖」、「污」通借之鐵證，使結論立於不敗之地。推而廣之，則凡近年新發現的先秦兩漢典籍，尤其是出土於楚地的簡帛，從字形到文義，對於研治屈賦，確有極重要的參考價值。當然，利用時代所提供給我們的新條件，是多方面的，文字訓詁特其一例耳。對此，願與黃君共勉之！庚午之歲年十二月二十二日。

自叙

余夙聞故楚大夫屈平其人，嘉其志而壯其行，慕其才而好其辭。及丙午之亂，世風日頹，時俗多爲權、利二事所趨，則益覺屈子人格之偉大。於是遺落世事，身宅荒陬，終日矻矻，但執一卷《楚辭》而已。余上窮漢師注疏，下稽時賢高論，計所獵涉者，蓋百家之彊矣。然後較互諸説，知其精粗雜糅、得失並存，待吾人脩正者夥頤，吾不無戚戚焉，遂萌生補綴之想。吾讀古書效清人札記法，凡目之所見、心之所寤，輒信手録之。歷時既久，積秩浸多；而後稍稍董理，終成是書，擬名曰《屈賦内篇校詁》，《離騷校詁》爲其卷一。規劃復有《九歌校詁》卷二、《天問校詁》卷三、《九章校詁》卷四；《屈賦外篇校詁》則收《遠遊校詁》、《卜居校詁》、《漁父校詁》，合爲卷五，《楚辭雜説》爲卷六，凡六卷。無奈人事拘牽，時作時綴，不知完稿當在何日。本書名曰《校詁》，實不厭校字、訓詁二事，而於定古本、通訓詁，綜合宗教、神話、民俗、史學、地學諸科考察之、研討之，發其藴奥，推其原委。設立詞目七百三十餘條，則是書亦屬辭書性質，取名《離騷辭典》亦可矣。每條下皆附案語云云，爲余一孔之見。其間覃思極慮，鈎玄索隱，於古今聚訟之端，多所論列。稿凡六七易，未敢輕置一言。余二十餘載心力瘁於是矣。嗚呼！經年無成，青燈長伴，反覆是書，不勝其掩卷太息也。然以樸魯不敏之性，鄙陋淺薄之識，且學無師承，而欲竟是大業，戛戛乎難哉！故求魚而緣木、適燕而南轅亦誠所不免，吾信不自量力者也。幸博雅君子忝錫以昌言，指以津梁，吾當拜而受之矣。時維強圉單閼之歲季秋玄月叙於長城西鄙牛頭山寄廬，浦江黃靈庚。

例言

一、本書每二言爲一句，每二句成一韻。每句之下，首校讎，次訓詁，次章句，每韻之下則考訂古韻古音。而於每節、每章、每段之下，則討論其大義之所在也。

二、本書正文以明汲古閣刊印宋洪興祖《楚辭補注》本爲底本，與敦煌舊抄本隋僧智騫《楚辭音》殘卷、日本國藏唐寫本陸善經《文選集注》殘卷、上海涵芬樓藏宋本六臣注《文選》、宋尤袤淳熙本唐李善注《文選》、宋端平本朱熹《楚辭集注》、宋刻錢杲之《離騷集傳》相校。《楚辭》異文考索，世稱姜亮夫《重訂屈原賦校注》最爲完備。其實，姜校所列異文悉出自劉師培《楚辭考異》，且劉誤姜亦誤，一字不差。本書重作搜羅，既正劉、姜校引之誤，又補其所失收者；所得異文，校劉、姜二書，不啻十倍。本書先列宋世以往《楚辭》注本異文，次列宋世以前諸籍注疏引文，而後於案下出其校語。本書所徵諸籍異文皆注明作者、書名、卷帙，校引諸籍版本之異同，亦擇善而從之，不敢鹵莽從事者也。非自親檢而轉引於他書者，必注明之，示未敢掠美也。自信《離騷》異文至此得稱完備，如必欲覆檢所列異文，可稽核《引用書目》。本書校文對唐宋以前注家音注反切亦多作辨析，悉據宋賈昌朝《群經音辨》及《廣韻》諸韻書，求其音切門法異同及古今音、方音之流變。

三、本書以王氏《章句》之訓詁爲基礎，設立訓詁詞目，凡七百三十餘條。每條詞目，先列古今異説，而後於案語下斷自折衷。既訓各詞於文中之特定之義，又以六書之本，究其原委，考覈語根，務求其所以然。其説轉注、假借二事，大異於先達，亦吾治樸學之心得，故於訓詁中特以時時見之，使世人知吾説也。於通訓詁之基礎上，綜合宗教、民俗、神話、史學諸科考察之，變單一平面研究爲綜合立體研究，於其深層之中發掘文明之根，而得力於民俗、神話、宗教三科特多。

四、本書章句之意，悉因訓詁，以求一致，必不得已，乃於注文中增減文字，以意會之矣。

五、本書説韻以先秦古音爲準。古韻分部據王力二十九部説，唯於王氏之浸部分出冬部，凡三十部，曰：之、職、蒸；幽、覺、冬；宵、藥；侯、屋、東；魚、鐸、陽；支、錫、耕；脂、質、真；微、物、文；歌、月、元；緝、侵；葉、談。每入韻之字以國際音標擬其古音值，擬音分四聲。平、上之別在於介音［r］，上聲有介音［r］也。然擬介音，以其排印不便，故省之。去、入之分在於長、短，去聲爲長入，入聲爲短入，去聲之韻尾則有長音符號［:］。擬音亦分四等，一、二等之分在於介音［r］，即二等音有介音［r］也。三、四等之分則在於主要元音之高低。喻紐四等之音值爲［ri］，從李方桂説。凡同部者曰同韻，平、入相協或同類陰陽對轉者曰通韻，異類異部相協者曰合韻。

六、本書分三大段，每段分若干章，每章分若干節，於每節、每章、每段之下概括要旨，闡説大義。

七、本書所采擷之訓詁材料至雜，一般但注明其作者姓氏，而不明其書出處。唯於重要引文則詳明之，以示不敢掠美。必明其所徵引之書，則詳《引用書目》。

目録

離騷題解

「離騷」詁義，最初見《史記·屈原列傳》，曰「離騷者，猶離憂也」。章太炎謂此説本於淮南王劉安《離騷傳》，史公摭之而載本傳。《離騷傳》亡佚既久，誠難質對，究爲誰人之語，未可武斷，宜以《史記》爲正。以是解也爲最古，爲學人矚目。其但有「騷，憂也」之訓，而未爲離字解詁。兹後異説蠭起，而一「離」字爲其爭訟之端。余絡幕獵涉古今注家，蓋能自成其説者約爲四解。

一曰「離騷」爲「別愁」説。王逸注：「離，別也；騷，愁也。」《隋書·經籍志》曰：「言己離別愁思，申抒其心，自明無罪，用以諷諫。」汪瑗曰：「篇内曰：『余既不難夫離別兮，傷靈脩之數化。』此《離騷》之所以名也。」皆因王注。又，戴震曰：「離，猶隔也，騷，動擾有聲之謂。蓋遭讒放逐，幽憂而有言，故以『離騷』名篇。」今人文懷沙、譚介甫「離」訓「離間」，離騷，猶言遭讒佞離間而憂愁之意。錢鍾書「離」訓「離棄」、「擺脱」，離騷猶言「欲脱擺憂思而遁避之，與愁告別，非因別生愁」也。諸説皆據王氏「離，別也」之訓而發揮推演，故合而歸於此。

屈賦題名，大抵可約爲三端。一以遠古聖帝之樂名爲題，《九歌》、《九辯》是也。二以首句之數字爲題，類《詩》三百篇之法，《惜誦》《惜誦》首句「惜誦以致愍兮」，首二字「惜誦」爲題、《思美人》《思美人》首句「思美人兮，擥涕而竚眙」，首三字「思美人」爲題、《惜往日》《惜往日》首句「惜往日之曾信兮」，首三字「惜往日」以爲題、《悲回風》《悲回風》首句「悲回風之摇蕙兮」，首三字「悲回風」以爲題是也。三以一篇大義之概括語爲題，《天問》詰難宇宙天地一切巨細之事，題曰《天問》、《涉江》叙涉江之經歷者也、《哀郢》哀去郢都也、《抽思》叙己之愁思也、《懷沙》懷沙礫以自沈水也是也。離騷，若非古聖帝之樂名，則必爲概括本篇要旨之語詞。然則《離騷》非純爲抒憂瀉愁之什，乃寓言、寓事之詩，類西人史詩。屈子以美人自比，而美人供職「皇輿」之承、礙、輔、弼，盡其奔走先後之力。不意遭讒見棄，百計求歸不得，乃退修初服，將往觀四荒，有棄世以死直之志。而後見詈女嬃、陳詞重華，要在生死二字，曲折其意。下篇上征求帝，三求下女，卜氛問咸及西行求女，畢以生死二字爲歸宿，言屈子決意憤而離俗，反歸楚族先祖之居，不復苟活時世之想也。故於通篇所叙内容言，「別愁」、「離間而憂愁」、「脱攡憂思」云云，皆未足以概其旨。

二曰「離騷」訓「遭憂」説。是説發軔於班氏孟堅，其《離騷序贊》曰：「離，遭也；騷，憂也。」應劭同其説。顏師古《漢書·賈誼傳》注：「離，遭也。擾動曰騷。遭憂而作辭也。」亦以離騷爲遭憂。朱駿聲曰：「離即罹字，或變爲羅也。騷，馬騷動也，此讀爲憂愁。」謂離騷本字本義作罹愁或羅愁。又，錢澄之曰：「離爲遭，騷爲擾動。騷者，屈原以忠被讒，志不忘君，心煩意亂，去住不寧，故曰騷。」亦「罹憂」説之濫觴耳。

「遭憂」云云，亦未足以概言全篇要旨。且班固其人，數惡屈子，斥言「露才揚己，競乎危國群小之間，以離讒賊，然責數懷王，怨惡椒、蘭，愁神苦思，強非其人，忿懟不容，沈江而死，亦貶絜狂狷景行之士」云云，其視《離騷》之作，衹以鳴其不平之聲，舒瀉其牢騷之情而已，乃謂「離騷」但遭憂而作辭也。《漢書·賈誼傳》亦謂「被讒放逐，作《離騷賦》」，則離騷訓遭憂，誠囿於其所成見，而非知人論世之選。是説之謬，無庸多言。

三曰「離騷」爲楚語而訓牢騷説。《漢書·揚雄傳》曰：「又怪屈原文過相如，至不容，作《離騷》，自投江而死，悲其文，讀之未嘗不流涕也。以爲君子得時則大行，不得時則龍蛇，遇不遇，命也，何必湛身哉？迺作書往往摭《離騷》文而反之，自崏山投諸江流，以弔屈原，名曰《反離騷》」。「又旁《惜誦》以下至《懷沙》一卷，名曰《畔牢愁》。」宋祁曰：「蕭該按：浶字旁著水，晉直作牢。」韋昭曰：「浶騷也。鄭氏愁音曹。」則謂牢騷同牢愁。項安世曰：「《楚語》伍舉曰：『德義之不行，則邇者騷離，而遠者距違。』韋昭注曰：『騷，愁也；離，畔也。』蓋楚人之語自古如此。」王應麟曰：「伍舉所謂『騷離』，屈平所謂『離騷』，皆楚語也。揚雄爲畔牢愁，與《楚語》注合。」謂離猶離畔、背離之義。離騷，言畔騷，義同畔牢愁。楊樹達曰：「畔牢愁爲離憂，亦離騷之義。畔訓離，牢愁則騷，畔牢愁即離騷。」皆以「離騷」爲言反牢愁之意也。又，游國恩曰：「牢愁，古疊韻字，同在幽部。韋昭訓爲牢騷，後人常語發泄不平氣者爲發牢騷，蓋本於此。牢愁、牢騷與離騷並以雙聲疊韻通轉。」則謂離騷同牢騷，而非畔牢愁也。姜亮夫因聲求之，不啻離騷與《天問》之離蠥爲一詞，又謂落索、遼巢、蘢葰、寠數、踉蹡、繂騷、鬱陶、憂愁、懊喪、悼恅，皆其音轉，離騷，猶發牢騷。

諦察是說，以《楚語》「騷離」、揚雄「畔牢愁」爲根基，此二語白，則是解之正確與否亦不言而喻也。案：揚雄摭《離騷》文而反之，曰《反離騷》，謂遇不遇，命也，不得強自爲之，殊有斥屈子不識事理、咎由自取之意。又旁依《惜誦》以下諸文作《畔牢愁》，畔，反也，言反牢愁也。「畔牢愁」句法同「反離騷」，而離騷、牢愁未必同義。蓋《惜誦》以下諸篇，屈子直抒胸臆，瀉其愁思，故揚子概之曰「牢愁」之什，而其反之畔之，曰「畔牢愁」。且反離騷、畔牢愁分別爲文，揚氏離騷是否訓牢愁，似未可武斷。果然，亦不可爲是說，豈《離騷》但以舒瀉牢騷者耶？其陋比班說。至若離騷訓畔牢愁者，益爲荒謬。王念孫曰：「牢，讀爲劉，憂也。畔，反也。或曰《反離騷》、或曰《畔牢愁》，其義一而已矣。」以離騷訓畔牢愁，豈《畔牢愁》之什，與如懸之日月之《離騷》相侔耶？畔牢愁一語不足爲訓離騷確證。又，《楚語》伍舉曰：「德義之不行，則邇者騷離，而遠者距違。」騷離、距違儷偶爲文，距違義白，騷離亦涣若流澌。距借作遽，古書通用。《韓非子·難四》「衛奚距然哉」，《戰國策·秦策》距字作遽。考諧巨聲與豦聲之字古多相通假。《荀子·正論篇》「是豈鉅知見侮之爲不辱哉」，楊倞注：「鉅與遽同。」《春秋》定十五年「齊侯、衛侯次於渠蒢」，《公羊傳》「渠蒢」作「蘧蒢」。《周官·夏官·司爟》「樹渠之固」，王引之曰：「渠，或作⿰木豦，《廣雅》：『椐，杝也。』古今字耳。」《說文》、《玉篇》之⿰木豦，《齊民要術》、《本草》同作苣。皆其例。遽，訓恐、訓惶。《漢書·揚雄傳》「熊羆之挐攫，虎豹之凌遽」，顏師古注：「遽，惶也。遽音詎。」本字蓋爲懼。距、遽、懼，音同通轉。《說文·辵部》：「違，離也。」《詩・殷其靁》「何斯違斯」，毛《傳》：「違，去也。」《左傳》成十六年「有淖於前，乃皆左右相違於淖」，杜注：「違，辟也。」則違有避易之義。遽違，言恐懼以避易也。比例可推。騷，訓憂恐，通作慅。離，訓離徙，實避易之意。伍舉謂君不行德義，則遠近左右皆恐懼以離避之，猶衆叛親離之意耳，是騷離非牢騷，不足以離騷爲騷離之倒文之證，而訓牢騷。

四曰《離騷》爲古樂曲名說。浦江清爲是說首倡者，謂《離騷》爲古離別之歌。離，因王注訓別而謂騷爲歌之別稱。游國恩後作新解，曰：「第考本書《大招》云：『伏戲《駕辯》，楚《勞商》只。』王逸注：『《駕辯》、《勞商》，皆曲名也……』按：『勞商』與『離騷』本雙聲字，古音宵、歌、陽、幽並以旁紐通轉，疑『勞商』即『離騷』之轉音，一事而異名者耳。蓋《楚辭》篇名，多以古樂歌爲之，如《九歌》、《九辯》之類。」今人田彬因此得啓悟，謂苗人語詩爲騷，稱苗歌爲「騷熊」，稱漢歌爲「騷乍」，稱古歌爲「騷𠇉騷傌」，稱婚喪喜慶之歌曰「騷俅」、曰「騷仂」，騷即歌也，亦稱「歌詩」。又，苗語謂叙述曰離，自叙身世際遇、或叙昔人所作歌謡，皆謂之離。今語離、理不分，叙述條敶謂之理，亦謂之離，苗人不別。離騷，猶「言志述懷之歌詩」也。詳《民族研究》一九八七年第二期。蕭兵力倡是說，騷訓歌詩，然離不解作叙述條敶之義，謂離同《山海經》「離朱」之離，即日精赤烏也。楚人崇拜日神，以鳳皇爲圖騰。《離騷》，即太陽神圖騰之歌。

是說有思致，斷非拘守訓詁家法者所能及。考本篇終末有「亂曰」，亂者，樂之卒章名。詳文中「亂」字注。此即《離騷》爲樂曲名之内證。然則《離騷》究係誰人之樂？惜乎未及深考。離，信如蕭君說，同《山海經》之「離朱」。楚人以帝顓頊爲天地宇宙之始祖神，日月星辰皆其所生詳「高陽」注，顓頊，儼如日陽係之楚族之祖，故與離朱鳥有不解之緣。《山海經・大荒北經》曰：「河水之間，附禺之山，帝顓頊與九嬪葬焉，爰有鴟久、文貝、離俞、鸞鳥、皇鳥、大物、小物。」《海外北經》曰：「務隅之山，帝顓頊葬於陽，九嬪葬於陰，一曰爰有熊、羆、文虎、離朱、鴟久、視肉。」離俞，即離朱，郭璞曰：「離朱，今圖作赤烏。」郝懿行曰：「赤烏，疑南方神鳥焦明之屬也。」《史記・司馬相如列傳・集解》曰：「焦明似鳳。」即鸞鳥，皇鳥之儔，《藝文類聚》卷九一《鳥部》「鸞」條引，《春秋元命苞》曰：「火離即鸞。」《漢書・禮樂志》「長麗前掞光耀明」，顏師古注引臣瓚曰：「長麗，靈鳥也。舊説云鸞也。」麗、離古字通。《後漢書・張衡傳》「前長離使拂羽兮」，李賢注：「長離，即鳳也。」《易》曰：「離爲火爲日。」《後漢書・五行志》「則火不炎上」，李賢注引《春秋考異郵》曰：「火者，陽之精也。」《藝文類聚》卷九〇《鳥部》「鳳」條引《鶡冠子》曰：「鳳，鶉火禽，陽之精也。」又曰：「鳳，火鳥。」《論衡・龍虛》曰：「太陽，火也。」《詰術》曰：「在天爲日，在地爲火。」據此，離朱、長離、離，日陽之精，亦帝顓頊之精，顓頊在天爲日神，在地爲火神，在人爲最始之帝。而離、長離、離朱，即顓頊族先民之圖騰鳥。帝嚳所葬亦有離朱之鳥詳《海外南經》，帝嚳即帝俊。《初學記》引《帝王世紀》曰：「帝嚳自言其名曰夋。」又，《世本・王侯大夫譜》曰：「帝嚳次妃，娵訾氏之女曰常儀。」常儀即常羲，帝俊之妻，《大荒西經》「羲和者，帝俊之妻，生十日」是也。知帝嚳、帝俊一人。《大荒東經》曰：「湯谷上有扶木，一日方至，一日方出，皆載於烏。」郭璞注：「中有三足烏。」《淮南子・精神訓》「日中有踆烏」，高誘注：「踆，猶蹲也，謂三足烏。」踆烏，帝俊之精靈。帝俊，日神名，其精爲三足烏。離朱、離，猶日陽之三足烏。帝俊，蓋東夷之先，猶鯀化爲三足能，鯀亦夏后氏之先，皆男性之祖。帝顓頊者，母族之先，女祖也，然則其爲日神信一矣。又，《大荒西經》謂「帝俊妻娥皇，生三身之國」，《海内經》亦謂「帝俊生三身」。三身之國、三身，猶三夋也，例同三足烏、三足能，但以帝俊爲祖耳。《楚帛書》「帝夋」之夋字作「⿱厶身」，從厶，從身。帝俊即帝舜，《山海經》娥皇爲帝俊妻，又爲帝舜妻，明其本一人分化。詳篇内「重華」注。帝舜之精靈亦烏也。帝舜，東夷崇祀鳥族之先。《法苑珠林》卷四九引劉向《孝子傳》曰：「舜父夜卧，夢見一鳳皇，自名爲鷄，口銜米以哺己，言鷄爲子孫，視之如鳳皇。《黄帝夢書》言之，此子孫當有貴者。」鷄，鳳鳥原型。夷族先民視日如一鷄子，謂日陽亦一神鷄所生之子，至今俗猶有公鷄呼太陽之種種奇異傳説，蓋鳳鳥圖騰崇拜之遺聞。日中有俊烏、有三足烏及帝舜自名爲鶏等，實與鶏生日陽傳説爲同一類型耳。今齊魯之地，於古屬東方夷族。其地大汶口遺物陶罐有「」或「」，象烏載日而飛。蓋夷族先民崇拜日陽祖先之實物遺存，是以後世神話傳説，烏與帝舜合爲一體，舜亦離朱，鳳皇之儔。《大荒東經》謂帝舜之後裔有摇民者，摇民即嬴氏之先，鳥足，故《秦本紀》謂秦氏祖帝顓頊。又有臷民國，所居「鸞鳥自歌，鳳鳥自舞」。詳《大荒南經》。《天問》洪《補》引《列女傳》曰：「瞽叟與象謀殺舜，使塗廩，舜告二女。二女曰：『時唯其戕汝，時唯其焚汝，鵲如汝裳衣，鳥工往。』舜既治廩，旋捐階，瞽叟焚廩，舜往飛出。」此即舜爲鳥族圖騰之祖之證。《海内北經》曰：「舜妻登比氏，生宵明、燭光，處河大澤，二女之靈能照此所方百里。」宵明，抑焦明歟？焦明，鳳鳥也。《説文》：「舜，艸也。楚謂之葍，秦謂之藑，蔓地生而連華。」後起分别字作蕣。《艸部》：「蕣，木堇，朝華暮落者。《詩》曰『顔如蕣華』。」此蓋出於夷族先民之神秘聯想，其謂日陽朝陞暮降，猶木堇之華「朝華暮落」，是以視其木爲社，名曰蕣，而以木堇之華爲日陽之華也。故舜又名「重華」。後人復制「蕣」字專之，以别於帝舜者，帝舜、帝俊、帝嚳一人，其神爲日，其精爲赤烏、離朱，其象木堇之蕣華也。楚族出自顓頊族，有崇鶏、崇鳥之俗，故亦宗舜爲先祖。《史記·項羽本紀》：「項王軍壁垓下，兵少食盡，漢軍及諸侯軍圍之數重，夜聞漢軍四面皆楚歌，項王乃大驚。」《集解》引應劭曰：「楚歌者，謂《鶏鳴歌》也。漢已略得其地，故楚歌者，多鶏鳴時歌也。」而《正義》引《漢書》顔師古曰：「楚歌，楚人之歌也，猶言『吴謳』、『越吟』，若鶏鳴爲歌之名，於理不可，不得云『鶏鳴時』也。高祖戚夫人楚舞，自爲楚歌，豈亦『鶏鳴時』乎？」庚案：應説是而顔説非。蓋於戰國之世，楚俗信有「鶏鳴時」之楚歌，應氏固已知之矣。考殷商卜辭有祭日之俗，而祭日必在日出或日降之時，「戊戌卜，内乎雀娥于出日，于入日」《乙》二六〇五，「又出日」《存》一·一八二九，「又出日，又入日」《存》一·一八三〇。祭日必有歌。《鶏鳴歌》，猶《九歌·東君》者是也，楚人呼日陽之歌也，亦頌帝舜之歌也。屈子於萬般無奈之際，濟沅湘以節中重華，求其生死、去留與否；於「世溷濁而莫余知」之時，亦「駕青虬兮驂白螭，吾與重華遊兮瑶之圃」，其於帝舜特見推重。又謂「重華不可遻兮，孰知余之從容」，古往今來，知屈子其人者亦但帝舜一人耳。《左傳》昭八年謂「陳，顓頊之族也」。杜預注：「陳祖舜，舜出顓頊。」《左傳》以顓頊、舜爲同族之祖。屈子反復稱引重華、帝舜者，誠出於日族之宗教情愫矣。騷，非解愁、解騷動，然則解作歌詩者，亦在《離騷》之後，騷，帝舜之樂名，假爲簫，古書通用。《漢書・張湯傳》「北邊蕭然」，顔師古注曰：「蕭然，猶騷然，擾動之貌。」《九歎・思古》「風騷屑以摇木兮」，王逸注：「騷屑，風聲貌。」訓詁字作飀颼，省作蕭瑟。《文選・思玄賦》「拂穹岫之騷騷兮」，李善注：「騷騷，風勁貌。」字亦作蕭蕭，《史記・刺客列傳》「風蕭蕭兮易水寒」是也。蕭，亦作簫，二字同肅聲例得通用。羅、黎二本《玉篇》唐寫本《音部》「韶」字引《尚書》「簫《韶》九成」，簫字即作蕭。又，《廣雅・釋詁》：「蕭，邪也。」《曲禮》：「凡遺人弓者，右手執簫。」鄭注：「簫，弭頭也，謂之簫。簫，邪也。」蕭、簫二字同訓邪，是其相通。《九歌・湘君》「吹參差兮誰思」，王逸注：「參差，洞簫也。」洪《補》引《風俗通》曰：「舜作簫，其形參差，象鳳翼。」《説文・竹部》曰：「簫，參差樂管，象鳳之翼。」《六書故》謂簫本字作龠，象編竹之形。《漢書・禮樂志》「簫與群慝」，顔師古注引晉灼曰：「簫，舜樂也。」《書・益稷》「簫《韶》九成」，鄭注曰：「簫《韶》，舜所制樂。」案：簫，樂管，韶，樂鼓，實即鼗字。詳文中「舞韶」注。皆帝舜之樂。據西人弗洛伊德稱言，凡同圖騰之族，其語言習慣之某些奇異特徵與圖騰崇拜大有關係，「在時常舉行的慶典裏，同一圖騰的人跳着正式的舞蹈，模仿且表現着象徵自己的圖騰動物的動作和特徵」。有虞氏祀典大舜，其樂器形如鳳翼，其鳴啾啾，聲亦如鳳，而其舞如「鳳皇來儀」、「止巢乘匹」，皆有鳳皇之特徵，以頌舜之德。簫《韶》，即虞頌也。《九歎・憂苦》：「惡虞氏之簫《韶》兮，好遺風之《激楚》。」王逸注：「言世人愚惑，惡虞舜簫《韶》之樂，反好俗人淫泆《激楚》之音也。」簫《韶》，猶舜頌也，離騷即離簫，離爲離朱赤烏，日神帝舜之精也；簫，舜樂名。離簫連言，例同《九歌》、《九辯》，九者，丩也，龍族之圖騰。《九辯》、《九歌》，頌夏后氏之德，爲禹頌。詳篇内「《九辯》《九歌》」注。離，火鳳皇，亦崇日之楚族之圖騰鳥。簫，帝舜之樂。近年於荆楚腹地，即兩湖境内多有楚樂器排簫出土，如，一九七八年於湖北江陵擂鼓墩曾侯乙墓，出土樂器有彩繪漆竹排簫，凡十三管，一端參差，最長與最短之管分别在外側，中十一管亦以長短相次，旁行斜上。横三管以綸之，下二管等長，上一管短三管之徑，如鳳翼之狀。是即所傳言舜之簫樂參差也。離簫，頌有虞氏之德，即舜頌也。由此可知，離騷，古樂歌之名。以楚地《鷄鳴歌》言之，頌舜祭祖之風猶爲昌熾，屈子賦《騷》，雖亦時時見其頌舜情愫，然則非純以頌舜，例同《九歌》，但假其名號即其形式，以發憤而抒情也，似與原始舜樂「離騷」内容無直接聯繫。蕭兵謂篇内敶辭重華之後三度上征飛行，皆以日神胄子盤桓日陽運行、棲息之所，而以求索理想云云。其説有思致，惟失空泛。《離騷》上篇謂「伏清白以死直」、「願依彭咸之遺則」，知屈子之死志已決，乃有「往觀四荒」、「回車復路」之想。所謂「復路」，但言復反於始生之時，即謂反本於楚族先祖之居也，誠死亡之忌諱語耳。帝舜，崇日之楚族之始祖也，故屈子敶詞九疑宗廟，令其折中去留、生死，及至「阽余身而危死」、「耿吾既得此中正」，知神諭亦示其不容苟生，而後乃有駕虬乘鷖、上征求帝、求女及西行西海等等超現實之神遊反本故事。此皆屈子設想回歸祖居之死亡夢幻，實亦體現其反本宗神之死亡觀念，未可以泛泛求索理想等列齊觀也。

屈子賦《騷》復有作於見疏懷王世與放逐江南時之訟。案：屈子見疏懷王之世，雖不復在左徒之位，猶任三閭大夫，掌王族諸姓，爲國中胄子師，故於懷王猶存冀幸之心，不忘欲反，斷無輕生絶世之志。然於本篇考之，叙上征飛行求帝、求女、西行遠逝，登假天國，已有棄世之心，亂曰從彭咸，則萬念俱滅，死志決矣。知其不作人世之想久矣。《離騷》當作於放逐江南，即頃襄王十一年前後者爲是。《史記·太史公自序》曰：「屈原放逐，乃賦《離騷》。」是其情實。余于篇内有詳説，讀者當得知之。

帝高陽之苗裔兮　朕皇考曰伯庸

【裔】羅本《玉篇·兮部》「兮」字引此句無裔字，黎本《玉篇》補「裔」字。案：有「裔」字是也。黎氏補「裔」字，終非唐寫《玉篇》之舊。《後漢書》卷八〇下《文苑·邊讓傳》注、《古今合璧事類備要》續集卷四一、慧琳《一切經音義》卷五五、王觀國《學林》卷五「朕」條引亦作「裔」。又，《白帖》卷二三引此「朕皇考」一句亦同今本。

【帝】王逸注：「德合天地稱帝。」案：王説蓋據《逸周書》。《謚法》曰：「德象天地曰帝。」曰「合」、曰「象」誠同。然則皆非「帝」字本義。《説文·上部》：「帝，王天下之號也。从上，朿聲。」考甲文帝字作「」《粹》二·二八，後世學者憑據此構，皆棄許説。周伯琦《説文字原》、吴大澂《説文古籀補》、王静安《觀堂集林》並識爲「花蒂」本字。郭沫若謂「帝」本「花蒂」，殷族先民由崇拜植物之生殖器而嬗變爲崇拜天尊人王，借爲天尊人君之號。詳《甲骨文研究·釋帝篇》。姜亮夫亦云：「自農業時代興，植物性穀稷瓜果，年一來復，觀察所及，遂以窺見春生夏長之植物生態，而萼蒂實爲結實之關鍵。實又有子，復生新物，智能尚不能脱離宗教之影響，遂以花蒂爲生神。」今考「蒂」，不存許書，未見先秦古書。「蒂」之本字作「蔕」。《説文·艸部》：「蔕，瓜當也。从艸，帶聲。」《文選·吴都賦》「扤白蔕」，劉淵林注：「蔕，花根而綴于枝上。」班孟堅《答賓戲》「上無所蔕，下無所根」。蔕，即「根蒂」之蒂字。蔕，帶聲，月部。帝，錫部。帝、蔕本不同音。蔕之通蒂，當始於六朝支歌二部合流之後，而易諧聲「蔕」爲「帝」。《文選·西京賦》李善注引《聲類》曰：「蔕音帝。」其六朝之音如此。蒂，六朝俗字。以「帝」爲「花蒂」本義，其謬以今律古。陸宗達謂「帝」字古文本象朿柴之形，本言燔柴祭天之義，爲「禘」字古文。祭天謂之帝，則祭天之人主謂之帝。詳《説文解字通論》。《説文・示部》有「禘」字，曰：「諦，祭也。从示，帝聲。」又有「祡」字，曰：「燒祡尞以祭天神也。从示，此聲。」祭天爲祡，諦祭爲禘，本二字二義，未可溷淆。殷商卜辭、兩周銘辭言「帝」至夥，而無一字用「祭天」之名。徵於古書，帝字亦無「祭天」之訓。段君《説文》注「禘」字曰：「諦祭者，祭之審諦者也。何言乎『審諦』？自來説者皆云『審諦昭穆』也。禘有三：有時禘、有殷禘、有大禘。時禘者，《王制》曰『春曰礿，夏曰禘，秋曰嘗，冬曰烝』是也，夏商之禮也。殷禘者，《周》『春祠、夏禴、秋嘗、冬烝』。以禘爲殷祭，殷者，盛也。禘與祫皆合羣廟之主，祭於太祖廟也。大禘者，《大傳》、《小記》皆曰『王者禘其祖之所自出，以其祖配之』。謂王者之先祖皆感太微五帝之精以生，皆用正歲之正月郊祭之。《孝經》『郊祀后稷以配天，配靈威仰』也。《毛詩》言禘者二：曰《雝》，禘太祖也。太祖謂文王。此言殷祭也。曰《長發》，大禘也。此言商郊祭感生帝汁光紀以玄王配也。云『大禘』者，蓋謂其事大於宗廟之禘。……昭、穆固有定，曷爲審諦而定之也？禘必羣廟之主皆合食，恐有如夏父弗忌之逆祀亂昭穆者，則順紀之也。天子諸侯之禮，兄弟或相爲後，必後之者與所後者爲昭穆，所後者昭，則後之者穆。所後者穆，則後之者昭。而不與族人同昭穆，以重器授受爲昭穆，不以世系蟬聯爲昭穆也。故曰宗廟之禮所序昭穆也，宗廟之禮謂禘祭也。」段君精於三禮，甚得「禘」字之藴奥。據其所言，不論時禘、殷禘、大禘，皆爲祭宗廟之祖神。宗廟之祖神，序次昭穆，不可不審。審列祖先後而後祀之是謂之禘。禘，祭祖之名。禘，從示，帝聲，即「帝」之分別文。祭祖曰禘，帝爲始祖之稱。《禮記・曲禮》：「天王崩，告喪，曰：『天王登假。』措之廟，立之主曰帝。」趙彦衛《雲麓漫鈔》云：「《禮記》：『措之廟，立之主曰帝。』則自商以前，生曰王，立之主曰帝，非是生稱帝也。如李唐生曰帝，措之廟曰宗，後人追記前事亦曰某宗，非生稱宗。」其説是也。帝爲古之王者殁後之號，其生則不稱帝。《禮》謂「立之主」，猶《司筮》「則共匰主」之主，鄭衆注：「主，木主也。」立於宗廟之木主謂之帝，蓋宗神之偶像、標識，所以辯其昭穆次序者，類今俗「靈牌」。故帝猶宗神之統名，又謂之尸。《天問》：「載尸集戰何所急？」王注：

「尸，主也。言武王伐紂，載文王木主，稱太子發，急欲奉行天誅，爲民除害也。」姜亮夫謂帝讀如胎，帝、胎雙聲，引伸爲「始祖神」之稱。胎，之部。之、支二部先秦畛域至嚴，絶不相通。之、支合用，宜在隋唐之後，不可執今音以説假借。康殷先生以帝之初文爲象宗廟之神主，甲文上作者，象其首，中作者，象束繫之形。下後木，爲其所用之物。帝字由宗神主「」之圖畫脱胎而來。詳《古字源流淺説・釋帝》其説至爲譎詭，雖與《曲禮》巧合，唯甲文帝字復有「」《乙編》一七三、「」《周甲》八三諸體，金文作「」殷器《侯毁》、「」《仲師父鼎》、「」《秦公毁》、「」《戮狄鐘》，皆從上，從束，束亦聲。信陽楚簡字作「」。帝，形聲字，許氏未誤。束，荊棘，無至上義。帝字古或讀定音。《周禮・瞽矇》「世帝繫」，注：「帝讀爲定。」帝、定爲支耕陰陽對轉，端定旁紐雙聲。定，即顁字。《周南・麟之趾》「麟之定」，《釋文》：「定，本作顁。」顁，頂字別文，訓人天之顛，引申之言至上、根柢。《方言》卷六：「頂，上也。」蓋帝字本從上，定聲，而借定爲束。帝，借聲字。《説文》形聲「以事爲名，取譬相成」，聲中有義。其字諧聲不與本義合者，或轉注，或假借，必使聲、形、義三者相符，此六書造字之本也。詳下隨文所釋，此不煩舉例。上，言至高無上也；定，亦上也。合二文爲言始祖字作「帝」，省作丁。《窓齋集古録》三有禮器銘曰：「遟隮▼乙且，癸。」▼，古丁字。▼乙且，帝乙祖。《者減鐘》作▽見《希古樓金石萃編》卷一，《子璋鐘》又作。丁、帝耕錫平入對轉，同端紐雙聲。丁、頂一字繁省。《西清古鑑》卷三有「▼鼎」，即帝高陽鼎。，羊字古文，借作陽。亦借丁爲帝。甲文帝字或文上從者，丁字古文，非象花蒂之形。帝字或文當從丁，從束，而作「」。帝，始祖之號，是以帝字有言終極、根柢之義。《逸周書・周祝》：「危言不干德曰正，正及神人曰極，世能極曰帝。」《淮南子・詮言訓》：「四海之内，莫不繫統，故能帝也。」而後爲皇皇上帝、至上天尊之號。而至秦始皇藉以統攝兆民，漢世因之，是爲「王天下者之號」也。而東漢今文家好讖緯之言，其説「帝」字則復有「德合天地」、「德象天地」、「招類使神」、「明能見物、高能致物、物備咸至」、「能行天道、事天審諦」種種人神混雜之説，「帝」字古訓遂泯。劉永濟謂此文帝字，同《湘夫人》「帝子」、《天問》「登

立爲帝」、「后帝是饗」、「驚帝切激」之帝，泛指古世聖君。非是。此文「帝高陽」之帝，言始祖神，用其本義，而非稱人王天帝。稱帝高陽，猶謂吾族始祖神高陽。

【高陽】王逸注：「高陽，顓頊有天下之號也。」王氏以「高陽」顓頊爲楚之始祖，非爲無根之説。今於湖南長沙東郊出土戰國楚帛書首言「故祝[glyph][glyph][glyph]出自[glyph]⿱雨走，尻於㲄」云云，繼叙[glyph]⿱雨走生日月與帝夋，命其運行，於是判分陰陽，四時和調云云，「[glyph]⿱雨走」，誠楚族開天辟地之始祖也。姜亮夫釋「[glyph]⿱雨走」爲「耑⿱雨需」，耑通顓，⿱雨需即項字。饒宗頤謂「[glyph]」字不明，而⿱雨走字從雨，走聲，自可讀爲⿱雨需，即炎帝神農氏母任姒有蟜氏見《帝王世紀》。饒氏又引《大戴禮記·帝繫》：「老童娶於竭水氏，竭水氏之子謂之高緺氏，産重黎及吴回。」郭注《山海經》引《世本》作「老童娶於根水氏，謂之驕福，産重及黎，是爲楚先。」謂帛書「[glyph]⿱雨走」即高緺氏或驕福。案：上古帝王之名多以「高」「遠」爲義。如堯之爲高、舜之爲夋之類。上海簡（七）《武王踐阼》：「王問於工師尚父曰：不知黄帝、耑琂、堯、舜之道在乎？」耑琂，顓頊也。《新蔡葛陵楚墓》甲三（第一一、第二四）「昔我先出自⿰昌川遄，宅茲沮漳，以選遷處」。⿰昌川遄，亦即顓頊也。皆係疊韻連語，與「厜峩」、「嵯峨」、「巑岏」、「崀嶉」、「崔嵬」、「岞崿」、「蒼梧」、「崝嶒」、「崱嶷」屬音之轉，謂高遠之意。其名「耑琂」，猶始祖之高遠者也。⿰昌川，通作顓；遄，通作頊，猶琂之通頊也。《楚帛書》「[glyph]⿱雨走」，行文與楚簡同，[glyph]，即耑之壞字。⿱雨走，從走，雨聲，與「頊」音近，而非「⿱雨需」字也。洪《補》引張晏曰：「高陽，所興之地名也。」蓋其地名「高陽」者，以太皞族所居也。今考高陽其地，當周秦之世見載經典者約有三：一爲商丘高陽詳《太平寰宇記》，在濮陽，春秋屬衛，即《左傳》「衛，顓頊之虚」是也。濮陽於遠古，屬東夷族。《山海經·大荒東經》：「東海之外大壑，少昊之國，少昊孺帝顓頊於此。」皇甫謐謂帝顓頊始都窮桑。窮桑，或作空桑。其地有二：一在魯北，即青、兖之間。一在中土，莘、虢之間，即伊尹所出。魯北窮桑當其族本土，《史記·周本紀》張守節《正義》亦謂：「顓頊始都窮桑，徙商丘。窮桑在魯北。」而莘、虢之窮桑爲其族或西徙者所居，即居於漢水務隅之山者。二爲崑崙若水之高陽。《山海經・海内經》：「流沙之東、黑水之西，有朝雲之國、司彘之國，黄帝妻雷祖生昌意，昌意降處若水，生韓流。韓流擢首謹耳，人面豕喙，鱗身渠股，豚止，取淖子曰阿女，生帝顓頊。」《竹書紀年》亦曰：「韓流取淖子曰阿女，生帝顓頊。」又云：「帝産伯鯀，是維若陽，居天穆之陽。」《華陽國志》曰：「黄帝爲子昌意娶蜀山氏，後子孫因封焉。」若水，《史記・五帝本紀》司馬貞《索隱》、《水經注》並云「在蜀」，《後漢書》注謂「臚水」別名。臚、若一聲之轉。其水出於崑崙之墟，即今四川樂山若水。謂顓頊之祖昌意在蜀之若水，子孫因以居，是以高陽氏在蜀而不在濮陽。三爲今奉節、江陵之高陽。《水經注・江水》：「江水又東，右合陽元之水，水出陽口縣西南、高陽山東。」楊守敬曰：「縣在今奉節西南，注言高陽山在西南，則亦在奉節西南。」《水經注》又曰丙水發縣東南柏枝山，「其水北流，入高陽溪。溪水又東北流注於江，謂之陽元水口」。案：高陽溪、陽元水實爲一水，蓋入於江口爲陽元。陽，高陽之省。綜上，三高陽之地相去遠甚，由此可以推尋顓頊族繁衍及其氏族變遷之踪蹟。顓頊族，本東土夷族最原始之先民，顓頊爲古之日神之號。《説文・頁部》：「顓，頭顓顓謹貌。从頁，耑聲。」「頊，頭頊頊謹貌。从頁，玉聲。」説者據此或謂象帝顓頊「嫥慤」、「信慤」之德容，或謂顓字取義於耑，言始也。頊，同楚語之敖，宵、屋平入對轉，言君也。顓頊猶「始君」之意。蕭兵據郝懿行《山海經・海内經》謂顓頊之父「擢首」箋疏：「然則顓頊命名，豈以頭似其父故與？《説文》十二又云：『擢，引也。』《方言》云：『擢，拔也。』拔引之則長，故郭即郭璞訓擢爲長矣。」乃謂顓頊即「擢首」、「長頭」、「鋭頭」之謂，象其族之圖騰鳥。顓之爲言耑也。《説文》訓「物初生之題」，引申之有鋭、長義。顓、鋭元、月平入對轉，照三喻四旁紐雙聲。頊之爲言玉也。玉，古有高長義。《山海經・西山經》：「玉山，西母之所居也。」蓋玉山猶嶽山，玉，用高峻義。説者謂「此山多玉石，因以名云」，非是。《文選·吴都賦》「翫其磧礫而不窺玉淵者」，劉注：「玉淵，水深之處，美玉所出也。」玉，唯用深長義，劉氏亦泥。劉向《九歎・離世》「背玉門以犇鶩兮」，王注：「玉門，君門。」以君居之門高大，故以玉名。顓頊取名於長首也。「高陽」所以爲名者，蓋取之於日陽，猶謂太皞氏之日陽也。高陽氏居東土，而後其族或南遷江漢者，是爲楚先。今江陵故郢都之包山有一楚懷王世左尹邵尨大夫墓，出簡策遺文萬餘字，或載述祭祖卜筮之事，謂「禱楚先老僮、祝融、媸酓即鬻熊各一牂」云云，其禱楚先不自帝高陽始，而自老僮始者，蓋老僮爲高陽氏南遷之始祖。楚族之先民因便宜計，其祭祖不復越漢涉水以反於東土，而於域内立觀建廟以祭之，是以江漢間有地亦名高陽者。而後楚都頻遷及其族之衍變，雖一楚之内猶有數高陽在焉。而顓頊族或西徙居於蜀者，與巴蜀土著民族相融，則「長首」、鳥形之帝顓頊又有豕喙、鱗身之象。其雖與楚族同出一宗，而終非一姓氏，更不得謂楚先出西方、楚族本屬西方民族也說詳岑仲勉、姜亮夫等，且於考古言，無地下遺存得以證明。巴蜀以虎爲圖騰，而楚以鳳鳥爲圖騰，自是兩大世系。又，漢水又有「魚婦」之顓頊，《山海經·海外北經》：「務隅之山，帝顓頊葬於陽，九嬪葬於陰。」《海内東經》：「漢水出鮒魚之山，高陽顓頊葬於陽，九嬪葬於陰。」《大荒北經》：「河水之間，附禺之山，帝顓頊與九嬪葬焉。」務隅、鮒魚、附禺皆「婦魚」之音變。婦魚，水族，蓋出於魚龍族顓頊氏之先民。今西安半坡文化遺址出土仰韶文化之彩陶，畫有人首魚身之圖形，此蓋「魚婦」原型。生息在漢水上游之顓頊先民蓋爲半坡族所異化，其神變鳥身爲魚身之象，與楚族血統亦至密。郝懿行《山海經箋疏》曰：「《北堂書鈔》卷九十二引漢水作濮水，水在東郡濮陽，正顓頊所葬。」帝顓頊葬地非唯濮水一處，漢水「婦魚」氏之顓頊先民，即出自濮陽鳥夷族與仰韶氏合流。楚子熊繹始封丹陽，非在秭歸，亦不在當塗或枝江，蓋在漢北之丹、淅間，即今河南淅川縣下寺。據考古家言，下寺東北數里有古城垣遺址，城垣高二三米，東西長九百餘米，南北寬六百餘米，名爲「龍城」。此蓋楚國始封規模，其地適在「魚婦」族境内。當熊繹之世，丹陽爲楚之政治文化中心，故楚人以漢水境内「婦魚」之山爲高陽祖廟所在。《鄂君啓節》有陽丘，譚其驤謂在今河南方城縣東五里。陽丘，當在丹淅境内，蓋高陽之丘，亦即高丘。及楚文王遷都於郢，陽丘祖廟南徙於巫山之陽，在今奉節、江陵之間。而漢以北陽丘爲高丘。屈子之世，高陽祖廟似指巫山高唐。陽、唐二字古書通用。《齊侯鎛鐘》：「虢虢成唐，有巖在帝所。」成唐，即成湯。《太平御覽》卷八二、九一二同引《歸藏》曰：「昔者桀筮伐唐，而枚占熒惑曰不吉。」伐唐，即伐湯。湯、陽同諧昜聲，例得通用。唐通湯，當亦通陽。馬王堆漢墓出土《戰國縱横家書》「陽」字一概作「唐」。《説文·口部》：「啺，古文唐。」《春秋》昭十三年「納北燕伯於陽」，《左氏傳》「陽」字作「唐」。杜預注：「陽即唐。」巫山，楚人之崑崙也。屈賦所稱崑崙未必皆在西域。詳下文「崑崙」注。楚人爲帝高陽立觀建廟，世代典祀，尊爲至上神祇。楚之懷、襄二王數遊其居，夢與神女交通，宋玉《高唐賦》、《神女賦》詳載其事，雖屬寓言，蓋其時典祀先祖高陽之遺習。顓頊既爲生日月之父，故其精靈爲鳳鳥之象。《墨子·非攻下》曰：「昔者三苗大亂，天命殛之……高陽乃命玄宮。禹親把天之瑞令，以征有苗。四電誘祇，有神人面鳥身，若瑾以侍，搤矢有苗之祥。苗師大亂，後乃遂幾。」《藝文類聚》卷一〇《隨巢子》略同。「有神人面鳥身」者，即帝高陽。高陽氏之後裔多有以鳥爲姓者，《潛夫論·志氏姓》：「今高陽諸酈爲著姓。」酈，通作離，即離朱，鳳鳥之屬。《史記·秦本紀》曰：「秦之先，帝顓頊之苗裔孫曰女脩。女脩織，玄鳥隕卵，女脩吞之，生子大業。」又謂大業生大費，「佐舜調馴鳥獸，鳥獸多馴服，是爲柏翳」。柏翳即伯益，其子大廉曰「鳥俗氏」，「大廉玄孫曰孟戲、中衍，鳥身人言」。《山海經·大荒北經》及《海外北經》皆言帝顓頊葬所有鵖久、離朱、鸞鳥、皇鳥等，蓋皆顓頊族諸裔。離朱，赤鳥，日神帝舜之精。詳《離騷解題》。帝舜、帝俊、帝嚳，《山海經》本一人分化，皆日神原型，帝顓頊所生者，曰「日中皆載烏」，其爲鳥族故也。日神妻娥皇生少昊，時有五鳳，集於帝庭，因曰玄鳥氏。王嘉《拾遺記》。《左傳》昭十七年亦曰：「我高祖少昊摯之立也，鳳鳥適至，故紀於鳥，爲鳥師而鳥名。」楚族之祖祝融出於帝顓頊《左傳》昭二十九年：「顓頊氏有子曰犂，爲祝融。」祝融爲帝嚳火正，能光融天下《史記·楚世家》，其神「乘兩龍」、「操蛇」、「踐蛇」，凌居龍蛇之上，是即鳥夷族神恒有之象。祝融，亦日神分化。《潛夫論·志氏姓》曰：「夫黎，顓頊氏裔子吴回也，爲高辛氏火正，焞燿天明地德，光四海也，故名祝融。」顓頊、高陽、帝舜、祝融、吴回，於楚人視之，猶一神祇耳，其精靈之象皆鳳鳥。楚俗崇拜鳳鳥，故其凡出自帝高陽者，皆視爲鳥形，即中土夏人之先鯀、禹亦不例外。《山海經》郭璞注引《竹書》曰：「顓頊產伯鯀。」而謂伯鯀後裔有驩頭，「驩頭人面鳥喙，有翼，食海中魚，杖翼而行」。《大荒西經》。鯀亦鳥族之裔。《國語·魯語》曰：「夏后氏禘黃帝而祖顓頊，郊鯀而宗禹。」其龍、鳳雜糅不分。《尸子》則謂「禹長頸鳥喙」《太平御覽》卷八一引，禹亦爲鳥身。楚人好鳳、崇鳳，爲春秋戰國楚墓地下文物所證驗，不論何種類型楚器之造型或紋飾，皆取象於鳳鳥，其地位居於龍、虎之上。於屈賦言，鳳鳥亦優於龍，《天問》於鳳鳥一無所疑，而於龍則多有發難之辭，實亦楚族宗神意識之體現。又「帝高陽」何不言「高陽帝」？友人董楚平、羅漫君謂此等稱謂本出吴越諸族遺習，與中土稱「黃帝」而不稱「帝黃」者異。其可備爲一説，姑存之。

【苗裔】王逸注：「苗，胤也；裔，末也。」朱子曰：「苗裔，遠孫也。苗者，草之莖葉，根所生也。裔者，衣裾之末，衣之餘也。故以爲遠末子孫之稱也。」朱起鳳《辭通》亦曰：「苗者，百卉之芽，根所生也。裔者，衣裾之末，服之餘也，故以爲遠代子孫之稱。」皆以苗裔爲喻詞。案：《説文·艸部》：「苗，艸生於田者。」引申爲細末、幼小義。《廣雅·釋詁》曰：「苗，末也。」王念孫曰：「禾之始生曰苗，對本言之則爲末也。苗，猶杪也。」朱駿聲亦以「苗裔」之苗讀爲杪。杪，木末也。杪、苗同步而生，未較其有先後。苗之爲言毛也。《公羊傳》僖四年注：「苗，毛也。」《説苑·修文》引《春秋傳》：「苗者，毛也。」又曰：「苗者，毛取之。」《尚書·虞書》「三苗」，《山海經》則作「三毛」。毛有細末、幼小義，今江南俗呼小兒曰毛毛、曰毛頭，即其遺存。《説文·衣部》：「裔，衣裾也。从衣，冏聲。𡗝，古文裔。」又：「裾，衣褎也。」衣裾者謂何義？古未及深考。《説文》或本「衣裾」作「衣裙」。段君注：「帔曰裠，裳曰下裠。此衣裾謂下裠，故《方言》、《離騷》注皆曰：『裔，末也。』《方言》又曰：『裔，祖也。』亦謂其遠也。《方言》又曰：『裔，夷狄之總名。』郭云：『邊地爲裔。』」案：《左傳》『衛侯卜繇曰：「裔焉大國」。』言邊於大國也。衣之義如此，言衣裙得以通之。若言衣裾，則何以解焉？小徐云：『裾，衣邊。』蓋小徐作注時本作裙。」案：《爾雅·釋器》：「衱謂之裾。」郭璞注：「裾，衣後襟也。」《禮記·深衣》「續衽鉤邊」，鄭注：「鉤邊，若今曲裾也。」鉤，折曲。「鉤邊」云者，指衣之左幅曲折於背後若燕尾然也。古之深衣無繫結鈕扣，左幅上連於襟，下屬於衽，包裹於背後，繫於帶下，形如燕尾。而燕尾之末端，爲衣之邊遠處，故曰裔也。裔，非泛指衣邊，本指曲裾之末梢也。裾，居聲。居，曲也。故訓「衣裦」，包裹之意。改「衣裙」者非也。裙，下裳，不解「衣邊」。裔之從㕯，㕯當作「冏」。古文裔字作冂，從冂。《廣韻》下平聲第十五青韻：㕯、冏同音古熒切。耕部，見紐。去聲第十三祭韻：裔音余制切。月部，喻紐四等，古歸定紐。冂、冏皆非裔字諧聲。裔，從衣，從冏或冂。會意字。《冂部》：「邑外謂之郊，郊外謂之野，野外謂之林，林外謂之冂。象遠界也。」引申爲言遠末義。以轉注「衣末」者，則制字從衣、從冏而爲「裔」，或爲「㕯」。裔、㕯皆會意之轉注。《廣雅·釋詁》：「遾、裔，遠也。」王念孫曰：「裔與澨聲近。遠謂之裔，亦謂之遾；水邊謂之澨，亦謂之裔。義相近也。」裔、遾，其語根蓋爲際也。《水經注》卷四〇《三澨》引京相璠曰：「杜預亦云：『澨，水際及邊地名也。』」裔與遾、際比同月部，定禪旁紐雙聲，際爲邊之統名，而水邊謂之澨，衣邊謂之裔。「苗裔」連文，二字平列同義，非喻詞。又，《爾雅·釋詁》：「艾歷，覛胥，相也。」《方言》卷一三：「裔歷，相也。」裔歷、艾歷同，裔、艾二字義同。《九歌·少司命》「竦長劍兮擁幼艾」，幼艾，即幼裔，實苗裔。苗、幼二字義同。而舊注誤釋「艾」爲「老」。王逸引《帝繫》曰：「顓頊娶于騰（墳）隍氏女而生老僮，是爲楚先。其後熊繹事周成王，封爲楚子，居于丹陽。周幽王時生若敖，奄征南海，北至江漢。其孫武王求尊爵於周，周不與，遂僭號稱王，始都於郢。是時生子瑕，受屈爲客卿，因以爲氏。」王説屈氏先世，疑竇百生。既謂瑕爲武王子，又謂「客卿」，自相齟齬。客卿之制，始自戰國而未見春秋。林寶稍易其説，謂「楚武王子瑕食采於屈，因氏焉」。《元和姓纂》卷十。宋鄭樵《通志·氏族略》，明董説《七國考》，清張澍《世本按語》、《姓氏尋源》、《姓氏辯誤》皆因林説。然考《左傳》桓十一、十二、十三年載屈瑕本事，言「屈瑕」、言「楚屈瑕」、言「莫敖」，不言「王子」、「公子」或「武王子」。

屈瑕稱楚王爲「王」，武王夫人鄧曼稱屈瑕爲「莫敖」，皆以君臣之禮相待，知其非父子或母子之倫。趙逵夫謂屈氏先世始於楚熊渠世子伯庸。據《世本》「熊渠有子三人，其孟之名爲庸，爲句祖王；中子之名爲紅，爲鄂王；其季之名爲疵，爲就章王」。孟，伯也。孟庸，即《史記・楚世家》之伯庸，形訛作伯康、毋康。又謂句祖即句亶、句澨，在今湖北鄖縣東，近楚始封地丹陽，居古庸國之北。其説極是，文繁不録。詳《文史》二十五輯《屈氏先世與句亶王熊伯庸》。1975 年有《屈子赤角盬》出土於鄖陽之原，屈子赤角，即屈御寇之子息公子朱。春秋晚世屈氏後裔猶在鄖陽句澨。又考安陽殷墟小屯卜辭言「王在𠂕」、「在𠂕」《甲編》二九〇二、二九〇七。𠂕，厥字古文。厥、屈二字通用。《左傳》宣十二年「韓厥」，《公羊傳》襄元年作「韓屈」。《左傳》文十年「厥貉」，《公羊傳》則作「屈貉」。此二例卜辭載殷王南狩而至於「厥」，書命雀使南邦方，以楚熊渠之世楚國推之，厥，在漢北丹、淅之間，蓋屈氏始封句澨。句澨，合音爲厥屈，音變爲句亶。知殷商之世，楚已有屈氏。清華簡《楚居》「至酓罣𦋺（熊繹）與屈紃」云云，則屈氏在商季已錫氏也。其與卜辭暗合。又，舊謂屈氏采邑在秭歸，其地有屈原坨云云。郭沫若謂此係後人附會《離騷》女嬃而强爲之説。又據《左傳》僖二十六年杜預注：「熊摯，楚嫡子，有疾不得嗣位，故別封於夔。」謂秭歸，古夔子國，非屈氏所封。案：其説是非並𠻡。秭歸，信熊摯始封。及莊王之世，蓋屈氏或有南徙居夔以避庸亂者，爲其氏姓別一居地。

「恐非唯出於後人指袁山松杜撰也。」説詳下文「伯庸」條。

【兮】兮，古之歎辭。清孔廣森曰：「兮，《唐韻》在十二齊，古音未有確證。然《泰誓》『斷斷猗』，《大學》引作『斷斷兮』。似兮、猗音義相同。猗，古讀阿，則兮字亦當讀阿。嘗考《詩》例，助字在韻句下者必自相協。若《墓門》之、止同用，《北門》之、哉同用，《采薇》之、矣同用，皆之咍部字也。兮字則《旄丘》、《君子偕老》、《氓》、《遵大路》皆與也字同用。今讀兮爲阿，於也聲正相類。又《九歌》：『愁人兮奈何，願若今兮無虧。』《天問》：『斡維焉繫？天極焉加？八柱何當？東南何虧？』虧字亦五《支》之當改入《歌》、《戈》者，《説文》本從虧，或從兮，未必非兮聲也。」

其説是也。案：兮字古音屬歌部。虧、虧一字兩體。虧，會意字；虧，形聲，兮，諧聲字。詳下文「未虧」注。郭沫若亦謂「兮」字讀如「呵」。戰國楚簡及馬王堆漢墓帛書《老子》甲本「兮」字一概作「呵」，《老子》多存楚語楚音。蓋《楚辭》本書作「呵」，漢世改用「兮」。然則令九江被公讀之，雖改作「兮」亦猶音「呵」也。

【朕】朕，王逸但釋「我」。吕延濟曰：「朕，屈原自稱也。古人質與君同稱『朕』。」洪氏《補注》引蔡邕曰：「朕，我也。古者上下共之，咎繇與帝舜言稱『朕』，屈原曰『朕皇考』，至秦獨以爲尊稱，漢遂因之。」劉永濟求「朕」字語源，劉氏云：「蓋朕乃發聲之詞，凡自稱、稱人之代名詞，最初皆由於發聲。今北人自稱爲喒，字或作咱，亦發聲之詞。章炳麟謂即朕之聲變。是也。」以「朕我」之「朕」與秦獨尊之「朕」爲一字。案：《史記・李斯列傳》曰：「天子所以貴者，但以聞聲，群臣莫見其面，故號曰朕。」《潛夫論・明闇篇》曰：「秦之二世，務隱藏己，而斷百僚。」又曰：「趙高亂政，恐惡聞上，乃豫要二世曰：『屢見羣臣衆議政事，則黷黷且示短，不若藏己獨斷，神且尊嚴，天子稱「朕」，固但聞名。』二世於是乃深自幽隱，獨進趙高。」肇自秦始皇帝稱「朕」，其取義於「幽深」、「隱藏」之「深」。《老子》「躁勝寒」、「牝恒以静勝牡」、「而哀者勝」、「不戰而善勝」、「弱之勝彊」、「勝人者有力也」、「柔弱勝彊」，馬王堆漢墓帛書《老子》甲、乙二本「勝」字皆作「朕」。《列子・黄帝》「向吾示之以太冲莫朕」，《莊子・應帝王》「莫朕」作「莫勝」。又，《周書・柔武》勝、心協韻，朱駿聲《説文通訓定聲》曰：「勝，讀如深也。」朕、深二字亦通用。《説文》段注：「朕聲古在六部，轉入九部。」六部屬蒸，九部屬東。東部之送字，《説文》謂从辵，佚省聲。則與朕字音同，故段云「轉入九部」。段氏東、冬不分。送，冬部。冬、侵部字多通用，送、朕同侵部。至晚周戰國，於侵部分出冬部，又别於東。朕字古音非蒸部，屬侵部。《説文・火部》：「燂，火熱也。从火，覃聲。」《考工記・弓人》：「欲孰於火而無燂。」注云：「燂，炙爛也。故書燂或作朕。」譚、朕同屬侵部。秦始皇帝獨尊稱「朕」，其義爲深，而諧音「朕我」之朕。「朕我」之朕，爲「台」音變。《爾雅・釋詁》：「台，朕，我也。」台、朕爲之蒸陰陽對轉，定審旁紐雙聲，台，以也。台諧以聲，故二字通用。以，己也。《説文》己字段注：「己，皆有定形可紀識也。引申之義爲人己，言己以別異於人者。己在中，人在外，可紀識也。《論語》『克己復禮爲仁』，克己者，自勝也。」人己、我己，一義貫注。今語謂「我」爲「自己」。蔡中郎既不審「朕深」「朕我」二義，而謂「至秦獨以爲尊稱」，至爲鹵莽。後人又因襲其誤而不察也。又，于省吾嘗考屈賦用「朕」之例，謂「朕」皆作領格，猶「我的」。案：據管燮初、黄盛璋考證，卜辭用「朕」凡三，領格有二，主格有一。金文用「朕」凡五十又九，皆用領格。《尚書》用朕凡五十又五，領格爲三十又三，主格十又九，賓格爲三。蓋時愈下，主格侵多，而領格日少。屈子賦《騷》，去殷、周甲金文，有六七百餘祀，且晚於《尚書》，則未可以殷周句法通例繩之。屈賦七例朕字，非統用領格。下文「回朕車以復路」、「哀朕時之不當」，皆用主格。詳下所釋。惟此「朕皇考」，效三代鐘鼎銘文句法，朕字用作領格。

【皇考】皇考，古來聚訟紛紜，未有確論。王逸注：「皇，美也。父死稱考。《詩》曰『既右烈考』。」呂延濟曰：「父死後稱之曰考。」錢杲之曰：「《禮》：『祭其父，稱皇考。』」王夫之曰：「父曰皇考，皇，大也。」吴世尚曰：「生曰父，死曰考。考，老也，成也。」皆以「皇考」指原父。洪《補》「上陳氏族，下列祖考」云云，以「皇考」指原之先祖。葉夢得《石林燕語》曰：「父没稱皇考，於《禮》本無見，《王制》言天子五廟，曰考廟、王考廟、皇考廟、顯考廟、祖考廟。則皇考者，曾祖之稱也。自屈原《離騷》稱『朕皇考曰伯庸』，則以皇考爲父，故晉司馬機爲燕王告祔廟文，稱『敢昭告於皇考清惠亭侯』，後世遂不改。」葉氏謂父曰皇考，始自屈《騷》，而先屈子之世皇考爲曾祖，蓋欲調停王、洪歧紛。王闓運曰：「皇考者，大夫祖廟之名，即太祖也。」聞一多、饒宗頤據劉向《九歎・逢紛》「伊伯庸之末胄兮，諒皇直之屈原」語，謂「皇考」爲「原之遠祖」。魏炯若引《禮記・祭法》「曾祖曰皇考」及《内則》「凡父在，孫見於祖，祖亦名之」爲證，以「皇考」爲原之曾祖。謂屈子之名爲其曾祖所爲，屈子生時，其曾祖尚在，及至放逐而賦《騷》之日，曾祖已殁，故謂之「皇考」。趙逵夫謂「皇考」指伯庸句亶王，爲屈氏始封之祖。王説未可輕易。蓋王氏引「烈考」爲例，以釋「皇」字之義。皇，光也；烈，亦光也。皇、烈二字義同，皇考，又作烈考。其與《雝》所指者無因。《禮記・曲禮》曰：「父曰皇考，母曰皇妣。」《儀禮・聘記》曰：「孝子某，孝孫某，薦嘉禮於皇祖某甫，皇考某子。」皇祖對孝孫言，皇考對孝子言，皇考，謂父也。皆以父死爲皇考之確證，不得言「於《禮》本無見」。姬周吉金銘文，皇考爲父稱，書證至富。《齊侯因資敦》：「皇考孝武𧻚公。」𧻚公爲因資之父也，而稱曰皇考。《虢叔旅鐘》「丕顯皇考惠叔」。惠叔，虢叔之父也，而稱曰皇考。《叔夷鐘》「用孝享于皇祖皇妣，皇母皇考。」皇祖，爲叔夷之祖；皇考，爲叔夷之父也。出土於丹淅下寺楚墓之器《王子午鼎》，銘曰：「隹正月初吉丁亥，王子午睪其吉金，自乍䵼彝𨕡鼎，用亯以孝于我皇祖文考。」皇祖文考，爲子午五世祖楚文王。其不稱「皇考」，而稱「皇祖文考」者，皇祖、皇考固不可溷。《九歎・遠逝》：「躬純粹而罔愆兮，承皇考之妙儀。」《愍命》：「昔皇考之嘉志兮，喜登能而亮賢。」言承「妙儀」，言「嘉志」，皇考，宜指原父。王注《九歎》「皇考」亦並謂「原父」。下文「皇覽揆余初度兮」，皇，皇考之省。若以皇考爲遠祖，似與「皇覽揆」語不相接榫。果如魏君所釋，謂「皇考」爲「原之曾祖」，則屈氏一門五世同居，誠無此事。西周銘文，祖對妣言，考對母言。《諶鼎》：「諶肇作其皇考皇母者比君䵼鼎。」《頌鼎》、《𣪘諸器》曰：「皇考龏叔，皇母龏姒。」《仲叡父𣪘》曰：「朕皇考釐仲，王母泉母。」又曰：「皇考徲伯，王母徲姬。」《召伯虎𣪘》曰：「我考我母。」《師趛鼎》曰：「文考聖公，文母聖姬。」皆以皇考爲父死之稱。此文「皇考」，宜指屈子父考，不當爲遠祖之稱。《説文・王部》：「皇，大也。从自。自，始也。始皇者，三皇，大君也。自讀若鼻，今俗以始生子爲鼻子。」金文皇字作「皇」《作册大鼎》、「㞷」《㝬鐘》、「㞷」《[illegible]弔多父簋》、「㞷」《嗽肪簠》上非自字，吴大澂《説文古籀補》謂古文象「日出土」，林義光《文源》謂「象日光芒出地形」。然則皇字古文有象者亦有不象者，且不象者居多。于省吾謂皇字由往字演變而來，契文㞷始變爲㞷，再變爲㞷或㞷，三變作㞷㞷或㞷，四變省作㞷、㞷，《吉林大學學報》一九八一年第二期《釋皇》。蓋無根臆説。郭沫若謂皇本訓有五彩羽之王冠，五彩羽亦謂之皇，引申爲輝煌、壯美、崇高、偉大、尊嚴、嚴正、閑暇諸義，秦始皇帝始尊爲君號詳《考古學報》一九六二年第二期《長安縣張家坡銅器羣銘文考釋》。案：郭說有思致。陸宗達謂皇本義爲「五色鳥羽作裝飾」之冠冕，以皇、𦏲爲一字。《山海經・大荒西經》曰：「有五采鳥三名，一曰皇鳥，一曰鸞鳥，一曰鳳鳥。」，皇，即鳳皇。《書・益稷》「鳳皇來儀」，孔穎達曰：「雄曰鳳，雌曰皇。」《大荒西經》又曰：「有五采之鳥，有冠，名曰狂鳥。」郭璞注：「《爾雅》云：『狂，夢鳥。』即此也。」狂即皇，夢即鳳，音近通用。析言之，雄曰鳳而雌曰皇，渾之不分。皇訓五彩羽之冠，而雌鳳之所以名不可得知。《禮記・王制》「有虞氏皇而祭」，皇，有虞氏之精靈也。帝舜同《山海經》之帝俊、帝嚳，其爲日神，其精爲載日之三足烏。有虞氏先民祀典先祖帝舜，則爲皇舞。《樂師》鄭注曰：「旄舞者氂牛之尾，干舞者兵舞。皇，雜五彩羽如鳳皇色持以舞。」《舞師》孫詒讓《正義》曰：「劉注引《周禮》曰：『𦏲舞，帥而舞旱暵之事。』鄭玄曰：『𦏲，赤卓染羽爲之也。』」鄭司農曰：「皇舞，蒙羽舞，書或爲𦏲。」又注《樂師》曰：「皇舞者，以羽冒覆頭上，衣飾翡翠之羽。」鳥羽或以蒙頭，或以飾衣，或以執持者，祇鳳皇族圖騰崇拜之遺習。西人弗洛伊德曰：「在具有傳奇和宗教目的場合裏，所有的族民都必須裝扮成圖騰的模樣，同時，模仿着它的行爲。」又曰：「在時常舉行的慶典裏，同一圖騰的人跳着正式的舞蹈，模仿且表現着象徵自己的圖騰動物的動作和特徵。」《圖騰與禁忌》。皇舞云者，鳳皇族先民著以皇鳥之飾，模仿皇鳥之狀，以頌祖神之德以徼福祐者也。皇，非冠冕之稱，即鳳鳥也。皇字古文上部從、、諸形，象鳳鳥之首。《甲骨文編》收鳳字五十體，鳳首多作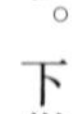。下從、，即古之王字。甲文往字作《佚編》二五，古文非從土。王字初文，其形體與「」、「」相似，皆古世皇權之象徵。，古戉字，即鉞字初文。之與，祇在橫豎之分。，象執戉耑坐稱王。吳越地區崧澤、良渚文化遺存，於其大酋墓葬時有製作精美之玉鉞出土，非工器，無使用痕蹟，實禮器，象徵王權，且雕有饕餮紋，當大酋所有，此亦「王」所以象斧而作「」者也。王者爲萬兆所歸，其孳乳字爲往。東夷先民崇鳥，則於「」字之上飾以鳥羽，而字作皇，其異體又作𦏲。又，邃古之初爲母權制，稱皇者皆女酋，故皇字古義訓母，俗字

別作媓；而鳥之雌者亦稱皇，以別於雄性之鳳。有虞氏先民祀典先祖帝嚳而「皇舞」，蓋執飾以鳥羽之鉞而舞，例同《詩》之「萬舞」、《天問》之「干舞」，皆武舞也。皇，既有光明義，則以美父考之辭，故父稱「皇考」。考，本父死之稱。《説文・老部》：「考，老也。从老省，丂聲。」許氏釋「轉注」之義，以老、考二字爲例，曰：「轉注者，建類一首，同意相受，考、老是也。」裴務齊則謂「考字左回，老字右轉」，以隸釋篆，鄙陋之至。而戴侗《六書故》、周伯琦《六書正譌》因左回右轉説轉注，又以側山爲𨸏、反人爲匕爲例，尤可笑喙。戴震、段玉裁謂考、老二字互訓爲轉注。又謂轉注、假借爲「用字之本」，非造字之法。其説多爲世人所許可，實失六書之旨。老，甲文作「□」，象長髮佝僂扶杖之長者，五十、六十、七十則不拘，蓋年邁人之通稱。引申爲父之專稱。《公羊傳》宣十五年「什一行而頌聲作矣」，何休注：「選其耆老有高德者名曰父老。」《周禮・司門》「以其財養死政之老」，注：「死政之老，死國事之父母也。」《顏氏家訓・雜纂》：「先人爲老。」考，从老省，丂聲。「从老省」者，賅其父義。丂，朽也。二字音同通用。朽有死亡之義。《左傳》成三年：「以君之靈，纍臣得歸骨於晉，死且不朽。」死且不朽，猶言不死也。後起分別文又作⿰歹丂。合老、朽二字以表「父死」之義，則制字爲「考」。而考在老部之內，故曰「建類一首」也；以「父老」之引申義挹注於「父死」之「考」，是謂之「同意相受」也。故「轉注」亦「六書造字之本」，而非用字之法。蓋會意、形聲爲合體字，必會合二獨體字以爲某字之義。人言爲信，止戈爲武，火柔爲煣，辵同爲迵。而惟能直接會合者爲數甚少，大率以「轉注」、「假借」二術爲之，帝、考是也。轉注、假借雖不得徑直造字，然則爲會意、形聲之附庸，濟其所未逮。前修説「轉注」、「假借」，皆未得其旨，故今略説之。詳拙文《説文「轉注」、「假借」條例試釋》。又，《頌鼎》「用作朕皇考龔叔皇母龔姒寶尊鼎」。《史伯頌父鼎》「朕皇考釐仲，王母泉母」。《魯士商⿰虘又》「魯士商⿰虘又肇作朕皇考叔猒父隮毁」。《叔向父毁》「余小子司朕皇考」。《仲⿰虘又父敦》「朕皇考遟伯，王母遟姬」。「朕皇考」，三代典謨通語。

【伯庸】王逸注：「伯庸，字也。屈原言我父伯庸，體有美德，以忠輔楚，世有令名，以及於己。」呂延濟曰：

「伯庸，原父名也。」洪《補》斥之，曰：「又以伯庸爲屈原父名，皆非也。原爲人子，忍斥其父名乎？」案：今覆洪說，不論謂字、謂名，「皆非也」，「皆」字蓋亦概王注言之。姜亮夫曰：「古人斥父之說，不足爲據。司馬遷稱父談，班固號父彪。臨父不諱。此序先世，非同指斥也。」姜說似是而非。史遷、班書皆用史筆，求其真實，雖臨父而不諱。《離騷》，賦也，「假象以盡辭」，率多寓言，未可與遷、固之書同日語。下文自表名字，變言曰「正則」、曰「靈均」，而不徑直稱名「平」字「原」，奚以直言父名父字？惜洪氏未究稱「伯庸」之蘊。今人多不苟同王注，而別創新說。饒宗頤、譚介甫以伯庸爲楚族之先公熊繹、熊通或祝融，聞一多以伯庸爲屈瑕公，趙逵夫以伯庸爲句亶王，各因字義訓詁而強爲之解，尟有可采。郭沫若謂伯庸爲原父考之號，至爲允當。劉永濟曰：「首叙世系及父親之別號。」父考何以「伯庸」爲號？惜郭、劉二氏未深考。《離騷》首二句，「帝高陽」、「伯庸」爲儷偶對文，帝，爲顓頊始祖之號；伯，當非伯仲之伯，實爲原父之五等爵號，即侯伯也。高陽，爲顓頊所興之地名；庸，宜原父封邑。誠上所考，屈氏先公爲熊渠世子句亶王，封於句澨，在古庸國之内，楚人出於庸人之敵愾，名句亶王爲伯庸。惟此「伯庸」，雖與句亶王同名號，而與句亶王非一時一人。句亶王伯庸爲屈氏始封之祖，而此「伯庸」爲屈子父考。伯，猶方伯之伯，五等爵號。包山楚邵𨂂墓卜禱之辭有貞問封爵之言，蓋楚封君皆有爵號。伯庸，猶伯鮌、伯禹、伯益之比，伯非仲伯之謂也。庸國，在楚始封丹陽之南，熊渠拓疆南下，首必伐庸。蓋楚熊渠之世，庸已臣事於楚矣。及至文王遷郢，庸又爲楚西北門户。莊王十五年，楚大「饑饉」，庸乘勢「率群蠻以叛楚」，首當兵燹之害者必居於句澨屈氏。屈氏或有率族徙於秭歸者，而後定居其地，與居漢北庸者成南北二族。至衛人吴起佐楚悼王行新法，「禄臣再世而收地」（《韓非子·喻老》），「封君之子孫三世而收爵禄，絕滅百吏之禄秩，損不急之枝官，奉選練之士」（《和氏》），又流宂官贅吏，令率其族徙居邊鄙之邑。屈氏、鄂氏及越章氏三姓爲楚宗室大族，蓋爲新政所黜之列，屈子父考徙居封庸，即在其時。其爲庸之封君，而號曰「伯庸」。及吴子事敗，蓋伯庸復歸於朝，而復其舊職。考包山楚左尹邵𨂂墓楚簡有「女命大莫嚻屈昜爲命」、「𨚕攻尹屈惕命解舟、𢿢舟」等語，莫嚻，即莫敖，攻尹，即工尹；皆屈氏世襲之職，位比方伯。屈昜、屈惕一人，蓋屈庸歟？楚語方音，東、陽二部字多通轉。楚器銘文有「促市」，朱德熙識爲「工師」，謂「促」即「剛」字，「剛師當讀爲工師。剛、工雙聲，並屬見紐。工，東部；剛，陽部。東、陽二部通轉是古代楚方言之特徵」。其說至碻，可爲屈陽即屈庸之證。庸、陽並喻紐四等，亦屬雙聲。此以地下文物徵驗之，伯庸信有其人，係屈原父考而非其祖、曾祖或祝融、熊繹之屬，屈庸既爲𨚕工尹，又爲𨚕大莫敖，信楚國重臣。𨚕，蓋郊字，即鄢字，邑名。據簡文，郊屬藍郢，即《國語・楚語》藍尹亹所封之邑，在漢北之鄖，後爲楚王在漢北行宫，故稱藍郢。今湖北鄖縣東二十里有安陽口，抑楚古世之郊邑歟？屈庸居庸稱伯，雖未見《檮杌》，然於屈賦二十五篇猶有鴻爪可志。《九章・抽思》叙屈子退居漢北情事，有言曰：「有鳥自南兮，來集漢北。」屈子以鳥自稱，謂有一楚族胄子自南而上，退居漢北，踵武其父考被黜於庸也。又曰：「初吾所陳之耿著兮，豈至今其庸亡？」庸亡，言亡命於庸也，倒文以協韻。言我初所𠴱言，耿介光明，有憑有證，而君至今浩蕩不察，流我於庸。觀屈子一生所爲，志在强國立法。《惜往日》曰：「惜往日之曾信兮，受命詔以昭詩。奉先功以照下兮，明法度之嫌疑。國富强而法立兮，屬貞臣而日娭。秘密事之載心兮，雖過失猶弗治。」《史記》本傳亦載，屈子嘗爲懷王「造爲憲令」，庶幾爲吴子再生。故楚宗族嫉之如讎，藉吴子之口實群起毁之。於屈賦二十五篇，於吴子不幸，未著一字，諱莫如深，誠可怪者。屈子本楚族著姓之胄，其視吴子新政，一如楚之宗族，以爲禍楚、亂國之階，故亦從俗置之不以爲然。其首稱父考伯庸者，一以哀父考當年無辜罹憂，流於庸也；二以表白情愫，謂我佐王行「美政」，志在强楚以抗衡中原，且我與楚本同宗，既非「只知其母不知其父」之野合之種，又非「不南走胡即北走越」之外族逋客，不宜視我如吴子。

是二句謂我本楚族始祖帝高陽之胄，生來有日神之靈性，父考爲楚方伯伯庸，得其楚族血脈之正，先在具有宗人之質。蓋二句言屈子先在具有神與人之雙重血統也。

攝提貞于孟陬兮　惟庚寅吾以降

貞《古今事文類聚》前集卷六引作正。案：王逸注：「貞，正也。」王本作貞，後避宋諱改作正。《集注分類東坡先生詩》卷一九、《施注蘇詩》卷二八、《古今合璧事類備要》續集卷四一、《玉燭寶典》卷一、黎本《玉篇·阜部》「陬」字、《爾雅》卷四《釋天》疏引亦作貞。

于姜校引一本作於，謂「作於是也，《離騷》多用於，少用于」。案：于、於古今字。《離騷》首八句自叙世系，用三代典謨句法，作于是也。王注「于，於也」云云，王本作于。《玉燭寶典》卷一、黎本《玉篇·阜部》「陬」字、《古今事文類聚》前集卷六、王觀國《學林》卷五、《古今合璧事類備要》續集卷四一、《施注蘇詩》卷二八、《集注分類東坡先生詩》一九引亦作于。惟《爾雅》卷四《釋天》疏引作於。

【攝提】「攝提貞于孟陬」，是語也爲考屈子之生年生月，歧説紛繁，而「攝提」爲其聚訟之端。王逸注：「太歲在寅曰攝提格。」王注本《爾雅·釋天》，以攝提爲攝提格，歲所次之名。王觀國曰：「《離騷》云，『攝提貞于孟陬』者，蓋言攝提星順乎斗杓，而不失正朔之紀也。孟陬者，正朔之紀始於此也。言正于孟陬者，不失正朔之紀也。庚寅者，屈平所生之歲也。故曰『攝提貞于孟陬兮，惟庚寅吾以降』。言斗杓順序，正朔不乖，而我之生也，陰陽和平，初無謬戾，故曰皇考錫我以嘉名，而字我以靈均。我之美善如此，而不爲人所知，此作《騷》之意也。」朱熹從其説，曰：「以今考之，日月雖寅而歲則未必寅也。蓋攝提自是星名，即劉向所言『攝提失方，孟陬無紀』，而注謂『攝提之星隨斗柄以指十二辰』者也。其曰『攝提貞于孟陬』，乃謂斗柄正指寅月之位耳，非大歲在寅之名也。必爲歲名，則其下少一『格』字，而『貞于』二字亦爲衍文矣，故今正之。」案：王注以攝提爲攝提格，牽合本文以強就《爾雅》，固非碻論。王觀國謂「正朔」未乖之意，以庚寅爲歲名，則謂屈子生辰，但知其歲而不知其月其日。當亦失之。朱子於句法求之，爲正王注之失，是也，而謂攝提爲建辰之星名，隨斗柄以指十二辰者。此爲「大角攝提」。果然，但知屈子生辰爲寅月庚寅日而不知其爲何歲。顧亭林復因王注以斥朱子，曰：「豈有自叙其世系生辰，乃不言年而止言日月哉？」惜其未深考。蔣驥曰：「且古人刪字就文，往往不拘，如《後漢書・張純傳》『攝提之歲，蒼龍甲寅』。時逢建武十三年案：十三年當三十年之乙，逸尚未生，已有此號。可知攝提爲寅年，其來久矣。朱子謂若以攝提爲歲，便少『格』字，非通論矣。況《史記・天官書》，攝提星何嘗不名攝提格乎？」則以攝提爲攝提格省文。姜亮夫云：「謂太歲在寅曰攝提格，《離騷》言攝提者，修辭上之省也。」明清以下注家，或因王注，或承朱説，相爲詆誚，誠難董理。王氏因《爾雅》釋「攝提貞于孟陬」語，爲言寅年寅月，碻然不易。惟以「攝提」同「攝提格」，謂省文者，失之句法。果然，則必改「貞于」二字爲「之」字，而後乃文從意順。若曰「攝提格貞于孟陬」，當非勝語。朱子求之句法，是其所得。惟以「攝提」爲「隨斗柄以指十二辰者」，而不以紀年，則於理言之，亦非其義。考歲星紀年，蓋萌於西周而盛於戰國。所謂歲星紀年，因木星周天十二載之所次爲志。《説文》言之至備。《步部》云：「歲，木星也。越歷二十八宿，宣徧陰陽，十二月一次。」歲，爲木星別名。蓋木星以紀歲，又名歲星。周秦謂之歲，漢謂之木星。二十八宿者，東方蒼龍七宿，角、亢、氐、房、心、尾、箕是也；南方朱雀七宿，井、鬼、柳、星、張、翼、軫是也；西方白虎七宿，奎、婁、胃、昴、畢、觜、參是也；又北方玄武七宿，斗、牛、女、虛、危、室、壁是也。二十八宿布於周天黄道，歲星歷黄道而周天環行，則曰「越歷二十八宿，宣徧陰陽」。古人於周天黄道分十二次，自西而東，其次名曰星紀、玄枵、諏訾、降婁、大梁、實沈、鶉首、鶉火、鶉尾、壽星、大火、析木。歲星歷一次爲一歲，故曰「十二月一次」。歲星至某次，稱歲爲某。古人又建太歲之名，以承十二辰之順者，故太歲自東而西行，與歲星所歷之次相對。《周禮・馮相氏》「掌十有二歲」，賈公彦疏云：「此太歲在地，與天上歲星相應而行。歲星爲陽，右行於天。」又云：「歲星爲陽，人之所見；太歲在陰，人所不覩。既歲星與太歲雖右行左行不同，要行度不異，故舉歲以表太歲。」歲星、太歲相背而行。古人復因太歲所次而名曰攝提格、單閼、執徐、大荒落、敦牂、協洽、涒灘、作噩、閹茂、大淵獻、困敦、赤若奮。又因「斗建」之法，爲推太歲所在之次。《周禮》賈《疏》云：「言歲星與日月次之月，一年之中惟於一辰之上爲法。若元年甲子朔旦冬至，日月五星俱赴於牽牛之初，是歲星與日同次之月十一月斗建子，子有太歲。至後年歲星移向子上，十二月日月會於玄枵，十二月斗建丑，丑有太歲。自此已後皆然。」據此，謂甲子歲之朔旦冬至即十一月朔旦，歲星與日同見東方，同次星紀，歷斗牛女之宿，斗柄建子，太歲必在子，曰太歲在子爲困敦。次歲，歲星歷一次，至玄枵，則十二月朔旦，與日同見東方，斗柄建丑，則太歲必在丑，曰太歲在丑曰赤若奮。次歲，歲星又歷一次，歷室壁奎之宿，至諏訾，正月朔旦，與曰同見東方，斗柄建寅，則太歲必在寅，曰太歲在寅曰攝提格。依次類推，歷二十八宿十二次爲十二歲。是以知太歲所在之次，惟觀斗柄所建之辰及歲星與日同次者，或亦觀昏暮之時斗柄所建之辰及歲星與日同次者。惟歲星與日同次之宿，晝日觀之極不易得，日光赫戲，歲星隱耀，實難志辨。古人乃有歲星與日隔次之説。《周禮》賈《疏》建子以宗周正。屈賦宗夏正，正月建寅。《史記・天官書》曰：「歲陰左行於寅，歲星右轉居丑，正月與斗、牽牛晨出東方。」歲陰，太歲之别名。夏正建寅，歲星之右行則自星紀始，星紀爲斗、牛、女宿，歲星與日「正月與斗、牽牛晨出東方」。太歲左行始自寅位，當攝提之次，太歲在寅曰攝提格。浦江清君則從歲星在諏訾之次爲攝提格，歷危、壁、奎之宿，實周正建子之説。《漢書・天文志》云：「太歲在寅曰攝提格。」注引《石氏》云：「在斗、牽牛。」斗、牽牛爲星紀之次。又引《甘氏》云：「在建星、婺女。」建星、婺女亦在星紀之次。《史記・天官書》唐張守節《正義》引《七録》云：「甘公，楚人，戰國時作《天文星占》八卷。」此楚人歲星次星紀爲寅年之證。石氏，魏人，三晉蓋亦宗夏正。《史記・天官書》又云：「歲星，一曰攝提，曰重華，曰應星，曰紀星。」《石氏星經》云：「歲星他名攝提。」《淮南子・脩務訓》：「攝提鎮星，日月東行。」皆以攝提爲歲星別名。《淮南子》語楚，蓋楚俗謂歲星爲攝提者歟？又，重華，帝舜名，東土夷族之先日神之象。歲星攝提主司日陽之陞降運行，是以復名重華。此文「攝提」有雙重涵意，既指歲星，又寓楚人始祖帝高陽。浦江清曰：「恒星與行星皆有攝提一名，同見於《史記・天官書》，皆古天文占星家所習用。然歲星地位更爲重要，在屈子時代已以歲星紀年，故《離騷》攝提應指主要之歲星，不指大角。然元前三三九年正月十四日庚寅，以斗建大角，攝提合之。此一年歲星在諏訾庚案：當在星紀，適在正月中合日，年名攝提，太歲在寅，則王逸、朱熹兩説居然合一，是則朱説亦可通云。」千古之訟，於此息喙。馬其昶謂「攝提貞」之貞字，義同格，貞、格同訓止。攝提貞，言攝提格。案：「貞」，述語，不得與「攝提」連文。貞之爲言程也。貞、程耕部，照審旁紐雙聲。《漢書・叙傳》顏師古注：「程，貞也。」《文選・西京賦》「侲僮程材」，李善注：「程，猶見也。」又通作呈。《列子・天耑》「而昧昧者未嘗呈」，釋文：「呈，示見也。」貞、正、程、呈音近皆可通用。貞于，猶程于、呈于，謂見于也。王逸注：「于，於也。」案：于、於古今字，王氏以今字釋古字。《説文・亏部》：「亏，於也。」段注：「《釋詁》、毛《傳》皆曰：『亏，於也。』凡《詩》、《書》用『亏』，凡《論語》用『於』。蓋亏、於在周爲古今字，故《釋詁》、毛《傳》以今字釋古字也。」《離騷》多用於，唯首八句用于。此及下文「皇覽揆余于初度兮」是也。自叙世系、生辰，用典誥句法，其文多存古字。姬周吉金銘文但用于。

【孟陬】王逸注：「孟，始也。正月爲陬。」王氏因《爾雅・釋天》。《史記・天官書》「閏餘乖次，孟陬殄滅」。《集解》曰：「正月爲陬。」《漢書・劉向傳》引《大戴禮記・用兵》「攝提失方，孟陬無紀」，孟康注：「首時爲孟，正月爲陬。」陬，《大戴禮記》字作「鄹」。何以「正月」名「陬」？朱子曰：「陬，隅也。正月爲陬，蓋是孟春昏時，斗柄指寅，在東北隅，故以爲名也。」然則何獨「東北隅」爲「陬」，而「東南隅」、「西北隅」不名「陬」？此非唯字義訓詁所能了。郝懿行《爾雅・義疏》曰：「陬者，虞喜以爲陬訾是也。」姜亮夫云：「陬訾，星名，即營室東壁，正月日月會於陬訾，故以孟陬爲説。」又云：「《史記・天官書》『月名畢聚』，聚與陬同，此正月名陬之古義也。」以陬爲陬訾省文，陬之名受於聚。其説是也。《楚帛書・月忌》：「取，乙則至。」取，即陬字，正月也。乙，乙鳥，即玄鳥，燕也。孟春正月，南土燕始至，與中土《夏小正》謂二月「來降燕」者差一月。以楚國地下實物以徵楚曆正月謂之陬，且合於屈賦也。又，雲夢睡虎地秦簡《日書》謂楚曆正月謂之「冬夕」，包山邵㫃墓楚簡謂之「冬栾」，正月建丑，此當别一紀月法。説者或據此以爲《離騷》用殷曆，歲星正月不當在陬訾宮，而在玄枵宮，泥矣。是二語雖紀屈子出生年月日，實以寓其出生之非常。陬訾，即《大戴禮記・帝繫》之「陬訾氏」，又名常儀、常羲、嫦娥，帝俊之配，《太平御覽》卷三七三引王子年《拾遺記》省作「諏氏」，日神之妻。蕭兵謂日神之星「攝提」次於月神「諏氏」之室，象徵日月交會、陰陽參合。屈子乃日月交合之精，故其靈質生來得「與天地兮同壽，與日月兮齊光」也。又「孟陬」之「孟」字古義未顯。《説文・子部》：「孟，長也。从子，皿聲。」吉金銘文孟字作「[illegible]」，象皿器盛子之形。或加「八」，分也，解子而食。《墨子・魯問》云：「楚之南有啖人之國者，橋其國之長子則解而食之。」又《節葬》云：「越之東有輆沐之國者，其長子生，則解而食之，謂之宜弟。」《太平寰宇記》卷一六六《風俗》謂烏滸之夷，「男女川而同浴，生首子即食之。」距今七千餘年浙江河姆渡文化遺址實物遺存，有罐、鼎等炊器，或盛幼孩殘骨，當是食人遺習。山東龍山文化遺址亦於炊器時見幼孩殘骸。言古人「食首子」非誣也。故夏渌釋孟字本義言「食首子」。蓋首子味美，引申之言美、好，又引申之言長、言始。然則陬訾之次，在危、室、壁、奎之宿，歲星正月見陬訾。此爲周正建子説。周正建子，歲星右行自陬訾始，及至寅，已越三次矣。「攝提貞于孟陬」，言正月朔旦歲星與日月會於陬訾也。《離騷》用夏正，歲星右行始於星紀，而非陬訾。蓋歲星紀年，始用於周正，而後亦施於夏正，而名號一依周正。「攝提貞于孟陬」，言歲星與日同次星紀之位，正月朔旦見於東方也。此語藉寅年、寅月之星象爲記出生之年月。湯炳正先生謂

「本文此二句歲星恰恰出現於孟春正月的那個月，庚寅的這一天我降生了。這裏雖然没有正面提出誕生之年，凡夏曆正月歲星晨出東方，正標志着這一年必然是後世所謂『太歲在寅』之年。故古人亦即以此紀年」。其與吾説如桴鼓之相應。洪《補》曰：「《説文》曰：『元氣起於子，男左行三十，女右行二十，俱立於巳爲夫婦。裹妊於巳，巳爲子十月而生。男起巳至寅，女起巳至申，故男年始寅，女年始申也。』《淮南子》注同。」段注謂「此古法」。王楙《野客叢書》卷二六謂此「即陰陽家『五星三命』之説」。案：「五星三命」，今雖不詳其所以，而考之於古書所記，似有遺踪可尋。《論衡・命義》曰：「列宿吉凶，國有禍福；衆星推移，人有盛衰。人之有吉凶，猶歲之有豐耗。……子夏曰『死生有命，富貴在天』，不曰『死生在天，富貴有命』，何則？死生者無象在天，以性爲主，稟得堅強之性，則氣渥厚而體堅強，堅強則壽命長，壽命長則不夭死。稟性軟弱者，氣少泊而性羸窳，羸窳則壽命短，短則蚤死，故言有命，命則性也。至於富貴，所稟猶性。所稟之氣，得衆星之精。衆星在天，天有其象。得富貴象則富貴，得貧賤象則貧賤，故曰在天。在天如何？天有百官，有衆星。天施氣而衆星布精。天所施氣，衆星之氣在其中矣。人稟氣而生，含氣而長，得貴則貴，得賤則賤；貴或秩有高下，富或貲有多少，皆星位尊卑大小之所授也。……天有王良、造父，人亦有之，稟受其氣，故巧於御。」人之始生繫於其時星宿之象。《詩・小弁》「天之生我，我辰安在」？鄭《箋》：「此言我生所直之辰，安所在乎？謂六物之吉凶。」六物，《左傳》昭七年謂歲、時、日、月、星、辰者也，抑亦古之「五星三命」邪？於今觀之，在天之星象與人始生所稟之氣風馬牛不相及，唯古人信之。是以始生之孩，其父必觀其所直之日月星辰以豫其後世富貴與否。王逸注下二句云：「觀我始生年時，度其日月皆合天地之正中，故錫我以美善之名也。」言屈子父考當其始生子之時，度其日月星辰之運行。此即「六物」及「五星三命」遺法。

【惟】惟字，王逸未注，蓋爲句首之語助辭。金開誠釋「惟」爲「發語詞」，無義可求。案：惟，猶亦也，又也，承接之辭。《書・雒誥》：「今王即命曰：『記功宗，以功作元祀。』惟命曰：『汝受命篤弼，丕視功載。』」惟命，又命也，承「即命」言。古書或「又惟」連用，平列同義。《酒誥》「又惟殷之迪諸臣惟工」，言又殷之迪諸臣及工也。皆其例。惟字之訓「又」，多見吉金銘文及《尚書》。此首八句爲三代典謨文法，故存「惟」字古義。

【庚寅】王逸注：「庚寅，日也。」庚寅，爲屈子降生之日。聞一多曰：「《楚世家》曰：『帝乃以庚寅日誅重黎，而以其弟吴回爲重黎後，復居火正，爲祝融。』案：吴回，一曰回禄，火神也，《楚世家》以爲高陽之後，亦楚之先祖。吴回以庚寅日始居火正爲祝融，則庚寅宜爲楚俗最吉之日。」逯欽立謂「庚寅日爲楚族敗而復興之日」。姜亮夫偏考戰國楚器吉金銘文，日載「庚寅」至夥，僅次「丁亥」，謂庚寅日爲「戰國時楚民間習用之吉宜日」，「屈子所以言庚寅日降爲内美者，吉宜之日生，與周金所傳全可調遂，故《離騷》此語，非泛泛之言生之日也」。路百占《楚辭發微》據庚寅誅重黎，謂庚寅日爲「凶日」。《左傳》哀八年：「秋七月，楚子在城父，將救陳，卜戰不吉，卜退不吉。王曰：『然則死也，再敗楚師，不如死。棄盟逃死，亦不如死。死一也，其死讎乎？』將戰，王有疾，庚寅，昭王攻大冥，卒於城父。初，昭王有疾。卜曰：『河爲祟。』王弗祭。」昭王不祭河，蓋忌其日爲「庚寅」，楚俗視庚寅則爲「凶日」。又，《史記·秦本紀》曰：「正月庚寅，孝公生。十一年，周太史儋見獻公曰：『周故與秦國合而别，别五百歲復合，合七十七歲則霸王出。』」周文康君謂「『正月庚寅』生主其必霸，乃至欲取周而代之。就秦孝公言，是可謂之吉」。就六國言，是謂「凶日」，預示「異姓之變」。屈子生同孝公之辰，猶有「易主」嫌疑，是爲「凶日」。詳《屈原生辰非吉辨》，《江漢論壇》一九八六年第十期。案：《簠室殷契類纂帝繫》六十之二云：「丁亥，卜，於翊戊子酒三豕且乙？庚寅用。三月。」此一卜辭，蓋謂先貞於戊子日，得兆不吉，後貞於戊子後之二日庚寅，吉而行之。殷人以「庚寅」爲吉宜之日也。殷出東方夷族，與楚之先祖同宗，楚俗好筮鬼，多與殷人同。蓋以「庚寅」爲吉宜之日者，帝高陽後裔之禮俗。秦亦高陽之胄，故亦以「庚寅」爲吉宜之日。雖然，人之吉凶，不關於日。昔人固知之。《論衡·譏日》：「人殺傷不在擇日，繕治室宅，何故有忌？又學書諱丙日，云倉頡以丙日死也。《禮》『不以子卯舉樂』，殷夏以子卯日亡也。如以丙日書、子卯日舉樂，未必有禍。重先王之亡，日悽愴感動，不忍以舉事也。」信哉其言！

【吾】王逸以下注家皆以「吾」爲屈子自稱之辭，吾即屈子。友人董楚平謂《騷》之「吾」、「余」、「我」，爲屈子「假象以盡辭」之象，猶今云藝術形象。案：文學在戰國仍在朦朧階段，至魏晉而後方陞達爲自覺階段，此爲人所共知之常識，屈子當亦不得超越其時代所賦於局限。《離騷》「吾」、「余」等，皆屈子自稱。唯其於篇内偶用比興、寓言，託意於車右、美人等，雖然，亦未可與後世文學形象同日語。

【降】王逸注：「降，下也。」姜亮夫不猒於此，進以民俗、宗教發其幽隩。曰：「考降字用爲降生義，猶自天而降也。春秋以前，惟帝王大酋之受天命以統方國者用之，在一定意義上，含有甚深厚之宗教之感生意識。至戰國時，因此字爲降生之義，其神秘性仍保持未墜，或僅稍及於有地位之重臣、巨人，即《孟子》所謂『天之將降大任』之大任者用之，自《尚書》、《詩經》、《墨子》諸書，皆可考見。故此字在一定之歷史條件下，不易爲一般人所使用，即以屈子作品論，用『降』字凡十二見，其用爲普通上下者，除『陞降』外，僅《遠遊》『上下列缺兮，降望大壑』。與上字配言，然已不能作一般下降義講。他如《九章·惜往日》之『微霜降而下戒』，《遠遊》之『微霜降而下淪兮』，上天之事也。《東君》『操余弧兮反淪降』，此東君自唱之辭，神也，固可用之。其餘《離騷》之『百神翳其備降』，《雲中君》之『靈皇皇兮既降』，降者，人神也。《九歌》『帝子降兮北渚』，帝子下降也。《天問》中五『降』字，『禹播降』、『帝降』、『夷羿降』、『降省下土四方』、『帝乃降觀』，非上帝，即神王。《離騷》又有『巫咸將夕降』，卜辭巫咸者，通上下之郵之神靈，亦含有豐厚之宗教性。此十二字中，無一不與上帝神靈有關。此決非偶然現象，此足以說明屈子選詞之斟酌允當。又不僅此也，屈賦中更不以生帝王將相之生爲降生，言女媧，言神禹、言夏啓、伊尹，舉賢聖無不有之，而不言降，則屈子亦不多以感生之意義，隨施之於古，而今乃有自命爲天之降生，此在吾人今日爲之，必爲狂誇無疑。然吾人當知古人之忌諱事簡，孔子自稱『天生德於予』、『文不在玆』、『以一齊民』，或破敗之世家子，而曰『天生德』、曰『文在茲』，則屈子以王所甚任之宗子，則出言稍侈，本不足怪。篇首標世祖爲上世神帝，楚爲之後，則已即此神帝『似續祖妣』而秉『康禋祀』之苗裔，則已即與高陽同其性能之子孫，蓋亦天之受與屈氏者也。且初度之美，與生辰之吉，一切條件畢具，則使用『降』字，以比於世之大任，蓋當之而無愧者也。吾人必需體會祖先之宗神對子姓關係之要義，與知生在上世之宗教之傳說，與時日及戰國相人術之勃興，三端會合而定之，則『降』字之大義明，而《離騷》一篇之情思蘊釀，亦得有更深之體會。」案：李陳玉曰：「降，舊解從母腹墮地，非也。乃『惟岳降神』之降，此乃屈原自負不淺處，亦高岸不合時人處。」李氏固已識之，姜氏但佐其說耳。屈子本帝高陽裔孫，其生當日神之星「攝提」入於月神「娵氏」之室，而得三寅之正，此乃神靈降生之象。聞一多謂屈子「自託真人」，視《離騷》近遊仙詩，蓋疏於宗教耳。屈子固以日神胄子自負，故其生曰「降」，其行曰「陞」，以昭示其日月交合而生之神格，亦昭示其生年月日之獨異。蓋「人神雙重」血脈，凡楚宗室胄子，不論貴賤賢愚，人皆共之，唯此生辰得三寅之正，爲其所獨有，是其異於常人之處也。《說文·𨸏部》：「降，下也。从𨸏，夅聲。」段注：「此『下』爲自上而下，故廁於『隊』、『隕』之間。」《釋詁》：「『降，落也。』」甲文降字作「」《乙編》六九六〇，金文作「」《毓且丁卣》，𨸏，大陵也，有高、大義。夅，象足下行。降，謂自高而下。降之對文爲陟，甲文作「」《粹》一六七，象足上𨸏之形，言登高義。陟降言神靈偉人之上下，人之上下則不得侈曰陟降。許云：「夅，服也。从夂、午，相承不敢竝也。」以「夅」從夂、從午。失之。

是二句言歲星攝提正月朔旦與日見於東方，次星紀之位，則爲寅年寅月，又庚寅之日，吾乃降生也。古今學者據此以考證屈子生年，衆說紛紜，大抵前修未密，而後出轉精。鄒漢勛以殷曆推之，謂屈子生年爲楚宣王二十七年戊寅正月二十一日。詳《斅藝齋文存》卷一《屈子生卒年月考》。陳瑒以周曆推之，則年、月同鄒說，而謂日爲二十二日，與鄒說差一日。詳《屈子生卒年月考》。劉師培以夏曆推之，則與鄒說同。林庚考定爲楚威王五年前三三五年正月初七日詳《詩人屈原及其作品研究》。李延陵考定爲楚宣王八年前三六二年正月初一日詳《屈原的生辰和離騷的著作時期》。浦江清考定爲楚宣王二十九年前三四一年，郭沫若始同浦説，後據日人新城新藏東洋天文學史研究所《戰國長曆》，前三四一年正月無庚寅日，又因《吕氏春秋·序意》「惟秦八年，歲在涒灘」，核歲星七十二歲超辰一次，謂自楚宣王二十九年至秦始皇政八年，爲超辰一次，屈子之生年宜退後一歲，爲楚宣王三十年前三四〇年正月二十七日詳《屈原研究》。浦氏後謂當戰國之世，歲次諏訾之位爲攝提，因此推覈，屈子之生在楚宣王二十八年前三四二年正月十四日。郭、浦之説影響至鉅，多爲時人采納。近年胡念貽君據《離騷》爲懷王時之作，又深念前三四一年正月無庚寅日，則宜上推一紀十二年爲屈子生年，遂定爲楚宣王十七年前三五三年正月二十三日，屈子賦《騷》時年爲五十以上，亦與本篇「老冉冉其將至」語相符。詳《屈子生卒新考》。案：郭、浦、胡所憑者唯日人新城新藏《戰國長曆》，是曆所據之資料固不甚豐渥，其結論亦未必精碻可信。陳久金别創新法，謂歲星紀年，肇自戰國中葉，不存在超辰之事，乃以科學新法考之，定爲楚宣王二十九年前三四一年。其説精敏有據。又，何浩、劉彬徽以包山邵㧳墓楚簡所紀楚曆考之，謂楚用殷正建丑，屈子生年在公元前三四三年楚曆正月二十一日即夏曆十二月二十一日。其又同於郭、劉之説。然則屈子生卒終是千古之謎，吾人宜從科學新法兼出於戰國楚墓文獻資料及先秦古書紀年法綜合考之，不知孰能别啓蹊徑而捷足先登者，當拭目以待。

第一韻：庸、降

庸，東部，喻紐四等，古音爲[rioŋ]。王力《楚辭韻讀》喻四擬爲[j]。不知所本。喻四音值，爲[r]。詳李方桂《上古音研究》。陳第、戴震曰：「降，古音洪。」江有誥曰：「降，胡冬反。東中通韻。」案：降，冬部；洪，東部。降、洪古不同音。江説是也。降，古音爲[krəuŋ]。王力擬爲[neuŋ]，謂降爲二等字，有介音[e]。李方桂謂二等字有介音[r]。今從李説。又，清末民初，學界彌滿疑古習氣，乃謂《離騷》非屈子之作，廖平、胡適之啓其端，何天行踵其後，謂《離騷》爲漢人劉安所作。詳《楚辭作於漢代考》。何氏謂冬東合韻萌於前漢，《離騷》首韻冬、東合韻，據爲漢人擬作之碻證。今考《淮南子》一書，碻有冬、東未分之例，由此武斷前漢東、冬爲一部，至爲鹵莽。《淮南子》東、陽合韻富於東、冬，豈謂漢時東、陽亦不分乎？屈賦東部用韻者凡九事：《離騷》縱、巷一例；《天問》功、同、從、通、逢、從三例；《哀郢》江、東一例；《抽思》同、容一例；《懷沙》豐、容一例；《悲回風》江、洶一例；《招魂》從、用一例。冬部用韻者凡六事：《雲中君》降、中，窮、孋二例；《河伯》宫、中一例；《天問》躬、降一例；《涉江》中、窮一例；《卜居》忠、窮一例；《招魂》衆、宫一例。皆分用自韻。《離騷》冬、東合韻，但此一例，未可以偏概全。

皇覽揆余初度兮　肇錫余以嘉名

覽　《文選》六臣本云：「五臣覽作鑒。」洪《補》、朱《注》、錢《傳》三本皆作覽，同引一作鑒。案：《説文·金部》鑒又作鑑，大盆也。《見部》覽字訓觀。則作覽者是也，詳注。《文選》卷一〇《西征賦》注、卷三〇沈約《和謝宣城詩》注引作鑒。《古今合璧事類備要》續集卷四一引亦作覽。

余　《白帖》卷二三、《嬾真子》卷四、《文選》卷三〇沈約《和謝宣城詩》注、《柳河東集注》卷三七引余並作予。案：余、予古今字。《離騷》首八句多用古字，作余是也。洪《補》、朱《注》、錢《傳》三家並作余。《文選》六臣注引余一作予。《古今合璧事類備要》續集卷四一引亦作余。

于　《洪補》本「余」下無「于」字，云：「一本『余』下有『于』字。」朱《注》本有「于」字，云：「『余』下一本無

『于』字。」錢《傳》本亦有于字。《柳河東集注》卷三七、《古今合璧事類備要》續集卷四一、《記纂淵海》卷八三引並無于字。《文選》五臣注「我父鑒度我初生之法度」云云，蓋「余」下有「之」字。聞一多校云：「當從一本補『于』字。度，即天體運行之宿度、躔度，『初度』，謂天體運行紀數之開端。《離騷》用夏正，以日月俱入營室五度爲天之初度，曆家所謂『天一元始，正月建寅』、『太歲在寅曰攝提格』是也。以『攝提貞于孟陬』之年生，即以天之初度年生。『皇覽揆余于初度』者，皇考據天之初度以觀測余之禄命也。要之，初度以天言，不以人言。今本『余』下脱『于』字，是則以天之初度爲人之初度，殊失其旨。唐人寫本《文選集注》殘卷、今本《文選》、朱《注》本、錢《傳》本、《文選》沈休文《和謝宣城》詩注引並有『于』字，《文選·西京賦》注及馬永卿《嬾真子》四引並作『於』。本篇于、於錯出。」案：其説未易。果無「于」字，辭氣不暢。舊當作于，用古字。《文選》本有「于」字。

【皇】王逸注：「皇，皇考也。」王夫之曰：「皇，皇考省文。」案：據上下文意，蒙上而省「考」字。然則細味此文，又非省字所能概其義。吴世尚曰：「蒙上皇考文。此時父在，故不曰考。」其甚得屈子蘊奥。此乃屈子追憶父在之時情事，言父覽揆余於初度之日，歷歷猶在目前，不知其爲謝世之人，不曰考而稱皇。而上文叙世系，要在紀實，是以稱父曰「皇考」。

【覽】王逸注：「覽，觀也。」後世注家皆同此。朱季海以楚語説之，曰：「王注屈賦『覽』有二義，其一訓望，《九歌·雲中君》『覽冀州兮有餘』是也。此自常語。其一訓『觀』，與『察』與『視』者，義實相近。蓋楚之代語，覽亦察也，故《離騷》又言『覽察』矣。《老子》語楚，其云『滌除玄覽，能無疵乎』。正與《離騷》相應，明乎是，則知『覽揆』、『覽余』一本作『鑒』者，後人不諳楚語，遂循時俗，改舊文耳。」又曰：「《説文》及洪本《章句》並云：『覽，觀也。』《説文》：『觀，諦視也。』然覽本謂諦視，諦視與注目觀、左右兩視義實相成，故楚語謂之『覽揆』矣。」案：

《齊策》「而數覽」、「大王覽其説」，《吕氏春秋·重言》「將以覽民則也」云云，豈《國策》、《吕覽》亦語楚乎？屈賦言覽凡十有一例，猶上「降」字之比，標其神格，謂神觀也，神視也，而非泛泛觀視所能盡者。屈子，日神胄子，猶神也；其父亦爲神，故曰「皇覽」。下文「覽民德焉錯輔」，言皇天大帝之觀也。又「覽余初其猶未悔」、「覽相觀於四極」、「覽椒蘭其若兹」，《九章·抽思》「覽民尤以自鎮」、「覽余以其修姱」，皆「吾」覽也。下文又云「覽察草木其猶未得」，言靈修覽也。靈修，神也。《九歌·雲中君》「覽冀州兮有餘」，言雲神覽也。《遠遊》「覽方外之荒忽兮」，爲叙神遊方外，正神視之意。凡神視謂之覽，《説文·見部》覽字「从見、監，監亦聲。」案：覽、鑑古雖同部而不同聲。覽，從見從監，會意。見，視也。鑑，甲文作「□」，金文作「□」《頌鼎》，象俯首臨盆之形，許云：「鑑，臨下也。」引申之有居高視下義。《詩》謂「天鑑」，言天覽也。《信陽楚簡》謂「神以鑑」，言神以覽也，鑑，皆覽省文，非謂鑑、覽二字通用，神居九天之上，其下也謂之「降」，其下視也謂之「覽」。君居萬民之上，其觀視也亦謂之「覽」。引申爲周流環顧。漢魏六朝以還，謂涉獵書記謂之覽，蓋流覽反復之引申。《後漢書·劉梁傳》：「著破群論，時之覽者。」顔師古《匡謬正俗》曰：「覽，謂習讀之人，猶言學者耳。」案：習，本言鳥之數飛也，引申爲言「學而時習之」之習。習讀者，言反復數讀也，實與「流覽」同。又，《張升傳》「少好學，多關覽」，《孔融傳》「博涉多該覽」，《三國志·魏書·劉劭傳》「該覽學籍」，《吴書·步騭傳》「靡不貫覽」。名事相因，王者所覽之圖籍又謂之「皇覽」、「御覽」，用流覽義也。

【揆】王逸注：「揆，度也。」案：《説文·手部》揆字「从手，癸聲」，亦訓「度」。又《癸部》云：「癸，冬時水土平，可揆度也。象水從四方流入地中之形。□承壬，象人足。」周伯琦《字原》曰：「□象二木交錯度地取平，與準同意。」考癸字，甲文作「□」《粹》一四一五、「□」《先周》周甲一，金文作「□」《矢方彝》。石鼓文作「□」，《六書正義》曰：「以足步量地。從□、矢，會意。矢者，以近度遠也。」癸字爲度地取平，引申爲度量。揆，癸之分別字。《爾雅·釋言》孫炎注：「揆，商度也。」《素問・病能論》：「揆度者，切度之也。」又：「所謂揆者，方切求之也。」蓋揆之爲言規也。《國語・周語》「規方千里以爲甸服」韋昭注：「規畫而有之。」《文選・東京賦》「規遵王度」李善注：「規，摹也。」又「規摹踰溢」李善注：「規，圖也。」規有商切謀畫之義。揆、規二字音近義通，係同根字。「覽揆」連文，覽，爲標父考神格；揆，言切度之也。二字各具其義。朱氏以「覽揆」二字平列同義，乃讀「揆」爲「鑑」，訓「注目視」，譚介甫以「覽」爲「鑑」，謂「鑑揆」爲雙聲謰語，「義皆觀」。好奇之説。

【初度】王逸注：「初，始也。言父伯庸觀我始生年時，度其日月皆合天地之正中。」以「初度」爲概上文「攝提貞于孟陬」。聞一多因王注，曰：「歲陰傍黃道而行，繞天循環，周而復始，本無所謂終始。曆家爲求紀年之便，乃假正月建寅，日月俱入營室五度，以爲歲陰運行之始，謂之『天一元始』，即此所謂『初度』。攝提爲年之初，孟陬爲月之初，庚寅爲日之初。合此三寅，謂之初度。」案：今斷以句法，皇之所覽、所揆，余也，「覽揆」之賓詞。「于初度」，介賓短語，作補格。于，對向之詞。言皇于初度覽余、揆余也。果如王注，則「初度」亦賓詞，似非勝語。徐煥龍曰：「初度，猶初時，日月星辰，各以度成時也。」夏大霖曰：「言寅年寅月庚寅日其降生也。言外秉陽明之氣，得人生之正。」胡鳴玉曰：「初度，猶言初時日月星辰，各以度成時也。」吳世尚曰：「初度，始生之日也。在天爲度，在曆爲日。」皆因王氏「星象」説相發。朱《注》、汪瑗曰：「初度，猶言時節也。」則泛指「時節」，其內涵未可碻指。錢澄之曰：「初度，猶初生也。」蔣驥曰：「初度，初年之器度。」胡文英曰：「初度，初年之氣度也。」王樹枏曰：「初度，謂幼時之心度。」劉永濟曰：「初度，初生之形度也。形度，猶今態度。」皆爲初生時容態。案：錢氏《屈詁》最爲切旨。初度，即初生、初降。姬周之器有名「歸生」《中鼎》、「番生」《番生毁》、「周生」《周生豆》、「吳生」《番仲吳生鼎》、「黃生」《伯君黃生匜》、「魯生」《無叀魯生鼎》、「虢生」《頌鼎》等，姜亮夫謂此「大約以其生之所由，或其初生時之一種情態爲命名之根據，此當即初度一義最確切之時代意義」。《左傳》隱元年：「莊公寤生，驚姜氏，故曰『寤生』。

遂惡之。」朱駿聲謂寤借爲牾，「逆産如手足先見之類，必仍送進産門令其徐轉而順生」。莊公「初度」非常，而卒見母惡而名「寤生」。晉獻公世子名申生，申，順也，順母體而生，則名「申生」。又，《宋書・范曄傳》：「范曄，字蔚宗，順陽人，車騎將軍泰少子也。母如廁産，額爲塼所傷，故以『塼』爲小字。」古世取名遺習。度，無降生義。古書度、宅通用。《中山王嚳方鼎》「考厇隹畱」，厇，古宅字，而此借作度。《詩・皇矣》「此維與宅」，《論衡・初稟》引作「此惟予度」。《文王有聲》「宅是鎬京」，《禮記・坊記》引作「度是鎬京」。《堯典》「宅西曰昧谷」，《周禮・縫人》注引作「厇西曰柳谷」。《舜典》「五流有宅，五宅三居」，《史記・五帝本紀》宅字作度。《禹貢》「三危既宅」，《夏本紀》宅作度。《立政》「文王惟克厥宅心」，漢石經宅作度。《顧命》「恤宅宗」，《後漢書・班彪傳》引此宅作度。宅、託同諧乇聲，例得通用。《説文・山部》：「宅，人所託居也。」段注：「宅、託疊韻。」《儀禮・士相見儀》：「宅者，在邦則曰市井之臣，在野則曰草茅之臣。」鄭注：「今宅爲託。」度、託亦相通。信陽楚簡度字作厇。《周禮・縫人・釋文》：「古文厇與度相似。」厇，託字古文，包山楚簡託字作厇。託，言託寄。於屈子父考言之，視生子如受天所託寄，而謂之「初託」。人之所生謂之「初託」，而人死所葬謂之「終宅」，其義相因。屈子「初託」於帝高陽之居，受之於天，而其死當亦以帝高陽之居爲「終宅」。初託，伏下篇「上征」崑崙、叩閶帝丘之事也。董楚平亦讀度爲託，而謂「初受天託，初承大任」云云，爲其自負非凡之意，則得蘊旨。

【肇】王逸注：「肇，始也。」而後注家多承此説。唯聞一多、陳直據劉向《九歎・離世》「兆出名曰正則兮，卦發字曰靈均」，謂屈子名字得於「灼龜視兆」，遂謂肇爲兆之假借。案：此言父覽觀揆度余於初託乃錫余嘉名也。若肇字解始、解兆，則上下辭氣不暢。劉永濟謂劉向文「乃文人增飾之詞」，「屈子本文無此意也，不可以劉易屈，將飾詞作真語」。其説是也。惟劉氏復因王注，訓肇爲始。肇，猶乃也。楊遇夫曰：「余頃董理金文，見文中多用肈字，位於語首，往往無義可采。如，《陳𡕒簠》曰：『齊陳𡕒不敢逸康，肈堇經德。』按堇假爲勤。經德者，《書・酒誥》云

『經德秉哲』。肇字無義可說。其一事也。他如《彔伯𢦚毀》云：『王若曰：彔伯𢦚！繇！自乃祖考有揖于周邦，右闢四方，惠弘天命，女肇不㒸墜。』《師㝨毀》云：『今余肇命女率齊曩帀𨒥僰及左右虎臣征淮夷。』《善鼎》云：『余惟肇䌛先王命，命女左世[illegible]侯。』《疐鼎》云：『疐肇從趞征。』《叔向父毀》云：『余小子司嗣朕皇考，肇帥井刑先文祖共明德。』《師望鼎》云：『望肇帥井皇考，虔夙夕，出内王命。』《魯士商𠭯毀》云：『魯士商𠭯肇作朕皇考叔猷父猷隮毀。』《交君簠》云：『交君子△肇作寶簠。』《鑄子鼎》云：『鑄子叔黑頤肇作寶鼎。』《諶鼎》云：『諶肇作其皇考皇母者比君𪔂。』諸肇字皆無義。或有釋肇爲始爲敏者，非也。」其說是也。「肇」字，謂無實義，猶乃也，於是也。此首八句用三代典謨句法，故「肇」字與金文同。信陽楚簡「肇」字作「肁」，從户、聿。

【錫】王逸注：「錫，賜也。」案：錫，本金名，許謂「銀鉛之間」。《說文・貝部》：「賜，予也。从貝，易聲。」錫爲古字，賜爲分別字古書「錫予」中皆爲錫，王氏以今字釋古字。賜字從貝，象所予之物。易，蜥易，類蝘蜓，守宮，無舍予義。楊遇夫以賜爲借聲字，假易爲益，「古易與益同音同影母、錫部。從易聲猶之從益聲也」。案：《廣韻》入聲第二十二昔韻：易音羊益切，喻紐四等；益音伊昔切，影紐三等。易、益同錫部而聲紐殊異。諧易聲字，無讀影紐，如錫、裼、緆、𪎭同音先擊切，心紐四等；逿、剔、惕、𩩲、鬄同音他歷切，端紐一等。蓋易之爲言施也。《詩・何人斯》「我心易也」，《釋文》：「易，《韓詩》作施。」《皇矣》「施於孫子」，《箋》：「施猶易也。」《禮記・孔子閒居》「施其四國」，注：「施，易也。」易、施爲支歌旁轉，喻四、審紐爲旁紐雙聲。施有施予義。言施予以貝，借易爲施，則制字爲賜。周之古文，賜予之賜多作「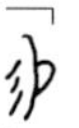」《粹》一八、「」《克鼎》，偶見「」《禹鼎》。蓋借易爲施，借用既久，以致約定俗成，易爲施予義。春秋以還，爲分別蜥易、易予義，因借聲而蓋其貝旁字作「賜」。蓋形聲字之借聲，最初爲用字假借。而後因借字爲諧聲，加意符以造字。此吾國文字發展一緒。《史記・日者列傳》載司馬季主云：「産子，必先占吉凶，後乃有之。」司馬季主，楚人也，其人去屈子之世未遠，季主所言，或楚遺俗。《白虎通義・姓名》：「故《禮服傳》曰：「生子三日，則父名之於祖廟。」「於祖廟」者，謂子之親廟也，明當爲宗廟主也。」伯庸爲屈子命名，當在祖廟，祈求先祖神靈惠予，是以謂之「賜名」。《國語・晉語》「報賜以力」，韋昭注：「賜，惠也。」《禮記・檀弓上》「申生受賜而死」，鄭注：「賜，猶惠也。」《儀禮・士喪禮》「君若有賜焉」，注：「賜，恩惠也。」錫名，言蒙惠而受嘉名也。

【嘉】王逸注：「嘉，善也。」案：《説文・言部》：「嘉，美也。从壴，加聲。」壴，訓「陳樂」，引申爲美善義。加，訓「語相加」，引申爲增益義。合會壴、加二字引申義，以挹注美善義，制字爲嘉。嘉，形聲兼轉注。包山楚簡字作「」，從禾、甘，加聲，不從壴。禾，嘉穀也，有美善義。甘，亦善義。美善累加，是謂之⿰禾⿱甘加。楚人制字自與中土異。又，姜亮夫謂「嘉名與惡名相對，大體與迷信相關」。屈氏有名「宜咎」者，蓋「惡名之徵也」。嘉名、惡名因吉凶之占見司馬季主語，詳《史記・日者列傳》。占吉爲嘉名，占凶爲惡名。屈子嘉名，即下文「正則」、「靈均」，緣於世系、生辰、「初託」，皆爲「中正」。蓋伯庸卜於宗廟而得「中正」吉占，故命以嘉名。又，湯炳正謂嘉字本義「添丁進口」之義，與「孔」、「乳」爲一義孳演，皆生子之謂。「嘉名」，指屈子生時之「乳名」。案：孔、嘉同義，孔借作好。《爾雅・釋器》「肉倍好謂之璧」，孫炎注：「好，孔也。」《考工記・玉人》「好三寸」，鄭司農注：「好，孔也。」《漢書・食貨志》「肉好皆有周郭」，注引韋昭「其圓好二寸半」注：「好，孔也。」《律曆志》「令之肉倍好者」，注引如淳曰：「體爲肉，孔爲好。」許云「古人名嘉，字子孔」，猶言字子好也，以假借字爲之。乳無嘉美義，孔、嘉與乳不同義，嘉名亦非乳名。

是二句言父伯庸覽觀揆度我於初託之時，乃惠賜我以吉善之名也。

名余曰正則兮　字余曰靈均

【名余曰】《古今合璧事類備要》續集卷四一、《文選》卷一二《江賦》注引「名余曰」二句同今本，馬永卿《嬾真子》卷四引此二句兩「余」作「予」。

【名、字】王逸注：「名，所以正形體，定心意也；字者，所以崇仁義，序長幼也。夫人非名不榮，非字不彰，故子生，父思善應而名字之，以表其德，觀其志也。」案：名、字二字，於古自有深意，未可以尋常之義觀之。《荀子·正名篇》曰：「名聞而實喻，名之用也。累而成文，名之麗也。用、麗俱得，謂之知名。名也者，所以期累實也。」《論語·子路》「必也正名」，鄭玄注：「古者曰名，今世曰字。」《周禮·大行人》：「九歲屬瞽史，諭書名。」名、字亦文、字之稱。名謂之字，而字非名。古人命名，猶許氏《説文》所謂「依類象形」，即王注所謂「正形體」也。名，即「物象之本」之文。字者，因文而孳生者，比之六書之會意、形聲。《春秋繁露·深察名號》曰：「鳴而命施謂之名，名之爲言鳴與命也。」其但就聲音言之。文，據形體而言。名聞而文彰，文彰而實喻。此訓詁家所謂形、音、義參互而用之意。方人之命名亦然。《禮記·內則》曰，子生三月，「父執子之右手，咳而名之」。父命名當因其世系、生辰及「初託」之象，猶總合星象及順生、寤生，皆有物象可依憑也。顏師古《匡謬正俗》亦曰：「名以正體，字以表德。」正體者，概生子之體也。劉向《九歎·離世》：「兆出名曰正則兮，卦發字曰靈均。」言「兆出」，其有物象所憑、有實事可因。屈子「正則」之名，所憑之物象，生辰及初託也。聞一多、湯炳正謂「正則」之名與屈子生年月日有關，名「正則」者，因屈子「生於歲星在正月晨出東方之年」；字「靈均」，與「令月吉日」有關，猶《儀禮·士冠禮》「以歲之正，以月之令」，其皆不概「初託」之生象，但其一端。屈子出生之象一「正」字可囊括之。生爲楚族始祖日神高陽之胄，父考伯庸爲楚方伯，得其世系之正也。生辰年月日皆寅，得其人日之正也，順降母體，上合星命，得其初託之正也。故取名曰「正則」。字者，名之附也。王引之曰：「名字者，自昔相承之詁言也。《白虎通》曰：『聞名即知其字，聞字即知其名。』蓋名之與字，義相比附。」古人命名取字而相比附，名字二字，或同義互訓，如卜商字夏、宋公孫嘉字孔、齊高彊字子良、申黨字周是也。或輾轉爲訓，如晉梁養字餘子。養，長也；長，言久也；餘，引申亦言久長：故名養字餘子也。如齊闞止字子我。止，容止也；我，借爲儀，言容也：故名止字子我。如楚屈到字子夕。到，至也；「朝夕」之夕，引申之言夕終，有至義：故名到字子夕。或相反爲訓，如晉閻没、鄭駟蔑、楚唐蔑皆字明。没、蔑言昧也，爲「明」之反。故名昧字明。蓋易凶名爲吉字之謂。詳王引之《經義述聞》卷二二、二三《春秋名字解詁》。考「正則」之與「靈均」，輾轉爲訓之例。洪《補》引《禮記》曰：「既冠以字之，成人之道也。」洪又曰：「《士冠禮》云：『賓字之，曰：昭告爾字，爰字孔嘉。』字雖朋友之職，亦父命也。」案：字之爲言子也。男子既冠，女子及笄，明已成人，能育子，而行命字之禮也。

【正則】王逸注：「正，平也；則，法也。靈，神也；均，調也。言正平可法則者，莫過於天；養物均調者，莫神於地。高平曰原。故父伯庸名我爲平以法天，字我爲原以法地。言己上能安君，下能養民也。」案：王注精粗雜糅。「正則」以寓「平」者，是也；而謂「正平可法則者，莫過於天」，失之無根。屈子名「正則」，其所憑者，出生之象也，總世系、生辰、初託三事而言。三事皆在「正」之陶鈞之中，故曰「正則」。正則，猶言正也。正、平二字義同轉注。「正則」平列，不當離析爲正平之法則。《説文·刀部》：「則，等畫物也。」段注：「等畫物者，定其差等而各爲介畫也。」引申之言正中義。《左傳》昭七年：「大物不同，民心不壹，事序不類，官職不則，同始異終，何可常也？」不則，猶不等、不正。則，義爲法則。法者，所以正人也。《漢書·張釋之傳》：「法者，天子所與天下公共也。」法，本涵公正義。法雖人所爲，又所以正人，義本貫注。籀文爲鼎，從刀、鼎。鼎，有方正、正當義。《漢書·賈誼傳》顏師古注引應劭曰：「鼎，方也。」《匡衡傳》「無説詩匡鼎來」，顏注：「鼎，猶言當也。」等同畫分之而爲鼎。包山楚簡字作剈。正謂之平，平亦謂之正。古書或「正平」連文。《吕氏春秋·孟秋》「決獄訟，必正平」是也。

【靈均】王逸釋「靈均」之義言「養物均調者，莫神於地」，則與「正則」之名不相比附。靈均，即「均靈」之乙，趁韻以倒。「均靈」二字寓「原」，又據「高平曰原」，乃謂平、原二字義同。原字無以解「均靈」之例，且平、原二字亦異義，「高平曰原」，而原固不得訓平。包山楚懷王世左尹邵𬇖墓簡文，其所載人名未見先秦古籍者夥，於屈氏，有大莫囂屈昜此蓋原父伯庸、大鮁尹屈𨗜、沈母邑人屈庚、下隱里人屈犬、郘郘大𩫏屈舵、東反人屈貯及不詳貫里者屈駱等。簡文所載之人，蓋皆稱其字，若昭陽、公孫鞅是也。又，簡文禱辭所載爲左尹邵𬇖卜筮者，屈氏有屈宜之人，謂「屈宜習之以彤筶爲左尹邵𬇖貞」，又謂「屈宜占之曰吉」。屈宜，蓋屈原也。宜音魚羈切，歌部，疑紐；原音愚袁切，元部，疑紐。歌、元爲陰陽對轉，宜、原音同通用。《詩·小宛》「宜岸宜獄」，鄭《箋》曰：「仍得曰宜。」仍得，言再得，復得。宜無再仍之義。蓋讀宜爲原，原有再義。《禮記·文王世子》「末有原」，《周禮·馬質》「禁原蠶」，注並曰：「原，再也。」簡文作屈宜，漢人讀如屈原。《説文·宀部》：「宜，所安也。从宀之下、一之上，多省聲。，古文宜，，亦古文宜。」金文字作《圓作父辛卣》，望山楚簡作、包山楚簡作等，皆從且、從二肉，而不從多聲。從二夕者，肉字省文。古文象祭祖以肉之形。且，古文祖字。《左傳》成十三年「成子受脤於社」，杜注：「脤，宜社之肉也。盛以脤器，故曰脤。宜，出兵祭社之名。」孔疏：「宜者，祭社之名。脤是盛肉之器，『受脤於社』，受祭之胙也。」社神本祖神分化，祭社亦即祭祖。《爾雅·釋天》「起大事、動大罪，必先有事乎社而後出謂之宜」。《漢書·五行志》亦謂「以出師而祭社謂之宜」。古人好鬼神，而視祭、戎爲國之大事，故興戎必先祭祖，以徼神祐；得其神祐者謂之宜。孫炎注《爾雅》：「宜，求見使祐也。」何以識其宜？蓋祭祀藉巫祝貞卜以決之，貞之以吉，示獲祐，謂之宜；

卜之以凶，不可爲宜。引申爲當，《吕氏春秋・當賞》：「爵禄之所加者宜。」高注：「宜，當也。」爲適，《淮南・本經訓》「旁薄衆宜」，高注：「宜，適也。」爲「得所」，《文選・補亡詩》注引《蒼頡》曰：「宜，得其所也。」《説文》爲「所要」，亦引申義。又引申爲肴。宜當、適宜，皆同「正平」義，名平字宜，其義相比。而「均靈」二字亦涵宜平義。均，均平也。古每以「平均」連文，平列同義。《國語・楚語》：「楚國之能平均，以復先王之業者，夫子也。」《詩・節南山》毛《傳》曰：「均，平也。」平正謂之宜，亦謂之均，均亦宜也。宜，又引申爲言善，《禮記・内則》「子甚宜其妻」，鄭注：「宜，猶善也。」靈有善義，古多借令字爲之。《爾雅・釋詁》：「令，善也。」善謂之宜，亦謂之靈，靈猶宜也。史稱屈原，即屈宜歟？屈子字「均靈」，固非唯因其字義訓詁，更藴含民俗宗教之特殊含意。均，古韻字，調和音樂之器。信陽楚簡謂「乃教均」，《國語・周語》：「王將鑄無射，問律於伶州鳩。對曰：『律所以立，均出度也。』」韋昭注：「均者，均鐘，木長七尺，有弦繫之，以均鐘者，度鐘大小清濁也。」音樂最具宗教特徵，有交通祖神、上帝之特殊功用。《山海經》謂「夏后開上嬪於天，得《九辯》、《九歌》以下」。《吕氏春秋・古樂》謂帝堯「命質爲樂，質乃效山林溪谷之音以歌，乃以麋輅置缶而鼓之，乃拊石擊石，以象上帝五磬之音，以致舞百獸」云云，皆是也。《周禮・宗伯・大司樂》「掌成均之法，以治建國之學政，而合國之子弟焉。凡有道者有德者使教焉，死則以爲樂祖，祭於瞽宗。以樂德教國子中和祗庸孝友，以樂語教國子興道諷誦言語，以樂舞教國子舞《雲門》、《大卷》」等云云，即所謂「樂教」也。均鐘即調鐘，均言調也。賈生《惜誓》「二子擁瑟而調均兮」，王注：「均亦調也。」成均即成調，樂之所以成調，當以「中正」爲極致，《周語》所謂「道之以中德，詠之以中音，德音不愆，以合神人，神是以寧，民是以聽」者也。而調和音樂使成均者，必出于「中正」之非常人。屈子名曰「正則」，昭示其出生世系、生辰及初託之象，皆合「中正」，其能平正、均調者也。靈，《説文》字作「⿱霝玉」，從玉，霝聲，謂「巫也，以玉事神」。或體從巫。甲文不見靈字，唯春秋時器《庚壺》始出「⿱霝示」字，從示、霝聲。示，甲文作《輔仁四》、《甲二八二》，金文作「示」，象一石直豎於地，上覆一方石。男陽崇拜遺制，上覆方石、蓋祖神棲息之所，而「丨丨」，象血祭也。示，指石祖，與祏、祊字義同。今俗靈牌、墓碑，蓋其遺制。靈字本言求雨祭祖也。引申爲神靈通名。交通神靈者，巫也。故楚俗巫亦謂之靈。屈子自稱帝高陽之裔，係日月交合所生，得三寅之正，上能通神，下能均調音樂，是以取字曰宜、曰均靈。屈子時以祭師妝飾，出入六合，通人神以上下，儼然爲巫。睡虎地秦簡《日書》八七五簡云：「庚寅生子：女爲賈，男好衣佩而貴。」賈，通作巫。屈宜亦庚寅日生，則具靈巫資質。又，屈子不徑言名平字宜，而變言名正則字均靈者，何也？馬永卿比司馬長卿幼時名犬子之類，以「正則」爲屈子小名，「靈均」爲屈子小字。陳第亦謂「或少時之名」。游澤承斥曰：「小名興於兩漢，盛於六朝，前此未之聞，所謂無徵而不信者。」案：馬、陳之説固不足訓，而必謂小名周秦「未之聞」，蓋亦偏頗，鄭莊公曰「寤生」，楚令尹曰「鬥穀於菟」，若非小名，即不可思議。李陳玉曰：「不説出名字，以『正則』代名，以『靈均』代字，又是一樣寓言。」洞觀幽微，發千古之秘。《離騷》，賦體也，劉彦和曰：「賦，鋪也。鋪采摛文，體物寫志也。」鍾嶸曰：「直陳其事，寓言寫物，賦也。」賦非史筆，假託寓言，寄物宣情，不當直陳其人其事，乃設以隱語，「寓名例」也。詳俞樾《古書疑義舉例》卷三第三十條。《離騷》叙時世皆用「寓名」，靈脩、女嬃、蹇脩等，不當據實。詳下隨文所釋。

是二句言父名我曰「正則」以寓意名「平」；字我曰「均靈」，以寓意字「宜」也。

第二韻：名、靈

戴震曰：「嘉名，讀如民。按：名於《廣韻》見十四清。均見十八諄。一收鼻音，一收舌齒音。顧炎武云：『耕、清、青韻中，往往讀入真、諄、臻韻，當由方言之不同，未可以爲據也。』今吴人讀耕、清、青，皆作真音。」江有誥、王力並曰：「名、均，真耕通韻。」案：耕真通韻，屈賦特此一例，《哀郢》「堯舜之抗行兮，瞭杳杳而薄天。衆讒人之嫉妬兮，被以不慈之僞名」。此二句又見《九辯》，恐錯入此篇。本極可疑。顧、戴説以方音，固不可信。名，古音

名余曰正則兮　字余曰靈均

爲「mieŋ」。靈均，蓋「均靈」倒乙。「均靈」二字平列，趁韻倒爲「靈均」。靈，古音爲「lieŋ」。名、靈古同耕部。

紛吾既有此内美兮　又重之以脩能

紛 朱《注》紛音墳。案：《廣韻》上平聲第二〇文韻：紛音府文切，非紐三等；墳音符分切，奉紐三等。皆合口。朱子清濁互用。《說文》本字作份，音府巾切，非紐三等開口。

美 羅、黎二本《玉篇・糸部》紛字引美作羑。案：羑，六朝俗字。敦煌寫本王梵志詩《奴人賜酒食》「恩言出美氣」，美氣作羑氣可證。《五百家注昌黎文集》卷一、《古今合璧事類備要》續集卷四一引亦作美。

重 洪《補》重音儲用切，朱《注》音直用反，錢《傳》音直龍反。賈昌朝《群經音辨》曰：「再曰重，直龍切。再之曰重，直用切。」案：「重之」之重，猶「再之」之謂，及物動詞，係賓格，音直用切，去聲。錢讀「直龍」之音，平聲。失之。儲用、直用二切音同。

脩 《文選》五臣、六臣本脩字并作修，洪《補》、錢《傳》以下《楚辭》本則脩、修錯忤并出。案：修，修飾本字；脩，假借字。《離騷》古本用假借字脩而不用本字修。《古今合璧事類備要》續集卷四一、《五百家注昌黎文集》卷一引亦作修。

能 洪《補》曰：「能，此讀若耐，叶韻。」朱《注》能音奴代反，曰：「能，一作態，非也。」能字古有三音。《說文・肉部》：「能，熊屬，足似鹿。从肉，㠯聲。」能音以，古本音。

《廣韻》下平聲第十七登韻：能音奴登切。又去聲第十九代韻：能、耐同音奴代切。賈昌朝《群經音辨》曰：「強傑曰能，奴登切。任曰能，奴代切。」案：強傑、忍耐之義相仍，蓋本一音，「讀破」而分二音。又引申爲言容態，音他代切，轉泥爲透，後制態字以專之。《史記·天官書》「三台」，或作「三能」。《漢書·司馬相如傳》「君子之能」，《史記·集解》引徐廣曰：能作態。能又有態音。金文惟作能，不見態字。態，漢世俗字。此文能當讀如態音。詳注。

【紛】王逸注：「紛，盛貌。」王夫之曰：「紛，不一之謂。」案：「不一」云者，猶紛雜也。訓紛盛、紛雜，義本相仍。「吾」之「內美」，指出生之世系、生辰、初託及名字四端，惟二「正」字可得概之。紛，猶悅怡貌。《方言》卷一〇：「紛怡，喜也。湘潭之間曰紛怡。」紛之訓喜，楚語。《九章·橘頌》：「緑葉素榮，紛其可喜兮。」紛其，猶紛然，「喜」之疏狀字，喜貌。王逸注：「言橘青葉白華，紛然盛茂，誠可喜也。」以「紛其」爲盛貌。失之。《後漢書·延篤傳》：「紛紛欣欣兮，其獨樂也。」紛紛、欣欣，平列同義，喜貌。紛字本爲「馬尾韜」，不訓盛多，亦無喜悅義。紛盛本字爲份，而紛喜本字爲芬。《說文·屮部》：「芬，屮初生，其香分布也。」引申爲和調、和適義。《方言》卷一三：「芬，和也。」郭璞注：「芬香和調。」《周官·鬯人》鄭注：「鬯釀秬爲酒，芬香條暢於上下也。」錢繹注：「和謂之芬，與人相和亦調之芬。」和適者必快人意，芬有悅喜義。《荀子·議兵篇》：「而其民之親我，歡若父母；其好我，芬若椒蘭。」歡、芬互文見義，芬猶歡也。吳世尚曰：「楚辭中凡施於句首之字，如紛、汩、忽、羌、謇、耿、溘、時云者，大抵多屬方言，而其意之或承上、或總下、或發端、或繼事、或轉語、或詮言、或正疏、或反僕，讀者各就上下文義以意會之，斯可矣。」吳說所立條例，不盡可采。本文句法，「紛吾既有此內美」，紛，爲「有」之疏狀字，言吾既紛有此內美也。屈賦二十五篇，句中述語之疏狀詞多冠於句首，蓋亦楚語異於中土習見者。下文「汩余若將不及兮」、

「謇吾法夫前脩兮」、「耿吾既得此中正」、「溘吾遊此春宮兮」、「忽吾行此流沙兮」等，皆同此。

【既】《穀梁傳》桓三年曰：「既者，盡也，有繼之辭也。」范寧注：「盡而復生謂之既。」案：既，已然承接之辭，前事畢，而後事承之，故屈賦「既」字多與「又」字並用，上句用「既」，則下句用「又」，爲其常見句法。既，甲文作「□」《乙編》六六七二，金文作「□」《散盤》，象回首輟食之形，謂食事終也。許云：「既，小食也。从皀，旡聲。」小，「不」字之訛。引申言盡、畢、已，而後又虛化爲已然承接辭。既之對文爲即，甲文作「□」《簠典》九九，象跽坐將食之形，故許云「即食」。引申言就，虛化爲即就之辭。既、即皆表時態，既爲終止之態，而即爲將就之態，其意相對。

【内美】王逸注「内含天地之美氣」云云，蓋猶「法天」、「法地」之意。吕延濟曰：「内美，謂忠貞也。」錢澄之曰：「内美以質言，脩能以才言。」王夫之曰：「内美，得天之美命，爲親所嘉予。」戴東原曰：「内美，生而質性容度之粹美。」胡文英曰：「内美，本質也。」皆因王注。又，陸善經曰：「内美，謂父教誨之。」案：内美，概上文八句而言，指天性之美。内，對外言，猶謂先天稟受之内在本質。屈子爲始祖帝高陽之胄子，與楚同宗，天生爲「神人合一」之聖種。生年月日皆爲寅，得人日之正；緣其「初託」而受嘉美之名、標其特異之質，皆「内美」之涵義，其核心在於「正」。天地上下之正質皆集於己身之中，是其「内美」也。屈子以「正」爲美，以「直」爲善，而以「忠」爲真；以「邪」爲醜，以「曲」爲惡，而以「佞」爲假。吾人讀之，當以「正」字爲綱領。

【重】王逸注「又重有絶遠之能」云云，以「重」爲「重有」義。錢澄之曰：「重之，言既有其質，又有其才也。」洪《補》曰：「重，再也，非輕重之重。」以「重」爲副詞，猶今云「再一次」。王夫之曰：「重，加也。」朱駿聲曰：「重，讀爲緟，增益也。」姜亮夫謂「又增加脩飾之能」。皆以「重」爲加增義。案：王説不易。「重之以脩能」句法，重，述語。之，代詞，以復指「内美」，「重」之賓也。「以脩能」，介賓之語，「重」之補也。「重」無「有」義，王注「重有」之訓，「有」字蓋承上句「既有」而省。古人行文，往往蒙上而省字，以避繁複。詳俞樾《古書疑義舉例》卷二第二十三條「蒙上文而省例」。下文「既替余以蕙纕兮，又申之以攬茝」。申，猶申替，承上句「既替」而省。《九辯》「秋既先戒以白露兮，冬又申之以嚴霜」。申，猶申戒，承上句「先戒」而省。重，當從洪《補》，猶又也，再也，本非動詞，惟求其句中所居之位，則爲動詞。「又重」平列同義。後二例「申」字亦同此。

【脩能】王逸注：「脩，遠也。又重有絶遠之能，與衆異也。」以脩爲長遠，以能爲才能，朱子曰：「脩，長也。能，才也。」錢澄之曰：「脩能，猶云長才也。」戴震曰：「脩能，好脩而賢能。」林雲銘曰：「言既稟有許多美質，又加以脩治之力。下文許多『脩』字，俱本於此。」龔景瀚曰：「脩，《説文》曰『飾也』。《玉篇》曰『治也』。其義當與《大學》『脩身』同，訓爲飾、治俱可。下文『脩名』、『好脩』皆因此。王訓『遠』，朱訓『長』，俱非。」蔣驥亦以脩爲脩治，能謂賢能。案：屈賦用「脩」字甚夥，《離騷》一篇凡十八，言「脩能」、「脩名」、「好脩姱」、「復脩」、「信脩」、「謇脩」各一見，「前脩」二見，「靈脩」三見，「好脩」四見，而脩飾、脩長、美善三義皆備。其訓「脩長」者，下文「路曼曼其脩遠兮」、「路脩遠以周流」，《天問》「東西南北，其脩孰多」，《九章・懷沙》「脩路幽蔽，道遠忽兮」，《招魂》「離榭脩幕，侍君之閒些」。其言美善者，下文「恐脩名之不立」，脩名，猶美名。「余雖好脩姱以鞿羈兮」，好脩姱，言好美。「脩姱」連文平列，脩，猶姱也，美也。又，「余獨好脩以爲長」、「莫好脩之害也」、「苟中情其好脩兮」、「汝何博謇而好脩兮」，好脩，言好美也，例同「好脩姱」。姜亮夫曰：「凡篇中言『好脩』者，皆脩飾、脩養之義。」失之。又，「固前脩以菹醢」、「謇吾法夫前脩兮」，前脩，前賢。脩亦訓美義。又，「孰信脩而慕之」，信脩，言身美。《九歌・湘君》「美要眇兮宜脩」，宜，儀也。儀脩，言容儀美好。《九章・橘頌》「紛緼宜脩」亦同。《哀郢》「憎慍惀之脩美兮」，「脩美」連文，平列同義，脩猶美也。脩言脩飾、脩治者至少，本篇惟「退將復脩吾初服」一例。「靈脩」、「蹇脩」，當爲別解，詳下文。劉永濟曰：「脩有脩飾、美善、長遠諸義，皆可貫注。蓋能飾治則美善，美善則可長遠，注家任主一義，餘即在其中。」其説牽合。蓋脩訓長遠、訓美善，爲一義相因，而脩治之脩當別一字。屈《騷》長謂之脩，美亦謂之脩，楚語。

《方言》卷一：「脩、駿、融、繹、尋、延，長也。陳楚之間曰脩。」《説文·肉部》：「脩，脯也。从肉，攸聲。」脩，無長遠義。脩，通作悠。《吴語》「今吾道路脩遠」，韋注：「脩，或爲悠。」悠有遠義。然悠字爲憂，亦不解長遠。蓋悠之爲言遥也。《詩·泉水》「我心悠悠」，《説苑·辨物》引《詩》作「我心遥遥」。遥言遠也，長也。遠謂之遥，好謂之媱，與脩字音義皆同。脩、遥爲幽宵旁轉，照紐與喻紐四等爲旁紐雙聲。遥爲古今通語，悠，假借字。「脩飾」本字爲修，屈賦脩、修錯出，互用不分，《説文·足部》：「跾，疾也，長也。从足，攸聲。」朱駿聲據此謂「跾」爲脩長本字。案：《方言》卷二：「透，驚也。宋、衛、南楚凡相驚或爲透。」《説文》段注引《文選·吴都賦》「驚透沸亂」，透借爲跾。錢繹《方言箋》：「跾與透聲義並同。」驚透即同驚跾，言驚疾。許氏「跾」字訓「疾」、訓「長」，並同。蓋長之爲言悵也。《説文》許氏釋義之文多有借字，泥之則不通。《天問》：「咸播秬黍，莆雚是營；何由並投，而鮌疾脩盈？」「疾脩」連文，平列同義，脩，讀爲跾，言憂疾。此「脩能」之脩，謂美好。能，對「内美」言，内美，本質之美，能，指外在容儀。下文「扈江離與辟芷兮，紉秋蘭以爲佩」。其是之謂也。能，猶態也。能、態古今字。屈賦二字錯忤雜出。《九章·懷沙》「非俊疑傑兮，固庸態也」，《論衡·累世》引此爲「固庸能也」。蓋王充所見本猶作「能」。《荀子·正名篇》：「所以能之在人者謂之能，能有所合謂之能。」「謂之能」之能，即容態。《書·堯典》「柔遠能邇」，鄭注：「能，姿也。」亦用作態。兩周吉金銘文、鉨文及先秦殘簡遺文，但有「能」字而無「態」。許氏《説文》能、態兩收，蓋周秦曰能，漢曰態。今人楊焕典考上古漢語乏陽聲韻，能字古音爲之部，讀如耐。《詩·賓之初筵》能與又、時協韻。能諧㠯聲，陰聲韻。戰國以下，轉爲陽聲蒸韻，制「耐」、「態」字，以別於「能」。楚語多存古音，以能、佩爲韻。又，能本熊屬之獸，㠯聲，古以字，之部，喻紐四等。李方桂考證，上古喻四音值爲[r]，屬日紐。名事相因，能用堅忍義，去聲，音轉泥紐爲耐。引申言容姿義，又音變爲態。《心部》：「態，意態也。」段注：「意態者，有是意因有是狀，故曰意態。猶詞者意内而言外，有是意而有是言也。意者，識也。心有所能必見於外也。」才能在内而未見謂之能，既見在外謂之態。又《招魂》「姱容脩態」，姱容、脩態，平列儷偶爲文，屈賦習語，漢人因之。《文選・西京賦》「要紹脩態」。屈子字稱靈均，而古之靈者必浴芳脩潔，體貌昳麗，婉好如婦人。《莊子・逍遥遊》曰：「藐姑射之山，有神人焉，肌膚若冰雪，淖汋如處子。」《遠遊》曰「質銷鑠以汋約兮」，「玉色頩以脕顔兮」。姿態美好狀若美婦人者，蓋所以通神也。

是二句爲承上啓下之詞。「内美」結首八句，「脩能」領出下采擷芬芳爲容飾諸事。言余既喜有此内美，又有外見之姱容脩態也。

扈江離與辟芷兮　紉秋蘭以爲佩

扈 黎本《玉篇・厂部》「𠪿」引扈作厄。案：六朝俗字。《文選》六臣本、洪《補》、朱《注》扈同音户。

離《文選》五臣、六臣本，《文選》卷三《吴都賦》注、卷一五《思玄賦》注，《説文繫傳》卷二《艸部》，《古今合璧事類備要》續集卷四一，《後漢書》卷二八下《馮衍傳》注、卷五九《張衡傳》注引離字并從艸作蘺。案：離、蘺古今字。黎本《玉篇・厂部》「𠪿」字、《太平御覽》卷六九二，《施注蘇詩》卷二，《古今事文類聚》後集卷二九，《事類賦注》卷二四、《初學記》卷二六，《唐類函》卷一六八、卷一八五，《藝文類聚》卷八一，《六帖補》卷一〇，《漢書》卷八七《揚雄傳》注，《文選》卷二二左思《招隱詩》注引亦作離，《説文繫傳》卷一二注引作籬。

辟 洪《補》、朱《注》、錢《傳》辟同音匹亦切。黎本《玉篇・厂部》「𠪿」字引辟作𠪿，姜校誤作癖。《北堂書鈔》卷一二八、《文選》卷一五《思玄賦》注、《古今合璧事類備要》續集卷四一、《後漢書》卷二八下《馮衍傳》注及卷五九

《張衡傳》注、《説文繫傳》卷二《艸部》、《太平御覽》卷六九二引作薜。案：辟，因王注「辟幽也」改，作薜者涉芷從艸而改。古作辟，《初學記》卷二六，《唐類函》卷一六八、卷一八五，《藝文類聚》卷八一，《事類賦注》卷二四，《六帖補》卷一〇，《漢書》卷八七《揚雄傳》注，《文選》卷二二左思《招隱詩》注、《施注蘇詩》卷二，《古今事文類聚》後集卷二九引亦作辟。

芷　《北堂書鈔》卷一二八引芷訛作茘。

紉　《文選》六臣本紉字作「紐」，云「五臣作紉」，《太平御覽》卷六九二引作紐。《文選》卷三四《七啓》注引作組。案：紐、組，紉字形訛。《文選考異》曰：「此『紐』字，《楚辭》作『紉』，下載舊音女陳反，洪氏《補注》女鄰切。又下文『矯菌桂以紉蕙兮』，各本盡作『紉』。蓋『紐』爲傳寫僞耳。」《文選》卷一五《思玄賦》注、卷二二左思《招隱詩》注、卷四二應璩《與從弟君苗君胄書》注，《後漢書》卷二八下《馮衍傳》注、卷五九《張衡傳》注、《集注分類東坡先生詩》卷八、卷一四，《施注蘇詩》卷二、卷八，《事類賦注》卷二四，《初學記》卷二六、卷二七，《唐類函》卷一六八、卷一八五，《漢書》卷八七《揚雄傳》注，《藝文類聚》卷八一，《錦綉萬花谷》後集卷三六，《全芳備祖集》卷二三，王楙《野客叢書》卷二一，《記纂淵海》卷九三，黎、羅兩本《玉篇·糸部》引亦作紉。朱《注》紉音女陳反，錢《傳》音尼鄰反。女鄰、女陳、尼鄰音同。

秋　《事類賦注》卷二四引秋蘭無秋字，案：敚訛也。卷二四注引亦有秋字。

佩　《文選》卷一五《思玄賦》注、《太平御覽》卷六九二姜校承劉師培《楚辭考異》之誤作六九三引并作珮。案：佩本字，珮後起分別字。《藝文類聚》卷八一，《唐類函》卷一六八、卷一八五，《初學記》卷二六、卷二七，《文選》卷二二左思《招隱詩》注、卷三四《七啓》注、卷四二應璩《與從弟君苗君胄書》注，《事類賦注》卷二四、《古今事文類聚》後集卷二九、續集卷二〇，《海録碎事》卷五，《施注蘇詩》卷二、卷八，《集注分類東坡先生詩》卷八、卷一四、卷一五，《詩·鄭風·釋文》，王楙《野客叢書》卷二一，《古今合璧事類備要》續集卷四一，《漢書》卷八七《揚雄傳》注，《錦綉萬花谷》後集卷三六，羅、黎二本《玉篇·糸部》「紉」字，《全芳備祖集》卷二三引亦作佩。

【扈】王逸注：「扈，被也。楚人名被爲扈。」陸善經曰：「扈，帶也。」陸氏以疏王注，謂扈訓被，非覆蓋義，猶佩帶。案：其説至碻。《九章·涉江》「被明月兮佩寶璐」，被、佩互文見義，被，猶佩帶也。楚人語佩帶謂之被，又謂之扈。《文選·吴都賦》「扈帶鮫函」，「扈帶」連文，平列同義，扈猶帶也。果以扈爲披覆，謂披覆江離於身，決無是理。今人實誤解王注。《方言》卷四：「帍裱謂之被巾。」郭璞曰：「婦人領衣也。」《廣雅·釋器》：「帍裱，被巾也。」裱，猶表也，上衣之。詳《説文·衣部》。謂「巾」、謂「衣」，皆以詮釋「裱」義。帍，非「巾」、「衣」也。帍，亦被帶之謂。領者，渾言頭頸。頸之狀如蝤蠐，衣領交束如繫帶，而謂之帍，或謂之被。案：《禮記·深衣》鄭注：「古者方領。」段君《説文》注，朱駿聲《説文通訓定聲》并謂「衣之曲袷曰領，不謂衣後也」。曲袷，猶衣領也。即繫帶。扈、帍音同義通。劉永濟曰：「被之名詞爲衾被，動詞爲覆蓋、著衣。此文扈字則著衣也。」其亦誤「扈」爲覆蓋義。聞一多據《説文》「扅」字讀「阡陌」之陌，謂扈、被聲義並通。姜亮夫謂讀扈爲幠，幠有覆蓋義。案：扈，扈從。《封氏聞見記》「鹵簿」條：「百官從駕謂之扈從。」《石林燕語》：「從駕謂之扈從。」《九辯》「扈屯騎之容容」，王注：「群馬分布，列前後也。」猶扈從相隨。而扈從、扈帶，其義相因，楚因謂佩帶曰扈。方言俗語之異，或音轉，或義轉；音轉者，義不變而音變，若羌之與慶、與遽者是也。羌，楚人語，陽部；遽，中土語，魚部。魚、陽陰陽對轉，并見紐雙聲。慶，漢世語，庚部，於陽部分出，古今音之變，今音轉爲竟。然羌、遽、慶三字義同。其義轉者，音不變而義變，即若脩之與長者是也。脩，中土多用脩飾義，而楚長謂之脩，中土或謂之延，或謂之永，罕言脩。扈，扈從而轉用於佩飾，楚語帶亦謂之扈。或借爲羽。《考工記·弓人》「弓而羽綱」，鄭注：「羽，讀爲扈。扈，緩也。」緩，綬字形訛。《莊子·田子方》：「緩佩玦者事至而斷。」《釋文》：「緩，司馬本作綬。」綬，所以貫玉，相承詳《玉藻》注有帶義。《説文》「扈」爲國名，無扈從、被帶義。蓋扈之爲言護也。護，護守，引申爲扈衛、扈從，楚借扈字爲之。

【江離】王逸注：「江離，香艸名。」《説文·艸部》：「蘺，江蘺，蘼蕪。」《廣韻》上平聲第五支韻：「江蘺，蘼蕪别名。」徐之才《藥對》曰：「蘼蕪，一名江蘺。」皆同許説。許氏又云：「茝，虈也。」「虈，楚謂之蘺，晉謂之虈，齊謂之茝。」許氏以江蘺、蘼蕪、茝、虈爲一艸而異名。又，《山海經》郭璞注：「芎藭，一名江蘺。」《爾雅·釋艸》：「蘄茝，蘼蕪。」邢《疏》：「蘄茝，芎藭苗也，一名薇蕪。」復以芎藭、江蘺爲一艸。司馬相如既言「芷若射干，芎藭昌蒲，江離蘼蕪」，又曰「被以江蘺，雜以蘼蕪」，以江蘺、蘼蕪、芎藭爲三艸。洪《補》曰：「《本草》，蘼蕪一名江離，江離非蘼蕪也，猶杜若一名杜衡，杜衡非杜若也。」以江離、蘼蕪爲二艸。段君《説文》注曰：「不云謂『茝』爲江蘺也，蓋因《釋艸》有『蘄茝、蘼蕪』之文而合之，茝與蘄茝又未必一物也。」程瑶田《釋艸小記》曰：「茝，江蘺也，蘼蕪也，不得爲一物矣。故李時珍著《本草綱目》，以爲未結根時爲蘼蕪，既結根爲芎藭，大葉似芹者爲江蘺，細葉似蛇牀者爲蘪蕪。同中之異，安能不生分别？」古人命物，或異物同稱，或同物異稱者至夥，豈惟「江蘺」哉？一物異名者，蓋或因方域，或因音轉，或因時遷，或因雅俗。賦家麗文，唯宏博繁褥是務，周納其文，雖一物一草而因其異名而分用之，説者泥之則病也。芹，蘄也。陸德明《釋艸·釋文》曰：「蘄，古芹字。」言「似蘄者爲江蘺」，故又謂「蘄茝」。《説文》以虈、蘺、茝、蘼四字連比爲文，蓋許氏以爲一艸而異名，「蘺」字但云「江蘺，蘼蕪」，而不謂又名「虈」、名「茝」者，皆蒙釋「虈」字而省，不可規規焉拘其「江」字之有無。江，「芎窮」促音。後以此草苗、根之分而析言之，謂苗謂之蘺，根謂之芎窮。合「芎窮蘺」三字謂之「江蘺」。又，取名芳艸，多取離析分散義。謂香氣溢散之草是爲

「離」，訓詁字別作「蘺」。

【辟】王逸注：「辟，幽也。」朱子曰：「芷亦香草，生於幽僻之處。」聞一多據此改「辟」爲「僻」，劉永濟讀「辟」爲「僻」。游澤承以《離騷》句法用「以」字通例說之，曰：「《離騷》文例，凡句中用一動詞者，則用『與』爲連詞；有兩動詞者，則用『以』爲連詞。前者如『雜申椒與菌桂』、『畦留夷與揭車』。後者如『擥木根以結茝』、『矯菌桂以紉蕙』。此處『扈江蘺與辟芷』，正屬前一類句例，故知辟爲形容詞而非動詞。『辟芷』之構詞法與『幽蘭』同。」又，徐文靖以「辟」爲《爾雅·釋艸》「薜，山蘄」之「薜」，曰：「薜芷，猶言蘄茝也。」案：上列注家皆未允當。「雜申椒與菌桂」句法，與「扈江離與辟芷」亦不盡相同。蓋申椒、菌桂爲專名，不可分爲二字，句首用一動詞以共之。而「辟芷」，誠如游說，短語結構，可析爲二字二義，固非一詞。屈賦言「芳芷」、言「蘭茝」、言「幽蘭」、言「蕙蘭」、言「石蘭」，而不以幽僻爲疏狀其芳香。「幽蘭」之「幽」，非幽辟義。幽，窈也。窈，好也，美也。詳下文注。王氏謂「辟芷」爲「芷生幽僻而香」，望文生訓。又，屈賦用「與」通例，亦非如游說。《九章·惜誦》「播江離與滋菊」一句，播、滋皆動詞，而用「與」爲連詞。與、以古書通用詳王之《經傳釋詞》卷一，或用「以」，或用「與」，皆可。此文「扈」、「辟」互文見義，辟，言扈也。《七諫·沈江》曰：「聯蕙芷以爲佩兮，過鮑肆而失香。」《文選·思玄賦》曰：「纗幽蘭之秋華兮，又綴之以江蘺。」「聯蕙芷」、「纗幽蘭」，皆祖構此「辟芷」。辟，猶聯也，纗也。辟，讀如《孟子·滕文公》「妻辟纑」之辟，劉熙注：「緝績其麻曰辟。」見《文選》張景陽《雜詩》注引。「緝績」，猶繫結。或通作擗。《九歌·湘夫人》「罔薜荔兮爲帷，擗蕙櫋兮既張」。罔、擗互文見義，擗，言罔結。王夫之注曰：「辟績爲裳。」辟績，或作襞積。《文選·思玄賦》「美襞積以酷烈兮」，舊注：「襞積，衣縫也。」《後漢書·張衡傳》注謂「衣襵」。襞，言縫綴。《方言》卷六：「擘，楚謂之紉。」擘、擗一字。亦借爲劈。《廣雅·釋訓》：「紉，劈也。」辟、擗、襞、劈皆無「緝續」、「縫紉」義，讀如絣，爲支耕平入對轉，同幫紐雙聲，例得通用。《後漢書·班彪傳》「將絣萬嗣」，李賢注：「絣，續也。」《廣雅·釋詁》：「㡭，絣也。」王念孫曰：「緻、絣聲義並同，絣亦縫也，語之轉耳。《燕策》云『王身自削甲札，妻自組甲絣』，蓋絣訓爲縫，因謂縫甲之組爲絣也。」并聲之字多有合併義，并脅謂之骿，調麵使合謂之餅，櫚椶謂之栟，聚合謂之併，駕二馬謂之駢，男女私合謂之姘，以綫縫之使合則謂之絣。《方言》當書「絣，楚謂之紉」，是借擘爲絣。

【芷】王逸注：「芷，香草名。」朱季海曰：「凡《楚辭》言茝，俱謂芷耳。《離騷》云『芳芷』，《九章》作『芳茝』；《離騷》之『蘭芷』，《九章》作『蘭茝』；《内則》亦云『茝蘭』矣。是芷謂之茝，亦齊楚間通語也。」《説文・艸部》有「茝」而無「芷」，許謂茝爲齊語，未聞爲楚語。《廣韻》上聲第十五海韻：茝，音昌紿切，二等開口。詳江永《四聲切韻表》。上聲第六止韻：芷，諸市切，三等合口。茝、從雖一字而音分洪細，蓋齊人開口洪大，讀爲茝，楚語斂口細小，讀爲芷。信陽楚墓殘簡芷作芑，亦不作茝。《楚辭》芷、茝並出，當後人所改。説者或謂屈賦用茝，偶用齊語之證，羌無實據。據《説文》，茝，从艸，𦣞聲。周嘉胄《香乘》卷四「芳香」條引王安石《字説》云：「茝香可以養鼻，又可養體，故茝字從𦣞。𦣞音怡，怡，養也。」此名芳草又一術，蓋取義於人之心理感受，言草香爲人所怡，是名茝，借茝爲怡。茝，借聲字。許氏謂茝，猶江離也。一草兩名，賦家並用之，以蔚其文，後人不審又誤爲二。此可概曰「一物因異名而並用例」，補俞氏《古書疑義舉例》所未備。説者或引《荀子・勸學篇》「蘭槐之根是爲芷，其漸之滫，君子不近，庶人不服，其實非不美也，所漸者然也」。謂芷爲「蘭槐之根」。明楊慎《升菴集》「蘭槐」條稱：《荀子》云「蘭槐之根是爲芷」，《大戴禮記》：「蘭氏之根，褱氏之苞，漸之修中，君子不近，庶人不服。」注：「蘭槐，香草名。槐，又作懷。《本草》云：『褱者，即杜蘅也，又名蘅，薇香。』唐詩『情人一去無窮已，欲贈褱香恨不逢。』即此也。」似不以「蘭槐」爲芷。又《史記・三王世家》：「《傳》曰：『蘭根與白芷，漸之滫中，君子不近，庶人不服者，所漸者然也。』」史公以蘭根、白芷並舉爲二。洪《補》曰：「芷，一名白茝，生下澤，春生，葉相對，婆娑，紫色，楚人謂之葯。」吴仁傑曰：「《集韻》：『芷，諸市切，香草也。』同音茝字，草名，虈蕪也。今《離騷》茝多作芷。蓋茝有芷音，讀者亂之。茝音芷者，謂蘄茝也。」《廣雅・釋艸》：「白芷，其葉謂之葯。」王念孫曰：「白芷，以根白得名也。蘇頌《本草圖經》云：『白芷根長尺餘，白色，粗細不等，枝幹去地五寸已上，春生，葉相對婆娑，紫色，闊三指許。』是白芷根與葉殊色，故以白芷名其根，又別以葯名其葉也。若然，則《九歌》云『辛夷楣兮葯房』，『芷葺兮荷屋』。《七諫》云『棄捐葯芷與杜衡兮』。《九懷》云『芷閭兮葯房』。當並是根、葉分舉矣。但芷、葯雖根、葉殊稱，究爲一草，故王逸《九歌》注云：『葯，白芷也。』」其説至碻。蓋芷，蘭之根，故《荀子》謂之「蘭槐之根」。《禮記》引《荀子》誤作「蘭氏」、「蘹氏」二物，至史公又分一草爲「蘭根與白芷」也。後人據以解《離騷》，治絲益棼，究不識芷爲何物。然則此言「辟芷」，是爲通稱，用其葉。《名醫別録》謂白芷葉，又名蒚麻。又，蘼蕪、蘄茝本一草，李時珍《本草綱目》辯之至悉。吴氏分爲二物，非是。

【紉】王逸注：「紉，索也。」洪《補》曰：「《方言》曰：『續，楚謂之紉。』《説文》云：『繟繩也。』」案：析言紉、索，各有其義。《惜誓》「并紉茅絲以爲索」，王逸注：「單爲紉，合爲索。」《太平御覽》卷七六〇《雜物部》一《繩》引《通俗文》曰：「合繩曰糾，單展曰紉，織繩曰辮，大繩曰縆。」釋玄應《一切經音義》引《字林》曰：「單曰紉。」《説文・糸部》：「紉，繟繩也。从糸，刃聲。」段注曰：「《方言》曰：『綳、剿，續也，楚謂之紉。』蓋單股必以他股連接而成。《離騷》曰『紉秋蘭以爲佩』，注：『紉，索也。』《内則》『紉緘請補綴』，亦謂綫接於緘曰紉。」《方言》又云：「擘，楚謂之紉。」郭璞注：「今亦以綫貫鍼爲紉。」紉，楚語以單股繩緝續他物使之縫合，故《方言》謂之續，又謂之擘。擘，絣也。混言不別。紉，刃聲，本刀刃名，許云「刀堅」是也。引申言堅止、塞礙義。故止車木謂之軔，中心堅止謂之忍，塞滿謂之牣，言語頓滯謂之訒。以繩縷展而續，使物牢止不釋者字爲紉。紉及訒、牣、忍、軔並爲形聲兼轉注。

【秋蘭】王逸注：「蘭，香草也，秋而芳。」陸璣《毛詩蟲魚艸木疏》曰：「《詩》『方秉蕑兮』，蕑即蘭，香草也。

其莖葉似藥草澤蘭，廣而長節，節中赤，高四五尺，漢諸池苑及許昌宮中皆種之。可著粉中藏衣，故天子賜諸侯茝蘭，著書中辟白魚也。」洪《補》曰：「《文選》云『秋蘭被涯』，注云：『秋蘭，香草。生水邊，秋時盛也。』《荀子》云：『蘭生深林。』《本草》亦云：『一種山蘭，生山側，似劉寄奴，葉無椏，不對生，花心微黄赤。』《楚詞》有秋蘭、春蘭、石蘭，王逸皆曰香草，不分别也。近時劉次莊《樂府集》云：『《離騷》曰「紉秋蘭以爲佩」，又曰「秋蘭兮青青，緑葉兮紫莖」。今沅、澧所生，花在春則黄，在秋則紫，然而春黄不若秋紫之芬馥也。由是知屈原真所謂多識草木鳥獸，而能盡究其所以情狀者歟？』黄魯直《蘭説》云：『蘭生深山叢薄之中，不爲無人而不芳，含香體潔，平居與蕭艾同生而不殊。清風過之，其香藹然，在室滿室，在堂滿堂，所謂含章以時發者也。然蘭蕙之才德不同，蘭似君子，蕙似士夫。概山林中十蕙而一蘭也。《離騷》曰：「予既滋蘭之九畹，又樹蕙之百畝。」《招魂》：「光風轉蕙泛崇蘭。」以是知楚人賤蕙而貴蘭矣。蘭蕙叢出，蒔以沙石則茂，沃以湯茗則芳，是所同也。至其發華，一幹一華而香有餘者蘭，一幹五、七華，而香不足者蕙也。蕙雖不若蘭，其視椒、榝則遠矣。』其言蘭蕙如此，當俟博物者。」李時珍《本草綱目》考之至翔，其曰：「蘭有數種，蘭草、澤蘭生水旁；山蘭，即蘭草之生山中者。蘭花亦生山中，與山蘭迥别。蘭花生近處者，葉如麥門冬而春花；生福建者，葉如菅茅而秋花。黄山谷所謂一幹一花爲蘭，一幹數花爲蕙者，蓋因不識蘭草、蕙草，遂以蘭花強生分别也。蘭草與澤蘭同類，故陸璣言蘭似澤蘭，但廣而長節，《離騷》言其『緑葉』、『紫莖』、『素枝』，可紉、可佩、可藉、可膏、可浴，《鄭詩》言『士女秉蕑』，應劭《風俗通》言『尚書奏事懷香握蘭』，《禮記》言『諸侯贄薰，大夫贄蘭』，《漢書》言『蘭以香自燒』也。若夫蘭花有葉無枝，可玩而不可紉、佩、藉、浴、秉、握、膏、焚，故朱子《離騷辯證》言古之香草必花葉俱香，而燥濕不變，故可刈佩。今之蘭蕙，但花香而葉乃無氣，質弱易萎，不可刈佩，必非古人所指甚明。古之蘭似澤蘭，而蕙即今之零陵香。今之似茅而花有兩種者，不知何時誤也。熊太古《冀越集》言世俗之蘭，生於深山窮谷，決非古時水澤之蘭也。陳遯齋《閒覽》言《楚騷》之蘭，或以爲都梁香，或以爲澤蘭，或以爲猗蘭，當以澤蘭爲正。今人所種如麥門冬者名幽蘭，非真蘭也。故陳止齋著《盜蘭說》以譏之。方虛谷《訂蘭說》言古之蘭草，即今之千金草，俗名孩兒菊者。今之所謂蘭，其葉如茅而嫩者，根名土續斷，因花馥郁，故得蘭名也。楊升菴云：『世以如蒲萱者爲蘭，九畹之受誣久矣。』又，吳草廬有《蘭說》甚詳，云蘭爲醫經上品之藥，有枝有莖，草之植者也。今所謂蘭，無枝無莖。因黃山谷稱之，世遂以謬指爲《離騷》之蘭。寇氏《本草》亦溺於俗，反疑舊說爲非。夫醫經爲實用，豈可誤哉！今之蘭，果可利水殺蠱而除痰癖乎？其種盛於閩，朱子乃閩人，豈不識其土產而反辨析如此？世俗至今猶以非蘭爲蘭，何其惑之難解也？嗚呼！觀諸儒之明析如此，則寇、朱二氏之誤可知，而醫家用蘭草者，當不復疑矣。」李氏格物至精，屈賦之蘭，於此已決。惟謂「幽蘭」即今蘭花草，蓋亦未審。詳下「幽蘭」注。《說文・艸部》「蘭」下復有「葌」字，云：「香艸也。出吳林山。」《廣韻》上平聲第二十七删韻：　葌音古顏切。葌，蓋《鄭詩》「士女秉蕑」之蕑。蕑，在上平聲第二十八山韻，音古閒切。《衆經音義》引《字書》云：「葌與蕑同。」又引《聲類》曰：「葌，蘭也。」蘭、蕑、葌，本一字三體。《山海經・中山經》云：「又東百二十里曰吳林山，其中多葌草。」郭璞注：「亦菅字。」葌、菅音同實亦蕑也。蕑，從艸，從閒。閒，猶分也，析也。《莊子・齊物論》「小知閒閒」，《釋文》：「閒閒，有所閒別也。」蘭，從艸，闌聲。闌，言離也。闌、離爲歌、元陰陽對轉，並來紐雙聲。離，分也，析也。言草芳香之氣離分布散者名之蘭。蘭，借聲字。信陽楚墓殘簡字又省作萰。蕑、葌皆會意字，音同蘭，不讀「古顏切」，不當從閒聲或葌聲。葌字從姦，借姦爲閒，會意兼假借。菅又葌之借。《詩・溱洧》「方秉蕑兮」，陸璣《疏》：「蕑即蘭，香草也。」《釋文》引《韓詩》：「蕑，蓮也。」《詩・澤陂》鄭《箋》：「蕑，當作蓮。」蓮、蘭古音同。然則蘭本字，蓮借字，非蓮藕之蓮。姜亮夫以蕑爲「古複字」，謂疑蕑者，古當讀[lkian]，後脫去[l]音，或與[k]音而分化成爲蕑、蘭二音。於是本義遂不易明。南楚之獨存蘭音，故戰國以後，蘭之用遂顯，與蕑義多不相屬矣。姜泥許氏析形，以「複輔音」強爲之說。古本無複輔音，但據許書諧聲爲說，學者未審其所析者允當與否，說多外誤。詳拙文《〈説文〉「轉注」、「假借」條例考釋》所駁。《本草》言「蘭與澤蘭相似，生水傍，紫莖赤節，高四五尺，緑葉光潤，尖長有歧，陰小紫，花紅白色而香，五、六月盛」。則其花事在夏末，何以「秋蘭」爲？考商及周初，四時不備，祇有春、秋兩季。屈賦二十五篇，但有春、夏、秋三季，而不言冬。《九章·涉江》之「秋冬」實「秋終」也。「孟夏」二見，皆在《九章》。屈子賦《騷》蓋用三代曆法。言春則概夏，言秋則舉冬。周正五、六月，當夏正七、八月，於時爲秋，故曰「秋蘭」。而以周正言之，五、六月屬春，故又謂「春蘭」。見《九歌》。屈賦二十五篇猶《詩·七月》之比，夏正、周正雜用，唯用夏正居多。

【佩】王逸注：「佩，飾也。所以象德。故行清潔者佩芳，德仁明者佩玉，能解結者佩觿，能決疑者佩玦，故孔子無所不佩也。」錢杲之曰：「喻己有行能，猶佩香草，爲人所愛媚。」李光地曰：「佩者，隨身取用，以與材能。」劉獻廷曰：「當屈子立志之日，豈爲獨善一身、只完一己之事而已哉？直欲使香澤遍薰天下，與天下之人共處於芝蘭之室也。」案：《説文·人部》：「佩，大帶佩也。从人、凡、巾。佩必有巾，故从巾。巾謂之飾。」段注：「大帶佩者，謂佩必繫於大帶也。古者大帶有革帶，佩繫於革帶，不在大帶。何以言大帶佩也？革帶統於大帶也。」「佩」爲飾物總名。凡者，言皆也，總也。《釋名·釋衣服》：「佩，倍也。言其非一物而倍貳也，有珠、有玉、有容刀、有帨巾、有觿之屬也。」言「其非一物」，即「从凡」義。「巾謂之飾」，佩字從巾。佩之義爲繫飾，名詞，讀上聲。從人，言人所飾者也。包山邵𦤂楚墓簡文字作⿰王𤰈，從玉，𤰈聲。𤰈，備也，有皆、都、凡義。玉，飾物也。今字作珮。本文「以爲佩」，謂江離、芷、秋蘭集佩於一身也。姜亮夫謂古之佩制，「一則所謂事佩，一則所謂德佩。事佩者，工具之尚存其用者也；德佩者，其使用價值已不復存在，僅作爲一種禮制，或變而附以一種新的使用意義，古之所謂佩玉一制，大體即此一事也」。王注「所以象德」，爲德佩也。然則「事佩」在先，「德佩」後出，「德佩」屬審美範疇，於「事佩」中衍變而來。此西哲普烈漢諾夫《没有地址的通訊》論列藝術起源至爲詳備。屈子援引衆芳之草以爲佩，已無「事佩」，即實用工具性質，彰顯道德、宗教意義之「德佩」。今人或於江離、白芷、秋蘭之藥性，而謂屈子佩芳在於「延年益壽」、在於「禦災」，或謂服蘭能得子，在於「男女性慾」，其種種無根虛妄之説，一無可取。屈子佩芳，其意亦深矣，約言之有二。一則以芳潔以自勵，是所謂寄寓道德者。《論衡・譴告》曰：「屈原疾楚之臭洿，故稱香潔之辭。」清潔二字，是其佩飾之精髓。陶潛有詩云：「幽蘭生前庭，含薰待清風。清風脱然至，別見蕭艾中。」而當屈子之世，楚國上下，溷濁不分，唯污垢穢惡之氣充塞其間，欲以馡馡之芳香別見於蕪穢，以其獨立之人格行於世，則戛戛乎難哉！此其一。二則佩飾衆芳，頗具宗教民俗之性質。神靈莫不食以香潔、飾以芬芳，而徼神之巫亦且如是，以《九歌》十一篇諸神及徼神之巫覡言之，概莫能外。如雲中君帝服駕龍，爛昭昭而未央，其迎神之巫皆華采衣、浴蘭湯，相應若契也。屈子爲高陽之後裔，字曰「靈均」，「其智能上下比義，其聖能光遠宣朗，其明能光照之，其聰能聽徹之」《國語・楚語》，最具靈巫之質。其孜孜不倦，采擷衆芳以爲佩者，乃自我神化之所需，示其與生俱來非同凡俗之日神氣質，亦示其出自帝高陽、生得三寅之正之異質。馬林諾夫斯基言：「面目，文身，識別符號，裝飾，能把一個演員送到一種神秘的世界去，或賦予人以一種臨時性的特殊的精神狀態。」善哉此言。蓋屈子佩飾衆芳，其於精神狀態，蓋以發顯其神格，而「與日月兮齊光」之境界亦日近矣。故其功用非唯高尚道德之喻詞，復有娛神之宗教性質，爲下篇上征求帝張本。

是二句承上文「脩能」言，彰其外美所在，言我扈帶江蘺、繫結芳芷、紉以秋蘭，雜衆芳以爲佩飾也。

第三韻：能、佩

陳第曰：「能，古音泥。」戴震曰：「能，古音奴異切。」江有誥曰：「能，奴其反。」案：能，之部，泥，歌部；能、泥古不同音。戴音「奴異切」，猶音耐，亦非。能，讀如態，古音爲[ə]。陳第曰：「佩，古音皮。」江有誥曰：

「佩音邳。」案：佩，之部，皮，歌部。佩、皮古不同音。佩，古分上、去聲。上聲爲名，去聲爲事。此前脩所謂「讀破」法。顧亭林謂古無「讀破」，曰：「先儒兩聲各義之説不盡然，凡上去入之字各有三聲或二聲、四聲，可遞轉而上同以至於平。古人謂之轉注，其臨文之用，或浮或切，在所不拘。」其發明「四聲一貫」説。王了一因《釋名》同字之訓，謂「讀破」肇於後漢之末，周秦無「讀破」。「讀破」本因訓詁，一字二讀或三讀，隨字義輾轉引申，字義引申，固非始自東漢，於西周初期已然，春秋戰國之世則大行。蓋字義有引申，則必有「讀破」。《易·序卦傳》：「蒙者，蒙也。」又：「比者，比也。」《禮記·哀公問》：「親之也者，親之也。」《詩·關雎》篇序：「風，風也。」《孟子·滕文公上》：「徹者，徹也。」佩，一字而分名事，故有上、去二聲，於先秦之世已備。下文「民好惡其不同兮，惟此黨人其獨異；户服艾以盈要兮，謂幽蘭其不可佩」。《思美人》「解萹薄與雜菜兮，備以爲交佩；佩繽紛以繚轉兮，遂萎絶而離異」。《惜往日》「何芳草之早殀兮，微霜降而下戒；諒聰不明而蔽壅兮，使讒諛而日得。自前世之嫉賢兮，謂蕙若其不可佩」。「不可佩」、「交佩」之佩，皆動詞，言佩帶也。去聲，與入聲異，戒字協韻。下文「溘吾遊此春宮兮，折瓊枝以繼佩。及榮華之未落兮，相下女之可詒」。屈賦「以爲」句法，「爲」字下皆用名詞，「以爲佩」，言以瓊枝爲佩飾物。佩，上聲，與平聲字「詒」相協韻。屈賦二十五篇固有「讀破」例，平上去入之畛域蓋已分明。此文「以爲佩」，佩爲名，上聲。段懋堂謂古但有平上入三聲而無去聲，古音去入不分。黄季剛謂古但分平、入二聲。江晉三謂古自有四聲，惟古四聲不與今四聲同。案：江説最近事理。惟其未探究古今所以異同者。王了一謂古有舒聲與促聲，古之舒聲有高長調、低短調之分，而高長調爲平聲，低短調爲上聲。古之促音亦分高長、低短之調，高長者去聲，低短者入聲。其説可采，古之去聲屬入聲，去聲韻尾爲[ːk]、[ːt]、[ːp]，[ː]爲長音符號，入聲字韻尾爲[k]、[t]、[p]，無長音符號。江氏謂「佩音邳」。佩、邳同之部，而邳平聲，佩上聲，其聲異也。佩，古音爲[bwə]。能、佩，古同之部。

汩余若將不及兮　恐年歲之不吾與

汩《文選》六臣、朱《注》、錢《傳》汩同音於筆切，洪音越筆切。案：「於筆」「越筆」二切音同。又，《九章・懷沙》「浩浩沅湘，分流汩兮」，洪《補》曰：「汩音骨者，水聲也。音鶻者，涌波也。《莊子》曰：『與汩俱出。』郭象云：『洄伏而涌出者汩也。』」《哀時命》「弱水汩其爲難兮」，洪《補》：「汩音骨，一于筆切」。《九歎・惜賢》「江湘油油，長流汩兮」，洪《補》：「汩，于筆切。」汩有三音，蓋洪氏未能釐定。胡鳴玉《訂訛雜録》曰：「字韻書汩音聿，從『子曰』之『曰』，水流也，又奔汩疾貌，與『汨』字異，從『日月』之『日』不同。」案：汩，古音鶻，水流。用作形容詞，狀水聲，音變爲骨。汩，從水，從曰。曰，越也，水流激越而謂之汩。後因許氏析字而讀音「於筆」。詳注。汨，從水，從日，汨羅之汨，無水流義。《古今合璧事類備要》續集卷四一、《東雅堂昌黎集注》卷一、《五百家注昌黎文集》卷一引亦作汩。

不洪《補》、朱《注》同引一作弗，錢《傳》作弗，引一作不。案：弗，猶不之也。五臣注「若將追之不及」，王本作弗。王觀國《學林》卷五、《東雅堂昌黎集注》卷一、《五百家注昌黎文集》卷一、《古今合璧事類備要》續集卷一四引亦作不。

恐朱《注》恐音丘用反。

【汩】王逸注：「汩，去貌，疾若水流也。」洪《補》引《方言》曰：「疾行也。南楚之外曰汩。」案：王注謂「汩」

之本義爲水流,引申言去貌。洪《補》進以楚語説之。《説文·水部》:「汩,治水也。从水,曰聲。」汩,無疾流義。《川部》有「㲻」字,云:「㲻,水流也。从巛,曰聲。」《廣韻》入聲第五質韻以汩、㲻一字,同音於筆切。《廣雅·釋訓》:「㲻㲻,流也。」《九章·懷沙》「浩浩沅湘,分流汩兮」。王念孫曰:「汩與㲻同。」以㲻爲汩字別文。楚簡文水旁之字或移於下,如溜字作𣶒,漸字作㲸,洎字作泉,濫字作𣽰,湘字作𣻢,涉字作𣲉,淺字作𣵾、𣳚。㲻,楚之古文,許氏不能識,以㲻、汩爲二字。汩訓「治水」,而治水有壅、泄二法,其疏泄法,楚人謂之汩。引申言「水流」,許氏則以「㲻」字別之。段注謂「㲻與《水部》『汩』義異」,蓋因許氏。又引申言疾、言亂。《書·洪範》「汩陳其五行」孔傳、《小爾雅·廣言》、《漢書·五行志》顔師古注引應劭、《莊子·徐無鬼·釋文》引司馬注曰:「汩,亂也。」治、亂相反爲訓,美惡不嫌同辭,治亦謂之汩。《天問》「不任汩鴻」,王注:「汩,治也。」汩鴻,猶泄鴻。許氏謂汩諧曰聲。汩,物部,與淈、滑通用。洪《補》曰:「汩音骨者,水聲也。音鶻者,涌波也。」骨、鶻,物部,惟其牙聲有深淺之別。《九章·懷沙》汩、忽協韻,忽,物部,汩爲物部字,從水,從曰,會意。曰之爲言越也。《書·召誥》「越若來三月」,《堯典》「曰若稽古帝堯」,《臯陶謨》「曰若稽古臯陶」。越若、曰若同。《廣雅·釋詁》:「越,疾也。」言水疾流制字爲汩,會意兼假借。後人據許氏析字諧「曰聲」而謂汩音「於筆」耳。南楚之外謂「疾去」爲汩。或通作淈。治又謂之淈。《爾雅·釋詁》:「淈,治也。」亂亦謂之淈。《後漢書·張衡傳》「涉冬則淈泥而潛」,李賢注曰:「淈,亂也。」文物平入對轉又作溷。《説文·水部》:「溷,亂也。」皆一根之語。汪瑗曰:「首句倒文耳,本謂余汩汩乎若將不及也。屈子多以『余』字倒在下,不能盡出,讀者詳之。」此楚俗句法異於中土者,同上文「紛吾既有」例。

【若將】王逸注「心中汲汲,常若不及」,以「若將」爲「若」義。朱《注》同。案:是也。「若將」連文,平列同義,將,猶若也。《韓非子·外儲説左下》:「治齊,此五子足矣,將欲霸王,夷吾在此。」《管子·小匡》:「若欲霸王,夷吾在此。」將即若也。《國語·晉語》:「質將善而賢良贊之,則濟可竢;若有違賢,教將不入,其何善之爲。」

《左傳》隱三年：「將立州吁，乃定之矣。若猶未定，階之爲禍。」《公羊傳》襄二十九年：「將從先君之命與，則國宜之季子者也；如不從先君之命與，則我宜立者也。」《史記・春申君傳》「王將借路於仇讎之韓魏」，又曰「王若不借路於仇讎之韓魏」。以上諸文，將與欲、若、如爲互文，將猶欲也、若也、如也。今讀作倘。「倘若」，今語猶存。將、倘古同陽部，精透旁紐變聲。

【不】不，當作弗。詳校。《說文》段注曰：「凡云『不然』者，皆於義引申叚借。其音古在一部之部，讀如德韻之『北』，音轉入尤，有韻，讀甫鳩、甫九切，與『弗』字音義皆殊。音之殊，則弗在十五部物部也。義之殊，則『不』輕『弗』重。如『嘉食弗食，不知其旨；至道弗學，不知其善』之類可見。《公羊傳》曰：『弗者，不之深也。』俗韻書謂『不』同『弗』，非是。」案：至碻。弗，兼述語之賓詞，故云「深於不」。弗及，猶不之及。

【恐】王逸不注。洪《補》曰：「恐，疑也。下並同。」錢杲之下文「恐高辛之先我」注云：「又慮帝嚳先我而得簡狄。」以恐爲慮。案：恐、疑、慮三字混言則同，析言各有其義。恐，懼也；疑，惑也；慮，思也。言恐，則深於疑、慮。《說文・心部》：「恐，懼也。从心，巩聲。忎，古文。」又：「懼，恐也。从心，瞿聲。愳，古文。」恐、懼爲侯東陰陽對轉，溪羣旁紐雙聲。析言恐、懼亦有別。懼，諧瞿聲；瞿，象鷹隼驚視。古言「懼」，含有驚畏戒備義。《書・呂刑》「朕言多懼」，孔傳：「我言多可戒懼以儆之。」《左傳》桓二年：「百官於是乎戒懼，而不敢易紀律。」戒懼，平列同義。《論語・述而》：「必也臨事而懼，好謀而成者也。」《荀子・脩身篇》：「其避辱也懼，其行道也勇。」恐無戒備義，古但有「戒懼」而不言「戒恐」。恐，猶臨事惶惶無所措，深於懼。《鬼谷子・權》：「恐者，絶腸而無主也。」無主，言不知所措。《左傳》僖二十六年：「室如縣罄，野無青草，何恃而不恐？」《荀子・天論篇》：「星墜木鳴，國人皆恐。」《素問・穢氣法時論》：「善恐如人將捕之。」王冰注：「恐，謂恐懼，魂不安也。」猶今言六神無主。《書・西伯戡黎》：「西伯既戡黎，祖伊恐。」言祖伊恐國將亡，而惶惶然計莫知所出。而不可以「懼」字易之。《莊子・秋水》「惠子相梁，莊子往見之。或謂惠子曰：『莊子來，欲代子相。』於是惠子恐。」言惠子懼將失位，惶然無主，故曰恐。若言「惠子懼」，則其有所戒備。古文忎，工聲。巩、工之爲言孔也。孔，大也，甚也。大懼謂之恐。恐、忎并假聲字。年命去留，受之於天，非人所能及，臨之則惶惶無主，故謂之「恐」。下文「恐修名之不立」，「恐高辛之先我」，皆同此。

【與】王逸注「不與我相待」，以「與」爲「待」。朱子説同。案：與訓待，書證至富。《詩・召南》「不我以」，又曰「不我與」，以、與爲儷偶對舉。以，猶俟也，待也。與，亦猶待也。與，無待義，讀如儲。與、儲同魚部。與，喻紐四等，歸定紐；儲音直魚切，澄紐三等，歸定紐。與、儲二字音同。《説文・人部》：「儲，待也。从人，諸聲。」《文選・西京賦》「儲乎虞庭」，薛綜注：「儲，待也。」

是二句言吾汩然疾去若不之及，恐年命之逝，而不我待也。

朝搴阰之木蘭兮　夕攬洲之宿莽

搴 洪《補》引《説文・手部》搴字作攓，謂《方言》字亦作攓。《淮南子・兵略訓》又作攑。朱《注》引《説文》作攐。錢《傳》引《説文》及《繫傳》亦作攓。案：搴，攐字省文；攓，攐字異文；攑，攐字俗文。《史記》卷九九《叔孫通傳》注，《藝文類聚》卷八九，《唐類函》卷一八九，《爾雅翼》卷二、卷一二，《爾雅》卷八《釋草》第一三疏，《山谷内集詩注》卷七，《古今合璧事類備要》續集卷四一引亦作搴。洪《補》、朱《注》同謂「搴音蹇」，錢《傳》音丘虔反。《廣韻》上聲第二十八獮韻搴、蹇同音九輦切。案：「丘虔」、「九輦」有戛、透之别，「丘虔」出切爲溪紐，透音，「九葦」出切爲見紐，戛音。

阰 《文選》六臣、朱《注》阰同音毗。洪《補》阰音頻脂切，錢《傳》音頻支切。案：《廣韻》上平聲第六脂韻：阰、毗同音房脂切。「頻脂」、「頻支」、「房脂」三切音同，惟「頻脂」、「房脂」屬古音，而「頻支」爲今音。支、脂合韻，宜在隋唐以還，非復古音之舊。又，魏孝文帝《弔比干碑文》阰字作吡，從山。案：上「搴」校所列諸書注引亦作阰。

攬 《文選》六臣云：「攬，五臣作擥。」洪《補》引攬一作擥，又引一作𢹿。朱《注》、錢《傳》二本作𢹿，引一作攬，朱又引一作擥。案：攬，覽聲；𢹿，從監，會意。一字兩體。擥，𢹿字異文。據《説文》字作擥。《藝文類聚》卷八一，《唐類函》卷一八六，《古今合璧事類備要》續集卷四一，《學林》卷五，《爾雅翼》卷二、卷一二，《爾雅》卷八《釋草》第一三疏引作擥。又，《文選》卷三《吴都賦》注引亦作覽，蓋攬字敚誤。洪《補》攬音盧敢切，朱《注》音力敢反。音同。

洲 洪《補》引洲上一有中字，朱《注》引洲上亦一有中字，又引洲一作州。錢《傳》本作中洲，引一無中字。案：王注「夕入洲澤採取宿莽」，王本無中字，州、洲古今字。《爾雅翼》卷二、卷一二，《古今合璧事類備要》續集卷四一，《學林》卷五引亦無中字，州作洲。又，《藝文類聚》卷八一引作「多攬華洲之宿莽」，夕訛作多，且洲上有華字姜校引誤作中。《唐類函》卷一八六載《藝文類聚》引華作中。非是。

莽 洪《補》、朱《注》、錢《傳》莽同音莫補切，錢又音莫黨反。案：《説文・茻部》：「莽，南昌謂犬善逐兔草中爲莽。从犬、茻，茻亦聲。」又：「茻，衆艸也。从四中，讀若與冈同。」《廣韻》上聲第三十七蕩韻：莽、茻同音模朗切。莫黨、模朗音同，古屬陽部。屈賦用韻，《離騷》與、莽相協；《九章・懷沙》莽、土相協。《漢書》卷六《武帝紀》注引孟康曰：「征和三年重合侯馬通，今此言莽，明德馬后惡其先人有反，易姓莽。」顏師古曰：「莽音莫户反。」古屬魚部。羅氏《文選音決》云：「莽音亡古反，楚俗言也。」楚語陽聲多爲陰聲，蓋存其古音。詳上「能」字注。亡古、莫户音同。「亡古」爲「輕重交互」門法。

【朝、夕】王逸注：「言己旦起陞山采木蘭，上事太陽，承天度也；夕入洲澤採取宿莽，下奉太陰，順地數也。動以神祇自勑誨也。」王説雜陰陽感應之説。陳與郊斥曰：「朝夕云者，胡必承太陽太陰，而託諸天之度、地之數耶？且動曰神祇，固矣夫！」其謂「朝」、「夕」爲始朝終夕，實同王注。案：何焯《義門讀書記》曰：「朝、夕，即若將不及之意。」《離騷》「朝……，夕……」句法，「朝」、「夕」爲言汲汲不怠之意，而非謂必朝自某、夕至某，以紀一日之時。朝、夕互文，言朝則概夕，舉夕以及朝。錢大昕《養新録》曰：「古人著書，舉一可以反三，故文簡而義無不賅。姑即許氏《説文》言之。木，東方之行；金，西方之行；火，南方之行；水，北方之行；則土爲中央之行可知也。」《離騷》「朝……，夕……」句法，即其比。言朝夕在阰搴木蘭，又朝夕在洲攬宿莽，自朝終夕，汲汲不怠也。下文「朝發軔於蒼梧兮，夕余至乎縣圃」。言發自蒼梧，至於縣圃，朝夕兼程也。又，「朝發軔於天津兮，夕余至乎西極」。《涉江》：「朝發枉陼兮，夕宿辰陽。」《湘君》：「朝騁騖兮江皋，夕弭節兮北渚。」並其比。俞樾所謂「參互見義例」。詳《古書疑義舉例》卷一第六條。

【搴】王逸注：「搴，取也。」其注文又釋「搴」爲「采」。洪《補》曰：「《説文》：『𢶍，拔取也。南楚語。』引『朝𢶍阰之木蘭』。」《説文》段注：「《莊子·至樂篇》『攓蓬而取之』，司馬注：『攓，取也。』《方言》曰：『攓，取也。南楚曰攓』。又曰：『楚謂之攓。』」據段説，「攓」字本義爲「拔取」，引申言取、言采。案：木蘭，香木也。言拔取木蘭之木，設非花上人臂力，安得堪其任？令人噴飯。木曰搴，草曰攬，搴、攬二字各有其義，非泛言「取」、

「采」。若攬草易字謂「搴」，悖於事理。《九歌・湘君》「搴芙蓉兮木末」是也。「搴」非言「上拔」義。許訓「拔取」，拔，讀如披。拔、披爲歌、月平入對轉，滂並旁紐雙聲。《説文・蓐部》：「薅，拔田艸也。」《釋文》、《玉篇》、《五經文字》並引作「拔田草」。《手部》：「從旁持曰披。」引申言拔折、旁折。《左傳》昭五年「又披其邑」，杜注：「披，折也。」《史記・魏其武安侯列傳》「不折必披」，《正義》：「披，分析也。」元月對轉拔又借爲「𠬜」，古攀字，言攀折義。或爲扳。連語「攀援」之異構作「扳援」，許云「拔取」，即「拔取」、「攀取」、「扳取」，言攀折。《漢書・季布田叔傳贊》「身履軍搴旗者數矣」，注引孟康曰：「搴，斬取也。」錢珝《江行無題詩》一百首：「涉江雖已晚，高樹搴芙蓉。」校云：「搴，一作攀。」《全唐詩》卷七一二。李商隱《寓懷》詩：「搴樹無勞援。」搴樹，言攀樹也。楚人謂攀折、折取爲搴。《説文》作攓，从手，寒聲。寒無攀引義。寒之爲言牽也。牽，引也。手牽引之是爲搴。攓，假聲字。魯筆曰：「搴，仰攀也。」心知其義，以文意會之，唯於訓詁未密。

【阰】王逸注：「阰，山名。」洪《補》曰：「山在楚南。」《玉篇・阜部》、《廣韻》上平聲第六脂韻並曰：「阰，山名，在楚南。」又，《史記・劉敬叔孫通列傳》司馬貞《索隱》引《埤蒼》曰：「阰，山在楚，音毗。」饒宗頤爲詳考，謂即「廬江沘山」。此其一説。周孟侯曰：「阰與洲同，水中之土曰洲，丘阜之阿曰阰。」王夫之曰：「阰與陂同。」劉夢鵬曰：「水邊小山曰阰。」朱珔曰：「《説文》無阰，惟陭、陂、阺皆爲陵阪之名，三字俱與阰音相近，疑即相類。觀下句『洲』字，只通言之，則阰亦未必有專屬之山也。」此其二説。汪瑗曰：「阰與坒同，亦作坒，音陛。地之相次而比者也，對下句『洲』字而言。」朱駿聲曰：「阰，當作陛，高阜也。《説文》：『陛，升高階也。』乃升高阜之轉注。」俞樾曰：「阰者，坒之假字。《説文・土部》：『坒，地相次比也。』地相次比謂之坒，水中可居者謂之洲。皆非實其可指之地。」譚介甫亦讀阰爲陛，謂山有梯級若陛者。此其三説。案：王氏注《離騷》，於人物、山川地理，不盡可信。《埤蒼》、《玉篇》謂山在楚南，皆附會王説。洪氏援之以疏王注，相承其誤。此文阰、洲對舉互文，阰爲泛稱。

饒君弊弊焉雖多用力，徒耗心力耳。王夫之謂阰、陂相通假，疏於音韻。阰，脂部；陂，歌部。古不同音，不可濫假。汪君謂阰爲坒字假借，坒，又通坒、陛。其會心不遠。阰、坒、陛同諧比聲，例得通用。第此文阰、洲，猶朝、夕之比，似只宜虛看，不可坐實。阰，猶言上也；洲，猶言下也。搴於阰而攬於洲，猶上下求索也。

【木蘭】木蘭，王逸未注。洪《補》曰：「《本草》云：『木蘭皮似桂而香，狀如楠樹，高數仞。』任昉《述異記》云：『木蘭州在尋陽江，地多木蘭。』」案：《詩・澤陂》曰：「有蒲與蕑。」鄭《箋》云：「蕑，當作蓮。蓮，芙蕖實也。」故《本草》木蘭，又名木蓮。李時珍《綱目》曰：「其香如蘭，其花如蓮，故名。」又曰：《白樂天集》云：「木蘭生巴峽山谷間，民呼爲黄心樹。大者高五六丈，涉冬不凋，身如青楊，有白紋，葉如桂而厚大，無脊。花如蓮花，香色艷膩皆同，獨房蕊有異。四月初始開，二十日即謝，不結實。」此説乃真木蘭也。其花有紅、黄、白數色，其木肌細而心黄，梓人所重。此即今云廣玉蘭。

【攬】王逸注：「攬，采也。」至爲簡賅。案：《説文・木部》：「采，捋取也。」捋以五指，覆掌而五指向下，猶今云「摘」者。許又云：「擥，撮持也。从手，監聲。」撮，或訓「四圭」，或訓「二指撮」，無抓取意。攬音廬改切，來紐；監，見紐。監，非攬字諧聲。擥，從手，監聲，會意。監之爲言兼也，音同通用。兼，束也，併也。斂聚而取是爲擥，會意兼假借。攬，從手，覽聲。覽之爲言斂也。《釋名・釋姿容》：「攬，斂也，斂置手中也。」斂聚而取是爲攬。攬，借聲字。攬、擥一字異體。許云「撮持」，撮，當聚字形訛。最、聚二字多相亂。《莊子・則陽》「聚散以成」，《荀子・彊國篇》曰：「執拘則最，得閒則散。」則誤作「最」，楊倞注：「最，聚也。」《戰國策・燕策》「驟勝」，《史記・燕世家》作「最勝」。《史記・殷本紀》「大最樂戲於沙丘」之「大最」，《周本紀》之「周最」，皆「聚」字形訛。《墨子・節葬下》「使面目陷⿰阝最」，畢沅曰：「⿰阝最，當爲陬。」取、聚古字通用。「撮持」，即「聚持」。持，猶置也。持、置爲之職平入對轉，端定旁紐變聲，《釋名》云「斂置」。楚語尤幽部字多通轉浸、談部。《方言》：「婬，遊也。江、沅之間謂戲爲婬。」婬，浸部； 遊，幽部。幽以轉浸。《荀子·勸學篇》「流魚出聽」，《淮南子·說山訓》作「淫魚出聽」。流，幽部； 淫，浸部。《淮南子》語楚，幽以轉浸。《說文·糸部》：「禫，除祭服也。」《士虞禮》注曰：「古文禫或爲導。」《喪大記》注曰：「禫，或皆作道。」禫，音徒感切，浸部。道、導幽部。許君，楚人，幽以轉浸。《詩·月出》慘、照、燎、紹協韻，《五經文字》改慘爲懆。慘與宵韻字自本相協，陳楚方音。王力謂冬韻自浸部分出詳王氏《詩經韻讀》，清孔廣森「以東類配侯類，以冬類配幽類」詳孔氏《詩聲類》。攬，談部，轉尤幽讀如流。《詩·關雎》「左右流之」，毛傳：「流，求也。」流，謂攬采。幽冬陰陽對轉又通作攏。《文選·江賦》「攏萬川乎巴梁」，注：「攏，猶括束也。」今語水中采物謂之撈，古語之遺，猶謂撈引宿莽。

【洲】王逸注：「水中可凥者曰洲。」案：因《爾雅·釋水》。《說文》字作州。《川部》：「水中可凥者曰州。水周繞其旁，从重川。昔堯遭洪水，民凥水中高土，故曰九州。《詩》曰『在河之州』。一曰：州，疇也。各疇其土而生也。」州、洲古今字。許云「水周繞其旁」，以事釋名，州之名受於周。周、州古同幽部，同照紐雙聲。《太平御覽》卷一五七引《風俗通》亦曰：「州，疇也。州有長使之相周是也。」許氏又云：「一曰：州，疇也。各疇其土而生也。」以名釋名，與其「名事相受」乖戾。《書·禹貢》孔疏引《春秋說題辭》曰：「州之言殊也。」漢世蓋侯幽不分，非其古義。

【宿莽】王逸注：「草冬生不死者，楚人名曰宿莽。」蓋因「木蘭去皮不死」附會。洪《補》曰：「《爾雅》云：『卷施草拔心不死。』即宿莽也。」案：《爾雅·釋草》：「卷施草拔心不死。」郭璞注：「宿莽也，《離騷》云。」郭注《離騷》，蓋用此說，洪氏即本此。與王注「冬生不死者」亦異。《文選·吳都賦》「《離騷》咏其宿莽」，劉淵林注曰：「《爾雅》曰『卷施草拔其心而不死，江淮間謂之宿莽』。」抑欲調停王、郭歧紛。卷施草，《詩》又謂之「卷耳」，《爾雅》別名「蒼耳」，惡草名，即下文「薋菉葹之盈室」之葹。言屈子采此草爲表芳潔之性，不亦辭以害文乎？錢杲之曰：

「莽，衆草也。宿莽，衆草之既枯者。」戴震曰：「宿莽，猶《禮記》之稱宿草，謂陳根始復萌芽者。」皆與屈子采芳物自勖之旨大相逕庭。木蘭、宿莽儷偶並舉。木蘭，香木；宿莽，芳草。蓋宿之爲言脩也。《釋名·釋飲食》：「脯又曰脩。脩，縮也，乾燥而縮也。」縮字諧宿聲，例得通用。脩，美也。詳上文「脩能」。或作椒，椒亦有芳美之義。莽，草之通名。《方言》：「莽，草也。江淮南楚之間曰蘇，自關而西或曰草，或曰莽。南楚江湘之間謂之莽。」宿莽，即脩莽或椒莽，謂芳草，指蘭茝、杜若之類。《湘君》「采芳洲兮杜若」，《湘夫人》「搴汀洲兮杜若」，又曰「沅有茝兮醴有蘭」。蘭茝、杜若皆生於水洲。

是二句言余上阰折木蘭，下洲采宿莽，朝夕不怠，惟恐時不我與也。

第四韻：與、莽

與，借爲儲，古音爲[ria]。陳第、江有誥同曰：「莽，古音姥。」戴震曰：「莽，音莫補切。」並上聲。案：莽，古音爲[ma]。與、莽古同魚部。

日月忽其不淹兮　春與秋其代序

忽　洪《補》、朱《注》、錢《傳》引忽一作曶。案：曶、忽，古今字。《文選》卷一三《秋興賦》注、卷一六《寡婦賦》注，《古今合璧事類備要》續集卷四一引亦作忽。

其　《文選》卷一三《秋興賦》注、卷一六《寡婦賦》注引并作兮。案：其作兮，不合《離騷》句法。《古今合璧事類備要》續集卷四一引亦作其。

【忽其】王逸注文「忽然不久」，以「忽」爲急疾義，以「其」爲「然」。至墧。案：《説文》字作「昒」，云：「尚冥也。从日，勿聲。」郭璞引《三蒼解詁》云：「曶，且冥也。」《説文》復有「昧」字，曰：「昧，昧爽，且明也。从日，未聲。」勿、未同物部，明紐雙聲，一字異文。《心部》：「忽，忘也。从心，勿聲。」又曰：「忘，不識也。」蓋據「且冥」義引申，後起分别字。又引申言急疾。長言爲忽怳。《淮南子・原道訓》「忽兮怳兮」，注：「忽怳，無形貌也。」倒文曰怳忽。其同篇「騖怳忽」，高注：「怳忽，無之象也。」聲之轉或爲奄忽。詳《韓詩外傳》卷九。或爲感忽。《荀子・議兵篇》：「用兵者，感忽悠闇，莫知其所從出。」楊倞注：「感忽、悠闇，皆謂倏忽之閒也。」重言爲忽忽、爲昧昧詳下文「日忽忽其將暮」及《九章・懷沙》「日昧昧其將暮」王逸注，而促言爲忽。《廣雅・釋訓》：「忽，疾也。」下文「忽奔走」、「忽反顧」、「忽臨睨」之忽，皆訓「疾」。下文「芳菲菲而難虧兮」，洪引《釋文》：「而，一作其。」《七諫・沈江》「秋草榮其將實兮」，洪引《釋文》：「其，一作而。」而，猶然也。《莊子・刻意》「澹然無極」，《釋文》引一本「然」作「而」。後人據此謂其、而古同之部，而、然古同日紐，三字音近義同。案：其、而同部而聲不同紐其，屬群紐，而，屬日紐，不得通用。「其」字凡用作形容詞之後綴者，皆「而」字形誤。

【淹】王逸注：「淹，久也。」蔣驥曰：「淹，留也。」案：淹字訓「久」、訓「留」，並同。《孟子》「可以久則久」，趙岐注：「久，留也。」《離騷》言「淹留」，《遠遊》爲「久留」。錢杲之曰：「淹，水不流也。」蓋謂「淹」本訓「水不流」，引申言久留。《説文・水部》：「淹水出越嶲徼外，東入若水。」其不解「水不流」義。朱駿聲謂淹留本字爲延。姜亮夫謂淹、延雙聲通用。延音以然切，元部，喻紐四等。淹音央炎切，談部，影紐。聲韻殊甚，不可通用。《禮記・儒行》「淹之以樂」，鄭注：「淹，謂浸漬之。」《九歎・怨思》「淹芳芷於腐井兮」，王注：「淹，漬也。」《淮南子・脩務訓》「淹浸漬漸，靡使然也」。淹、浸、漬、漸四字平列，淹，浸也，漬也，漸也。《釋名・釋言語》：「淫，浸也。浸淫旁入之言也。」《書・無逸》「則其無淫于觀、于逸、于遊、于田」，孔疏：「淫者，浸淫不止。」引申言泛濫。《方言》卷一三：「漫、淹，敗也。水敝爲敗。」郭璞注：「皆謂水潦漫澇壞物也。」《廣雅・釋詁》：「淹，敗也。」王念孫曰：「鄭注云：『淹謂浸漬之。』今俗語猶謂水漬物爲淹，又謂以鹽漬魚肉爲醃，義並相近也。」濫亦謂之淫。《國語・周語》「聽淫日離其名」，韋昭注：「淫，濫也。」浸漬謂之淹，亦謂之淫；泛濫謂之淹，亦謂之淫。《説文・雨部》有「䨲」字，曰：「久雨也。从雨，兼聲。」兼音古恬切，談部，見紐。淹、䨲同部，聲紐只分喉之深淺，例得通用。而古書多借淹字爲之，䨲字遂廢而不用。錢云「水不流」，爲「淹回」之淹。亦「䨲」字引申義。

【序】王逸注：「序，次也。」朱駿聲因其説，借「序」爲「叙」。案：日月不淹、春秋代序，儷偶對舉，序，即淹之反，言不久、不留。李詳曰：「代序，代謝也。古人讀序爲謝。」游澤承亦曰：「代序，即代謝。序與謝古通用。《詩・崧高》『于邑于謝』，《潛夫論》引作『于邑于序』。是其證。」至碻。何劍薰謂序借爲御。御，進也；代御，遞進。案：序音徐預切。御音魚據切。序、御古同魚部，而序爲邪紐四等，御爲疑紐三等，其不同紐，例不相通。

是二句言日月淹忽不留，春秋遞代以謝，蓋申言上文「年歲不與」，可謂「一唱而三歎」。奚禄詒謂上文「年歲不與」就己言，而「日月不淹」指君言，斥「王説混，令『美人』句不可接」。非也。上四句及此下四句皆就己言。上謂恐歲月之不待，朝夕不怠；而思草木之零落，感春秋之代謝，恐美人遲暮，賢名不彰。果如奚説，上下不可接榫。

惟草木之零落兮　恐美人之遲暮

惟《文選》卷二六謝靈運《富春渚詩》注引惟作唯。案：惟、恐互文，非語詞，訓思，不當作唯。王十朋《集百家注編年杜陵詩史》卷六夢符注，《九家集注杜詩》卷三，《對牀夜語》，《文選》卷二二謝琨《遊西池詩》注、卷二三阮籍《咏懷詩》注引亦作惟。

零 洪《補》、朱《注》、錢《傳》同引零一作苓。慧琳《一切經音義》卷九七引作苓。案：作苓者，蓋據王注「草曰零」，以言草而改字從艸。苓，藥名，非是。《爾雅・釋詁》又作「蘦」，包山楚簡亦作「霝」。《廣韻》下平聲第十五青韻又作「霝」。《九家集注杜詩》卷三注、《集百家注編年杜陵詩史》卷六夢符注、《文選》卷二二謝琨《遊西池詩》注、卷二三阮籍《咏懷詩》注、卷二六謝靈運《富春渚詩》注、《古今合璧事類備要》續集卷四一引亦作零。

恐《分門集注杜工部詩》卷一二，王狀元《集百家注杜陵編年詩史》卷一六趙注、卷三一洙注，《九家集注杜詩》卷一〇、卷一三、卷一六，《補注杜詩》卷一〇、卷三六引并作傷。案：今諸本無作「傷」。王十朋《集百家注編年杜陵詩史》卷六夢符，《九家集注杜詩》卷三，《對牀夜語》，《古今合璧事類備要》續集卷四一，《施注蘇詩》卷七，《文選》卷一四《舞鶴賦》注、卷二二謝琨《遊西池詩》注，《白帖》卷一七，《唐類函》卷九一引亦作「恐」。

遲《文選》卷一四《舞鶴賦》注引作遟。姜校謂遟爲《説文》籀文。案：包山楚簡遲作徲，亦籀文。

【惟】王逸注「言天時運轉，春生秋殺，草木零落」，「惟」字無義可繫，蓋爲句首發端語。朱子曰：「至此乃念草木零落，而恐美人之遲暮。」以「惟」爲「思念」義。林雲銘曰：「惟，思也。」案：惟、恐對舉，宜作動詞。朱子以爲思念義，似亦未審。惟、恐義同。惟，言憂傷。惟訓思、訓憂，並同。古多以「思」爲憂慼、哀傷義。《詩・終風》「中心是悼」，又曰「悠悠我思」。悼、思互文，思，猶悼。《小雅・正月》「癙憂以痒」，《雨無正》作「鼠思以泣」。癙憂、鼠思義同，思即憂。《樂記》「亡國之音哀以思」。「哀以思」，言哀以憂。又曰「志微、噍殺之音作，而民思憂」。思憂，平列同義，思即憂。《九章》第四篇名曰「抽思」，抽，道也，思，憂也。抽思，言舒憂。篇末「道思作頌」，抽思，即道思。篇首言「心鬱鬱之憂思」，憂思，即《樂記》「思憂」。惟亦言憂傷義。《説文・心部》：「惟，凡思也。从心，隹聲。」引申言憂傷。而後虚化爲句首發端語。惟諧隹聲，隹，屈尾鳥名，無都凡義。諧隹聲字多含上或下義。《説文・屵部》：「崔，高也。从屵，隹聲。」《目部》：「睢，仰目也。从目，隹聲」。《虫部》：「蜼，如母猴，仰鼻，長尾。从虫，隹聲。」崔、睢、蜼皆含高上義。《广部》：「痽，屋从上傾下也。从广，隹聲。」《肉部》：「脽，屍也。从肉，隹聲。」脽之爲屍，體之最下。脽含低下義。隹兼有上下義，「凡思」而謂之「惟」。蓋隹之爲言「丨」也。《丨部》：「丨，下上通也。引而上行讀若囟，引而下行讀若退。」「下上通」，猶上下反復。丨、隹音同而義通。惟，亦借聲字。

【草木】黄文焕曰：「草木零落，懼衆芳之未得採也。」案：草，承上文「宿莽」；木，承上文「木蘭」。草木零落，興也，言余哀草木零落，被棄未採，恐美人寂寞無聞。此以託寓不見君用。

【零落】王逸注：「草曰零，木曰落。」王氏以訓詁字義爲解，雖達其旨，而未審「零落」爲連語，不當分拆二義。夫連語之字，義存乎聲。王念孫曰：「夫雙聲之字本因聲以見義，不求諸聲而求諸字，其義即存乎聲。求諸其聲則得，求諸其文則惑矣。」王筠曰：「泥字則其義不備，審聲則會心非遠。」鄧廷楨曰：「泥於其形則岨峿不安，通乎其聲則明辯以晰。」王静安曰：「聯緜字音，合二字以成一語，其實猶一字也。」前脩論之至悉。黄侃曰：「字音之起源，約分二類：一曰表感情之音；二曰擬物形、肖物聲之音。其用之轉變，亦有二類：一曰從一聲轉爲多聲，而義不相遠；二曰依一聲以表物，而義各有因。」又引例曰：「音之擬物形者，如果，木實也，象果形，在木之上。此以音狀其長圓也。從聲以求，則有瓜蓏也，象形。與瓜果義近，在物則有壺、有𩫖；瓜之音衍長之，則曰瓜蓏，在果亦曰果蠃，聲變爲苦蔞。蟲有果蠃，其形大氐似也。苦蔞一變爲壺盧，今俗於物形長圓者，目爲壺盧形，猶古義也。壺盧之字曰瓠。由苦蔞而稍變之，曰科斗、曰活東、曰顆東、曰款冬，所屬不同，而形皆有似者。由科斗出者，有繫縑，絲之結也；今俗以爲紇達；繫縑紙，則曰赫蹏，猶今高麗繭紙耳。繫縑聲變，俗語有胍𦙶，大腹之貌；有骨朵，或以目花之未舒，或以目器之圓者，北人今猶呼科斗爲蝦蟆骨朵也。此類肖形之音，但據形而更不分辨其所屬。《荀子》云：『物同狀而異所者，予之一名。』即此理也。音之肖形物聲者，節節足足，肖鳥聲也；譆譆，肖火聲也。隆鼓，肖鼓聲也，喌喌，肖雞聲也；凄凄瀟瀟，風雨聲也；玎玎錚錚，金石聲也；乃至豐隆以肖雷，咆唬以肖虎，鏜鞳以肖鐘，丁寧以肖鉦，砰磅、訇磕以肖水之流，毗劉、暴樂以肖葉之落。此皆借人音以寫物，而物名物義，往往傳焉。」黄氏探賾一切字音字義之本，間或旁及連語之所生，其發軔之功至鉅，亦爲吾人詮釋連語指示門徑。蓋聲因物傳，物以聲顯，而字義明焉。唯字音之肖聲、擬形并無不刊之界，多有交叉，孰本孰末，卒難考究。肖聲、疑形，爲一切字義之本，而字義因肖聲、擬形相互嬗變。此亦爲人之思維所致，即藉人思維之通感、聯想二術。故語言文字之興生與心理學甚爲關係。字義有名、有事。名者，即名詞。事者，即動詞、形容詞。事常先於名，名因事見，此乃字義引申規律。今以「零落」爲例，申而說之。夫琳琳琅琅，肖玉聲也，字或爲玲瓏詳《文選・東京賦》注引《埤蒼》說，則玉名琳琅。《九歌・東皇太一》「璆鏘鳴兮琳琅」，王注：「琳、琅，皆美玉名也。」玉之聲，清麗悅人，藉聯想爲清澈義，字作淋浪、流離。《文選・琴賦》「紛淋浪以流離」者是也。又作憀亮。《琴賦》「新聲憀亮」，李注：「憀亮，聲清澈貌。」由玉之朗潤有澤，藉聯想爲有章采，狀光澤之貌，字作流離。《後漢書・蔡邕傳》「合從者駢組流離」，李賢注：「流離，光彩皃也。」又引申言盛多，字作綝纚、綝縭。

《文選·思玄賦》「珮綝纚以輝煌」，舊注：「綝纚，盛貌。」光之明盛，令人目眩，引申爲參差不齊，字作陸離。《文選·蜀都賦》「澶漫陸離」，李善注：「陸離，猶參差也。」參差有長義，陸離亦訓長。《九章·涉江》「帶長鋏之陸離」是也。或作淋離。《哀時命》「劍淋離而縱横」，王注：「淋離，長皃也。」參差不等，以狀山石錯落，則訓詁字作磊落。《文選·閑居賦》「磊落蔓衍乎其側」是也。或作磥砢。《文選·琴賦》「踸踔磥砢」是也。或作礧硌。《漢魯峻碑》「礧硌彰較」是也。由此聯想或通感，狀言陵阜連緜起伏亦曰磊落。《文選·江賦》「衡霍磊落以連鎮」是也。才能超絶於衆者亦曰磊落。《文心雕龍·品藻》「磊落以使才」者是也。此猶黄氏所謂「物有同狀而異所者，予之一名」者是也。由珠玉琳瓏精巧，比之才智聰慧，訓詁字作伶俐。目之精明曰寥朗。《文選·遊天臺山賦》「恣心目之寥朗」是也。又引申細粹稀疏義，字作料戾。《文選·射雉賦》「秉料戾以徹鑒」，徐爰曰：「料戾，小而澈也。」或作寥落。《文選·謝朓詩》「曉星正寥落」是也。唐韓昌黎詩又作「牢落」。唐人詩多如此。因珠玉形肖人之涕零，則爲垂落義，字作狼戾。《淮南子·覽冥訓》「流涕狼戾不可止」，高注：「狼戾，猶交横也。」或作漣落。《文選·北征賦》「泣漣落而霑衣」是也。肖零雨曰淋灕。《廣韻》上平聲第五支韻「淋灕秋雨」是也。或作流漉。詳《論衡·驗符》。引申爲隕落、飄零義，其訓詁字作零落。亦作灑落。《文選·秋興賦》「庭樹槭以灑落」是也。草木飄零，爲狀蕭條衰敗，字别作牢絡。《文選·魏都賦》「臨淄牢絡」，李注：「牢絡，猶遼落也。」或作留落。《史記·衛將軍傳》「然而諸將常坐留落不遇」，《索隱》曰：「遲留零落，不偶合也。」又引申言飄蕩無所之，有離散播遷義，訓詁字作流離、流浪。比失尊位、蹭蹬失志亦謂之零落。《文選·詠扇》「君子恩未畢，零落在中路」，張銑注：「言君子所愛未畢，而時已涼，故零落於中路。」或作犖櫟。《文選·長笛賦》「犖櫟銚憢」，李注：「皆分别節制之貌。」或作流覽。《後漢書·馬融傳》「流覽徧照」是也。或作瀏濫。《漢書·揚雄傳》「正瀏濫以弘潚」是也。或作流爛。《漢書·司馬相如傳》「衍曼流爛」，顔師古注：「流爛，布散也。」或作留連。《文選·琴賦》「留連瀾漫」是也。又引申言放浪不羈，其字作聊浪。《漢書·揚雄傳》「聊浪虖宇内」，顔師古注：「聊浪，遊放也。」流離、陸離亦或遊放義。《文選·上林賦》李善注引張揖曰：「流離，放散也。」此黄氏所謂「從一聲爲多聲，而義不相遠」者也。草木零落，由寒氣威迫所致，藉聯想則爲狀言蕭殺之象，字作栗冽《詩·七月》毛《傳》言「寒貌」是也，

《説文・風部》訓詁字䬆颲。狀懷憂恐者，字作懰慄。《九懷・昭世》「志懷逝兮懰慄」，洪《補》：「懰慄，憂貌。」又作憭慄。《九辯》「憭慄兮若在遠行」是也。施受相因，則言踐躪、言侵凌，訓詁字作凌厲。《文選・贈秀才入軍》五首「凌厲中原」是也。又作躪躒。《鶡冠子・王鈇》：「無所躪躒，仁於取予，備於教道。」又作轔轢。《隋書・何妥傳》「今復轔轢太史」是也。又作陵獵。《魏書・恩倖趙修傳》「陵獵王侯」是也。瀏溧又訓清涼。《文選・長笛賦》「正瀏溧以風冽」，李善注：「瀏溧，清涼貌。」其與訓憂恐者相因。引申謂明亮，訓詁字作麗廔。《説文・囧部》：「囧，窗牖麗廔闓明也。」又作離樓。詳《文選・長門賦》李注：「離樓，攢衆木貌。」又作蠡廔。詳《玉篇》。明目善視者名曰離婁。《九章・懷沙》「離婁微睇兮」，王注：「離婁，古明目者也。」此所謂「依一聲以表物，而義各有因」者也。大抵以聲紐爲輪轂，借聯想或通感以繫連之，雖形體紛沓，而其義貫通。解者宜置其形體，據其聲以求其義之相因，則不啻知其然，又知其所以然，而變支離瑣碎之字爲以聲義繫聯之系統，其用鉅矣。

【美人】王逸注：「美人，謂懷王也。人君服飾美好，故言美人也。」吕延濟、洪《補》、朱子、魯筆、賀貽孫、奚禄貽、王夫之、蔣驥、于惺介等并同王注，以美人比楚王。此其一説。黄文焕曰：「美人，原自謂也。」李陳玉曰：「美人舊以況君，味下『靈脩』乃婦悦其夫之稱，復有『衆女嫉予蛾眉，謡諑謂予以善淫』之語。則美人當曰自況明矣。」錢澄之曰：「美人自況爲是，臣之於君，猶女之於夫，故坤曰地道也，臣道也。」紀昀曰：「美人以謂己盛壯之年耳。」皆以美人爲自比。游澤承又因此推衍，發明「《楚辭》女性中心説」，謂「美人之喻，當是屈子自指無疑也」。此其二説。朱駿聲曰：「美人，謂衆賢同志者。」馬其昶曰：「美人泛言賢士。」此其三説。案：自比説最切本旨。下文「好蔽美而稱惡」、「好蔽美而嫉妬」、「兩美其必合」、「孰求美而釋女」，美，皆美人之省。《離騷》稱君曰「靈脩」、曰「荃」，而無稱「美人」例。屈子得以「美人」自稱，其生爲帝高陽之胄，楚之侯伯庸之子，得世系之美；生逢三寅，則得生辰之美；順母體而下，得「初託」之美。名曰「正則」，字曰「均靈」，得名字之美。四者統謂之「内美」。復扈帶江離，綴辟芳芷，紉佩秋蘭，又上攀木蘭，下攬宿莽，朝夕采擷，集衆芳於己身，儀容脩態，成其外美。既有内美，又有外美，稱之曰「美人」，可以無愧。此不當牽合君王。屈子以神靈冑子自况，神之容貌，狀若美人。詳上文「脩能」。然則自稱美人非必自比女性，尤不得謂《離騷》「女性中心説」。詳拙文《離騷形象和情節論》。《説文・羊部》：「美，甘也。从羊大。羊在六畜，主給膳也。美與善同意。」蓋本義爲「大羊」，引申言美好義。姜亮夫曰：「美，乃羊之肥大者，故從大。肥大則味美，至今朔北燕趙之間，亦多尚之。」蓋因舊之誤。「大羊」云者，非「羊大則肥」。許氏又謂：「羊，祥也。」《周禮・考工記》「羊車二柯」，鄭注：「羊，善也。」「大羊」，言大祥、大善。包山楚懷王左尹邵[方它]墓坑底部有一腰坑，内葬一羊。《周禮・冢人》：「大喪既有日，請度甫竁，遂爲之尸。」鄭司農曰：「既有葬日也，始竁時祭以告后土，冢人爲之尸。」畢墓坑之功，後以羊祭告后土之禮。牲用羊，取吉祥意。又，其墓遺策謂「一輮羊車」，羊車，即《曲禮》「祥車曠左」之祥車，鄭注：「葬之乘車也。」《中山王嚳方壺》「不羊莫大焉」，不羊，即不祥，借羊爲祥。故許云「美與善同意」。美，當從大，從祥。讀羊爲祥，會意兼假借。又，黄侃《説文同文》曰：「旨同美。」謂旨、美一字。黄氏據《曰部》：「旨，美也。从曰，匕聲。」匕與美同屬脣音，脂微旁轉。《廣韻》上聲第五旨韻旨音職雉切，脂部，照紐三等，非脣音。旨，當從曰，匕聲，會意。許云：「匕，亦所以用比取飯，一名柶。」《太玄經》「折其匕」，注：「匕，所以撓鼎。」《儀禮・士昏禮・釋文》引劉注：「匕，器名。」名事相因，言匕而食之則字爲旨，蓋受於至。《左傳》宣十二年「至味也」，孔疏：「旨、致聲相近。」至，致古今字，古作至。至，極至，引申言美善義。《詩・節南山》鄭《箋》：「至，猶善也。」《考工記・弓人》「覆之而角至」，注：「至，善也。」至善之食是謂之旨。旨、至二字同源。黄氏此編，十九類此，拘泥許氏形聲。美之既謂大祥，引申言大。美人又作大人之稱。《詩・簡兮》「云誰之思，西方美人。彼美人兮，西方之人兮」，鄭《箋》：「彼美人，謂碩人也。」碩，謂大。美人、碩人，皆大人之名。神，異於常人，而常人視神爲至高至鉅，故神亦以美人爲名。婦之好者稱美人，而有傑異高標之才者亦稱美人。蓋其用至廣。後爲美婦人所專，「美人」之古義遂晦。

【遲暮】王逸注：「遲，晚也。言天時運轉，春生秋殺，草木零落，歲復盡矣，而君不建立道德，舉賢用能，則年老耄晚暮，而功不成，事不遂也。」以「遲暮」爲晚暮，比君命垂老。陸善經曰：「遲暮，喻時不留，己將凋落，君無與成功也。」戴震曰：「草木零落，美人遲暮，皆過時之慨，即《論語》所云『四十、五十而無聞，斯亦不足畏』是也。」姜亮夫曰：「此組合詞也，而義未相溶和，其用重在暮字，故亦得分釋之。」案：屈子所恐，但見棄冷落，才不盡施，名不得彰耳，非恐己之歲月蹉跎，過時無成。且上言朝夕不怠，惟恐時不我待，於此復何爲晚暮之慨？下文「老冉冉其將至兮，恐脩名之不立」，與此二句相應。屈子所恐，但脩名不立。「遲暮」之義，亦在乎此。古遲、夷二字通用。連語「倭遲」，異體作「威夷」。《詩·四牡》「周道倭遲」，《漢書·地理志》作「郁夷」。「陵遲」，異體作「陵夷」。《淮南子·泰族訓》「山以陵遲」，《漢書·成帝紀》作「陵夷」。顏師古《匡謬正俗》卷八：「遲，即夷也。古者遲、夷通用。」夷、弟古一字。《説文·艸部》：「荑，艸也。从艸，夷聲。」大徐本作「苐」，云：「从艸，弟聲。」黄季剛《字通》云：「荑，後出字作苐。」《魚部》：「鮷，大鮎也。从魚，弟聲。」《爾雅翼》則作鮧，從魚，夷聲。《鳥部》：「鵜胡，污澤也。从鳥，夷聲。鵜或從弟。」《論語》「夷狄」，《鶡冠子·王鈇》作「弟狄」。《釋名》：「姨，弟也。言與己妻相長弟也。」遲、弟亦得通用。夷、弟，甲文作「」《乙編》四八四，金文作「」《臣諫簋》，包山楚簡作「」、「」。弟、夷與叔古字相似，經傳相訛。《禮記·昏義》鄭注：「室人，謂女叔諸婦也。」《正義》云：「女叔謂壻之妹。」女叔，即女弟形訛。叔，古作「」《續甲骨文編》新四八〇八。《尚書·堯典》「申命義叔」，古文作「申命戲」。《集韻》入聲第一屋韻：「叔，古文」。《左傳》石經遺文「叔」亦作「」《石經文公》。弟、叔不別。「遲暮」，「寂寞」形誤。蓋寂，始訛作夷，聲變爲遲。莫、暮古今字。寂寞遂誤作遲暮。寂寞，連語，《説文·口部》作㖢嗼，「無聲之貌」。《淮南子·齊俗訓》曰：「故蕭條者形之君，而寂寞者音之主也。」亦謂無聲。《歺部》有「寂𡖁」，曰「死，寂𡖁也」。猶黄君所謂「依一聲以表物，而義各有因」也。字又作茮莫見《拾遺記》，又作淑莫見《淮南子·原道訓》，又作𡖁寞見《莊子·齊物論》，又作寂滅見《昌黎

文集・原道》，又作寂蔑見《晉書・張俊傳》，又作寂蔓唐木澗《魏夫人碑》，又作啾嘆《楚辭・哀時命》，又作淑謐《古文苑》司馬相如《美人賦》，皆一字異體。引申言名不彰、身不顯。《文選・齋中讀書》「矧乃歸山川，心跡雙寂漠」，李太白《將進酒》「古來聖賢皆寂寞，惟有飲者留其名」。蹭蹬落魄、遭黜不遇亦謂之寂寞。《漢書・揚雄傳》「惟寂寞，自投閣」。鮑照《詠史詩》「君平獨寂漠，身世兩相棄」。「美人寂寞」，猶《卜居》「賢士無名」。屈平所恐，莫過於美名不揚、才不世用。其汲汲進取立名立功之志於此可見。下文承言「撫壯棄穢」，以壯美自負，委身於君國，不甘沈寂銷聲而默默終身。

是二句言春秋迭代，乃憂衆芳之凋零，傷恐己身寂寞不彰也。

第五韻：謝、寞

馬其昶曰：「序，徐呂反。暮，莫故反。」案：序，借爲謝，詳注，古音爲[ziak]，鐸部短入。馬説非。暮，古音爲[maːk]，鐸部長入。

以上五韻二十言爲一章，首八句叙言先在之内美，謂其本出日神帝高陽，皇考又係楚之封君，居庸爲伯，生辰年月日適逢皆在寅，爲日月交逢之時，降生母體，得其暢順；皇考觀其「初託」，既具神靈之質，又合「中正」之德，乃名其爲「正則」，字其爲「均靈」。次叙與其内美相應之外美，即「脩能」，其朝夕采擷芬芳，扈芷佩蘭，一以標其日神胄子之神格，二以象其「中正」之德。終結以「恐美人之遲暮」，其不甘默默，立志干君揚名，冀得一展才能，忠臣事君之心，至此和盤托出。

不撫壯而棄穢兮　何不改此度

【不】《文選》五臣、六臣本皆無不字，洪《補》、朱《注》、錢《傳》三本皆有不字。錢《傳》引亦一無不字。案：有不字是也。唐寫本《文選集注》有不字。《古今合璧事類備要》續集卷四一引亦有不字。王逸注「言願令君甫及年德盛壯之時，脩明政教，棄去讒佞」，後多謂王本無不字。《離騷》句首用「不」字句法，統領一句否定，類今「共用」辭格。「不撫壯而棄穢兮」，言不撫壯，不棄穢也。下文「不顧難以圖後兮」，言不顧難，不圖後也。下句「何不改此度」，爲反詰句，謂宜改此度。其所改之度，指不撫壯、不棄穢兩端。若無「不」，所改之度，指「撫壯」、「棄穢」，則與本旨相悖矣。

【乎】《文選》六臣本改下有其字，《古今合璧事類備要》續集卷四一引亦有其字，洪《補》引一本改下有乎字，朱《注》本、錢《傳》本有乎字，錢引乎一作其。聞一多曰：「案：本篇『乎』字凡十五見，『願竢時乎吾將刈』、『延佇乎吾將反』、『歷吉日乎吾將行』等三『乎』字皆在二分句之間，其作用與『覽民德焉錯輔』同。餘皆訓『於』。以上二義於本文皆無施，然則一本『改』下有『乎』字，非是。『何不改此度也』，與《思美人》『未改此度也』，句例略同。」案：聞說是也。王逸注「改此惑誤之度」，蓋王氏本書無乎字。一本乎作其者，益非屈賦用「其」句法。唐寫本《文選集注》無乎或其字，是存其舊。

【度】《文選》六臣本度下有也字，注云：「五臣度下無也字。」洪《補》、朱《注》二本無也字。洪《補》引一本、錢《傳》本有也字，錢引一本亦無也字。朱季海曰：「尋屈賦句末用『也』也，皆前後呼應，勢不單行。第據《離騷》言之，則『余固知謇謇之爲患兮，忍而不能舍也，指九天以爲正兮，夫唯靈脩之故也』，『忳鬱邑余侘傺兮，吾獨窮困乎此時也；　寧溘死以流亡兮，余不忍爲此態也』，『何昔日之芳草兮，今直爲此蕭艾也；　豈其有他故兮，莫好脩之害也』。其句末有『也』字以書寫送之致者凡三，皆情尤摯，語尤重，而言之尤痛者也。觀靈均言『也』，而辭氣之於邑可知矣。然此文云『乘騏驥以馳騁兮，來吾道夫先路』。又安取斯於邑之聲邪？」徐仁甫曰：「凡偶用『也』字，上句讀『耶』，爲反詰句，必有反詰副詞，應用問號。下句『也』乃判斷句，爲感嘆句，應用感嘆號。」案：其得失互見。諦此文「不撫壯而棄穢兮，何不改此度也？乘騏驥以馳騁兮，來吾道夫先路」。上二句爲反詰句，句末之「也」信猶「耶」之比，則不可無之。此徐氏所得也。下二句非判斷句，句末亦未必因屈賦偶用「也」之通例而增衍之，此徐氏之所失也。《山谷外集詩注·九豐城》注引亦有也字。唐寫本《文選集注》、《古今合璧事類備要》續集卷四一引無也字。

【不】「不」、「弗」，凡置於儷偶句首者，統貫一句否定，類今脩辭「共用」格。屈賦句法，概莫例外。「不撫壯而棄穢兮」，撫壯、棄穢爲儷偶，「不」統「撫壯」、「棄穢」二事否定。言既不撫壯，又不棄穢也。下文「不顧難以圖後兮」，顧難、圖後爲儷偶，言不顧難，不圖後也。《九章·惜往日》「弗參驗以考實兮」，參驗、考實爲儷偶，言弗參驗、弗考實也。又，「不逢湯武與桓繆兮」，湯武、桓繆爲儷偶，言不逢湯武、不逢桓繆也。他如《九辯》「驥不驟進而求服兮，鳳亦不貪餧而妄食」。驟進與求服，貪餧與妄食，分別儷偶，言驥不驟進、不求服，鳳不貪餧、不妄食也。《九歎·離世》「不從俗而詖行兮」，言不從俗、不詖行也。《逢紛》「不吾理而順情」，言不吾理、不順情也。不啻否定句如此，凡副詞冠於儷偶句首者亦皆然。如忽字句，下文「忽奔走以先後兮」，言忽奔走、忽先後也。「忽馳騖以追逐兮」，言忽馳騖、忽追逐也。「忽反顧以目兮」，言忽反顧、忽遊目也。「寧」字句亦然。「寧溘死以流亡兮」，言寧溘死、寧流亡也。又，「聊逍遥以相羊」，言聊逍遥、聊相羊也。「聊假日以媮樂」，言聊假日、聊媮樂也。知「聊」字句亦然。又

「紛」字句，《九章・惜誦》「紛逢尤以離謗」，言紛逢尤、紛離謗也。《思美人》「遂萎絶而離異」，言遂萎絶、遂離異也。《惜往日》「焉舒情而抽信」，言焉乃舒情、焉乃抽信也。若從一本句首無「不」字，則爲言撫其壯，棄其穢，明君之德，爲屈子所冀望。下句「何不改此度」，此度，即「撫壯而棄穢」。君既行撫壯棄穢之德，又冀其改之，令上下文意相乖。蓋未審「不」字統貫一句否定而删之。然則審王逸注下文「不顧難以圖後」云：「不顧患難，不謀後世。」王氏固知之。此注文蓋唯釋以句意，未及字字落實。雖一人注書，而前後異同如此。欲盡得古人蘊奧，唯宜反覆。

【撫】王逸注「言願令君甫及年德盛壯之時」，以「撫」爲「甫」，始也。閔齊華《文選瀹注》曰：「撫壯，言及時也。」徐煥龍曰：「撫，憑也。年富力強，正可憑之以遷善改過。」俞樾曰：「撫字乃『撫有』之撫。」實大同而小異。劉良曰：「撫，持也。」蓋以撫爲撫助義。錢杲之曰：「撫，據也。」汪瑗曰：「撫字有捫己自省之意，故曰撫壯。」朱冀曰：「撫，乃撫而有之之謂。」姜亮夫謂「撫」爲「按撫」意。案：撫壯、棄穢，儷偶爲文，撫，非「甫及」、「撫憑」、「撫持」、「撫有」、「撫據」、「撫按」，猶帶也、佩也。《九章・涉江》「帶長鋏之陸離兮」，《九歌・東皇太一》「撫長劍兮玉珥」。「帶長鋏」、「撫長劍」並同。撫之爲言扈也。《説文・手部》「撫」字從手，無聲，音芳武切，魚部，明紐三等。扈字從邑，户聲，音胡古切，魚部，匣紐一等。諧無聲或轉讀喉音。《邑部》：「鄦，炎帝大嶽之胤，甫侯所封，在潁。从邑，無聲，讀若許。」包山楚簡許字皆作鄦或鄦，從無聲。許，曉紐屬喉，鄦由唇轉喉。此其一事，《巾部》有「幠」字，從巾，無聲，唇音。《詩・斯干》「幠」字作「芋」，《荀子・禮論篇》「無帾」省作「無」，或作「哻」。芋、哻並諧于聲，喉音。幠字由唇轉喉。此其二事。《糸部》：「綔，履也。一曰青絲頭履也。讀若阡陌之陌。从糸，户聲。」綔，喉音；陌，明紐，唇音。綔字由喉轉唇。此其三事。撫，由唇轉喉是爲扈。扈，佩帶也。詳上文「扈江離」注。

【壯】王逸注「盛壯之時」，以「壯」指年歲盛壯。「撫壯棄穢」喻詞，承上文「草木」。聞一多曰：「本書『壯』字多訓美，此以撫壯與棄穢爲對文，壯猶美也，穢猶惡也。」案：上言美人不甘寂寞，冀君任之，以壯自比，撫壯棄穢，猶論舉賢斥讒。壯，讀如莊。《詩・君子偕老》鄭《箋》曰：「顔色之莊與。」《釋文》曰：「莊，本又作壯。」《禮記・檀弓下》「衛大史柳莊」，《漢書・古今人表》作「柳壯」。《説文・艸部》雖收「莊」字，而以「上諱」付之闕如。段注：「其説解當曰『艸大也。从艸，壯聲』。其次當在『葑』、『蕲』二字之間，此形聲兼會意字。壯訓大，故莊訓艸大。」莊義爲「正」。《逸周書・祭公》「汝無以嬖御固莊后」，《釋文》曰：「莊，正也。」艸之正者謂之稼，今云「莊稼」，古語之遺。引申言盛、言美、言大。下文「及余飾之方壯」，壯，言盛美。此「撫莊」之莊，名詞，猶芳草。扈莊，言佩帶芳草，比舉賢任能。王樹枏曰：「撫壯而棄穢者，持正而斥邪也。」徑直以大義爲解，而未知是語藴涵於「扈芳」，傷其諷諭微旨。

【棄】王逸注：「棄，去也。」案：《説文・𠦒部》：「棄，捐也。从廾，推𠦒棄之。从𠫓，𠫓，逆子也。」本言捐棄逆子。《戰國策・秦策》「故子棄寡人」，《漢書・外戚傳》「武皆表奏狀棄所養兒十一日」。引申言捐去不用。信陽楚簡、包山楚簡皆作「弃」，棄字古文。

【穢】王逸注：「穢，行之惡也。以喻讒邪。百草爲稼穡之穢，讒佞亦爲忠直之害也。」至碻，而謂「穢」爲「行之惡」，於訓詁未密。案：穢，《説文》作薉。《艸部》：「薉，蕪也。从艸，歲聲。」又：「蕪，薉也。」薉、蕪二字義同。蕪，蘼蕪；名事相因，爲雜草總名。薉亦蘼蕪雜草。雜草敗莊稼，遂改從艸爲從禾，字作穢。薉，許氏謂歲聲，本歲星名，無傷敗義。從歲聲字而多涵傷害義。《食部》：「饖，飯傷熱也。从食，歲聲。」《刀部》：「劌，利傷也。从刀，歲聲。」《老子》「廉而不劌」，《釋文》：「劌，河上公本即作害也。」《口部》：「噦，氣牾也。从口，歲聲。」《實命全形論》「病深者其聲噦」，言害於氣也。薉，於廢切；害，胡蓋切。薉、害同月部，影匣旁紐雙聲，蓋受義於害。歲，《廣韻》去聲第十三祭韻音相鋭切，心紐，與薉等不諧。歲之爲言戌也。歲字從步，戌聲。戌有刻削義。《史記・司馬相如列傳》「眇閻易以戌削」，《集解》引徐廣曰：「戌削，言如刻畫作之。」引申言傷害。雜草傷稼字作薉，會意兼假借。

【改】王逸注：「改，更也。」王氏統言之。析言改、更有別。王了一因改、更并見紐雙聲，謂其爲同源字。詳王氏《同源字典》。案：凡同源者，聲、韻相近，義相貫注而非謂同義也。改，之部；更，陽部。雖雙聲而不同部，各有所本。改者，自改也，就一物一事而言。《儀禮・士相見禮》「毋改」，鄭玄注：「毋自變動爲嫌。」又：「改居，謂自變動也。」改過、改錯皆用「改」。《左傳》宣二年：「過而能改，善莫大焉。」《論語・學而》「過而勿憚改」。《衛靈公》「過而不改，是謂過矣」。《説文・攴部》：「改，更也。从攴，己聲。」己，自己也。自咎之是爲改。改、革同源。《説文・革部》：「獸皮治去其毛曰革。」《詩・載驅》毛《傳》「有朱革之質而羽飾」，孔疏：「獸皮治去毛曰革。」有毛無毛，但一皮之改。改、革爲之職平入對轉，同見紐雙聲。析言改、革亦有別。改，不因他力所爲；而治革者，而藉他力爲之，皮不得自改。故「革命」不得言「改命」。又，改於心者謂之悔。悔、誨同之部，匣紐，與改亦同根。更，二物二事彼此替代。《左傳》昭十二年「子更其位」，杜注：「更，代也。」《史記・匈奴列傳》「必更匈奴中」，《索隱》：「更，經也。」《文選・西京賦》「祕舞更奏」，薛注：「更，遞也。」《國語・晉語》「姓利相更」，韋昭注：「更，續也。」《漢書・蓋寬饒傳》「願復留共更一年」，注：「更，猶今言上番也。」上番，猶輪番、替代。更，庚陽部，見紐雙聲。《禮記・月令》「其日庚辛」，鄭注：「庚之言更也。」《古書微》引《詩推度災》：「庚，更也。」《史記・孝文帝本紀》「大橫庚庚」，《索隱》：「庚猶更。」言彼此相續謂之更。《説文・攴部》：「更，改也。从攴，丙聲。」丙，兵杏切，幫紐，與更不同紐。丙，非「更」字諧聲。丙之爲言秉也。二字音同例可通用。本訓「禾束」，言合禾爲一束。引申有合併、相續義。更，從攴，丙聲，爲會意兼假借，非諧聲字。連續以擊則字爲更。後云「打更」，存其古義。馭字，金文作「」《盂鼎》，石鼓文作「」。，古更字，言并擊、續擊，故馭字從馬，從更。引申言更替。凡「更番」、「更代」、「更加」，不得言「改」，而「改過」、「自改」、「悔改」亦不得言「更」，渾言不別。

【度】王逸注「改此惑誤之度，脩先王之法也」，以「度」爲「法度」。案：度、塗音同通用。《左傳》隱十一年「工則度之」，度，猶剫也。詳朱駿聲《説文通訓定聲》第九豫韻。古文《尚書》「惟其剫丹雘」，今文《梓材》剫字作塗。或作途，謂道也。「此度」之度，兼法度、路途，一語雙關。上承「不撫壯而棄穢」，爲法度。下啓「乘騏驥以馳騁兮，來吾道夫先路」，言路。《思美人》：「知前轍之不遂兮，未改此度。」既言「前轍」，亦言道路之塗。《離騷》自此以下皆就先導行路生端。屈子以車御自比，以御車行路比政之治亂。「何不改此度」，是冀君王改轍迷途。

是二句言君既不佩服芬芳，又不毁棄惡草，謂君治國之道，不任賢舉能，不斥讒棄佞也。何不改轍此塗也？

乘騏驥以馳騁兮　來吾道夫先路

乘　洪《補》引一本、朱《注》本同作「椉」。朱《注》曰：「椉，一作乘。下同。」《文選》六臣本、錢《傳》引一本及《古今合璧事類備要》續集卷四一引并作「策」。案：《五經文字》曰：「椉，隸省作乘。」王注「言乘駿馬，一日可致千里」。《惜往日》：「乘騏驥而馳騁兮，無轡銜而自載。」「乘騏驥」，屈賦恒語，無言「策馬」。漢人諸賦或見之，後因漢賦妄改。唐寫本《文選集注》亦作椉。

馳　朱《注》、洪《補》、錢《傳》三本同引一作「駝」。案：玄應《一切經音義》卷一一云：「馳，俗用字也。正或作駝。」《説文》作馳。

道　《文選》六臣本作䆃，洪《補》引《文選》作導，朱《注》引一本亦并作導。案：䆃，導字俗體。道、導古今字。《文選》卷一四《舞鶴賦》注、《古今合璧事類備要》續集卷四一引亦作導。

路 唐寫本《文選集注》、錢《傳》、朱《注》引一本路下有也字，錢又引一本無也字。戴震《音義》云：「與上也字，一爲呼，一爲應。俗本删去者非。」案：無也字是也。《文選》卷一四《舞鶴賦》注、《古今合璧事類備要》續集卷四一引亦無也字。

【乘】乘，王逸未注。《説文・桀部》：「乘，覆也。从入、桀。桀，黠也。《軍法》『入桀』曰乘。」王夫之《説文廣義》曰：「乘，本从入、桀。桀，黠也。從黠而入，乘於危之詞也。故伏兵以邀人之虚曰乘，其本訓也。」甲文乘字作「」《前編》七・三八・一，金文作「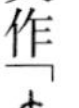」《格伯簋》，从大，从木或从末，象登升木末。許謂「从入、桀」，非也。乘爲登升，訓「覆」，是引申義。登車亦謂之乘，或制「輮」字以專之。詳湖北望山第二號戰國楚墓出土殘簡。黎本《玉篇・車部》「輮」字引《聲類》云：「古文乘字也。」此文「乘騏驥」，言登車。包山楚簡登車字亦作輮。登几亦謂乘，則制「」字。詳《鄂君啓節》《説文》：「，古文乘，从几。」蓋楚之遺文。乘、登音近通用，屬一語根同蒸部，牀端旁紐雙聲。引申言乘凌。《軍法》之乘，即乘凌義。或曰，乘凌之乘，通爲勝。《書序》「周人乘黎」，《左傳》宣十二年，「車馳卒奔，乘晉軍」。《詩・正月》「靡人弗勝」，毛傳：「勝，乘也。」乘、勝同蒸部、牀審旁紐，例可通用。引申言乘虚、乘間。薑齋之説無根。

【騏驥】王逸注：「騏驥，駿馬也。以喻賢智。言乘駿馬，一日可致千里。以言任賢智，則可成於治也。」湯炳正引《韓非子・外儲説右上》：「國者，君之輿也。勢者，君之馬也。」謂此本戰國通喻。甚是。案：《説文・馬部》：「騏，馬青驪文如綦也。从馬，其聲。」段注：「此云『青驪文如綦』，謂白馬而有青黑紋路相交如棊也。綦，《糸部》作綥，白蒼文也。棊者，青而近黑。《秦風傳》曰：『騏，綦文也。』《魯頌傳》曰：『蒼騏曰騏。』蒼騏，即蒼棊，謂蒼文如綦也。《曹風》『其弁伊騏』，傳曰：『騏，騏文也。』《正義》作『綦文』，古多假騏爲綦。」又：「驥，千里馬也。孫陽所相者。从馬，冀聲。」「騏驥」連文，「騏」只言馬紋色，而「駿馬」之義賅於「驥」字。驥，千里馬統稱。冀，本冀州名，在中土，又爲中國之稱，故有大義。《淮南子・墬形訓》「正中冀州曰中土」，高誘注：「冀，大也。」《史記・商君列傳》「築冀闕」，《索隱》：「冀闕，即魏闕也。」馬之絶異者謂之驥，形聲兼轉注。又，「乘騏驥」，非如後世騎馬，言乘車也。張鳳翼曰「乘駿馬」，汪瑗曰「乘此騏驥」，爲乘騎。非也。今考出於戰國楚墓漆器彩畫，多見人物乘輿出行圖，而無乘騎者，亦可得徵矣。

【馳騁】馳騁，王逸未注。汪瑗曰：「直奔曰馳，横奔曰騁，皆疾走也。」案：《説文・馬部》：「馳，大驅也。从馬，也聲。」「驅，驅馬也。从馬，區聲。敺，古文驅，从攴。」「驅馬」，即敺馬。「大驅」，即「大敺」。大敺之，馬則疾走，馳，也聲，通爲攱，同歌部。也，喻紐四等；攱，審紐三等。爲旁紐雙聲。攱，敺也，擊也。攱馬使之疾走，字作馳，借聲字。騁爲「直馳」，而非「横奔」。案：「横奔」爲「騖」。詳下文「馳騖」注。甹，普丁切；騁，丑郢切。同耕部，而聲不同紐，不相諧。騁，从馬、甹，會意字。《丂部》：「甹，極詞也。」段注：「其意爲亟，其言爲甹。」《漢書・兒寬傳》「唯天子建中和之極」，顔師古注：「極，正也。」《逸周書・武順》：「正及神人曰極。」《左傳》文六年「陳之藝極」，孔疏：「極，是中正。」馬之直行曰騁，會意兼轉注。騁、正，同耕部，端透旁紐雙聲。蓋直道行者爲疾速，是以騁又有疾義。或借爲逞。《廣雅・釋詁》：「逞，疾也。」王念孫曰：「《方言》：『逞，疾也，楚曰逞。』《説文》云：『楚謂疾行爲逞。』疾驅謂之騁，義與逞同。文十七年《左傳》『鋌而走險，急何能擇』。杜預注云：『鋌，疾走貌。』鋌與逞亦聲近義同。」「馳騁」連文，義重在「騁」，言正道疾馳也。

【來】王逸注文「願來隨我」，以「來」之主詞屬君，言君來。汪瑗曰：「來者，招邀之詞，欲君棄彼之惡而從此之善也。」周孟侯曰：「來吾道夫先路，來字折句讀，言果能來以相從乎，吾當爲汝前導耳。」王夫之曰：「來，相召告戒之辭。」夏大霖曰：「來，勞之詞。王庶幾速來，吾則引君當道矣。」游澤承曰：「來者，自係引道相招之辭。」胡紹瑛曰：「來，發語詞。」案：王邦采曰：「來吾者，吾來也。《騷》多此句法，自覺矯健。諸解不免沾泥帶水。」其說是也。上言我不甘寂寞終身，以佩芳棄薉爲比，諫君宜任賢用能，改行正路；此承以駕車爲喻，自比車右前導，言吾來導也。其自薦於君朝，與「恐美人之寂寞」語相應。下文「邅吾道夫崑崙」，言吾邅道夫崑崙也。句法與此同。《九歌・湘夫人》「朝馳余馬兮江皋」，言朝余馳馬於江皋也。《九章・涉江》「步余馬兮山皋，邸余車兮方林」，言余步馬於山皋，余邸車於方林也。《國殤》「凌余陣兮躐余行」，言余凌敵之陣，余躐敵之行也。下文「飲余馬於咸池兮，總余轡乎扶桑」，言余飲馬於咸池，余總轡乎扶桑。「屯余車其千乘兮，齊玉軑而并馳」，言余屯車其千乘也。述語置於主語前而在句首，顯以加強述語功用。此亦楚語之句法異於中土者，未可以中土語之句法繩之。

【道】王逸注文「遂爲君導入聖王之道」，以「道」爲言「導引」義。案：《說文・辵部》：「道，所行道也。从辵，从𩠐。一達謂之道。𩠐寸，古文道，从𩠐、寸。」段注：「道者人所行，故亦謂之行。道之引伸爲道理，亦爲行道。首者，行所達也。首亦聲。」又《寸部》：「導，引也。从寸，道聲。」段注：「此複舉字未刪者。」道、導古今字。金文只有「道」字。包山楚簡有「導」字。《哀時命》：「使梟楊先導兮，白虎爲之前後。」「來吾道夫先路」，同《哀時命》「先導」。

【夫】夫，猶彼也。《禮記・三年問》「夫焉能相與群居而不亂乎」，《荀子・禮論篇》「夫」作「彼」。《國語・齊語》「夫爲其君勤也」，《管子・小匡》「夫」作「彼」。《漢書・賈誼傳》：「彼且爲我死，故吾得與之俱生；彼且爲我亡，故吾得與之俱存；夫將爲我危，故吾得與之皆安。」夫、彼互文，顏師古注：「夫，猶彼人也。」「夫先路」屬遠指，上「此度」爲近指。屈子所導先路與君所行之路，其已相違久也。

【先路】王逸注：「路，道也。」注文「遂爲君導入聖王之道也」，以「先路」爲前代聖王之道。吕向亦謂「先王之道路」。周孟侯曰：「《郊特牲》『先路三就』，《左傳》『鄭錫子展先路，子産次路』。先路，乃車名，抑御先路之車以爲導耶？」以「先路」爲車輿名。聞一多亦謂「先路、次路，從者所乘，而先路在前，次路在後。先路一曰導車，次路一曰屬車。先路行於王車之前而爲之導，故曰『導夫先路』也」。案：先路爲車名，説雖有據，而非本旨。果如聞説，「導夫先路」，先路，爲屈子所乘，言導引彼於己所乘之車，不成其辭。方苞曰：「欲君之棄穢，故下言三后之用衆芳；欲導君以先路，故陳堯、舜之遵道，桀、紂之窘步，邪徑之幽險，憂皇輿之傾敗，而奔走先後，以及前王之踵武，皆所謂導以先路也。」朱冀曰：「先路云者，謂古聖賢有已行之成法，如周行大道，明明在先，所當率由者也。下文數『路』字及『捷徑』、『險隘』、『踵武』等句，緊相照應。」方、朱以上下文意會之，甚得藴旨。又據聞氏所考，「先路」亦不當爲君所乘大輿。

是二句言君宜乘駕騏驥之車，直道馳騁，吾來導引，使至彼先王之路。以比任賢舉能，使我爲輔弼，能致先王大治之政。此屈子自負亦自薦之詞。

第七韻：度、路

度，古爲鐸部之短入，古音爲[dak]。江有誥曰：「路，魚部。」案：路，去聲，爲鐸部之長入，古音爲[la:k]。

昔三后之純粹兮　固衆芳之所在

純粹《文選》卷一五《思玄賦》注引純字作淳，李善注本又作湻。《文選》卷六《魏都賦》劉淵林注引班固《離騷注》曰：「不變曰醇，不雜曰粹。」蓋班本作「醇粹」。案：湻、淳正俗字，湻訓至美本字。純粹，連語，不必泥其形體，詳注。《古今合璧事類備要》續集卷四一、《後漢書》卷二八下《馮衍傳》注、《文選補遺》卷三二《顯志賦》、《庚溪詩話》卷下引亦作純粹。

固 案：王逸注文「言往古夏禹、殷湯、周之文王所以能純美其德而有聖明之稱者，皆舉用衆賢，使居顯職」，固訓皆，蓋本作故。故有皆義。詳注。《古文苑》卷八李陵《録别詩》注、《古今合璧事類備要》續集卷四一引亦作固。

【三后】王逸注：「后，君也。謂禹、湯、文王也。」《説文·后部》：「后，繼體君也。」段注：「許知爲『繼體君』者，后之言後也。開剏之君在先，繼體之君在後也。析言之如是，渾言之則不别矣。經傳多假后爲後，《大射》注引《孝經説》曰：『后者，後也。』此謂后即後之假借。」后，受名於先後，后、後同根。甲文后字作「」《後編》上二〇·二，金文作「」《牆盤》，象婦産子，引申言「繼體君」。包山楚簡后土之后字皆作矦，古侯字。章炳麟曰：「射侯得名，因於諸侯。《六韜》説『丁侯不朝，太公畫丁侯，射之』。《史記》亦説『萇弘設射貍首』，貍首者，諸侯之不來者也。蓋上古神怪之事訖周未息。《禮·射義》言『射中者得爲諸侯』，《春秋》、《國語》言『唐叔射兕於徒林，殪以太甲，以封於晉』。《射義》説亦有徵。此則周道尚文因巫事而變易其義也。蓋本言『辟后』，因射羣后不朝者而作侯。由是借侯爲后，且以爲五等之名焉。」侯、后亦同根，并受義於後。甲文侯字作「」《後編》下三七五，金文作「」《盂鼎》，從矢，言射也。從厂，后之省，亦聲，后，諸侯之不來者。矢以射后，謂之「射貍首」。許君謂侯「从人，从厂，象張布」。非也。后、侯，皆次於君。三后，謂三君。王逸謂「三后」指「禹、湯、文王」三代聖君。朱子斥之，曰：「三后，若果如舊説，不應其下方言堯、舜，疑謂三皇，或少昊、顓頊、高辛也。」朱駿聲稍易其説，謂「三后」爲軒轅、顓頊、帝嚳也。胡文英因《書·吕刑》孔疏，以「三后」指伯夷、禹、稷。王夫之謂「三后」不指三代聖王，爲鬻熊、

熊繹及莊王。戴震曰：「三后，謂楚之先君賢而昭顯者，故徑省其辭，以國人共知之也。其熊繹、若敖、蚡冒三君乎？」逯欽立則謂「三后」爲楚之成王、穆王、莊王，湯炳正謂楚之莊王、康王、悼王。可謂歧説紛雜。案：聞一多曰：「《左傳》成十三年曰：『楚人惡君之二三其德也，亦來告我曰：「秦背令狐之盟，而求盟於我，昭告昊天上帝，秦三公，楚三王。」』《楚世家》『熊渠立其長子康康，當庸字之形訛爲句亶王，中子紅爲鄂王，少子執疵爲越章王』。是爲楚稱王之始。楚三王或即指此。三后，知即三王否？」其説是也。果若「三后」必以指「楚之先君賢而昭顯者」，則不啻三也。包山楚簡紀禱卜之辭謂：「舉禱楚王即荆王，楚王也自酓繹即熊繹以庚武王五牛、五豕。」自熊繹至武王有十餘君，似亦不得稱「三后」。然則簡文列武王屬開國之君，頗有深意。后，繼體君，次於君，信如聞説，三后，指熊渠所封三王。楚俗祀近祖，始自其得姓者。包山楚簡言左尹邵𧻚祭祖多自楚昭王始，以其昭氏祖也。屈氏始有其姓之祖，即「三王」句亶王伯庸。屈子稱「三王」之世，爲楚之理想政治，其既以祖述，又以旌表楚先王之政。《荀子·彊國篇》曰：「今楚父死焉楚父，楚懷王也，國舉焉，負三王之廟而辟於陳、蔡之間。」三王，即三后，楚著姓三族始祖。句亶王伯庸，屈氏始祖。詳上文「苗裔」考。中子紅爲鄂王，封於鄂。《漢書·地理志補注》引《九州紀要》曰：「鄂，今武昌也。鄂王城在武昌縣西南二里。」《水經注·江水》：「江之右岸，有鄂縣故城。」《史記·楚世家》張守節《正義》引《括地志》：「武昌縣，鄂王舊都，今鄂王神即熊渠子之神也。」宋政和三年在鄂州武昌、嘉魚之間出土楚公鐘，銘曰：「隹八月甲申楚公逆自作夜雨雷鎛。」王靜安謂楚公逆即熊咢。熊紅始封於鄂，其裔相繼居於此《觀堂集林》卷一八，至楚懷王時，鄂王紅之裔孫有名啓者，襲稱「鄂君」，且有舟節、車節傳世。越章王之封，在漳水下游。「越章」之越，《大戴禮記》作「戚」，形訛字。《世本》又因訛字「戚」而作「就」戚、就二字古音同通用。漳水之南，古稱楊越。「越章」合「楊越」、「漳水」而名之。楚宗室或姓陽氏，蓋其裔也。《左傳》杜注謂陽氏出穆王後，不知其所據。《太平寰宇記》卷一四三《房州·房陵縣》曰：「三王冢在縣南。有大墳三，號三王冢。」房，古庸國，句亶王始封。又，《嘉慶湖北通志》引《荆門州志》，當陽縣，「楚三王墓在湮沈湖側」。此越章王始封。三王之遺跡偏布楚南北。當三王之世，楚方強盛，三王於熊渠拓疆之功亦甚偉，遂賜封三族，而後繁衍爲楚三著姓。《左傳》哀四年載晉士蔑執蠻王子與其五大夫，「以畀楚師於三户」。《水經注》卷二〇：「丹水又逕丹水縣故城西南。縣有密陽鄉，古商密之地，昔楚申息之師所戍也，《春秋》之三户矣。」《史記·越王勾踐世家》「乃令大夫種行成於吴」，《正義》引《吴越春秋》謂文種「爲宛令，之三户之里，范蠡從犬竇蹲而吠之」。《史記正義》引《會稽典録》謂范蠡「本是楚宛三户人」，「文種爲宛令，遣吏謁奉」。三户近在丹陽。丹陽，國名；三户，邑名。蓋是地有熊渠及句亶、鄂、越章三氏宗廟在，故後謂之三户。六國末，楚南公曰：「楚雖三户，亡秦必楚。」概楚宗室王族。言楚雖有三族，而亡秦必楚。屈子爲三閭大夫，掌王族三姓。王逸謂「三姓」指「屈、景、昭」。三姓之中，屈氏最著。昭氏爲楚昭王之胄，而景氏是否爲王族，尚有争議。《潛夫論·志氏姓》謂芈姓楚族有四十四氏，不見屈氏、鄂氏，唯録陽氏，未知其故。包山楚簡屈、鄂、陽三姓皆著録，屈氏多任莫敖之官，鄂氏、陽氏皆稱君，蓋楚封君也。昭氏後顯於楚，然昭、景二氏誠不足以概王族。屈子所掌，當指三王之族。三王偉業，屈子耿耿於懷，故引爲門楣。又，《抽思》：「望三五以爲像兮，指彭咸以爲儀。」王逸注：「三王五伯，可修法也。」以「三五」爲三王五伯。亦非。三五、彭咸爲對文，皆指人臣。果屈子以三王爲像，豈非有「易主之變」之嫌邪？三五，三王之訛；三王，楚三著姓之族先公。或曰：三后，即「三楚先」，指老僮、祝融、鬻熊三人。詳參拙著《楚辭章句疏證》，則亦通。又，賦體之文，異於正史，其叙事連類麗文，本不拘先後。本書先「三后」後「堯舜」，爲其叙事所需。「三后純粹」，蓋承上「先路」言。何謂「先路」？曰：「昔三后之純粹兮，固衆芳之所在；雜申椒與菌桂兮，豈維紉夫蕙茝。」「昔三后」以下四句，即自注「先路」。楊樹達曰：「古人行文中有自注，不善讀書者，疑其文氣不貫，而實非也。」《史記·田叔傳》叙田仁事云，『月餘，上遷拜爲司直，數歲，坐太子事，時左丞相自將兵，令司直田仁主閉守城門，坐縱太子，下吏誅死』。上文既云『坐太子事』，下文又云『坐太子事』，語意若有複者；其實正文乃爲『坐太子事，下吏誅死』。『時左丞相』三句乃注文，所以詳述『坐太子事』四字者也。今用新標點法表之，則爲『數歲，坐太子事——時左丞相自將兵，令司直田仁主閉守城門，坐縱太子——下吏誅死』。如此，讀者便可一見瞭然。」詳《古書疑義舉例續補》卷二第十四條「文中自注例」。「昔三后」以下四句亦屬此例，類今「插叙」之説。而「彼堯舜之耿介兮」以下四言，但申言何以得路，又何以失路。「惟夫黨人之偷樂兮」以下則叙世路之險隘，其行文縝密，若天衣密縫。又，聞一多謂此四言本在「紉秋蘭以爲佩」之後，錯亂於此。其亦不審「文中自注例」所致。據楊氏所發條例，此文以新式標點志之，若爲：

乘騏驥以馳騁兮，來吾道夫先路——
昔三后之純粹兮，固衆芳之所在；
雜申椒與菌桂兮，豈維紉夫蕙茝？
彼堯舜之耿介兮，既遵道而得路；
何桀紂之猖披兮，夫唯捷徑以窘步。

【純粹】王逸注：「至美曰純，齊同曰粹。」姜亮夫曰：「兩義近字之複合詞。不雜不變也，引申爲精美也。」朱季海曰：「《遠游》『精醇粹而始壯』，王注：『我靈強健而茂盛也。』洪氏《補注》：『班固云：「不變曰醇，不雜曰粹。」』《補注》所引即出班氏《離騷經章句》。然宋世久亡，蓋從《文選·魏都賦》『非醇粹之方壯』，劉淵林注轉引得之。據孟堅此注，知《離騷》故書，本作『醇粹』，與《遠游》同矣。」《文選·思玄賦》「何道真之淳粹兮」，李善注引此文作「湻粹」，《離騷》未必但作「醇粹」。訓「不變」、「不雜」，與王注同。案：「昔三后之純粹兮，固衆芳之所在」二句，承上文「撫壯棄穢」，以佩芳爲比用賢舉能，言三后之所以「純粹」者，固衆芳集佩於身，比群賢濟濟，來就朝也。純粹，猶服飾盛美。果如舊説，令上下二句語意不相接榫。《廣韻》上平聲第十八諄韻：純音常倫切，文部，禪紐。去聲第六旨韻：粹音雖遂切，物部，心紐。文物對轉，心禪旁紐。純粹，雙聲疊韻，連語，不可泥其訓詁字而謂由「不澆酒」、「精米」所引申。文元旁轉，字又作翠璨《莊子·達生》「辴然而笑」，《穀梁傳》作「粲然皆笑」。辴音軫，文部，粲，元部。二部通轉，言衣聲瑟瑟貌。元月對轉，字又作萃蔡。《文選·子虛賦》李善注：「萃蔡，衣聲也。」又作綷縩。《文選·藉田賦》「綃紈綷縩」是也。又作綷縩。《漢書·孝成班伃傳》「紛綷縩兮紈素聲」，顏師古注：「綷縩，衣聲。」又作倅傺。見《列女傳》。又作璀璨。見《文選·洛神賦》李善注。其字雖異，而其義皆通。狀言紛拏交錯，訓詁字又作崔錯。《文選·上林賦》「崔錯發骫」，郭璞注曰：「崔錯，交雜也。」又作鏙錯。《文選·江賦》「鱗甲鏙錯」，李善注：「鏙錯，間雜之貌。」而聲之嘈雜作嘲哳見《文選·藉田賦》、啁哳見《楚辭·九辯》，色之錯雜斑駁作璀璨。《文選·魯靈光殿賦》「汩磑磑以璀璨」，李周翰注：「雜采色也。」狀言盛美，字又作璀錯。《文選，魯靈光殿賦》李善注：「璀錯，衆盛貌也。」狀言衆材濟濟亦謂之璀錯。詳《魯靈光殿賦》李善注。又作摧嗺。《文選·甘泉賦》「摧嗺而成觀」，注引孟康曰：「摧嗺，林木崇積貌。」狀玉有光澤而謂之璀璨。《文選·遊天臺山賦》「樹璀璨而垂珠」。促言爲璀，《韓詩》「新臺有漼」，訓「鮮貌」是也。《毛詩》、《說文》字皆作「玼」，訓「新玉色彩」也。《禮·內司服》鄭注引《詩》又作「瑳」，又作「瑟」，言鮮美貌，并「璀璨」聲轉。純粹，猶璀璨也，狀言衆芳盛美之貌。

【衆芳】王逸注：「衆芳，諭羣賢。」案：此一語兼言二意。上承「撫壯」，言三后佩飾群芳；而實指集於三后朝廷之衆賢。昔人言：「詩以虛涵兩意見妙。」李光地《榕村語録》卷三，王應奎《柳南隨筆》卷五。《離騷》多有此語。

是二句言昔我楚族三姓之先公佩服璀璨盛美，以衆芳攬集於一身之故也；比三王至治，集衆賢於一朝。

雜申椒與菌桂兮　豈維紉夫蕙茝

申椒《六帖補》卷一〇引「申椒」同今本。

菌 洪《補》引菌一作箘，從竹。朱《注》云，菌，「或從竹」。案：王注云：「菌，薰也。葉曰蕙，根曰薰。」王氏以菌桂爲薰桂，薰蓋桂之狀詞而非名詞，但言芳香，五臣謂菌桂爲香木是也。知王注本作菌。《漢書》卷八七《揚雄傳》注，《藝文類聚》卷八九，《唐類函》卷一八八，《古今合璧事類備要》續集卷四一，《庚溪詩話》卷下，《爾雅翼》卷一一、卷一二，《施注蘇詩》卷二九，《續編珠》卷二引亦作菌。洪《補》菌音窘，朱《注》音渠隕反，錢《傳》音其隕反。渠隕、其隕二切并音窘。

維 朱《注》謂「維當作唯，古通用」。案：用作語詞，維、唯、惟通用不別。《全芳備祖集》卷二三、《記纂淵海》卷九三引并作惟，而《庚溪詩話》卷下、《施注蘇詩》卷二九注、《古今合璧事類備要》續集卷四一引作維。

蕙 朱《注》本作「蕙」。朱駿聲云：「疑字作蕙。蕙，籀文惠字。」案：朱說是也。惠，甲文作「」《前編》一·八·一，金文作「」《衛盉》、「」《郘大宰簠》，從䔍，從心。

茝 朱《注》引茝一作芷。案：茝、芷本一名，因方音侈斂而判爲二字，齊曰茝，楚曰芷，或本據楚音改也。詳注。《全芳備祖集》卷二三、《記纂淵海》卷九三、《施注蘇詩》卷二九、《庚溪詩話》卷下、《古今合璧事類備要》續集卷四一引亦作茝。

紉 《文選》六臣本作紐，注云「五臣作紉」。案：紐，紉字形訛。《全芳備祖集》卷二三、《施注蘇詩》卷二九注、《庚溪詩話》卷下、《記纂淵海》卷九三、《古今合璧事類備要》續集卷四一引亦作紉。

【雜】王逸注：「言禹湯文王，雖有聖德，猶雜用衆賢，以致於治。」其注「雜」字，不甚了了。李周翰、朱子并曰：「雜，非一也。」夏大霖曰：「雜，不苟求而廣集也。」皆以「雜」言雜午、紛雜義。案：《說文・衣部》：「雜，五采相合也。从衣，集聲。」段注：「與『辭』字義略同，所謂五采彰施於五色作服也。引申爲凡參錯之稱，亦借爲聚集字。《詩》言『雜佩』，謂集玉與石爲佩也。《漢書》凡言雜治之，猶今云會審也。」其説是非并陳。雜，本爲「五采相合」引申言集會、和合。而非借爲「集」。《國語・鄭語》「先王以土與金、木、水、火雜」，注：「雜，合也。」《楚語》「古者民神不雜」，注：「雜，會也。」《説文・酉部》：「醇，雜味也。」鄭司農《周禮》注：「涼，以水和酒也。」醇，涼一字，「雜味」猶「和味」。《列子・湯問》「雜然相許」，注：「雜，合也。」雜然，猶今謂「異口同聲」。雜，猶齊同。《方言》：「雜，集也。」《文心雕龍・情采》「五色雜而成黼黻」，五色雜，言配合五色。雜，即用聚集、配合義。謂配合申椒、菌桂以爲佩飾。雜、集古不同部，雜，物部，集，緝部，古不相通。許云雜諧集聲。失之。雜從衣，從集，會意字。譚介甫以「雜」爲「純粹」之反，言排斥，曲會其《離騷》草、木兩黨相傾之説，而視訓詁如兒戲。

【申椒】王逸注：「申，重也。椒，香木也。其芳小，重之乃香。」汪瑗曰：「椒生多重累而叢簇，故曰申椒。」李周翰曰：「申，用也。」以「申椒」爲言「用椒」。朱子曰：「申，或地名，或其美名耳。」朱駿聲則從地名説，曰：「申，山名，《西山經》有申山。」閔齊華曰：「申，香也。」姜亮夫謂申椒爲大椒。案：申椒，新夷也。申、新同真部。心審準旁紐雙聲，例得通用。《漢書・揚雄傳》「是以士頗得信其舌而奮其筆」，顏師古曰：「信，讀曰申。」又，《王子侯表》「新鄉侯」，《王莽傳》作「信鄉侯」。顏師古曰：「古者新、信同音。」椒，夷字形訛，例「寂寞」訛「遲暮」。詳上文「遲暮」注。新夷，或作新雉，香木名。《漢書・揚雄傳》「列新雉於林薄」，服虔曰：「雉、夷聲相近。」又作辛夷。《七諫・自悲》「列新夷與椒楨」，洪《補》：「新夷，即辛夷。」顏師古注：「新雉即辛夷耳，爲樹甚大，非香草也。其木枝葉皆芳。」朱駿聲《說文通訓定聲》謂「樹如杜仲，花如小蓮，一名木筆」。洪《補》曰：「《本草》云：『辛夷樹，大連合抱，高數仞，此花初發如筆，北人呼爲木筆，南人呼爲迎春。』」《本草綱目》曰：「辛夷，《釋名》：辛雉、侯桃、房木、木筆、迎春。」《九歌·湘夫人》「辛夷楣兮葯房」，王逸以「辛夷」爲香草，非格物之選。

【菌桂】王逸注：「菌，薰也。葉曰蕙，根曰薰。」以「菌桂」爲二物。洪《補》、吴仁傑因《本草》「箘」字從竹，謂箘桂，竹名，竹之有如桂之芳香者。王引之因《本草》「正圓如竹」説，謂「竹圓謂之箘，故桂之圓如竹者亦謂之箘」。又，錢杲之謂「菌桂，桂之薄卷者」。李時珍《本草綱目》采用錢説。胡紹瑛曰：「《文選·南都賦》『芝房菌蠢生其限』，注：『菌蠢，是芝貌。』此云『菌』，當是桂貌。桂之鬱積輪輑，謂之菌桂。」歧説紛拏，未知所從。案：王氏「菌，薰也」之注，蓋以通語釋楚言。《屈賦》二十五篇無言「薰」，但言「菌」。菌，楚語；薰，雅言。楚人葉謂之蕙，根謂之菌。本不以「菌桂」爲蕙、桂二物。下文「擥木根以結茝兮，貫薜荔之落蕊；矯菌桂以紉蕙兮，索胡繩之纚纚」。言「矯菌桂以紉蕙」，菌非蕙根名。《七諫·自悲》「飲菌若之朝露兮」，《九歎·怨思》「菀蘼蕪與菌若兮」，「菌若」連文。果以「菌」爲「若」疏狀字，豈若有「正圓如竹」、「鬱積輪輑」者歟？《九懷·匡機》「菌閣兮蕙樓」，菌、蕙互文，取芳潔。菌桂，即芳芷、芳茝、芳椒、幽蘭、石蘭之例。菌，桂疏狀字，猶芳桂也。《説文·艸部》但有薰而無蕙字，朱季海曰：「《淮南·説林》『腐鼠在壇，燒薰於宮』，《漢書·龔勝傳》『薰以香自燒』。上皆薰，不言蕙。《淮南》多記楚語，蓋薰楚語也。」據王注，薰、蕙之别，在於葉與根。屈賦恒言蕙、言菌，而不言薰。薰，非楚語。甲文、金文蕙字從畗，從心，畗亦聲。菌，賁文部。賁，唇音；菌，溪紐，淺喉音。賁之爲菌、爲蕙，由唇轉喉爲薰，文物平入對轉。諧分聲，唇音。轉喉音字爲薰，又爲蕙。《説文》有「蕡」字，曰：「蕡，雜草香。从艸，賁聲。」古字爲芬，蕙之本字。《漢書·叙傳》注引《三家詩》：「薰勳，帥也。」《後漢書·蔡邕傳》李賢注：「勳，帥也。」薰、勳皆「希」字假借，希，楚音轉讀爲菌。今閩語、温州語「分」如「昏」，「非」如「徽」，轉唇爲喉，蓋楚音遺存。

【豈維】豈維，本書凡二見。下文「豈唯是其有女」是也。《説文》段注曰：「豈，其意若今俚語之難道。」姜亮夫曰：「楚辭十四見，則皆爲語詞，其含義與近世口語中之『難道』、『何許』、『怎麼』近。其作用以反詰爲主，亦時含推度性之疑問。」案： 今語「難道」，雖用反詰疑問，多爲有所疑而問難之。豈者，無疑而問，斷然肯定。《詩・行露》「豈不夙夜」，毛《傳》曰： 「豈不，言有是也。」爲決然肯定，一無所疑。豈，猶否也； 豈不，謂「有是」也。皆非今語「難道」之所能盡。王注「言禹湯文王，雖有聖德，猶雜用衆賢，以致於治，非獨索蕙茝，任一人也」，以「豈維」爲「非獨」，以「豈」用爲否定反詰之辭，而非「推度性之疑問」。

【蕙茝】王逸注文「非獨索蕙茝，任一人也」，以「蕙茝」爲一草。案： 蕙，古芬字。蕙茝，芳茝。蕙、菌皆楚語。上言「菌桂」，此言「蕙茝」，因方音而兩用之，爲賦家宏麗其文之術。至長卿、子雲輩，濫用無則，致令一物或一語而三用、四用者，説者據以格物，必不可通。嵇含、沈括、洪《補》以下注家不審於此，而誤以蕙、菌爲二草，謂蕙爲蘭之一幹數花者。吴仁傑又未知茝、芷一草而强分二物。皆非格物之選。

是二句言三后服飾衆芳，雜和新夷，芳桂爲佩，非獨用芳茝一草也。比三后治致，廣引賢能，非獨一人一黨也。

第七韻： 在、茝

陳第曰： 「在，音止。」戴震曰： 「在，古音且禮切。」江有誥曰： 「在，才里反。」案： 江説是也。在，之部，從紐一等開口，楚人侈口讀之，爲從紐二等合口。止，之部，而聲爲照紐三等合口，在、止不同聲。「且禮」行韻爲脂部、精紐四等開口，去「在」古音遠甚。在，古音爲[dzrʷə]。陳第、戴震同曰： 「茝，古音齒。」江有誥曰： 「茝，音齒，之部。」案： 茝，楚音芷，爲[tɕiə]。在、芷古同之部。

彼堯舜之耿介兮　既遵道而得路

彼堯舜《文選》卷二七顔延年《始安郡還都與張湘州登巴陵城樓作詩》注、《山谷内集詩注》卷一七注、《古今合璧事類備要》續集卷四一引「彼堯舜」二句并同今諸行本。

耿《文選》六臣本音古迥切。洪《補》、朱《注》音并同，洪、朱又音古幸切。《群經音辨》：「耿耿，憂也，古幸切。耿，光也，工迥切。《書》『上帝之耿命』。又古幸、公永二切。」案：工迥、古迥音同，爲「耿光」之耿。「古幸」爲「耿憂」之耿，蓋悻字。

【彼】，與下文「夫唯」之夫爲對文，遠指，類今語「那」、「那些」。

【堯舜】王逸注：「堯、舜，聖德之王也。」案：堯、舜皆古之聖君，其事人神雜糅。《説文·垚部》：「堯，高也。从垚，在兀上，高遠也。」段注：「堯，本謂高，陶唐氏以爲號。《白虎通》曰：『堯猶嶢嶢也。嶢嶢，至高之皃。』……堯之言至高也。舜，《山海經》作『俊』。俊之言至大也。皆生時臣民所稱之號，非謚也。」段氏謂堯爲「至高」，舜爲「至大」者。《尚書·堯典》《史記·五帝本紀》載言，堯，帝嚳之子。名放勳，封唐侯，號陶唐氏。帝嚳、帝俊、帝舜本一人，東夷先祖。故堯子名丹朱，鳥也。堯，猶嬈也。嬈，姚古一字。《説文·女部》：「姚，虞舜居姚虛，因以爲姓。从女，兆聲。或爲姚，嬈也。」「虞舜居姚墟」，即堯禪帝位於舜也。傳言舜娶堯女娥皇、女英，血緣婚姻遺習，摩爾根所謂「野蠻期」。又，《説文》：「舜，舛也。楚謂之蕾，秦謂之藑，蔓地連華，象形。」《舛部》又有

「蕣」字：「蕣，木堇，朝華暮落者。从艸，舜聲。《詩》曰『顏如舜華』。」《詩・鄭風・有女同車》作「舜」，毛《傳》曰：「舜，木槿也。」舜、蕣古今字。《山海經・海外東經》：「有薰華之草，朝生夕死。」郭璞注：「薰，或作堇。」《吕氏春秋・仲夏紀》「木堇榮」，高誘注：「木堇朝榮暮落，是月榮華可用作蒸，雜家謂之朝生。」《莊子・逍遥遊》「朝菌不知晦朔」，《釋文》引支、潘説「朝菌」爲「蕣英」。舜本朝生夕落之木堇，稱日陽之木。東夷先民視日升降，猶似木堇之朝榮暮落，遂名其先祖爲舜，蓋其族之社也。此亦符合法人布留爾所謂原邏輯思維之「類似律」或「聯想律」。舜又名重華：重，楚先重黎之重，言燭也，明也。華，言光明也。重華，蓋楚人專稱帝舜之名，亦日陽光明之號。詳下文「重華」注。考屈賦帝堯不入宗教，唯以三代以往之故事、信史稱之，帝舜既見三代信史，又見諸宗教。若出於信史，則稱舜；而見於南楚宗教，則稱重華。

【耿介】王逸注：「耿，光也；介，大也。」蔣驥曰：「耿，明；介，守也。」胡文英曰：「耿介，明而有分辨也。」王樹枏引《文選・射雉賦》徐爰注曰：「耿介，專一也。」楊樹達謂「耿介」二字平列，「耿」即「H」之假借，「H象遠界，即有界義，故古以『H介』連文，耿乃借字也。耿介者，廉潔自持，不妄取與，猶今人言界限分明也」。詳《積微居小學述林・楚辭「耿介」説》。聞一多曰：「耿介，猶高潔也。」案：「彼堯舜之耿介」以下四句，承上「先路」，取義於駕車行路。「耿介」訓「光大」、「明守」、「專一」、「界限分明」、「高潔」者，皆失其旨，耿介，言行路堅確不貌。宋玉《九辯》「獨耿介而不隨」，王逸注：「執節守度，不枉傾也。」不隨，王注「不枉傾」，借隨爲墮。隨、墮古通用。墮，言倒仆。耿介、不墮對舉爲文，耿介，猶不墮。言余行路獨堅確特立而不墮仆。引申言專一、守信、忠貞。《九辯》又云「負左右之耿介」，言君棄左右賢臣之忠貞。王注「恃怙衆士，被甲兵也」。則以「耿介」爲甲冑之名，失之。《七諫・哀命》「惡耿介之直行兮，世溷濁而不知」，言惡忠貞專一之直行。聲轉字作悃款。《卜居》「吾寧悃悃款款朴以忠乎」，王逸注：「竭誠信也。」又作悾款。《晉書・傅玄傳》「苟明公有以察其悾款，言豈在多」。悾款，忠信也。婞直剛愎亦謂之耿介，美惡同辭。《公羊傳》

僖十六年何休注「五石」、「六鷁」曰：「石者，陰德之專也；鷁者，鳥中之耿介者也。皆有似宋襄公之行。襄欲行霸事，不納公子目夷之謀，事事耿介自用，卒以五年見執，六年終敗，如五石、六鷁之數。」焦循《易餘籥録》卷三引此文，謂「古人不重耿介如此，耿介猶云婞直」。又狀情態激昂貌，字又作忼慨。《哀郢》「好夫人之忼慨」，朱熹注云「激昂」是也又作慷慨。《後漢書・齊武王縯傳》「性剛毅，慷慨有大略」是也。又作忼愾。《晉書・陸機傳》「登壇論忼愾」是也。又作慷愾。《文選》陸機《漢高祖功臣頌》言「周苛慷愾」是也。狀言水流激越字作沆溉。《漢書・司馬相如傳》「滂濞沆溉」，司馬彪曰：「沆溉，徐流也。」狀言倔彊不撓字作強項。《後漢書・楊震傳》「卿強項，真楊震子孫」是也。皆堅確不踀之引申。姜亮夫云：「又由此一義之衍，則曰骨鯁，曰鯁固，曰剛果，曰果敢，曰鞏固，曰頡傾，曰强項，曰剛介，曰撟健，反義則有詭黠、撟虔、鬼譎、杆格、格杆，聲轉則有句曲、局蹐、局促，以指名物則有滑稽、桔槔、詰詘、蹇吃、詰詰、籧曲、擊轂、鉤格、鉤釪、劇數之不能終其物。」果以其聲轉爲限，局蹐、局促、鉤釪等字不得爲其語之音變，多失之濫。案：局蹐、局促、鉤釪皆非雙聲。

【遵】王逸注：「遵，循也。」案：遵、循古音義并同，其音但有開合之别。遵爲開口，循爲合口。漢世以下，遵、循始分爲二字。遵多言於遵行倫理、道德，其義抽象。循，循行也，其義具體。周秦古世無此分别。《詩・汝墳》「遵彼汝墳」，《騷》下文「遵赤水而容與」。屈賦用「遵」字者有四，皆用循行義。

【道】王逸注以「道」爲「天地之道」。張鳳翼謂「道」指「所由以適於治之路」。雖無礙於義，實失其旨。案：「遵道」之道，同上文「道夫先路」之道，指導引之人。遵道，即遵導，言遵循導者所引。

【路】王逸注：「路，正也。」案：正之爲言征也。正、征古通用，王氏注文以假借字爲之。征，行也。王氏以「路」爲動詞，謂行征義。洪《補》曰：「路，大道也。」洪氏以路爲名詞。案：得路、窘步對舉爲文，窘步，不得通行；路猶步，用作動詞。王注未可移易。

是二句言堯舜之所以耿介不踀，以其能遵循導者所引而得通行也，喻堯舜所以特立有功、終始未敗者，以能任賢用能而國得治、政得明也。

何桀紂之猖披兮　夫唯捷徑以窘步

【猖披】《文選》六臣本作昌披，洪《補》引猖一作昌，引《釋文》作倡；披，一作被。洪謂「被音披」。朱《注》本作昌被，引昌一作猖，又引一作倡，被，一作披。朱謂被、披同匹皮切。錢《傳》引猖一作昌，一作倡；披一作被。日本新撰《字鏡》卷六引原本《玉篇》引作昌帔，《施注蘇詩》卷一九、《後漢書》卷二八下《馮衍傳》注、《古今合璧事類備要》續集卷四一、唐寫本《文選集注》、黎氏景元刊朱《注》本作昌披。案：猖披，連語，言行不正貌，其義不在形體，故不必抳其字形。詳注。又《五百家注昌黎文集》卷一注乙作披猖。蓋王氏本作「被」，後因注改「被」爲「披」。被、披古今字。包山楚簡但用被，無披字。《群經音辨》曰：「披，張也，普碑切。披，分也，普彼切。」又：「被，不帶也，普爲切。」又：「所以覆者曰被，部委切。所以覆之曰被，部僞切。」據王注，披讀爲被，音普爲，部委二切。「普爲」之爲讀平聲，普爲、部委、匹皮音同。

【夫】朱《注》本夫音扶。案：夫音方無切，扶音防無切。朱氏清濁互用。《廣韻》上平聲第十虞韻：夫、扶同音甫無切，不分清濁。而《玉篇》夫音甫俱切，扶音防無切，清濁已分。

【唯】錢《傳》本作維，云「一作唯」。洪《補》引唯一作雜。案：朱子《辯證》曰：「『惟庚寅吾以降』、『豈維紉夫蕙茝』、『夫唯捷徑以窘步』，據字書，惟從心者，思也；維從糸者，繫也。皆語辭也。唯從口者，專辭也，應辭也。三字不同，用各有當。然古書多通用之，此亦然也。」《離騷》惟、唯、維三字通用者，作語助辭，幾不能別。夫唯，猶此因、因此也，作唯是也。作雜者，非也。《文選》卷九《東征賦》注、卷二六顔延年《和謝監靈運》注，《施注蘇詩》卷四，《後漢書》卷二八下《馮衍傳》注引亦作唯。而《古今合璧事類備要》續集卷四一、《分門集注杜工部詩》卷一七、《九家集注杜詩》卷一二引作惟。

【何】猶何爲也。何桀、紂猖披倒仆也？自問。曰：夫唯捷徑而窘步。自答。二句互成因果，上爲果，下爲因。

【桀紂】王逸注：「桀、紂，夏、殷失位之君。」學者多以桀、紂爲其在位時名。案：《説文·桀部》：「桀，磔也。」《石部》：「磔，辜也。」辜之爲言刳也。《掌戮》「殺王之親者辜之」，注：「辜之言枯也。」段注：「磔，開也，張也，刳其胸腹而張之，令其乾枯不收。」段氏調和磔刳、辜枯二訓，不審枯亦刳字假借。《謚法》曰：「賊人多殺曰桀。」《吕氏春秋·功名》高誘注：「殘義損善曰桀。」蔡邕《獨斷》曰：「殘人多累曰桀。」桀取義刳磔，非其在位時名。蓋後世因其敗德而附會之。桀之爲言㐄也。《夂部》：「㐄，跨步也。从反夂。䍐從此。」段注：「跨，當作夸，夸步，謂大張其兩股也。」㐄有張開義。刳人胸腹，張而開之，字作桀。桀、㐄爲歌月平入對轉，溪群旁紐雙聲。字又作剮，本爲冎，言鬄人肉而置其骨。夏、殷諸王，皆以甲子爲名，《夏本記》稱桀爲帝履癸，癸即其名。桀，殷人所加，非其真名。夏桀本事，見載《尚書》、《史記》，言桀不務君德，諸侯多畔，商湯率師伐之；桀走鳴條，遂放南巢而死。屈賦言桀者三，本書有二，此曰「猖披」，下曰「常違」，言桀失德無道。《天問》：「桀伐蒙山，何所得焉？妹嬉何肆？湯何殛焉？」叙言桀失德本事。紂，非名，蓋周人所加，取義於戕害。《吕氏春秋·功名》高誘注：「殘仁多累曰紂。」桀、紂義同。《説文·糸部》：「紂，馬緧也。从糸，肘省聲。」紂本無戕害義，或爲受。《西伯戡黎序》「奔告于受」，孔傳：「受，紂也。」受訓相受，亦無磔戮義。紂之爲言剿也。紂音徐柳切，幽部，邪紐；剿音子小切，宵部，精紐。幽宵旁轉，精邪旁紐。《刀部》：「剿，絶也。」字或作劋。《書·甘誓》「天用劋絶其命」，言劋滅其命。劋，絶斷、傷害義，象殷紂之德。《史記・殷本紀》謂紂爲帝乙之子，名辛。天下謂之紂。亦以紂非其真名。史載紂資辨捷疾，聞見甚敏，膂力過人，知足以距諫，言足以飾非，矜人臣以能，高天下以聲。好酒淫樂，惑於婦人，寵妲妃，用雷開，戮梅伯，醢比干，卒致衆畔親離。武王乘之起事，誅紂於牧野。屈賦言紂，大氐同《史記》。本書亦二見，曰「猖披」，曰「菹醢」，皆紂無道事。《天問》載之甚詳。桀、紂雖信有其人其事，而桀出於殷人所敵愾，紂出於周人所敵愾，非其在位時之名也。

【猖披】王逸注：「猖披，衣不帶之貌。」劉良曰：「昌披，謂亂也。」洪《補》引《廣雅》字作「裮被」，曰：「不帶也。」汪瑗曰：「猖，狂也。披，亂也。」陳遠新曰：「昌披，猶言放肆。」胡文英曰：「猖被，放縱無檢束，如不介馬而馳之類也。」朱駿聲曰：「據王注，是『昌披』讀爲『襄被』。」愚按當讀爲倀跛。倀，狂也。跛，行不正也。」詹安泰謂「猖披」之「本義是穿衣不繫帶，引申爲猖狂邪亂」。朱季海謂「以喻桀紂之政教墮弛，法度敗壞」也。朱駿聲謂「行不正」，不與衆同。案：「何桀紂之猖披兮，夫唯捷徑以窘步」二句，就乘輿駕馭爲言，「猖披」意蘊宜於此發之。猖披、耿介爲對文，即耿介之反。耿介，言行路堅確不墮；猖披，猶蹌踉不正。錢《傳》曰：「猖披，行不正貌。桀紂失道，彼唯捷行邪路，而自窘急其步。」錢澄之亦曰：「耿介，言不爲捷徑所惑；昌披，言不由道路以行。得路者安坐而至，窘步者覆轍以亡。」頗會屈子本心。猖披，連語，狀摇擺不穩，失蹻倒仆。或文爲傷破。《易林・大畜之睽》「心志無良，傷破妄行」。又作昌披。《觀之大壯》「昌披妄行」。倒文爲披猖。《北齊書・王晞傳》「萬一披猖，求退無地」。披猖，倒仆也。聲變字作萠倀。《廣韻》上聲映韻四十三「萠倀，失道貌」。狀水波動蕩不定字作磅唐。《文選・長笛賦》「硑田磅唐」。又作播蕩，狀遷徙流離無所止。《左傳》襄二十五年「成公播蕩」，杜預注：「播蕩，流移失所。」或作波盪。《文選・西京賦》「河渭爲之波盪」，薛綜注：「波盪，摇動也。」又作波蕩，《後漢書・公孫述傳》「四海波蕩」是也。又作簸揚。《詩・小雅》「不可以簸揚」是也。披猖亦言流宕貌。李山甫《寒食詩》二首「風烟放蕩花披猖」是也。倒文或作揚波。《九歌・河伯》「衝風起兮水揚波」是也。歌月平入對轉爲滯沛，《文選・上林賦》「奔揚滯沛」,李善注:「滯沛,奔揚之貌。」而蹌踉倒仆作顛波。《文選・琴賦》「爾乃顛波奔突」是也。又作顛沛。《論語》「顛沛必於是」,馬融注:「顛沛,僵仆也。」又作頓仆。《説文・犬部》:「獘,頓仆也。」又作顛仆。《詩・賓之初筵》鄭《箋》「無使顛仆」是也。又作顛蹎。《後漢書・蔡邕傳》「從而顛蹎」是也。又作顛狽。《後漢書・馬融傳》「顛狽頓躓」是也。又作猖敗。魏孝文帝《弔比干文》曰「何桀紂之猖敗」是也。又作顛匐。《梁書・王僧孺傳》「顛匐可俟」是也。又作填仆。《魏書・術藝殷紹傳》「填仆溝壑」是也。又作瘨仆。《漢帝堯碑》「輙赴瘨仆」是也。慧琳《一切經音義》卷一五引《聲類》曰:「狼狽,猶蹎蹞也。」狼狽,猖披異文。庚案:連語「昌羊」,「倡佯」、「猖洋」之異文,又作「儴徉」、「儴佯」、「襄羊」。襄者息良切,孃音女良切,攘音汝羊切,讓音人漾切,壤音如兩切,曩音奴朗切。則襄聲之字或泥紐,或娘紐,或日紐,或心紐。章太炎謂古泥、日來不別。是以猖又有來紐之聲。則猖披、狼狽爲一聲之變。《説文・癶部》字作「刺癶」,謂「足刺癶也」。《龍龕手鑒・足部》字又作「踈蹞」,謂「行不正也」。倒文爲撥刺。《淮南子・脩務訓》「琴或撥刺」,高注:「撥刺,不正也。」又作狼貝。《後漢書・任光傳》「狼貝不知所向」是也。又作披攘。《三國志・魏志・陳思王植傳》「九土披攘」是也。狀車覆字爲顛覆。《詩・抑》「顛覆厥德」是也。又爲顛覆。見《北史・裴叔業傳論》。又作敗績。詳下文所釋。其隨文所用,各書以訓詁字,是以異構紛繁,解者宜因聲而求其義。此言桀紂行不由徑,輿覆人仆,以喻其國破人亡。

【夫唯】錢《傳》曰:「夫,猶彼也。」案:夫、彼析言有别,混言則同。「夫」與上文「彼」對舉爲文,夫,近指,類今語「這」、「這些」。夫,此也。故「夫唯」倒爲「唯此」下「惟此黨人其獨異」是也、「惟茲」下「惟茲佩之可貴兮」是也、「惟時」《天問》「惟時何爲」是也。朱季海曰:「『夫唯』以下乃自答曰:『祇以捷徑窘步之故也。』楚人言『夫唯』,猶云『祇以』、『正因』之比,多用於詮釋所由。《老子》凡稱『夫唯』,每與『故』或『是以』連文如云「夫唯弗居,是以不去」、「夫唯不可識,故強爲之容」,不備舉,其義可見已……又云,『夫維猶『夫唯』,上文唯一作維也。聖哲以茂行兮,苟得用此下土』。王注云:『哲,智也。下土,謂天下也。言天下之所立者,獨有聖明之智,盛德之行,故得用事天下,而爲萬民之主。』尋叔師之言,妙達屈平辭氣,其曰『故得』云云,信足爲楚語傳神矣。」案:王逸注「言桀紂愚惑,違背天道,施行惶遽,衣不及帶，欲涉邪徑，急疾爲治，故身觸陷阱，至于滅亡，以法戒君也」，以「故」釋「夫唯」，誠爲「用於詮釋所由」。《玉篇・心部》：「惟，爲也。」惟、唯古通用。《尚書・益稷》「萬邦黎獻共惟帝臣」，《召誥》「無疆惟休，亦無疆惟恤」，《君奭》「惟休，亦大惟艱」。惟，言爲也。爲，因也，以也，表示事由。詳王引之《經傳釋詞》卷一。「夫唯」，同「是以」、「是因」、「是爲」之類，介賓短語，而非今語「正因」、「祇以」也。蓋中土言「是以」、「以是」，而楚語用「夫唯」、「唯夫」也。朱君雖知「夫唯」爲楚語，而合二字爲一義，視如連詞。非也。王注但釋「唯」義，「夫」字蓋略之耳。

【捷徑】王逸注：「捷，疾也，徑，邪道也。」洪《補》曰：「捷，邪出也。《論語》曰，『行不由徑』，徑，步道也。」游澤承謂「捷之義爲速，求速達者，輒循邪徑以行，故曰捷徑」。案：捷徑，猶「遵道」之比，述賓短語，捷，動詞，而非飾語，不解「快速」、「旁邪」。捷之爲言插也。《儀禮・士冠禮》鄭注：「建柶扱柶於醴中。」《釋文》扱作捷，曰：「初洽反，本又作插。」《釋名・釋姿容》：「睫，插也，接也。插於眼眶而相接也。」《國語・晉語》「不如捷而行」，注：「旁行爲捷。」即穿插義。《說文・手部》：「插，刺内也。从手，臿聲。」引申言穿插義。插徑，猶今語「抄小路」。《說文・木部》：「苿，兩刃臿也。」《方言》卷五曰：「臿，宋、魏之間謂之鏵，或謂之鍏，江淮南楚之間謂之臿。」《廣雅・釋器》字作⿺疌臿，從臿，疌聲。插、捷皆楚語。徑，步道也。車道謂之路，步道謂之徑，徑爲小道之名。後世言「捷徑」，皆祖構《離騷》作「抄小路」解。《後漢書・張衡傳》「捷徑邪至」，《文選》阮步兵《咏懷詩》「捷徑從狹路」，《東征賦》「求捷徑欲從誰」。又《淮南子・本經訓》「接徑歷遠」，高注曰：「接，捷也。」接、捷并讀如插，三字古通用。

【窘步】王逸注：「窘，急也。」陸善經曰：「窘，迫也。」案：《說文・穴部》：「窘，迫也。从穴，君聲。」君無急迫義。君之爲言困也。《史記・季布欒布列傳》「窘漢王」，《集解》引如淳曰：「窘，困也。」《詩・正月》「又窘陰雨」，毛《傳》：「窘，困也。」《玉篇・穴部》：「窘，困也。」又，《孫子・行軍》「數賞者，窘也；數罰者，困也」。窘、困互文見義。困，許云本解「故廬」。段注：「困之本義爲止而不過，引申之爲極盡。」《論語・學而》「困而不學」，孔安國曰：「困，謂有所不通也。」困於穴者謂之窘，窘，假聲字。步，行也。《招魂》「步騎羅些」，王注：「徒行爲步。」窘步，言困窘不得行。

是二句言桀紂輿覆人蹈，跟蹡失蹤者，何也？此爲穿插邪徑，困迫不得通行之故也。

第八韻：路、步

路，去聲，古音爲[la:k]江有誥曰：「步，魚部。」案：步亦去聲，古音爲[ba:k]。路、步同鐸部之長入。

惟夫黨人之偷樂兮　路幽昧以險隘

夫《文選》六臣本、朱《注》本、錢《傳》本及《古今合璧事類備要》續集卷四一引「惟」下無夫字。朱、錢引一有夫字，洪《補》本有夫字，引一無夫字。案：王逸注「言己念彼讒人相與朋黨」，以「彼」釋「夫」，王本有夫字。「惟夫」，猶惟此，屈賦常語。下文「惟此黨人其獨異」、「惟此黨人之不諒兮」。屈賦「惟夫黨人」、「惟此黨人」、「黨人」前皆冠以「夫」字者，表示加重語氣，猶今語「這黨棍」。朱季海曰：「此文望余言之，故以黨人爲彼。」亦心知其意。

樂朱《注》樂音洛，《群經音辨》曰：「樂，五聲八音總名也，五角切。樂，悦也，盧各切。樂，欲也，五教切。樂，治也，音療。《詩》：『泌之洋洋，可以樂飢。』」案：「偷樂」之樂，言悦，音盧各切。《廣韻》入聲第十九鐸韻：

樂、洛同音盧各切。

【險】黎本《玉篇・阜部》引作险。案：险，俗險字。

【隘】洪《補》引《遠遊》作阸，謂「阸、隘一也」。黎本《玉篇・阜部》引作陒、慧琳《一切經音義》卷四一引王注亦作陒。《文選》卷九《北征賦》注引作阸。《古今合璧事類備要》續集卷四一引亦作隘。案，隘、陒、阸一字。陒，俗阸字。朱《注》隘音於懈反。

【惟】朱《注》「惟」字訓「思念」義。案：汪瑗曰：「惟，語詞。」惟，猶因也，爲也，詮釋事由，即同上文「夫唯」之唯。「惟」下當從一本有「夫」字。惟夫，猶惟此非今口語「因此」，倒文爲「夫惟」。

【黨人】王逸注：「黨，朋也。《論語》曰『朋而不黨』。」案：《衛靈公》作「君子羣而不黨」。黨、朋混之則同，析之則別。《述而》「吾聞君子不黨」，《集解》引孔安國、皇《疏》曰：「相助匿非曰黨。」《國語・晉語》「比而不黨」，韋昭注：「阿私曰黨。」《説文・鳥部》：「朋，古文鳳也。鳳飛羣鳥從以萬數，故以爲朋黨字。」鳳，吉祥鳥。衆鳥從鳳，是象從善，故爲友朋之稱。《説文》黨字作攩，曰：「攩，朋羣也。从手，黨聲。」《黑部》：「黨，不鮮也。从黑，尚聲。」姜亮夫曰：「黨訓不鮮，凡陰暗、陳腐、秘密之物，皆不鮮，而人之陰謀，詭詐，自私，謬妄，乃至相結爲私，凡不能正大光明者，皆可曰不鮮。」其析字説義不異荆公《字説》。案：鮮，明也。《易・説卦》「爲番知鮮」，《釋文》：「鮮，明也。」《淮南子・俶真訓》「華藻鋪鮮」，高誘注：「鮮，明好也。」不鮮，猶不明。故黨字從黑，而後以「曭」字專此義。《楚辭・遠遊》洪《補》曰：「曭，日不明也。」又，《方言》卷一〇：「鮮，好也。」不明曰黨，不好亦曰黨，義相貫通。物之好者必稀少，故鮮又爲少義。《尚書・無逸》「惠鮮鰥寡」，孔疏：「鮮，少乏也。」《易・繫辭》「故君子之道鮮也」，《釋文》：「鮮，盡也，又少也，亦善也。」少、盡亦謂之鮮，「不鮮」猶不少，是以衆多亦謂之黨。《莊子·繕性》「物之黨來寄也」，崔譔曰：「黨，衆也。」攩，蓋漢世分別文。凡言「朋黨」之禍，必稱漢之「黨錮」或者唐之牛李，屈子固曰「黨人偷樂」，則其時楚國業已有之矣。蓋君子之與小人，雖不相容之若冰炭，其相附麗而須臾不離也，故有君子者則必有小人，有小人必有朋黨。夫君子與君子友，同氣相求也，處事以公以善，則未爲「黨」；小人與小人比，同惡相濟也，行事以私以曲，則稱曰「黨」。忠賢在位則讒佞斥，讒佞得勢則忠賢退，惟在君主之察審與否爾。下文承之曰「荃不察余之中情」，故指斥黨人，實以斥楚懷王昏亂矣。

【偷樂】王逸注：「偷，苟且也。」案：《説文》但作「愉」字，《心部》曰：「愉，薄也。从心，俞聲。《論語》曰：『私覿愉愉如也。』」段注：「此『薄也』當作『薄樂』也，轉寫奪『樂』字，謂淺薄之樂也。引申之，凡薄皆云愉。《唐風》『他人是愉』，《傳》曰：『愉，樂也。』《禮記》曰：『有和氣者，必有愉色。』此愉之本義也。毛不言『薄』者，重樂不重薄也。《鹿鳴》『視民不恌』，《傳》曰：『恌，愉也。』許書《人部》『佻，偷也』。《周禮》『以俗教安，則民不愉』，鄭注：『愉，謂朝不謀夕。』此引申之義也。淺人分别之則制偷字，从人，訓爲偷薄，訓爲苟且，訓爲偷盜，絶非古字，許書所無。然自《山有樞》鄭《箋》云：『愉讀曰偷，偷，取也。』則不可謂其字不古矣。」其説至精。愉，俞聲，本訓「空中木爲舟」見《舟部》，無薄義。俞之爲言逾也。《廣雅·釋詁》：「逾，遠也。」《漢書·叙傳》「福逾刺鳳」，顔師古注：「逾，遠也。」遠則薄，近則厚，義本相通。言樂之逾遠是爲愉，借聲字。又，《説文·木部》：「樂，五聲八音總名，象鼓鞞，木，虡也。」段注：「『音』下曰：『宫商角徵羽，聲也。絲竹金石匏土革木，音也。』鞞，當作鞞，俗人所改也。『象鼓鞞』，謂『𢆶』也。鼓大鞞小，中象鼓，兩旁象鞞也。」姜亮夫曰：「所謂『象鼓鞞』者，指『𢆶』而言，中象鼓，而兩旁𢆶象鞞，下從木者，鼓架之屬也。或以用鼓鞞製，則原始民族，音樂極簡，瓦缶飪器，乃至工作之具，如石斧無不可用爲樂。蓋其始不過爲節奏而已，故初爲扣擊之器。蓋進而有絲竹金石之音，雜合衆器，而求其調，則有五聲八律之製，而音樂全矣。後世群樂雖繁多，而鼓鞞始終爲樂中之領袖。一則因於故習，一則因於節奏之不可無專樂，故樂字乃得象鼓鞞也。」案：姜説考之民俗，可補段君所未備。樂本五聲八音之總稱，當在絲竹金石之器大備、五聲八律齊備之後。甲文樂字作「」《京津》三七二八、「」《續》三・二八・五，金文作「」《樂鼎》、「」《召樂父匜》。丝，絲古文。絲以繫木，象琴瑟。據殷周古文，樂字唯瑟之總名，未以概鼓也，故樂字不從白而作樂。周秦季世，樂之名概言鼓，故字從而作樂。許氏但據必周秦之文爲説。段、姜因襲其説，亦未之審耳。此文「偷樂」，用引申義，泛言可悦事。

【路】王逸注：「路，道也。」案：此與上言「得路」異。上文「路」，行也。此文「路」，名詞，指世路。是章從「路」鋪開，始言「先路」，次言所以得路，又所以失路，至此轉叙世路，其文環環相扣，無隙可批。

【幽昧】王逸注：「幽昧，不明也。」案：幽昧，連語，聲變字作暗漠《九辯》「下暗漠而無光」是也，又作晻昧《漢書・元帝紀》「三光晻昧」是也，又作扼昧見《韓非子・備内》，又作翳没見《文選・吊魏武帝文》，又作鬱没見《漢書・司馬相如傳》，又作堙没見《史記・封禪書》，皆謂不明貌。其所以不明，以有蔽障故也，訓詁字作幽蔽《九章・懷沙》「脩路幽蔽，道遠忽兮」是也，又作壅蔽《九辯》「猋壅蔽此明月」是也，倒言爲蔽壅《惜往日》壅諒聰不明而蔽壅」是也，又爲蔽隱《惜往日》「獨彰壅而蔽隱」是也。隱没不見而作動詞者則爲隱伏《悲回風》「獨隱伏而思慮」是也，又作陰伏《漢書・韓安國傳》「陰伏而處，以爲之備」是也，又作隱閔《思美人》「寧隱閔而壽考」是也。隱於中心，澀於宣泄，其訓詁字又作隱憫《哀時命》「然隱憫而不達」是也。溷而不分則爲瞢闇《天問》「冥昭瞢闇」是也。狀目視朦朧不辨，恍忽迷離者字作嬰茀《天問》「白蜺嬰茀」是也，或作幼眇、要眇、窈妙、杳冥、窈杳等，蓋與佛鬱、怫惘、紛藴爲一字嬗變。《九嘆・離世》：「羣阿容以晦光兮，皇輿覆以幽辟。」王注：「幽辟，闇昧也。」幽辟、幽昧、闇昧，亦聲轉字。

【險隘】王逸注：「險隘，諭傾危。」又，《七諫・怨世》「何周道之平易兮，然蕪穢而險戲」，王逸注：「險戲，猶言傾危也。」王氏以險隘、險戲同訓傾危，非喻義。雖一人注書而前後錯雜。洪《補》曰：「隘，狹也。《遠遊》云『悲世俗之迫阸』，相如《大人賦》作『迫隘』。阸、隘一也。」朱子曰：「險，臨危也；隘，履狹也。」案：《說文・阜部》：「險，阻難也。从阜，僉聲。」考「僉聲」字多含收束義。《攴部》：「斂，收也。从攴，僉聲。」《人部》：「儉，約也。从人，僉聲。」《手部》：「撿，拱也。从手，僉聲。」段注：「凡斂手宜作此字。」山阜狹如收束者是爲險，隘，《說文》在《𨸏部》，字作「𨼹」，曰：「陋也。从𨸏，𦞦聲。𦞦，籒文嗌字。」言山阜狹如喉嗌字爲𨼹，形聲兼轉注。許氏隘訓「陋」，言攏也。陋、攏二字爲侯東陰陽對轉，同來紐雙聲。阸，爲隘異文，戲、隘屬支歌旁轉，故險隘亦作險阸、險戲。險隘平列同義，引申言傾側、傾危，非喻義。

是二句言以是黨人苟且偷樂，致使世路幽昧不明，狹窄險隘，庶幾同桀紂行邪徑也。

豈余身之憚殃兮　恐皇輿之敗績

身 洪《補》曰：「一無身字。」姜校引誤作王逸校語。朱《注》本有「身」字，曰：「身，一作心。」案：王逸注「言我欲諫爭者，非難身之被殃咎」，王本有「身」字，《古今合璧事類備要》續集卷四一引亦有「身」字。

憚 洪《補》憚音徒案切。《群經音辨》曰：「憚，難也，徒旦切。憚，驚懼也，音怛。《禮》『矢參分其羽以設其刀，雖有疾風亦弗之能憚』。又直丹、直旦二切。」案：徒案、徒旦音同，去聲。

殃 朱《注》曰：「殃，一作怏。」案：王逸注：「殃，咎也。」王本作「殃」。《古今合璧事類備要》續集卷四一引亦作殃，怏，懟也，於義不通。

【敗績】《文選》卷六《魏都賦》注引績字作續。案：續，績字形訛。《文選》卷二〇陸雲《大將軍宴會被命作詩》注、《古今合璧事類備要》續集卷四一引亦作續。

【余身】王逸注「言我欲諫争者，非難身之被殃咎也」，「余身」二字，各具其義，謂「我之身」。案：《爾雅・釋詁》曰：「卬、吾、台、予、朕、身、甫、余、言，我也。」郝懿行曰：「今時唯獄詞訟牒自呼爲身。身之爲言人也。《世說》載晉時有自稱民者，民亦人耳。今時平民自稱民人，市商自稱商人，亦其義也。然則自稱爲人，亦如自呼爲身也。」《壼鼎》：「壼肇從趞征，攻龠無啻，省孯人身。」郭沫若釋身爲我。西周金文亦有此用法。包山楚墓簡文言「盡集戠窮身尚毋有咎」、「少又僫窮身」，貞問我尚有咎否？「窮身」平列，言我也。《韓非子・五蠹》：「吾有老父，身死，莫之養也。」言我有老父，若我死，莫之養也。身訓我，我亦訓身，二字同義。「余身」連文，猶我也。王引之曰：「古人訓詁不避重復，往往有平列二字上下同義者，解者分爲二義，反失其指。」此文「余身」，即屬此例。又，姜亮夫曰：「《離騷》『豈余身之憚殃兮』與『阽余身』、《九章・惜誦》『先君後身』、又『忘身之賤貧』、『側身無所』、『曾思遠身』，《涉江》之『重昏終身』，《惜往日》之『身幽隱』、『思親身』，《遠游》之『晞余身』，《卜居》之『正直危身』，《漁父》之『安能以身』，《招魂》之『身服義』，義皆指己身、自身言。」其可補吾所未備。

【憚】王逸注：「憚，難也。」張鳳翼曰：「憚，畏也。」蔣驥曰：「二句蓋謂黨人導君非義，於余身非有患害也，特恐有誤國是，而不忍坐觀耳。文理本明，舊解訓憚爲難，謂非難身之被殃。語殊晦澀。《洗髓》謂黨人用事，正類必受其殃，則又多一轉矣。」憚爲何義，終不明了。案：《九章・悲回風》「憚涌湍之礚礚兮」，王注曰：「憚，難也。」與此注同。《思美人》「憚蹇裳而濡足」，王注「又恐汙涅被垢濁」，以憚爲恐懼義。又，《招魂》「君王親發兮憚青兕」，王注：「憚，驚也。」《説文·心部》：「憚，忌難也。从心，單聲。一曰難也。」段注：「凡畏難曰憚，以難相恐嚇亦曰憚。」憚訓忌難、訓畏、訓驚，一義貫通。許引一曰訓難，猶責難，去聲。蓋難、憚本形容詞，平聲；引申作動詞。王注訓難，讀去聲。《韓非子·難二》：「人有設桓公隱者曰：『一難，二難，三難，何也？』桓公不能對，以告管仲。管仲對曰：『一難也，近憂而遠士。二難也，去其國而數之海。三難也，君老而晚置太子。』」難字皆訓畏怖，作動詞用。又，《説疑》「不難破家以便國」，不難，猶不畏。亦用作動詞。蔣氏未考，輕斥王注。憚諧「單聲」，無忌難義。單之爲言耑也。單、耑同元部，端紐。《説文》：「耑，物初生之題也，上象生形，下象其根也。」引申言蹇難義。忌難曰憚，喘息爲嘽，皆根於耑難義。憚、嘽，借聲字。

【殃】王逸注：「殃，咎也。」案：《説文·歺部》：「殃，凶也。从歺，央聲。」今本《説文》作「殃，咎也」。據段注改。又：「凶，惡也。」凶惡莫甚於凶喪。《書·洪範》「凶短折」，馬注：「凶，終也。」命之終謂之殃。引申言咎、言禍、言敗。殃字諧「央聲」，央，言中義。《冂部》：「央，中也。」引申言終止。《春秋繁露·循天之道》：「中者，天下之所終也。」《九歌·雲中君》「爛昭昭兮未央」，王逸注：「央，已也。見其光容爛然昭明，無極已也。」下文「時亦猶其未央」，王逸注：「央，盡也。」殃，諧聲兼轉注。

【皇輿】王逸注：「皇，君也。輿，君之所乘，以喻國也。」案：考本書言「皇」者九，其義有二：一爲天帝、神靈，「皇考」、「皇天」、「鳳皇」、「鸞皇」、「西皇」、「皇剡剡」是也。一爲大義。而無稱君者。此文「皇輿」之皇，言大。皇輿，猶大輿。《荀子·王制篇》：「馬駭輿，則君子不安輿；庶人駭政，則君子不安位。」《韓非子·外儲説右下》「故國者，君之車也，勢者，君之馬也。無術以御之，身雖勞猶不免亂；有術以御之，身處佚樂之地，又致帝王之功也」，輿皆「以喻國」，戰國之時「通喻」也。

【敗績】王逸注：「績，功也。言我欲諫争者，非難身之被殃咎也，但恐君國傾危，以敗先王之功。」以「敗績」爲言「敗先王之功」，而「先王」，蔓詞，增字以解。張銑曰：「敗績，崩壞。言我所以不難殃咎諫諍者，恐君行事之失，崩壞先王之功。」亦增字解。洪《補》引《左傳》曰：「大崩曰敗績。」出莊公十一年杜預注：「師徒撓敗，若沮岸崩山，喪其功績，故曰敗績。」杜氏望文生義，未發「大崩曰敗績」之藴。戴震曰：「車覆曰敗績。《禮記·檀弓篇》『馬驚敗績』、《春秋傳》『敗績厭覆是懼』是其證。」其説是也，然剿自趙一清《離騷札記》。《九歎·離世》「羣阿容以晦光兮，皇輿覆以幽辟」。「皇輿覆」，祖構「皇輿之敗績」。蓋劉向亦以「敗績」訓「車覆」。《左傳》言「大崩」，猶大覆。崩、覆古通用。案：《易·繫辭》「古之葬者，不封不樹」。鄭注《地官·遂人》云：「《禮記》謂之封，《春秋》謂之崩。」《史記·秦始皇本紀》「因封其樹爲五大夫」，《正義》曰：「封，一作覆。」崩、覆二字亦通。于省吾據金文字作「敗速」，謂即敗速，「狹義曰車覆，廣義曰大敗」。陸宗達據《三體石經》「敗績」字作「敗迹」，定其字作「退迹」。詳《訓詁簡論》。師友郭在貽承陸説，又謂「退迹」即「不迹」，車行不循軌迹。詳《中學語文教學》一九八一年第七期。「敗績」言「車覆」，而「不迹」，車未必傾覆。古字作敗速，以績、速同諧束聲，例得通用。《説文》「速」字作蹟，又作踈，從責聲或從束聲并同。績音則歷切，錫部，精紐。束聲之字或讀舌音。《犬部》：「狄，北狄也，本犬種。狄之爲言淫辟也。从犬，亦省聲。」段注：「按：亦，當作束。李陽冰云：『蔡中郎以豊同豐，李丞相持束作亦。』所謂『持束作亦』，指迹、狄二字言。迹，籀文作速，狄之古文籀文亦必作『狭，』是以《詩·瞻卬》狄與刺韻，屈原《九章》悐與積、擊、策、適、蹟、益韻。古音在十六部也。若從亦聲，則古音在五部，而非其韻。然自李斯變古籀爲篆文，其形已誤。而其聲至今不誤。聖人諭書名之澤長矣。」至碻。狄字從束聲，音徒的切，定紐，其聲在舌。此其一例。帝及啻、締、褅、諦并從束聲。帝音都計切，端紐；啻音施智切，審紐三等，歸端詳錢辛楣《十駕齋養新録》；諦音特計切，定紐；締、諦同褅。皆爲舌音。此其二例。績，轉端，猶頂也，顛也，猶帝通定、丁之比。詳篇首「帝」字注。敗績，顛退倒文，連語，與「猖披」屬同一義變體。車覆謂之敗績，又謂之顛退，又謂之猖披，皆同。車覆則人亡，引言敗亡、滅没義。其字作末殺。《漢書·谷永傳》「末殺災異」，顏注：

「謂掃滅也。」《説文・水部》字作「瀎泧」，玄應《一切經音義》卷一三引《埤蒼》作「懱拭」，《國語・周語》作「蔑殺」，《晏子春秋・諫下》作「拂殺」。《漢書・武帝紀》臣瓚注：「瀨，湍也。吴越謂之瀨，中國謂之磧。」磧、瀨一字。敗績亦與刺𣦼、狼貝、狼狽相通。慧琳《一切經音義》卷九一引《文字集略》云：「狼狽，披猖也。」昌披狀摇擺不定，元、月對轉，末殺又作盤跚、盤姍、蹣跚、盤娑、婆娑、摩娑、便姍、嫳屑、勃屑等，以狀舞貌，亦其義引申。類此則不可勝計。

是二句言余本不憚被殃咎，惟恐君輿之傾覆也。以喻不爲己身謀，但懼國破君亡也。

第九韻：隘、績

朱子《集注》曰：「隘音於懈反，叶，於力反。」陳第、戴震、江有誥并曰：「隘，古音益。」案：隘，去聲，爲錫部之長入，當音於懈反。朱子改叶「於力」，行韻在職部，出韻。朱子叶音説多不足信。益，入聲，錫部之短入。陳、戴、江三君蓋不知古世去入一類，自可協韻。隘，古音爲[pie:k]。江有誥曰：「績，古支部。」案：江氏平入不判。績，錫部之短入，古音爲[tsiek]。

忽奔走以先後兮　及前王之踵武

[忽] 洪《補》、朱《注》同引「忽」一作「急」。朱又云：「忽，一作曶」。案：曶，古忽字。「忽奔走」、「忽馳騖」、「忽緯繣」、「忽吾行」、「忽臨睨」，皆《離騷》「忽」字句法，作「忽」字是也。王注「言己急欲奔走先後」，後據王注而

改作「急」。顔師古《匡謬正俗》卷七、《文選》卷五四劉孝標《辨命論》注、《古今合璧事類備要》續集卷四一引亦作忽。

奔 朱《注》奔音布頓反，去聲。《群經音辨》曰：「奔，趨也，逋門切。趨走曰奔，布忖切，又逋悶切。」戴震曰：「奔走，并如字。或讀奔，布頓切。」案：周祖謨言「直往而赴之曰奔，去聲」，外動詞。布忖、逋悶、布頓音同。而讀平聲「逋門切」之奔，内動詞。玄應《一切經音義》卷一六、慧琳《一切經音義》卷三二謂奔，通作犇，古文作驞。

走 錢《傳》、戴震走音奏。《群經音辨》曰：「走，趨也，臧句切。趨嚮曰走，臧侯切。《書》『矧咸奔走』。」案：走分平、去，猶「奔」分平、去之比。平聲者内動詞，去聲者外動詞。走、奏同音臧侯切，去聲。

先 洪《補》先音先見切案：「先」當爲「失」之形訛，朱《注》、錢《傳》同音悉薦切。去聲。戴震曰：「先後，亦并如字。或讀先，蘇薦切。」《群經音辨》曰：「先，前也，思天切。前之曰先，思見切。」案：「先前」之先，形容詞，平聲。「前之」之先，外動詞，去聲。先見切、悉薦切、蘇薦切音同。

後 朱《注》後音下遘切，錢《傳》音胡豆切，去聲。《群經音辨》曰：「居其後曰後，胡茍切。從其後曰後，胡姤切。」案：「居其後」之後，形容詞，上聲。「從其後」之後，外動詞，去聲。胡豆切、胡姤切音同。「下遘」之出切爲匣紐二等；後，爲匣紐一等。朱子以二等切一等，不審其爲何等門法。

之踵武 《文選》卷六《魏都賦》注引此作「踵之武」。案：踵之武，即「之踵武」倒乙。《文選》卷五四劉孝標《辨命論》注、卷五八王儉《褚淵碑文》注，《古今合璧事類備要》續集卷四一，顔師古《匡繆正俗》卷七引亦作「之踵武」。

【奔走】王逸注：「奔走先後，四輔之職也。《詩》曰『予聿有奔走，予聿有先後』，是之謂也。」案：王氏引《詩》，見《大雅・緜》。《毛詩》本作「予曰有奔奏」，謂「喻德宣譽曰奔奏」，借奏爲走。鄭箋曰：「奔走，使人歸趨之。」《正義》曰：「此臣能曉喻天下之以王德，宣揚王之聲譽，使人知，令天下皆奔走而歸趨之，故曰奔走也。」「奔走」於古有特殊之政治含義，謂疾趨使歸附之，外動詞。《尚書・多方》：「今爾奔走臣我監五祀。」孔傳：「監，謂成周之監。此謂所遷頑民殷衆士，今汝奔走來徙臣我，我監五年無過，則得還本土。」《多士》：「亦惟爾多士，攸服奔走，臣我，多遜。」孔傳：「亦惟汝衆士，所當服行奔走臣我，多爲順事。」《酒誥》：「奔走事厥考厥長。」孔傳：「今往當使妹土之人，繼汝股肱之教，爲純一之行，其當勤種黍稷，奔走事其父兄。」《武成》：「駿奔走，執豆籩。」孔傳：「駿，大也，邦國甸侯衛服諸侯皆大奔走於廟執事。」單言曰走。《史記・太史公自傳》「太史牛馬走司馬遷再拜言」，走，亦奔走也，使如牛馬奔趨附歸之，以供王役者。錢辛楣《十駕齋養新録》卷一五曰：「牛馬走，即下走也。」非是。而後走爲自謙，猶臣僕之稱。「奔走」，言使我奔走歸附皇輿，以供王役也。及至漢世，「奔走」又爲官職之名。《漢書・王莽傳》「博士李充爲奔走，諫大夫趙襄爲先後」。

【先後】王逸注引《詩》謂「先後」同「奔走」，皆「四輔之職」。洪《補》曰：「相導前後曰先後。」案：洪因《毛詩》。《周禮・士師》「以五戒先後刑罰，毋使罪麗於民」，注：「先後，猶左右，助也。」前後謂之先後，左右亦謂之先後，是「四輔」之義。聞一多曰：「《詩・小雅・正月篇》曰『其事既載，乃棄爾輔』，又曰『無棄爾輔，員于爾輻』。黄生曰：『毛、鄭不爲輔作訓，必當時所共知。《釋詁》：輔，俌也。《説文》云：俌從人，猶僕從人，本以人爲輔。大車載物，以僕御車，必以俌輔行而護持其車，蓋古法如此。載重踰險，下有折輻之患，即上有輸載之虞，爲之輔者或挽或推，所以助其車。兵車有右。右，助也。輔，俌也，亦助也。』案：黄説郅確。本篇自『乘騏驥以馳騁』至此一段，以行路爲喻。『忽奔走以先後』，承上『皇輿』言，謂奔走於皇輿之先後也。注曰『奔走先後，四輔之職也』者，四輔，《尚書大傳》謂之四鄰，曰：『前曰疑，後曰丞，左曰輔，右曰弼。』案：疑之言礙也。礙，止也。丞、承古通。車前覆則礙止之，後傾則承持之，輔弼之義亦然。四輔之名蓋起於車輔，故王引以説奔走先後之義。」其説發前人所未發。王注「四輔之職」，可比《尚書大傳》之「先後左右」，不槩「奔走」。奔走，當別一義，非四輔職事。先後，言前後左右，曰礙、曰丞、曰輔、曰弼。奔走、先後爲二義。王注「奔走先後」連文，蓋因「先後」而及「奔走」。詳俞樾《古書疑義舉例》卷二第二十六條「因此及彼例」。漢世先後泛謂輔弼，不專言輔車。《史記・燕世家》「寡人之國小，不足以爲先後」。《後漢書・伏湛傳》「實足以先後王室」，李賢注：「先後，相導也。」而「弼礙」至於漢亦泛謂輔弼。《漢書・杜鄴傳》「分職於陜，并爲弼疑」，顔師古注：「弼疑，謂左輔、右弼、前疑、後承也。」《王莽傳》又有「師疑」、「傅丞」之職，皆由車輿「四輔」引申。包山楚簡文後字皆作⿺辶⿱幺土，楚古文也。

【及】王逸注「言己急欲奔走先後，以輔翼君者，冀及先王之德，繼續其跡而廣其基也」，以「及」爲繼及義。游國恩引《春秋公羊傳》「一生一及」何休注：「兄死弟繼曰及。」其與王注相發。何劍薰謂「及」借爲「趿」，通作躡、蹀，猶言躡。案：上文「未改此度」，又言「路幽昧以險隘」，蓋皇輿已行迷於非塗。我來導引，但使其改轍，歸於「先路」。似不得謂「繼及」、「追躡」。及之言襲也。《九歌・少司命》「芳菲菲兮襲予」，王注：「襲，及也。」《廣雅・釋詁》：「襲，及也。」襲，言覆也。《史記・賈生傳》「襲九淵之神龍兮」，《集解》曰：「襲，覆也。」覆，反也。《廣雅・釋言》：「覆，反也。」及、反二字同義互用。《禮記・樂記》「武王克殷反」，殷反，殷及也。鄭注：「反，當爲及字之誤。」不知其爲襲覆義。《易・繫辭》「原始反終」，《釋文》：「反，鄭、虞作及。」《論語・雍也》集解「而及如宋朝之美」，《釋文》：「及，本作反。」古書「及反」連文，平列同義。及前王之踵武，言復反先王之路。

【前王】王逸注謂「前王」爲「先王」，未有確指。林雲銘謂「楚先世」之王，朱冀謂「穆、莊以來彊盛之遺跡也」，姜亮夫謂指三后及堯、舜。案：前王，承上文「先路」，指三后，即句亶王、鄂王、越章王。楚自「熊渠甚得江漢間民和」，拓疆開土，爲南土之霸，首封三子爲王。後奉爲不刊之典模，屈子當亦引以爲榮，而言「及前王之踵武」也。

【踵武】王逸注：「踵，繼也；武，跡也。《詩》曰『履帝武敏歆』。言己急欲奔走先後，以輔翼君者，冀及先王之德，繼續其跡而廣其基也。」王氏以「及前王」、「踵武」爲平列儷偶，「之」字無義可繫。朱子曰：「踵，足跟也。武，跡也。」洪《補》曰：「踵，亦跡也。」以「踵武」平列同義。案：此章以車駕爲喻，踵武之義，宜於此發。踵，猶《考工記・輈人》「去一以爲踵圍」之踵，鄭注：「踵，後承軫者也。」戴震言「輈端謂之頸，後謂之踵」。踵在車輿之後、軫之下，登車必先蹈踵，而後升輿，故其木謂之車踵。《戰國策・趙策》「持其踵爲之泣」，言攀持車踵，止車啓行，而爲之泣。古今學者謂趙太后持燕后足踵，非也。馬王堆漢墓出土帛書《戰國縱横家書》作「攀其踵」，攀，引也。踵，本車踵，此以代車。俞樾曰：「又有舉小名以代大名者。《詩・采葛篇》：『一日不見，如三秋兮。』三秋，即三歲也。四時而獨言秋，是舉小名以代大名。」詳《古書疑義舉例》卷三第二十七條「以小名代大名例」。車，大名；踵，小名。舉踵以概車，猶小名代大名之比。武，無足跡義。朱駿聲謂武別義爲跡。姜亮夫曰：「武字從止，止本足趾本字，則履帝武，即履帝足跡矣，故可用作迹字解也。千年未解之秘，一旦得之矣。」案：「止戈爲武」之「止戈」，謂以戈止亂。止，爲弭止，非足跡之趾。武之言步也。《卜辭》有言「余武從侯喜征夷方」《前編》一八・一，武從，即步從，借武爲步。武、步二字古同魚部、明紐雙聲，例得通用。「步武」連文，二字同訓。《文選・于安城答靈運》一首「跬行安步武」，《後漢書・臧洪傳》「相去步武」。

是二句言余急疾奔走爲車右，或礙、或丞、或輔、或弼，先後導引，反皇輿於先王之車轍也。

荃不察余之中情兮　反信讒而齌怒

荃 朱《注》荃音七全反，一音孫。錢《傳》音孫。朱《注》又引一本「荃」作「蓀」。洪《補》曰：「荃與蓀同。《莊子》云『得魚而忘荃』，《音義》云七全切。崔音孫。」案：朱季海曰：「《說文》『荃，芥脃也』，不云芳草。王夫之《說文廣義》云『《楚辭》之荃，皆本蓀』是也。然《說文》無『蓀』字，《莊子》、《楚辭》皆假荃爲之，魏、晉以來，遂一切讀如蓀音耳。敦煌本《楚辭音》於『荃蕙化而爲茅』句出『蓀』字，云：『蘇存反，司馬相如云「葴登若蓀」是也。本或作荃，非也。凡有荃字，悉蓀音，而《字詁》「[illegible]、荃，今蓀」，復同得也。』尋《離騷》『荃不察余之中情兮』，洪氏《補注》引《莊子·外物篇》『得魚而忘荃』，陸氏《音義》出『崔音孫，香草也』，是騫公荃作蓀音，亦承張、崔以來舊讀爾。古來書字本各其方，穉讓始以荃、蓀爲古今字，自是學者既執今音以讀《楚辭》，寫書者時亦以今字改故書，至如騫之專精，猶不能以『蓀』爲非之失也。蓋轉諄入元，正楚聲也。」屈賦用「荃」，但《離騷》二例，他篇曰「蓀橈」、「蓀壁」、「蓀宜爲民正」、「蓀之多怒」、「蓀之愁苦」、「蓀美可完」、「蓀詳聾」，皆用「蓀」，豈謂《離騷》用古字「荃」而他篇用今字「蓀」？張揖「荃、蓀古今字」，無徵不信。六朝多以荃音蓀，而於經傳特作注，蓋其時荃非音蓀。師承既久，後多不識，非得謂「執今音以讀《楚辭》也」。諄、元二部相轉之字，以諄轉元者居多。《儀禮·鄉飲酒禮》「遵者降席，席東南面」，鄭注：「今文遵爲僎，或爲全。」古音爲遵，諄部；而今音爲僎、全，元部；轉元入諄。《文選·魏都賦》「巽其神器」，李善注：「《尚書》曰『將遜於位』，遜與巽同，涓擇也，古玄切。」《尚書》古文作遜，諄部；六朝讀爲巽，元部；轉諄入元。《漢書·賈誼傳》「大鈞播物」，班書好用古字，史遷用今字，故班書諄部之鈞，《史記》則作元部之專，轉諄入元。艱字，艮聲，諄部，《詩》、《騷》艱皆與諄部字相協。《廣韻》上平聲第二十八山韻，艱音古閑切，則轉元部。蓀，古音；荃，今音。《説文》不録蓀字，固許氏失收，不得謂古無蓀字。《劉子・慎獨》言「荃蓀孤植」，《文選》卷六〇顔延年《祭屈原文》「比物荃蓀」，文家鋪張其事，皆分用作二草。蓀之爲荃，始於漢，而非六朝。荃，當作蓀。詳注。《文選》卷二七沈約《早發定山詩》注、卷三六任昉《宣德皇后令》注，《事類賦注》卷二四，《匡謬正俗》卷七，《太平御覽》卷九八三，《古今合璧事類備要》續集卷四一引亦作荃。

察 朱《注》、錢《傳》二本察字作揆，并引一作察。洪《補》引察一作揆。案：不察，《離騷》習語，無作「不揆」者，《文選》卷二七沈約《早發定山詩》注、卷三六任昉《宣德皇后令》注，《事類賦注》卷二四，《太平御覽》卷九八三，《古今合璧事類備要》續集卷四一，《匡謬正俗》卷七引亦作察。

中 洪《補》、朱《注》、錢《傳》三本同引中一作忠。案：中情，屈賦習語。後蓋因王注「忠信之情」而改「中」作「忠」也。

齌 《文選》六臣本、洪《補》、朱《注》同引齌一字作齊，洪引《釋文》、朱又引或本作齎，朱又引一本作欻。案：齌，齊之分別字。詳注。古本作齊。王注齌但訓疾而不言炊餔疾，王本作齊。作齌者，齊字假借；作欻者，忽之俗字，音況物切。唐寫本《文選集注》、《太平御覽》卷九八三、《事類賦注》卷二四、《古今合璧事類備要》續集卷四一引亦作齊。又，崇文書局本《匡謬正俗》卷七引齊字訛作辱，而雅雨堂本、文淵閣四庫本并作齊。洪《補》齌音賫，又音妻，又音在脂、祖西二切。錢《傳》齌音陟西反。朱《注》齌音在詣反。案：「在脂」出切，從紐四等開口；「祖西」出切，精紐四等開口；妻音七難切，清紐四等開口；賫音相稽切，心紐四等開口；「陟西」出切，知紐三等開口。此切由「西」字定等，屬「窠切」門法。《廣韻》上平聲第十二齊韻，齊音七稽切，又子兮、才細二切。則「齌」字音切至雜，未能董理，皆列於此，以俟達者。

【荃】王逸注：「荃，香草，以諭君也。人君被服芬香，故以香草爲諭。惡數指斥尊者，故變言荃也。」荃，當作蓀。詳校。朱子曰：「荃亦香草，故時人以爲彼此相謂之通稱，此又借以寓意於君也。」《辯證》曰：「荃以喻君，疑當時之俗，或以香草更相稱之詞，非君臣之君也。此又借以寄意於君，非直以小草喻至尊也。舊注云：『人君被服芬香，故以名之。』尤爲謬説。」游國恩曰：「《離騷》往往以夫婦比君臣，荃蓀者，亦以婦對其夫之美稱爲喻耳。王逸以爲直接喻君，略失之泥。」案：蓀以比君，本書極明，無庸贅言。王注「人君被服芬香，故以香草爲諭」云云，然則何不言蘭芷而用蓀？朱子謂「時人以爲彼此相謂之通稱」，此借以「寓意於君」；游氏因此謂蓀爲「婦對其夫之美稱」。雖去本旨不遠，羌無實據。荃，非喻詞，寓名。音如蓀，讀如峻。古從全聲與從夋聲多通用。《左傳》哀三年「外内以悛」，杜注：「悛，次也。」悛無次義，當作詮稱之銓。《文選・魏都賦》注引《左傳》注字正作銓。《廣韻》下平聲第二仙韻銓，悛同音此緣切。銓、全聲；悛，夋聲。荃、峻亦相通。《老子》「未知牝牡之合而峻作，精之至也」，王弼本峻字作全，是其相通本證。俞樾改全字爲侌字，失之。《釋文》：「赤子陰也。」注：「赤子不知男女之合會，而陰作怒者，由精氣多之所致也。」《嶺外三州語》：「三州謂赤子陰曰峻。」《玉篇》字作朘，《聲類》作㞟，訓赤子陰。《離騷》君臣比夫婦，婦以峻稱其夫，而諧音作蓀或荃。通作「俊傑」之「俊」，今謂英俊男子曰帥，蓋其遺義也。《離騷》既多言男女事，不免有瘦語存者，於今觀之，良爲穢惡，似不宜出於大雅。其時民間習俗通語，屈子採之入《騷》，固其宜矣。洪氏《補注》云：「陶隱居云『東澗溪側有名溪蓀者，根形氣色極似石上菖蒲，而葉正如蒲無脊，《詩》詠多云『蘭蓀』，正謂此也。」沈存中《夢溪筆談》曰：「香草之類，大率多異名，所謂蘭蓀，蓀即今菖蒲是也。」李時珍《本草綱目》曰：「此有二種，一種根大而肥白節疏者，白菖也，俗謂之泥菖蒲。一種根瘦而赤節稍密者，溪蓀也，俗謂之水菖蒲。葉俱無劍脊，溪蓀氣味勝似白菖。」

【察】《說文·宀部》：「察，覆審也。从宀，祭聲。」段注：「從宀者，取覆而審之。从祭爲聲，亦取祭必詳察之意。」案：宀，交覆深屋也，引申言覆義。許云「覆審」，猶反覆審之也，故察字從宀。察，諧聲兼轉注。

【反】屈賦句法，「反」字冠於句首者，轉語，類今云「反而」、「卻」。《九章·惜誦》：「竭忠誠以事君兮，反離羣而贅肬。」《楚辭·惜誓》：「悲仁人之盡節兮，反爲小人之所賊。」

【信】言誠也。《晉書·華譚傳》載秦將白起語曰：「非得賢之難，用之難；非用之難，信之難。」信人難於得人、用人。

【讒】王逸注文訓「讒言」。《說文·言部》：「讒，譖也。从言，毚聲。」考「毚聲」之字多含鋭刺義。《金部》：「鑱，鋭也。从金，毚聲。」《刀部》：「劖，斷也，一曰剽也，釗也。从刀，毚聲。」《史記·司馬相如列傳》唐張守節《正義》引顏師古注曰：「巉巖，尖鋭貌。」巉，從山，毚聲。以言傷人而謂之讒。毚，狡兔，無傷刺義。毚之爲言斬也。《禮記·曲禮》「毋儳言」，注：「儳，猶暫也。」《玉篇·山部》「巉岩」，《史記》作「嶄巖」。朱駿聲《說文通訓定聲》謂「巉」即「暫」異文。《斤部》：「斬，截也。」謂小鑿曰鏨。讒，借聲字。《荀子·脩身篇》：「傷良曰讒。」《莊子·漁父》：「好言人之惡謂之讒。」毚、斬同談部，精審旁紐雙聲，例可通用。許氏謂「讒」爲「譖」，「譖，愬也。从言，朁聲」。朁之爲言兓也。兓，本朁鋭，俗作尖。諧兓聲之字亦多含鋭刺義。故綴物之器謂之鐕，傷痛謂之憯，傷以言語謂之譖。譖音莊蔭切，浸部、莊紐。讒、譖音近義通。屈賦用讒六例。皆謂以惡言賊害人。《天問》「讒諂是服」，《惜往日》「讒妬入以自代」、「使讒諛而日得」、「信讒諛之溷濁」，《卜居》「蔽鄣於讒」、「讒人高張」。而不用譖。讒，楚語也。《潛夫論·明闇》曰：「屈原得君而椒蘭構讒。」

【齌】王逸注：「齌，疾也。」洪《補》引《說文》曰：「齌，炊餔疾也。」引申言急疾義。《文選》各本皆作「齊」字，義同齌。朱駿聲曰：「齊，讀爲齌，如炊餔之疾也。」其以齊爲齌之假借。又，龔景瀚曰：「《說文》：『齌，炊餔疾也。』《玉篇》：『炊釜也。』王但訓爲疾，似未盡其義。蓋其中有物，而氣不可遏，怒之蓄於心者深，而見於色者也。」其因洪《補》發揮。汪瑗曰：「齌怒，言怒氣之盛如火也。」以齌爲喻詞。王遠曰：「齌怒，猶言釀怒，《抽思》所謂『造怒』也。」劉獻廷字作「齎」，曰：「齎，藏也，懷也。」溷齎、齌爲一字。戴震曰：「齊，讀如『天之方懠』之懠。」蔣禮鴻《義府續貂》同戴説。劉永濟亦曰：「又，按《爾雅·釋言》『懠，怒也』，此文之『齊』，或懠之借字。」以懠怒平列同義。姜亮夫又謂齊訓疾，「似與屈子從容婉轉之情不調」。案：考屈賦言君怒有四，皆狀疾怒。《天問》「康回馮怒」，馮讀爲愊，逼，猶迫也。愊怒，謂急怒、暴怒。《抽思》「數惟蓀之多怒」，多，爲朋字形訛。多，古文作朋，與朋字形似，古書相溷。朋怒，即憑怒。朋、憑古書通用。又：「蓋爲余而造怒。」造，借爲速。速怒，疾怒也。唯其「疾怒」，妙肖楚懷王喜怒無常、反復不定之性。《史記》本傳載，「懷王使屈原造爲憲令，屈平屬草藳未定。上官大夫見而欲奪之，屈平不與。因讒之曰：『王使屈平爲令，衆莫不知，每一令出，平伐其功，曰以爲「非我莫能爲」也。』王怒而疏屈平」。又曰：「楚懷王貪而信張儀，遂絶齊，使使如秦受地。張儀詐之曰『儀與王約六里，不聞六百里』。楚使怒去，歸告懷王。懷王怒，大興師伐秦。」其一怒，賢臣見斥；又一怒，興師發衆。《韓非子·内儲説下》：「荆王即楚懷王所愛妾有鄭袖者，荆王新得美女，鄭袖因教之曰：『王甚喜人之掩口也，爲近王，必掩口。』美女入見，近王，因掩口。王問其故，鄭袖曰：『此固言惡王之臭。』及王與鄭袖、美女三人坐，袖因先誡御者曰：『王適有言，必亟聽從王言。』美女前，近王甚，數掩口，王悖然怒曰：『劓之。』御因揄刀而劓美人。」其一怒致令美女無辜受刑。楚懷王其人，性好猜忌，喜怒無常，故屈子斥之「齌怒」。楚之羣臣亦多以此爲憂。包山楚簡《卜筮祭禱記録》數言「出内事王盡卒歲，窮身尚毋有咎」。蓋左尹邵㐌亦有信讒齊怒之虞。齌，訓「炊餔疾」，從火，齊聲。段注：「餔，日加申時食也，晚飯恐遲，炊之疾速，故字從火，引伸爲凡疾之用。」王、洪舊説未可易移，非喻詞。又不當以齌爲齎、懠之假借。齌，訓齊同，引申言敏疾義。《書傳》「多聞而齊給」，鄭注：「齊，疾也。」《史記·五帝本記》「幼而徇齊」，《集解》：「徇，疾；齊，速也。」言炊餔疾則爲齌，諧聲兼轉注。

是二句言君不察我之中情，反信讒言而疾怒於我也。

第十韻：武、怒

武，古音爲[mia]。朱子怒叶，上聲。顔師古《匡繆正俗》曰：「怒字，古讀有二音。《詩》云『君子如怒，亂庶遄沮；君子如祉，亂庶遄已。憂心殷殷，念我土宇；我生不辰，逢天僤怒。』《離騷》云：『忽奔走以先後，及先王之踵武；荃不察余之中情，反信讒而齌怒。』此則讀爲上聲也。《詩》云：『亦有兄弟，不可以據；薄言往愬，逢彼之怒。念彼共人，睠睠懷顧。豈不懷歸，畏此譴怒。』此則讀爲去聲也。略舉數條，其例非一。今山東、河北人讀書，但知怒有去聲，不言本有二讀，曾不尋究，失其真矣。」陳第、江有誥曰：「怒，古上聲。」案：怒，古有上、去二音。上聲，内動詞；去聲，外動詞。屈賦怒字入韻四例。《國殤》怒、野協韻，《抽思》怒、姱協韻。怒，皆内動詞，上聲。《天問》：「中央共牧后何怒？蠭蛾微命力何固？」固，去聲；「何怒」之怒，外動詞，亦去聲。此言「齌怒」，怒，内動詞，上聲。怒，古音爲[nao]。武、怒古同魚部。

余固知謇謇之爲患兮　忍而不能舍也

[謇]朱《注》謇音居輦反，錢《傳》音蹇。洪《補》引《易》謇作蹇。案：謇、蹇同音居輦切。《離騷》本書作蹇。又，慧琳《一切經音義》卷八五引王注：「謇謇，威儀貌也。」蓋後因王注「忠言謇謇」改。《匡謬正俗》卷七、《古今

合璧事類備要》續集卷四一、《五百家注昌黎文集》卷六、《東雅堂昌黎集注》卷六引亦作謇。

忍 洪《補》、朱《注》、錢《傳》三家同引一本忍上有余字，案：無余字是也。《匡謬正俗》卷七、《古今合璧事類備要》續集卷四一亦無余字。蓋或本忍上衍一兮字，後以余、兮形似，誤改爲余。

而 洪《補》引《文苑》「忍而」無「而」字，朱《注》引一本亦無「而」字。案：《匡謬正俗》卷七、《古今合璧事類備要》續集卷四一引、唐寫本《文選集注》忍下亦有「而」字。「忍而」，屈賦恒見。《九章·惜誦》「蔽而莫之白」，《懷沙》「邈而不可慕」，《橘頌》「姱而不醜」、「横而不流」，《招魂》「厲而不爽」、「敬而無妨」、「麗而不奇」、「亂而不分」。「忍」下有「而」字是也。

舍也 洪《補》、朱《注》、錢《傳》同引一本句末無也字。案：有也字於語氣爲暢。王逸注「然中心不能自止而不言也」云云，王本有也字。《匡謬正俗》卷七、《古今合璧事類備要》續集卷四一引亦有也字。

【謇謇】王逸注：「謇謇，忠貞貌也。《易》曰：『王臣謇謇，匪躬之故。』」注文「言己知忠言謇謇諫君之過」云云，謂直言諫諍義。劉良曰：「謇謇，直言貌。」朱《注》曰：「謇謇，難於言也。直詞進諫，亡所難言而君亦難聽，故其言之出有不易者，如謇吃然也。」劉獻廷曰：「謇者，從塞，從言，欲言而不能言之貌。」胡文英曰：「謇謇，訥言而諍也，數而取辱之義。」龔景瀚曰：「《玉篇》：『謇，難也，吃也。』朱説爲本義，王訓爲忠貞，則轉義也。兼之始備。」案：《説文》無「謇」字，非許氏失收。《足部》有「蹇」字，即「謇」别字。後因王注改從足爲從言。黄生《義府》曰：「《易·蹇》『王臣蹇蹇，匪躬之故』，言人臣履歷險難，知有國而不知有身也。自《晉書·王豹傳》引作『王臣謇謇』，字家遂訓謇爲直言之貌，與卦義相戾矣。《廣韻》：『謇，吃也。』謇，難於言；蹇，難於行。故取其字爲意。今引《易》而省作蹇，又與吃義相戾。」王注引《易》作「謇謇」，謇爲直言、謇吃，始于漢世，而非肇《晉書》。謇，即謇字俗體。古但作蹇，許云：「蹇，尳也。从足，寒省聲。」其字亦不從塞。劉獻廷失之。引申言難行。《九章·思美人》「蹇獨懷此異路」。言我獨蹇然思懷此異路。《哀時命》「蹇邅徊而不能行」。言蹇難邅徊而不得前行。《易·蹇》「往蹇來連」，言往來詰詘難行。此承上「路幽昧以險隘」。猶言難行貌。姜亮夫以蹇蹇爲謇謇之假借，蹇、謇雖同屬元部，蹇爲見紐，謇爲精紐；其聲不同，且與下句「不能舍」相乖。

【爲】有也。《孟子·滕文公》「夫滕，壤地褊小，將爲君子焉，將爲野人焉」，趙岐注：「爲，有也。雖小國，亦有君子，亦有野人。」又同篇：「夷子憮然爲間。」趙岐注：「爲間者，有頃之間也。」《莊子·大宗師》「莫然有間」，《釋文》曰：「二本亦作『爲間』。」《漢書·張湯傳》「何厚葬爲」，《漢紀》作「何厚葬有」。《國語·晉語》「克國得妃，其有吉孰大焉」，《左傳》昭五年作「其爲吉孰大焉」。又，《孟子·梁惠王》「善推其所爲而已矣」，《說苑·貴德》作「善推其所有而已」。《趙策》「豈非計久長有子孫相繼爲王也」，《史記·趙世家》「爲」字作「有」。爲患，有患也。

【患】《說文·心部》：「患，憂也。从心，上貫吅，吅亦聲。」段注：「此八字乃淺人所改竄，古本當作『从心毌聲』四字。毌、貫，古今字。患字上從毌，或橫之作申，而又析爲二中之形，蓋恐類於申也。《春秋繁露》曰：『心止於一中者，謂之忠；持二中者，謂之患。患，人之中不一者也。』董氏所說，固非字之本形矣。」至確。毌，穿物，從一横貫，象毌寶貨。引申言横穿。狀横貫於中心者則字爲患。患，諧聲兼轉注。患，訓「㥑」，事也。此文「有患」，名也。患之爲言害也。《禮記·樂記》「論倫無患」，注：「患，害也。」又，《左傳》成十五年「晉三郤害伯宗，譖而殺之」，言患伯宗直言，則譖而殺之也。襄三十一年「齊子尾害閭邱嬰欲殺之」。昭十五年「楚費無極害朝吳之在蔡也」。哀十五年「莊公害故政欲盡去之」。《楚策》「秦之所害於天下莫如楚，楚彊則秦弱，楚弱則秦彊」。害皆爲患。患、害，元月平入對轉，同匣紐雙聲，例得通用。今患病謂之害病，名事畛域泯矣。於古分用至密，蓋事爲患，訓憂，而名爲害，訓禍害。爲患，有害，謂有禍。禍害云，承上蓀之「齌怒」。禍、害、歌、月平入對轉，同匣紐雙聲。禍、害、患同出一根。

【忍而】猶忍然，而、然古書通用，語綴。詳上文「忽其」注。《說文・心部》：「忍，能也。从心，刃聲。」段注：「凡敢於行曰能，今俗所謂能幹也。敢於止亦曰能，今俗所謂能耐也。能、耐本一字，俗殊其音。忍之義亦兼行止，敢於殺人謂之忍，俗所謂忍害也；敢於不殺人亦謂之忍，俗所謂忍耐也。其爲『能』一也。仁義本無二事，先王不忍人之心，不忍人之政中皆必兼斯二者。」是也。忍字相反爲義。從刃聲字多含止義。詳上文「紉」字注。許云「忍，能也」之能，即耐字，爲忍耐，引申言殘忍。忍，文部；耐，之部；古同日紐。音近義通。之、文古爲旁轉，字多通用。《說文・儿部》：「允，信也。从儿，㠯聲。」允，文部；㠯，之部；之文旁轉。此其一例。《犬部》：「猌，犬張齗怒也。从犬，來聲。」猌，文部；來，之部；之文旁轉。此其二例。《子部》：「存，恤問也。从子，才聲。」存，文部；才，之部；之文旁轉。此其三例。《支部》：「敏，疾也。从攴，每聲。」敏，文部；每，之部；之文旁轉。此其四例。又見於重文者。《堇部》：「艱，土難治也。从堇，艮聲。」又：「囏，籀文艱，从喜。」艮，文部；喜，之部；文之旁轉。此其五例。又見於古書異文者。《禮記・射義》「旄期稱道不亂者」，《大雅・行葦》「旄期」，字作「耄勤」。《荀子・性惡篇》字作「騹驥」。楊倞注曰：「周穆王八駿馬名騹，讀如騏，謂青驪，文如博棋。」《春秋經》昭十年「季孫意如、叔弓、仲孫貜帥師伐莒」，《公羊傳》字「意如」爲「隱如」。《史記・文帝本紀》「故楚相蘇意」，《漢紀》字「蘇意」作「蘇隱」。《說文・足部》：「䠅，瘃足也。从足，困聲。」《莊子・逍遥遊》「䠅」字作「龜」。《左傳》成十三年「使公子欣時」，成十六年字「欣時」作「喜時」。期、騏、意、龜、喜，之部；勤、騹、隱、䠅、欣，文部；文之旁轉。此其六例。又見於古書讀若者。《禮記・樂記》「天地訢合」，鄭注：「訢，讀爲熹。」訢，文部；熹，之部；文之旁轉。此其七例。本書用「忍」五例，下文「忍尤而攘詬」、「縱欲而不忍」、「余不忍爲此態」、「余焉能忍與此終古」，皆言忍耐。心知有害，猶忍耐之也。

【舍】王逸注：「舍，止也。」王萌曰：「舍，《説文》『釋也』，不必訓止。」金文舍字作「舍」，從口，余聲。包山楚簡亦作舍，或省作谷。《八部》：「余，語之舒也。从八，舍省聲。」許氏解余、舍二字循環爲説，蓋以余、舍一字。案：余，從△，從八，從中。△，口字或文，猶員字作貟、雖字作䧳、昌作𣅀之比。八，分也。中，許氏謂「讀若徹」，通也。詞氣通暢，象氣從口出而分也，字作余。舍，從二口，即余重文。余、舍、舍，信一字。而後借爲我余字，其古義遂泯，而分余、舍爲二。引申言釋、言放，分別字又作舒、抒。《九章·懷沙》「舒憂娱哀」、《史記·屈原列傳》作「含憂娱哀」；《惜頌》「發憤以杼情」。舒、杼并舍之分別文。釋、放謂之舍，相反爲訓。猶徂之爲存、苦之爲快、亂之爲治、去之爲藏之比也。不能舍，舍，止也。仍取意於蹇然先導。

是二句言余固知奔走先後於幽昧險隘之路，蹇難前導，且不蒙君之明察，加怒於己，固知必有禍殃，猶忍耐而不能自止步也。玩味「固知」二字，屈子已置己身不顧，而惟恐大輿是覆，古今第一忠臣。

指九天以爲正兮　夫唯靈脩之故也

唯 錢《傳》本作惟，引一作唯。洪《補》引唯一作惟。案：唯、惟屈賦通用未分。詳上文「夫唯」校。《海録碎事》卷一三引亦作唯。《古今合璧事類備要》續集卷四一引作惟。

也 洪《補》、朱《注》、錢《傳》同引一本無也字。案：《海録碎事》卷一三、《古今合璧事類備要》續集卷四一引故下亦有也字。屈賦句末也字偶用。有也字是也。王逸注「唯用懷王之故，欲自盡也」云云，蓋王本有也字。

【指】王逸注：「指，語也。」案：《九章・惜誦》曰：「所作忠而言之兮，指蒼天以爲正。令五帝以枏中兮，戒六神與嚮服。俾山川以備御兮，命咎繇使聽直。」指、令、戒、俾、命，儷偶語，驅役之詞。指，非告語，亦役使之義。猶言令九天也。指之爲言致也。王引之曰：「《尚書・盤庚》云：『今爾無指告。』指告者，致告也，又曰『凡爾衆其爲致告』是也。《説苑》有《指武篇》，謂致武也。」詳《經義述聞》卷三《尚書》上篇。又，《左傳》昭十二年「底禄以德」，杜注：「底，致也。」孔疏云：「底，音旨。」指，旨聲，指、致相通。自至曰至，使至曰致，至、致本一字。《漢書・公孫宏傳》「致利除害」，顔師古注：「致，謂引而至也。」致九天，言招致九天致神來也。

【九天】王逸注：「九天，謂中央八方也。」朱子曰：「九天，天有九重也。」朱珔引《天問》「圜則九重」，以佐朱説。吕向曰：「九，陽數，謂天也。」徐焕龍曰：「陽數極於九，故有九天。」游國恩謂「此處九字，并非實指，與下文九畹、九死之九相類，皆取虚義。九天者，猶言至高之天，與《孫子・形篇》所言『善守者藏於九地之下，善攻者動於九天之上』，其義無别」。聞一多曰：「九天，中央八方，各有神。此謂之九天之神耳。」姜亮夫謂此九天「猶上天，蒼天云耳」。案：包山楚懷王左尹邵𬁡大夫墓，棺上飾物有九層，均用絲織物。一、二兩層皆爲錦夾衾，三層爲錦帶，四層爲帛類網狀物，五層爲鳳鳥紋綉絹面綺裏夾衾，六層爲二小衾二中衾，七層爲一小衾二中衾，八層爲一中衾一小衾，九層爲鳳鳥紋絹面素絹裏夾衾。九層飾物，象九重天也。五、九二層，一處中位，一處極位，皆綉以鳳鳥，其有導引亡魂來至之意。以地下實物徵驗之，朱子以九天爲九重天者最切合楚人天體宇宙觀。中央八方之説，蓋出於齊稷下學人，非楚人舊説。然則本書「指九天以爲正」，九天能平正人間是非曲直者，信下文「皇天」之比，有意志之天尊神祇。《九歌・少司命》「登九天兮撫彗星」，又曰「蓀獨宜兮爲民正」。王逸注：「言司命執心公方，無所阿私，善者佑之，惡者誅之，故宜爲萬民之平正也。」此「九天」之神，抑「登九天」之少司命與？司命神極受楚人膜拜，江陵天星觀楚番乘墓、包山楚左尹邵尨墓，其簡文所載祭禱天神，見於《九歌》者，但司命耳。司命非唯主知生死，又輔天行化、誅惡護善，當得爲屈子平正之。

【正】王逸注：「正，平也。」陸善經曰：「指九天以行中正者。」以「正」言「中正」。張鳳翼曰：「正，猶証也。」汪瑗曰：「正，古與證通用。如此解更明白。」徐焕龍曰：「正，証明也。」游澤承謂「正與証通」。朱駿聲曰：「正，讀爲貞，猶問也。」謂上問九天神靈。案：《説文·言部》：「証，諫也。从言，正聲。」蓋今之諍字，無證明義。又：「證，告也。从言，登聲。」證字爲告語，亦無證明義。證，蒸部；正，耕部。蒸、耕音殊，畛域甚密，絶不通用。王夫之曰：「正，徵也。」徵，爲證明、徵驗本字，蒸部。以正爲證，爲徵，皆執今音説假借。王注訓「平正」，未可移易。惟王注「使平正之」云云，以正爲事，蓋失句法。屈賦「以爲」句法，「以爲」之「爲」皆事，而「爲」下一字爲名。上文「紉秋蘭以爲佩」、下文「競周容以爲度」、「製芰荷以爲衣」、「雧芙蓉以爲裳」、「余獨好修以爲常」、「折瓊枝以爲羞」、「精瓊靡以爲粻」、「雜瑶象以爲車」、「指西海以爲期」，又《九章·抽思》「望三五以爲像」、「指彭成以爲儀」等，佩、度、衣、裳、常、羞、粻、車、期、像、儀，皆名也。「爲正」之正，猶中正之人。指九天以爲正，言招致九天如司命之神，使爲中正者。

【夫唯】王逸注文「唯用懷王之故，欲自盡也」云云，以「夫唯」爲「唯用」。案：唯用，猶言唯以、唯因也。詳上「夫唯」注。

【靈脩】王逸注：「靈，神也；脩，遠也。能神明遠見者，君德也，故以諭君。」朱《注》曰：「靈修，言其有明智而善脩飾，蓋婦悦其夫之稱，亦託詞以寓意於君也。」又斥王注：「《離騷》以靈脩、美人目君，蓋託爲男女之辭而寓意於君，非以是直指而名之也。靈脩言其秀慧而脩飾，以婦悦夫之名也。美人直謂美好之人，以男悦女之號也。今王逸輩乃直以指君，而又訓『靈脩』爲『神明遠見』，釋『美人』爲『服飾美好』，失之遠矣。」游國恩濫觴爲「《楚辭》女性中心説」，謂屈子自比棄婦，「靈脩」爲夫君。汪瑗曰：「吾嘗讀《楚辭》所言美人、荃、蓀、靈脩，皆當時平交贊美之通詞，而可共稱之於上下者也。」黄文焕曰：「其曰靈脩者，原自矢以好脩，望君以同脩也。」王夫之曰：「靈，善也。脩，長也。稱君爲靈脩者，祝其所爲善而國祚長也。」徐焕龍曰：「靈脩，美人心靈敏而貌脩飾，以比君德之美也。」朱冀曰：「靈脩，借以況君者，只一『靈』字耳。有尊之爲神明之意。望君脩其美政，故曰靈脩。」王邦采曰：「鄙見宜從二字反面會意，蓋懷王爲讒諂所蔽，心中不靈敏矣，而方正日疏，政不脩治也。靈脩者，大夫頌其君之詞，即借以爲稱其君之詞。」瀚景瀚、王樹枏并謂「在君曰靈脩，在臣曰好脩，其義一也」。朱駿聲曰：「靈脩，靈讀爲令，實爲良善也。脩，治也。猶亂曰之美政。」陳遠新曰：「靈，即靈均，言其性；脩，即脩能，言其學。明蹇蹇出於性、學。」臧庸曰：「靈脩，當是屈原自謂，非指懷王。言余固知謇謇之忠之爲患，但忍而不能自捨，又指天爲平正，若是者何也？夫唯夙受於天，靈神脩遠之故，所以不肯自變耳。篇首云『名余曰正則兮，字余曰靈均；紛吾既有此内美兮，又重之以脩能』。此靈脩正承上文言之。」陳、臧輩不審屈子自比車右，蹇蹇先導，惟皇輿敗績是恐。「夫唯靈脩之故」，即「恐皇輿之敗績」。靈脩，指登於皇輿之君王。果以「靈脩」爲屈子自況，謂「夫唯靈脩之故」，屈子豈獨善其身而不恤國之安危者邪？案：靈之訓神，王注未易。游國恩又有新解，曰：「考劉向《九歎・離世篇》云：『靈懷其不吾知兮，靈懷其不吾聞。就靈懷之皇祖兮，愬靈懷之鬼神。靈懷曾不吾與兮，即聽夫人之諛辭。』五言『靈懷』，皆謂懷王。所謂靈者，與『靈脩』之靈同有神靈之義。按：《楚辭》凡事涉鬼神，多以靈言之，若靈巫、靈保、靈氛等等。《山鬼》言『留靈脩兮憺忘歸』，亦因山鬼之所戀必其同類。脩者，美也。蓋《離騷》作於頃襄王時見放之後，其曰靈脩者，是時懷王已死，追溯之稱，猶云先王、先帝、先君也。」游氏誠爲良苦，而終非其旨。大抵朱子以「靈脩」爲「婦悦其夫之稱」者最爲切旨，然則朱子猶扼於「明智而善脩飾」訓詁，終不白婦所以悦其夫而稱「靈脩」之由。靈脩寓名夫君，而其所寓之意亦在男女情愛之間。靈，石祖崇拜遺俗。詳上「靈均」注。西南苗、侗所居之地猶存石祖崇拜之風，而漢俗之墓碑、靈牌形制，亦由石祖之脱胎來。故婦悦其夫亦曰靈。脩，非脩飾、脩長，借作州，二字古同幽部，心照旁紐雙聲。州，陰器。《爾雅·釋畜》「白州驠」，注：「州，竅。」字又作醜，《禮記·内則》「鼈去醜」，注：「醜，謂鼈竅也。」《禮記·學記》鄭注：「醜，或爲計。」計，即眉字，詰利反。眉，尻也，男陽根器名。幽覺平入對轉，又有涿、椓、濁等字。婦借以稱其夫，於今爲猥褻，人所羞言，而於古多爲親昵之情，則不忌，未泯淳樸古風云爾。

是二句言余不顧己身之有殃，仍謇謇導引，奔走先後，雖堅忍而不能自止，此情此愫，可使九天之神司命爲正平者，但以靈夫君之故也。

第十一韻：舍、故

陳第曰：「舍，音暑。」顧炎武《唐韻正》采其説，謂舍古讀上聲。戴震曰：「舍，古音舒吕切。」亦上聲。孫詒讓《札迻》曰：「《管子·四稱》『讒賊是舍』。舍，當爲予之借字。《隸續》載《魏三體石經大誥》『予惟小子』。予字古文作『舍』。是其證。」予，上聲。于省吾曰：「金文『舍』字也作『舍』，《魏三體石經》古文『予』均作『舍』，《説文》誤以『舍』爲『從亼、屮、口』。」其謂予、舍同音本一字。予，平聲；舍，亦平聲。案：洪《補》引顔師古曰：「舍，尸夜切，訓止。息人之屋舍及星辰之次舍，其義皆同。《論語》曰：『不舍晝夜。』謂曉夕不息耳。今人音捨，非也。」《群經音辨》曰：「舍，居也，始夜切。舍，放也。音捨。舍，置也，音釋。」謂舍止之舍，去聲，江有誥曰：「舍，音恕。」恕，去聲。而舍放之舍，上聲，俗作捨。此蓋舒字之義。舍置之舍，入聲，即釋字借義。舍諧余聲，余、舍本一字，因其義引申未必音同，造字之音必與後世孳乳字異。段君謂「同聲必同部」，於古韻之分部，大略得之，而不可謂同諧聲字皆音同。考顒字諧禺聲，侯部，而《詩·六月》顒與公韻，顒字之音在東部。侯東陰陽對轉。儺字諧難聲，元部，而《詩・竹竿》儺與左、瑳韻，儺字之音屬歌部。歌元陰陽對轉。滕字諧朕聲，蒸部，而《小雅・大田》滕字與賊韻，滕字之音在職部。蒸職平入對轉。恒字諧亘聲，元部，而《齊風・甫田》恒字與桀韻，恒字之音在月部。元月平入對轉。沃字諧夭聲，本屬宵部，而《唐風・揚之水》沃字與鑿、襮、樂韻，《小雅・隰桑》沃字與樂韻，沃字之音在藥部。宵藥平入對轉。孫氏引《管子》之「舍」爲言舍予借字，與此文訓止之舍字者異，其義不同，其音亦異。于氏謂舍予、舍止皆從余聲本音同，亦不知音因義而轉。舍，讀去聲，古音爲[sia：k]。江有誥曰：「故，魚部。」案：故，亦去聲，古音爲[gia：k]。舍、故同鐸之長入。

曰黄昏以爲期兮　羌中道而改路

《文選》五臣、六臣本，錢《傳》本無此二句。洪《補》曰：「一本有此二句。王逸無注，至下文『羌内恕己以量人』，始釋『羌』義。疑此二句後人所增耳。《九章》曰：『昔君與我誠言兮，曰黄昏以爲期；羌中道而回畔兮，反既有此他志』。與此語同。」閔齊華曰：「『黄昏爲期』二語，《選》本原無，况於韻亦不協。」王邦采曰：「王之不注此二句者，蓋併此二句而無之也。若此下脱兩句，則王當注云疑有闕文矣。」屈復亦曰：「此二句與下悔遁有他意重，又通篇皆四句，此多二句，明係衍文。」皆從洪説。案：唐歐陽詢碑帖《離騷》有此二句，在隋唐已衍誤。朱子以爲本有此二句，曰：「曰者，叙其始約之言也。黄昏者，古人親迎之期，《儀禮》所謂『初昏』也。羌，楚人發語端之詞，猶言卿，何爲也。中道而改路，則女將行而見棄，正君臣之契已合而復離之比也。洪説雖有據，然安知非王逸以前，此下已脱兩句邪？更詳之。」朱子因夫婦比君臣之成見而强爲之説，不足據。《古今合璧事類備要》續集卷四一引亦衍此二句。

初既與余成言兮　後悔遁而有他

【成】洪《補》曰：「《九章》作誠言。」案：王逸注：「成，平也。」王本作成言。《古今合璧事類備要》續集卷四一引亦作「成言」。

【余】錢《傳》作予。案：余、予古今字。《説文》段注謂周初用余，春秋戰國用予。朱季海謂春秋而還用予，漢人讀余爲予。又曰：「屈賦先秦故書，其始當皆作余，與《尚書》、《春秋傳》古文相應。」屈賦余、予分用，領格及介賓用余，賓格用予。此作余是也。《古今合璧事類備要》續集卷四一引亦作余。

【遁】《文選》五臣、六臣本遁字皆作遯，洪《補》、朱《注》同引一作遯。案：遯，本字；遁，借字。王逸注「遁隱也」，其本作遯。詳注。《古今合璧事類備要》續集卷四一引亦作遯。

【他】《文選》六臣本作佗，洪《補》、朱《注》二本同引他一作佗。姜亮夫謂「他，佗隸變也」。案：慧琳《一切經音義》卷六云：「《説文》作它，隸書作也。」信陽、包山楚簡文他字并作佗，或作佁。《古今合璧事類備要》續集卷四一引亦作他。

【初】王逸注：「初，始也。」其「懷王始信任己」云云，謂見任爲王左徒時。案：是也。於史指見任左徒之始；於本書，指奔走先後、導夫先路之時。《説文》初字從衣，從刀，訓裁衣之始。然此義字不見書證，許氏亦不之信而泛釋以「始」。

【成言】王逸注：「成，平也。言，猶議也。言懷王始信任己，與我平議國政。」朱《注》曰：「成言，謂成其要約之言也。」蔣驥曰：「以婚姻之無信，比君心之合而復離也。」又，洪《補》曰：「成言，謂誠信之言，一成而不易也。《九章》作『誠言』。」案：據王注，成，讀如訂。《説文·言部》：「訂，平議也。从言，丁聲。」成、訂并從丁聲（成，從戊，丁聲），例可通用。引申言訂約義，多假成字爲之。《左傳》隱六年「鄭伯請成於陳」，言訂約於陳也。王氏以「成言」爲「平議」，直以君臣大義説之，朱子解以喻義。《左傳》襄二十七年：「壬戌，楚公子黑肱先至，成言於晉。丁卯，宋戌如陳，從子木成言於楚。」成言，春秋戰國諸侯列國交約之詞。屈子於懷王時，屢使於齊，諳於外交言辭。此施於君臣，指其與「蓀」初成「導夫先路」之約言。《潛夫論·交際》「或中路而相捐」，「負久要之誓言」。屈子與懷王，其是之謂也。洪氏改成言爲誠言，謂君王「初既與余誠言」一句無述語，固非勝語。

【後】王逸注「後用讒言，中道悔恨」云云，謂指見棄於君王時。案：是也。後，對「初」言，徵之《史記》本傳，猶「王怒而疏屈平」之後也。

【悔】王逸注「後用讒言，中道悔恨」云云，以「悔」爲「恨」。下文「悔相道之不察」，王注：「悔，恨也。」《天問》：「受壽永多，夫何久長？」王注：「彭祖至八百歲，猶自悔不壽，恨枕高而唾遠也。」悔、恨互文見義。案：悔、恨統言不分，言憾也。（恨，非「怨恨」義，猶今云「遺憾」。）《説文·心部》：「悔，悔恨也。从心，每聲。」悔之言改也。悔、改，之部，其聲分喉之深淺，音義皆通。言中心曉寤而後思改則謂之悔。悔，匣紐；每，明紐。悔、每聲不同，不相諧。每，借如謀。《木部》梅字從木，每聲；異文作楳，從木，某聲。某，謀也。慮難曰謀。思謀以改字作悔，會意兼借聲。引申言悔改。《詩·皇矣》「比於文王，其德靡悔」，言其德不改。張銑曰：「悔，改也。」審此二句，初、後各自獨立成詞，不當以「後悔」連文，當以「悔遁」連文。悔，不得解悔恨也。

【遁】王逸注：「遁，隱也。」案：「隱遁」本字作遯。《説文·足部》：「遯，逃也。从辵，豚聲。」《周易》鄭

注：「遯，逃去之名。」而「遁」字許氏訓「遷」，從辵，盾聲。許又云：「遁，一曰逃也。」此即「遯」字借義，許君合而存於「遁」字，蓋多借遁爲遯。遯、遁音同通用。豚，小豕也。《方言》卷八：「豬，其子或謂之豚。」豚之隱爲逃，而字作遯。逐字從足，豚省，會意。逐訓追，與遯相反爲義。《說文》諧聲多相反爲義。詳黄焯《說文形聲字有相反爲義說》。遯、逃二字亦各有專義。去而不隱謂之逃，隱而不見謂之遯。《左傳》「宵遁」「夜遁」皆不言「逃」，而「逃刑」、「逃罪」，亦不言「遯」。於靈脩，不宜謂逃臣。「悔遁」之遁，遷也，移也，改也。

【有他】王逸注「有他志」云云，以「他」爲他志。案：他者，指讒佞。言任用讒佞而爲其前驅導引也。信陽楚墓簡文曰：「附如畲相保如芥，毋倱。」有他、無他，蓋其時習語。

是二句言蓀初既與余訂定約言，後改遷而別有所圖，舉用讒黨爲其奔走之職也。

余既不難夫離別兮　傷靈脩之數化

夫《文選》六臣本無「夫」字，曰：「五臣本有『夫』字。」洪《補》、朱《注》、錢《傳》同引一無「夫」字。案：《古今合璧事類備要》續集卷四一引有「夫」字。

數 洪《補》、朱《注》二本數同音所角切。《群經音辨》曰：「數，計也，色主切。數，計目也，尸故切。數，屢也，色角切。數，迫也，音促，《禮》『數目顧脰』。又粗角切。數，疾也，音速，《禮》『衛音趨數煩志』。」案：王注「志數變易」云云，用屢數義，音色解切。色解、所角二切音同。

化 洪《補》化音花。《文選音決》化音呼戈反，曰「楚之南鄙言」。案：包山楚簡「過」字皆作「𨑨」，化，楚音咼。

今江南讀化如伙，蓋其遺音。

【不難】王逸注「言我竭忠見過，非難與君離別也」云云，以「不」爲「非」，以「難」爲「難易」之難。案：此二句言我既憚離別，又傷君之數化之意。不，非否定詞，語助辭。不難，猶難也，不字無義可繫。《詩·桑扈》「不戢不難」，毛《傳》：「不難，難也。」與此文同。又，《生民》「上帝不寧，不康禋祀」，毛《傳》：「不寧，寧也；不康，康也。」《卷阿》「矢詩不多」，毛《傳》：「不多，多也。」《爾雅·釋魚》「龜左倪不類，右倪不若」，邢《疏》：「不，發聲也。」《楚辭·招魂》「麗而不奇些」，王注：「不奇，奇也，猶《詩》云『不顯文王』，不顯，顯也。」《秦策》「楚國不尚全事」，高注：「不尚，尚也。」難，猶憚也。憚曰難詳上文「憚」注，難亦曰憚。《釋名·釋言語》：「難，憚也，人所忌憚也。」《易·屯》「剛柔始交而難生」，《釋文》引賈逵「難，畏憚也」。此文難、傷互文見義，不當訓難易。不難離別，言畏與君離別。

【離別】王逸注：「近曰離，遠曰別。」案：《楚語》載伍舉曰：「德義不行，則邇者騷離，而遠者距違。」即「近曰離」本證。兵家言「離間」，不得易言「別間」。《説文·隹部》：「離，離黄，倉庚也。」無離分義。朱駿聲謂離分字爲剺，或作冎。剺字從𠩺，刀聲，之部。離，歌部。音不同部，不得相通。冎，見紐。與離字亦不同，不相通假。離，讀如列。離、列爲歌月平入對轉，同來紐雙聲。《九歎·思古》「曾哀悽欷心離離兮」，王注：「離離，剥裂貌。」《廣雅·釋言》：「離，剮也。」《儀禮·士冠禮》「離肺」，注：「離，割也。」皆列字假借。《説文·冎部》別字作𠛱，曰：「分解也，从冎、从刀。」《丫部》「乖」字下曰：「𠔁，古文別。」《八部》有「𠔁」字，曰：「𠔁，分也。从重八。八，別也。《孝經説》曰『故上下有別』。」𠔁，「从重八」者，言分而又分，故遠謂之別。別重於離，「別等級」、「別親疏」、「別內外」、「別賢愚」，皆不言「離」。故「近曰離，遠曰別」。渾言不分。劉熙載《藝概》卷三《賦概》、汪瑗《集解》並以「離別」爲「離騷」義，其不審「離騷」之離，鳥名，鳳鳥之儔，騷，楚語，通作簫，舜樂也。詳題解。離別，於駕車先導言，謂君王改徙他途，任用他人爲奔走之職，與我分別而去；於史傳本事，謂遭君放逐。

【傷】王逸注「傷念君信用讒言」云云，以傷爲思念義。《爾雅·釋詁》、《詩·卷耳》毛《傳》並云：「傷，思也。」思，有思念、憂愁二義，傷訓思，憂也。詳上文「惟草木」注。《說文·人部》：「傷，創也。从人，鍚省聲。」引申言傷害、憂戚。朱駿聲謂憂傷本字作慯。案：包山楚簡文有愓、剔二字，剔字有二例，謂「辛未之日不譴陞宔䣮之剔之古」、「言胃愓其弟石耴駝」云云，剔，傷害。愓字一例，人名，蓋憂戚義。剔同傷，愓同慯。楚人已別傷害、憂戚爲二字。而說者多誤謂慯始於漢，傷之分別字。

【數】王逸注「志數變易」云云，數猶屢也。《說文·攴部》：「數，計也。从攴，婁聲。」引申言數目、數理、數術，又引申爲頻數、屢數。

【化】王逸注：「化，變也。」案：變、化二字，渾言不分，析言各有專義。下文「固時俗之流從兮，又孰能無變化」，《天問》「伯禹愎鮌，夫何以變化」，「變化」連文，統言謂變更。下文「蘭芷變而不芳兮，荃蕙化而爲茅」，變、化對文，則不可混。化，死而後生。《說文·匕部》：「匕，變也。从到人。」匕，古化字。「到人」，倒人。朱駿聲謂「倒子爲𠫓，生也；倒人爲匕，死也」。蓋死而後生，異物相感生謂之化。《周禮·大宗伯》「以禮樂合天地之化」，注：「能生非類曰化。」《呂氏春秋·過理》「剖孕婦而觀其化」，注：「化，育也。」《素問·天元紀大論》「在地爲化」，注：「化，謂生化也。」《莊子·逍遥遊》謂鯤「化」而爲鵬、莊生夢而「化」爲蝶及雀入水而「化」爲蛤之比。又，《荀子·正名篇》「狀變而實無別，而爲異者謂之化」，揚注：「化者，改舊形之名。」亦猶下文「荃蕙化而爲茅」，改荃蕙本形也。變，但有所改，形質猶存其故態。化深而變淺。《易·繫辭》：「知變化之道。」虞翻注：「在陽稱變，在陰稱化。」陽變者但謂物有所滋生耳。陰化者，謂兩物彼此相感化，一死必一生。《易》又曰：「四時變化。」荀注：

「春夏爲變，秋冬爲化。」春夏萬物有所滋生，猶存故態，則謂之變；秋冬，或實或萎，形質皆變，是以謂之化。「化生」、「造化」、「政化」、「教化」、「坐化」、「物化」，不言「變」；「變易」、「變輸」、「變故」，亦不言「化」。靈脩其人，不復「成言」之初，性質已改，無可振救。若「變」，其質如故，而不至於「不察」、「齎怒」而「有他」也。屈子，蓋於君王絕望之至，故不勝其傷也。

是二句言我既畏不得竭盡車右之職，與君離別，天各一方，又傷君之屢化，一改其當日之志也。

第十二韻：他、化

陳第曰：「他音拖。」戴震曰：「他，一作佗，古音通何切。」案：他，古音爲[tʻai]。朱《注》化音叶，虎瓜反。「虎瓜」之行韻，魚部；化，歌部。陳第曰：「化，古音訛。」戴震曰：「化，古音呼戈切。」江有誥曰：「化音呵。」案：訛、呵，去聲。化音花，呼戈切，平聲，古音爲[xʷai]。他、化古同歌部。

以上七韻三十言爲第二章。屈子始以「壯美」自許，冀君攬用，使馳騁導引，至彼先路。此章從「路」字入，終於「路」字出。言堯舜之所以得路，桀紂之所以窘步，在乎遵道用賢與否。世路幽昧險隘，車覆人亡，庶幾目前，我乃不畏禍患，爲匡扶既傾之大輿，奔走先後，蹇難而行，使改行大路，惟恐其敗績傾覆。靈脩不察我情，反信讒言，無端疾怒，而後改還初始約言，從黨人之邪徑，中道別我而去。此章屈子自比執策控轡之車右，字字皆與「路」字相關。「數化」二字，開啓下章「衆芳之蕪穢」。

余既滋蘭之九畹兮　又樹蕙之百畮

【余】《事類賦注》卷二四、慧琳《一切經音義》卷九八、《藝文類聚》卷二九、《唐類函》卷一八五、《施注蘇詩》卷二、《太平御覽》卷九八三、《錦綉萬花谷》卷七、《文選》卷六《魏都賦》注引無余字。《五百家注昌黎文集》卷二、《古今事文類聚》後集卷七及卷二九、《山谷内集詩注》卷二及卷一四、《東雅堂昌黎集注》卷八、《漁隱叢話》後集卷一、《白帖》卷三引余并字作予。案：「余既」以下四句，屈子所爲事。若無余字，則語意晦。王注「言己雖見放流，猶種蒔衆香」云云，以「己」釋「余」，王本有「余」字。屈賦主格用余，作予非是。《説文繫傳》卷二六、《海録碎事》卷二二、《古文苑》卷七《枯樹賦》注、《詁訓柳先生文集》卷四三注、《柳河東集注》卷四三、《古今事文類聚》續集卷九、《古今合璧事類備要》續集卷四一、《東雅堂昌黎集注》卷五、《漢書》卷八七《揚雄傳》注引有余字。《太平御覽》卷九八三又引亦有余字。

【滋】洪《補》、錢《傳》同引《釋文》「滋」作「莪」，音栽。朱《注》曰：「滋，一作莪，與栽同。」姜亮夫校曰：「莪，乃六朝俗字，字宜作栽，本築牆長板，經傳多借爲茲生字，妄人不知，于上增艸，以應蘭蕙之義，而又誤作從『㦲』也。屈賦作滋者，又茲之借字。茲，草木多益也。引申爲種植。」案：滋，即蒔字假借，滋、栽皆非種植本字。詳注。滋音子之切，精紐四等開口；莪、栽同音昨代切，去聲，精紐一等開口。滋與莪、栽聲同而等調皆異。

【畹】洪《補》畹音於阮切，《文選》六臣本、朱《注》本同音於遠反。案：遠字有上、去二音，「於遠」之遠，上聲。「於阮」之行韻，三等開口；「於遠」之行韻，三等合口。同等而不同呼。山東銀雀山漢墓殘簡《孫臏兵法》佚篇《吴王問》晼假作娩，從女，冤聲。冤音於願切，亦三等合口。

又《藝文類聚》卷八一及《唐類函》卷一八五載引此無「又」字。案：既、又，屈賦常見句法，有「又」字是也。

樹《錦綉萬花谷》卷七、《古今事文類聚》續集卷九引樹并作植。案：王注「樹，種也」云云，王本作樹。蓋後因樹、植義同而妄改。

畝 洪《補》引《釋文》、朱《注》引一本畝作晦。朱曰：「晦，古畞字。」《漢書》卷八七《揚雄傳》注、《全芳備祖集》卷二三引作畝，慧琳《一切經音義》卷九八引《風俗通義》佚文、引亦作晦。《文選》六臣本、《太平御覽》卷九八三、《唐類函》卷一八五、《藝文類聚》卷八一、《東雅堂昌黎集注》卷五、《施注蘇詩》卷二、《記纂淵海》卷八四及卷九三畝作畞。案：晦，古字；畝，今字；畞，俗字。《說文》晦字又作畝，從田，十、久，訓「步百爲晦」。從十者，蓋象阡陌縱橫，猶《詩》所謂「南東其畝」也。久，借爲勼。聚也，謂勼聚廣縱百步。畮，會意，古字。畝，畮之隸省。銀雀山《孫臏兵法》佚篇《吴王問》字作畂，從田，從勿。案：畂，即畛字，非畝字也。《藝文類聚》卷八一、《詁訓柳先生文集》卷四三、《漁隱叢話》後集卷一、《柳河東集注》卷四三注、《古今合璧事類備要》續集卷四一引作畝。

【滋】王逸注：「滋，蒔也。」案：蒔，本字；滋，借字。王氏以本字釋借字。朱駿聲曰：「滋，讀爲蒔，更別種也。分秧匀插曰蒔。」《說文·艸部》：「蒔，更別種也。从艸，時聲。」段注：「今江蘇人移秧插田中曰蒔秧。」蒔，時聲，無更別義。時者，所以叙春秋、分日月、別朝夕也，蓋受義於「代」。時、代，之職平入對轉、禪定旁紐雙聲，例可通用。《莊子·徐無鬼》：「堇也，桔梗也，鷄癰也，豕零也，是時爲帝者也。」《淮南子·說林訓》：「譬若旱歲之土龍，疾疫之芻靈，是爲帝者也。」又，《齊俗訓》：「見雨則裘不用，升堂則蓑不御，此代爲帝者也。」三例句法同，用時用代，知二字通用。代，更也。相更代種謂之蒔。蒔，借聲字。

【九畹】王逸注：「十二畝曰畹。或曰田之長爲畹也。」案：《説文・田部》曰：「二十畝曰畹。」小徐本作「三十畝曰畹」，三，當二形訛。《文選・魏都賦》劉良注引班固云：「畹，三十畝也。」皆異王注。畹，通作頃。《春秋公羊傳》宣十五年：「什一者，天下之中正也。」何休注：「凡爲田一頃十二畝半。」許書及《文選》注引班氏「二十畝」者，蓋「十二畝」之乙。畹，於遠切，元部，匣紐三等合口。頃，去穎切，耕部，見紐四等合口。畹、頃聲紐但分深、淺，喉音，實雙聲。《説文・頁部》：「潁，从水，頃聲。」潁音庚頃切，匣紐三等合口。潁、頃爲見匣旁紐雙聲。耕、元二部旁轉，古多通用。《尚書・呂刑》「苗民弗用靈」，《墨子・尚同》引《書》靈字作練。靈，耕部；練，元部。《詩・東門之墠》「有踐家室」，《韓詩》踐作靜。踐，元部；靜，耕部。《齊風・還》「子之還兮」，《齊詩》還作營。還，元部；營，耕部。《大雅・大明》「俔天之妹」，《韓詩》俔作磬。磬，耕部；俔，元部。《考工記・梓人》「數目顧脰」，注：「故書顧或作牼。」鄭司農曰：「牼，讀爲鬜。」牼，耕部；鬜，元部。《曲禮》：「急繕其怒。」注：「繕讀曰勁。」繕，元部；勁，耕部。《左傳》僖元年「公敗邾師於偃」，《公羊傳》偃作纓。纓，耕部；偃，元部。《秦策》「莅政有頃」，注：「有頃，言未久。」字或作「有間」。頃，耕部；間，元部。皆元耕旁轉之例。畹、頃例亦通用。又，《玉篇・田部》：「三十步曰畹。」《孫臏兵法・吳王問》云：「孫子曰：『范、中行氏制田，以八十步爲畹，以百六十步爲畛，而伍税之。智氏制田，以九十步爲畹，以百八十步爲畛。韓、魏制田，以百步爲畹，以二百步爲畛。趙氏制田，以百二十步爲畹，以二百四十步爲畛。』」不論范、中行、智、韓、魏、趙，畹皆畛之半。此蓋別一名。「步畹」之畹，與「頃畹」之畹，名同義異。六卿「步畹」之畹，蓋畎之假借。畎，古文作𡿨，音姑泫切，元部，見紐。畹、畎同部，見匣旁紐雙聲。《説文・𡿨部》：「𡿨，水小流也。《周禮》：匠人爲溝洫，梠廣五寸，二梠爲耦；一耦之伐，廣尺深尺，謂之𡿨。倍𡿨謂之遂，倍遂曰溝，倍溝曰洫，倍洫曰巜。」「甽，古文𡿨。从田、巛。田之巛也。」「畎，篆文𡿨，从田，犬聲。六畎爲一畝。」段注：「《漢・食貨志》曰：『趙過能爲代田，一畝三甽，古法也。后稷始甽田，以二梠爲耦，廣尺深尺曰甽，長終畝，一畝三畎，一夫三百畖，而播種於畖中。』按：長終畝者，長百步也。六尺爲步，步百爲畝，『播種於畖中』者，畖中，猶畖間，播種於兩畖之間也。深者爲畖，高者爲田，皆廣尺，三百畖，積廣六百尺。長百步，亦長六百尺，故一夫百畝。其體正方，許云『六畎爲一畝』者，謂其地容六畎耳。與一畝三畎之制，非有二也。」段氏精於《周禮》，格物多得其蘊。晦本正方形，廣、縱皆百步，但因其廣或因其縱計之，則爲畎，長方形，參晦之一，步三十又三之奇，與顧氏《玉篇》「三十步」之數略同。秦制尚六，謂「六畎一畝」，然則非姬周古法。若合廣、縱，則一畝九等分，凡九畎，故《漢書·食貨志》有「一畝三畖」之說。顏師古注：「畖，或作畎。」蓋晉六卿田制，一畝二畎，非《說文》所稱。春秋以還，諸侯力政，車塗殊軌，田疇異畮。楚制又異於中土，今湮没未詳。王注「或曰田之長爲畹也」云云，抑亦說畎義。古多以「畎畮」連文。《莊子·讓王》「居於畎畮之中」，《韓非子·說疑》「親操耒耨，以修畎畝」，《荀子·成相篇》「舉舜畖畝」，《文選·西都賦》「農服先疇之畎畝」，《吕氏春秋·辯土》「大畖小畝」。九畹、百晦對舉爲文，畹，借爲畎，亦畎晦。言蒔蘭、樹蕙於畎晦之中，未必謂蘭九畹而蕙百畝。九、百皆極言畎晦之多，而非實數。

【樹】王逸注：「樹，種也。」吕延濟曰：「樹，藝也。」案：《說文·木部》：「樹，木生植之總名。从木，尌聲。」《寸部》：「尌，立也。从壴，从寸，持之也。讀若駐。」持之，扶之。扶之使立則爲尌。《人部》：「侸，立也。从人，豆聲。讀若樹。」又，《豆部》：「豆，古食肉器也。从口，象形。」段謂豆篆文從‖，「象骹也。《祭統》曰『夫人薦豆執校』，校者，骹之假借字。注云『豆中央直』者是也。豆柄一而已，兩之者，望之則兩也，畫繪之法也。」豆柄直立，故豎、侸、豈字皆從豆」。尌、侸、樹皆根於豆。又，人首謂之頭，項謂之脰，亦其一族。倒者死，立者生，則木植立而爲樹。引申爲樹藝草木，樹立功名，《招隱士》「青莎雜樹」，《九歎·愍命》「樹枳棘」、《思古》「樹於中庭」、《七諫·初放》「列樹苦桃」，皆同此。今以樹爲木，非其古義。

【蕙】王逸注上文「菌桂」曰：「葉曰蕙，根曰薰。」自王逸而下，蕙草即薰草。《廣雅·釋艸》直以蕙爲薰，洪

《補》、朱《注》、陸農師《埤雅》及王念孫《疏證》亦同。朱珔力斥之，曰：「余謂上文『雜申椒與菌桂兮，豈維紉夫蕙茝』，王注誤以菌爲薰，蕙爲薰葉。《西山經》云『嶓冢之山有草焉，其葉如蕙』，郭注：『蕙，香草，蘭屬也。』或以蕙爲薰，失之。』所駁正是」。案：王注菌曰薰，蕙爲薰葉，固非格物之精，蕙草非薰草。然則上文「菌桂」、「蕙茝」，菌、蕙皆疏狀字，非草名，蕡字假借，芬也，香貌。詳上文「菌桂」注。此文樹百畮之蕙，香草名，未可溷。《惜誦》「檮木蘭以矯蕙兮」，《悲回風》「悲回風以搖蕙兮」，《惜往日》「謂蕙若其不可佩」，《九辯》「竊悲夫蕙華之曾敷兮」，皆作草名。誠如郭注，蕙猶蘭之屬，多與蘭對舉。《招魂》「光風轉蕙，氾崇蘭些」是也。洪《補》引黃山谷曰：「蘭蕙叢出，蒔以沙石則茂，沃以湯茗則芳，是所同也。至其發華，一幹一華而香有餘者蘭，一幹五七華而香不足者蕙也。」山谷所説，今蘭花草，一幹一花者爲春蘭，一幹數華者爲夏蘭，而皆非屈賦所稱。此李時珍辨之至詳至備。詳上文「秋蘭」注所引。邵博《聞見後録》卷二十九駁山谷説，乃謂「楚人曰蕙，今零陵香也。唐人但名鈴鈴香，亦名鈴子香，取其花倒懸枝間如小鈴也」。鄭樵《通志》亦謂以蘭、蕙爲一物，即言零陵香。張淏曰：「諸公見零陵香，有蕙草之名，故斷然以蕙爲零陵香，殊不知《本草》中又自別有蕙實一種，云是蘭蕙之蕙，此正一幹六七花者也。以其實可用，故云蕙實。如此則蕙與零陵香各爲一物可分明。」考本篇言滋蘭、樹蕙，《招魂》言轉蕙、泛蘭，蘭、蕙明爲二草，張氏謂蕙、蘭非零陵香一種，信而有據。惟張復因山谷説，以一幹六七華之夏蘭花屬之，亦未知蘭草、蘭花草之別。李時珍曰：「但蘭草、蕙草乃一類之二種耳。」而以蕙草爲薰草。薰，非蘭草，李氏亦承王注之誤。蕙，從艸，惠聲。惠字古有二音，或物部，或月部。《詩·節南山》惠與戾屆闋協韻，物部，蕡字音變，音轉陽聲作「薰」、「菌」。《瞻卬》惠與厲瘵協韻，《月令》惠與泄達絶協韻，月部，與薰蕙之蕙別一字。《周語》：「惠，所以和民也。」和、惠爲歌月平入對轉。蕙之爲言蔿也。《説文·艸部》：「蔿，艸也。从艸，爲聲。」未詳其爲何草。爲聲字與爰聲字多相通，楇或作楥，僞或作諼。詳下「爲余駕飛龍兮」注。蔿，萲別字。萲草，萱草。《詩·伯兮》「焉得諠草」，《爾雅·釋訓》引《詩》作「焉得萲草」。《説文》作萱草，引《詩》又作藼草。藼、萱，元月平入對轉，其聲爲喻三與曉紐旁轉，例得通用。許氏云：「萱，忘憂艸也。」《文選》嵇康《養生論》注引《名醫别録》曰：「萱草，是今之鹿葱也。」《本草》：「萱草，《釋名》忘憂，療愁，丹棘，鹿葱。」李時珍曰：「萱，本作諼。諼，忘也。《詩》云『焉得諼草，言樹之背』。謂憂思不能自遣，故欲樹此草，玩味以忘憂也。吴人謂之療愁。董子云：『欲忘人之憂，則贈之丹棘，一名忘憂故也。其苗烹食，氣味如葱，而鹿食九種解毒之草，萱乃其一，故又名鹿葱。」又曰：「萱下濕地冬月叢生。葉如蒲、蒜輩而柔弱，新舊相代，四時青翠。五月抽莖開花，六出四垂，朝開暮蔫，至秋深乃盡，其花有紅、黄、紫三色。結實三角，內有子大如梧子，黑而光澤。其根與麥門冬相似，最易繁衍。《南方草木狀》言，廣中一種水葱，狀如鹿葱，其花或紫或黄，蓋亦此類也。肥土所生，則花厚色深，有斑文，起重臺，開有數月；瘠土所生，則花薄而色淡，開亦不久。嵇含《宜男花序》亦云：『荆楚之土號爲鹿葱，可以薦葅。』尤可憑據。今江東人採其花跗乾而貨之，名爲黄花菜。」讀月部之藼，當即此草。

【畝】王逸注：「二百四十步爲畝。」案：《説文・田部》：「六尺爲步，步百爲畮。秦田二百四十步爲畮。」王氏據秦制。秦制蓋據三晉。《孫臏兵法・吴王問》載晉六卿之田制各不相同。范、中行氏百六十步爲畮，智氏百八十步爲畮，韓、魏二百步爲畮，趙氏二百四十步爲畮。六卿分晉在晉昭公六年公元前五二六年，秦孝公任衛鞅，在秦孝公十二年公元前三五〇年以後，去六卿分晉有百又七十餘歲，趙氏二百四十步爲畮之制固先於秦，是爲許氏所疏。鞅，衛人也。後歸於趙氏，鞅當諳趙氏田制；及其相秦，説秦王，則秦亦以畮二百四十步爲律，取法於趙。許云「步百爲畮」，又范、中行六十步，蓋姬周舊制。及戰國爲政，畮制增益，而終至於畮二百四十步，蓋公私二門以益田傾民力。私門增益畮制，以傾公室，猶陳成子「其於民也，上之請爵禄行諸大臣，下之私大斗斛區釜以出貸，小斗斛區釜以收之」者也。

王逸注曰：「言己雖見放流，猶種蒔衆香，修行仁義，勤身自勉，朝暮不倦也。」以二句爲言修治仁義之喻。

案：趙南星曰：「言己平日培植群賢，《序》所謂『率其賢良，以厲國士』者也。」李陳玉曰：「樹衆芳者，樹衆賢之譬也。」錢澄之曰：「從上所稱蘭芷，言己之懷芳以爲德也；此則廣集衆芳，以人事君之義也。屈原序其譜屬，率其賢良，以勵國士，固有進賢之職。」蔣驥亦曰：「以香草喻己所薦拔之士。」屈子罷職左徒，改遷三閭大夫，掌司三王公族大夫「及卿大夫子弟之官」，「專主教誨」，誠《離騷序》所謂「序其譜屬，率其賢良，以厲國士」也。詳宋程公説《春秋分記》第四十二「公族大夫」條。 蘭、蕙比屈子所植子弟，而非自喻修潔。

畦留夷與揭車兮　雜杜衡與芳芷

畦 洪《補》畦音攜。錢《傳》畦音于圭反。案：《廣韻》上平聲十二齊韻搜音户圭切。于圭、户圭音同。

留夷 《文選》五臣、六臣本作菑荑，荑音夷。洪《補》引《文選》、朱《注》、錢《傳》同引一本作菑荑。《古今合璧事類備要》續集卷四一引留作菑，夷不從艸，《文選》卷二六顔延年《和謝監靈運》注引夷字作荑，而留不從艸。姜亮夫校曰：「留夷，草木以音命名者也。以其爲草，故加艸。其實此爲專字，古但作留夷。相如《上林賦》『雜以留夷』，是其證。」案：是也。留夷，連語，音以寓義，不在其字從艸與否，古本作留夷。《説文繫傳》卷二、《文選》卷八《上林賦》注、《古今事文類聚》後集卷二九、《藝文類聚》卷六六及卷八二、《唐類函》卷一八五、《事類賦注》卷二四、《白帖》卷一〇引亦作留夷。

揭車 《文選》六臣引五臣、洪《補》引《文選》、朱《注》、錢《傳》同引揭一作藒，洪、朱、錢三家又引一本作藒。《太平御覽》卷九八三揭作藒，《説文繫傳通釋》卷二、《爾雅》卷八《釋草》疏引作藒。案：揭車，連語，例同留夷，古不從艸。《古今合璧事類備要》續集卷四一、《事類賦注》卷二四注、《文選》卷八《上林賦》注及卷二六顏延年《和謝監靈運》注、《藝文類聚》卷六六及卷八二、《唐類函》卷一八五載、《古今事文類聚》後集卷二九、《白帖》卷一〇引亦作揭車。

衡《文選》六臣本作蘅，洪《補》、朱《注》同引一本作蘅。又，《太平御覽》卷九八三、《柳河東集注》卷一九注、《五百家注柳先生集》卷一九注、《全芳備祖集》後集卷三〇、《藝文類聚》卷八二及《唐類函》卷一八五載引并作蘅。案：蘅，分別字，古作衡。《事類賦注》卷二一注、《詁訓柳先生文集》卷一九注、《文選》卷八《上林賦》注及卷二六顏延年《和謝監靈運》注、《古今合璧事類備要》續集卷四一引亦作衡。

芳《後漢書》卷二八下《馮衍傳》注引芳芷訛作芬芷。

【畦】王注列二訓，一爲「共呼種」，一爲古畝制。畦，與下「雜杜衡」之「雜」相對，用作動詞。《説文・衣部》：「雜，五采相會也。从衣，集聲。」指赤黄黑白紫五采相配稱爲「雜」，《文心雕龍・情采》「五色雜而成黼黻」是也。引申爲相配、合共。《漢書・谷永杜鄴傳》「雜焉同會」，顔師古注：「雜，謂相參也。」皆非「混雜」。「雜杜衡與芳芷」，謂既於留夷、揭車間，又套種杜衡、芳芷。《田部》及《蒼頡篇》並云：「五十畝爲畦。」段注：「《離騷》『畦留夷與揭車兮』，王逸注：『五十畝爲畦。』《蜀都賦》劉注曰：『《楚辭》「倚沼畦瀛」，王逸曰：「瀛，澤中也。」班固以爲畦，田五十畝也。』此蓋班固釋『畦留夷』之語，今俗本文選佚之。按：《孟子》曰：『圭田五十畝。』然則畦从圭、田，會意兼形聲。又用爲畦畛，《史記》『千畦薑韭』，韋昭曰：『畦，猶壟也。』」段氏以「五十畝爲畦」者，爲班氏《離騷章句》遺義，是也。王逸輯録之，以存舊説。而段氏以「五十畝」之「畦」，與「畛畦」爲一字。亦非也。沈祖緜云：「畦、圭一字。《孟子・滕文公篇》云：『卿以下必有圭田，圭田五十畝。』趙岐注：『圭，潔也。』圭田即畦田，以植薑韭(見《史記・貨殖列傳》)菜茹者。(見《漢書・食貨志》)同篇：『病於夏畦。』趙注：『病，極也。言其意苦勞極，甚於仲夏之月治畦灌溉之勤也。』得其義。」沈氏以「畦、圭一字」，畦田，即《孟子》「圭田五十畝」者，是也。又，「治畦灌溉」云云，亦誤以「畦」爲「菜畦」、「田壟」。清李黼齋《炳燭篇》卷一「圭田」條云：「《説文》：『畦，田五十畝也。』圭，即畦之省。」以「圭田」即「畦田」。《孟子・滕文公上》：「卿以下必有圭田，圭田五十畝，餘夫二十五畝。」趙注：「古者卿以下至於士皆受圭田五十畝，所以供祭祀也。圭，潔也。上田故謂之圭田。所謂惟士無田，則亦不祭，言絀士無潔田也。井田之民養公田者受百畝，圭田半之，故五十畝。餘夫者，一家一人受田，其餘老小尚有餘力者，受二十五畝，半於圭田，謂之餘夫也。」又曰：「方里而井，井九百畝，其中爲公田。八家皆私百畝，同養公田；公事畢，然後敢治私事，所以別野人也。」趙注：「方一里者，九百畝之地也，地爲一井八家，各私得百畝，同共養其公田之苗稼。公田八十畝，其餘二十畝，以爲廬井宅園圃，家一畝半也。先公後私，『遂及我私』之義也。則是野人之事，所以別於士伍者也。」是乃孟子理想田制，非實有其事。畦田，乃獨立於公田以外之私田，爲公室卿大夫及士私家所劈墾者，蓋起於春秋，而盛行於戰國。畦田不爲公室所制，公室不得征税。《禮記・王制》：「夫圭田無征。」鄭注：「夫，猶治也。征，税也。孟子曰：『卿以下必有圭田。』治圭田者不税，所以厚賢也。」孔疏：「圭，絜白也。言卿大夫德行絜白乃與之田，此殷禮也。殷政寬緩，厚重賢人，故不税之。周則兼通。士税之，故注云『周官之士，田以任近郊之地，税什一』。」田之不征，非「厚重賢人」，公室不得已而爲之。明孫蘭云：「《九章・方田》有『圭田求廣從法』、有『直田截圭田法』、有『圭田截小截大法』，凡零星不成井之田，一以圭法量之。圭者，合兩句股之形。井田之外有圭田，明係零星不整者也。」蓋在春秋季世，公室卑微，權移卿大夫，而卿大夫徵民力以開私田，獲取財富厚公室，以至危公室。「畦田」之制，乃春秋社會制度之變革，公室權力已爲卿士替代矣。若魯之季氏即以積蓄財富，終以傾覆魯公室，所謂季孫、孟孫、叔孫三家行魯政者矣。其時「民患上力役，解於公田」，「民不肯盡力於公田」，而競耕於卿士私田，致「公田稼不善」。公室則盡力抑卿士，強征圭田，是以魯有「初稅畝」，秦簡公七年有「初租禾」，皆出於一時之權宜。其初定田制，以一畦爲「五十畝」，禁卿士不得踰侈擴殖；必不得已，則「餘夫二十五畝」矣。卿士則據「夫圭田不征」之法以拒公室。「五十畝」之圭田，絕非「厚賢」也。「圭田」之「圭」，取之於「趌」。《說文・走部》：「趌，半步也。从走，圭聲。」包山楚簡字作「逵」，或作「跬」。《小爾雅・度》：「跬，一舉足也。」《詩・小旻》「是用不得於道」，鄭《箋》「是於道路無進於跬步」，《釋文》：「舉足曰跬。」引申之爲踰越、越度。越侈於井田而不成井者稱之「圭田」，故益从「田」旁而字作「畦」。而「畛畦」之「畦」，取法「圭」形。雖然同一字，而其義有別，未可溷淆。又，《招魂》「倚沼畦瀛」，倚，通作倚，越度也。倚、畦相對，畦，通作趌，亦越過之義。《招魂》是謂越度沼池，非「田五十畝」之稱，段氏引以爲例，誤矣。南楚田制嘗行「畦田」，楚亦遭田制變革。《清華簡》（七）《越公其事》第五章：「王好蓐（農）工（功），王親自耕，又（有）厶（私）畱（畦）。」整理者云：「私畦，親耕之私田。古書又稱籍田。」以「私畦」即「私田」者是也，然又以爲天子所耕「籍田」，非也。籍田者，公田也，非私田。越王勾踐兵敗之後，淪爲比賤民益賤之民，一無所有，苟延於殘山剩水之間。越國公田、城邑既已爲吳國所有，勾踐開墾土地，親耕「私畦」，其不在公田範圍之内明矣。勾踐躬行表率，勤於耕殖，「故王左右大臣乃莫不耕，人又（有）厶（私）畱（畦）。舉越庶民，乃夫婦皆耕，至於邊縣大小遠近，亦夫婦皆耕，越邦乃大多飤（食）」。其「人又（有）厶（私）畱（畦）」云云，蓋越國公田雖爲吳國所有，而越國家家戶戶皆有「私畦」，其已行於勾踐之世矣。嗣後，越爲楚所亡，楚因越制行「私畦」，則無可疑慮，惟名稱有異。《包山楚簡》載田土繼承權訟獄案，如第一五一簡至一五四簡曰：「左馭番戌飤田於邔域𨞦邑城田一素畔蓄。戌死，其子番步後之；步死，無子，其弟番䵼後之；䵼死，無子，左尹命其從父之弟番款後之。款飤田疠於責，骨得之。左馭遊，脣骨貯之有五段，王士之後王賞閑之，言謂番戌無後。左司馬旨命左令⿰墨夬定之，言謂戌有後。口口（啻蘆）之田，南與郙君佢疆，東與蔆君佢疆，北與鄝易佢疆，西與鄱君佢疆。」「飤田」即「食田」，蓋番氏所有土田，其名本爲公室所賜。《國語・晉語》「公食貢，大夫食邑，士食田」，韋注：「受公田也。」《戰國策・楚策》：「葉公子高食田六百畛，故彼崇其爵，豐其祿，以憂社稷者，葉公子高是也。」鮑彪注：「畛，井上有陌。」吴師道注：「《周禮》：『十夫有溝，溝下有畛。』朱子曰：『溝間千畝，畛爲阡。』」楚賜葉公子高「食田」至「六百畛」，則六千畝矣。惟公田無承襲，臣去職或者死後，皆還歸公室。惟《包山楚簡》番氏「飤田」可承襲，則與《國語》、《戰國策》所載「食田」，名同實異。父死子襲，兄死弟襲，弟無子由從父弟襲。若從父子弟亦無後，則爲無主，則無所歸矣。後之有無，爲判定「飤田」所屬關鍵。而「左司馬旨命左令⿰墨夬定之，言謂戌有後」。屬番家私田，已成定讞矣。簡又云「王所舍新大廄以啻蘆之田，南與郙君佢疆，東與蔆君佢疆，北與鄝易佢疆，西與鄱君佢疆」。番家之「啻蘆之田」，已爲王氏侵吞改造成「大廄」，東南西北四邊各與郙、陵、鄝、鄱四家爲界，爰狀告左尹。番之「啻蘆之田」，雖稱「飤田」，實爲私田，爲楚法律所保護，不可任意侵佔矣。《九店楚簡》云：「⿱艹畾一秷又五來，敔⿰禾母之三簷（擔）。⿱艹畾二秷，敔⿰禾母之四簷（擔）。⿱艹畾二秷又五來，敔⿰禾母之五簷（擔）。⿱艹畾三⿰禾矣，敔⿰禾母之六簷（擔）。」李家浩以「⿱艹畾」爲「畦」，甚是。李氏又以《離騷》訓「共呼種」、「五十畝」，「皆與簡文『⿱艹畾』不合。從一號簡以『擔』、『秷』、『⿰禾矣』、『來』等爲『⿱艹畾』的量詞來看，『⿱艹畾』似是指某種農作物」。其説非也。⿱艹畾，即「五十畝」之「畦田」。「秷」、「⿰禾母」、「⿰禾矣」、「來」、「擔」，皆稼穡量詞。敔，非樂器名，通作御，謂相值、相當。畦田收一秷又五來，相當於⿰禾母三簷（擔）。畦田收二秷，敔（相當）於⿰禾母四簷（擔）。畦田收二秷又五來，敔（相當）於⿰禾母五簷（擔）。簡文其下計量，皆可依次類推。包山楚簡第一五七號簡有「職⿱艹畾」，指職主畦田之吏。又有「⿱艹畾貸」，似指畦田借貸。則楚行畦田，不啻有司職之吏，且可計量征税或者借貸買賣。又，畦，本無「共呼種」之意。王逸以《離騷》「畦留夷」與下「雜杜衡」爲對舉，畦、雜皆用作動詞。畦，種植留夷揭車於私畦，而據「雜」爲「共種」而互言之，是以云「共呼種」。離此語境，則無是義。蓋「畦留夷」四句，謂在私畦共種留夷、揭車、杜衡、芳芷，喻其於私家塾室所培育子弟。上文滋蘭九畹、樹蕙百畝，九畹、百畝，喻楚公室學宮。屈原任三閭之職，顓以培植王室弟子，稱之曰三閭大夫，故滋蘭樹蕙於畹畝；又於私家設壇開塾，故於私畦中共植留夷、揭車、杜衡、芳芷。無論於公抑或於私，皆以培植國家所需人材爲己任，唯薦賢進能爲務，而不爲己身圖謀。蓋於春秋戰國田畝制度中探求，方探得其驪珠矣。

【留夷】王逸注：「留夷，香草也。」洪《補》曰：「《相如賦》云『雜以留夷』，張揖曰：『留夷，新夷。』」顏師古曰：『留夷，香草，非新夷。新夷乃樹耳。』」一云留夷，藥名。」《廣雅》：「攣夷，芍藥也。」王念孫曰：「攣夷，即留夷。留、攣聲之轉也。張注《上林賦》云：『留夷，新夷也。』新與辛同。王逸注《楚詞·九歌》云：『辛夷，香草也。』郭璞注《西山經》云：『芍藥，一名辛夷。』亦香草屬。然則《鄭風》之芍藥，《離騷》之留夷，《九歌》之辛夷一物耳。」朱季海曰：「留、攣聲轉者，《爾雅·釋器》『衣裗謂之祝』，郭注：『齊人謂之攣。』陸德明《音義》：『裗，本又作流。』留與流、裗雙聲，古韻同在幽部，是留謂之攣，猶裗、流謂之攣矣。大氐楚曰留夷者，齊語正謂之攣夷耳。」案：留夷，香草名，非辛夷。誠如顏注《漢書》所駁，辛夷乃樹。稚讓以留夷爲辛夷，《廣雅》又謂之攣夷，不見他書所載，本極可疑。王氏謂流、攣雙聲通用，無徵不信。朱君謂攣爲齊人語，誤解《爾雅》郭注。《釋器》曰：「衣裗謂之祝。」郭注齊人語祝爲攣，非齊人語裗爲攣。祝，月部，日紐；攣，元部，來紐。祝、攣爲元月平入對轉，日來旁紐雙聲。留夷，芍藥之訛，本作勺樂，樂字聲紐有二，一爲喻四，一爲來紐。流、樂爲幽宵旁紐，同來紐雙聲，例可通用。《孟子·盡心下》「般樂飲酒」，《文選》注引作「盤遊飲酒」。遊，流也。《漢書·項籍傳》顏注引文穎曰：「遊，或作流。」流、樂二字亦通用。故勺樂又音勺流。夷、叔古相亂，當爲叔。詳上文「遲暮」注。勺、叔爲覺藥旁轉，照審旁紐雙聲。勺樂之倒文誤爲流叔，又誤爲流夷。樂、攣形似，又誤爲攣夷。《本草》：芍藥，一名白术，一名餘容，白者名金芍藥，赤者名木芍藥。李時珍《本草綱目·釋名》曰：「芍藥，猶婥約，美好貌。此花花容婥約，故以爲名。《詩·

溱洧》云：『伊其相謔，贈之以芍藥。』《韓詩外傳》云：『勺藥，離草也。』董子云：『勺藥一名將離，故將別贈之。』俗呼其花之千葉者爲小牡丹，赤者爲木芍藥，與牡丹同名也。」又曰：「昔人言洛陽牡丹、揚州芍藥甲天下。今藥中所用，亦多取揚州者。」陶隱居曰：「出白山、蔣山、茅山最好，餘處亦有而多赤。」

【揭車】王逸注：「揭車，亦芳草，一名乞輿。」王氏本《爾雅·釋草》。臧氏《經義雜記》卷一三曰：「車，即『輿』之駁文。揭車，即乞輿，一聲之轉也，百草權與。」揭，月部；乞，物部。古曰揭車，漢曰乞輿，古今音之變。揭車蓋受義於權輿。《大戴禮記·誥志》、《太玄經·玄圖》并曰：「百卉權輿。」注曰：「權輿，始也。」百草始生而可識者曰權輿。權、揭爲元月平入對轉。權輿，初始之義。《爾雅·釋詁》：「權輿，始也。」郭璞注：「《詩》曰『胡不承權輿』，胚胎未成，亦物之始也。此所以釋古今之異言，通方俗之殊語。」引申言表識，訓詁字作揭櫫。《周禮·職金》「辨其物之媺惡，與其數量，楬而璽之」，鄭注：「既楬書，揃其數量，又以印封之，今時之書有所表識，謂之楬櫫。」又作傑著。《墨子·號令》「吏卒民各自大書，於傑著之」是也。又作楬著。《漢書·酷吏尹賞傳》「楬著其姓名」是也。草有異香，表識於衆草，則名之以揭車。陳藏器引《廣志》「藒車香生徐州，高數尺，黄葉白華」。《齊民要術》謂「凡諸樹木蟲蛀者，煎此香冷淋之，即辟也」。李時珍謂「與今蘭香、零陵同類也」。

【雜】王逸以下注家皆未爲「雜」字作注，蓋因上文「雜申椒」而省。案：雜，五色相合，引申言和合、相配義。雜與滋、權、畦平列對舉，雜，猶配植、合種，類今云套種、間作。

【杜衡】王逸注：「杜衡、芳芷，皆香草也。」洪《補》曰：「《爾雅》：『杜土鹵。』注云：『杜衡也，似葵而香。』《山海經》云：『天帝山有草，狀似葵，其臭如蘼蕪，名曰杜衡。』《本草》云：『葉似葵，形如馬蹄，故俗云馬蹄香。』」洪氏雜糅衆說，未加辯證。《九歌·湘夫人》「繚之兮杜衡」，又「搴汀洲兮杜若」。杜衡、杜若爲二草。《本草》：「杜若亦名杜衡。」因《爾雅·釋草》「杜土鹵」而誤。若，鐸部，日紐；鹵，魚部，來紐。魚鐸平入對轉，日來旁紐雙聲。若、鹵音近通用。《爾雅》「鹵」，本衡字。郝懿行《義疏》曰：「衡，古文作奧，與鹵字形近，疑『土奧』缺脱其下，因誤爲土鹵耳。」《虞書·舜典》「玉衡」，《古文尚書》字作「玉奧」，《汗簡》又作「玉奧」。《玉篇》因《爾雅》誤字又作杜蔏。《史記·司馬相如列傳》司馬貞《索隱》引《博物志》曰：「杜衡，一名土杏。其根一似細辛，葉似葵。」王念孫曰：「杜衡與土杏古同聲，杜衡之杜爲土，猶《毛詩》『自土沮漆』，《齊詩》作杜也。衡從行聲，而通作杏，猶《詩》荇菜字從行聲，而《爾雅》、《説文》作莕也。」《廣雅·釋草》：「楚蘅，杜衡也。」楚、杜亦聲之轉，南土又名南楚，是其證。蘇頌曰：「今江淮間皆有之。春初於宿根上生苗，葉似馬蹄下狀，高二三寸，莖如麥藁粗細，每窠上有五七葉，或八九葉，别無枝蔓。又於莖葉間鏬内蘆頭上貼地生紫花，其花似見不見，暗結實如豆大，窠内有碎子，似天仙子。苗葉俱青，經霜即枯，其根成空，有似飰幕密鬧，細長四五寸，粗於細辛，微黄白色，味辛，江淮俗呼爲馬蹄香。謹按《山海經》云：『天帝之山有草焉，其狀如葵，其臭如蘼蕪，名曰杜衡，可以走馬，食之已癭。』郭璞注云：『帶之可以走馬。』或曰馬得之而健走也。」

是四句言我既蒔種蘭、蕙於畎畮，又藝植留夷、揭車，配種杜衡、芳芷於畦田。蘭、蕙以比在朝之賢，留夷、揭車、杜衡、芳芷以比私淑弟子。言我於公於私，所扶植薦引者，皆國之賢士。此反意上「黨人」。

第十三韻：畞、芷

朱《注》畮，古畞字，音莫後反，叶滿彼反。陳第曰：「畞古音米。」戴震曰：「畞古音美琦切。」案：米，脂部，「美琦」、「滿彼」之行韻，歌部。「莫後」之行韻，侯部。皆非畞字古音。江有誥曰：「畞，明以反，之部。」是也。畞，古音爲[mə]；芷，古音爲[tole]。畞、芷古同之部。

冀枝葉之峻茂兮　願竢時乎吾將刈

【冀】洪《補》、錢《傳》冀字同作兾，上從八。案：兾，俗冀字。朱《注》本作冀。《古今合璧事類備要》續集卷四一引亦作冀。

【峻】《文選》六臣引五臣、洪《補》引《文選》、朱《注》、錢《傳》同引峻一作葰。案：姜校謂峻即《說文》陖字，訓陗高，葰乃藥中三柰。原本作俊，後因其言枝葉而增從艸。峻、葰同音俊。《古今合璧事類備要》續集卷四一引亦作葰。

【竢】洪《補》引《文選》竢作俟、朱《注》引竢一作俟。案：竢，本字；俟，借字。《古今合璧事類備要》續集卷四一引亦作竢。

【刈】《文選音決》曰：「刈，騖上人魚再反。」一等開口。《廣韻》去聲第二十廢韻：刈音魚肺切。三等合口。案：騖公語楚，刈音艾，魚蓋反。雅音刈讀魚肺切。

【冀】王逸注：「冀，幸也。」又，《九章·哀郢》「冀壹反之何時」，《抽思》「悲夷猶而冀進兮」，《悲回風》「吾怨往昔之所冀兮」，王注皆以爲冀幸義。《說文·北部》：「冀，北方州也。从北，異聲。」無幸望義。《見部》有「覬」字，段注曰：「覬，幸也。」段注謂「冀同覬」。又曰：「古字多作幾，漢人或作⿰馬豈，亦作冀，於從豈取意。『豈下』曰『欲也』。」案：據許氏析字，冀諧異聲，職部。覬、幾、⿰馬豈，微部，古不同音。冀字入韻但見宋玉《九辯》，曰：「心搖悅而日幸兮，然怊悵而無冀；中憯惻之悽愴兮，長太息而增欷。」冀、欷協韻。欷，微部。《華嚴經音義》上引《珠叢》：「冀，謂心有所希求也。」以希訓冀，希，微部。《爾雅・釋地》李巡注：「兩河間其氣清，厥性相近，故曰冀。」以近訓冀，近，文部，微部陽聲。《史記・商君列傳》「築冀闕」，《索隱》曰：「冀闕，魏闕也。」冀、魏音同。魏，微部。冀，物部，非職部。許云冀從異聲，非是。段謂冀字古在第一部即之部，亦因許氏而誤。冀，從北，從異，會意。冀幸義本字爲覬，冀，假借字。

【峻茂】王逸注：「峻，長也。言己種植衆芳，幸其枝葉茂長，實核成熟。」其以「峻茂」爲「茂長」。呂向曰：「葰茂，盛貌。」案：王注審矣。《說文》無「峻」字，《𨸏部》有陖，曰：「陖，陗高也。从𨸏，夋聲。」《山部》有㞻，曰：「㞻，高也。从山，陖聲。」本一字。峻，蓋陖或文。西周禮器《克鼎》有「[illegible]」字，從山、畯聲，即峻古文。峻之義根於允。《儿部》：「允，信也。」信，猶申、引。引之申之是爲長、爲高。山之高制字爲峻、陖、㞻。有絶異之才是爲俊。草之茂者是謂葰。又，《說文・艸部》：「茂，艸木盛貌。从艸，戊聲。」古文爲楙，從林，矛聲。茂、楙皆借聲字。戊、矛，皆言冒也。《文選・新刻漏銘》李善注引《爾雅・釋天》：「太歲在戊曰閹茂。」孫炎、李巡注並曰：「茂，冒也。」峻茂平列同義。

【願】屈賦願字置於句首爲二義。一爲冀幸義。《九歌・大司命》「願若今兮無虧」，《九章・抽思》「願蓀美之可完」，《思美人》「願及白日之未暮」。二爲思念、思慕義。下文「願依彭咸之遺則」，《惜誦》「願陳志而無路」、「願側身而無所」、「願春日以爲糗芳」，《抽思》「願自申而不得」，《思美人》「願寄言於浮雲」，《懷沙》「願志之有像」。冀、願對舉互文。願，言冀幸。言自幸也，而冀，幸人。願訓欲思，自思也。訓幸、訓思，一義相通。《說文・頁部》：「願，八頑也。从頁，原聲。」《繫傳》作「大頭」。清代注家以「八頑」不可解而從《繫傳》「大頭」說。然經典願字無作解「大頭」。《方言》：「願，欲思也。」《說文》：「八，別也。」《一切經音義》引《三蒼》：「愚無所知也。」以「八頑」

釋「願」，別於愚頑無所知欲也。清華簡（七）《越公其事》「思願」字作「忎」。如「孤用忎（願）見越公」。从心，元聲。蓋本字也。《説文・心部》：「忎，貪也。」段注：「貪者欲物也。」有思念、冀欲之義。《離騷》古本，凡思願字，則皆「忎」也。

【竢】王逸注「願待天時」云云，以竢爲待。案：竢之言來也。王懷祖《讀書雜志・漢書志》卷五曰：「《説文『糇』字解云：『《詩》曰「不糇不來」，從來，矣聲。』《爾雅》『不俟不來』也。《釋文》『俟』作『糇』。糇與來同義，故其字從來也。糇、竢、俟古字通。」竢時即糇時，猶今云來日、日後。包山楚簡糇字作[illegible]。

【刈】王逸注：「刈，穫也。草曰刈，穀曰穫。」案：析言刈、穫各有專義。刈，古作乂。《説文・丿部》：「乂，芟艸也。从丿乀相交。刈，乂或从刀。」草爲禾之害，芟去之則曰乂。刈，又通刖，同月部，疑紐。刖，刖足。包山楚簡作「」一一六，引申言芟刈。元月平入對轉字作刓，甲文有「」《前編》六・二〇・三，象持鐮鋸足趾。《禾部》：「穫，乂穀也。从禾，蒦聲。」蒦，護之省。《爾雅・釋地》「因有焦穫」，《詩・六月・釋文》字作「焦護」。穫、隻，同鐸部。隻音之尺切，照紐；穫音胡郭切，匣紐；聲紐不諧。穫當從禾，護省聲。護，助也。草當刈之，禾當護之，相反爲義，刈穀字作穫。

是二句言我培植衆芳，冀其枝葉長茂，幸來日將且刈之爲用；比我爲楚扶植賢能，望其成立，幸來日爲王所用。屈子任三閭之職，教公族弟子，是以有此喻。王逸曰：「言君亦宜蓄養衆賢，以時進用，而待仰其治也。」以比君王蓄養人材，則非其旨。

雖萎絶其亦何傷兮　哀衆芳之蕪穢

【萎】洪《補》、朱《注》萎同音於危切。《古今合璧事類備要》續集卷四一引二句同今本。

【雖】推脱語辭，猶今語「即使」、「縱然」。下文「雖不同於今之人兮」、「雖九死其猶未悔」、「雖體解其猶未變」、「雖信美而無禮」，皆同。《説文・虫部》：「雖，似蜥蜴而大者。」無推脱義。段注：「凡人窮極其欲曰恣睢。雖即睢也。」以語辭雖爲睢。非是。雖蓋根於推。雖、推同諧隹聲。《手部》：「推，排也。」引申言退斥。《詩・雲漢》「則不可推」，毛《傳》曰：「推，退去也。」虚化爲推脱辭，但借「雖」字爲之。

【萎絶】王逸注：「萎，病也；絶，落也。枝葉雖蚤萎病絶落，何能傷於我乎？」陸善經曰：「萎絶，將死也。」張銑曰：「萎絶，黄落也。」洪《補》曰：「萎，草木枯死也。」錢澄之曰：「萎絶，自喻，謂槁死也。」朱駿聲曰：「萎，叚借爲⿰歹委。」聞一多曰：「萎，當讀爲餧。《説文・食部》：『餧，飢也。』玄應《一切經音義》二〇引《三蒼》同。經傳通以餧爲之。餧絶，屈子自謂。不種百穀而蒔衆芳，故有餧絶之虞。下文曰『長顑頷亦何傷』，語意、句法並與此同。」又曰：「萎絶猶黄落，謂枝葉解散，先霜已刈者。」案：汪瑗曰：「或曰萎，當作委。委絶，謂人委棄而不知刈以爲用也。」于惺介《文選集林》曰：「萎絶，委棄不用也。」《九章・思美人》「佩繽紛以繚轉兮，雖萎絶而離異」，王注曰：「終以放斥，而見疑也。」以「萎絶」爲委棄義。其一人注書，前後錯見。《説文・女部》：「委，隨也。从女，禾聲。」段注：「隨其所如曰委，委之則聚，故曰委輸、曰委積。」隨，猶隋也，字亦作墮。長沙馬王堆漢墓帛書《戰國縱横家書》「支臺隨」，即墮字假借。墮，垂也，下也。物下垂是爲委，而下之於地曰委積、曰委棄。《廣雅・釋詁》、《後漢書・竇融傳》注、《淮南子・俶真訓》注皆曰：「委，棄也。」又，《後漢書・光武帝紀》注：「委守，謂棄其所守也。」委，微部。禾，歌部，非諧聲。委，從女，從禾，會意，非形聲。絶，亦廢棄義。《左傳》哀十五年「絶世於良」，杜注：「絶世，猶言棄世。」《九歌・湘君》「恩不甚兮輕絶」，輕絶，輕棄也。《九章・惜往日》「卒没身而絶名兮」，言身没名棄也。委絶，平列同義。此言衆芳雖委棄不服未足哀傷，但傷其蕪穢變質。朱季海曰：「萎絶，猶玉賦『萎約』、『萎黄』，蓋楚語如是。」其説無根。案：《九辯》：「離芳藹之方壯兮，余萎約而悲愁。」王逸注：「身體疲病，而憂貧也。」以「約」爲疲病義，蓋因「委」字從艸作「萎」而强解。「萎約」之約，絶字形訛。

【衆芳】總上文蘭、蕙、揭車、留夷、杜衡、芳芷言，比所培植之賢。

【蕪穢】王逸注：「哀惜衆芳摧折，枝葉蕪穢而不成也。」以蕪穢言遭摧折，以比「使衆賢志士失其所」。汪瑗曰：「蕪穢，荒廢也。言有此衆芳而不知用，深可惜耳。」以蕪穢爲斥棄不用義。錢澄之曰：「蕪穢，芳華萎地，與惡草同爲荒穢也。已廢而衆芳俱盡矣，所以傷者不在一己，而在衆芳也。」案：陳第曰：「但恐衆賢之喪氣，若衆芳之蕪穢。」李光地曰：「今則不傷其萎絶，而哀其蕪穢。雖萎絶，芳性猶在也。蕪穢，則將化而蕭艾，是乃重可哀已。」戴震曰：「所云『蘭芷變而不芳』之屬是也。」龔景瀚曰：「蕪穢，則隨俗變化矣。下文『蘭芷變而不芳，荃蕙化而爲茅』是也。」諸説至確。蕪穢，猶言改性變質。

是二句言縱使衆芳見棄不服，而其芳潔自若，本質未改，我有何傷哉？但可哀者，莫甚於化芳香之質爲蕪穢之草。喻我昔日所培植之賢，縱使因己累及斥棄不任，未足爲傷，而可哀者，以其改易其初之質而爲蕪穢之行也。

第十四韻：刈、穢

江有誥曰：「刈音孽，去聲。」馬其昶曰：「刈，魚肺反。」案：刈音五蓋切。楚音。詳校刈，古音爲[ŋaːt]。

陳第曰：「穢，古音意。」案：穢，月部，匣紐；意，職部，喻紐四等；聲、韻俱異。江有誥曰：「穢，祭部。」祭，月之長入。穢，古音爲[r^{w}a:t]。刈、穢古同月部長入。

以上二韻八句爲第三章。是章通體皆喻語，屈子自比藝植者，蓋追叙任三閭大夫之職時，汲汲爲楚培育人才。及己見逐，其所植弟子皆易初背道，與黨人同污，行蕪穢者，其咎即在「靈脩之數化」。夫君臣相染而相效也。《墨子·所染》曰：「染於蒼則蒼，染於黄則黄，所入者變，其色亦變。非獨染絲然也，國亦有染。舜染於許由、伯陽，禹染於皋陶、伯益，湯染於伊尹、仲虺，武王染於太公、周公。故王天下，立爲天子，功名蔽天地。舉天下之仁義顯人，必稱此四王者。夏桀染於干辛、推哆，殷紂染於崇侯、惡來，厲王染於厲公長父、榮夷終，幽王染於傅公夷、蔡公穀。此四王者，所染不當，故國殘身死，爲天下僇。舉天下不義辱人，必稱此四王者。齊桓公染於管仲、鮑叔，晉文染於舅犯、高偃，楚莊染於孫叔、沈尹，吴闔閭染於伍員、文義，越句踐染於范蠡、大夫種。此五君者所染當，故霸諸侯，功名傳於後世。范吉射染於長柳朔、王勝，中行寅染於籍秦、高彊，吴夫差染於王孫雒、太宰嚭，知伯瑶染於智國、張武，中山尚染於魏義、偃長，宋康染於唐鞅、佃不禮。此六君所染不當，故國家殘亡，身爲刑戮，宗廟破滅，絶無後類。君臣離散，民人流亡，舉天下之貪暴苛擾者，必稱此六君也。」以上但就君爲臣所染言之。其實，臣亦染於君也。《韓非子·外儲説左上》引孔子曰：「爲人君者，猶盂也；民，猶水也。盂方水方，盂圓水圓。」言下故於上也。楚靈王好士細腰，則一國之臣皆以一飯爲節，脅息然後帶，扶牆然後起。比其年，朝有黧黑之色。「是其何故也？君説之，故臣能之也。」《墨子·兼愛中》。靈脩，不被屈子染，而爲黨人染。《七諫》曰：「日漸染而不自知兮，秋毫微哉而變容。」是以皇輿改轍，靈脩數化。而已所植之衆芳又爲靈脩所染，終以蕪穢爲茅也。此章雖斥衆芳，實斥靈脩。又，「蕪穢」開啓下章衆人貪婪争競之事。叙其蕪穢之事，蓋亦屬文中自注例。

衆皆競進以貪婪兮　憑不猒乎求索

衆《北堂書鈔》卷三〇、《文選》卷一五《思玄賦》注及卷二六謝靈運《初去郡》注引無衆字。案：王注「言在位之人無有清潔之志」云云，衆字釋在位之人，王本有衆字。玄應《一切經音義》卷二二、慧琳《一切經音義》卷四二及卷四八、《東雅堂昌黎集注》卷五注、《唐類函》卷六四載《北堂書鈔》、《五百家注昌黎文集》卷五注、《古今合璧事類備要》續集卷四一引亦有衆字。

以 洪《補》、朱《注》同引以一作而。錢《傳》本作而，曰：「而，一本作以。」案：以、而雖互用，屈賦句法，上句用以，下句用而，上句用而，下句用以。下句「憑不猒」，「憑而不猒」之省，同「忍而不舍」、「姱而不醜」、「横而不流」、「厲而不爽」、「敬而無妨」句法。其作「以」是也。《北堂書鈔》卷三〇、慧琳《一切經音義》卷四二及卷四八、《東雅堂昌黎集注》卷五注、《五百家注昌黎文集》卷五注引亦作以，玄應《一切經音義》卷二二引作而。

婪《文選》六臣本、朱《注》本婪同音力含反，朱又婪音藍。洪《補》、錢《傳》同音盧含切。慧琳《一切經音義》卷四二、玄應《一切經音義》卷二二、《古今合璧事類備要》續集卷四一引婪作惏。案：《廣韻》下平聲第二十二覃韻謂婪、惏一字，同音盧含切，惏爲婪字假借，詳注。《文選》卷一五《思玄賦》注及卷二六謝靈運《初去郡》注、《北堂書鈔》卷三〇、《唐類函》卷六八載《北堂書鈔》、《五百家注昌黎文集》卷五注、《東雅堂昌黎集注》卷五引亦作婪。力含、盧含音同，並來紐一等合口；朱子又音藍，魯甘切，來紐，一等開口。

憑《文選》六臣本憑作凴。朱云「一作馮」。洪《補》憑，一作凴，錢《傳》曰：「憑，一作凴，一作馮。」案：馮、慿古今字。慿，六朝俗字。《古今合璧事類備要》續集卷四一、《古今源流至論》前集卷三注引作慿。

【猒】《文選》六臣本、朱《注》本、錢《傳》本猒作厭。《北堂書鈔》卷三〇、《古今源流至論》前集卷三注引猒作厭，《古今合璧事類備要》續集卷四一引亦作猒。案：猒，本字；厭，借字。猒、厭音同義異。詳注。

【索】洪《補》曰：「《書序》曰『八卦之說，謂之八索』。徐邈讀作蘇故切，則索亦有素音。」朱《注》曰：「若索音素，即妬如字。若索從所格反，則妬叶音跖。」案：素，去聲；索，入聲。先秦去入實一，但分長、短。顧炎武《唐韻正》曰：「《離騷》一篇之中兩言『求索』，而前韻妬，後韻迫，可見去、入之變，與時推移，而無一定。即四聲之周流而互用，亦從此知之矣。末學拘儒自生畛域，不亦昧乎。」古四聲異於今四聲，與時相推，而不可謂古無四聲，而委以「四聲一貫」之說以勉強其事。于省吾謂索本訓糾合繩索，而其所用之艸，質樸素，引申之言素白義，又引申之言求索義，而制索字專之。素、索古當同音。其說碻然。包山楚簡索求字皆作素，而漢簡文字始見㝀。求索之索，入聲，而樸素之素，去聲。詳注。《玉篇・宀部》字作㝀。《北堂書鈔》卷三〇、《古今合璧事類備要》續集卷四一引亦作索。

【衆】王逸注「衆」謂「在位之人」。陳本禮曰：「此專指蕪穢之衆芳，言蓋黨人不足責矣，茲所樹之一二君子，猶望其砥礪廉隅，扶持世道，不意衆皆競進，而入於黨人之局，日流於貪婪而不猒。」案：陳說極是。此以下一章斥衆穢行，承上「衆芳蕪穢」。競進貪婪、恕己量人，皆「蕪穢」情狀，是亦「文中自注例」。詳上文「昔三后之純粹兮」二句注。

【競進】王逸注：「競，並也。」洪《補》曰：「並逐曰競。」案：《說文・誩部》：「競，彊語也。从誩，从二人。一曰逐也。」競，甲文作「[illegible]」《戩》三三・一二，金文作「[illegible]」《父乙卣》，皆不從誩。誩，當[illegible]字形訛，象二人並逐形。

從一、巜或巛，皆川字。《毛公鼎》競字作「□」，上從川，下從兄兄，兄兄亦聲。川，順也，循也。兄兄之言彊也。彊爭並趨字作競。引申言爭逐。王逸訓「竝」，蓋「竝逐」敓文。《莊子·齊物論》「有競有爭」，注亦云：「竝逐曰競。」又，《辵部》：「進，登也。从辵，閵省聲。」《門部》有「閂」字，閵古文。許云：「閂，登也。从門、二。二，古文下字。」段注：「言自下而登上也。」案：閵，隹聲。隹之猶言丨也。丨，引而上之謂，讀若囟。詳上文「惟」字注。囟、進音義並同。隹、閵、進爲真微旁對轉。閵，借聲字，閂，會意字；初義言登門，引申之，入内謂之進。金文皆從隹、辵，隹亦聲。未見從閵省者。

【貪婪】王逸注：「愛財曰貪，愛食曰婪。」陸善經曰：「婪，貪之甚。」錢杲之曰：「婪，亦貪也。求得不已曰貪，未得而固得之曰婪。」案：《説文·貝部》：「貪，欲物也。从貝，今聲。」本訓爲欲得物，貝，賅其物義。今，是時也，無貪欲義。《亼部》謂今字，「从亼，从乛。乛，古文及。」林義光《文源》曰：「按：亼、乛義不可曉。古作『今』，即含之古文。『亼』爲口之倒文，亦口字。今象口含物形，含從今得聲，音本如今。含不吐不茹，有稽留不進之象。」今，含之古字，而後借爲「今時」義，復加口而制含字。含，訓「閉口」，謂食不捨也。《法言·至孝》「子有含菽緼絮」，注：「含，食也。」欲物謂之貪。貪音他含切，今音居今切。今、貪聲不同紐，不相諧。貪，從今、貝，會意字。《欠部》：「欿，欲得也。从欠，臽聲。讀若貪。」欿，啗字異文，從欠、臽。臽，臽阱，有含没義。口食如臽者字作欿、啗，或作啖、啥。《一切經音義》卷一六引《字書》曰：「啥與啗同徒濫反。」許氏云啗「讀與含同」。失之。引申之，欿、啗言覬欲義，與貪同，《廣雅·釋詁》曰：「欿、貪，欲也。」啗讀若貪，不讀含，非諧臽聲。又，《方言》卷一：「虔、劉、慘、惏，殺也。楚謂之貪，南楚江湘之間謂之歁。」錢繹引《離騷》此文謂「惏字即惏」，貪惏，即此文「貪婪」。案：《方言》「楚謂之貪」以釋「殺」義，非謂貪婪。貪，通作撢，謂摻撻。楚語謂殺謂之撢，而借貪爲之。歁，錢謂欿之借字。亦非。歁音苦感切。欿音貪，他含切。歁、欿異聲，本二字。欿無殺義。歁讀如戕。《戈部》：「戕，殺也。」

从戈，今聲。」《廣韻》下平聲第二十二覃韻戔音口含切。戔、歁，浸部，溪紐雙聲，例得通用。南楚江湘之間謂殺爲戔，而借歁字爲之。歁，即《説文》欿字，訓「食不飽」，讀如坎。引申亦言貪，故《廣雅・釋訓》曰：「歁，貪也。」雖然，亦不以謂歁、貪一字。王念孫云：「歁、欿聲並相近。」因許氏之誤。又，《説文・女部》：「婪，貪也。从女，林聲。杜林説，卜者黨相詐驗爲婪，讀若潭。」段注：「與《心部》之惏音義相同。」以「貪婪」之婪與「掹殺」之掹相溷。《心部》：「河内之北謂貪曰惏。」《方言》卷二：「惏，殘也。陳、楚曰惏。」又曰：「晉魏河内之北謂惏曰殘。」惏借爲「殘殺」之掹。郭璞注曰：「今關西呼打爲掹。」後誤謂惏訓殘，雖少餘猶欲食，則又誤謂貪食義。詳《説文》段注「惏」字。或改《方言》曰：「殺人而取其財曰惏。」致婪、惏誤作一字。惏，又訓畏懼，是殘殺義引申。許引杜林説，當是別字別義。婪，又通喃。喃喃，語聲也。杜謂卜者黨相詐驗爲喃也。許氏「讀若潭」，是潭借爲譚。《淮南子・墬形訓》「介潭先生龍」，注：「潭讀譚。」許云「婪貪也」之訓，猶喃譚也。譚，説也，語也。《莊子・則陽》「夫子何不譚我於王」，《釋文》引李注：「譚，説也。」字或通談。《莊子・則陽・釋文》：「譚，本亦作談。」《説文》「婪」字含三解。婪訓貪，非其本義。朱駿聲曰：「愛女曰婪。」是也。婪，從女，林聲。林，讀如霖。《爾雅・釋天》：「淫謂之霖。」《左傳》莊十一年「天作淫雨」，杜注：「淫，霖也。」《雨部》：「霖，久雨也。」引申言淫佚、過度。非度於女色制字爲婪，借聲字。王逸訓「愛食」，與訓「愛色」者同。古多以飲食飢飽以喻色欲滿足與否，謂色欲滿足爲食飽，謂色欲不足爲食飢。聞一多揭櫫其蘊，曰：「古謂性的行爲曰食，性欲未滿足之生理狀態曰飢，既滿足後曰飽。《衡門篇》曰『可以樂飢』，又曰：『豈其取妻，必齊之姜？』『豈其取妻，必宋之子？』《候人篇》曰：『彼其之子，不遂其媾。』又曰：『季女斯飢。』尋繹詩意，飢謂性欲明甚。本篇曰『未見君子，惄如調飢』，惄如猶惄然。未見君子而稱飢，是飢亦作性欲言。此義後世詩文中亦有之。樂府《西烏夜飛》曰：『暫請半日給，徙倚娘店前；目作宴填飽，腹作宛惱飢。』《隋遺録》曰：『（煬帝）每倚簾視絳仙，移時不去，顧内謁者云：「古人言秀色若可餐，如絳仙，真可療飢矣！」』凡此言飢，並可與《詩》義互證。對飢而言則曰飽。《楚辭・天問》曰：『禹之力獻功，降省下土方。焉得彼嵞山女，而通之於台桑？閔妃匹合，厥身是繼。胡維嗜欲同味，而快鼂飽？』王注曰：『何特與衆人同嗜欲，苟欲飽快一朝之情乎？』案：上言『通之嵞山女於台桑』，下言『快鼂飽』，語意一貫，故文釋飽爲飽情。《呂氏春秋・當務篇》曰『禹有淫湎之意』，蓋猶《天問》曰『快鼂飽』矣。要之，『調飢』謂性欲之飢，『鼂飽』謂性欲之飽，『朝食』謂性欲之食。其單稱飢若食者，乃『調飢』、『朝食』之省。舊解皆失之。」至碻。又，錢鍾書曰：「以飲食喻男女，以甘喻匹，猶巴爾札克謂愛情與飢餓類似也。曹植《洛神賦》：『華容婀娜，令我忘餐。』沈約《六憶詩》：『憶來時，相看常不足，相見乃忘飢。』馬令《南唐書・女憲傳》載李後主作《昭惠周后誄》：『實曰能容，壯心是醉；信美堪餐，朝飢是慰。』小說中常云『秀色可餐』，『恨不能一口水吞了他』，均此意也。西方詩中亦爲常言，費爾巴哈始稍加以理，危坐莊論『愛情乃心與口之啖噬』欲探折義蘊，而實未能遠逾詞人之舞文弄筆耳。」錢氏學貫中西，說尤精到。王氏「愛食曰婪」之愛食，本指色欲言。

【憑】王逸注：「憑，滿也。楚人名滿曰憑。」《說文》注「憑」字曰：「馮者，馬蹏箸地堅實之皃。因之引伸，其義爲盛也，大也，滿也，懣也。如《左傳》之『馮怒』，《離騷》之『馮心』以及《天問》之『馮翼惟象』，《淮南書》之『馮馮翼翼』，《地理志》之『左馮翊』，皆謂充盛，皆『畐』之合音叚借。畐者，滿也。」朱駿聲亦謂「憑當作馮，讀爲畐，下文『憑心』同。」梁章鉅《文選旁證》曰：「憑與馮同。《方言》：『憑，怒也。楚曰憑。』郭注：『憑，恚盛貌。』昭五年《左傳》『震雷馮怒』，杜預注：『馮，盛也。』《文選・長門賦》『心憑噫而不舒兮』，注云：『憑噫，氣滿貌。』皆可證。」畢大琛曰：「楚人謂滿爲憑，言滿猶求索也。」游國恩曰：「憑，於此文爲《離騷》中習見之句前狀語，其含義近似今人口語所謂滿不在乎之滿，以狀黨人之不猒求索，意氣彌盛也。」王夫之曰：「憑，恃也。恃君寵以恣行也。」陳遠新曰：「憑，任勢。」胡文英曰：「憑者，依據也。」以憑爲依據義。陸善經曰：「馮，每也。」馬其昶曰：「憑與馮同。《漢書》注：『馮，貪也。』言其貪求不知猒足也。」以憑通馮，訓貪。案：上列三解，憑訓貪，最爲達詁。「憑不猒」，言貪不知足，承上句競進貪婪言。游氏比今語「滿不在乎」，其不知「滿不在乎」之滿，蠻也，言毫不在乎。非謂滿足。憑，讀如每。憑、每之蒸陰陽對轉，並明旁紐雙聲。《天問》「穆王巧梅，夫何爲周流？」王注：「梅，貪也。」梅，每字借假。《漢書・賈誼傳》「品庶每生」，注：「每，貪也。」《說文・艸部》：「每，艸盛上出也。」每，借爲謀。《言部》「謀」字，古文作「𠇠」，從母、口；或作「𢘓」，從母、心。《木部》「梅」字，或體作「楳」。「某，酸果也。」段注：「此是今梅子正字。」信陽楚墓殘簡「梅」字但作「某」。《莊子・知北遊》「媒媒」，《胠篋》則作「每每」。謀，謂圖謀。《論語・衛靈公》：「君子謀道不謀食。」謀道，美義；謀食，惡義，言貪圖。《左傳》宣十四年「貪必謀人」，貪、謀互文，謀，猶貪也。古多借馮、每、梅字爲之。

【猒】王逸注「不知大猒飽」云云，以「猒」爲飽食義。汪瑗曰：「不猒，不以爲足也。」蔣驥曰：「不猒，言永無猒也。」于惺介曰：「不猒求索，未足猒求也。」皆訓猒爲足。案：《說文・甘部》曰：「猒，飽也，足也。从甘、肰。」肰，犬肉，賅其食事。甘，猶足飽也。《甘部》：「甘，美也。从口含一。一，道也。」俞樾曰：「許書說此字，其義甚迂。於口中作一，其本義當爲含，一，即所含之物也。」謂甘美作「苷」，曰：「夫使甘爲甘美本字，則此草以甘美得名，即謂之甘草可矣，何必制此從艸、從甘之『苷』字乎？今定甘之本義爲含，而甘美字作苷，從艸，甘聲，庶各得其本字矣。」《兒笘録》，轉引自《說文詁林》。其說是也。甘、含音近義通。含，含閉不捨。詳上「貪」字注。甘，從一，一，象所含物，甘聲之字多含禁制不得解釋義。脅持曰拑，劫束之器曰鉗，以竹爲者曰箝，以木銜馬口曰柑。物含於口是謂之塞。甘又有塞澀不通義。《詩・伯兮》「甘心首疾」，毛《傳》：「甘，厭也。」甘心，猶言塞心，謂梗塞而心受塞阻則痛。甘心又謂痛心。食犬肉至塞咽不得下字作猒，會意兼轉注。猒訓飽、訓足、訓止，一義相仍。憑不猒，不專言食事，但言足止可耳。古多借厭字爲之。《國語・周語》「不可厭也」，注：「厭，足也。」《晉語》：「民志無厭。」注：

「厭，極也。」《詩・還序》「從禽獸而無厭」，《釋文》：「厭，止也。」包山楚簡亦作厭，訓厭祭義。厭，古壓字。段君謂「猒、厭古今字」，非也。俗字作懕、饜。《禮記・曾子問》「不厭祭」，《釋文》：「厭，本作懕。」《論衡・知實》引《孟子》「我學不厭」作「我學不饜」。王注因「愛食曰婪」，而以猒言猒飽。

【求索】屈賦恒語，本書二例，倒作索求，《天問》「夫何索求」是也，爲同義複詞，求，訓衣裘，借作索求。《説文・𣎳部》：「索，草有莖葉可作繩索也。」本繩索名，無搜求義。案：索之爲言素也。古書通用。《禮記・中庸》「素隱行怪」，《漢書・藝文志》引作「索隱行怪」。《釋名・釋典藝》：「索，素也。」《書序》之「八索」，《左傳》昭十二年之「八索九丘」，《釋文》並曰：「索，本作素。」信陽楚墓殘簡及包山楚簡求索字皆作素。《糸部》：「素，白致繒也。」引申言空、白。《詩・伐檀》「不素餐兮」，毛《傳》：「素，空也。」《一切經音義》卷三引《蒼頡篇》曰：「索，盡也。」引申亦謂求。其分别字作𡩋。《宀部》：「𡩋，入家搜也。」古書多借繩索字爲之。

是二句言衆芳之穢行。衆皆竝逐争進，貪財婪色，而不知足，求索無已也。

羌内恕己以量人兮　各興心而嫉妒

[羌] 洪《補》羌音去羊切，朱《注》羌音起羊反。去羊、起羊音同。

[己] 《文選》六臣本己作巳，非是。朱《注》曰：「一無『己』字。」《古今源流至論》前集卷三注引亦無「己」字。

案：恕己、量人儷偶對舉，有「己」字是也。王逸注「内以其志恕度他人」云云，王本有「己」字。《古今合璧事類備要》續集卷四一、《北堂書鈔》卷三〇、《唐類函》卷六八、《文選》卷五二曹丕《典論論文》注引恕下有「己」字。

量 洪《補》量音力香切，朱《注》同，錢《傳》量音良。皆平聲。《群經音辨》曰：「量，酌也。龍張切。酌之有大小曰量，龍向切。」《古今源流至論》前集卷三注引量人作及人。案：王注「量，度也」云云，王本作量字。豆區斗斛之器，統名量，去聲。以器度物之多少、輕重亦曰量，平聲，動詞。《周禮·考工記》「準之然後量之」，鄭注：「量，讀如『量人』之量。」

各 玄應《一切經音義》卷六、卷一八及慧琳《一切經音義》卷二七、卷七二引「各」作「故」。案：各、興互文，作「各」字是也。故，各之音訛。王注「則各生嫉妬之心」，王本作各字。《北堂書鈔》卷三〇及《唐類函》卷六八載引亦作各。

興 《文選》六臣本曰：「興，五臣作與。」洪《補》曰：「《文選》誤作與。」朱《注》曰：「興，一作與。非是。」案：興、與形似而訛。王逸爲「興」字作注，王本作興。

妬 朱《注》本作妒。姜亮夫曰：「妬，妒之或體。本字當作妒，婦妒夫也。」案：《說文》字作妬，曰：「从女，石聲。」段君因許氏所析改妒作妬，曰：「此如柘、橐、蠹等字皆以石爲聲，户，非聲也。」妒，會意；妬，形聲；一字兩構。詳注。《古今合璧事類備要》續集卷四一、《北堂書鈔》卷三〇及《唐類函》卷六八載引並作妬。玄應《一切經音義》卷六、卷一八引亦作妬，慧琳《一切經音義》卷二七、卷七二引作妒。

【羌】王逸注：「羌，楚人語詞也，猶言卿，何爲也。」案：王氏以羌爲楚人語詞。「猶言卿」，謂漢讀音「羌」如「卿」。又讀如慶。《漢書·揚雄傳》「竣慶雲而將舉」、「慶天顇而喪榮」。顏注：「慶者羌同。」《後漢書·班固傳》李賢注：「慶讀如卿。」「何爲」，釋「羌」字義。後多以「卿何爲」連文，斷爲：「羌，楚人語詞也，猶言卿何爲也。」詳中華書局一九八三年第一版《楚辭補注》校點本及一九八〇年第一版《離騷纂義》校點本。又，《九歌·山鬼》「杳冥冥兮羌晝晦」，五臣注：「羌，語詞也。」《九章·惜誦》「羌衆人之所仇」，王注：「羌，然辭也。」陸善經曰：「乃內恕諸己以度人。」吕延濟曰：「羌，乃也。」唐人釋羌爲乃。案：唐人蓋本《廣雅·釋詁》曰：「羌，乃也。」洪《補》曰：「羌，楚人發語端也。一云，歎聲也。」其又異於漢、唐所釋。徐仁甫據王注「何爲」一解，謂《楚辭》之羌，「乃反詰副詞，用與『何』同」。姜亮夫極推其説，然其於詮釋例句又不盡與徐説同，曰：「羌，此南楚獨用之語助詞，或反詰副詞也。凡言羌處，多轉上下文義而爲之辭，故多逆轉之義。惟逆轉之義有強弱，強則羌義近乃，弱者以發端詞釋之亦可。然非泛泛發聲之詞，如維、夫可比。」其説空疏，且不知何以分逆轉強弱。羌，楚語，古今所共知。而羌訓「何爲」、訓「乃」、訓「然」、訓「何」，一義相通。屈賦「羌」字句法，皆用轉折。《玉篇》：「羌，反也。」猶今「反而」，亦轉折。此文言衆皆並逐争進，貪婪求索，反恕己量人，興生嫉妒之心也。下文「余以蘭爲可恃兮，羌無實而容長」。言我本以爲子蘭可怙恃，反無實容長而不可恃也。《大司命》「結桂枝兮延佇，羌愈思兮愁人」，言我結言桂枝，延佇而立，乃愈思使人愁也。《東君》「長太息兮將上，心低佪兮顧懷；羌聲色兮娱人，觀者憺兮忘歸」，言我太息低佪，不忍去扶桑故居而上行，然則聲色娱人，令我憺然忘歸也。《山鬼》「表獨立兮山之上，雲容容兮而在下；杳冥冥兮羌晝晦，東風飄兮神靈雨」，言我在山之上，雲蒸霧障，雖晝猶晦。《惜誦》「吾誼先君而後身兮，羌衆人之所仇」、「壹心而不豫兮，羌不可保也」，《抽思》「昔君與我誠言兮，曰黄昏以爲期。羌中道而回畔兮，反既有此他志」，《思美人》「因歸鳥而致辭兮，羌宿高而難當」、「獨歷年而離愍兮，羌馮心猶未化」，「羌」字皆爲轉折。析言，羌，異於乃、而，有意料不及之意。故上引諸文，皆釋「豈料」、「不料」。《九歌》注「羌，語詞也」，因《離騷》注省，後因謂羌爲「發語端」。徐氏但以「何」義概之，亦失偏頗。案：羌受義於卻。羌、卻爲陽鐸平入對轉，同溪紐雙聲。《説文·虫部》：「𧍯，渠𧍯，一曰天社。从虫，卻聲。」《爾雅·釋虫》：「蛣蜣，蜣蜋。」蛣蜣即渠𧍯。《玉篇·虫部》：「𧍯、蜣字同。」蜣，從虫，羌聲。羌、卻亦通用。《卩部》：

「卻，卩卻也。」段注：「卩卻者，節制而卻退之也。」引申言斥退。《九歎・愍命》「卻騏驥以轉運兮」，言斥退騏驥而轉行也。《老子》「卻走馬以糞」，《釋文》：「卻，除也。」虛化爲轉折辭，類今「卻」、「但是」、「不道」。楚人語卻爲羌，漢音轉爲卿、慶，即今語「竟然」之「竟」。吾鄉浦江語羌如卻，其楚語之遺歟？魚陽陰陽對轉，字或作詎。《廣韻》上聲第八語韻：「詎，豈也。」又作距。《韓非子・難四》：「衛奚距？」亦作鉅。《荀子・正論篇》「是豈鉅知見侮之爲不辱哉？」亦作渠。《王制》：「豈渠得免夫累乎！」亦作巨。《漢書・高帝紀》：「公巨能入乎」？詎、距、鉅、渠、巨皆爲反詰疑問。楊遇夫引清人劉淇《助字辨略》曰：「遽，遂也。」遽即詎字。謂「何遽、奚遽之文，『豈』義頗不可通」。新舊《辭海》、《辭源》並采用劉説，釋遽、距、詎等字爲遂。非也。姜亮夫曰：「細繹古籍，凡言巨、詎、鉅、渠諸字，其義皆等於今天言就。就、詎雙聲。尤韻字，古一部入支，則今讀就者，古讀距，古今音之變也。」

案：遽音去倨切，魚部，溪紐。就音疾僦切，幽部，從紐。遽、就聲韻俱異，不相通用。先秦、兩漢及至六朝以下之韻文，就皆不與支部字協韻，不讀距。姜説無根。《廣韻》之尤韻有尤、訧、郵、牛、丘、紑、裘、謀等字，之部。漢世以下於之部分出而與幽部三、四等字合爲尤部。而之支合韻在隋唐以後，六朝之支畛域猶至密。姜氏蓋據於顧炎武十部説，以爲之支古本一部，乃謂「尤韻字古一部入支」。就，不在《廣韻》之尤韻，在去聲第四十九宥韻。姜氏未免千慮一失。詎等亦卻字音變。《説文・口部》：「噱，大笑也。从口，豦聲。」《廣雅・釋詁》「⿰亻卻，笑也。」⿰亻卻，从人，卻聲。卻、遽通用。此其一證。《史記・司馬相如列傳》「徼谻受詘」，徐廣曰：「谻音劇。」谻即⿰亻卻字。劇諧豦聲。卻、遽通用。此其二證。羌及詎、鉅、渠、巨、距、遽等皆爲卻字虛化，用於疑問句，羌訓「何」、訓「豈」、訓「何爲」。而詎、渠、巨、鉅、距、遽但用於疑問句。用於非疑問句，羌訓「乃」、訓「然」、訓「反」、訓「卻」。羌釋「何爲」，蓋爲問句。言何爲内恕己以量他人，皆生嫉妒之心邪？又，姜氏謂羌與謇、蹇爲聲轉，其字通用。濫借也。案：謇，本作蹇，行之難，虛化爲轉折辭。羌與謇、蹇雖同義而非一字。詳下文蹇字注。

【恕】王逸注：「以心揆心爲恕。」猶以心比心。錢杲之曰：「恕己，不責己也。」張鳳翼曰：「恕，乃責己則昏之謂恕。言責己則恕，度人則刻，各生妬心也。」李陳玉曰：「自己本可做好人，而曰我不能，謂之恕己。」皆以「恕」爲寬恕義。案：王説不可移易，釋「恕」爲「寬恕」，非也。《説文・心部》：「恕，仁也。从心，如聲。」段注：「孔子曰：『能近取譬，可謂仁之方矣。』《孟子》曰：『彊恕而行，求近莫近焉。』是則爲仁不外於恕。」仁，从二、人，訓親。二人相親，莫甚於兩心相知，《孟子》曰：「仁，人心也。」許云「恕，仁也」，猶親以己心度他人之心。《賈子・道術》曰：「以己量人謂之恕。」《論語・里仁》「夫子之道，忠恕而已」，皇疏：「恕，謂忖我以於度人也。」《禮記・中庸》「忠恕違道不遠」，疏：「恕，忖也。忖度其義於人。」《左傳》昭六年「誨之以恕」，孔疏：「如心爲恕，謂如其己心也。」《周禮・大司徒》鄭注：「恕言以中心。」孔疏：「如心曰恕，如下從心。」《詩・關雎》鄭《箋》「謂中心恕之」，孔疏：「於文如心爲恕。」《一切經音義》卷二引《蒼頡篇》曰：「恕，如也。」恕，受義於如，謂彼心如己心，必由己而及彼。寬恕之義，蓋始自魏晉。王萌亦曰，寬容之恕，「魏晉以來，始有此説」也。戰國無此義。

【量】王逸注：「量，度也。」案：量、度互訓不分，析言各有專義。《説文・重部》：「量，稱輕重也。从重省，暴省聲。」段注：「《漢書》曰：『量者，所以量多少也。』此訓『量』爲『稱輕重』，有多少斯有輕重，視其多少可幸権也。」《考工記》：「桌氏爲量，改煎金錫則不耗，不耗然後權之，權之然後準之，準之然後量之，量之以爲鬴，深尺，内方尺而圜其外，其實一鬴，其臀一寸，其實一豆，其耳三寸，其實一升。」又，《又部》：「度，法制也。」猶據法而制之。段注：「周制寸、尺、咫、尋、常、仞，皆以人之體爲法。寸，法人之寸口；咫，法婦人手長八寸；仞，法伸臂一尋。皆於手取法。」計物輕重、多少曰量，而計物修短曰度。下文「不量鑿而正枘兮」，王注曰：「量，度也。」謂量鑿方圓、大小及枘修短。用引申義。許氏云量，諧曏聲。非也。量，力香切，來紐；曏，許兩、火亮二切，曉紐。聲不同紐，不相諧。量，甲文作「」《京都》二二八九，金文作「」《克鼎》，上從口或，下從重。包山楚簡亦作量。于

省吾謂「量字從日，當是露天從事量度之義」。望文生訓。案：口、日，良字省文。良，古文作「」《乙編》三三三四、「」《格伯毁》，中作口或日，良、量通用。《山海經・海内北經》「犬封國有文馬曰吉量」，注：「量，一作良。」《釋名・釋言語》：「良，量也。量力而勤，不敢越限也。」良亦聲。良，無計度義，讀如商，古字相通。《史記・仲尼弟子列傳》「公良孺」，《索隱》引鄒誕本作襄。襄、商音同通用。《廣雅・釋詁》：「商，度也。」《管子・海王》「禺筴之商日二百萬」，注：「商，計也。」計度輕重字作量。量，借聲字。古鑼文量字或作⿱日章，漢《光和斛》、《曹全碑》字皆作⿱日章，下從章。章亦商字假借。《漢書・律曆志》：「商之爲言章也。」《風俗通・聲音》引劉歆曰：「商者，章也。」顔師古《匡謬正俗》曰：「商字，舊有章音。」量、⿱日章一字。

【興】王逸注：「興，生也。」案：《説文・舁部》曰：「興，起也。从舁、同。同，同力也。」興音虚陵切，起音墟里切。之蒸陰陽對轉，同曉紐雙聲。《走部》：「起，能立也。」段注：「起，本發步之稱，引伸之訓立。」起立者生，蹎跋者死。《夏小正》「匽之興」，《傳》云：「其不言生而稱興，何也？不知其生之時故曰興。」此蓋生、興之所别。興心，即其「不知其生之時」之義。黄文焕曰：「興心者，一觸惡而輒起，必不能一刻容，不待我之開罪也。各興心者，情狀肺肝，忽然勃然不謀而同，不待彼之合商也。」狀言「不知其生之時」，唯於訓詁未密。

【嫉妬】王逸注：「害賢爲嫉，害色爲妬。」案：《説文・人部》：「㑵，妎也。从人，疾聲。一曰：毒也。嫉，㑵或从女。」以嫉字别體爲㑵。疾，病也。引申言害。《左傳》昭九年「辰在子卯謂之疾日」，杜注：「山之林藪毒害者居之。」《史記・屈原列傳》「屈平疾王聽之不聰也」。許氏一曰「毒」，謂惡義。女以色相疾惡者字作嫉，嫉，形聲兼轉注。惡賢字作㑵，其引申義。許氏嫉訓妎。妎之言害也。《叔多父盤》「用錫屯录，受害福」，害福，猶《易・晉》「受茲介福」之介福。介通害，妎亦通害。又，《女部》：「妒，婦妒夫也。从女，户聲。」或體作妬，从女，石聲。許氏以户、石同音。非是。案：妒，當故切，定紐；户，侯古切，匣紐。妒，户聲不同紐，不相諧。段君改妒爲妬，從女，石聲，謂「柘、橐、蠹等字皆以石爲聲」。許訓「婦妒夫」，婦以色障蔽其夫。妒，从女、户。户，門户也，有閉止義。

《釋名・釋宮室》：「户，護也。所以謹護閉塞也。」《小爾雅》：「户，止也。」婦以色閉蔽其夫字爲妒。妒，會意兼轉注，非形聲字。《釋名・釋疾病》：「乳癰曰妬。妬，褚也。氣積褚不通至腫潰也。」《左傳》襄三十年「取我衣冠而褚之」，杜注：「乳癰曰妒。」借妒爲褚。其字作𤸫，《説文・疒部》謂氣積塞不通。引申言壅蔽、障蔽，古借妬字。妬，从女，石聲。石，通作𤸫。石音常隻切，𤸫音同都切。魚鐸平入對轉、定禪旁紐雙聲，例得通用。婦𤸫蔽夫謂之妬。妬，借聲字。妒、妬并不見甲文金文，惟馬王漢墓帛書《十六經・稱》有「㚤」字，妬字古文。信陽楚墓簡謂：「戔人剛恃，天迖於刑者，有走孯。」孯，古賢字。走賢，障賢，猶妬賢。障、妬屬鐸陽平入對轉、定照三旁紐雙聲。閻簡弼曰：「嫉妬字从女，本專屬女性。此篇多以男女喻君臣，故以衆女喻群小。此處嫉妬正切女子而言。」案：男女喻君臣，於本書，但見此一章中，閻氏謂「此篇多以男女喻君臣」，蓋取於游氏「《楚辭》女性中心説」。說詳下文。然則男女婚姻比政治，蓋戰國兩漢之通喻。《潛夫論・賢難》曰：「且凡士之所以爲賢者，且以其言與行也。忠正之言，非徒譽人而已也，必有觸焉，孝子之行，非徒吮癰而已也，必有駁焉。然則循行論議之士，得不遇於嫉妬之命，免於刑戮之咎者，蓋其幸者也。比干之所以剖心，箕子之所以爲奴，伯宗之以死，郄宛之以亡，夫國不乏於妬男也，猶家不乏於妬女也。近古以來，自外及内，其争功名妬過己者，豈希也！」於此言之，子蘭、子椒、上官、靳尚之屬，皆楚「妬男」也。

是二句言衆皆競進貪婪，不猒求索，固已不堪也，豈料内忖己心以度他人，謂我貪婪亦當如彼，我行正直、清潔，皆興生嫉妬之心也。

第十五韻：索、妬

陳第、戴震、江有誥并曰：「索，古音素。」案：素，去聲；引申言索求，字作索，入聲，即鐸部短入，古音爲

[sak]。朱子曰：「若『索』從『所格』讀，則妬協音跖。」案：朱子叶韻多率意改音，雖偶合古韻，亦不足信。妬，當故切，去聲，爲鐸部長入，古音爲[ta:k]。

忽馳騖以追逐兮　非余心之所急

馳 洪《補》、錢《傳》同引馳一作駝。案：馳，駝字隸省，慧琳《一切經音義》卷六云：「《説文》作它，隸書作也，相因漸變。」包山楚簡馳作駝。慧琳《一切經音義》卷二七、卷三一、卷五一、卷八九，《古今合璧事類備要》續集卷四一引亦作馳。

騖 朱《注》、錢《傳》騖音務。

以 慧琳《一切經音義》卷三一引作「而」，卷二七、卷五一、卷八九引亦作「以」。案：屈賦句法用「而」字者，連接語。「既遵道而得路」、「後悔遁而有他」、「各興心而嫉妬」、「謇朝誶而夕替」、「忍尤而攘詬」、「世竝舉而好朋」。連接動詞則用「以」。「競進以貪婪」、「逍遥以相羊」、「康娱以淫遊」、「幽昧以眩曜」等。《古今合璧事類備要》續集卷四一引亦作以。

【忽】劉良曰：「忽，急也。」聞一多曰：「忽，疾貌。」游澤承曰：「忽，與上文『忽奔走以先後』之忽同。」案：「忽馳騖以追逐」，馳騖、追逐皆有亂義，忽，猶亂貌。《方言》卷六：「伆、邈，離也。楚謂之越，或謂之遠。吴越曰伆。」郭璞注：「謂乖離也。」伆、忽古書通用。

【馳騖】王逸未注。洪《補》曰：「騖，亂馳也。」汪瑗曰：「馳騖，亂走也。」姜亮夫曰：「馳騖，義近復合詞，猶馳驅也。」案：馳騁言直馳，義重在「騁」；馳騖訓亂馳，義重在「騖」。《説文・馬部》：「騖，亂馳也。从馬，敄聲。」敄無亂義。敄之爲言冒也。《月部》：「冒，蒙而前也。」引申言冒犯、干亂。馬行亂馳字作騖，借聲字。

【追逐】王逸注「言衆人所以馳騖惶遽者，争追逐權貴、求財利也，故非我心之所急」云云，以「追逐」言追隨。案：《説文・辵部》：「追，逐也。」「逐，追也。」二字互訓。析言追、逐各有專義。《方言》卷一二：「追、末，隨也。」《廣雅・釋詁》三：「追、末、隨，逐也。」末隨，猶尾隨。追，𠂤聲。𠂤，堆古文。追、堆古通用。《士冠禮》注：「追，猶堆也。」《文選・七發》李善注：「追，古堆字。」堆，謂次比壘土。段注曰：「《詩》『追琢其章』，追亦同堆，蓋古治金玉突起者爲𠂤。」其説涵胡。「追琢其章」，謂治玉使比次相壘突起者謂之𠂤。𠂤，又通纍。堆、纍，微部，端來旁紐雙聲。《糸部》：「纍，綴得理也。」謂纍土而「綴得理」者謂之壘，亦次比相隨義。而末隨之「綴得理」者謂之追。下云「背繩墨以追曲兮」，王注曰：「追，猶隨也。」言百工不循繩墨之直道，隨從曲木，屋必傾危，而不可居也。」追，末隨義。追踪、追擊、追溯、追憶，來者猶可追，蕭何月下追韓信，皆用尾隨、末隨而比次綴隨義，是不可易之以逐。歧途亡羊，楊朱曰：「亡一羊何追者之衆？」謂尾隨羊之亡而比次綴行，不得言逐羊。逐羊，驅羊，其義追羊之反。逐，從辵，豚省，訓獵豚。引申言驅逐、棄斥。秦相李斯作《諫逐客令》，逐客，謂驅客，而不得變言追客。追、隨析言亦有別。《孟子・離婁下》：「鄭人使子濯孺子侵衛。衛使庾公之斯追之。子濯孺子問其僕：『追我者誰也？』」庾公之斯，子濯孺子再傳弟子，於衛當驅逐之；而於師，則逐者非禮也，而用隨者又不忠於衛也，故言「追」。追，兼逐、隨二字。又《韓非子・外儲説左下》：「侯吏者追臣至境上，不及而止。」言既逐且隨於陽虎之末，將出之境而止。《左傳》莊公十八年：「公追戎於濟西。」言逐且隨戎於濟水西。言隨無逐棄義。隨謂之追而不隨謂之逐，追謂之逐而不逐謂之隨。此追、隨、逐之專義。「追逐」連文，猶「馳騁」、「馳騖」之比，義重在後一字，言争逐也。馳騖追逐、排斥賢能，是衆人貪婪嫉妒之穢行。若「追隨」連言，義重在「隨」也。

【急】王夫之曰：「急，亟也。」案：急，猶及也。急、及古書通用。《説文・心部》急字或作忣，从心，及聲，及、急例可通用。《釋名・釋言語》：「急，及也。操切之使相逮及也。」《木部》：「极，驢上之負也。从木，及聲。或讀若急。」《彳部》：「彶，急行也。从彳，及聲。」《又部》：「及，逮也。」引申言追逐。《國語・晉語》「往者不可及」，韋昭注：「及，追也。」

是二句言忽然亂馳追逐，貪圖利禄，非余心之所及也。

老冉冉其將至兮　恐脩名之不立

老冉冉《分門集注杜工部詩》卷三注、王狀元《集百家注編年杜陵詩史》卷三洙注、《九家集注杜詩》卷一注引作「悲冉冉」，《事類賦注》卷二引曹丕《九日與鍾繇書》引作「念冉冉」。案：王逸注「我之衰老」云云，王本作老。《漢書》卷八七《揚雄傳》注引晉灼言、《後漢書》卷二八下《馮衍傳》注、《古今合璧事類備要》續集卷四一、《唐類函》卷一二六載《白帖》、《東雅堂昌黎集注》卷七注引亦作「老冉冉」。

其《北史》卷八八《隱逸傳》引作「而」。案：其，古文作亓，與而相似而訛。《分門集注杜工部詩》卷三注、《集百家注編年杜陵詩史》卷三洙注、《九家集注杜詩》卷一注引作之，《九家集注杜詩》卷六注引作以。《漢書》卷八七《揚雄傳》注引晉灼言、《後漢書》卷二八下《馮衍傳》注、《東雅堂昌黎集注》卷七注、《古今合璧事類備要》續集卷四一、《唐類函》卷一二六載《白帖》引亦作「其」。

至《分門集注杜工部詩》卷三注、《集百家注編年杜陵詩史》卷三洙注、《九家集注杜詩》卷一注引作老。案：非是。

脩 洪《補》：「脩與修同，古書通用。」朱《注》、錢《傳》二本並作脩。《文選》六臣本亦作脩。案：脩名，美名。本書作脩。《古今合璧事類備要》續集卷四一、《東雅堂昌黎集注》卷七注、《漢書》卷八七《揚雄傳》注引晉灼言、《後漢書》卷二八下《馮衍傳》注引亦作脩。

【老】王逸注：「七十曰老。」郭沫若、游國恩因王注以考屈子作《離騷》之年及屈子卒年，謂屈子作《騷》不在懷王之世，而在頃襄王之世，當其將垂老之時，年壽亦在七十以上。《説文・老部》：「老，考也。七十曰老。从人、毛、匕，言須髮變白也。」又，《論語》「及其老矣」，皇《疏》：「五十以上爲老。」《曲禮》又曰：「五十曰艾。」艾，老也。《廣雅・釋詁》：「艾，老也。」《鹽鐵論・未通》謂「五十以上曰艾老，杖於鄉，不從力役」。又，《管子・海王》注：「六十已上爲老男，五十已上爲老女。」《曲禮》曰：「七十曰老而傳。」又曰：「七十而致事。」雖同一書，而前後錯忤。蓋古稱老，未有一定之限。《禮記・王制》曰：「凡養老，有虞氏以燕禮，夏后氏以饗禮，殷人以食禮，周人脩而兼用之；五十養於鄉，六十養於國，七十養於學。」又曰：「五十始衰，六十非肉不飽，七十非帛不煖。」《曲禮》曰：「五十不致毁，六十不毁，七十唯衰麻在身，飲酒食肉處於内。」《王制》又曰：「五十不從力政，六十不與服戎，七十不與賓客之事，八十齊喪之事弗及也。」稱老者，蓋在五十之上，五十以下不稱老。漢以還，稱老又不拘《禮記》「五十」之限。賈生享年祇三十又三，未及五十，而《惜誓》曰「惜余年老而日衰」也。陸機賦《歎逝》年第四十，而曰「聊優遊以娱老」。杜甫年三十又六歲作《贈比部蕭郎中十兄》詩，曰「歸老任乾坤」。三十又九歲作《贈翰林張四學士垍》詩，曰「垂老獨漂萍」。又，《南史·后妃傳》「徐娘雖老，猶尚多情」，徐娘者，漢元帝妃。太清三年賜死。先是，帝年甫四十，徐娘年亦不在五十以上。林庚據此謂古人稱老本不拘，蓋漢世以下如是言，而先秦未有年五十以下而稱老者。屈子自稱老，其年亦必在五十以上矣。屈子作《騷》，信如郭、游之説，在再放於楚頃襄王，流竄江南之時，下篇求帝、求女及西行皆得徵之。

【冉冉】王逸注：「冉冉，行貌。」徐焕龍曰：「冉冉，漸至而殊不覺也。」聞一多曰：「冉冉，漸進貌。」游國恩曰：「冉冉，歲月流移之貌。」冉之字作冄，許云「毛冉冉」，無漸行義。段注謂漸行之冉，讀如冘。《冂部》：「冘，冘冘，行貌。从儿出冂。」段注：「儿者，古文奇字人也。冘，遠望人若行若不行之貌。」冘，甲文作「[illegible]」，楊樹達識爲儋字初文，「象人荷擔，以手持擔木之形」，不訓行進義。冉訓行者，借爲䟽。《走部》：「䟽，進也。」朱駿聲《説文通訓定聲》謂「徐進」義。重言爲漸漸。冉、漸，談部，從日旁紐雙聲。其聲之變或作漸冉。《文選·思玄賦》「恐漸冉而無成兮」，注：「漸冉，進也。」又作荏冉。《文選·悼亡詩》「荏冉冬春謝」，李善注：「荏冉，猶漸也。」又作浸潭。《史記·司馬相如列傳》「浸潭促節」，《索隱》曰：「猶漸冉也。」訓詁字又作趍潭。《玉篇·走部》：「趍潭，驅步也。」又作浸淫。《漢書·司馬相如傳》「浸淫衍溢」，注：「浸淫，猶漸浸也。」引申言乍行乍止，字作冘豫。《後漢書·來歙傳》「久冘豫不決」，李賢注：「冘豫，不定之意也。」蓋與躊躇、跱躇、踟躕、夷猶爲一義之變。「冉冉」一詞，屈賦專言年命蹉跎，用作至、極、弛、頽等之疏狀語，解罷極、委弛爲允當。《九歌·大司命》「老冉冉兮既極」，王注：「極，窮也。言履行忠信，從小至老，命將窮矣。」《九章·悲回風》「歲曶曶其若頽兮，旹亦冉冉而將至」，曶曶、冉冉互文，冉冉，猶曶曶，罷頽貌。《九辯》「歲忽忽而遒盡兮，老冉冉而愈弛」，冉冉，猶委隋不振貌。《哀時命》「欿愁悴而委隋兮，老冉冉而逮之」，冉冉，言委墮懈倦貌。冉，用本義似亦通。蓋「毛冉冉」有荏弱義，引申言罷極。

【至】王逸注「言人年命冉冉而行，我之衰老，將以來至」云云，以至爲至止義。案：至，猶極也，窮也。《國語·越語》「陽至而陰」，韋昭注：「至，極也。」將至，即《大司命》之「既極」、《九辯》之「遒盡」。

【脩名】王逸注「恐脩身建德，而功不成、名不立也」云云，以脩爲「脩身建德」，以名爲功名，增字解經。洪《補》曰：「脩名，脩潔之名也。」錢《傳》曰：「脩，亦遠也。」聞一多曰：「脩名，不朽之名。」姜亮夫曰：「脩名，當即脩能所得之名也。則脩乃脩飾，自教自發之義。」案：脩，同「脩能」之脩，美也，善也。脩名，與上言「嘉名」相應。屈子「嘉名」，但一「正」字可概之。言衆皆變志改性，競逐貪婪，惟我守道直行，不改初志，但恐違其稟天之「正」，於此變言「恐脩名之不立」也。《遠遊》曰：「聞赤松之清塵兮，願承風乎遺則。貴真人之休德兮，美往世之登仙。與化去而不見兮，名聲著而日延。」其雖託志登昇，猶未忘「脩名」本色。

【立】王逸注：「立，成也。」案：立之對文爲倒。人立則生，倒則死，事立則成，倒則敗。「恐脩名之不立」，猶上文「恐美人之寂寞」。言恐美名不立，而終身湮没無聞。

是二句言年命冉冉然將極，恐美名未立，而終身寂寞不彰。

第十六韻：急、立

急，借爲及，古音爲[giəp]。立，古音爲[liəp]。急、立古同緝部。

朝飲木蘭之墜露兮　夕餐秋菊之落英

朝《事類賦注》卷三引作「曉」。案：上句用「朝」，下句用「夕」，屈賦句法。作「朝」字是也。《全芳備祖集》卷一二、《記纂淵海》卷二及卷四四、王楙《野客叢書》卷一、《文選》卷二二左思《招隱士》注、《事類賦注》卷三注、

《集注分門東坡先生詩》卷一四注、《古今合璧事類備要》續集卷四一及卷一八注、《藏海詩話》、《對牀夜語》、《古今事文類聚》前集卷四、《北堂書鈔》卷一五二及《唐類函》卷五載、《藝文類聚》卷八一、《唐類函》卷一八五及卷一八九姜校引《唐類函》誤作卷一〇引亦作「朝」。

飲 洪《補》飲音蔭，朱《注》飲音於錦反。案：蔭，去聲；「於錦」之音，上聲。《群經音辨》曰：「飲，酒漿也，於錦切。所以歠曰飲，於禁切。」上聲爲名，去聲爲事。飲墜露，事也，音蔭，去聲。朱《注》非是。

夕 《漢書》卷八七《揚雄傳》注引晉灼言，「夕」上衍「予」字。《集百家注編年杜陵詩史》卷三注、《事類賦注》卷二注引曹丕《九日與鍾繇書》引「夕」字作「思」，卷三注、卷二四注引無「夕」字。案：蓋或本上句衍上兮字，後因二兮字遂改下兮字爲余，又作予也。作思，音訛字。無「夕」，敓誤也。

餐 《文選》六臣本、洪《補》、錢《傳》同引一作湌，《北堂書鈔》卷一五二注、《對牀夜語》、《古今事文類聚》後集卷二九、《古今合璧事類備要》續集卷四一、《太平御覽》卷九五八及卷九九六、《施注蘇詩》卷二注引餐作湌，《分類集注東坡先生詩》卷一〇注及卷一四注、《王荆公詩注》卷四八注、《古今事文類聚》後集卷二九引史正志《後序》又作飱，《分門集注杜工部詩》卷三注、《集百家注編年杜陵詩史》卷三洙注引作食。案：王觀國《學林》卷八「餐飧」條云：「餐，千安切，飧音孫，《孟子》『饔飧而治』，趙岐注：『夕食曰飧。』據以當用飧而不用餐。」是也。湌，俗飧字。飱，飧形訛字。食，爛敓字。又，《太平御覽》卷一二引「餐」訛作「採」。《藝文類聚》卷八一，《唐類函》卷一八五、卷五，《辨誤録》卷上，《西溪叢語》卷上，《集注分類東坡先生詩》卷一八注，《爾雅翼》卷三，《山谷内集詩注》卷一注，《漁隱叢話》前集卷三四注引亦作餐。

【飲】洪《補》曰：「飲，啜也。」案：《説文・欠部》字作㱃，曰：「㱃，歠也。从欠，酓聲。」「㱃，古文㱃，从今、水。衾，古文㱃，从今、食。」洪氏訓啜，蓋因《説文》。古文汆、㱃，皆從今，今亦聲。今，古文含字詳上文「貪婪」注，含，入也。《楚語》「若合而含吾中」，注：「含，入也。」水入於口曰汆，《易・蒙》虞注：「水流入口爲飲。」物入於口曰「㱃」。㱃，从欠，酓聲，酓，訓「酒味苦」，从酉，今聲。酉，酒也。今，讀如咸。含、咸古書通用。《左傳》昭二十一年「窕而不咸」，不咸，言不含。借咸爲含。咸，猶鹹也。言酒味苦如鹹而爲「酓」。酓不解啜義，含之假借。㱃，借聲字。

【墜露】王逸注：「墜，墮也。」案：隕墮之露，何以爲飲？於事理不可。姜亮夫曰：「墜露，欲墜之露，猶《詩》言『零露漙兮』，形容露之多也。墜、漙古雙聲。則墜露，猶漙露也。」其説是也。《説文》墜作隊，從阜，㒸聲。漙，从水，專聲。《説文》漙字作團，圓也。從㒸聲字與從專聲字，古或通用。《莊子・達生》「死得於腞楯之上」，《雜記》腞字作團。腞，從月，㒸聲。又，專，古通耑。《説文・立部》：「端，从立，耑聲。讀若專。」從㒸聲與從耑聲字亦或相通。《詩・芄蘭》鄭《箋》曰：「遂，端也。」遂從㒸聲，端從耑聲，二字通用。《吴語》「以能遂疑計惡」，注云：「遂，決也。」遂無決義，借遂爲揣。漙露，露之團團纍積然多也。漙，露多貌。

【餐】王逸注：「暮食芳菊之落華，吞正陰之精蕊，動以香净，自潤澤也。」餐言吞食。洪《補》亦曰：「餐，吞也。」案：《説文・食部》：「餐，吞也。从食，𣦼聲。湌，餐，或从水。」餐、吞析言有别。吞對文爲吐。吞，咽也，言囫圇咽食。餐從𣦼聲。《歺部》：「𣦼，殘穿也。」咀嚼殘碎曰餐。湌，從水，從食，以水澆飯也，蓋饡字别文。《列子・説符》「而下壺餐以餔之」，注：「餐，以水澆飯也。」《食部》：「饡，以羹澆飯也。」饡、湌一字，湌、餐二字。湌，古或訛作飡。湌、飡亦二字。餐，亦作飧。《方言》卷一：「相謁而餐。」郭注：「晝飯爲餐，晚飯爲飧。」其作飧者，蓋附會《離騷》，古無分别。

【秋菊】秋，包山楚簡文作穐。《説文・艸部》：「菊，大菊，蘧麥。」又：「蘜，日精也，以秋華。」其字作蘜。

菊，蘜字假借。又《夏小正》「九月榮鞠」，《月令》「鞠有黄華」。陸佃《埤雅》曰：「菊，本作蘜，從鞠。鞠者，窮也。」鞠、窮爲冬覺平入對轉，同溪紐雙聲。《宀部》：「竆，窮也。从宀，躳聲。」《爾雅・釋詁》：「鞠，窮也。」《天問》「皆歸䠸蘜」，王注曰：「蘜，窮也。」華事窮於秋，而蘜以秋華，名曰蘜，受義於窮。《本草》：「菊，一名日精，一名女節，一名女華，一名女莖，一名更生，一名周盈，一名傅延年，一名陰成，一名節花。」崔寔《月令》云：「女華，菊華之名也。日精，菊根之名也。」葛洪《抱朴子》曰：「仙方所謂日精、更生、周盈，皆一菊而根莖花實之名異也。」又名節華，以應節侯。陶弘景曰：「菊有兩種：一種莖紫氣香而味甘，葉可作羹食者，爲真菊；一種青莖而大，作蒿艾氣，味苦不堪食者，名苦薏，非真菊也。華正相似，惟以甘苦别之。南陰酈縣最多，今近道處處有之，取種便得。」《爾雅・釋草》郝懿行疏曰：「《本草》菊有兩種：一種莖深紫色，緑葉肥潤，花深黄而大於錢，俗名燈下黄者，乃真菊也。今秋菊華而艷異，百種千名，大抵蕭艾所爲，都非真菊。」李時珍曰：「大抵惟以單葉味甘者入藥。《菊譜》所戴甘菊、鄧州黄、鄧州白者是也。」

【落】王逸未注「落」字義。蓋因上文「零落」注而省。及至宋，王荆公、歐陽永叔相詆爲口角，由是聚訟紛紛，致成治《騷》一大疑案。李壁《王荆公詩箋注》卷八《殘菊詩》「殘菊飄零滿地金」注曰：「歐公笑曰：『百花盡落，獨菊在枝上耳。』戲賦：『秋英不比春花落，爲報詩人仔細看。』荆公曰：『是定不知《楚辭》「夕餐秋菊之落英」，歐九不學之過也。』」而後大波軒然，愈演愈歧。大氐四解：一以「落」爲「採落」義。洪《補》曰：「秋花無自落者，當讀如我落其實而取其華之落。」姚寬謂「今秋花亦有落者，但菊蕊不落耳」。又，汪瑗曰：「夫落者，不必自落而後謂之落，採而取之，脱於其枝即可謂之落，如取露於木蘭之上亦可謂之墜也。若果謂墜之於地，則露豈可飲乎？」汪説據洪氏濫觴。案：落訓採，無徵不信。屈賦言採、言搴、言攬，而未言落。且如洪説，「夕餐秋菊之落英」一句中用兩動詞，當言夕餐落秋菊之英，方得通順，若作「夕餐秋菊之落英」，非其勝語。二解落爲始義，落英，謂始發英華。孫奕曰:「落與『訪落』及『章華臺落成』之落同。蓋嗣王謀之於始則曰『訪落』,宮室始成而祭則曰『落成』。故菊英始生亦曰落英;設或隕落,豈復可湌?況菊花獨乾死於枝上而不墜,所謂『秋英不比春花落』也。」吴曾曰:「以予觀之,夕餐秋菊之落英,非零落之落。落者,始也。《爾雅》曰:『俶、落、權輿,始也。』」吴仁傑曰:「考落之義,非隕落之落。《爾雅·釋詁》云:『俶、落、權輿,始也。』郭璞引『訪予落止』爲證。蓋成王訪羣臣於朝中,始謀即政之事。」羅大經曰:「古人言語多如此,故以亂爲治,以臭爲香,以擾爲馴,以慊爲足,以特爲匹,以原爲再,以落爲萌。」費袞曰:「然則《楚詞》之意,乃謂擷菊之始英者爾。東坡《戲章質夫寄酒不至詩》云『謾繞東籬嗅落英』,其義亦然。」而後周必大、蔡絛西、于惺介及姜亮夫、劉永濟、季鎮淮等皆以落訓始,落英,謂始發之英。三則承王逸古訓,以落爲隕落義。蔣驥曰:「按:落字與上句墜字相應,強覓新解,殊覺欠安。且此二句,本極言清貧之況,爲下『顑頷』作引,非徒尚芳椒、致滋味也。與精瓊靡、糳申椒立言各別,何必以衰謝爲嫌?」焦循曰:「然則屈子此文,落英與墜露作對,落與墜正一義耳。」朱珔曰:「《本草綱目》載《玉函方》:『服食甘菊,三月采苗,六月采葉,九月采花,十二月采根莖。』並陰乾百日,是已槁落,殆即此所謂落英歟?《離騷》中如下文『貫薜荔之落蘂』,又『及榮華之未落兮』、『惟草木之零落兮』,落字亦俱不作始字解也。」游國恩、錢鍾書力主此說,以斥訓始之非。游氏謂「且古人詩賦,用《離騷》『落英』字,亦未嘗有訓落爲始者,如左思《蜀都賦》云『敷蕊葳蕤,落英飄飄』,又如劉琨《重贈盧諶詩》云『朱實隕勁風,繁英落素秋』。一則以飄飄狀零落,一則以隕對落,非皆墜墮之義乎?夫屈子之文,凡言草木多矣,雖所喻或有不同,亦豈有宋儒格物之意哉?」錢氏謂落訓始,雖古有徵,而不施於草木。又謂詩人咏物「即目直尋」、「眼處心生」,「語有來歷而事無根據矣」,不必科以「菊不落花」。又引下文「及榮華之未落」,謂「天宮帝舍之琅樹琪花更無衰謝飄零之理,又將何説以解乎?比興大篇,浩浩莽莽,不拘有之,失檢有之,無須責其如賦物小品,尤未宜視之等博物譜録」。直斥宋人多事,「吹毛索疵」云云。四則唯以其所託寓爲解。王楙曰:

「士有不遇，則託文見志，往往反物理以爲言，以見造化之不可測也。屈原《離騷》曰『朝飲木蘭之墜露兮，夕餐秋菊之落英』。原蓋借此以自喻，謂木蘭仰上而生，本無墜露而有墜露；秋菊就枝而殞，本無落英而有落英。物理之變則然，吾憔悴放浪於楚澤之間，固其宜也。」其説吊詭，用心良苦。王氏未審此文反意衆皆貪婪求索，明己獨服飲芳潔，不與衆同流，下承言「長顑頷亦何傷」，即飲露餐菊之謂。誠非反物理之意。陳端曰：「《楚詞》雖有落英之語，特寓意朝、夕二字，言吞陰陽之精蕊，動以香浄自潤澤爾。」楊慎引謝迭山語曰：「木蘭不常有，得蘭露之墜者，亦當飲之，秋菊不常有，得菊英之落者，亦當飡之。愛之至，敬之至也。」以爲「此説得騷人言外之意」。劉獻廷曰：「露譬諸君子之淚，豈有輕墮？此在其本性則然，到得時事傷心，即鐵石爲懷，於焉有淚矣，譬諸風霜凌進，雖決不萎絶之菊，或者竟有落英，亦未可定。此皆決無者，而今竟有之矣。然我則決不肯落諸于人間，皆一一收拾而飲之食之，朝如此，夕如此，以千萬古聖賢之血淚爲飲，以千萬古聖賢之身命爲飲，此千古忠孝之極則，實見之於此也。」皆亦王楙所謂「反物理之爲言」濫觴。其謬固不待辨。惟落訓始、訓墜，持之有故，言之成理，孰是孰非，不可存而不論。「落英」解始發之華雖不盡允當，而不可違其物之常理而強訓落爲墜落。魏晉詩家文人襲用「落英」，亦不盡解隕落之華。《藝文類聚》卷八八、《初學記》卷二八《松部》同引許恂詩：「青松凝素髓，秋菊落芳英。」凝、落互文見義，凝，凝結也；落英，亦在枝上。《文選》卷二六謝靈運《初去郡詩》：「憩石挹飛泉，攀林搴落英。」言攀木而采枝上之華。若訓落爲隕墜，是英已落於地，無庸言「攀林搴」其華。而言「攀林」，詎非緣木求魚乎？何異於「搴芙蓉兮木末」？「落英」，亦在枝上，而非墜落之華。陶潛《桃花源記》云：「芳草鮮美，落英繽紛。」落英，亦指枝上之華，繽紛，狀花發之盛美。言桃花盛發，正當其時。若解落爲隕墜義，殘紅飄零，狼藉委地，殊煞景致，不足稱道。郭在詒謂桃花凋零，紛紛落下，亦是美景，不知從何入目。又，嵇含《菊花銘》：「煌煌丹菊，翠葉紫莖；詵詵仙種，徒餐落英。」《藝文類聚》卷八一《藥草部·菊》所引。落英，亦未墜之華。然則落訓始華，誠如錢君所言，不施於草木。落訓始，多爲時間名詞，以脩飾述語，上諸家所徵之「訪落」、「落成」是也。落作動詞，羌無書證。「墜露」、「落英」爲儷偶語，露、英皆名詞，墜、落皆脩飾語；必以落訓始，英用作動詞，不合屈賦句法。案：落，累也。《文選・羽獵賦》李善注引晉灼曰：「落，累也。」重言之爲落落，《老子・德經》「落落如石」，河上公注：「落落，喻多。」字作客客，《九思・憫上》「山峊兮客客」，注：「客客，長而多有貌。」落英，言累疊之英。落，狀英盛多貌。

【英】王逸注：「英，華也。」案：《説文・艸部》：「英，艸榮而不實者。从艸，央聲。」《爾雅・釋草》：「木謂之華，草謂之榮；不榮而實者謂之秀，榮而不實者謂之英。」此析言之。菊榮而不實，是謂之落英。英，央聲。央，無「榮而不實」義。通爲景，古影字，象也。《漢書・梅稱傳》「此何影也」，注：「景，象也。」景，言照也。《廣雅・釋詁》：「景，照也。」影象有光采，正「榮而無實」。英，借聲字。聞一多曰：「落英者，即露英、淪英。其爲物也，依陵陽子説，即日没以後之氣，又當於秋時食之，故曰『夕餐秋菊之落英』。英之爲氣，其色本黄，故又以配秋菊。英字一作霙。」以餐落英同《遠遊》「餐六氣而飲沆瀣」、「漱正陽而含朝霞」。其説好奇。

是二句言我朝飲木蘭溥溥之露，夕餐秋菊落落之英。王夫之謂此二語比「食貧」。案：此二語以喻清潔之志。言我飲露餐菊，不肯變節易志，馳騖追逐，爲蕪穢之行。下承言「長顑頷亦何傷」，顑頷，不得志貌，猶上言「萎絶」之比，非「食貧」也。而王逸謂飲露餐菊「輔體延年」，雜以神僊道術，失之益遠。

苟余情其信姱以練要兮　長顑頷亦何傷

【姱】《文選》六臣本、洪《補》、朱《注》、錢《傳》同音苦瓜切。

【要】洪《補》、朱《注》要同音於笑切。案：《群經音辨》曰：「要，約也，與招切。謂約書曰要，於笑切。」

顑頷《文選》六臣注上音呼感反，下音乎感反。洪《補》、朱《注》、錢《傳》三家上音虎感切，洪、朱又音古湛切；洪《補》、朱《注》下音魚檢切，曰：「頷，一作頜」。案：呼感、虎感音同。呼感、古湛，見曉互用，蓋讀「古湛」爲古音。乎感、魚檢，匣疑互用，皆喉音而深淺未判，未審爲何等門法。《方言》卷一〇：「頷、頤，頜也。南楚謂之頷，秦晉謂之頜。頤，其通語也。」頷、頜一字，因方音判爲二。於楚本作頜。《説文》字又作顑顲，《廣韻》作顑顲，皆其音變。詳注。《五百家注昌黎文集》卷五注引亦作顑頷。《古今合璧事類備要》續集卷四一引顑作顑。

其「頷」字下有「其」字。「其亦」，屈賦恒語。「雖萎絶其亦何傷兮」，「不吾知其亦已兮」。顑頷，猶坎坷，不得志貌。若無其字，於語氣不暢。《五百家注昌黎文集》卷五注、《古今合璧事類備要》續集卷四一引亦無其字。

【苟】王逸注：「苟，誠也。」李周翰曰：「苟，且也。」案：王注不易。「苟誠」之苟、「苟且」之苟，本二字，未可溷。《説文·苟部》曰：「苟，自急敕也。从羊省，从包省，从口。口，猶慎言也。从羊，羊與義、善、美同意。」許云「自急敕」，猶「自戒敕」。急，通作戒。《詩·六月》「我是用急」，《鹽鐵論·繇役》引《詩》作「我是用戒」。《爾雅·釋言》：「悈，急也。」悈諧戒聲，急，猶戒也。敕，亦戒也。《説文·攴部》：「敕，誡也。」戒敕平列同義。苟訓戒敕，無誠信義。苟之爲言亟也。《爾雅·釋詁》曰：「寁、駿、肅、亟、遄，速也。」《釋文》：「亟字，又作苟，同居力反。」亟言肅敬義。《廣雅·釋詁》曰：「亟，敬也。」古多借爲苟字。敬字從攴，從苟，亦借苟爲亟。敬，會意兼假借。虚化爲表態詞，是以苟猶誠、信。「苟且」之苟，從艸，句聲。音古厚切，侯部。顔師古《匡謬正俗》曰：「苟，媮合之稱，所以行無隅，不存德義謂苟且。」《艸部》：「苟，媮也。」考從句聲字多有二義，馬二歲曰駒，犬二歲曰狗。句之爲言耦也。《廣雅·釋詁》：「耦，二也。」《禮記·曲禮》「耦坐不辭」，《疏》：「耦，二也。」《左傳》襄二十九年「射者耦」注：「二人爲耦。」句，耦侯部，見疑旁紐雙聲。草之耦合，象薄媮之合，是以苟有僥幸、苟且義。段注引《論語》孔注：「苟，誠也。」又引《燕禮》鄭注：「苟，且也，假也。」皆溷苟誠、苟且爲一字。

【信姱】王逸注：「言己飲食清潔，誠欲使我形貌信而美好，中心簡練，而合於道要，雖長顑頷，飢而不飽，亦何所傷病也。」以「信姱」爲「形貌信而美好」，信爲誠信，姱訓美好。李周翰曰：「且信大擇要道而行，雖長飢苦，亦何傷哉？」信訓相信，姱訓大。錢澄之曰：「信姱，其姱足自信也。」洪《補》申王説，曰：「信姱，言實好也，與『信芳』、『信美』同意。」案：苟，誠也，信也。若信亦訓誠，其語犯複。信姱、練要對舉。信，言順從、依憑義。《呂氏春秋・勸學》「師尊則言信矣」，高注：「信，從也。」《荀子・哀公篇》「明主任計不信怒，闇主信怒不任計」，注：「信，亦任也。」信姱，言從姱、任姱。下文「信芳」、「信美」並同。姱，誠如王注，謂美好。姱字不見《説文》，朱駿聲《説文通訓定聲》以姱爲嫵別字。其説甚是。《文部》：「嫵，媚也。从女，無聲。」《廣雅・釋詁》：「嫵，好也。」嫵音文甫切，魚部，明紐。姱音苦瓜切，魚部，溪紐。姱之爲嫵，例同上文撫之爲扈。姱，又作嫮。《文選》謝惠連《雪賦》「玉顔掩嫮」，注：「嫮與姱同，好貌。」《漢書・外戚・孝武李夫人傳》、《文選》張協《七命》皆作「修嫮」。《後漢書・張衡傳》李賢注：「嫮，美好。音胡故反。」從夸聲字多轉唇音幫類。《爾雅・釋草》：「華，荂。」郭璞注：「荂音敷。」案：荂，從艸，夸聲，溪紐；音轉爲敷，芳無切，唇音滂紐。《爾雅・釋魚》郭璞注：「鮬音步。」案：鮬，從魚，夸聲，溪紐，而音轉爲步，薄故切，唇音並紐。包山楚簡文許字皆作鄦。鄦，從邑，無聲，無本唇音並紐，許音虚呂切，曉紐喉音，唇音轉爲喉。屈賦用姱不用嫵，曰「好脩姱」、曰「姱賢」、曰「姱節」、曰「姱容」，蓋楚語。

【練要】王逸注：「練，簡也。」注「中心簡練而合於道要」云云，語多枝蔓。朱子曰：「練要，言所修精練，所守要約也。」錢杲之曰：「治帛曰練。練要，猶治要也。」錢澄之曰：「練謂老成諳練，要謂提綱絜領。」戴震曰：「練要，精練要約也。」王樹柟曰：「練要，如《法華經》所謂『取要』，謂擇取其要者也。」皆因朱《注》濫觴。案：《大招》曰：「朱脣皓齒，嫭以姱只。比德好閒，習以都只。」嫭姱，類此文「信姱」，閒都，猶此文「練要」。《史記・司馬相如列傳》「相如之臨邛，從車騎，雍容閒雅甚都」。《集解》曰：「閒，讀曰閑，甚得都邑之容也。郭璞曰：『都，猶姣也。《詩》曰：「洵美且都。」』」《漢書》本傳注引張揖曰：「甚得都士之節也。」韋昭曰：「都邑之容也。」顔師古曰：「都，閒美之稱也。張説近之。《詩・鄭風・有女同車》曰『洵美且都』，《山有扶蘇篇》又云『不見子都』，則知都者，美也。韋言都邑，失之遠矣。」都訓都邑、訓美同。都，都邑，引申狀儀態有都市之風，則有雅美義，與鄉俗態、市儈態反對。「練要」，狀其情態。練，通作閒。從柬聲與從閒聲古多通用。《論衡》卷一四《譴告》：「故諫之爲言閒也。」《白虎通・諫諍》：「諫者閒也。」《説文・水部》：「湅，瀾也。」諫、湅，柬聲；瀾，閒聲。《詩・溱洧》「方秉蕳兮」，毛《傳》：「蕳，蘭也。」蕳，閒聲；蘭，柬聲。閒，讀爲嫺。《漢書・司馬相如傳》「雍容閒雅」、「妖冶閒都」，《史記》皆作「嫺」。「嫺雅」連文，猶嫺都。《後漢書・馬援傳》「辭言嫺雅」，李賢注：「嫺雅，猶沈静也。」《抱朴子・行品》「風表閒雅」，《漢書・疏廣傳》「辭禮閒雅」，《後漢書・馬防傳》「進對閒雅」，《李固傳》「才智閒雅」。《説文・女部》：「嫺，雅也。」要，即雅字。《三國志》卷二三《魏書・裴潛傳》注引《魏略》「潛爲人材博，有要容」，要容，即雅容。或曰：要，窈也。《玉篇》、《廣韻》之「便儇」，《古文苑》王延壽《王孫賦》字則作「窈褭」。《九歌・湘君》「美要眇兮宜脩」，要眇，《漢書・外戚傳》、《文選・辨命論》字作「窈眇」。《方言》卷二：「美心爲窈，美狀爲窕。」「美心」，中情美。緩言曰要眇，窈眇、幼眇、幺眇、杳眇，言深微詳黄生《字詁義府合按》卷下「幼眇」條，而後狀情態美。「嫺」，容態姱好；「要」，中情姱好。

【顑頷】王逸注：「顑頷，不飽貌。」洪《補》曰：「顑頷，食不飽面黄貌。」案：顑頷，連語，其義存乎聲，言不足、不滿貌，不必扼其字從頁而訓面黄飢瘦。上博簡（五）《苦成家父》兩言「褱衾」，意謂落魄不遇。詳拙著《楚辭章句疏證》，實此「顑頷」之異體也。聲轉爲坎窞。《易・坎》：「入於坎窞也。」坎窞，窞井，不足於地。又作峪窞。

《文選·長笛賦》「⿰山臽窞巖窴」，李善注：「⿰山臽，坎也；窞，坎中小坎也。」又作欿陷。《吕氏春秋·不屈》「人有新取婦者，入於門，門中有欿陷。新婦曰：『塞之，將傷人之足。』」注：「欿從欠，呼濫反。」狀高下不平謂之坎坷。《漢書·揚雄傳》「瀸南巢之坎坷」，顏注：「坎坷，不平貌。」又作顑頷。《玉篇》、《廣韻》並曰：「顑頷，不平也。」狀山嵯峨不平字作嵁巖。《廣韻》下平聲第二十六咸韻：「嵁巖，不平正貌。」《莊子·在宥》或作堪嚴。《釋文》：「堪，苦咸反。嚴音岩，語銜反。」《古文苑》揚雄《蜀都賦》字作堪嚴。狀仕途蹇難不通字作埳軻。《後漢書·馮衍傳》「非惜身之埳軻」，李賢注引《楚辭》「埳軻而滯留」，王注「不遇」是也。狀心志不平謂之欿憾。《哀時命》「志欿憾而不憺」是也。今語遺憾，蓋其遺也。相反爲訓，字作耿介、慷慨。詳上文「耿介」。注花事未足期者字作⿱艹閻。《說文·艸部》：「芙蓉華未發爲菡⿱艹閻。」又作莟萏。《一切經音義·華嚴經音義下》「字書作莟萏」。食不飽曰顑頷。顑頷，於屈子導引奔走言，狀道路坎坷蹇難，不得於志，猶坎廩不遇。《說文·頁部》：「顑，顑顲，食不飽，面黄起行也。从頁，咸聲，讀如戇。」「顲，顑顲也。从頁，𤑔聲。」《炎部》：「𤑔，侵火也。从炎，亩聲。讀若桑葚之葚。」《艸部》：「葚，桑葚也。从艸，甚聲。」顲音盧敢切，𤑔音力荏切，葚音常衽切。從甚聲字多爲牙音。《欠部》：「歁，食不滿也。从欠，甚聲。讀若坎。」歁音苦感切，溪紐。《土部》：「堪，地突也。从土，甚聲。」堪音口含切，溪紐。《戈部》：「戡，刺也。从戈，甚聲。」戡、堪音同，亦溪紐。蓋顲有二音，牙音字作歁，半舌音作顲。仕途困蹙不通亦謂坎廩。《九辯》「坎廩兮貧士失職而志不平」，《文選》五臣注：「坎廩，困窮也。」又作坎壈，《九歎·離怨思》「志坎壈而不違」，王注：「不遇貌。」又作⿰車甚⿰車稟。北齊張充《與尚書王儉書》「叔陽夐舉，⿰車甚⿰車稟乎千載」是也。《玉篇》、《廣韻》字皆作輡⿰車稟，訓「車行不平也」。其隨文所用，而各書以訓詁字，不勝其舉。

是二句言我容儀嫺雅合都市之風，中情要眇而姱美，雖常坎顑困窮，其亦何傷乎？

第十七韻：英、傷

朱《注》英音叶於姜反。陳第、戴震、江有誥並曰：「英，古音央。」案：英，古音爲[ʔiaŋ]。傷，古音爲[ɕiaŋ]。英、傷古同陽部。

擥木根以結茝兮　貫薜荔之落蘂

擥《文選》六臣本謂擥，「五臣作掔」，洪《補》引《文選》、朱《注》引擥一作掔。錢《傳》本作擥，引一作掔。案：王逸注：「擥，持也。」擥，攬字異體，王氏上文既注攬字義，不宜於此復注，蓋王本作掔。慧琳《一切經音義》卷四謂「古文作掔」。誤擥、掔爲一字。《太平御覽》卷九八三引作掔，《古今合璧事類備要》續集卷四一引亦作擥。洪《補》掔音啓妍切，錢《傳》音丘閑反，朱《注》音覽。案：啓妍、丘閑音同。

結《太平御覽》卷九八三引結字作潔。案：羅本《玉篇》糸部「絜」字云：「絜，結束也，清也。」潔，即絜字，有約束義。或本以結、絜義同而改。《古今合璧事類備要》續集卷四一引亦作結。

茝朱《注》引一本茝作芷。姜校謂洪《補》、錢《傳》亦同引一本茝作芷。洪、錢二本無此校語。《太平御覽》卷九八三引亦作芷。《古今合璧事類備要》續集卷四一引亦作茝。

貫《文選》卷四《蜀都賦》注引貫作採。案：王注「貫，累也」云云，王本作貫。《古今合璧事類備要》續集卷四一、《詁訓柳先生文集》卷四二注、《柳河東集注》卷四二注、《爾雅翼》卷三、《漢書》卷八七《揚雄傳》注引亦作貫。

薜荔洪《補》、朱《注》、錢《傳》三本上同音蒲計切，下同音郎計切。

蘂《文選》六臣本作蕊，《詁訓柳先生文集》卷四二注、《爾雅翼》卷三、《古今合璧事類備要》續集卷四一引亦并作蘂。案：《說文》有惢、繠二字，段注謂花蕊本字作惢，蕊、蘂皆俗字。落蘂，連語，詳注。《文選》卷四《蜀都賦》注引訛作英。

【擥】王逸注：「擥，持也。」據義，字作「掔」。徐煥龍曰：「掔，拔也。」戴震曰：「掔，引也。」掔，俗搴字，引申言采、言持。掔、撟對舉，撟訓舉持，掔訓攀引、訓牽。詳上「朝搴阰」注。或本掔作擥。誤也。

【木根】王逸注：「根以喻本。言己施行，常掔木引堅，據持根本。」王遠曰：「木根喻本，蘂喻末，言本末皆芳也。」洪《補》曰：「《荀子》云『蘭槐之根是爲芷』，注云：『苗名蘭槐，根名芷。』然則木根與茝皆喻本也。」茝，香草，非木，其根亦不稱木。王夫之曰：「木根，惡木之根，結蹴而損之也。」謂持惡木以自勖勵，昏聵無理。徐煥龍、蔣驥曰：「木，木蘭。」木蘭省稱木，何不言「掔木蘭」而變言「掔木根」邪？案：木根、菌桂儷偶，香木名。劉夢鵬曰：「木根，當作木菌。凡香木之名皆曰菌。」是也。根，借爲菌，實爲薰。古根、槿通用。《老子》「是謂深根固蔕」，長沙馬王堆漢墓帛書《老子》（甲種本）作「深槿固氐」。《周禮・遺人》「故《書》恤民之擅阸」，擅阸，即艱阸。艱、根同艮聲，擅、槿同堇聲，是以通用。槿、薰通用。《山海經・海外東經》「有薰華草朝生夕死」，《釋文》：「薰，或作堇。」根、薰例亦相通。菌，芳也。詳上文「菌桂」注。木根，即木菌，木香也。《本草》：木香，又名青木香、五木香、南木香。《香譜》謂青木香即沈香，「其木類椿欅，多節，取之先斷其木根，積年皮幹俱朽，心與節不壞者，乃香也。」出《古今事文類聚》續集卷一二。李時珍曰：「昔人謂之青木香。後人因呼馬兜鈴根爲青木香，乃呼此爲南木香、廣木香以別之。《三洞珠囊》云：『五香者，即青木香也。一株五根，一莖五枝，一枝五葉，葉間五節，故名五香。燒之能上徹九天也。』古方治癧疽有五香連翹湯，内用青木香。《古樂府》云『氍毹毾㲪五木香』，皆指此也。」宋寇宗奭《本草衍義》曰：「常自岷州出塞，得青木香，持歸西洛。葉如牛蒡，但狹長，莖高二三尺，花黄一如金錢，其根即香也。生嚼即辛香，尤行氣。」李時珍曰：「木香，南番諸國皆有。《一統志》云：『葉類絲瓜，冬月取根，曬乾。』」

【結】王逸未爲「結」字作注。唐宋注家皆以「結」爲締固義。朱季海曰：「《太平御覽》卷第九八三《香部》三『白芷』下引《楚詞》曰『擥木根以潔芷兮』。潔，當作絜。《禮記·大學》『是以君子有絜矩之道也』，注『絜，猶結也，挈也』是也。又《莊子·人間世》『絜之百圍』，《釋文》：『絜，約束也。』《史記·秦始皇本紀》『度長絜大』，《集解》：『絜，音絜束之絜。』是絜有約束之意。《素問·五常政大論》『是謂收引』，注：『引，斂也。』絜束、引斂，義正相比。今謂《章句》『引』字即釋『絜』矣。王云『引堅』，似謂束茝於根。絜、結古今字。」案：《説文·糸部》：「結，締也。」「絜，麻一端也。」結、絜非古今字，因其引申，而言綴繫、約束，「終結」、「交結」、「結言」、「構結」，不言「絜」；而「絜度」、「絜清」、「絜誠」，不言「結」。結，質部，絜，從㓞聲，月部，二字不同音。《太平御覽》引此字作潔者，蓋以今音改字，王注「引堅」云云，衹釋「擥木根」，語多蔓詞，未可信據。朱君好奇而失中。絜訓引，挈字假借。「擥木根以結茝兮，貫薜荔之落蘂；矯菌桂以紉蕙兮，索胡繩之纚纚」四句儷偶爲文，結，紉互文見義，結，猶紉、締。毋庸深解。

【貫】王逸注：「貫，累也。」案：累字，《説文》作纍，謂「綴得理」。累，俗體。「綴得理」云，謂綴連比次而得事理。貫，言穿、言綴。此其所以別也，混言不分。《説文·貝部》：「貫，錢貝之毌也。从毌、貝。」又：「毌，穿物持之也。从一横田。田，寶貨之形。」段注：「田者，寶貨之形，獨言『寶貨』者，例其餘。一者，所以穿而持之也。古貫穿用此字。今貫行而毌廢矣。後有串字，有𠦜字，皆毌之變也。」《田完世家》「宣公取毌丘」，《索隱》云：「毌，音貫。」朱駿聲《説文通訓定聲》曰：「小篆亦作串，縱書之，與目、皿縱横任作同也。又變作丳，《字苑》『丳以籤』，貫肉炙之者也。按：此字實即貫之古文。」包山楚簡貫字作⿰耳串，從耳、串。

【薜荔】王逸注：「薜荔，香草也。」洪《補》曰：「《山海經》：『小華之山，其草多薜荔，狀如烏韭，而生於石上。』注云：『亦緣木生。』《管子》云：『薜荔白芷，蘪蕪椒連，五臭所校。』校，謂馨烈之鋭。《前漢》樂章云『都荔遂芳』，謂都良、薜荔俱有芬芳也。」《山海經》今本作「萆荔」，《説文》作「萆歷」，亦謂「似烏韭」。吴仁傑曰：「《本草》有絡石，《嘉祐圖經》云：『今在處有之，宫寺及人家亭圃山石間種以爲飾，葉圓細如橘，正青，冬夏不凋。其莖蔓延，節青處即生根鬚，包絡石上，以此得名。花白，子黑。薜荔、木蓮、地錦、石血，皆其類也。』薜荔與此極相類，但莖葉粗大如藤狀。或以揚雄《反騷》言『卷薜芷與若蕙』，《漢書·房中歌》言『都荔遂芳』，疑薜與荔本二物，故《爾雅》有『薜，山蘄』，而《山海經》有萆荔，萆字與薜音義不同。按：《離騷》云『令薜荔以爲理兮，憚舉趾而緣木』。則薜荔固一物耳。《廣雅》以山蘄爲當歸，非緣木而生者也。」王夫之曰：「薜荔，蔓生，緣古木，葉如碧鱗，結實如瓜，俗謂之木饅頭。」胡文英曰：「薜荔，藤生，葉圓長，開小黄花，好緣壁而生，楚地俱産。」皆以蓮藤爲薜荔。案：木蓮藤，江南在處可見，或緣牆、或緣木，非香草，乃木也。其花亦無芳香，尤不足觀。屈賦稱薜荔，香草。《管子·地員》曰：「薜荔白芷，蘪蕪椒連，五臭所校。」薜荔，猶白芷之類。又，《思美人》曰：「令薜荔以爲理兮，憚舉趾而緣木。」此草緣木蔓生，是以後誤爲木蓮藤。

【落蘂】王逸注：「蘂，實也。累香草之實，執持忠信貌也。」落訓累，蘂訓實。陸善經曰：「蘂，花也。」以「落蘂」言隕落之花。又，吕延濟曰：「蘂，花心也。」洪《補》曰：「花外曰萼，内曰蘂。蘂，花鬚頭點也。」朱子曰：「蘂，花萼鬚粉纍纍然者也。」花蘂其物，細如鍼芒，觸之必碎，采之則敗，不知其何以貫之累之。王念孫曰：「蘂者，蘂、蕊本一字。《文選·藉田賦》注引《倉頡篇》云：『蘂，聚也。』哀十三年《左傳》『佩玉蘂兮』，杜預注云：『纍然服飾備也。』《廣韻》，蕊，『草木叢生貌』。劉逵注《蜀都賦》云：『蘂者，或謂之華，或謂之實。』一曰華鬚頭點。皆聚之義也。」其子引之曰：「案：上文言『餐秋菊之落英』，此言『貫薜荔之落蘂』，蓋俱是華。積累香草之華，文義亦通耳。蕊之言蕤也。《説文》云：『蕤，草木華垂貌。』『蕤，草木實甤甤也。』劉逵《蜀都賦》注云：『蕊者，或謂之華，或謂之實，一曰花鬚頭點也。』《廣韻》云：『花外曰萼，花内曰蕊。』實謂之甤，亦謂之蕊；華謂之蕤，亦謂之聚。皆垂之貌也。《説文》云：『聚，垂也。』縈與蘂聲義正同，故《南都賦》『敷華蘂之蓑蓑』，李善注云：『蓑蓑，下垂貌矣。』」案：王氏父子據舊注發微「蕊」義之根，謂蘂同蕤、垂，皆下垂義，精確不磨。惟據王注，謂此文「落蘂」，言落花，承舊説之誤。「貫薜荔之落蘂」與下文「索胡繩之纚纚」儷偶爲文，落蘂，纚纚互文見義。落蘂、猶纚纚，狀薜荔委垂美好。屈賦句法，下文「駕八龍之蜿蜿兮，載雲旗之委蛇」。又，「神高馳之邈邈」。《抽思》「傷余心之懮懮」。《悲回風》「漱凝霜之雰雰」、「憚湧湍之磕磕兮，聽波聲之洶洶」、「悼來者之悐悐」。《遠遊》「覽方外之荒忽」。《九辯》「襲長夜之悠悠」、「扈屯騎之容容」等，其爲「動—名—之—疏狀形容詞連語或疊字」句法，「之」下必用疏狀形容詞，非名詞。疏狀形容詞爲狀言「之」字上一名詞，「貫薜荔之落蘂」，言貫落蘂之薜荔。《荀子・勸學篇》：「螾無爪牙之利，筋骨之強。」言螾無鋒利之爪牙，剛強之筋骨。亦其比。落蘂，當薜荔之疏狀詞，連語，委垂美好貌。以狀言疲憊委靡不振，歌、元對轉則字作路亶。《荀子・議兵篇》：「仁人之兵，不可詐也；彼可詐者，怠慢者也，路亶者也。」楊倞注：「路，暴露也。亶，讀爲袒。露袒，謂上下不相覆蓋。」王念孫謂路、露、潞並通，言羸憊。亶、癉並通，病也。皆分析二字爲解。路亶，言羸憊不振之貌。《新序》作「落單」，義亦同。聲變或作鹿亶、隴種、東籠。《議兵》又曰：「圜居而方止，則若盤石然，觸之者角摧，案角鹿埵、隴種、東籠而退耳。」楊倞注：「其義未詳，蓋皆摧敗披靡之貌。或曰鹿埵，垂下之貌，如禾實垂下然。隴種，遺失貌，如隴之種物然。或曰即龍種也。東籠與涷瀧同，沾濕貌，如衣服之沾濕然。」楊氏既謂「皆摧敗披靡之貌」，與訓委垂不振義自本相仍。顧炎武《日知録》卷二七引《舊唐書・竇軌傳》「我隴種車騎，未足給公」，《北史・李穆傳》「籠凍軍士，爾曹主何在」，謂「此蓋周隋時人尚有此語」。實皆出《荀子》。聲變作羸垂。白居易《畫竹歌》：「人畫竹梢死羸垂，蕭畫竹枝葉葉動。」胡文英《吴下方言考》：「按，死羸垂，疲塌不振之貌。吴謂人之不振者曰死羸垂。」聲轉又作落籜。《敦煌掇瑣》一〇三《字寶碎金》「人落籜」。其異文又作落度。《三國志・蜀志・楊儀傳》：「吾若舉軍以就魏氏，處世寧當落度如此邪？」皆落泊不振之意。又作落拓、落託，慧琳《一切經音義》卷九四謂「失節貌」，亦委靡不振。魚陽對轉又作郎當。羅大經《鶴林玉露》卷六《郎當曲》引魏了翁：「問黄旛綽曰：『鈴聲云何？』對曰：『似謂三郎郎當。』」言三郎疲憊不振。其異文又作潦倒、獨漉、藍攙、龍鍾、蘭單、蘭殫、拉搭、邋遢。狀長而不絶，字作落索。《顔氏家訓・治家》：「有諺云：『落索阿姑湌。』」郝懿行謂「緜聯不斷之意」。愁思不繹曰牢愁，言語煩擾曰寠數，鬱結無終極曰遼巢。因聲求之，不可勝記。

是二句言余攀持木香，繫結以芳茝，又貫纍之以薜荔，其蕊蕊然甚美好也。

矯菌桂以紉蕙兮　索胡繩之纚纚

矯菌桂《藝文類聚》卷八九、《唐類函》卷一八九、《爾雅翼》卷一二、《古今合璧事類備要》續集卷四一引「矯菌桂」一句并同今本。

索 羅本《玉篇・糸部》「纚」字引索作索。案：索，六朝俗字。洪《補》索音昔各切，錢《傳》同，朱《注》音蘇各切。《群經音辨》曰：「索，糾繩也，蘇各切。索，盡也，求也，史伯切。」昔各、蘇各音同。

繩 羅本《玉篇・糸部》「纚」字引繩字作繩，《太平御覽》卷九九四引作繩。案：皆俗繩字。

纚 洪《補》、朱《注》纚同音所綺切，錢《傳》纚音所倚切。《群經音辨》曰：「纚，縚也，色里切。鄭康成說《禮》纚謂以緇帛縚髮也。纚，緌也，力馳切。《詩》『紼纚維之』。」案：纚纚，猶緌垂貌。據賈氏《群經音辨》，音力馳切。洪、朱、錢三家皆非。羅本《玉篇・糸部》、《太平御覽》卷九九四、《詁訓柳先生文集》卷二注、《五百家注柳先生集》卷二注、《古今合璧事類備要》續集卷四一引此句同今本。

【矯】王逸注：「矯，直也。」汪瑗曰：「矯，揉之使柔，易以紉也。」王夫之曰：「矯，反剥之也。」案：矯菌桂、擥木根，儷偶爲文，矯、擥皆謂持。劉良曰：「矯，舉也。」是也。《九章・惜誦》「擣木蘭以矯蕙兮，糳申椒以爲糧」，《抽思》「結微情以陳詞兮，矯以遺夫美人」，王注「矯」皆爲「舉」。矯，本謂「揉箭箝」，無舉持義，通作撟。《九章・惜誦》洪《補》曰：「矯，一作撟。」《漢書・匈奴傳》「詐撟單于令」，顏師古注：「撟與矯同。」《說文・手部》：「撟，舉手也。」引申言舉持、舉引義。

【索】洪《補》引《說文》曰：「草有莖葉，可作繩索。」名事相因，則爲搓索。《詩・七月》「宵爾索綯」。《淮南子・主術訓》「索鐵歙金」，高注：「索，鉤也。」

【胡繩】王逸注：「胡繩，香草也。」未詳爲何草。吳仁傑以胡、繩爲二草名，胡即《說文》之「葷菜」，今大蒜；以繩爲繩毒，即《本草》蛇粟。汪瑗、胡文英曰：「胡繩，謂延胡索。」方以智曰：「結縷，胡繩也。《遊獵賦》云布結縷。《爾雅》傳，橫目。注，一名結縷，俗曰鼓箏草。師古曰：『結縷蔓生，著地之處皆生細根。』《離騷》『索胡繩之纚纚』，胡繩，蓋結縷也。』」王樹枏曰：「胡繩與鼓箏音近，蓋即是草也。」聞一多謂胡即蚡胡，「胡子之國，在楚旁」。

「胡繩，疑亦因産地而得名。」案：繩，包山楚簡字作𦆭，從糸，從力，乘聲，蒸部；箏，耕部，其音殊異。胡繩，即烏藤。胡、烏魚部，影匣旁紐雙聲，例得通用。何謂之胡？《詩・生民》鄭《箋》：「胡之言何也。」亦謂之烏。《漢書・賈誼傳》顔師古注：「烏，猶何也。」繩、藤，蒸部，定牀旁紐雙聲。《詩・閟宮》「朱英緑縢」，毛《傳》：「縢，繩也。」《莊子・胠篋・釋文》引《廣雅》：「縢，皆繩也。」藤、縢一字。烏藤，《本草》名烏藤菜。又名劉寄奴草、金寄奴草。李延壽《南史》云：「宋高祖，小字寄奴。時伐荻新洲，見大蛇，射之。明日復至，聞有杵臼聲。往覘之，見童子數人皆青衣，於榛中擣藥。問其故，答曰：『我王爲劉寄奴所射，合散傅之。』帝曰：『王神何不殺之？』答曰：『劉寄奴王者不死，不可殺也。』帝叱之，皆散，仍收藥而王反。每遇金瘡傅之並驗。」人因稱此草爲劉寄奴草。鄭樵《通志》云：「劉寄奴曰金寄奴，即烏藤菜。劉寄奴因宋武帝而得名。」李時珍曰：「劉寄奴一莖直上，葉似蒼朮，尖長糙澀，面深背淡。九月莖端分開數枝，一枝攢簇十朵小花，白瓣黄蕊，如小菊花狀。花罷有白絮，如苦買花之絮。其子細長，亦如苦蕒子。所云實如黍稗者，似與此不同，其葉亦非蒿類。」

【纚纚】王逸注：「纚纚，索好貌。」錢杲之曰：「纚纚，索繩條理之貌。」汪瑗曰：「纚纚，長好貌。」王夫之曰：「纚纚，繩垂貌。」蔣驥曰：「纚纚，長垂貌。」姜亮夫謂纚，邐之借字，邐訓連屬，有美好義。案：纚，《説文》訓「冠織」，名事相因，即綏垂美好之義，音力馳切，不必改字讀纚爲邐，求其訓詁字。纚，從糸，麗聲。麗，訓「旅行」，即侣行侣、旅古通用，引申言纚聯義。所以縚髮者謂之纚，從糸。形聲兼轉注。包山楚簡字作𦃇，從糸、丽。丽，古文麗字。狀言物相聯續委長貌，故字作纚纚。聲轉字又作縿纚。《文選・海賦》「被羽翮之縿纚」，李善注：「縿纚，羽垂之貌。」又作襂纚，揚雄《甘泉賦》「灕虖襂纚」，李善注：「龍翰下垂之貌。」又作蔘綏。《廣韻》下平聲第十三覃韻：「蔘綏，垂貌。」又作離離。《詩・湛露》「其實離離」，毛《傳》：「離離，垂也。」又作縰縰。《文選・高唐賦》「縰縰莘莘」，注：「衆多之貌，縰與纚同。」又作施施。《孟子・離婁下》「施施從外來」，注：「猶扁扁喜悦之貌。」不可勝計。

是二句言我舉持芳桂，紉以蕙草，又絞索烏藤，纚纚然委垂而美好。

第十八韻：蕊、纚

陳第曰：「蕊，古音里。沈約撰類，蕊在紙韻，見六朝時猶有古音也。」戴震曰：「蘂，如壘切。」案：蕊，歌部；里，之部；「如壘」之行韻，微部。音里、音如里，非蕊字古音。江有誥曰：「蕊，如果反。」是也。蕊借爲垂，古音爲[ziwai]。陳第曰：「纚音徙。」戴震曰：「纚音所綺切。」江有誥曰：「纚音縒。」案：纚，審紉二等，有介音[r]。纚，音[srai]。蕊、纚，同歌部。

謇吾法夫前脩兮　非世俗之所服

謇《文選》六臣注云，謇「五臣作蹇」，洪《補》引《文選》、朱《注》引一作蹇。《施注蘇詩》卷二九注及《古今合璧事類備要》續集卷四一、《文選》卷一七《文賦》注及卷二七張景陽《離詩》注引作蹇。案：洪《補》云：「謇，又訓難易之難，非蹇難之字也。世所傳《楚詞》惟王逸本最古，凡諸本異同，皆當以此爲正。」洪氏所見王本作謇。日本林衡輯《古佚叢書》唐武后《臣軌》上卷唐無名氏注、《五百家注昌黎文集》卷一注、《東雅堂昌黎集注》卷一注引亦作謇。又，《文選》卷四《蜀都賦》注、卷六《魏都賦》注引作攓，《後漢書》卷二八下《馮衍傳》注引作搴，《路史·後紀》卷一《太昊紀》引作簡，皆訛。

夫《文選》卷六《魏都賦》注引訛作失。

【世】《文選》六臣本作時，注云「五臣作世」。洪《補》引《文選》、朱《注》、錢《傳》同引世一作時。案：洪《補》云：「又李善注本有以世爲時、爲代，以民爲人之類，皆避唐諱，當從舊本。」《五百家注昌黎文集》卷一注、《東雅堂昌黎集注》卷一注、《古今合璧事類備要》續集卷四一引亦作世，《施注蘇詩》卷二九注引作時。

【謇】王逸注：「言我忠信謇謇者，乃上法前世遠賢，固非今時俗人之所服行也。一云，謇，難也。言己服飾雖爲難法，我倣前賢以自脩潔，非本今世俗人之所服佩。」王氏以謇爲直言諫諍，或如難易之謇，兩存之而未能決。呂向、洪《補》同用後一説，以謇爲難。汪瑗復申其説，謂謇有「用心竭力艱難勤苦之意」。錢杲之曰：「謇，不阿世貌。」承王氏前一説。陳與郊亦釋「謇」爲忠直貌。朱子曰：「謇，難詞。」以謇爲語詞。蔣驥曰：「謇，語詞。」孫志祖、胡紹瑛並以謇爲楚語詞。案：謇，楚語，皜然不刊。謇、羌同義，轉折詞，其用陳述句，訓乃、訓然、訓反、訓竟。下文「余雖好脩姱以鞿羈兮，謇朝誶而夕替」，《九歌·雲中君》「蹇將憺兮壽宮，與日月兮齊光」，《湘君》「君不行兮夷猶，蹇誰留兮中洲」，《九章·哀郢》「慘鬱鬱而不通兮，蹇侘傺而含慼」，《抽思》「軫石崴嵬，蹇吾願兮」，《九辯》「事亹亹而覬進兮，蹇淹留而躊躇」，《哀時命》「車既弊而馬罷兮，蹇邅徊而不能行」。其用於疑問句，訓豈、訓何、訓奚。《思美人》「車既覆而馬顛兮，蹇獨懷此異路」，言何獨懷此異路乎？《九辯》「竊慕詩人之遺風兮，願託志乎素餐；蹇充倔而無端兮，泊莽莽而無垠」，言何失節充倔，無端直之行也？《招魂》「弱顔固植，謇其有意些」，言弱顔而固持，豈其有意於此哉？謇，元部；羌，陽部。不相通用。元月對轉謇又作盇。《東皇太一》「盇將把兮瓊芳」，王逸注：「盇，何不也。」「盇將把」同《雲中君》「蹇將留」句法。盇，亦作蓋。《抽思》「與余言而不信兮，蓋爲余而造怒」。洪《補》、朱《注》同引蓋一作盇，言乃爲余而造怒。王氏引或説訓難，即朱子所云「難詞」，而非「難易」之難。難猶那也。難、那歌元陰陽對轉，同泥紐雙聲，例得通用。《詩·桑扈》「受福不那」，《説文·鬼部》引《詩》則作「受福不儺」。儺，即難字。《周禮·占夢》「遂令始難毆疫」，注：「故書難或爲儺，杜子春難讀爲難問之難。」《月令》「命國難」，《論語》、《呂氏春秋》、《淮南子》並作儺。王引之曰：「那者，柰之轉也。」《經傳釋詞》。吴昌瑩曰：「那者，柰何之合音也。直言之曰那，長言之曰柰何也。」《經詞衍釋》。難訓何、訓柰何，爲反詰之辭。《左傳》昭十年：「忠爲令德，其子弗能任，罪猶及之，難不慎也？」言何不慎也？難、然古亦通用。《墨子·非攻》：「今攻三里之城，七里之郭，攻此不用鋭，且無殺而徒得，此然也。」借然爲難。《説文》然字或文作𤎅。《漢書·地理志》「高奴有淯水，可𤎅」，顏師古注：「𤎅，古然字。」然，乃也。《經傳釋詞》卷七。

【法】王逸注「我倣前賢以自脩潔」云云，法爲倣效義。《説文·鹿部》：「灋，刑也。平之如水，从水。廌所以觸不直者去之从廌、去。法，今文省。」灋、法一字。西周銘文，法言廢義。《大盂鼎》「勿灋朕令」，言不廢我令。《詛楚文》「蔑灋皇天上帝」，言蔑廢皇天上帝。包山楚簡文「僕褮倌夏事酒灋」。言事將廢。灋字從廌。許云：「廌，解廌，獸也，似牛，一角。古者決訟令觸不直者。」亦作「觟䚦」。王充《論衡·是應》云：「儒者説云，觟䚦者，一角之羊也，性知有罪。皋陶治獄，其罪疑者，令羊觸之，有罪則觸，無罪則不觸。」或作獬豸。《後漢書·輿服志》：「法冠或謂之獬豸冠。獬豸，神羊，能別曲直，楚王嘗獲之，故以爲冠。」《七國考》卷八引《異物志》曰：「東北荒中有獸，名獬豸，一角，性忠直，見人鬬則觸不直者，聞人論則咋不正者。」《墨子·明鬼》曰：「昔者，齊莊君之臣有所謂王里國、中里徼者，此二子者，訟三年而獄不斷。齊君猶謙殺之，恐不辜，猶謙釋之，恐失有罪，乃使之人共一羊，盟齊之神社。二子許諾。於是泏洫，摝羊而漉其血，讀王里國之辭既已終矣，讀中里徼之辭未半也，羊起而觸之，折其腳，祧神之而槀之，殪之盟所。當是時，齊人從者莫不見，遠者莫不聞，著在齊之《春秋》。」廌，羊屬神獸，能去不直，是以灋字從廌、去。周器銘文、包山楚簡文皆存其本義。引申言刑法、效法、法則，廌之決獄，其始於圖騰神決獄，而後演變爲神判。《詩・巷伯》：「取彼譖人，投畀豺虎；豺虎不食，投畀有北；有北不受，投畀有昊。」「投畀豺虎」，虎圖騰神判。《搜神記》卷二：「扶南王范尋養虎於山，有犯罪者，投與虎，不噬，乃宥之。故山名大蟲，亦名大靈。」《南史・扶南傳》：「有罪者，輒以餧猛獸及鰐魚。魚獸不食爲無罪，三日乃放之。」亦此類。《山海經・西山經》有神曰蓐收，郭璞注謂「人面、虎爪、白尾、執鉞」，《晉語》謂「天之刑神也，天事官成」，敷演爲蓐收神判。清人余慶遠《維西聞見録》載言維西彝人以神決獄，云「負約則延巫祝，置膏於釜，烈火熬沸對誓，置手膏內，不沃爛者爲受誣，失物亦以此法焉」。又獨龍族之「撈油鍋」，苗人之「踩斧」，景頗人之「悶水」、「撈燙水」、「煮米」、「鬭田螺」，皆神判遺習。「法夫前脩」，言效法。《中山王壺》「可灋可尚」，灋、尚互文，灋，效也。《荀子・不苟篇》「畏法流俗」，楊倞注：「法，效也。」

【前脩】王逸注謂「前世遠賢」，朱《注》、蔣驥謂「前代脩德之人」，錢杲之謂「前代脩飭之士」。姜亮夫謂：「義與前王、先后諸詞皆相近，皆指古賢而言，前王、先后指君王。」「指賢臣士大夫言。」案：脩，不訓脩治、脩飾，猶好、賢。前脩，即下「願依彭咸之遺則」之「彭咸」，非泛謂前世賢聖。

【服】王逸注訓「服」爲「服行」，又謂「服佩」，兼二義。後世但據其一，而顧此失彼。吕向曰：「服，用也。」徐焕龍曰：「服，事也。」朱冀曰：「服，習也。」用服行義。汪瑗、聞一多、朱季海用服飾義。案：服，承上文「擥木根以結茝」、「矯菌桂以紉蕙」，猶謂佩服、服飾；而於蹇蹇前導、踵跡先賢，則謂服行。兼二義，合之則全，離之則傷。錢鍾書亦曰：「『服』字謂『服飾』而兼謂『服行』，一字兩意，錯綜貫串，此二句承上啓下。上云『擥木根以結茝兮，貫薜荔之落蘂；矯菌桂以紉蕙兮，索胡繩之纚纚』，是脩飾衣服，『法前脩』如言『古衣冠』；下文『雖不周於今之人兮，願依彭咸之遺則』，『今之人』即『世俗』，『依遺則』即『法前脩』，是服行以前賢爲法。承者潔衣服，而啓者服法前賢，正見二諭一遮一表，亦離亦即。更下又云：『余雖好脩姱以鞿羈兮，謇朝誶而夕替；既替余以蕙纕兮，又申之以攬茝。』『進不入以離尤兮，退將復脩吾初服；　製芰荷以爲衣兮，集芙蓉以爲裳。』『佩繽紛其繁飾兮，芳菲菲其彌章。　民生各有所樂兮，余獨好脩以爲常。』『汝何博謇而好脩兮，紛獨有此姱飾。　薋菉葹以盈室兮，判獨離而不服。』『户服艾以盈要兮，謂幽蘭其不可佩。』脩謂『潔』，而服謂『衣服』。案：脩，非潔。脩，美也，賢也。服，非衣服之名。服，佩，飾也。『衣服』之義晚出。『孰非義而可用兮，孰非善而可服。』『不量鑿而正枘兮，固前脩以菹醢。』脩謂遠賢而服謂服行。脩與服或作直指之詞，或作曲喻之詞，而兩義均虛涵於『謇吾』二句之中。」案：錢説洞察幽微，極有思致。「服」兼二義，於君臣政治，言服行、服用，爲喻，託寓其懷抱正直、潔白之本質，忠貞事君之志；　於民俗宗教，言服飾，切其天生靈巫本色。屈子好脩，服飾芬芳，非唯興寓道德操行，祭司迎神、送神之服飾，爲下篇上征求帝、求女、西行張本。

是二句言我效法前賢，固非世俗之所佩飾者，喻言我行先賢之道，而不爲時世所用也。

雖不周於今之人兮　願依彭咸之遺則

則《文選》卷八《羽獵賦》注引作制。案：王注：「則，法也。」王本作則。遺則，習語，《遠遊》「願承風乎遺則」是也。制，則字音訛，《爾雅翼》卷六、《古今合璧事類備要》續集卷四一、葛立方《韻語陽秋》卷八引亦作則。

【周】王逸注：「周，合也。」案：《説文·勹部》曰：「匌，帀徧也。从勹，舟聲。」又《口部》曰：「周，密也。从用、口。」匌、周音同而義別。段注：「周自其中之密言之，匌自其外之極複言之。凡圓周、方周、周而復始，其字當作匌，謂其極而複也。凡圓冪、方冪、冪積謂之周，謂其至密無疏罅也。《左傳》以周、疏對文，是其義。今字周行而匑廢，概用周字。」「不周於今之人」，謂其爲時世所疏，字當用周。周，甲文作「」甲四三六、「」前六·六三·二，非从用、口。金文或下增口作「」《何尊》。初文象田畝縱横、禾苗繁密之形。引申言親愛、比合。《詩·皇皇者華矣》「皇皇者華，周爰咨諏」，毛《傳》曰：「忠信爲周。」周、比對文，合於非義謂之比。《論語·爲政》「君子周而不比，小人比而不周」是也。匑合之匑，匑帀引申，無親比義。凡周徧、周繞字爲匑。「今之人」，概上靈脩及衆，啓下靈脩浩蕩、衆女謠諑、時俗周容也。

【依】王逸注「願依古之賢者彭咸餘法，以自率厲也」云云，依爲依從、依歸、依附義。案：依，承上「所服」，讀如衣，古書通用。《禮記·學記》「不學博依」，注：「依，或爲衣。」《漢書·外戚傳》「倢伃娙娥傛華充依」，荀悦《漢紀》則作充衣。《國語·晉語》「凡黄帝之子二十五宗，其得姓者十四人，爲十二姓：姬、酉、祁、巳、滕、箴、任、荀、僖、姞、儇、依是也」，《潛夫論》則作衣。衣，上衣，引申言著、言佩、言行。《尚書·康誥》「紹聞衣德言」，衣，言服行。《論語·子罕》「衣弊緼袍」，皇《疏》：「衣，猶著也。」衣，亦一字而兼二義，既言著服，又言服用。

【彭咸】彭咸其人其事，但存屈賦，湮没莫考，注家聚訟紛紜，爲治《騷》一大疑案。要其歧説，即如左表所列：

注者	姓名
〔西漢〕劉向	未詳
〔東漢〕王逸	未詳
〔明〕汪瑗	彭咸、彭鏗、彭翦、彭祖、老彭籛鏗實一人。彭姓也。鏗、咸音近而訛。籛、翦，聲之轉，是其名
〔清〕劉夢鵬	彭咸即《論語》之「老彭」
〔清〕戴震	彭咸，即《論語》之「老彭」
〔清〕俞樾 聞一多	彭祖名鏗，鏗諧堅聲，古賢切，與諸咸聲[illegible]、瑊、黬音同。彭咸，即彭鏗。《論語》之「老彭」，亦即巫彭
〔清〕王闓運	彭，老彭；咸，巫咸
〔清〕曹耀湘	未詳

注者	生世	死	屈子稱引彭咸之旨
〔西漢〕劉向		諫其君不聽，自投水而死	「思彭咸之水遊。」《九嘆·離世》謂從彭咸「水遊」之志
〔東漢〕王逸	殷賢大夫	投水死	依彭咸之水死以自率厲也。洪《補》謂知其沈江之志已先定
〔明〕汪瑗	殷賢大夫	未詳	孔子「竊比老彭」之意，指刪述六經也。屈子慕彭咸者，謂賦《離騷》是擬其好古之志。非從其水死。張雲璈《選學膠言》謂隱居西海
〔清〕劉夢鵬	古之賢人	未詳	遺則實可師承，不周於今，則惟古是依而已。非法其水遊之志
〔清〕戴震	未詳	未詳	猶孔子「竊比」之類也
〔清〕兪樾 聞一多	殷賢大夫，屈子素所師法	未詳	不擊於今之人，即所云「非世人之所服」也。願依彭咸之遺則，即所云「謇吾法乎前脩」。非法其投水而死。姜亮夫則以兪說爲斷
〔清〕王闓運	殷臣傳道德者	未詳	蓋先居夔巫，羋熊受其道，居其地，彭在西、秀之間，巫山在夔，皆楚舊都，故屈原屢稱焉。非從其水死
〔清〕曹耀湘	古之道佚疏遠之忠臣	聞君國之禍難，殺身以殉死，不必投水	從彭咸殺身以成仁之志也

案：彭咸，爲屈子終身所向慕之人，其死亡意識中崇高偶像，屈賦凡言不與世俗合者，必舉彭咸以自明志。其事大較可徵者三：「依彭咸之遺則」，即上文「謇吾法夫前脩」。彭咸，前賢。姓彭，名咸，蓋彭祖鏗之後裔。《史記·楚世家》載，彭祖乃帝高陽顓頊氏玄孫，陸終第三子。《集解》引虞翻注曰：「名翦，爲彭姓，封於大彭。」又，孟康曰詳《史記·集解》引：「舊名江陵爲南楚，吴爲東楚，彭城爲西楚。」《潛夫論·讚學》謂「顓頊師老彭，帝嚳師祝融」，顓頊、帝嚳本一人分化，皆夷族先祖。彭氏、楚羋氏本同宗共祖，屈子屢稱彭咸，不無宗親情愫。然則彭咸非彭

祖，如汪說，自虞至商，達八百餘祀，其年壽近千歲，當指彭姓之族。彭氏在殷商，蓋爲著姓大族，世稱大夫，供職王事，司掌卜貞。《殷墟書契前編》卷五有卜骨載言：「亡囚，卜，彭。」「亡囚，彭，已卜。」三四·四。彭，彭氏，貞卜之人。殷商太卜，巫史之職。《尚書》言「巫咸乂王家」，巫咸，即彭咸。《山海經·大荒西經》有巫彭，又有巫咸。巫彭，彭氏共稱，而巫咸，是其一也。《墨子·貴義》曰：「昔者，湯將往見伊尹，令彭氏之子御。彭氏之子半道而問曰：『君將何之？』湯曰：『將往見伊尹。』彭氏之子曰：『伊尹，天下之賤人也。若君欲見之，亦令召問焉，彼受賜矣。』湯曰：『非女所知也。今有藥此，食之則耳加聰，目加明，則吾必說而强食之。今夫伊尹之於我國也，譬之良醫善藥也。而子不欲我見伊尹，是子不欲吾善也。』因下彭氏之子，不使御。」此彭祖子孫不肖者。《殷墟書契前編》卷一言「出於咸」四·三、「貞出於咸戊」四三·五，《後編》言「貞屮入自咸」上卷，九·九，羅振玉、郭鼎堂並謂咸、咸戊即巫咸。「出於咸」一條與「出於大甲、出於大丁」爲契於同一甲骨。大甲、大丁皆殷先公，巫咸生當其時。大甲、大丁並祭，云：「丁亥卜，口，貞昔乙酉，服㠯御大丁、大甲、祖乙百鬯百羊卯三百牛。」《後編》上卷·二八·案見下大甲，殷大宗詳《史記·殷本記》、巫咸並時，巫咸，殷太宗之巫王逸謂巫咸當中宗（祖乙）之世。非是，能通彼神靈。此其一也。《抽思》曰：「望三五以爲像兮，指彭咸以爲儀。」儀，容態、儀表。揚雄《反離騷》曰「撫彭咸之遺則」，撫，言憮、扈，謂佩飾。衣佩彭咸之遺飾。彭咸好脩之賢，當引芳草以自飾，貌若神靈，爲屈子終身所師法。聞一多謂「木根薜荔，菌桂胡繩，並茝蕙之屬，皆養生之靈藥，彭祖佩之，以致壽考，故欲依其遺則焉」。既誣彭咸，又辱屈子。屈子「九死不悔」、「體解不變」，視死如歸，固非唯求長生不死。效法彭咸好脩之則，亦兼二義：既以喻其正直、清潔之性，又以寓其不同凡俗日神冑子之質。此其二也。下文「既莫足與爲美政兮，吾將從彭咸之所居」，不爲時世所知，寧與彭咸爲匹。《悲回風》「淩大波而流風兮，託彭咸之所居」，彭咸墒爲水死，從彭咸所居，猶淩大波而没水。劉向《九歎·離世》言「九年之中不吾反兮，思彭咸之水遊」。水遊，即没水死。王逸之說或本此。劉向去古不遠，當有所本。《太平御覽》卷七九四引《外國圖》曰：「昔殷帝大戊當大甲之誤使巫咸禱於山河『山』字當衍文，巫咸居於此，是爲巫咸民，去南海萬千里。」蓋據彭咸投水死敷演其事。此其三也。餘皆未可考。咸，談部；鏗，真部。不得通用，彭咸固非彭鏗。《廣韻》下平聲第二十六咸韻：咸音胡讒切，緘、⿰⿱咸糸欠、黬、⿰黑韱、瑊同音古咸切，談部，俞氏「從咸聲之字緘、⿰⿱咸糸欠、瑊、黬、⿰黑韱並音古賢切」云云，非知音之選。彭咸、彭鏗非一名。彭咸何以水死？劉向謂「諫其君不聽」，終不足發其蘊奧。彭咸，帝顓頊裔孫，而帝顓頊集鳥、魚於一身，兼日陽族、魚龍族之祖。彭姓屬魚龍族，宗水畜。豕韋氏出彭姓，以豕爲神獸。豕，水畜。《禮記・月令》鄭注：「彘，水畜。」《易・說卦》：「坎爲豕。」《周禮・小宰》賈《疏》：「《說卦》云『坎爲豕』。是豕屬水。」《埤雅》：「坎性趨下，豕能俯其首，又喜卑穢，亦水畜也。」遼寧牛河梁女神廟古文化遺址出土一玉飾豬龍，屬禮器，象其族所崇拜之祖。「紅山先人」抑與彭氏同宗歟？回人禁忌食豬，亦彭氏之裔歟？彭咸水死，出於血緣情愫，有獻身以祭先祖神之殉葬性質，其於死亡自然形態之認知，尚處在人類童年期，謂人死必終歸於故垞。故垞云者，其族「泰始」之宅，即始祖之居。彭氏系「化爲魚婦」之顓頊之後，其故垞在水中幽宮。人死歸祖，與其族神重合而後求再生。是以遠古先民好輕生，視死真如歸爾。彭咸投水，求其與豬龍神重合，歸於其族之根，與豬龍神共遊江河，與玄冥神同處幽宮。屈子效法彭咸水死，雖爲「伏清白以死直」之理性生命選擇，又不無反本回歸其族之根之原始情愫在也。屈子稱引彭咸亦不盡皆爲法其水死，此唯法其好脩之志，「依彭咸之遺則」，但效法其好脩之行、取芳香爲佩飾之物，而後歸於冥府也。

【遺則】王逸注：「遺，餘也；則，法也。」猶有剩義。案：《說文・辵部》：「遺，亡也。从辵，貴聲。」引申言與、言錫、言餘，相反爲義。許君謂遺字從貴聲。《廣韻》上平聲第六脂韻遺音以追切，又音以醉切，喻紐四等，歸定紐或邪紐。貴音居胃切，見紐三等。貴、遺同微部而聲不同紐，不可諧。遺字從辵、貴。會意。貴之言畏也。《老子》「何謂貴」，《釋文》引顧注「貴大患若身」曰：「貴，畏也。」貴、畏，微部，見影旁紐雙聲，例得通用。畏而亡曰遺。遺，會意兼假借。遺則，同《抽思》「指彭咸以爲儀」之儀。則，非法則，猶儀容，讀如飾。《老子》「聖人抱一爲天下式」，王弼曰：「式，猶則之也。」則、式，職部，精審旁紐雙聲。又，《説文・巾部》：「飾，㕞也。从巾，从人，从食聲。讀若式。」《管子・輕重》「桓公使八使者式璧而聘之」，借式爲飾。則、飾例亦通用。遺則，即遺飾。飾之訓「㕞」，謂刷治使物清潔，今作拭。引申言文飾、容貌、服飾。《史記・秦始皇本紀》「飾省宣義」，《正義》：「飾，謂文飾也。」《太戴禮記・勸學》「遠而有光者，飾也」，《禮記・月令》疏引定本曰：「飾，謂容飾也。」《廣雅・釋詁》：「飾，著也。」此文「遺飾」，槩上文佩著芬芳言，類彭咸儌神服，通神祭巫之服也。

是二句言我之服佩，雖不周於今世之人，願衣先巫彭咸儌神反本之遺飾。

第十九韻：服、則

服，朱《注》叶音蒲北反。陳第曰：「服，古音逼。」戴震曰：「服，古音匐。」江有誥曰：「服，房逼反。」案：蒲北、房逼、逼、匐音並同。服，古音爲[biʷək]。江有誥曰：「則，音稷。」案：則，借爲飾，古音爲[srək]。服、飾古同職部。以上五韻二十言爲第四章，承上文「衆芳之蕪穢」，詳叙衆之穢行。謂衆並逐争入，貪婪求索，不知猒足，性好嫉妒，恕己量人，猜忌忠賢。我獨甘飲木蘭之露，餐秋菊之華，服用芳潔，不與世競，則復擥引衆芳，中情姱好，容態閒都不俗，志在立其脩名。雖坎坷不遇，其亦不足哀傷。此固非衆人之所服，當不容於今世，惟其前脩彭咸之遺飾，我願終身行之。「恐脩名之不立」一句爲是章之旨，下文承言立脩名之難、之艱。

長太息以掩涕兮　哀民生之多艱

以《文選》卷二七鮑照《還都道中作詩》注引作而。案：《文選》卷一〇《西征賦》注、卷二四曹植《贈白馬王彪詩》注、卷二八陸機《門有車馬客行詩》注、卷六〇陸機《吊魏武帝文》注引亦作以。

民《文選》六臣本作人，注云「五臣作民」。錢《傳》引民一作人。案：避唐諱改字。

【太息】游國恩曰：「《漢書·高帝紀》『喟然大息』，大音泰。大亦長也。言長歎息而出氣也。師古讀如大，而云『言其歎息之大』。失之。」案：太息，屈賦常語。大，非大小之大，亦非久長。太、通作歎。《九章·哀郢》「望長楸而太息兮」，一本太作歎。太、歎爲月元平入對轉，同透紐雙聲，例得通用。《文選·西京賦》「雖斯宇之既坦」，薛綜注：「坦，大也。」坦，元部，透紐。坦之通大，猶太借爲歎之比。《史記·蘇秦列傳》「仰天太息」，《索隱》：「太息，謂久蓄氣而大呼也。」小司馬亦以「太」爲「大小」之大，謬同顏籀。屈賦及《楚辭》諸篇皆不言「歎息」，唯言「太息」。《九歌·雲中君》「思夫君兮太息」，《湘君》「女嬋媛兮爲余太息」，《東君》「長太息兮將上」，《九章·哀郢》「望長楸而太息兮」，《抽思》「臨流水而太息」，《悲回風》「傷太息之愍憐」，《九辯》「倚結軨兮長太息」、「卬明月而太息」、「長太息而增欷」，《遠游》「長太息而掩涕」。太息，古語，而後轉陽聲爲「歎息」。楚語多存古，陽聲字多從陰聲。本鄉浦江語「歎」爲「太」，蓋古語之遺。《説文·欠部》：「歎，吟也。」「从欠，鷬省聲。⿰鷬欠，籀文歎不省。」詞氣納澀不暢而字作歎，聲中有義。《心部》：「息，喘也。从心，从自。自亦聲。」息音相即切，職部；自音疾二切，質部。息，自，不諧。謂「自亦聲」者，後所誤增。自，古鼻字，氣從鼻出字作息，會意。

【掩涕】洪《補》曰：「掩涕，猶抆淚也。」抆，抹也。太息、流涕，屈賦多對舉爲文。《湘君》：「揚靈兮未極，女嬋媛兮爲余太息；橫流涕兮潺湲，隱思君兮陫側。」《哀郢》：「望長楸而太息兮，涕淫淫其若霰。」《抽思》：「望丘山而流涕兮，臨流水而太息。」長，掩，互文以見義。王逸注「乃太息長悲」云云，以掩訓長。掩，借爲淹。《說文·艸部》：「荒，一曰艸掩地也。」段注：「一本掩作淹。」朱駿聲《說文通訓定聲·謙部》曰：「掩，淹也。」淹，久長。詳上文「不淹」。涕，言流涕。

【民生】王逸注「念萬民受命而生遭遇多難」云云，以「民」槩「萬民」，以「生」爲「生計」。李周翰曰：「哀此萬姓，遭輕薄之俗而多屯難。」以「生」言性俗。游國恩曰：「民生，即人生。本書多以民代人，下文『終不察夫民心』、『相觀民之計極』、『民好惡其不同』，《哀郢》『民離散而相失』，皆是也。民生多艱，蓋指廣大楚國人之遭遇言。」聞一多曰：「本篇民字皆訓人，民生即人生。」今世學人及歷史教科書援引是二語爲屈子愛民、重民本證。又，王夫之曰：「民，人也，謂同列之人，如靳尚之黨。」陳本禮曰：「民，泛指孤臣孽子言。」案：下以「余」字領出，曰：「余雖好脩姱以鞿羈兮，謇朝誶而夕替；既替余以蕙纕兮，又申之以攬茝。」謂「余」多艱情狀。下又曰：「怨靈脩之浩蕩兮，終不察夫民心。」「衆女嫉余之蛾眉兮，謠諑謂余以善淫。」皆承此「多艱」而廣言之。民，乃余也，屈子自稱。「哀民生之多艱」，同《九章·涉江》「哀吾生之無樂」。民生，猶吾生。屈子其時斥於荒野，不復在位，降列於下民，故以民自稱。民，隸甿統名；人，貴族、大夫。民、人於先秦畛域至嚴，「民」亦未可一概以「人」易之。生，誠如王注，謂生計，而非性之假借。民生，我之生計。

【艱】王逸注：「艱，難也。」《說文·堇部》：「艱，土難治也。从堇，艮聲。囏，籀文艱，从喜。」段注：「引申之，凡難理皆曰艱。按：許書無墾字，疑古艱即今墾字。豤亦艮聲也。」又曰：「必有喜悅之心而後不畏其艱，而後無不治也。」案：《説文》：「堇，黏土也。从黄省，从土。𡐿，古文堇。」堇，黄土多黏。艮，讀如很。《彳部》：「很，行難也。」艱謂道黏難行。引申言「土難治」、言難。墾，後起分別文。多艱，承上蹇蹇有患，謂難行。下文「路脩遠以多艱兮」，即同此。艱字重文作𧻓。《走部》：「𧻓，行難也。从走，斤聲。讀若堇。」借斤爲堇，𧻓，借聲字。許氏誤判爲二。籀文作囏，從喜，讀作饎。《詩·七月》、《甫田》、《大田》「田畯至喜」，鄭《箋》：「喜，讀爲饎。」《方言》卷七：「饎，熟也。」《字林》：「饎，熟食也。」熟者則黏，饎有黏義。囏字从喜，猶土黏如饎。囏，會意兼假借。甲文字作嬉。《戩壽堂殷虛文字》廿六葉十二片乙辭曰：「戊寅卜，貞，今日亡來嬉？」來嬉，即來囏。

是二句言我歎息流涕良久不輟，哀傷己之生計多艱，坎坷難行也。

余雖好脩姱以鞿羈兮　謇朝誶而夕替

好 《文選》卷一四《赭白馬賦》注引訛作「小子」，臧庸《拜經日記》謂「好」字爲衍文。詳注。

姱 《文選》六臣姱音苦瓜反。

鞿 《文選》六臣鞿音居依反。洪《補》、朱《注》、錢《傳》鞿同音居衣切。案：居依、居衣音同。

羈 洪《補》、朱《注》、錢《傳》羈同音居宜切。慧琳《一切經音義》卷二四引王逸注別作羇。

誶 洪《補》曰：「誶，今《詩》作訊。」洪、錢音邃，又音信。朱《注》謂誶、訊音同，訊又音粹。戴東原曰：「王逸注引《詩》『誶予不顧』，又《爾雅》：『誶，告也。』《釋文》云：『沈音粹，郭音碎。』則郭本不作訊明矣。今轉寫亦訛。《張衡傳·思玄賦》注引《爾雅》仍作誶。《釋文》於此詩云：『本又作誶，音信。徐：息悴反。』蓋於誶、訊二字未能決定也。」又，聞一多改誶爲綷，訓交縛義。案：羅、黎二本《玉篇》引《詩》亦作誶。

替 陳第改替爲朁，吴辟疆謂當作譖，聞一多改作䜛。案：替，「扶」字衍訛。詳注。

【雖】王念孫曰：「雖與唯同。言余唯有此脩姱之行，以致爲人所繫累也。唯字古或借作雖。《大雅·抑篇》曰『女雖湛樂從，弗念厥紹』，言女唯湛樂之從也。《無逸》曰：「惟耽樂之從。」《管子·君臣篇》：『故民迂則流之，民流則迂之。決之則行，塞之則止，雖有明君，能決之，又能塞之。』言唯有明君能如此也。《莊子·庚桑楚篇》『唯蟲能蟲，唯蟲能天』，《釋文》曰：『一本唯作雖。』皆其證也。」朱珔復補王說，曰：「余謂於經亦有證，《少儀》『雖有君賜』，《雜記》『雖三年之喪可也』，注並云：『雖，或爲唯。』此皆雖之通唯也。」案：至塙。雖、唯通用亦見金文、帛書。《𫹉簋》「有余隹小子」，《中山王𰯼鼎》「隹有死辠，及參殆亡不若」，《何尊》「爾有唯小子亡戠」。隹即唯，而皆用作雖。漢帛書《易·豐》初九：「遇其配主，唯旬無咎，往有尚。」今本《周易》唯作雖。

【好脩姱】王逸注「絶遠之智，姱好之姿」云云，以「脩」爲「遠」，以「姱」爲「好」，「好」字無義可繫。洪《補》曰：「脩姱，謂脩潔而姱美也。」亦未釋「好」字。臧庸曰：「按：此當本作『余雖脩姱以鞿羈兮』，『好』爲衍文。『余雖脩姱以鞿羈兮』，與上『苟余情其信姱以練要兮』同一句法。下文『民生各有所樂兮，余獨好脩以爲常』。又，『女何博謇而好脩兮，紛獨有此姱節』。又，『苟中情其好脩兮，何必用夫行媒』。又，『豈其有他故兮，莫好脩之害也』。『好修』之文，蓋因此誤衍。」王念孫謂「好」字「今依臧説刪」。案：「好脩姱」連文，猶「好脩」也。「好」字獨立，「脩姱」平列同義。脩猶美，非「絶遠」、「脩治」。姱，猶嫭，亦美。汪瑗曰：「好，愛也。脩姱，皆美好貌。」其説是也。《抽思》「憍吾以其美好兮，覽余以其脩姱」，美好、脩姱對舉爲文，謂美好。倒文則曰姱脩。《大招》「姱脩滂浩，麗以佳只」，姱脩，謂美好。

【鞿羈】王逸注：「鞿羈，以馬自喻。韁在口曰鞿，革絡頭曰羈。言爲人所係累也。」吕延濟曰：「鞿羈，銜勒也。言我雖習聖人之大道，而爲讒人所銜勒。」蔣驥曰：「鞿羈，皆拘束之意，言因好脩被疎而致拘束也。」皆以「鞿羈」喻言被人所繫束者。朱子曰：「鞿羈，言自繩束，不放縱也。」錢澄之曰：「脩姱鞿羈，蓋居身芳潔而動循禮法者，雖自知不能見容，亦不意朝誶而夕廢，如此其速也。」徐焕龍曰：「雖夙昔好脩自問姱美，不敢馳騁其姱，略有一毫放縱，正如良馬之韁在口而鞿，絡在首而羈，即有諫争，何嘗抗言無顧？」魯筆曰：「平生好脩美行，原無可罪之隙，見疏而後愈加拘飭。」詹安泰亦謂「比喻自己約束自己」。游澤承力主此説，曰：「此文好脩姱以鞿羈者，及因好脩而自爲繩檢之謂，非自脩而爲讒人所係累之謂也。其詞則平舉，其義則相承。詞義文勢，均極顯然。《章句》之誤，讀者多未之察，故王氏《雜誌》而尚從其誤也。」案：鞿羈，以喻自繩束者爲允，復承自比前導，固車右詞藻。《九章・惜往日》曰：「乘騏驥而馳騁兮，無轡銜而自載。」轡銜，同此「鞿羈」，以喻自繩束。惟「無轡銜」以斥君王行無檢束，與此文反對。《悲回風》「心鞿羈而不形兮」，義與此文同，以喻自我約束。鞿字，《説文》未收。王注「韁在口曰鞿」云云，爲機約義。《木部》：「機，主發謂之機。」段注：「下文云『機持經者』、『機持緯者』，則機謂織具也。機之用主於發，故凡主發者皆謂之機。」《説文》檷絡絲柎也、機、滕機持經也、杼機持緯也、複機持繒者五字連屬，機爲織器，引申言發動之器。《禮記・大學》「其機如此」，注：「機，發動所由也。」《莊子・大宗師》「欲深者其天機淺」，朱駿聲曰：「天機，謂自然之發也。」又引申言機要、約束也。《戰國策・秦策》「存亡之機」，注：「機，要也。」發户者謂機樞，發弩者謂機弩，發物理者謂機關、機巧，發於兵戎者謂兵機、軍機。韁之於馬，以控御也，亦謂之機，而訓詁字作鞿。《漢書・刑法志》「是猶以鞿而御駻突」，顔師古引孟康曰：「以繩縛馬口謂之鞿。」顔又引晉灼曰：「䩻，古羈字。」《説文》羈字作䍥，曰：「䍥，馬落頭也。从網、䩻。䩻，絆也。」段注：「既絆其足，又網其頭。」䍥字从網，會其比喻，網絡馬首如絆足者謂之羈。果如段注，馬安得以馳騁。羈字《太平御覽》卷三五八引《埤蒼》云：「羈，勒靻也。」包山楚懷王左尹邵𪁺墓，其所出土車馬器，有絲絡頭一件，交叉編織如網狀。羈之名受於牽。《吕氏春秋・誣徒》「羈神於世」、《決勝》「而有以羈誘之也」，注並云：「羈，牽。」羈、牽爲歌元陰陽對轉，見溪旁紐雙聲。

【謇】王逸注「謇」爲「謇謇直言」。案：非是。王念孫曰：「謇，讀《惜誦》『謇不可釋』之謇，詞也，非上文『謇謇爲患』之謇。」其説是也。謇，猶竟、反、何。詳上文「謇吾法夫前脩兮」注。言我好脩以自繩束，行無過失，竟然朝誶而夕替。

【誶】王逸注：「誶，諫也。《詩》曰：『誶予不顧。』」姜亮夫曰：「誶者，《説文》訓讓，即責攘也，當即『驟諫君而不聽』之驟諫，猶言疾諫，或激諫也。」陸善經、洪興祖訓誶爲告，以誶爲訊。聞一多曰：「訊、誶古同字。《詩經》『執訊』字金文作『[illegible]（噝）』，象人手足受縛形，隸變作訊。名詞受縛者曰訊，動詞縛亦曰訊。疑此誶字當讀爲執訊之訊，而義則訓縛。縛束與䩻羈近也。一説誶讀爲捽。捽，持也。《翻譯名義集》九引《名義指歸》曰：『持者，執也。』《詩經・周頌・執競篇》《箋》曰：『執，持也。』執持與䩻羈義亦近。以上二説均通，而義亦相表裏，故並存之。」蔣驥曰：「誶，詬。」馬其昶引《漢書》顔師古注：「誶，誚讓也。」《説文・言部》：「誶，讓也。从言，卒聲。」卒，猶猝，言疾也。疾言之是爲誶，有責讓義。字又作訊。訊，從言，卂聲。卂，疾飛。引申言急疾。疾詰之爲訊，而非言泛泛訓問。訊，篆作𧥺，與誶同。《左傳》文十七年「執訊而與之書」，孔疏：「執訊者，通其訊問之官。」《大玄・玄圖》「乃訊感天」，注：「訊，詰也。」《漢書・王子侯表》「安檀侯福訊未竟」，注曰：「訊，考問之。」引申言鞫治、斥責。《國語・吴語》「乃訊申胥」，韋注：「訊，告讓也。」《漢書・鄒陽傳》「卒從吏訊」，顔注：「訊，謂鞫問也。」今語訓斥，即其遺義。訊，又借爲俊。《尚書・多士》「乃命爾先祖成湯，革夏俊民」，言鞫考夏民。周穆王時器

《牆盤》曰：「達殷畯民。」達，撻也。畯，猶訊也。言笞撻鞠考殷民也。《大盂鼎》「畯正氒民」，畯，訊字假借。又引申言上問下。《公羊傳》僖十年「君嘗訊臣矣」。何休注：「上問下曰訊。」又引申泛言告、問。王逸訓諫，非謂諫諍。諫之言讕也。諫、讕通用。《漢書・藝文志》「《讕言》十篇」，注：「陳人君法度。」借讕爲諫。《言部》：「讕，抵讕也。」段注、朱駿聲並云：「抵讕，猶今言抵賴也。」抵，讀如詆。詆，訶斥。以罪責讓於人，又誣之毀之是爲讕。朱季海曰：「觀《詩》、《騷》之文，知告諫謂之誶，亦陳、楚間通語爾。然漢讀真諄通叶，脂、微通叶，真脂對轉，則訊讀如誶，即借爲誶耳。」誶、訊本一字，不當濫以方言、假借。

【替】王逸注：「替，廢也。」艱、替出韻。聞一多曰：「替，疑⿰糹替之省。⿰糹替，縮也。⿰糹替爲⿱幵朿之異體。要之，⿱幵朿、⿰糹替音不殊，而從扶與從幵形同，從系與從朿意同。是⿰糹替又即⿱幵朿之異體。」案：替，蓋扶字形衍。《說文・夫部》：「扶，竝行也。从二夫。讀若『伴侶』之伴。」音薄旱切。扶，侶伴別文，古通拌。《方言》卷一〇：「拌，棄也。楚凡揮棄物謂之拌。」郭璞《音義》曰：「拌音伴。」《廣雅・釋詁》：「拌，棄也。」王念孫曰：「拌之言播棄也。《吳語》云『播棄黎老』是也。播與拌古聲相近。《士虞禮》『尸飯播餘於篚』，古文播爲半，半，即古拌字。謂棄餘飯於篚也。」拌，楚語。夕拌，夕被播棄。

是二句言我惟好脩以自檢束，何朝見鞠治而夕遭拌棄也。

第二十韻：艱、替

江永曰：「古艱字亦有從喜作囏者，因之有基音。」戴震曰：「艱，讀如姬，蓋方音。」戚學標曰：「難，籀文作囏。以籀文从喜推之，與難爲泥音同轉。」劉永濟曰：「按：此二語，歷來聚訟，惟江氏基音與戚氏籀文從喜聲之說可互證。」案：陳第曰：「艱，古音斤。」艱，文部。囏，艱字別文，從堇，從喜，會意字，非諧聲，詳注。艱，古音爲

余雖好脩姱以鞿羈兮　謇朝誶而夕替

[krən]。朱子曰：「替，與艱叶，未詳。或云，艱，居垠反；替，他因反。」陳第曰：「替古音侵。」屈復曰：「替《補韻》叶才淫切。」皆改替爲朁字。朁，浸部。艱，朁出韻。周密曰：「以余觀之，若移『長太息以掩涕』一句在『哀民生之多艱』下，則涕與替正協，不勞牽強也。」何焯、姚鼐、方東樹、胡文英、鄧廷楨並用此説。王逸注：「言己自傷所行不合於世，將效彭咸沈身於淵，及太息長悲，哀念萬民受命而生，遭遇多難，以隕其身。」王氏不以「長太息以掩涕兮，哀民生之多艱」二句倒乙。江有誥謂「艱、替脂文借韻」。聞一多改替爲纃，以協艱。亦非。案：替，扶字衍誤，古伴字，借作拌。詳注。拌，音蒲旱切，古音爲[b^{w}an]。艱、拌爲文元合韻。

既替余以蕙纕兮　又申之㠯攬茝

替 替，即「扶」字衍誤。説詳上「替」字注。

纕 羅本、黎本《玉篇·糸部》「纕」字、《全芳備祖集》卷二三、《記纂淵海》卷四九引「既替」一句同今本。《文選》六臣本纕音先羊反，洪《補》、朱《注》、錢《傳》纕同音息羊切。案：孫愐《唐韻》纕音汝羊切，日紐。《廣韻》下平聲第十陽韻纕音息羊切。纕字有日、心二讀，此讀日紐。

㠯 朱《注》本㠯作以，洪《補》、朱《注》同引一無以字。案：㠯、以，古今字。王注「然猶復重引芳茝，以自結束」云云，王本有以字。《離騷》「既……又……」句法，下句之字下必有以字。詳上「又重」注。「又申之㠯攬茝」，同上文「又重之以脩能」句法，有以字是也。《全芳備祖集》卷二三、《記纂淵海》卷四九引亦有以字。

攬 錢《傳》本攬作擥，引一作攬。洪《補》引亦一作擥。案：《説文》字作擥。詳上文「夕攬」校注。攬、擥，異體字。《全芳備祖集》卷二三、《記纂淵海》卷九三引亦作攬。

茝 朱《注》引一茝作芷。案：楚語曰芷，齊語曰茝。詳上文「蘭茝」校注。《記纂淵海》卷九三、《全芳備祖集》卷二三引亦并作茝。

【替】替，同上文「夕替」之替，當作扶。扶，借爲拌。拌，楚語，言播棄。

【纕】王逸注：「纕，佩帶也。」注「以余帶佩衆香」云云，謂纕字作動詞，洪《補》引下文「解佩纕以結言」，謂「蕙纕」、「佩纕」兩纕字同，用作名詞。案：下文「榝又欲充夫佩幃」，佩纕、佩幃并同，纕，幃之屬，王逸注：「幃，盛香之囊。」作名詞。《説文・糸部》：「纕，援臂也。」《廣雅・釋器》：「絭謂之纕。」《玉篇》：「纕，收衣袖絭。」皆非其義。纕，借爲囊，同諧襄聲，例得通用。《莊子・在宥》「傖囊」，《釋文》云：「崔本作戕囊。戕囊，猶搶攘也。」朱駿聲曰：「纕，讀若囊，香囊也。」蕙囊，言囊以蕙飾之。

【又申】王逸注：「又，復也。言君所以廢弃己者，以余帶佩衆香，行以忠正之故也。然猶復重引芳茝，以自結束，執志彌篤也。」以「申」爲「重」。劉良曰：「申，重。」陳第曰：「言雖以忠信見廢，猶攬芳以自結束。」皆同王注。趙南星曰：「蕙纕已可廢，又重之攬茝，益可廢也。」錢澄之曰：「攬茝，指其樹芳，上所云『擥木根以結茝』是也。言既以孤芳見替，而又以樹芳益加罪焉。」王夫之曰：「謂既譖己，又偏攻擊其善類。」林雲銘曰：「重疊以脩姱得罪，不止一次。舊注君以蕙茝爲賜而遺之，大謬。」董國英曰：「既廢我廉潔之行，又廢我培植之賢。」案：「既替余以蕙纕兮，又申之以攬茝」，同上文「紛吾既有此内美兮，又重之以脩能」句法。申，猶申拌。下句動詞承上句而省。游國恩曰：「此二句緊接上文，意甚顯明，蓋謂君之廢余，既因余以蕙爲纕，復因余攬茝爲飾。」上句專就己言，而下句比所植之賢，其時因屈子遭黜而受株連者亦多矣。又，朱季海曰：「《淮南・道應訓》：『墨者有田鳩者，欲見秦惠王，約車申轅，留於秦，周年不得見。』注：『申，束。』《説文・申部》：『申，七月陰氣成體，自申束，从臼自持也。』是申有束義。字亦通作紳。今謂《離騷》此『申』正當訓『束』，與《淮南》之文，故相應爾。蕙纕本謂以蕙爲佩帶，則以此自申束可知，束茝明言申束，則亦以爲佩帶可知。蕙、茝互文，義自見耳。夫既以蕙纕見替，而復束之以攬茝，則其人竟體芬芳，求福不回可知矣。此靈均之志也。」王注未可輕易。朱氏雖辯，失「既……又……」句法，下句動詞承上句而省例。「又申」連文，平列同義。

【攬茝】王逸注以「攬茝」爲「重引芳茝」，攬訓引。劉良曰：「攬，持也。」王夫之曰：「攬，盡取之也。」聞一多曰：「攬與纜同。《文選》謝靈運《鄰里相送方山詩》注：『纜，維船索也。』案：凡索皆可謂之纜，此與纕對舉，纜亦纕之類。纜茝即茝纜，倒文以取韻。」周孟侯謂「攬茝」即「蘭茝」之誤。姜亮夫曰：「《本篇》『蘭芷變而不芳』，《九章・悲回風》『蘭茝幽而獨芳』，《九歎・遠遊》『懷蘭茝之芬芳兮』，《荀子・大略篇》亦云『蘭茝槀本』，古『蘭茝』連文極多，則此攬字當爲『蘭』字之聲誤無疑。且上言以蕙芳見廢，而又重之以蘭茝，蕙、蘭連縷並稱，正見己好芳潔，九死不悔之志，則其必爲『蘭』字無疑。」案：攬，猶總聚義。詳上文「夕攬」注。攬茝，言總聚芳茝，喻鳩聚賢良，結言上「擥木根以結茝」。攬，談部；蘭，元部。古不同音，例不通用。

是二句言我生多艱——朝既遭拌棄，以我佩帶蕙囊，夕又復拌棄我，以我攬聚芳茝也。

亦余心之所善兮　雖九死其猶未悔

[其]《後漢書》卷一六《寇恂傳》注引無其字。案：其猶，屈賦習用。有其字是也。《記纂淵海》卷四九和卷六

二、《山谷内集詩注》卷四注和卷八注、《古今事文類聚》前集卷五一、《後漢書》卷二八下《馮衍傳》注和卷七九《儒林傳・楊倫》注引亦有其字。

悔 朱《注》悔音虎猥反。《群經音辨》曰：「悔，過也。呼罪切。改過曰悔，呼内切。」案：「呼罪」之悔，内動。「呼内」之悔，外動。此文「未悔」，内動。虎猥、呼罪音同。

【亦】詹安泰謂「亦」猶「實在」、「真正」，引《後漢書・竇融傳》「亦稱才雄」，注：「亦，猶實也。」案：詹氏引《後漢書》注，非「實在」、「真正」。實，猶固；亦，亦猶固。徐仁甫曰：「亦，猶固也。亦訓乃，固亦訓乃；則亦猶固，可推知，副詞。『亦余心之所善』，言固余心之所善也。《韓詩外傳》二、《新序・雜事》五『君子亦讒人乎』，《荀子・哀公篇》作『君子固讒人乎』。此亦猶固之證。《論語・衛靈公》：『子路愠見曰：「君子亦有窮乎？」」「君子固窮。」』固，猶亦也。上下文異詞同義。何晏注『君子固亦窮時』，即以『固』釋『亦』，故『固亦』連文。《述而篇》：『君子亦黨乎？』言君子固黨也。《陽貨篇》：『子貢曰：「君子亦有惡乎？」』言君子固有惡也。《九章・惜誦》：『忠何罪以遇罰兮，亦非余心之所志。』此句下若無『也』字，亦當訓固，言固非余心之所志也。《九辯》：『彼日月之照明兮，尚黯黮而有暇；何況一國之事兮，亦多端而膠加。』言固多端而膠加也。」其説是也。

【善】王逸注以「善」爲「美善」義。《説文・誩部》：「譱，吉也。从誩，从羊。此與義、美同意。」段注：「《我部》曰：『義與善同意。』《羊部》曰：『美與善同意。』按：羊，詳也。」案：美，大祥，大善。詳上文「美人」注。故美字從大、羊，借羊爲祥。善字從誩，誩，猶競也。競有壯大、強競義。善字從誩、羊，亦大祥。引申有大義。《詩・桑柔》「覆背善詈」，鄭《箋》：「善，猶大也。」《我部》：「義，己之威儀也。从我，从羊。」從我，賅其「己」義。從羊，借羊爲象，晐其「威儀」義。義，無美善義，儀本字。義理字作宜，與从羊無涉。析言善在於致用；美在於悦娛。義者，指事理、倫理言。

【九死】王逸注「支解九死」云云，訓「九死」爲「支解」。陸善經曰：「九，言其多也。」劉良曰：「九，數之極也。」錢杲之曰：「九死，九死而一生，謂必死也。」吴世尚曰：「九者，數之極，九死，猶言幾死也。」皆以「九」爲極詞，言必死也。案：王氏蓋探下「雖體解其猶未變」，而訓「九死」爲「支解」。九，極詞，九死，猶萬死。《漢書·東方朔傳》「罪當萬死」是也。屈子於此始言以一死殉其中正之美。於理性言，蕙纕、攬茝，唯其中正之喻，此乃己中心所好，果以生命爲代價，則必死以成其志。

是二句言固我之中心所善，雖九死猶不改也。

第二十一韻：茝、悔

茝，當從楚語作芷，古音爲[tɕiə]。悔，古音爲[ɣʷə]。茝、悔古同之部。

怨靈脩之浩蕩兮　終不察夫民心

脩《藝文類聚》卷三〇引作循。《考異》、姜校引靈作零，《類聚》本作靈。案：循，脩字形訛。《文選》卷一五《思玄賦》注、《後漢書》卷五九《張衡傳》注、《太平御覽》卷四八三、《分門集注杜工部詩》卷一七載趙注及王洙注、《集百家注編年杜陵詩史》卷二載趙言、《九家集注杜詩》卷一〇注、《補注杜詩》卷一注、《唐類函》卷一二九載《藝文類聚》引亦作脩。

【浩蕩】《文選》卷一五《思玄賦》注引作皓，《太平御覽》卷四八三引無蕩字。案：王注「浩，猶浩浩；蕩，猶蕩蕩」云云，王本作浩蕩。皓，訛字；無蕩者，敓誤也。《後漢書》卷五九《張衡傳》注引亦作浩蕩。

【不】《太平御覽》卷四八三引「終不」一句敓不字。

【民】《文選》六臣本作人，注云「五臣作民」。洪《補》、錢《傳》同引一作人。案：避唐諱。《太平御覽》卷四八三引亦作民。

【怨】王逸注：「上政迷亂則下怨，父行悖惑則子恨。」案：怨、恨渾之不別，散之而各有其義。《説文·心部》：「怨，恚也。从心，夗聲。」「恚，恨也。从心，圭聲。」圭，猶言趌。怒趌發而見於外者爲恚。夗，言菀，言藴積。《荀子·富國篇》「使民夏不宛暍」，楊倞注：「宛讀爲藴，暑氣也。」《哀公》「富有天下而無怨財」，怨財，言藴蓄財富。《晏子春秋·内篇》「怨利生孽」，《左傳》昭十年字作「藴利」。宛、怨皆菀借字。《風俗通》曰：「菀，藴也。」怒之藴積於心而未外見者字作怨。怨，借聲字。恨，言憾也。《荀子·成相篇》「不知戒，後必有恨」，楊倞注：「恨，悔。」自致過失而自悔者是爲恨。恨，從心，艮聲。艮之爲言限也。《漢書·叙傳》：「恨，限也。」限，阻難。中心有阻、情不得宣泄是爲恨。怨重而恨輕，怒曰怨，而悔曰恨。此怨、恨之别義。先秦畛域至密，兩漢以還，混之不分。今反以恨爲怨怒，而怨爲埋怨、怨愁，恨甚於怨，則怨古義没矣。洪《補》曰：「孔子曰，『《詩》可以怨』。《孟子》曰，『《小弁》之怨，親親也；親之過大而不怨，是愈疏也』。屈原於懷王，其猶《小弁》之怨乎？」《史記·屈原列傳》曰：「信而見疑，忠而被謗，能無怨乎？屈平之作《離騷》，蓋自怨生也。」屈子怨君之不察忠佞、不分正邪，而終未見其恚怒。其於靈脩終焉有不盡眷眷依戀情愫，終焉不忍怒斥者。而於黨人，雷霆之怒猝發，直斥而不諱。淮南王劉安曰：「《國風》好色而不淫，《小雅》怨誹而不亂，若《離騷》者，可謂兼之矣。」庶幾中正之理矣。

【浩蕩】王逸注：「浩，猶浩浩；蕩，猶蕩蕩，無思慮貌也。《詩》曰『子之蕩兮』。」張銑曰：「浩蕩，法度壞貌。」錢杲之曰：「浩蕩，縱放貌。」劉夢鵬曰：「浩蕩，失據無守之貌。」戴震曰：「浩蕩，散漫無檢柙也。」案：王氏釋「浩蕩」爲「無思慮」，是也。汪瑗曰：「浩蕩，言君心之縱放如水之浩蕩無涯，靡所底止也。狂惑不定之意。」陸時雍曰：「浩蕩，謂無畔岸、無繩尺也。」王夫之曰：「浩蕩，如水渺茫，支派不分也。」林雲銘曰：「浩蕩，放縱於規矩繩墨之外，如水之横溢，即上文『昌被』之義。」徐焕龍曰：「今且至於浩蕩，如水之大潰其防，窮大失居，無所終薄。」皆以「浩蕩」爲喻語，言水浩茫無涯，比君之放縱失據。案：浩蕩，連語，本言混而不分，其訓詁字或作渾沌見《莊子·應帝王》，本書作溷濁。或作鴻洞《淮南子·精神訓》云「澒蒙鴻洞」是也，又作洚洞《孟子》趙岐注、港洞《文選·長笛賦》、虹洞《後漢書·馬融傳》等，狀廣大無際極，聲變字作恢台，《九辯》「收恢台之孟夏」，洪引《文選·舞賦》注：「恢炱，廣大貌。」《後漢書·馬融傳》字又作恢胎。狀器度宏敞，字作閎達《漢書·東方朔傳》，又作浩蘯《後漢書·張衡傳》，又作浩蕩，《九歌·河伯》「心飛揚兮浩蕩」，《哀時命》「志浩蕩而傷懷」，王逸並解爲「志放貌」。叔師注《騷》，雖一詞而前後異。游澤承斥之爲「常據上下詞義以求合」，誠非知人之言。王氏「浩蕩」或訓「無思慮」，或訓「志放」，一義相通，而非游説無根也。聲變字作圖傲。《莊子·天下》「圖傲乎救世之士哉」，郭象注：「揮斥高大之貌。」《廣雅·釋詁》作「酳傲」，言大也。又作陶傲。《九思·守志》「遊陶傲兮養神」，注云：「陶傲，心無所繫。」皆浩蕩倒文，猶「無思慮」。又作豁達，狀通暢無礙貌《文選·景福樓民疑賦》，其義與訓不分之溷沌相仍。狀水之迷茫無涯曰泓澄《文選·吴都賦》、浩蕩《文選》潘岳《河陽縣作》二首、灝溔《文選·上林賦》、皓溔《文選·魏都賦》、皛溔《文選·江賦》、浩洋《淮南子·覽冥訓》、曠漾《文選·長笛賦》、瀇洋《論衡·案書》、洸洋《史記·老子韓非列傳》。狀月色朦朧不明曰朦朧，耳不聰曰惝怳，日不明曰埃𡏖《説文·日部》，雲覆蔽日陽曰霼霴《通俗文》，又作曖曃《文選·七啓》。思慮不清曰貸駴。《釋名·釋姿容》：「貸駴，不相量事者。」又作儓儗。《集韻》：「儓儗，懒悦也。」

又作懛剴。《廣韻》：「懛剴，失志貌。」又作儓儗，《廣韻》：「儓儗，癡貌。」《莊子・山木》又作怠疑，倒文曰癡騃。《周禮・司剌》鄭注「生而癡騃童昏者」是也。魚陽對轉，又作糊塗。孫奕《示兒編》引《呂氏家塾記》曰：「呂端之爲人糊塗。」或作鶻突。王注云「無思慮」，猶「糊塗」。解者宜循聲抽繹，則會心非遠。錢鍾書既以浩蕩比蕩蕩、浪蕩，又謂兼指「距離遥遠」，謂人君居高遼遠，不與我近，故謂之浩蕩。其説曲臆無根。又，朱季海曰：「《文選・七發》：『今如太子之病者，獨宜世之君子，博見強識，承閒語事，變度易意，常無離側，以爲羽翼，淹沈之樂，浩唐之心，遁佚之志，其奚由至哉？』李善注：『唐，猶蕩也。』此云浩唐，與《離騷》言『浩蕩』者正同，李注蓋得其意。第觀其文與淹沈、遁佚相次，則其爲『驕敖放恣』可知矣。枚叔，淮陰人，蓋江淮之閒語，時頗與荆楚同風矣。」浩蕩訓縱佚，實訓志放之謂。朱君但據枚叔江陰人一事，而斷以浩蕩爲荆楚語，亦疏矣。

【終】聞一多曰：「終、從聲近字通。從不，猶曾不也。《春秋繁露・隨本消息》：『由此觀之，所行從不足恃。』即曾不足恃。本篇及《九歌・山鬼》『余處幽篁兮終不見天』之終不，即從不，猶曾不也。」案：終、從通用，古無書證。終，同下文「終然殀乎羽之野」之終然。「終不察」，終字獨立，「不察」爲句。如聞説，「終不」連文，而「察」字獨立，亦不辭。《山鬼》「終不見天」同此。

【民心】王逸注「終不省察萬民善惡之心」云云，泛指萬民。案：汪瑗曰：「人心，屈原自謂也。」屈復曰：「人，三閭自謂。」此承「多艱」言，究我所以「多艱」，而不關萬民事。「民心」之民，同「民生」之民，屈子自稱。

是二句言余怨恨靈脩浩蕩糊塗，志無思慮，終然不察我中心好惡，致我生多艱虞也。

衆女嫉余之蛾眉兮　謡諑謂余以善淫

嫉《後漢書》卷五二《崔駰傳》注、《太平御覽》卷四八三引作妬。案：屈賦「嫉妬」連用，平列同義。單用嫉而不用妬。下文「世溷濁而嫉賢」、《惜往日》「遭讒人而嫉之」是也。《古今事文類聚》别集卷二一、《記纂淵海》卷八一、《山谷内集詩注》卷六注、《山谷外集詩注》卷一一注、《海録碎事》卷七引亦作嫉。

余《古今事文類聚》别集卷二一引「嫉余」及下句「謂余」兩余字并作予。案：余、予古今字。《離騷》領格用余，賓格用予。作余字是也。《太平御覽》卷四八三、《山谷内集詩注》卷六注、《山谷外集詩注》卷一一注亦作余。《後漢書》卷五二《崔駰傳》注引嫉余上衍皆字。

之《記纂淵海》卷八一引無之字。案：余字領格，多用之字繫連中心詞。詳注。無之字，非其句法。

蛾 洪《補》、朱《注》、錢《傳》同引一作娥，朱云「非是」。《漢書》卷八七《揚雄傳》注引作𧍧、《後漢書》卷五二《崔駰傳》注、《山谷内集詩注》卷六注引作蛾。《山谷外集詩注》卷一一注、《太平御覽》卷四八三引作娥。案：王注曰：「蛾眉，好貌。」蓋王本作蛾。顔師古《漢書》注：「𧍧眉，形若蠶𧍧眉也。」顔注本其祖顔之推。作蛾者，蓋因顔氏家傳之説而改。蛾眉，詳注。

謡 洪《補》、朱《注》謡同音遥，錢《傳》音餘招反。案：音遥、音「餘招」并同。《太平御覽》卷四八三引作譖《考異》引誤作讚、姜校引誤作讒。案：王注：「謡，謂毁也。」注文「譖而毁之」云云，謡無毁義，譖字形訛。詳注。《五百家注昌黎文集》卷八注，《東雅堂昌黎集注》卷八注，《古今事文類聚》別集卷二一，《山谷外集詩注》卷一一注，羅本、黎本《玉篇・言部》「諑」字引作謡。

【諑】羅本、黎本《玉篇・言部》「諑」字引諑作諑。案：諑，六朝俗諑字。《説文繫傳》卷一一椓字引作諑，然注云，剌繫字從木作椓。《文選》六臣本諑音丁角切，洪《補》、錢《傳》音竹角切。朱子《辯證》曰：「諑音卓，則當從豕。」又，許穢反，則爲喙。丁角、竹角屬「類隔」門法，音同。《廣韻》入聲第四覺韻，諑、卓同音竹角切。

【以】《文選》六臣注云：以，「五臣作之」，洪《補》、朱《注》同引一作之，《説文繫傳》卷一一引亦作之。案：王注「譖而毀之，謂之美而淫」云云，王本作之字。羅、黎二本《玉篇・言部》「諑」字、《山谷内集詩注》卷六注、《山谷外集詩注》卷一一注引亦作以。又，《太平御覽》卷四八三引脱以字。

【淫】羅本《玉篇》言部「諑」字引訛作浮，《文選》六臣本、黎本《玉篇》引并作滛。案：滛，六朝俗淫字。

【衆女】王逸注：「衆女，謂衆臣。女，陰也，無專擅之義，猶君動而臣隨也，故以喻臣。」李周翰曰：「衆女，喻讒臣也。」案：本書比喻，疊累而用，比中有比，大喻套小喻。屈子以車右自比，爲前半篇大喻。然屈子本靈巫之傳，能通人神，故其形貌也若處子。則以蛾眉自比，爲大喻中之小喻。其同列衆臣亦因以比女而稱「衆女」。此乃屈子隨文設喻，本書但此一例耳，不得謂車右爲女性，而以夫婦君臣之喻貫於始終矣。下半篇繼上征求帝之後而三求神女，遺媒役理，通彼男女婚姻。雖然，猶以鬚眉求女，而未改其本態。游國恩據此二句發明「《楚辭》女性中心説」，謂屈子以棄婦自比，似失偏頗。

【蛾眉】王逸注：「蛾眉，好貌。」洪《補》引顏師古曰：「蛾眉，形若蠶蛾眉也。」徐煥龍曰：「蛾子眉最修，故女子眉美曰蛾眉。」朱子曰：「蛾眉，謂眉之美好如蠶蛾之眉也。」蔣驥曰：「蛾眉，眉之纖曲如蛾也。」皆以「蛾」爲「眉」飾語。又，姜亮夫曰：「蛾眉，畫眉如蛾。」案：《楚辭》言蛾眉有三。《招魂》「蛾眉曼睩」，蛾、曼互文。曼，同《文選·報任少卿書》「曼辭以自飾」，李善注引如淳曰：「曼，美也。」蛾亦言美。《大招》「嫮目宜笑，蛾眉曼只」，嫮、蛾互文。嫮即姱字，言好、言美。蛾亦言好、言美。先秦兩漢出土文物，如俑、圖畫，亦不見美女之眉有如蠶蛾狀。蛾之爲言娥也。蛾、娥同從我聲，例得通用。《廣雅·釋詁》：「娥，美也。」又《説文·女部》：「娥，帝堯之女、舜妻娥皇字也。秦晉謂好曰姪娥。从女，我聲。」案：娥從我聲，借作峨，言高、言大。古以「高大」爲美、爲善。古帝王之名，多取高大義，堯、舜是也。娥，母權社會女酋通稱，其字從女。娥眉，言好貌，非專狀美眉。六朝以下，多以「蛾眉」爲「美女」統名，鮑明遠《翫月城西門廨中》「娟娟似娥眉」是也。

【謠】王逸注：「謠，謂毀也。」洪《補》引《爾雅》曰：「徒歌謂之謠。」錢杲之曰：「謠，颾言。」李陳玉曰：「讒人害人，必先進飛語中之，謠歌亦其一也。」王夫之曰：「謠，飛語。」謠但言徒歌，無毀譖義。「徒歌」者，且行且歌。類今云「扭秧歌」。劉永濟乃謂「此文謠字，乃⿰言呈字之誤。⿰言呈，經典多借用毀壞之毀字爲之，遂忘其本字。此文以⿰言呈諑連文，則二字同義，其誤爲謠，蓋因二字形近」。案：⿰言呈，不解譖毀義，言恚怒。《廣雅·釋訓》：「⿰言呈，怒也。」字亦作⿰口呈。《廣韻》入聲第十六屑韻：「⿰口呈，呵也。」謠，蓋譫字形誤。從䍃、從詹之字多相溷。《周禮·矢人》「夾而搖之」，《釋文》曰：「搖，本又作擔。」擔，即搖字。漢隸定從䍃之字或變從詹。《漢書·天文志》「元光中天星盡搖」，搖、擔形近相訛。《史記·建元以來王子侯者年表》「千鍾侯劉搖」，《漢書·王子侯表》作「劉擔」。《墨子·經下》「正而不可擔」，擔，搖字形訛。謠、譫亦以相訛。舊本作譫，通作譖。侵、談旁轉，照穿旁紐雙聲。譖，毁也。《九思·逢尤》「被諑譖兮虛獲尤」，蓋因於此。《太平御覽》卷四八三《人事部》一二四《怨》引此作「譖諑」，引王逸注：「譖，毁也。諑，潛也。」其所據本作「譖諑」也。

【諑】王逸注：「諑，猶譖也。」陸善經、洪《補》引《方言》並曰：「諑，愬也。楚以南謂之諑。」陸氏又謂「此以愬爲訴」。案：《説文・言部》：「訴，告也。从言，㡿聲。愬，𧦝或从朔、心。」愬爲訴字異文，又：「譖，愬也。」諑字訓譖，訓訴，一義相因。譖之爲言兓也，根於鋭刺義，以言刺傷之謂譖。詳上文「信讒」注。《广部》：「㡿，卻屋也。」㡿，俗作斥，引申言斥棄。《漢書・武帝紀》「無益於民者斥」，注：「斥，謂棄逐之。」《江都易王傳》「擊吉斥之」，顔師古注：「斥，謂退棄之。」《廣雅・釋詁》：「斥，推也。」裂土謂之坼，守夜者所擊木謂之柝，以言斥擊之謂之訴，根於斥擊義。引申言告語。聞一多謂「謠諑」同《詩・陳風・墓門》「歌以訊止」之「歌訊」，諑言訊，言告。非是。諑從豖聲，豖聲字多含刺劃義。《爾雅・釋器》：「雕謂之琢。」《招魂》「啄害下人些」，王逸注：「啄，齧也。」《廣雅・釋詁》：「椓，椎也。」椎即今之錐字。言刺劃傷害謂之諑。豖，中也。豖、中爲覺冬平入對轉。《漢書・趙敬肅王劉彭祖傳》顔注、《淮南子・原道訓》「好事者未嘗不中」，高注云：「中，傷也。」諑、啄、琢、椓，皆借聲字。「讒諑」連用，平列同義。

【謂】王逸注「謂之美而淫」云云，以爲告語義。案：謂，猶爲。《禮器》「誰謂由也，而不知禮乎」，《家語・公西赤問》作「孰爲」。《大戴禮記・文王官人》「此之爲考志也」，《逸周書・官人解》作謂。《左傳》莊二十二年「是謂觀國之光」，《史記・陳杞世家》謂作爲。《墨子・公輸》「宋所爲無雉兔狐狸者也」，《宋策》作謂。《莊子・讓王》「其何窮之爲」，《呂氏春秋・慎人》作謂。爲，以也。詳王引之《經傳釋詞》卷一。

【以】當從一本作之。其改「之」作「以」者，蓋以謂言告語所致。「爲余之善淫」，衆女讒諑中傷之詞。若作「以」，非勝語。

【淫】王逸注：「淫，邪也。」李周翰曰：「讒邪之人，謂我善爲淫亂。」案：余以蛾眉自比，淫邪、淫亂，皆指中冓穢行。《詩・雄雉序》鄭箋「淫亂者」，孔疏曰：「淫，謂色欲過度。」《左傳》成二年、《列女傳・孽嬖》並曰：「貪色爲淫。」《小爾雅・廣義》：「男女不以禮交謂之淫。」淫，本爲「浸淫隨理」，引申言越度，言氾濫，縱情欲色謂之淫，後起分别字作婬，從女。

是二句復承「多艱」言，謂我生多艱，靈脩浩蕩不察，又因衆女嫉妬。衆女嫉我蛾眉脩態，以「善淫」之惡語譖諑我。古重女德，謂女子姿容之好者必無德，而有德者必無容冶之色，女子無才便是德，才貌、德行，不可兼備。錢鍾書謂此猶古希臘詩云「美麗之禍殃」，視麗人爲「尤物」。楚之衆女，嫉屈子「蛾眉」之色，而毁以「善淫」，蓋亦女子有色便無德。《左傳》昭二十八年，叔向欲以申公巫臣氏爲妻，其母止之，曰：「吾聞之，甚美必有甚惡。……且三代之亡，共子之廢，皆是物也。」《論衡》卷二二《言毒》載叔向母言：「美色之人懷毒螫也。」又曰：「生妖怪者常由好色。」又曰：「好女説心，好女難畜。」《國語・晉語》，太子晉諫靈王曰：「禍不好不能爲禍。」韋注云：「猶財色之禍生於好也。」《晉語》史蘇論驪戎曰：「雖好色，必惡心。」《魏書・道武七王傳》言清河王紹母「美而麗」，太祖見而悦之，告獻明后，請納，后曰：「不可，此過美不善。」白樂天《新樂府詩》謂李夫人、楊貴妃等麗人爲禍國亂政之「尤物」。如此成見，根深蒂固，牢籠古今中外，嫉妬美人者據爲口實，而讒諑之言一發便中，《荀子・君道篇》曰：「好女之色，惡者之孽也。」《史記・外戚世家》褚少孫補語曰：「美女者，惡女之仇。」揚雄《反離騷》曰：「知衆嫭之嫉妬兮，何必揚纍之蛾眉？」洪《補》斥曰：「此亦班孟堅、顔之推以爲露才揚己之意。夫冶容誨淫，目挑心與，《孟子》所謂『不由其道』者，而以污原，何哉？」夫冶容未必誨淫，目挑未必心與，屈子稟受於天，非矯揉造作、内外相背者可比，豈得妄斥以「揚纍之蛾眉」、「露才揚己」哉？班、揚之輩，《騷》之妬婦也。

第二十二韻：心、淫

心，古音爲[siəm]；淫，古音爲[riəm]。心、淫古同侵部。

固時俗之工巧兮　偭規矩而改錯

【固】劉永濟曰：「固，疑何之誤。此句兩見《九辯》中，皆作何。何有疑怪意，作固，則肯定矣。」聞一多曰：「何、固形近而誤。」徐仁甫亦改固爲何。案：固，猶胡也，渠也，不必校改。詳注。《記纂淵海》卷三引「固時俗」同今本。《文選》卷一五《思玄賦》注引訛作因。

【偭】《文選》六臣、洪《補》、朱《注》、錢《傳》偭並音面。案：《廣韻》偭有上、去二音，上聲，訓背；去聲，訓向。面唯有去聲。敦煌遺書三二一一號卷子王梵志詩「終歸不免死」，五六四一號卷子免字作面，隋唐時面或讀上聲。《文選》卷一五《思玄賦》注引作滅，《記纂淵海》卷三引亦作偭。

【錯】《文選》六臣本錯音倉故切，洪《補》錯音措，朱《注》、錢《傳》同音七故切。《群經音辨》曰：「錯，雜也，倉各切。錯，置也，七故切。《論語》：『舉直錯諸枉。』」案：蓋《論語》或本錯作措。措，置也。王逸注：「錯，置也。」假借措字，音七故切。倉故、七故音同。

【固】王逸注：「言今世之工，才知強巧，背去規矩，更造方圓，必失堅固、敗材木也。」其「固」字無義可繫。案：固，通作故，古書通用。《國語·周語》「咨於故實」，《史記·魯周公世家》作固。《論語》「固天縱之將聖」，《論衡·知實》或本固作故。故，通作胡。《墨子·尚賢中》：「今王公大人之君人民，主社稷，治國家，欲脩保而勿失，故不察尚賢爲政之本也。」下文又曰：「胡不察尚賢爲政之本也。」句例同，而以故爲胡。畢沅校云：「故，一本作胡。」又,《管子·侈靡》「公將有行,故不送公」,故不,猶胡不,亦借故爲胡。固,例亦通胡。《莊子·天地》:「汝將固驚邪?」言汝胡驚邪?《讓王》:「君固愁身傷生,以憂戚不得也?」言胡愁身傷生也。固、故、胡同古聲,例得相通。胡,何也。

【時俗】王逸注文「時俗」釋「今世」,而「俗」字無義。案:《説文·人部》:「俗,習也。從人,谷聲。」段注:「以雙聲爲訓。習者,數飛也。引申之凡相效謂之習。」俗音似足切,谷音古足切。同部不同紐,許云「谷聲」,非是。俗,從人、谷。谷,猶欲也。《老子》「谷神不死」,《釋文》:「谷,河上本作浴。」《易·損》「窒欲」,《釋文》:「欲,孟作浴。」欲,好也。《孟子·告子》:「生,亦我所欲也;義,亦我所欲也。」所欲,所好。人所共好字作俗。俗,會意兼假借。《孝經》曰:「移風易俗。」孔疏引韋昭曰:「隨其趨舍之情欲,故謂之俗。」《周禮·大司徒》「以俗教安」,注:「謂土地所生習也。」習,美惡同辭,俗亦兼美惡。

【工巧】王逸注「言今世之工,才知強巧」云云,以工爲工匠,巧訓佞巧。案:《説文·工部》:「工,巧飾也。象人有規榘,與巫同意。𢒄,古文工,从彡。」段注:「此云『巧飾也』者,依古文作『𢒄』爲訓。彡者,飾畫文;巧飾者,謂如幔人施廣領大袖以仰涂,而領袖不汙是也。惟孰於規榘乃能如是,引伸之凡善其事曰工。」又曰:「𢒄有規榘,而彡象其善飾。巫事無形,亦有規榘。而,象其兩褎,故曰同意。」案:徐鍇云:「爲巧必遵規榘法度,然後爲工,否則目巧也;巫事無形,失在於詭,亦當遵規榘,故曰與巫同意。」段説蓋本此也。此文「工巧」,以工爲「有規榘」、「有法度」,「時俗工巧」謂習俗善於事,行有規榘、法度,與下「偭規矩而改錯」相悖。孔廣居《説文疑疑》曰:「上一,天也;下一,地也;中一,上下通也。天體圜地體方,通乎方圓者工也。天有神地有祇,通乎神祇者,巫也。」以工爲通天徹地之名,𢒄字,不見甲、金文。工,甲文作「」《粹》一二一七,金文作「」《矢彝》,象斤斧。工、斤雙聲。段、孔未見古文,據許書曲爲之説。操斤者謂之工,凡嫻習一事,巧於一藝者亦謂之工。《考工記總目》曰:「巧者述之守之,世謂之

工。」《公羊傳》成元年注：「巧心勞手以成器物曰工。」《漢書・食貨志》：「作巧成器曰工。」《儀禮・燕禮》「席工於西階上」，注：「凡執技藝者稱工。」《周禮・樂木人》：「凡樂事相瞽。」賈《疏》亦云：「能其事者曰工。」《招魂》「工祝招君」，王逸注：「工，巧也。」是與巫同義。《論語・衛靈公》：「子曰：『公欲善其事，必先利其器。』」皇侃《疏》：「工，巧師也。」許云「工，巧飾」，飾，蓋「師」之訛。巧，亦工師、工匠。《墨子・非儒下》「巧垂作舟」，《事類賦注》引此作「工倕」。《莊子・胠篋》曰「攦工倕之指」，《釋文》：「倕，堯時巧者也。」巧，即工。「工巧」連文，平列同義，工匠通名。《韓詩外傳》曰：「忠易爲禮，誠易爲辭，賢人易爲民，工巧易爲材。」忠、誠對文，而賢人、工巧亦儷偶爲文。工巧，猶謂工匠。《漢書・食貨志》：「過使教田太常、三輔，大農置工巧奴與從事，爲作田器。」言工匠之奴作田器。工巧，即工匠。《顔氏家訓・勉學》：「人生在世，會當有業。農民則計量耕稼，商賈則討論貨賄，工巧則致精器用。」農民、商賈、工巧對文，工巧爲工匠。又，《雜藝論》：「下牢之敗，遂爲陸護軍畫支江寺壁，與諸工巧雜處。」言與衆工匠雜居。《太平廣記》卷二二五「淫淵浦」條：「皆生埋巧匠於塚裏，又列燈燭如皎日焉。先所埋工匠於塚内，至被開時皆不死。巧人於塚裏，琢石爲龍鳳仙人之像及作碑辭贊。」巧匠、工匠、巧人皆一，指工匠。巧，猶工。又，卷三七一「曹惠」條：「當時天下工巧，皆不及沈隱侯家老蒼頭孝忠也。」卷四六三「仙居山異鳥」條：「是日，將架巨梁，工巧丁役三百餘人縛拽鼓噪，震動遠近。」工巧，指工匠。《資治通鑑・宋紀》卷六：「魏主徙長安工巧二千家於平城。」言遷徙工匠二千家於平城。《方言》卷八：「桑飛，自關而東謂之工爵，或謂之女鴎。」郭璞注：「今亦名爲巧婦。」《玉篇》：「女鴎，巧婦也。」既曰「女鴎」，又曰「巧婦」，巧、鴎同義互用。鴎，即匠字。《説文・工部》：「巧，技也。从工，丂聲。」不訓工師、工匠。《方言》卷七：「竘，貌治也。吴越飾貌爲竘，或謂之巧。」《説文・立部》：「竘，一曰匠也。从立，句聲。讀若齲。《逸周書》有竘匠。」《廣雅・釋詁》郭璞注：「語楚聲轉耳。」巧匠本爲竘，楚音轉爲巧。工、竘爲東侯陰陽對轉，巧、竘爲宵侯旁轉，音近義同。

【偭】王逸注：「偭，背也。」錢杲之曰：「偭，面避不正視也。」以偭爲面向義，與王注相反爲訓。李陳玉曰：「偭，面也。當面相看，個個都是規矩之言。」王夫之曰：「偭，面向也。」徐焕龍曰：「身背物曰背，面背物曰偭。」朱冀曰：「《説文》『偭，向也』。與下向背字對待成文。上句是覿面相向，而任意更張；下句是顯然背馳，以逞其機變。若從舊注作『背』字解，其如兩背犯重何？」魯筆曰：「偭有向、背二義。此作向，方不複。似向規矩，卻改而錯置之；明背繩墨，卻周而曲合之，所以爲工巧。」皆同錢説。姜亮夫曰：「偭即面之後起字，而爲象形名詞，加人旁爲偭，則爲動詞。《説文》乃其本義。王訓『背』者，亦如《史記·項羽本紀》之『楚軍四面下』，《通鑑》胡三省注『面，背也』之例。賈誼《弔屈原賦》『偭獱獺以隱處』，應劭亦以背訓偭。」與王氏相發。又，焦竑曰：「古文多倒語。面規榘而改錯，以面訓背也。」胡文英曰：「偭，或曰向也，或曰背也。蓋由面轉背之意，猶《詩》『輾』字之義耳。」游澤承曰：「偭字，許慎訓爲向，王逸訓爲背，此亦以治訓亂，以亂訓治，本皆可通，焦氏之説是也。」案：諸説雖無害於義，東方曼倩《七諫·謬諫》曰：「固借作胡時俗之工巧兮，滅規榘而改錯。」曼倩襲用此文，易偭爲滅。滅，棄也。偭，元部；滅，月部；二字明紐。元月平入對轉。楚月部多轉元部。《説文·心部》：「愃，寬閒心腹貌。」《方言》卷二：「了，快也。」郭璞曰：「今江東人呼快爲愃。」快，月部。愃，元部。江東楚語，轉快爲愃。《泉部》：「⿱緐泉，泉水也。从泉，緐聲，讀若飯。」⿱緐泉音符萬切。《淮南子》「莫鑒于流⿱緐泉而鑒于澄水」，許慎注：「楚人謂水暴溢曰⿱緐泉。」⿱緐泉，實沛字假借。沛，月部；而瀿、⿱緐泉、飯，元部。楚人語沛爲瀿、⿱緐泉，月轉爲元。《書·秦誓》「惟截截善諞言」，《楚辭·九歎》王逸注引作「諓諓靖言」。《説文·戈部》引《書》則作「戔戔」。截，月部；戔、諓，元部。王逸、許慎，楚人，多語楚。楚語截爲戔、諓，月轉爲元。《廣雅·釋詁》：「暍⿰日難，悏也。」《日部》：「⿱日難，安⿱日難，昷也。」暍⿰日難、安⿱日難同。暍，月部；安，元部。許書語楚，以安爲暍，月轉爲元。下文「椒專佞以慢慆兮」，慢，猶⿰山蔑。《漢書·文三王傳》「汙⿰山蔑宗室」，孟康曰：「⿰山蔑音漫。」⿰山蔑，通語；漫，楚語；月轉爲元。吾鄉浦江語偭、滅同音[miɛ]，介於元月間，蓋存楚語。張平子《思玄賦》「泯規榘之員方」，易偭爲泯。湎、泯亦聲轉。《書・吕刑》「泯泯棼棼」，《漢書・敘傳》、《論衡・寒温》同引此作「湎湎」。泯，滅，蓋漢音。偭規矩，即滅規矩。

【規矩】王逸注：「圓曰規，方曰矩。」朱子析言曰：「規，所運以爲圓之筵也，矩，所擬以爲方之器，今曲尺也。」吕延濟曰：「規矩，法則也。」渾之不分。《説文・夫部》：「規，規巨有法度也，从夫，从見。」段注：「圜出於方，方出於矩。古『規矩』二字不分用，猶『威儀』二字不分用也。凡規巨、威儀有分用者，皆互文見意，非圜不必矩，方不必規也。規矩者，有法度之謂也。」案：《墨子・天志上》「我有天志，譬若輪人之有規，匠人之有矩。輪、匠執其規矩，以度天下之方圜。」《法儀》曰：「百工爲方以矩，爲圜以規。」《考工記・輿人》：「圜者中規，方者中矩。」《詩・沔水序》「規宣王也」，鄭《箋》：「規者，正圓之器也。」《管子・宙合》「多備規軸者」，注：「規者，正圓器。」《淮南子・脩務訓》「其曲中規」，注：「規，員之也。」皆單用析言。段説不確。「規矩」言「法度」者，類修辭借喻，非謂其義。王逸注「言今世之工，才知強巧，背去規矩，更造方圓，必失堅固，敗材木也。以言佞臣巧於言語，背違先聖之法，以意妄造，必亂政治，危君國也」云云，固爲比喻。魏晉以下，規矩乃爲法則通名。規，從夫，工匠。從見，爲刓也。見、刓古書通用。《易・夬》九五「莧陸夬夬」，《集解》引虞注：「莧，讀『夫子莞爾而笑』之莞。」《論語・陽貨》「夫子莞爾而笑」，《釋文》：「莞，一作莧。」《楚辭・漁父》「漁父莞爾而笑」，洪《補》引一本莞作莧。《列子・天瑞》「老韭之爲莞」，《釋文》：「莞，一作莧。」《文選・辯亡論》「莞然坐乘其弊」，李善注本字作「莧然」。莧，見聲；莞，完聲，實元聲。刓，亦元聲。見、刓例通用。《刀部》：「刓，剸也。」段注：「剸，當作團，團，圜也。」猶《懷沙》「刓方以爲圜」。規字從夫、見，借見爲刓，會意兼假借。又，《工部》：「巨，規巨也。从工，象手持之。榘，巨或从木、矢。矢者，其中正也。，古文巨。」孔廣居《説文疑疑》曰：「巨，爲方之器也。从工，中象方形。榘，从矢，取其直也。唯直然後能方也。」案：孔氏謂「巨，爲方之器」，是也。金文矩字作「」《鄦侯殷》「」、《伯矩卣》，從夫，從巨。夫，工匠，猶規從夫。工，匚字形變，正方本字，古多借方字爲之，匚，亦聲。匚、巨爲魚陽對轉，溪羣旁紐雙聲。正方之器是爲巨、矩。

【錯】王逸注：「錯，置也。」案：錯置字，本作措，錯，借字。王氏以本義釋借字。《說文・手部》：「措，置也。从手，昔聲。」段注：「置者，赦也。立之爲置，捨之亦爲置。措之義亦如是。」措有置立、置廢二義，相反爲言。而假錯爲措者，唯置廢義，無置立義。《尚書・微子序》「殷既錯天命」，馬融注：「錯，廢也。」《論語・顏淵》皇《疏》：「錯，廢也。」改錯，用置立義。措，昔聲，昔無義可求，借爲舍。昔、舍同釋部，心審旁紐雙聲，例得通用。舍有舍止、舍去義。措，借聲字。朱季海曰：「《九辯》：『竊美申包胥之氣盛兮，恐時世之不固；何時俗之工巧兮，滅規矩而改鑿？獨耿介而不隨兮，願慕先聖之遺教。處濁世而顯榮兮，非余心之所樂。與其無義而有名兮，寧窮處而守高。』固，在魚部，此與鑿相叶，是楚音讀鑿如錯。自宵入魚，與諸夏別也。《史記・晉世家》：『定公卒，子出公鑿立。』蓋據《世本》。《史記・六國年表》第三司馬貞《索隱》云：「《系本》名鑿。」《世本》，趙人所作。《史記・趙世家》「幽繆王遷」，《索隱》：「徐廣云：『《系本》《年表》及《古史考》皆云「今王遷」，無謚。』」是《世本》實書幽繆王遷爲今王，明是趙人所記也。書晉君名，當得其實。《史記・六國表》『周元王三年，晉出公錯元年』。字又作錯者，蓋因《秦紀》、《六國年表敘》所謂『余於是因《秦紀》、踵《春秋》之後，起周元王，表六國時事』是也。然則在晉謂之鑿者，在秦直書曰錯也。晉人當亦呼鑿如錯，如秦人受而書之，其聲則是，其文則非也。《離騷》『偭規矩而改錯』，以宋玉之言證之，知故書錯亦當作鑿。以鑿叶度，猶叶固矣。楚音自同部爾。言此者，明俗偭規矩則方圜既謬，譬如枘鑿，難復入也。《離騷》云：『不量鑿而正枘兮，固前脩以菹醢。』又云：『何方圜之能周兮，夫孰異道而相安？』《九辯》云：『圜鑿而方枘兮，吾固知其鉏鋙而難入。』並其義也。夫矩鑿既改，尚何望方枘之能周乎？屈、宋之用心在此，彌見其設喻之巧，猥以錯置字當之，甚無謂也。今書作錯者，當緣漢師不明楚音，秖據關西語定之，以就度韻，遂失其讀耳。觀《秦紀》之書晉君，亦以鑿爲錯，故無足怪矣。《九辯》之文，獨存其真者，徒以下與教、樂相協，故得免於竄改也。《九辯》又云：『何時俗之工巧兮，背繩墨而改錯？卻騏驥而不乘兮，策駑駘而取路。』此以錯、路爲韻，亦在魚部，然變言繩墨，則不必借喻枘鑿，或本是『錯』字，未可知也。東方朔《七諫・謬諫》云：『固時俗之工巧兮，滅規榘而改錯；卻騏驥而不乘兮，策駑駘而取路。』幾全襲《九辯》，而強改其『背繩墨』爲『滅規榘』，不悟宋玉自借喻鑿枘，故言規榘，曼倩云云，徒貌取耳。」

案：朱君至辯，求之過深，徒滋歧紛。鑿，藥部，宵之入。錯、措，鐸部，魚之入。屈賦用韻，宵藥與魚鐸，畛域至密，無合用例。朱氏所謂「楚音讀鑿如錯，自宵入魚」云云，無根之說。《史記・晉世家》「出公鑿」，《六國年表》作「出公錯」，非必《世家》據《世本》，而《年表》因《秦紀》。漢世用韻，魚宵與鐸藥或合用。杜篤《論都賦》郊、都叶；傅毅《洛都賦》鋪、鑣叶；班固《幽通賦》謡、廬叶；又處、表叶；又初、符、昭叶；崔駰《達旨》抒、禦、舉、處、楚、趙、脯、女、武、序叶；張衡《蔡湛頌》敘、表叶；馬融《廣成頌》郊、苗、羽叶；王逸《九思・逢尤》如、由、劬、朝叶；又《遭厄》鼓、倒叶；揚雄《解嘲》搜、禺、塗、候、鈇、書、廬、區、陶、吾、渠、夫、島、少叶。皆魚鐸與宵藥合韻。周秦之錯，漢音或如鑿，古今音之變。《史記・晉世家》用古音古字，而《六國年表》用今音今字，故易錯爲鑿。段君亦言「第二蕭部、第三尤部、第四侯部、第五魚部，漢以後多四部合用，不甚區分」。《史記》雖一人之名，或錯、或鑿，以其時音同也。朱氏又謂《九辯》之文，固與鑿、教「協韻」，益非知音之選。江有誥、朱駿聲皆以鑿、教、樂、高爲韻，而謂「固」字無韻。段君《六書音韻表》於《九辯》此韻，以「固」爲「規其字之外」者，亦特標識之。王力《楚辭韻讀》亦謂「固」字「無韻」，從前脩之説。不得據無韻之字而妄改《離騷》有韻之文。《九辯》之鑿，當亦漢音，蓋漢所竄改。又，劉永濟謂錯、鑿通用，此文錯字用治義，「古稱鐫刻玉石爲治，今猶稱刻石作印爲治印。『改鑿』、『改錯』，猶今言改造、改作」。案：錯、鑿於周秦不同音，不可通用；漢世音同相通。錯訓治，言治玉石、治金鐵，不言治木、治作。改錯，即改措，言改置也，無庸深解。

是二句言何時俗之工匠，滅棄規矩之器，而改置更立也，以喻時世佞臣，棄先賢法則，而自作主張，曲意妄爲也。

背繩墨以追曲兮　競周容以爲度

【追】洪《補》、朱《注》同曰：「追，古隨字。」姜亮夫曰：「追、隨聲近，義得相通，決非一字之繁省。洪説誤。朱《注》唯録舊説，未加他語，然注中云：『追，猶隨也。』則亦不以爲一字也。」案：探以語根，追，猶𠂤也；隨，猶垂也。追有逐義，而隨無逐義；追，微部；隨，歌部。則追、隨音義皆别。詳上文「追逐」注。《記纂淵海》卷三引「背繩墨」二句同今本。

【背】王逸注「百工不循繩墨之直道」，「以言人臣不脩仁義之道」云云，以「背」猶「循」之反。洪《補》曰：「背，違也。」案：是也。《説文・肉部》：「背，脊也。从肉，北聲。」《素問・脈要精微論》：「背者，胸中之府。」背讀如北。《説文・北部》：「北，乖也。从二人相北。」《國語》韋昭注：「北，古之背字。」楚簡作伓。

【繩墨】王逸注：「繩墨，所以正曲直。」朱子曰：「繩墨，引繩彈墨，以取直者，今墨斗繩是也。」案：是也。繩墨，同上規矩，皆工器。規矩正方圓，繩墨正曲直。規矩比法度，繩墨喻直道。《禮記》：「繩墨誠陳，不可欺以曲直。」《荀子・勸學篇》曰「木直中繩」，又曰「木受繩則直」。下「循繩墨而不頗」，《九歎・離世》「不枉繩以追曲兮」。《説文・糸部》：「繩，索也。从糸，蠅省聲。」蠅，借爲乘。《詩・緜》「其繩則直」，《釋文》：「繩，本或作乘。」乘，猶因乘。《文選・演連珠》「乘風載響」，注：「乘猶因也。」因絲合爲索字作繩，借聲字。包山楚簡文字作⿰糸⿱乘力，從系，⿱乘力聲。⿱乘力，楚乘字，蓋登乘以力而作⿱乘力，聲中有義。繩受名於直。繩、直爲蒸職平入對轉，審定準旁紐雙聲。《廣雅・

釋詁》、《吕氏春秋・自知》「欲知平直則必準繩」高誘注、《易・説卦》「巽爲繩直」注皆曰：「繩，直也。」《史記・禮書》：「繩者，直之至也。」《漢書・律曆志》：「繩者，上下端直，經緯四通也。」

【追】王逸注：「追，猶隨也。」案：追、隨混之不別，析言各有專義。追有隨從、追逐義，而隨，但言隨從。此文「追曲」同上「追逐」，爲追逐義。詳上文「追逐」注。聞一多曰：「《周禮・追師職》『追衡笄』，注曰：『追，猶治也。』追曲與改錯對文，改亦治也。」追曲、背繩墨爲對文，與改錯非偶語。

【曲】聞一多曰：「曲，謂木之枉曲者。」案：《説文・匚部》曲字作「」，曰：「象器曲受物之形也。」段注：「匚，象方器受物之形，側視之。，象圜其中受物之形，正視之。引申之爲凡委曲之稱。不直曰曲。」包山楚簡字作「」二六〇，側視之形，曲尺也，亦工器。引申言不直。王夫之曰：「追曲，隨意曲直，無定則也。」以追言隨意，曲言曲直。非也。

【周容】王逸注：「周，合也。」注「苟合於世，以求容媚」云云，而以容言容色、容態義。錢杲之曰：「周容，周旋從容也。」聞一多謂周爲同字形誤。周容，即同容、挏搈。言來去不定之意。胡文英曰：「周容，合而取容。」王夫之曰：「周容，比周以求容。」容，非容色。靈脩數化，行無常則，佞人唯其所好是競，争逐周合之，故曰周容。容，佞人醜惡也。姜亮夫説，周容，猶「《詩》夸毗戚施之義，言面柔體柔以隨人意之謂，猶《論語》言『巧言令色孔壬』之義」。聞氏改周容爲挏搈，於文義亦未安。周，非周合義。案：周，借作魗。魗，壽聲，從周聲字或通從壽聲。《説文・示部》：「禂，禱牲馬祭也。从示，周聲。𩣡，或从馬，壽省聲。」二字古同幽部，照穿準旁紐雙聲。《詩・遵大路》「無我魗兮」，鄭箋：「魗，亦惡也。」惡，非善惡字，醜也。《釋文》：「魗，本亦作𢿫。」孔疏：魗與醜古今字。」容，借作庸。《釋名・釋姿容》：「容，用也。」《詩・南山》「齊子庸止」，毛傳：「庸，用也。」《老子》「孔德之容」《釋文》引鍾注：「容，法也。」而《太元中》「首尾信可以爲庸」，注：「庸，法也。」庸，不言法，即容字假借。《莊子・胠篋》

「容成氏」，《六韜・大明》作「庸成氏」。《方言》卷三：「自關而東，陳魏宋楚之間保庸謂之甬。」或作倯，聲轉也。卷七「燕之北郊曰傑倯」，郭璞注：「倯，羸小可憎之名也。」錢繹謂「今隴右名孄爲倯」，音相容反。楚人庸讀倯，詈語，言劣惡、不解事。《懷沙》「非俊疑傑兮，固庸態也」，王注：「庸，厮賤之人也。」庸態，即倯態，言劣態、惡行。金華謂不解事爲倯，又謂之株頭，言短小不經事。倯、株屬侯東陰陽對轉。與魗、醜、豎爲同根字。周容，即魗倯，平列同義，言醜惡之狀。

【度】王逸注：「度，法也。」錢杲之曰：「度，猶態也。」案：王注不易，錢説非是。朱冀又謂「居官之常度」，錢澄之謂楚之法度，皆繳繞之説。

是二句繼靈脩浩蕩、黨人嫉妒後，又歸結於時俗。言時世工匠滅棄規矩、違背繩墨，追隨枉曲之木，爭競醜惡，以爲常度，則我處是世，必多艱虞，蹇難坎坷也。

第二十三韻：錯、度

錯，讀爲措，古音爲[ts'a:k]，鐸長入。度，古音爲[dak]，入聲，鐸短入。

忳鬱邑余侘傺兮　吾獨窮困乎此時也

【忳】《文選》六臣忳音屯，洪《補》、朱《注》同音徒渾切，錢《傳》徒昆切。案：徒渾、徒昆同音屯。

【鬱】《文選》六臣鬱字作欝。姜亮夫校曰：「隸變俗字也。」案：欝，六朝俗字，非隸體。

【邑】《文選》六臣邑作悒，洪《補》、朱《注》、錢《傳》同引邑一作悒。案：鬱邑，連語，其作悒，以訓詁義爲之。詳注。

【侘】《文選》六臣侘音丑加反，洪《補》、朱《注》、錢《傳》同音敕加切，又同音敕駕反。案：丑加、敕加者同，平聲；敕駕，去聲。《廣韻》下平聲第九麻韻侘音敕加切，又去聲第四十禡韻侘音丑亞切，亦存平、去二音。連語二字或同平聲，參差、幼眇、繽紛、偃蹇是也。或同仄聲，沸愲、緯繣、浩蕩、鬱邑是也。侘傺皆仄聲，侘，去聲。

【傺】《文選》六臣本傺音丑例反，洪《補》、朱《注》同音丑利切，又音勑界切，錢《傳》音勑界切。案：丑例、丑利、勑界音同。慧琳《一切經音義》卷八三引王注亦作侘傺。

【也】洪《補》、朱《注》同引時下一無「也」字。案：有「也」字是也。詳上「何不改乎此度也」校。

【忳】王逸注：「忳，憂貌。一曰自念貌。」洪《補》曰：「忳，悶也。」悶，俗字，古作懣。王夫之曰：「忳，積憂也。」徐煥龍曰：「忳，憂甚貌。」劉夢鵬曰：「忳，心不遂也。」案：諸説同。《方言》卷十：「頓愍，惛也。江湘之間謂之頓愍，南楚飲毒藥懣亦謂頓愍。」郭璞注：「惛，謂迷惛也。頓愍，猶頓悶也。」頓悶，複語，單言之曰頓、曰悶。頓，同此「忳」，楚語。狀憂思積聚於内，不得宣泄，以致迷狂謂之忳。重言之曰忳忳。《惜誦》「中悶瞀之忳忳」，王逸注：「忳忳，憂貌。」今語「渾忳忳」，蓋楚語之遺。頓愍，或作鈍聞。《淮南子·脩務訓》「鈍聞條達」，高誘注：「鈍聞，猶鈍惛也。」《説文》忳字不録。忳，從心，屯聲。屯有屯難不暢義，《廣雅·釋詁》：「屯，難也。」中心憂思蘊積不發字作忳，後起分別字。

【鬱邑】王逸下「曾歔欷余鬱邑兮」，注曰：「鬱邑，憂也。」劉夢鵬曰：「鬱邑，氣不舒也。」徐焕龍曰：「鬱邑，氣不能舒發也。」王夫之曰：「鬱邑，與『於邑』通，讀如嗚咽。」案：鬱邑，根於瘀積不暢義。《文選·報任少卿書》「是以獨鬱邑而與誰語」，李善注：「鬱邑，不通也。」或作於邑。《九章·悲回風》「氣於邑而不可止」，洪《補》引顔師古曰：「於邑，短氣也。」短氣，猶斷氣。又作嗚咽，《後漢書·皇后紀》「因泣下嗚咽」是也。又作歍唈，《淮南子·覽冥訓》「孟嘗君爲之增欷歍唈」，高誘注：「歍唈，失聲也。」又作哽噎，《説苑·敬順》：「尚有哽噎。」又作哽咽，《後漢書·傅燮傳》「哽咽不能復言」是也。狀氣積瘏於内而梗塞不暢義，訓憂、訓悲，實同。倒言爲噫嗚。《後漢書·袁安傳》「未嘗不噫嗚流涕」，注：「噫嗚，歎傷之貌。」狀恚怒又作意烏。《漢書·韓信傳》「項王意烏猝嗟」，顔師古注引晉灼曰：「意烏，恚怒聲也。」《史記·淮陰侯列傳》字作喑噁，《漢書·高帝紀》又作喑嗚。又作湮鬱韓愈《原道》、紆鬱《文選》陸機詩、鬱結《史記·太史公自序》、蘊結《詩·素冠》、抑鬱《漢書·司馬遷傳》、壹鬱《漢書·賈誼傳》、堙鬱《史記·賈生傳》、伊鬱《文選·北征賦》、鬱閼《吕氏春秋·古樂》、餇結《九思·逢尤》、鬱殪《淮南子·精神訓》，未可勝計。《説文》曰：「壹，壹壺也。从凶，从壺，壺不得渫也。《易》曰：『天地壹壺。』」段注：「今《周易》作絪緼，他書作烟煴、氤氳。許釋之曰『不得渫也』者，謂元氣渾然吉凶未分，故其字从吉、凶在壺中。會意。合二字爲雙聲疊韻，實合二字爲一字。《文言傳》曰：『與鬼神合其吉凶。』然則吉凶則鬼神也。《繫辭》曰：『三人行則損一人，一人行則得其友，言致一也。』壹壺，構精，皆釋致一之義，其轉語爲抑鬱。」案：許氏云「不得渫」，言壺口見堵，不得通渫。壹壺從吉凶，非如段云「吉凶未分」也。吉凶，猶詰鞫、詰局，連語，言抑塞不暢貌。不可抳之以訓詁字解之。吉凶、壹壺，亦氤氳、絪緼、煙煴異文，長言曰吉凶，其訓詁字爲壹壺；短言曰壹也。王力以「忳鬱邑」比《悲回風》之「穆眇眇」、「莽芒芒」、「藐蔓蔓」、「縹綿綿」等，三字狀語句法。又謂「忳鬱邑」之忳，爲三字狀語中心詞，「鬱邑」屬「忳」字末品，尾綴語。游國恩援引《悲回風》「穆眇眇」句例，曰：「『忳鬱邑』者三字連文爲詞，恒以第一字爲一義，餘二字又爲一詞，以足上一字之義。故此爲憂義，鬱邑當與憂義近，而用以重申其義者。合三字以爲詞義，若可分，若不可分。本書此例正多。」案：「忳鬱邑」不與「穆眇眇」等。「忳鬱邑余侘傺」，鬱邑、侘傺平列，皆「余」述語，言余鬱邑侘傺。「鬱邑」非末品。而「穆眇眇」句法，中心詞爲首字「穆」，「眇眇」爲穆字尾綴。「忳鬱邑」中心詞爲「鬱邑」，「忳」則「鬱邑」脩飾詞，言忳然鬱邑。下文「斑陸離」，《哀郢》「怊荒忽」，《遠遊》「斑漫衍」、「叛陸離」、「怊惝怳」，《九辯》「澹容與」、「猋廱蔽」，《招魂》「豔陸離」，《哀時命》「忽爛漫」、「嘆寂默」，皆同。又，吕向以「忳鬱」連文，邑字獨立，曰：「忳鬱，憂思貌。悒，不安也。」失之益遠。

【余】裴學海曰：「余訓而，猶與訓而，亦猶於訓而也。余、與、於古皆同音。」謂下「溘埃風余上征」，同《遠遊》「掩浮雲而上征」句法，余猶而。又謂「忳鬱邑余侘傺」，同《哀郢》「心嬋媛而傷懷」句法，余即而。案：余通與、於，古無書徵。「忳鬱邑余侘傺」、「心嬋媛而傷懷」，非同一句式，余亦非而。「余」在句中者，蓋楚語倒句，《楚辭》恒見。「忳鬱邑余侘傺」，言余忳然鬱邑侘傺也。下文「延佇乎吾將反」、「曾歔欷余鬱邑」，《惜誦》「心鬱邑余侘傺」，《涉江》「乘舲船余上沅」、「入漵浦余儃佪」，皆同。朱冀曰：「此用倒句法，若順解之，當云因我失志而逗留於此，故悶若是也。」朱氏則作「余侘傺」倒置於「忳鬱邑」之下，順讀則作「余侘傺忳鬱邑」，亦非。此文句法，同上「來吾道」。其所異者，「來吾道」，主語「吾」倒於動詞下，而「忳鬱邑余侘傺」，主語「余」倒於連語下。

【侘傺】王逸注：「侘傺，失志貌。侘，猶堂堂立貌也。傺，住也。楚人名住曰傺。」洪《補》曰：「《方言》云：『傺，逗也。南楚謂之傺。』郭璞云：『逗，即今住字。』」案：王注「堂堂立貌」之堂，借作瞠。瞠，言直視貌。詳《一切經音義》引《蒼頡篇》及《莊子・田子方》陸氏《釋文》引《字林》。瞠、侘爲陽鐸平入對轉，同透紐雙聲。《方言》卷七：「傺，眙，逗也。南楚謂之傺，西秦謂之眙。逗，其通語也。」傺，遰字假借。遰、傺爲歌月平入對轉。《説文・辵部》：「遰，不行也。从辵，鷉聲。讀若住。」許慎，楚人，多存楚語。眙，非視也。借眙爲俟、竢。眙、俟、竢古通用。楚人語住曰傺,本作𨗨,而秦人語竢立曰眙。唯此「侘傺」不解住立義。方以智曰:「智謂當以聲取之,狀其咄怪爾。趙凡夫曰:『侘傺,本又作譇懘,吴氏言當用吒憶。』」至確。侘傺,叱咤倒文,鬱邑侘傺,言嗚咽叱咤,狀志不平貌。《史記·淮陰侯列傳》「項王喑噁叱咤,千人皆廢」,《索隱》曰:「叱,昌栗反;咤,卓嫁反。或作吒。叱咤,發怒聲。」「喑噁叱咤」,同此「鬱邑侘傺」。《漢書》字作「猝嗟」,《列子·湯問》又作「肆咤」,《後漢書·光武帝紀》又作「嘯咤」,《韓非子·守道》又作「嗟唶」,《孟子》趙岐注又作「咄啐」,《史記·魯仲連傳》又作「叱嗟」,《戰國策·燕策》則作「叱咄」,《後漢書·列女傳》又作「怛咤」,蓋其語根於抑屈不暢通義。狀於行也,其異文有次且,訓詁字作趑趄,又作迩睢、趦趄、踟躕、峙躇、踟躇、躊躇、躊躕、躊佇、經踱、首鼠、首施、蹴踖、踧踖、躑躅、蹢躅、彳亍。引申言佇立卻止,其訓詁字作眝眙、佇眙,狀中心不決,又作猶豫、悇憛、怢憏,不可勝計也。

【獨】王逸注「故獨爲時人所窮困」云云,以「獨」言孤獨義。朱冀曰:「比句無限神情,在『獨』字、『也』字内,蓋大夫遥想從前一片婆心,滿腔熱血,不意今日到此地位。」案:獨,猶何。詳王引之《經傳釋詞》卷六。也,猶言邪。徐仁甫曰:「《史記·魏公子列傳》『獨不念公子姊耶』?『獨……耶』與此『獨……也』同。」王氏於辭氣不暢。

【窮困】《説文·穴部》:「竆,極也。从穴,躳聲。」俗作窮。《吕部》:「躳,身也。从吕,从身。躬,躳或从弓。」吕,當[illegible]、[illegible]形變。[illegible]、[illegible],即「[illegible]」字初文,古之水牢。詳下文「夭」字注。吕,亦聲。身居水牢字爲躳,爲竆,是以竆有困極義。或從弓,借聲也。困,亦言窮。「窮困」連文,平列同義。

是二句言靈脩浩蕩、衆女謡諑、時俗追曲,我忳然嗚咽叱吒,意甚不平,何窮困坎坷於此世邪?

寧溘死以流亡兮　余不忍爲此態也

溘《文選》六臣本溘音苦合切，洪《補》溘音渴合切，朱《注》溘音苦答反，又音苦合反。錢《傳》溘音克合反。

案：音皆同，唯其切語用字異。《廣韻》入聲第二十七合韻引作殟，蓋據「溘死」之死字而改從水爲從歹。玄應《一切經音義》卷一九、慧琳《一切經音義》卷五六及卷九三引并作溘。溘，俗溘字。《文選》卷一五《思玄賦》注、卷一六《恨賦》注、卷五四劉孝標《辨命論》注，《古今事文類聚》前集卷五一，《海録碎事》卷二一，《記纂淵海》卷四九引亦作溘。

以洪《補》、朱《注》同引一作而，錢《傳》本作而，引一作以。《記纂淵海》卷四九引作而。案：《古今事文類聚》前集卷五一，《文選》卷一五《思玄賦》注、卷一六《恨賦》注、卷五四劉孝標《辯命論》注，《海録碎事》卷二一，慧琳《一切經音義》卷五六及卷九三引亦作以。姜校引訛作卷八二。

亡慧琳《一切經音義》卷五六引訛作止，卷九三引亦作亡。

余《古今事文類聚》前集卷五一引作吾。

爲姜亮夫《校注》本忍下敓爲字。

態也洪《補》、朱《注》同引一本句尾無也字。案：有也字是也。

【溘】王逸注：「溘，奄也。」注「奄然而死」云云，言奄忽義。奄，一本作淹。洪《補》曰：「溘，奄忽也。」林雲銘曰：「溘，奄也。」游澤承謂「溘死以流亡」同下文「溘吾遊此春宮」句法，溘，奄忽。汪瑗曰：「溘、流二字，猶漂泊之意也。」聞一多曰：「溘死，猶就死也。《廣雅·釋詁四》曰：『溘，依也。』依、就義近。」姜亮夫、徐仁甫以「溘死」同《悲回風》「寧逝死而流亡」之逝死，溘、逝義同，猶速也。案：溘死、流亡儷偶爲文，溘，不訓奄忽，讀作淹。溘、淹爲葉談平入對轉，溪影旁紐雙聲。《韓非子·説林》「周公旦已勝殷，將攻商奄」，商奄，一本作商蓋。《左傳》昭二十七年「吴公子掩餘」，《史記·刺客列傳》作「蓋餘」。淹，猶淹没。《方言》卷一三：「漫、淹，敗也。水敝爲淹。」郭璞注：「皆謂水潦漫澇壞物也。」浦江語水死謂之淹死，蓋其遺義。

【流亡】王逸注「形體流亡」云云，以流言漂流，以亡言奔亡。徐焕龍曰：「流亡，如流之亡也。」游澤承曰：「流放以死也。」姜亮夫據《惜往日》「寧溘死而流亡」，王注「意欲淹没隨水去」云云，謂流亡猶言「隨水流去」。案：流亡，淹死。《爾雅·釋言》：「流，覃也。」覃之爲言潭也，實今沈字。流、沈古書通用。《荀子·勸學篇》「瓠巴鼓瑟而流魚出聽」，《大戴禮記》作「沈魚出聽」。《淮南子·齊俗訓》「故江河決沈」，《羣書治要》作「江河決流」。《淮南子·原道訓》「此齊民之所以淫泆流湎，聖人處之，不足以營其精神，亂其氣志」，《荀子·非十二子篇》「多少無法而流湎然，雖辯，小人也」。流湎，即沈湎。借流爲沈。沈，謂沈没；亡，死也。「寧溘死以流亡」，猶「吾將從彭咸之所居」耳。

【態】王逸注文「爲邪淫之態」云云，言邪惡之態。案：是也。此，上文「競周容以爲度」，此態，言醜態。態，有詐僞義。《國語·晉語》：「天彊其毒，民疾其態，其亂生哉。」言民疾其詐僞。《荀子·臣道篇》：「巧敏佞説，善取寵乎上，是態臣者也。」楊倞注：「以佞媚爲容態。」態臣，猶巧詐之臣。《淮南子·主術訓》：「上多事則下多態。」下多態，言下多變詐。《文選·西京賦》：「盡變態乎其中。」薛綜注：「態，巧也。」錢澄之曰：「上言忍而不能舍，此言不忍爲此態，一忍一不忍，其忠直有不期然而然者矣。」蓋屈子稟中正之質，行忠直、服芳潔，爲其天性所在，亦見其中正理性人格精神，果棄中正而競醜慫，則非屈子也。故其爲人也，與其背中正而生，勿寧懷中正而死。屈子終然溘死沈亡，是以赴汨羅、投水府「有不期然而然者也」。屈子之死，是其人格之必然。

是二句言我寧沈没水死，而不忍爲此醜慫巧詐，背棄中正之質。此以表白心跡，雖生多艱坎坷，猶不改其初衷，寧死而不屈。一「死」字牽引下篇周遊四荒之無限情思。

第二十四韻：時、態

陳第曰：「時，古音是。」案：是，支部，出韻。江有誥曰：「時，去聲。」《詩・賓之初筵》協能又時、《文王》協時右，《越語》協時志，《管子・四時》協時事。時與去聲又、右、志、事爲韻，時，古音爲[ʐiə:k]。態，朱《注》態叶音土宜反。陳第曰：「態，古音剃。」又，胡文英謂上二句倒乙本，作「吾獨窮困乎此時兮，忳鬱邑余侘傺」。傺、態相協。案：「土宜」之行韻歌部，剃，質部；傺，月部；皆非態字古音。江有誥曰：「態，他吏反。」去聲，古音爲[tə:k]。時、態同職部長入。

鷙鳥之不羣兮　自前世而固然

鷙 洪《補》、朱《注》同音脂利切，錢《傳》音至。案：《廣韻》去聲第六至韻：至、鷙同音脂利切。慧琳《一切經音義》卷八二引鷙作摯，而卷九四引亦作鷙。

【之】《文選》六臣注云，「五臣本無之字」。姜校云：「無之則文義與下句自固諸不相屬矣，省之字非是。」案：有之與否，文義與下句皆相屬。無之者爲平列，有之者爲偏正，強調「不羣」，故之字不可省。慧琳《一切經音義》卷九四、《海録碎事》卷八、《記纂淵海》卷四五引亦并無之字，蓋从《文選》五臣本。《補注杜詩》卷一八注引亦有之字。

【世】《文選》六臣本作代，注云「五臣作世」。錢《傳》引一作代。案：避唐諱改字。《海録碎事》卷八、《記纂淵海》卷四五引亦并作世。

【而】《海録碎事》卷八引作以。案：《記纂淵海》卷四五引亦作而。

【鷙鳥】王逸注：「鷙，執也。謂能執伏衆鳥，鷹鸇之類也。以喻忠正。言鷙鳥執志剛厲，特處不羣，以言忠正之士，亦執分守節，不隨俗人，自前世固然，非獨於今，比干、伯夷是也。」洪《補》曰：「鷙，擊鳥也。《月令》曰『鷹隼蚤⿱折鳥』。」謂鷙同⿱折鳥。汪瑗曰：「鷙鳥，鵰鶚鷹鳶之屬，此取其威猛英傑、淩雲摩霄之志，非謂悍厲搏執之惡也。」吴世尚曰：「《左氏》曰：『是無禮於其君者，誅之，如鷹鸇之逐鳥雀。』」皆以鷙鳥類鷹鸇猛禽。案：《詩·關雎》「關關雎鳩」，毛《傳》：「雎鳩，王雎也，鳥摯而有别。」鄭《箋》：「摯之言至也。謂王雎之鳥，雌雄情意至，然而有别。」又，《鵲巢》「維鳩居之」，毛《傳》：「鳩，鳲鳩，秸鞠也。鳲鳩不自爲巢，居鵲之成巢。」鄭《箋》：「鳲鳩因鵲成巢而居有之，而有均壹之德，猶國君夫人來嫁，居君子之室，德亦然。」又，《氓》「於嗟鳩兮」，毛《傳》：「鳩，鶻鳩也。」鄭《箋》：「鳩以非時食葚，猶女子嫁不以禮，耽非禮之樂。」又《鳲鳩》「鳲鳩在桑」，毛《傳》：「鳲鳩，秸鞠也。鳲鳩之養其子朝從上下，莫從下上，平均如一。」言執義一，則用心固。」聞一多曰：「案：本篇指《關雎》毛《傳》云『摯而有别』者，雌雄情意專一，不貳其操之謂。《淮南子·泰族訓》曰：『《關雎》興於鳥，而君子美之，爲其雌雄不乖居也。』不乖居，猶言不亂居。《後漢書・明帝紀》注引薛君《韓詩章句》曰：『睢鳩貞潔慎匹。』慎匹，即不亂其匹，亦猶《素問・陰陽自然變化論》曰『睢鳩不再匹』。張超《誚青衣賦》曰：『感彼關鳩，性不雙侣也。』凡此並即專一之意。而《易林・晉之同人》曰：『貞鳥睢鳩，執一無尤。』義尤顯白。此皆『有别』二字之碻解也。《鳲鳩篇》一章曰：『鳲鳩在桑，其子七兮；淑人君子，其儀一兮；其儀一兮，心如結兮。』儀當訓匹，一謂專一。三章曰『其儀不忒』，《釋文》：『忒，本或作貳。』『其儀不貳』，正猶上揭諸書言『不乖居』、『不再匹』、『不雙侣』也。《荀子・勸學篇》曰：『行衢道者不至，事兩君者不容。目不能兩視而明，耳不能兩聽而聰，螣蛇無足而蜚，梧鼠五技而窮。《詩》曰：「尸鳩在桑，其子七兮；淑人君子，其儀一兮；其儀一兮，心如結兮。」故君子結於一也。』《淮南子・詮言訓》曰：『賈多端則貧，工多技則窮，心不一也。有百技而無一道，雖得之，弗能守。故《詩》曰：「淑人君子，其儀一也；其儀一也，心如結也。」君子其結於一乎？』二書均言『結於一』，是訓一爲專一。此魯説也。《易林・乾之蒙》曰：『鴶鵴鳲鳩，專一無尤；君子是則，長受嘉福。』《隨之小過》曰：『慈鳥鳲鳩，執一無尤，寢門内治，君子悦喜。』以『專一』、『執一』釋《詩》『一』字，此齊説也。又曰『寢門内治』，則所謂『執一』者，明指夫婦之情。執一不渝，是其訓儀爲匹，抑又可知。毛讀儀爲義，因不得不訓一爲均一，而釋爲父母對七子之情『平均如一』，失之遠矣。《鵲巢》之鳩，亦以比婦人專一之德。鳩之爲鳥，性至謹慤，而尤篤於伉儷之情，説者謂其一或死，其一亦憂思不食，憔悴而死。封建社會所加於婦女之道德責任，莫要於專貞，故《國風》四言鳩，皆以喻女子。睢鳩既稱鳩，又爲女子之象徵，則必與鳲鳩、鶻鳩同類。乃自來説睢鳩者，咸以爲鷹鷲雕鶚之類，此蓋因《左傳》昭十七年『睢鳩氏司馬也』而誤。不知《詩》之睢鳩，與《左傳》之睢鳩，名雖同物而實則異指。舊傳鷹與鳩轉相嬗化，《左傳》五鳩之睢鳩司馬、爽鳩司寇，皆神話中與鷹相化之鳩。《詩》之睢鳩，以興女子，乃真生物界之鳩。學者不察，混爲一談，過矣。』千古疑獄，於此一決。此文『鷙鳥』，即『睢鳩』之屬，爲屈子自比。鷙，讀如摯，古書通用。《爾雅・釋鳥》注『鳥鷙而有別」，《左傳》昭十七年「鷙而有別」，《釋文》並曰：「鷙，本作摯。」《禮記・儒行》「鷙蟲」，《釋文》曰：「鷙與摯同。」又，《左傳》僖二十六年「熊摯」，《世表》作「熊鷙」。姜亮夫曰：「鷙，當爲執之訛。執與鷙古今字，執者，誠信忠貞之義。」鷙、執本二字。執音之入切，緝部；鷙、摯同音脂利切，質部。執，訓執捕辠人，引申言執着、執一。《釋名・釋姿容》：「執，攝也，使畏攝己也。」執，根於攝。摯，訓握持，從手，從執，會意。引申言專一義，專一之鳥字作鷙。鷙爲後起分別字。摯之言至也。《書・西伯戡黎》疏云：「摯、至同音，故摯爲至也。」《考工記・弓人》：「斲摯必中」，注：「摯之言致也。」至、致古書通用。至，極至，猶不變。《荀子・議兵篇》「夫是之謂三至」，注：「至，謂守一而不變。」擊殺鳥之鷙與摯一之鳩亦二字。擊殺鳥之鷙，根於疾義。疾、摯，質部，從照旁紐雙聲。《禮記・儒行》「鷙蟲攫搏不程勇者」，注：「鷙，從鳥，埶省聲。」埶、摯、至音同，疾之借字。鷙，借聲字。異文作⿱折鳥，從鳥，從折。折，借作逝，言疾逝。⿱折鳥，會意兼假借。此文「鷙鳥」，當作摯鳥，蓋後人因言鳥而改爲鷙字。

【不羣】不羣，王逸言「特處」。至塙。猶《淮南子・泰族訓》之「不乖居」、張超《誚青衣賦》之「性不雙侶」、《後漢書・明帝紀》注引《韓詩章句》之「慎匹」，言不亂其匹。《淮南子・說林訓》亦曰：「鷙鳥不雙。」

【固然】「自前世而固然」，同《涉江》之「與前世而皆然」及《七諫・初放》之「舉世皆然」、《自悲》之「衆人皆然」句法。固然，猶皆然。固，借爲故，古書通用。《論語・子罕》「固天縱之將聖」，《皇疏》：「固，故也。」《禮記・哀公問》「固民是盡」，注：「固，猶故也。」《儀禮・士昏禮》「敢固以敢請」，注：「固，如故。」《禮記・投壺》「敢固辭」，注：「固之言如故也。」《史記・魯周公世家》「咨於固實」，《集解》引徐廣曰：「固，一作故。」故，言皆。《史記・周本紀》：「褒姒不好笑，幽王欲其笑，萬方，故不笑。」言皆不笑也。《淮南子・齊俗訓》：「今之裘與蓑孰急？見雨則裘不用，升堂則蓑不御，此代爲帝者也。譬若舟車楯肆窮廬，固有所宜也。」言皆有所宜也。《左傳》僖二十三年：「晉、鄭同儕，其過子弟，固將禮焉，况天之所啓乎！」言皆當禮也。《賈子・匈奴》：「婦人先後扶侍之者，固十餘人。」言皆十餘人也。《韓非子・姦劫弑臣》：「愚者固欲治，而惡其所以治；皆惡危，而喜其所以危。」固、皆互文，固，皆也。故、固之爲言婞也。《廣雅·釋言》：「婞，榷也。」又，《釋訓》：「婞榷，都凡也。」字又作沽。《禮記·檀弓》注：「沽，猶略也。」略，猶大略、都凡，亦爲皆辭。是二句言鷙鳥若鳩者，專一不羣，慎其匹也。以比貞士壹志事君，不忍行醜傚巧詐。此自前世而皆然也。

何方圜之能周兮　夫孰異道而相安

圜 《文選》六臣本圜字作圓。洪《補》、朱《注》、錢《傳》同引一作圓。姜校據《說文》謂天體曰圜、方圓曰圓，案：今據《說文》，本字作圓。圜、圓皆假借字。詳注。

周 錢《傳》本作「同」。洪《補》、朱《注》亦同引一作同。案：王逸注「言何所有圜鑿受方枘而能合者」云云，王本作「周」字。

【方圜】方，《說文》訓「併船」，謂「象兩舟，省總頭形」，無言正方義。正方字作匚。《匚部》：「匚，受物之器，象形，讀若方。」段注：「此其器蓋正方，文如此作者，横視之耳。直者其底，横者其四圍，右其口也。方，本無正字，故自古叚方爲之。」案：甲文作「」《佚編》五九五、「」《粹編》三六八，金文作「」《且己鼎》，篆省作匚，象矩形。段說「本無正字」，失之。古多借方字爲之，而「匚」字遂廢不行。圜，《說文》訓「天體」，自地視之，天似穹蓋，天體之圜，謂穹圜。《淮南子·天文訓》「天之員也不中規」，以天圜似穹蓋故。又，《口部》：「圓，圜全也。从口，員聲。」「圜全」者，猶渾圓。段注：「天屈西北而不全，圜而全則上下四旁如一，是爲渾圜之物。」圓，猶珠丸。「方圜」之圜，字

作圓。《口部》：「圓，規也。」古多借圓、圜爲之，圓字遂廢不行。王逸、朱子以方圜爲圜鑿方枘，吴世尚謂「方底圓蓋」。案：此句以工匠爲比。「何方圜之能周」，猶下「不量鑿而正枘」。《九辯》云：「圜鑿而方枘兮，吾固知其鉏鋙而難入。」方，方枘；圜，圜鑿。

【夫孰】王逸注「誰有異道而相安耶」云云，以夫爲語詞，孰訓誰。劉夢鵬曰：「夫豈别有道可以相安者乎？」夫孰，言夫豈。案：「何方圜之能周兮，夫孰異道而相安」二句爲儷偶，上句主語何，謂語「方圜之能周」；下句主語孰，謂語「異道而相安」。從劉説，則「夫孰異道而相安」一句無主語。

【異道】《説文·異部》：「異，分也。从廾、畀。畀，予也。」段注：「竦手而予人則離異矣。」案：異，甲文作「」《乙編》一四九三，金文作「」《盂鼎》，象手舉箕形。異從畀，畀，畀也。《集韻》：「畀，古作畁。」《説文·廾部》：「畁，舉也。从廾，由聲。《春秋傳》曰：『晉人或以廣墜，楚人畁之。』黄顥説廣車陷，楚人爲舉之。」《左傳》宣十二年畁字作惎。惎，怨毒，字爲其，古作「」、「」、「」，隸變爲由。畁，即异字，象舉箕。許云：「畁，予也。」施予曰予，受予亦曰予，相反爲義。舉箕棄物字作異。異，猶彼此相斥、相棄之謂。《墨子·經上》：「異，二體不合不類。」引申言異常、分别。異道，彼此相斥棄之道。

【安】《説文·宀部》「安，竫也。从女，在宀中。」段注：「此與寧同意。」朱駿聲曰：「會意。飲食男女人之大欲存焉，故寍从宀、心、皿，安、晏皆從宀、女。」案：女在宀中爲安竫，女亡外是爲亂，其字作妄；女在旁，害於事，其字作妨；女在宀，寧竫字作安。制字從女，取義夫權，視婦人如玩物、隸僕，於文字中時或可見。包山楚簡文字作，從女、人，象女委順供事於人。字之根蓋同和。安、和屬歌元陰陽對轉，影匣旁紐雙聲。《逸周書·謚法》：「好和不争曰安。」《後漢書·孝安帝紀》李賢注：「寬容和平曰安。」安、周互文，安，和也。朱駿聲引《釋名》讀安爲晏，非是。

是二句言方枘、圜鑿不能周合，異道互斥，不能相和也。

第二十五韻：然、安

然，古音爲[ȵʑian]。陳第曰：「安，古音烟。」案：烟，真部；安，元部。安、烟古不同音。江有誥曰：「安，音蔫，元部。」《廣韻》下平聲第二仙韻蔫音於乾切，影紐三等合口；上平聲第二十五寒韻安音烏寒切，影紐一等開口。安，古音爲[ʔan]。然、安古同元部。

屈心而抑志兮　忍尤而攘詬

攘《文選》六臣本、朱《注》本同音而羊反。案：《群經音辨》曰：「攘，因也，而羊切。攘，饋也，式尚切。《詩》『攘其左右』。」

忍尤 慧琳《一切經音義》卷八二引訛作「忍詬」。

詬《文選》六臣本詬音呼候反，洪《補》引《釋文》字作詢，同音呼漏切。朱《注》詬作詢，引詢一作詬，同音呼漏反。又或作垢。錢《傳》引詬一作詢，同音呼豆反。姜亮夫曰：「詢、詬一也。詬之有詢，亦如呞之有呴矣。至作垢，則形之訛也。」案：《説文·言部》字作詬，或文作詢。然古多作詢。《荀子·非十二子篇》「無廉恥而忍謑詢」，《九思·遭厄》「違羣小兮謑詢」，《漢書·賈誼傳》「奊詬亡節」，《史記·伍子胥列傳》「員爲人剛戾忍詢」，《太史公自序》「能忍詢於魏齊」。先秦古文但見「詢」《古璽文字徵》，未見詬。《釋文》字作詢，存其舊。垢，詬字假借。《後漢書·列女傳》「忍辱含垢」，《文選·上責躬應詔詩表》「忍垢苟全」。皆借詬作垢。《文選·報任少卿書》李善注：「詢音垢」，均、垢一字。詬作垢者非形訛。慧琳《一切經音義》卷八二引亦作詬。呼候、呼漏、呼豆音同。

【屈】王逸注「言己所以能屈案心志」云云，以屈訓案。案：屈、抑互文見義。《説文·尾部》：「屈，無尾也。从尾，出聲。」又，《亡部》：「[illegible]，亡也。从亡，[illegible]聲。无，奇字『無』。通於无者，虛無道也。王育説：天屈西北爲无。」段注：「此稱王育説，又『无』之別一義也。亦説其義，非説其形。屈，猶傾也。天傾西北，地不滿東南。見《列子》及《素問》。天傾西北者，謂天體不能正圓也。」許氏「屈，無尾也」之「無」，用「天屈西北爲无」之無，謂傾仄、傾下。《淮南子·原道訓》「使地東南傾」，高注「傾猶下也。」引申言短。無尾，猶短尾。古文屈作「[illegible]」楚《屈叔沱戈》，象有短尾形，非謂「無尾」。《埤蒼》曰：「屈，短尾犬也。」《韓非子》：「鳥有翢。翢者，重首而屈尾。」屈尾，短尾。引申言短竭、枉屈。屈心，心受枉屈。屈從出聲，音赤律切；屈音區勿切。其聲不同，不可諧。屈當從尾、出，會意。出之爲言推也。《釋名·釋言語》：「出，推也，推而前也。」推前謂之推，推後亦謂之推，相反爲義。《素問·六節藏象論》「推餘於終」，注：「推，退位也。」推，隹聲，短尾鳥。從隹聲字有退下義。詳上文「惟」字注。屈，會意兼假借。

【抑】王逸注：「抑，案也。」案：《説文·印部》字作归。曰：「按也。从反印。抑，俗从手。」段注：「按者，下也。用印必向下按之，故字从反印。《淮南·齊俗訓》曰：『若璽之抑埴，正與之正，傾與之傾。』璽之抑埴，即今俗云以印印泥也。此抑之本義也。引申之爲下按之偁。《内則》『而敬抑搔之』，注曰：『抑，按也。』又引申之爲謙下之偁。」《國語·晉語》「叔魚抑邢侯」，注：「抑，枉也。」段又曰：「用印者必下向，故緩言之曰印，急言之曰归。《詩·賓筵》抑與怭韻，《假樂》與秩韻，古音在十二部。归即印之入聲也。」名事相因，印、归分二字，屈子正道直行，竭忠盡智，以事靈脩，而遭衆人讒諑，卒見替拌，其心其志，不可謂不枉屈。

【尤】王逸注：「尤，過也。」王夫之曰：「尤，過謫也。」蔣驥曰：「尤，罪也。」案：《説文・乙部》：「尤，異也。从乙，又聲。」尤，言殊絶。《左傳》襄二十六年「而視之尤」，杜注：「尤，甚也。」《管子・侈靡》「然有知強弱之所尤」，注：「尤，殊絶也。」引申言過度、罪過。名事相因，言譴責。《文選》盧子諒《贈劉琨詩》注引《韓詩章句》曰：「尤，非也。」《論語・憲問》「不尤人」，鄭玄注亦曰：「尤，非也。」皇《疏》：「尤，責也。」後起專字作訧。《詩・緑衣》「俾無訧兮」，毛《傳》：「訧，過也。」《釋文》：「訧，本或作尤。」尤、訧古今字。

【攘詬】王逸注：「攘，除也；詬，耻也。欲以除去耻辱，誅讒佞之人，如孔子誅少正卯也。」朱子曰：「彼方遭時用事，而吾以罪戾廢逐，苟得免於後咎餘責，則已幸矣，又何彼之能除哉？爲此説者，雖若不識事勢，然其志亦深可憐云。」詳朱子《辯證》。朱又曰：「言與世已不同矣，則但可屈心而抑志，雖或見尤於人，亦當一切隱忍而不與之校。雖所遭者或有耻辱，亦當以理解遣，若攘卻之而不受於懷。」皆多蔓語。汪瑗曰：「攘，物自外而取之也。詬，耻也。耻自外來而受之，猶物自外而取之，故曰攘詬。」周孟侯曰：「攘，獲也。忍尤矣，而反獲詢，則情愈苦矣。」王遠曰：「攘，當訓如『其父攘羊』之攘。」林雲銘曰：「攘，取也。」蔣驥曰：「攘詢，即忍尤意。凡非其所有之物，因其自來而取之之謂攘。尤、詬，根謂予善淫。世方嫉惡好脩，而吾欲去其詬，則必亦競爲周容而後可，故尤、詢之來，直受而不却也。」攘，猶忍。攘詬，古多作「忍詬」。《莊子・讓王》：「湯曰：『伊尹何如？』曰：『強力忍垢。』」《呂氏春秋・離俗》字亦作「忍詢」。又，《荀子・解蔽篇》「厚顔而忍詬」，《史記・伍子胥列傳》「員爲人剛戾忍詢」，《太史公自序》「能忍詢於魏齊」，《文選・上責躬應詔詩表》「忍垢苟全」，《後漢書・列女傳》「忍辱含垢」。攘不當訓除、訓取。今人朱季海曰：「《爾雅・釋詁》：『儴，仍，因也。』《説文・口部》：『因，就也。』《詩・常武・傳》：『仍，就也。』今俗言『將就』、『遷就』，皆謂因仍，而有忍義。亦其比也。」朱氏輾轉爲訓，不足信據。戴東原曰：「攘，讀爲讓。言不忍爲時俗工巧，誠如鷙鳥不羣，方圜異道，寧受一時之尤詬，而爲前聖所取也。」朱駿聲曰：「攘，讀如囊。囊詬，猶包羞也。」攘、囊，古書通用。《漢書・賈誼傳》「國制搶攘」，《莊子・在宥》「搶攘」字作「傖囊」，《釋文》曰：「崔云：『戕囊，猶搶攘。』」《説文・㯻部》：「囊，橐也。从㯻省，石聲。」名事相因，囊又言包懷、懷藏。《淮南子・原道訓》「懷囊天地，爲道礦門」，《時則訓》「包裹覆露，無不囊懷」，囊懷、懷囊皆平列複語，囊言懷。俞蔭甫曰：「攘之言藏也。《管子・任法篇》曰『皆囊於法，以事其主』，尹注曰：『囊者，所以斂藏也。』」以藏釋囊，義存乎聲，攘與囊聲同，亦得有藏義。」案：戴、朱、俞三家皆説以假借，其意雖得之，而未審攘字本有包藏義。攘、讓、囊音義皆通，以同襄聲。焦循《易餘籥録》卷四：「肴饌中有以讓爲名者，皆以他物實之於此物之中。如要以肉入海參中則名讓海參。凡讓鷄、讓鴨、讓藕，無非以物實其中。或笑曰，讓當與瓤通，謂以物入其中，如瓜之有瓤也。説者固以爲戲名，而不知古者聲音假借之義如此也。瓜之内何以稱瓤？瓤從襄者也。瓤從襄猶釀。《説文》：『釀，醖也。』醖與緼通。《穀梁傳》『緼地於晉』，謂地入於晉也。《論語》『衣敝緼袍』，謂絮入於袍也。醖爲包裹於内之義，而釀同之，此所以名瓤名釀也。《説文》：『鑲，作型中腸也。』《釋名》云：『中央曰鑲。』皆以在中者爲義。囊，裹物者也，從襄省聲，即亦與讓同聲。然則讓取、包裹、緼入明矣。夫讓猶容也，容即包也。争則分，讓則合矣，故四馬駕車兩服在兩驂之中而《詩》曰『上襄』，水圍於陵而《書》曰『懷山襄陵』，俱包裹之義也。不争則退遜，退遜則却，故讓有却義。能讓則附合者衆，故穰之訓衆，瀼之訓盛，衆則盛也。」焦氏執從襄聲諸字之根，會通諸義，啓人之思者多矣。襄，《説文》謂「解衣耕」。解衣耕者，言去表層之土而耕也。北土少雨乾燥，下種必去表皮之乾土，而後復蓋之，是謂之襄。《左傳》定十五年：「葬定公，雨，不克襄事。」言去表層土下柩葬之，而後行反土之事，以雨，不克葬事也。襄，即「解衣耕」，引申言入、言藏、言包。攘從襄聲，取入謂之攘，而包容、包忍亦謂之攘，不必改字。《説文・言部》：「詬，謑詬也。从言，后聲。詢，詬或从句。」又：「謑，謑詬，恥也。」案：謑詬，連語，或作奊詬。《漢書・賈誼傳》「奊詬亡節」，顔師古注：「奊詬，謂無志分也。」短言曰謑、曰詬。《墨子・法儀》「率以詬天侮鬼」。詬天，猶辱天。《左傳》

昭十三年楚靈王「投龜詬天而呼」，《釋文》：「詬，詈辱也。」襄十七年「重邱人閉門而詢之」，杜注：「詢，罵也。」忍尤、攘詬，皆承上「朝誶夕拌」，尤，責斥；詬，詈、罵。詬從后聲，或從句聲作詢。后、句無耻辱義。后，垢之省；句，均之借字。垢，污垢。詬、詢，皆借聲字。

是二句與下二句一意貫之，言我心受枉屈，忍含謫責、詬詈之辱，猶不改初衷，伏清白以死直也。

伏清白以死直兮　固前聖之所厚

伏清白 聞一多謂「伏字當作服」。案：服、伏古書通用，一字兼二義。詳注。《海録碎事》卷八引「伏清白」二句同今本。

【伏】王逸未爲「伏」字釋義。錢杲之曰：「伏，猶安也。」錢澄之曰：「伏者，伏法之伏。」林雲銘曰：「伏，伏罪也。」劉夢鵬曰：「伏，隱存於中之謂。」皆俯伏義。案：伏，服也。《七諫·怨世》「服清白以逍遥兮」，以「伏」爲「服」。《九歎·遠遊》「服覺皓以殊俗」，覺皓，猶清白。「伏清白」、「服覺皓」義同，劉子政以「伏」爲「服」。蓋本作「服」。伏、服古書通用。《易·繫辭》「包犧氏」，《釋文》引孟京注：「伏，服也。」《文選》陸士衡《吴王郎中時從梁陳詩》「誰謂伏事」，李善注：「服與伏同，古字通。」《荀子·性惡篇》「伏術爲學」，楊倞注：「伏膺於術。」伏膺，即服膺。《禮記·中庸》「得一善，則拳拳服膺而弗失之矣」，《漢書·東方朔傳》「脣腐齒落，服膺而不釋」，《後漢書·張衡傳》「潛服膺以永靚兮」，《班固傳》「服膺六藝」。《韓非子·外儲説左上》「楚服」，或本作「楚伏」。《漢書·宣元六王傳》「悔過服罪」，《後漢書·馮魴傳》作「悔過伏罪」。《論語》「三分天下有其二，以服事殷」，《文選》陸機詩注作「服事」。《漢書·衛青傳》

「捕伏聽者，三千一十七級」，《史記》作「服聽」。《爾雅・釋鳥》「蝙蝠，服翼」，《廣雅》字作「伏翼」。《意林》三：「桓譚《新論》：『諺曰：「伏習象神，巧者不過習者之門。」』」注：「伏，即服字。」《左傳》僖十五年「服習其道」，「伏習」即「服習」。服，同上「非世俗之所服」，一字兼二義，既言服飾、佩服，又言服行、服事。而服行、服事之義多作伏。

【清白】王逸注「清白之志」。錢澄之曰：「服清白，不受污染也。」林雲銘曰：「清白與貪婪相反。」皆失諷喻之旨。案：清白亦兼二義，既言所佩芳物、所飲蘭露、所餐菊英，又反意「貪婪」，言中正之性，純潔之行。《漁父》曰：「新沐者必彈冠，新浴者必振衣，安能以身之察察，受物之汶汶者乎？寧赴湘流，葬於江魚之腹中，安能以皓皓之白，而蒙世俗之塵埃乎？」清白，猶「察察之身」、「皓皓之白」。清，潔也。《文選・東京賦》「京室密清」，李善注：「清，潔也。」《論語》「身中清」，馬融注：「清，純潔也。」白，亦清潔。《漢書・王莽傳》顏師古注：「白黑，謂清濁也。」《漁父》又曰：「舉世皆濁我獨清。」梁啓超謂屈子有「潔癖」，行清白、正直，爲屈子人格個性之立腳點。切中肯綮，蓋屈子死因亦基於是也。

【死直】王逸注「死忠直之節」。案：「死直」，同下「先我」，《天問》「伯禹愎鮌」「愎鮌」句法，謂死於直。《說文・乚部》：「直，正見也。从十、目、乚。□，古文直，或从木如此。」段注：「見之審則必能矯其枉，故曰正曲爲直。囧，猶目也。从木者，木从繩則正。」直本工匠正曲語。《禮記・月令》：「先定準直。」《荀子・勸學篇》：「木受繩則直。」《易・說卦》：「巽爲繩直。」姜亮夫曰：「上從十、目者，木工引繩正曲，必先閉一目而邪視，丫，即邪視也。囧，即今之省字。十目視木，即審曲面勢。許君所録古文□，爲直之繁文。十即丫，□即目之變，架木故曰十目，審木之曲爾。」姜說勝段注。引申言正直、中正。屈子以正直爲美，以邪曲爲醜。蓋其生得天、地、人之正，而其死，歸於其本，是以謂之「死直」。於理性，死直，爲正直道德而死；於宗教，猶反歸其生初始，皈依先祖也，伏下文

「將反」。

【前聖】王逸注「固乃前世聖王之所厚哀也」云云，以前聖泛稱。汪瑗亦曰：「前聖，泛言也。」洪《補》曰：「比干諫而死，孔子稱仁焉，厚之也。」謂比干之倫。案：上曰：「謇吾法夫前脩兮，非世俗之所服。雖不周於今之人兮，願依彭咸之遺則。」與此同義。前聖，前脩彭咸。篇終曰：「既莫足與爲美政兮，君將從彭咸之所居。」亦即此「死直」。彭咸當殷商亂世，正道直行，諫其君不聽，乃投水而死，以反本祖居，其死於直也。屈子以彭咸爲儀，視爲死亡偶像，取「死直」之義。《説文·耳部》：「聖，通也。从耳，呈聲。」引申言聖明，又爲聖君明王、有道君子通稱。姜亮夫曰：「小篆從耳、口、壬，許氏又説『壬象物出挺生』，徐鉉則謂『人在土上𡈼然而立也』。於形爲最得。人在土上挺然而立者，蓋即朝中曰廷之廷本字。金文廷皆作𡈼，又爲徐説張目。此乃象人立於階上（即二）。古者中朝必有堂壇之屬，爲天子降臨之地，以外則以耳聽四岳百牧群臣之告言，而以口命令之者。故以中廷、以耳聽而口命之者，爲聖帝明王矣。」案：姜氏如痴人説夢。聖，許云從耳，呈聲，受義於呈，而非以耳、口、壬。段注：「聖從耳者，謂其耳順。」耳，所以聞也。《白虎通·德論·聖人》：「聖者，通也，道也，聲也。聞聲知情。」《口部》：「呈，平也。」引申之言平正、正直。諧呈聲字有正直義。《漢書·敘傳》注：「程，正也。」直者通，邪者塞。《辵部》：「逞，通也。從辵，呈聲。」言耳通徹字作聖。聖，形聲兼轉注。

【厚】王逸注「固乃前世聖王之所厚哀」云云，以厚爲哀。姜亮夫、詹安泰斥之，引錢杲之「固前聖所厚禮也」云云，厚爲言「厚禮」、「重視」。徐仁甫曰：「厚是動詞，即贊許。《章句》添一『哀』字，把『厚』變成副詞。」湯炳正曰：「這裏憑空加了個『哀』字，就把原來的『厚』字變成了副詞，失掉了本義。」郭在貽曰：「在原文『厚』字後面無端加上了個『哀』字，使『厚』字由原來的動詞變爲副詞，大誤。」案：王注未易。「厚哀」，猶以厚爲哀，厚，非副詞。哀，有愛憐義，與愛字多通用。《呂氏春秋·報更》「人主胡可以不務哀士」，《淮南子·說林訓》「各哀其所生」，高誘注并云：「哀，猶愛也。」《禮記・樂記》「肆直而慈愛」，鄭注：「愛，或爲哀。」《管子・形勢解》「見愛之交，幾於不結」，而《形勢》作「見哀之役」。《三國志》卷二十四《魏書・高柔傳》「又哀兒女，撫視不離」，言愛兒女也。《詩・關雎序》「哀窈窕，思賢才」，哀，愛也。厚哀，即厚愛。平列同義。《説文・𣆪部》：「厚，山陵之𣆪也。从𣆪，从厂。垕，古文厚，从后、土。」厚爲山陵高𣆪，厚重義。厚，𣆪分別字。包山楚簡作垕，古文。信陽楚簡作⿱竹副，從竹，從副。竹，蓋竺省，竺，通作篤，言厚。副，讀作富，豐厚。⿱竹副，會意兼假借。引申言厚重、厚愛。

是二句言我心志雖遭冤屈，猶含忍詬辱，而不改初志，以服行清白，終守其正直，皆前聖彭咸所厚愛也。

第二十六韻：詬、厚

詬，去聲，爲屋長入，古音爲[ɣo:k]。厚，亦去聲，古音爲[ɣo:k]。詬、厚同屋部長入。

以上六韻凡二十有八言爲是段第五章。審是章也，分三層次。始斥衆人貪婪，追逐利禄，而我惟恐脩名不立，故雖見斥於衆，猶復博采芳香自勵，依彭咸之遺則也。次叙我生「多艱」，言朝誶夕棄，幾無寧日。而後推究「多艱」之由，歸結爲三事：一爲靈脩浩蕩，二爲衆女謠諑，三爲時俗醜倯爲度。此三端禍水，潑我而來，致我窮困多艱虞，無以自立。然則我如鷙鳥不亂匹，方枘圜鑿不可周合，忠貞之士不爲勢利所惑，雖蒙冤受屈，猶忍含詬辱，以厚前聖所厚，服行清白，一死殉其正直。是章也，爲屈子申訴之辭，亦其内心表白，以抒泄離怨之情愫。卒言雖困頓窮蹙，寧忍尤負辱，而服守清白，不容苟活，一「死」字道出矢志汨羅之淵，引出無限情思。下文皆從「死」字切入。

悔相道之不察兮　延佇乎吾將反

相 洪《補》、朱《注》、錢《傳》同音息亮切。《群經音辨》曰：「相，共也，息良切。共助曰相，息亮切。」案：「相道」之相，猶助也。詳注。相，當音息亮切，去聲。

道 錢《傳》音導。案：道，古字，導，今字。

兮 《文選》六臣本無「兮」字，五臣本有「兮」字。案：有「兮」字是也。

佇 洪《補》、朱《注》同音直吕切。《文選》六臣本、元刊朱《注》本作伫。案：伫，俗佇字。

【悔】王逸注：「悔，恨也。言己自悔恨，相視事君之道不明審察，若比干伏節死義，故長立而望，將欲還反，終己之志也。」案：悔訓恨，非上文「悔遁」之悔。《哀時命》「志憾恨而不逞兮」，王注：「憾，亦恨也。」《書・洪範》鄭注：「悔之言晦。晦，猶終也。」終，猶言惆。終、惆爲幽冬平入對轉，同照紐雙聲，例得通用。惆，言惆悵、憾恨也。悔恨連文，平列複語。《太平廣記》卷三二九「張守珪」條：「既而索馱，唯得袈裟，意甚悔恨。」

【相道】王逸注：「相，視也。」以「相道」言「相視事君之道」。朱子謂「相道」猶屈子追悔前日「相視道路」。魯筆曰：「相道，相視導君之道。」聞一多曰：「相，擇也。」謂擇道。游澤承曰：「相道者，以視察路途比審擇自處之道也。」又，陸善經曰：「相道，謂君側之人。不敢言君，指其左右。」錢杲之曰：「相道，擯相先導之人也。時有諫原使少退轉，原將從之，故以爲悔。」以「相道」爲導引之人，其會心非遠。案：李陳玉曰：「相道，即前所云『來吾道夫先路』也。苦心佐助而不蒙察，便當告退，然猶延佇不去，但曰『吾將反』而已。」是也。屈子猶復以車右自比，道，同「來吾道」之道，通作導，導引。相，非相視、擇審，言輔助也。《書·盤庚下》「予其懋簡相爾」《傳》、《呂刑》「今天相民」孔注、《詩·生民》「有相之道」毛《傳》、《雝》「相維辟公」毛《傳》、《周禮·巫馬》「相醫而藥攻馬疾」注、《儀禮·士昏禮》「往迎爾相」注皆曰：「相，助。」「相導」連文，言扶助引導。《詩·緜》毛《傳》「相道前後曰先後」，《後漢書·伏湛傳》李賢注：「先後，相導也。」相導，猶「奔走先後」，爲四輔之職。

【不察】王逸注：「察，審也。言己自悔恨，相視事君之道，不明審。」謂「不察」爲屈子不明審。又，張鳳翼曰：「言己有輔相之道而不見察。」李陳玉曰：「苦心佐助而不蒙察。」錢澄之曰：「悔吾之道夫先路者，其相道容有或差，故使君不見信，至於迷路也。」以「不察」爲言不見君察。案：後解是也。「不察」，同「荃不察余之中情兮」，屬君。屈賦言「不察」至夥，皆屬君。上又云「怨靈脩之浩蕩兮，終不察夫民心」。《九章·惜誦》「又莫察余之中情」，《惜往日》「君無度而弗察」、「弗省察而按實」。又，《九辯》「君棄遠而不察」，《惜誓》「傷誠是之不察」。則擬《騷》之什亦以「不察」屬君王。

【延佇】王逸注：「延，長也；佇，立貌。《詩》曰『佇立以泣』。」洪《補》曰：「佇，久立也。」朱《注》曰：「延，引頸也；佇，跂立也。」《說文》無佇字，惟《目部》有「眝」，曰：「長眙也。从目，寧聲。一曰張眼。」薛傳均《說文答問疏證》曰：「眝即『佇立』之佇。邵氏瑛以爲當作侸。侸，立也，讀若樹。似較錢說得之。《壴部》又有『尌』字，云：『立也，讀若駐。』音義皆同，當亦佇之正體。雖本毛《傳》而字實許書所無也。」案：佇，音直呂切，魚部；而侸、尌、樹同音常句切，駐音中句切，侯部。侯魚分用，畛域至密。漢世侯部之句區禺主取足須朱俞需等字與魚部之具瞿虞夫甫父付無武於羽等字合，爲《切韻》之虞韻。蓋虞部之立，萌於漢而成於六朝，而非古韻。《說文》又有「宁」字，曰：「宁，辨積物也。象形。」甲文作「」《甲編》二六九一，金文作「」《寧禾孟》，即貯古文。段注：「《釋宮》：『門屏之間曰宁。』郭云：『人君視朝所宁立處。』《毛詩傳》云：『宁立，久立也。』然則凡云『宁立』者，正積物之義之引申。俗字作佇、作竚，皆非是。以其可宁立，故謂之宁。」段君又注「眝」字曰：「《外戚傳》『飾新宮以延貯』，此貯正眝之誤。延眝，謂長望也。凡辭章言延佇者，亦皆當作眝。《說文》無佇、竚字，惟有宁字。宁、佇、竚皆訓立，延眝非謂立也。《九章》『思美人兮，擥涕而竚眙』，王逸云：『竚立悲哀。』《文選》注：『佇眙，立視也。』此則訓立，然作眝眙，亦無不可。」據段注，宁、眝爲二字，而延佇當作延眝，訓久視。案：佇、眝皆宁字孳乳。宁訓蓄積，引申言立，加人旁爲佇、立旁爲竚。又引申言久，益目旁爲眝，言久視。此文「延佇」非言長立、長視義，言徘徊不進貌。下文「結幽蘭而延佇」，《大司命》「結桂枝兮延竚」，《文選·洛神賦》「翳脩袖以延佇」，《鸚鵡賦》「望故鄉而延佇」，王融《永明九年策秀才文》「延佇忠實」，沈約《麗人賦》「薄暮延佇，宵分乃至」，亦皆言徘徊不進。延佇，連語。《方言》卷九：「矛，吴揚江淮南楚五湖之間謂之鍦，或謂之鋋。」鍦從施聲；鋋從延聲；延通作施。延、施爲歌元陰陽對轉，延，喻紐四等，古屬定紐或邪紐，施，審紐三等，其聲爲邪審旁紐，例可通用。《詩·大雅·旱麓》「施於條枚」，《吕氏春秋·知分》、《韓詩外傳》卷二、《後漢書·黄琬傳》注引《新序》皆引《詩》「施」作「延」。《詩·丘中有麻》「將其來施施」，毛《傳》：「施施，難進之意。」音變作蹉跎。《廣雅疏證·釋訓》：「蹉跎，失足也。」言難進義。失時亦謂之蹉跎詳《說文·足部》「蹉」字，言趑趄不前。施佇，蓋趑趄、峙躇變體。佇、躇音同，例可相通。《廣韻》上聲第八語韻以佇、䇡爲一字。《周禮·廛人》注「謂貨物䇡藏於市中」，《釋文》：「䇡，本或作貯，又作緒。」《說文·木部》：「楮，穀也。从木，者聲。柠，楮或从宁。」《詩·燕燕》「佇立以泣」，《齊風》佇作著。䇡、楮、著從者聲，佇、柠、貯從宁聲。《說文·足部》：「躇，峙躇，不前也。」音變字作蹢躅。《後漢書·馮衍傳》注：「躊躇，猶蹢躅也。」又作躑躅。《文選·琴賦》注「躊躇，猶躑躅也。」又作跢跦。《廣雅·釋訓》：「蹢躅，跢跦也。」皆一字異文。《詩·静女》「搔首踟躕」，陶淵明《停雲》詩作「搔首延佇」。蓋陶徵士亦不以延佇爲久立、久視。王夫之曰：「延佇，遲回也。」最爲達詁。

【乎】王逸注文未爲「乎」字釋義。姜亮夫謂「乎」字「置句中以舒緩其語氣者，如《騷》『歷吉曰乎吾將行』、『延佇乎吾將返』，此僅於《離騷》中見之，『乎』後多承以代語『吾』及狀詞『將』，成爲『……乎……將……』形式」。又曰：「但『乎』字前置形容詞，則『乎』字又有用作形容詞詞尾者，如『忽乎吾將行』。」案：姜氏發明《離騷》用「乎」字通例，誠爲不刊。唯引例失中，此文「延佇乎吾將反」，延佇，猶峙躇，言行不進貌，爲形容詞，「乎」字非屬「以舒緩其語氣者」，爲形容詞尾綴語。乎猶然也。《涉江》「忽乎吾將行」，《哀郢》「忽若不信兮」，「忽乎」同「忽若」。若，亦然也。楊樹達《詞詮》曰：「乎，助形容詞或副詞爲其詞尾。」楊氏引《易·乾·文言》「確乎其不可拔」、《論語·泰伯》「焕乎其有文章」、《八佾》「鬱鬱乎文哉」等句爲例，蓋姜説所本也。又，《淮南子·道應訓》「蠢乎若新生之犢」，《莊子·知北遊》「蠢乎」作「瞳焉」。焉，言然也。《戰國策·秦策》「有頃焉人又曰：『曾參殺人。』」《新序·雜事二》作「頃然，一人又來告之」。焉、然古書通用。乎猶言焉、言然。屈賦句法，「乎」字在句中而「乎」字前非形容詞，未必一律皆爲以舒緩語氣。然，則也。詳王引之《經傳釋詞》卷七。乎，亦猶則。下文「歷吉日乎吾將行」，言歷選吉宜之日，則吾將行也。然，而也。詳王引之《經傳釋詞》卷七。乎，亦猶而也。《抽思》「獨永歎乎增傷」，《七諫》「涕泣流乎於悒」。「乎」在句中可作連詞。

【反】王逸注「將欲還反」云云，訓反爲還。然則屈子將還反於何處？王注謂「終己之志」。洪《補》曰：「屈原去之，則是不察於同姓事君之道，故悔而欲反也。」錢杲之曰：「反，退轉也。時有諫原使少退轉，原將從之，故以爲悔。」陳與郊曰：「原之佇反行迷，其猶今是昨非之嘆乎？」方苞曰：「既反復審處，謂舍生無他途矣。」又，錢澄之曰：「延佇將反，蓋不忍決絶之詞。」謂不忍與靈脩離別。林雲銘曰：「悔前此視路不審案：林氏以「不察」誤屬己，冀反前所行，少貶和光，再圖進用。」魯筆曰：「將反，欲反乎前行之路。」以反爲歸反君廷，且與《史記・屈原列傳》「雖放流，睠顧楚國，繫心懷王，不忘欲反，冀幸君之一悟，俗之一改」相印證。案：反，緊承上章「伏清白以死直」，開啓下文「退將復脩吾初服」，蓋「死」之忌諱語。故王注「終己之志」，方注「舍生無他途」，稍近其旨。《屈原列傳》曰：「屈平疾王聽之不聰也，讒諂之蔽明也，邪曲之害公也，方正之不容也，故憂愁幽思而作《離騷》。夫天者，人之始也；父母者，人之本也。人窮則反本，故勞苦倦極，未嘗不呼天也；疾痛慘怛，未嘗不呼父母也。」太史公之「天」，蓋天帝，「人之始」之「人」，泛指。於楚，天，即帝高陽；人，概楚族。而「父母者，人之本也」，於屈子，即伯庸夫婦，人，屈子自稱。「人窮則反本」，言屈子生當混濁之世，窮困其時，不忍苟活，寧「死直」而「反」。反，「反本」也。《哀郢》曰：「羌靈魂之欲歸兮，何須臾而忘反。」又曰：「鳥飛反故鄉兮，狐死必首丘。」反故鄉、死首丘，皆「反本」也。古謂人死必歸反於其列祖之居，俗言「回老家」，故其葬也必擇祖宗所在。《周禮・冢人》：「冢人掌公墓之地，辨其兆域而爲之圖。先王之葬居中，以昭穆爲左右。凡諸侯居左右以前，卿大夫、士居後，各以其族。」鄭玄注：「公，君也；圖謂畫其地形及丘壟所處而藏之。先王造塋者，昭居左穆居右。」又曰：「子孫各就其所出，王以尊卑處其前後，而亦併昭穆。」凡王族血脈者，不論貴賤，其死後皆葬於一處，按其爵而各居其位。「公墓之地」又曰「宅」。《儀禮・士喪禮》：「筮宅，冢人營之。」注：「宅，葬居也。」包山楚簡有「宣王之坨」、「王士之坨」、「畏王坨」，皆氏族葬居。宅，亦稱「故居」、「舊鄉」，屈子「反本」、反「舊鄉」，言反歸葬其族公墓耳。下篇往觀四方，上下求索，以歸於西海爲期，皆敷張其「反本」祖居，而非寓言反歸君朝也。

是二句言我先後前導，不蒙靈脩所察審，爲之憾恨不已，乃延佇徘徊，不容苟生將欲還反故居，歸宗於帝高陽也。

回朕車以復路兮　及行迷之未遠

回　《文選》六臣本作迴，洪《補》、朱《注》、錢《傳》同引一作迴。案：回、迴古今字。《文選》卷四三《與陳伯之書》注、卷四五陶淵明《歸去來兮》注引作迴。《後漢書》卷二八下《馮衍傳》注引亦作回。

以　《文選》卷四三丘遲《與陳伯之書》注、卷四五陶淵明《歸去來兮》注引作而。案：王逸注「言乃旋我之車，以反故道」云云，王本作以。《後漢書》卷二八下《馮衍傳》注引亦作以。

行迷　《文選》卷四三丘遲《與陳伯之書》注、卷四五陶淵明《歸去來兮》注引作迷塗。案：非是。《後漢書》卷二八下《馮衍傳》注引作行迷。

【回】王逸注：「回，旋也。」《説文·口部》：「回，轉也。从口，中象回轉之形。」金文回字作「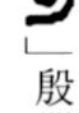」殷器《父子爵》，《説文》古文作「」，象水回旋形，皆不從口。段注：「淵，回水也。故顏回字子淵。」回、淵一字。淵，古文作，金文作「」戰國《中山王譽鼎》，亦象水回旋。回、淵爲真微對轉，同影紐雙聲。回，事也；淵，名也。而後分爲二字。回，引申言旋轉。案：大凡詞義之引申，皆由一具體意義引申爲抽象意義，此詞義輾轉不易之通例。若回本爲轉，引申爲水回旋，與詞義發展相悖。又《水部》有「洄」字，曰：「洄，溯洄也。从水，回聲。」《三蒼》曰：「水轉曰洄。」又有「湋」字，曰：「湋，回也。从水，韋聲。」《廣雅·釋水》：「湋，淵也。」洄、湋亦一字。古以回專言回轉，而後制洄、湋爲水回旋、回水義。

【朕】王逸注「乃旋我之車」云云，以朕爲「我之」，用作領格。于省吾據此謂屈賦用「朕」同兩周金文句法，皆作領格。案：《九歎・思古》：「還余車於南郢兮，復往軌於初古。」「還余車」，祖構此「回朕車」，朕，猶余，主格。又，下文「邅吾道夫崑崙兮，路脩遠以周流」。「回朕車」、「邅吾道」句法同，倒句，猶朕回車、吾邅道。

【復路】王逸注：「路，道也。言乃旋我之車以反故道。」謂「復路」爲「反故道」。朱子謂「復路」爲「復於昔來之路」。「故」、「昔來」皆增文。錢澄之曰：「引君以復路。」謂「復路」屬君。魯筆曰：「復路，仍復乎前直道而行之路。」龔景瀚曰：「回朕車以復路，仍爲先路之導也。」于惺介曰：「回車復路，復返本國也。」姜亮夫曰：「乃回朕車以復於初來之路，即下文退脩初服之義。」皆同王注。路無飾語，何以知其爲「故路」、「昔來之路」、「初來之路」？以「復路」爲復反道路，則一句內，兩言回復義，不亦犯複？「回朕車以復路兮」，承「延佇乎吾將反」，謂君不察我相導，憾恨不已，乃延佇將反，決意回車也。乃我回車察審之際，而知其行迷未遠。雖言「回朕車」，未遑發軔啓程，無復反道路之意可言。若不審察，亦無知其行迷不遠。朱冀曰：「言當復於從容詳審之路耳。」復路，猶審察。復，古通覆。《論語・學而》孔安國注：「復，猶覆也。」《戰國策・趙策》「知伯之爲人也，好利而鷙復」，《管子・五輔》作「覆鷙」。《易・乾》「反復道也」，《詩・節南山》鄭《箋》「可反復也」，《公劉》鄭《箋》「言反復之」，《釋文》引一本並作「覆」。《緜》「陶復陶穴」，《説文》引《詩》作「陶覆陶穴」。覆，有察審義。《爾雅・釋詁》：「覆，審也。」《考工記・弓人》鄭注：「覆，猶察也。」朱駿聲《説文通訓定聲》曰：「覆，謂諦察其隱微。」路，借爲露，古書通用。《漢書・古今人表》「曹靖公路」，《春秋》定八年作「曹伯露」。《詩・式微》「胡爲乎中露」，毛《傳》：「中露，衛邑也。」《列女傳》作「中路」。《孟子・滕文公上》「是率天下而路也」，《音義》引張音、丁音並曰：「路與露同。」《釋名》：「路，露也。」又，《淮南子・本經訓》「是以松柏菌露夏槁」，高誘注：「露，讀南陽人言道路之路。」《釋名・釋天》：「露，慮也，覆慮物也。」露、慮，聲之轉。覆露連文，平列複語。《淮南子・時則訓》「包裹覆露，無不囊懷」，

《春秋繁露·基義》「天爲君而覆露之，地爲臣而持載之」，《漢書·嚴助傳》「陛下垂德惠以覆露之」，王引之訓「覆露」爲察審義。詳《經義述聞》卷二十一。

【及】王逸注「及己迷誤欲去之路，尚未甚遠也」云云，及猶趁及義。案：王念孫曰：「及，猶若也。《樂記》曰『樂極則憂，禮粗則偏矣。及夫敦樂而無憂、禮備而不偏者，其唯大聖乎』。及夫，若夫也。《中庸》曰『今夫天，斯昭昭之多；及其無窮也，日月星辰繫焉，萬物覆焉』，及其，若其也。《老子》曰『吾所以有大患者，爲吾有身。及吾無身，吾有何患』，言若吾有身也。又曰『取天下，常以無事；及其有事，不足以取天下』，言若其有事也。」詳《讀書雜志·管子志》第三。及行迷，若行迷。

【行迷】王逸注：「迷，誤也。」又注「及己迷誤欲去之路」云云，以「行迷」言我行迷誤，屬我。上文言我遵繩墨、踵前王、死直道，而此曰我行迷，何牴牾如是？徐煥龍曰：「曰不察、曰行迷，皆反言寄慨。」魯筆曰：「行迷，指『將反』言。」又，錢澄之曰：「倘君翻然以從，則行迷未遠也。」以「行迷」屬君。案：行迷，承上「將反」，言欲離世以反本歸宗也，求一死以釋中心之憂，而全其中正之性。戀時苟活而不惜改志變節，謂之「行迷」。然則避死以就生，固人之天性，雖聖賢於其絶命之際亦不能免。屈子秉性正直，終不改志，視死如歸，未嘗「行迷」。然於生死之際亦不能無眷顧之情，故或傷痛悲泣、或延佇不忍，蓋其「行迷」之謂也。《説文·辵部》：「迷，惑也。从辵，米聲。」從米聲字涵不明義。《淮南子·精神訓》「若眛以生若死」，高誘注：「楚人謂厭爲眛。」厭，借作晻。《荀子·儒效篇》「厭旦於牧之野」，朱駿聲《説文通訓定聲》曰：「厭旦，旦而未明也。」即「晻旦」假借。晻，日不明，引申言暗不明。楚語暗不明爲眯。眯、迷通用。《老子·道經》「雖智大迷」，馬王堆漢墓出土帛書《老子》乙種本「迷」字作眯。行不明別作迷。《惜誦》「迷不知寵之門」，亦同此。米，禾實，無不明義。蓋米之言微也。米、微古同微部，明紐，例得通用。微，隱行，引申言不明。《詩·十月之交》鄭《箋》曰：「微，謂不明也。」迷、眯，借聲字。

是復承「伏清白以死直」，開啓下篇往觀遠行之端。謂我憾恨不已者，以相導之志不蒙君王察審；乃延佇再三，將欲還反，皈依故居，以就死地。於是回旋車輿，覆審觀察，知我迷誤亦未遥遠也。

第二十七韻：反、遠

陳第曰：「反，古音顯。」案：反、顯雖同元部，而不同紐。反，府遠切，幫紐；顯，呼典切，曉紐。反，古音爲[$p^{w}an$]。陳第曰：「遠，古音演。」案：遠音云阮切，元部，喻紐三等，匣紐三等。演音以綫切，真部，喻紐四等，歸定紐或邪紐。遠、演異部異紐。遠，古音爲[$r^{w}an$]。反、遠古同元部。

步余馬於蘭皋兮　馳椒丘且焉止息

於《海録碎事》卷二二下引於作于。案：于、於古今字。《離騷》首八句及下文陳辭一段三代古事多用于，他者多用於。此宜用於者是。《記纂淵海》卷九三、《文選》卷九《北征賦》注引亦作於。

馳椒丘且焉止息洪《補》、錢《傳》同引馳一作駝，隸省字。詳上校。《文選》卷八《上林賦》注引丘字下有兮字，「且焉止息」四字作「焉且」，注云「且，止也」。案：此句作「馳椒丘兮焉且」，不合《離騷》用兮通例，且訓止，羌無書證。《史記》卷一一七《司馬相如列傳》司馬貞《索隱》引服虔引同今本。又，《唐類函》卷一二載《白帖》引椒訛作柳。洪《補》、朱《注》焉同音尤虔切。《群經音辨》曰：「焉，何也，常居語初，音於乾切。焉，已也，常居語末，音於乾切。」於乾、尤虔音同。

【步余馬】王逸注：「步，徐行也。言己欲還，則徐步我之馬於芳澤之中，以觀聽懷王。」以余字爲領格。俞樾曰：「襄二十六年《左傳》曰『左師見夫人之步馬者』，杜注曰：『步馬，習馬。』步余馬於蘭皋，當從此解。字亦作⿰馬步，《玉篇・馬部》：『⿰馬步，盆故切，習馬。今作步。』」案：習有舒徐義。《詩・谷風》「習習谷風」，毛《傳》：「習習，和舒貌。」《文選・東京賦》「肅肅習習」，薛綜注：「習習，行貌。」步訓徐、訓習同。步，包山楚簡字作，言徐行。步之猶言撫也。步、撫古同魚部，並滂旁紐雙聲。撫，安也，引申言舒徐和緩。安行舒緩字爲步。⿰馬步，後起分別字。「步余馬」，又見《涉江》，言撫馬徐行。《左傳》襄二十六年「左師見夫人之步馬」，《淮南子・人間訓》「上車而步馬」，《説苑・正諫》子西「步馬十里」。此文「步余馬」同上「來吾道」、「回朕車」之倒句，謂余步馬。余，主格，非領格。「余」作領格，其下必加「之」字。上「荃不察余之中情兮」，「衆女嫉余之蛾眉兮」，《懷沙》「羌不知余之所臧」，《抽思》「尚不知余之從容」。蓋詩以音節爲限，節之不足者，則爲「余之」；節之有餘者，則省「之」字。屈賦「余心」，猶「余之心」省。

【蘭皋】王逸注：「澤曲曰皋。《詩》云：『鶴鳴于九皋。』」洪《補》曰：「皋，九折澤也。一云，澤中水溢出所爲坎。《招魂》曰：『皋蘭被徑。』」朱子曰：「澤曲曰皋，其中有蘭，故曰蘭皋。」錢杲之曰：「皋，澤旁岸也。」林仲懿曰：「皋，水邊淤地。」聞一多曰：「水邊淤地曰皋。皋中有蘭，故曰蘭皋。」《説文・夲部》：「皋，气皋白之進也。從白、夲。《禮》：『祝曰皋，登謌曰奏。』故皋、奏皆從夲。《周禮》曰：『詔來鼓皋舞。』」皋無曲澤義。段注：「皋有訓澤者，《小雅・鶴鳴・傳》曰：『皋，澤也。』澤與皋析言則二，統言則一，如《左傳》『鳩藪澤』、『牧隰皋』並舉，析言也。《鶴鳴・傳》皋即澤。澤藪之地，極望數百，沆瀁皛溔，皆白气也，故曰皋。」朱駿聲曰：「此字當訓澤邊地也。从白，白者，日未出時，初生微光也。壙野得日光最早，故从白，从夲聲。」王筠曰：「此以字形説字義也。白解上半，進解下半之夲。而如此立文者，『九皋』、『皋門』之類皆不能于字形中得其義，故以下文所引二《禮》爲主。」許氏本書引《禮》之文，「祝曰皐」，借皐爲嗥，不足以注「九皐」義。案：《左傳》言皐、言澤同。朱季海曰：「皋，本水邊淤地，或漸之水，即成澤坎，鄭《箋》所云是也。當其無水，又近類隰，故左氏云『隰皋』。《漢書·司馬相如傳》『亭皋千里』，顔注亦云：『爲亭候於皋隰之中，千里相接也。』」其説是也。《説文·大部》：「臭，大白澤也。从大、白。古文以爲澤字。」臭，澤字異文。《廣韻》臭字訓「白澤」，而收二音上聲第三十二皓韻臭音古老切，入聲第二十二昔韻臭音昌石切。古一字一義而二音，必有訛誤。皋或作皐，俗字作睪。睪、罣形似而訛。顔元孫《干禄字書》曰：「睪、皐、皋，上俗，中通，下正。」睪即澤字。《左傳》宣四年「楚子與若敖氏戰于皐滸」，《太平御覽》三百八卷《兵部》三十九「皐滸」引作「睪滸」。哀二十六年「越皐如」，《春秋繁露》字作「睪如」。襄十七年「澤門」，《釋文》云：「澤門，本或作皋門。」《荀子·王霸篇》「睪牢天下而制之」，《後漢書·馬融傳》注引作「皐牢」。《書·禹貢》「九澤既陂」，注：「九澤，謂九州之澤。」漢《孫叔敖碑》作「九皐」。《潛夫論·五德志》「少皞氏」作「少睪氏」，「太皞」又作「太睪」，皆誤皐爲睪。《史記·天官書》「澤山」一作「滜山」，《封禪書》司馬貞《索隱》作「澤山」，《集解》引徐廣曰：「澤，一作皋。」蘭皐，即蘭澤。澤中有蘭，謂之蘭澤。《文選·七發》：「游涉乎雲林，周馳乎蘭澤。」周馳乎蘭澤，即此文「步余馬於蘭澤」。《九歌》之「江皐」，《招魂》之「皐蘭」，皆澤字形誤。王氏引《詩》「九皐」，即九澤。《禹貢》「九澤既陂」。臭，訓大白澤，既形誤爲皐，皐有曲義。《廣雅·釋詁》：「皐，局也。」局，曲也。《詩·正月》「不敢不局」，《左傳》：「局，曲也。」以是皐亦誤言曲澤。臭字從白，白無水澤義。白，泊之省。泊，即薄字。古泊、薄通用。《涉江》「露申辛夷，死林薄兮」，王注：「草木交錯曰薄。」《漢書·司馬相如傳》「奄薄水陼」，注：「草叢生曰薄。」薄有鍾聚義。言水鍾聚則作臭。臭，會意兼假借。澤，從水，睪聲。睪訓司視，無鍾聚義，即臭假借字。澤，借聲字，引申言光澤、潤澤。而後分化爲二字。

【椒丘】王逸注：「土高四墮曰椒丘。」以椒言高峻。王夫之曰：「山脊曰椒。」朱駿聲謂椒借作鐵，今尖字。椒丘即尖丘。呂延濟曰：「椒丘，丘上有椒也。」洪《補》曰：「《司馬相如賦》云：『椒丘之闕。』服虔云：『丘名。』如淳云：『丘多椒也。』按：椒，山巔也。此以椒丘對蘭皋，則宜從如淳、五臣之説。」朱子亦謂「丘上有椒」。椒訓巔，但存王注，而古無徵驗。其所據。朱豐芑改椒爲鐵，無證而不信。覆本書椒丘對蘭皋，椒，指芳木，不當言高、言山巔。洪説確。《説文·丘部》：「丘，土之高，非人所爲也。从北、一。一，地也。人居在丘南，故从北。中邦之居在崐崘東南。一曰：四方高中央下爲丘。象形。𡊣，古文從土。」丘，甲文作「」《佚編》七三三、「」《前編》一·二四·三，金文作「」《子禾子釜》、「」《商丘叔匿》，象四方高而中央低下形。《鄂君啓節》作「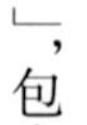」，包山楚簡文作「」，從丘，從土，古文𡊣。，即形變，上非從北。《史記·孔子世家》「孔子生而首上圩頂，故因名曰丘，云字仲尼」，《索隱》云：「圩頂，言頂上窊也。」《白虎通義》云：「孔子反宇。」如宇覆反，四方高而中央下。《爾雅·釋丘》：「水潦所止，泥丘。」郭注：「頂上污下者。」《丘部》：「㞡，反頂受水丘也。从丘，尼聲。」《繫傳》云：「頂當高，今反下，故曰反頂。」仲尼，即中㞡，言中央下。引申言空墟，義同區。《哀郢》「曾不知夏之爲丘兮」，王注：「丘，墟也。」又引申言大。《漢書·楚元王傳》注引張晏曰：「丘，大也。」朱駿聲謂丘訓大，借丘爲巨，非也。《禮記·曲禮》「嫌名」注：「謂音聲相近，若禹與雨、丘與區也。」《釋名·釋典藝》：「九丘，丘，區也。區別九州土氣，教化所宜施者也。」謂丘受於區，因漢音説之。丘，之部；區，侯部。周秦之侯畛域至密，丘、區非同根字。丘之言其也。其，古箕字。《史記·孔子世家》孔箕字子京。京，高丘也。《説文·高部》：「京，人所爲絶高丘也。」《左傳》襄二十五年「辨京陵」，杜注：「絶高曰京。」《爾雅·釋丘》「絶高爲之京」，李巡注：「丘之高大者曰京。」京、丘對文，丘非人所爲，京爲人所爲，「孔箕」之箕，借作丘。是丘、箕相通。甲文字作「」《後編》上二二·一，金文作「」《盂鼎》，象中空四周高形。《荀子·非相篇》：「仲尼之狀，面如蒙倛。」蒙，覆也。倛，箕也。蒙箕，言反箕，即「圩頂」、

「屔丘」。丘、其同根，受義於周高空中。丘，引申言陵墓。《方言》卷一三：「冢小者謂之塿，大者謂之丘。」《水經注・渭水》引《春秋説題辭》：「丘者，墓也。」《鄂君啓節》有「易丘」，蓋陽氏塚墓。包山楚簡文有「高丘」、「下丘」，皆楚族塚墓。《史記・楚世家》有「重丘」，蓋重黎族塚墓。「椒丘」，謂丘墓也。

【且焉】王逸注「遂馳高丘而止息」云云，以「且焉」言「而」。案：且，猶乃，詳裴學海《古書虛字集釋》卷二「且」條、王引之《經傳釋詞》卷二「焉」條。「且焉」連文，平列複語。乃，猶言馳騁椒丘之上，於是止息。

【止息】汪瑗曰：「謂停止而偃息也。」蔣驥曰：「止息，歸隱之意。」案：《説文・心部》：「息，喘也。从心、自。」段注：「此云『息者，喘也』，渾言之。人之氣急曰喘，舒曰息。引伸爲休息之稱。」止，令馬止步不行；息，言我休息。

是二句言回歸途中事。我步馬安驅於蘭澤，馳騁椒丘塚墓之地，乃止步休息。王逸謂馳椒丘而止者，「以須君命也」。失之。止息椒丘，從現世至冥界之過渡語，下文往觀四荒，由是啓端。

進不入以離尤兮　退將復脩吾初服

離 朱《注》離音力智反。《群經音辨》曰：「離，兩也，力支切。兩之曰離，力智切。」案：平聲無賓格，內動，去聲有賓格，外動。「離尤」外動，去聲，力智反。《文選》卷一〇《西征賦》注、《詁訓柳先生文集》卷一八注、《山谷內集詩注》卷九注、《五百家注柳先生集》卷一八注引「進不入」一句并同今本。《分類補注李太白詩》卷二〇注引「離尤」誤作「離龍」。

復《文選》六臣本云:「五臣本無復字。」洪《補》、朱《注》同引一無復字。《文選》卷一五《思玄賦》注引亦無「復」字。姜校據王逸注「故將復去脩吾初服」云云,謂王本有「復」字。案:非是。王逸注:「退,去也。」其注「復去」云云,復,退字形訛。退,古作復復,與復形似。《文選》卷一〇《西征賦》注、卷二七謝玄暉《休沐重還道中詩》注、卷三四《七啓》注,《分類補注李太白詩》卷二〇注,《東雅堂昌黎集注》卷一注,《詁訓柳先生文集》卷一八注,《山谷内集詩注》卷九注,《王荆公詩注》卷二六注,《古今事文類聚》前集卷三二,《後漢書》卷二八下《馮衍傳》注、卷五九《張衡傳》注引亦衍復字。

服《文選》卷二七謝朓《休沐重還道中詩》注引初下脱服字。

【**進不入**】王逸注「言己誠欲遂進,竭其忠誠,君不肯納,恐重遇禍」云云,以進爲進仕,借入爲納。言我欲進仕而不爲君朝納受。錢杲之曰:「入,猶納也。進諫不納,以離罪尤,退將脩吾初事。」聞一多曰:「入,讀爲納。」劉良曰:「言我將進入,以相君事,恐重離過患,故將退去。」以進、入平列同義,屬于我。汪瑗曰:「進,謂仕也。入亦進也。進不入,倒文耳,本謂不進而入也。」屈賦無此倒句法。案:進不入,屬「我」,不當進以屬君,而入以屬我。入,緝部,納,物部,不得相通。入,猶中、合。《淮南子·主術訓》「曲直之不相入」,高注:「入,中。」《穆天子傳》「味中麋胃而滑」,注:「中,猶合也。」《魏書·後廢帝安定王紀》「若入格檢覈無名者,退爲平民,終身禁錮」,入格,合格。《南齊書·王僧虔傳》「謝靈運乃不倫,遇其合時,亦得入流」,入流,合流。朱慶餘《近試上張弘水部詩》「畫眉深淺入時無」,入時,合時。不入,同上「不周」、「不羣」。

【**離尤**】王逸注「恐重遇禍」云云,離訓遇,尤訓禍。洪《補》曰:「離,遭也。」《説文·隹部》:「離,離黄,倉庚也，鳴則蠶生。从隹，離聲。」離，鳥名，無遭遇義。朱駿聲曰：「離，讀爲罹，即羅字也。」《網部》：「羅，以絲罟鳥也。从网，从維。古者芒氏初作羅。」引申言遭、逢，後起分別字作罹，古多借爲離。《方言》卷七：「羅謂之離，離謂之羅。」《天問》「卒然離蠥」，王注：「離，遭也。」《惜誦》「紛逢尤以離謗兮，謇不可釋」，王注：「言己逢遇亂君而被罪過，終不可復解釋而說也。」《思美人》「佩繽紛以繚轉兮，遂萎絶而離異」，王注：「終以放斥，而見疑也。」《惜往日》「何貞臣之無辠兮，被離謗而見尤」，王注：「虚蒙誹訕，獲過愆也。」《山鬼》「思公子兮徒離憂」。《方言》又云「離謂之羅」者，用羅列之義。《招魂》「步騎羅些」，王注：「羅，列也。」《廣雅·釋詁》：「羅，列也。」《史記·五帝本紀》「旁羅日月星辰」，《索隱》曰：「羅，廣布也。」離、羅皆假借字。而離間、離别、離違、離絶等皆不用羅。假借亦有限，不可濫用。

【退】王逸注：「退，去也。」注文「恐重遇禍，故將退去」云云，言自引退。汪瑗曰：「退，謂隱也。屈原恐進而遇禍，故退脩初服也。」又，顧天成曰：「此言仕路不能行其道，隱居獨善，庶乎可也。蓋叙自放之由。」游澤承曰：「此二句承上啓下，謂進仕而未合於君，且遭禍尤，故將退隱以自脩也。」案：退，同上「反」，反本，歸根，死之忌諱語。

【將】王逸注「將欲」。案：將，猶方將、正當，類今語「正在」。古每「方將」連文，平列複語，言正當。《淮南子·道應訓》「襄子方將食而有憂色」，《吕氏春秋·慎大》、《列子·説符》「方將食」並作「方食」，方、將同義。《莊子·大宗師》：「且方將化，惡知不化哉？方將不化，惡知已化哉？」成玄英疏云：「方今正化爲人，安知過去未化之事乎？正在生日，未化而死，又安知死後之事乎？」《莊子》「方將」凡十見，皆訓「正在」。如《天地》「方將被發而乾」，方將，言正當也。《詩·邶風·簡兮》：「方將萬舞。」《墨子·明鬼》：「日中，燕簡公方將馳於祖塗，莊子儀荷朱杖而擊之，殪之車上。」《戰國策·楚策》：「方將調飴膠絲。」「方將脩其碆盧。」單言曰方、曰將。將，無正當、方當義。朱駿聲《説文通訓定聲》曰：「將或借當，方也。」將、當，陽部，清透准旁紐雙聲，例得相通。《儀禮·特牲饋食禮記》「佐食，當事，則户外南面」，鄭注：「當事，將有事而未至。」借當爲將。《戰國策·趙策》：「知伯曰：『兵著晉陽三年矣，旦暮當拔之而饗其利。』」《韓非子·十過》「當」字作「將」。《吴越春秋·勾踐入臣外傳》「越將有福，吴當有憂」，將、當互文，假將爲當。

【初服】王逸謂「初服」爲「初始清潔之服」。案：王注不易。然注家説「初服」，皆不脱興寓脩善窠臼。初，屈子天降之始，概言出生世系、三寅生辰、初托、嘉名嘉字等「内美」及扈芷佩蘭之「脩能」。初服，見其「内美」、「脩能」之佩飾。屈子「復脩初服」，非唯寓言懷守正直，而有其獨特民俗宗教之内涵。屈子「初服」在乎「奇」，《涉江》「吾幼好此奇服」是也，與其爲日神冑子相表裏，每與神靈交接之先，必有一度精心刻意「好脩」奇裝異服之舉。本書下言往觀四方、上徵求帝，則有此「復脩初服」；三度求神女之始，有瓊枝繼佩、榮華未落之點綴；神遊西海，務「及余飾之方壯」。《涉江》篇首大事叙寫高冠長鋏、帶珠佩璐之「奇服」，而後「駕青虬兮驂白螭，吾與重華遊兮瑶之圃」。《九歌》十一篇，祭神之巫於僥神、迎神之先，亦必「復脩初服」。迎雲中君之巫，始則沐蘭浴芳、衣采佩英。迎湘君之巫，始則「美要眇兮宜脩」。迎司命之巫，亦是「靈衣被被」、「玉佩陸離」。迎山鬼之巫，始則「被薜荔兮帶女羅」。初服，祭師邀神、通神之吉宜之服。屈子自稱「均靈」，又衣奇異之「初服」以反本歸宗，亦有其巫術涵意。屈子退反，退於其族始祖之居，即帝高陽、老僮等楚先之故垞。是以「反本」、邀神一事。反歸故宅，必先復脩通祖、徼神之初服。初服，登升之服，亦祭祖之巫服。下言製芰荷之衣、集芙蓉之裳，高冠岌岌，長佩陸離，皆復脩初服情狀。

是二句言我進不合於時世以遭殃禍，退反其初，方當脩我邀神反歸本始之奇服也。

第二十八韻：息、服

息，古音爲[siək]。朱《注》服叶蒲北反。陳第曰：「服，音逼。」江有誥曰：「服，之部。」案：服，古在職部，之之入聲。江氏平入不分。服，古音爲[bʷək]。息、服古同職部。

製芰荷以爲衣兮　雧芙蓉以爲裳

製《文選》六臣本製作制，《太平御覽》卷六九六引作制。案，制、製古今字。王注「製，裁也」云云，王本作製。六臣引王逸注文亦作製。又，《爾雅翼》卷六、《山谷外集詩注》卷四注、《嬾真子》卷四、《集注分類東坡先生詩》卷五注、《杜工部草堂詩箋》卷二一注、《藝文類聚》卷六七及卷八二、《唐類函》卷一六九、《北堂書鈔》卷一二九、《文選》卷四三孔德璋《北山移文》注、《古今事文類聚》前集卷三二、《古今事文類聚》後集卷二六引亦并作製。《記纂淵海》卷九三引制譌作懷。

芰洪《補》、朱《注》同音奇寄切。

雧《文選》六臣本、洪《補》、朱《注》、錢《傳》同引一作集，朱云：「雧，古集字。」《海録碎事》卷八下、《文選》卷四三孔德璋《北山移文》注、《杜工部草堂詩箋》卷二一注、《詁訓柳先生文集》卷四三注、《爾雅翼》卷六、《山谷外集詩注》卷四注、《別集詩注》卷上注、《北堂書鈔》卷一二九、《唐類函》卷一六九、《記纂淵海》卷九三、《太平御覽》卷九七五、卷九九九姜校引誤作九七、《藝文類聚》卷六七、卷八二、《唐類函》卷一八六引作集。案：雧、集一字，非古今字。又，《古今事文類聚》前集卷三二引作緝，音借字。

芙蓉《文選集注》殘卷六三《離騷經》文作「集扶容以爲裳」。案：揚雄《反離騷》曰「被夫容之朱裳」，字作夫容。朱季海曰：「蓋《楚辭》故書，初不從艸。」夫容，連語，以其爲草，益其字艸頭作「芙蓉」。詳注。

以《文選》卷四三孔德璋《北山移文》注引作而。案：非是。

【製】王逸注：「製，裁也。」楊樹達曰：「《說文》四篇下《刀部》云：『制，裁也。从刀，从未。物成有滋味，可裁斷。一曰：止也。』按：八篇上《衣部》云：『裁，制衣也。』『製，裁衣也。』通觀諸訓，制之訓裁，正謂裁衣。裁衣以刀，故從刀。其不從衣者，以初字從衣從刀，不可複也。然從刀從未，裁衣之義終嫌不顯，故後起復有從衣之製字。段君謂裁衣爲裁之本義，制訓裁之爲引伸義，殆非也。果如段君之說，則許君不當云一曰止矣。何者？以裁制即含止義，不容贅舉也。愚按《詩·東山篇》云：『制彼裳衣。』《春秋》鄭石制字子服。《韓非子·難二篇》云：『管仲善制割，賓胥無善削縫，隰朋善純緣，衣成，君舉而服之。』此皆用制字本義者也。裁衣者必量布帛之長短，故引伸之，制又訓匹長。《周禮·天官·內宰》云：『出其度量淳制。』又《地官·質人》云：『壹其淳制。』杜子春訓制爲匹長，是也。裁衣又必量布帛之廣狹，故制又訓布帛幅廣狹。《禮記·王制》云：『度量數制。』鄭注云『制謂幅布帛廣狹』是也。匹長必有定數，故或云四丈，《淮南子·天文訓》故『四丈而爲匹，一匹而爲制』是也。或云丈八尺，鄭注《內宰》引《天子巡狩禮》『制幣丈八尺』是也。緣其表長度，故制又爲表示單位之名，與言匹、言端、言兩、言純爲類。如《管子·乘馬篇》云：『季絹三十三制當一鎰。』《韓非子·外儲說右上篇》云：『終歲布帛取二制焉。』《說苑·復恩篇》云『吴赤市使於智氏，假道於衛，甯文子具紵絺三百製，將以送之』是也。凡此皆由裁衣本義所得引申之義也。如制之本義不爲裁衣而爲裁制之通言，則諸經注諸子所稱制字之義皆不得其源，用字展轉引伸之跡亦無由獲見矣。」《積微居小學金石論叢》卷二案：其説鑿破混沌。制、製古今分別文。制，金文作「」楚器《王子午鼎》，《説文》古文作「」。實字演變。段注：「從彡者，裁斷之而有文也。」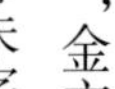，即朱字。朱，古文作「」周遲《魏石經室古鉨印影》、「」《侯馬盟書》。朱，赤心木，引申言鋭刺、絶斷，而分別字作誅、殊。詳《聞一多全集》第二册《釋朱》。又通作祝，斷也。裁衣以刀斷之字作制，會意兼轉注。

【芰荷】王逸注：「芰，蔆也。秦人曰薢茩。荷，芙蕖也。」馬永卿曰：「薢音皆，茩音苟。僕仕於關陝之間，不聞此呼，正恐王逸別有義爾。後又讀《爾雅》『薢茩、英光』。案：英，芙字形誤，史繩祖已正之。注云，英明也。或云蔆也，關西謂之薢茩。以僕所見，英光者，即今之草决明也。其葉初出，可以爲茹，其子可以治目疾。蓋謂可以解去垢穢，或恐以此得名。又《爾雅》云，『蔆，蕨攈』，注云，『蔆也，今水中芰』。然則蔆自有正名，不謂之薢茩明矣。或曰，然則王逸、郭璞皆誤乎？僕曰，古者信以傳信，疑以傳疑。郭璞多引用《離騷》注，故承王逸之疑，而多出此注，所以廣異聞也。學者幸再考之。」史繩祖、楊升菴皆從其説，芰即英明。案：《説文・艸部》：「蔆，芰也。从艸，淩聲。楚謂之芰，秦謂之薢茩。」段注：「《周禮》加籩之實有蔆，注，蔆，芰也。《子虛賦》應劭注同。《楚語》『屈到嗜芰』，韋曰，芰，蔆也。《釋艸》曰，薢茩，英光。郭云，英明也，或曰蔆也。關西謂之薢茩。按：景純兩解，後解與《説文》、《字林》合。《釋草》又曰，蔆，蕨攈。郭云，今水中芰。按：蕨攈、英光皆雙聲，《爾雅》薢茩、英光，或可以决明子釋之，不嫌異物同名也。而《説文》之『芰，薢茩』，即今蔆角。」案：其説是也。異物同名，芰謂之薢茩，决明亦謂之薢茩。王逸用「芰，薢茩」之義，而不從《爾雅》。不可混芰、英明爲一物。「薢茩」之促音猶謂「角」。猶秦人語筆爲「不律」、貍爲「不來」之比。漢謂之「薢茩」，是關西語，信而有據，馬氏宋人，上距許、王又千百餘載，其非秦種，但嘗仕秦，安得妄下雌黄，謂「薢茩」非關西語耶？又引《爾雅》文以淆亂之，誠不知通變。史、楊之謬，更不待辨。惟王氏以「芰荷」爲二物，蓋亦失之。《漢書·揚雄傳》：「衿芰茄之緑衣兮，被夫容之朱裳。」應劭曰「芰，蔆也。」師古曰：「茄，亦荷字也。見張揖《古今字譜》。」案：茄、荷一字。《爾雅·釋草》：「荷，芙蕖。」郭注：「別名芙蓉，江東呼荷。」若「芰荷」爲二草，與下句言「芙蓉」同是一物，不亦犯複乎？芰荷、芙蓉對舉爲文，不當離析爲二。洪《補》曰：「芰荷，葉也。游澤承句斷在「芰」字下，標點則爲「芰，荷葉也。」非是。故以爲衣。芙蓉，華也。故以爲裳。」最爲達詁。《本草》云：「嫩者荷錢，貼水者藕荷，出水者芰荷。」單言「芰」，蔆之別名，楚語。「芰荷」連文，出水荷葉。出水之荷，葉大如笠，可得製衣。《本草》引《埤雅》曰：「芰荷，乃藕上出水生花之莖。」芰之言枝也。枝，謂幹、莖。因荷而從草，是以與「芰蔆」字相錯爾。王注「荷，芙蕖」云云，華也。《詩·山有扶蘇》「隰有荷華」，毛《傳》：「荷華，扶渠也。」夫渠，非葉。從可聲字多涵大義。大言謂之訶，大雁謂之駉，水之大者曰河，大陵曰阿。葉之特大之草名曰荷。荷，何聲，亦可聲。荷，産南國水澤，其根爲藕，可供食用。包山楚簡《遺策》有「萬（菹）一磕」，萬，下從禺，藕字古文。

【衣裳】王逸注：「上曰衣，下曰裳。」案：《説文·衣部》：「上曰衣，下曰常。」又《巾部》：「常，下帬也。从巾，尚聲。裳，常或作裳。」常、裳一字，古作常。《周禮·大行人》「建常九斿」，鄭玄注：「常，旌斿也。」《司常》：「掌九旗之物。」鄭玄《春官·序官》注：「司常，主王旌旗。」常，旌旗名。《言部》：「識，常也。」《天官·大宰》「四曰官常，以聽官治」，《宰夫》「旅掌官常以治數」，官常，猶官職。許書「識，常也」之訓，即「職，官常也」。《爾雅·釋詁》：「職，常也。」《左傳》言「本秩禮，續常職」。常又爲官職統名，常伯、太常、常侍之類。《耳部》：「職，記微也。」微，「徽幟」徽字。職之爲言幟也。古氏族畫其所崇拜神怪物於旗幟，爲其族徽記，猶龍旗、虎旌、鳳旗之類。《釋名·釋兵》：「日月爲常，畫日月於其端。天子所建，言常明也。」徽記爲權力象徵。畫物於下帬，以明尊尊卑卑、等級秩録，天子之帬爲龍袞，畫龍、日形。大臣之帬或畫虎，或畫鹿，或畫靈禽怪獸，各以爲官職徽記，常爲官職之名。而後復製「裳」字專言裙，以别官常、典常。裳，後起分别字。

【雧】又作集。王逸注「集合芙蓉」云云，以集爲合。《楚辭》「集」字凡十二，王氏皆訓集合義。案：《説文·雥部》：「雧，羣鳥在木上也。」引申言合聚。包山楚簡文字作「⿱亼⿱隹木」，從亼、隹、木。亼，合也。象衆鳥合於木。朱駿聲謂集合本字爲雜，借爲集。集，緝部；雜，物部。《説文》謂雜从衣，集聲。雜，从衣，从集，會意。上制衣，此集裳，儷偶對文，集猶制也，借作緝。集、輯古書通用。《左傳》僖二十四年「國未輯睦」，襄十九年「其天下輯睦」，《釋文》並云：「輯，本作集。」成十六年「輯睦以事君」，《釋文》：「輯，本作集。」又，輯、緝古書相通。《文選·褚淵碑文》「衣冠未緝」，注：「緝與輯同。」集、緝例得通用。《古今事文類聚》後集卷三二引正作緝。緝，綴也。言緝綴芙蓉之華爲下帬。

【芙蓉】王逸注：「芙蓉，蓮華也。」洪《補》引《本草》曰：「未發爲菡萏，已發爲芙蓉。」芙蓉、菡萏皆蓮華名，以已發、未發分别之。案：《招魂》「芙蓉始發，雜芰荷些。」發者爲芙蓉。菡萏受名於坎陷、頷顑，根於不足、不飽。詳上文「頷顑」注。芙蓉，菡萏之反，聲變爲豐融。《文選·琴賦》「豐融披離」，注：「豐融，盛貌。」又作布濩。《文選·吴都賦》「布濩皐澤」，劉淵林注：「布濩，遍滿貌。」《上林》李善注引郭璞曰：「布濩，猶布露也。」倒之曰鴻濛。《文選·羽獵賦》「鴻濛沆茫」，李善注引韋昭曰：「鴻濛，廣大貌。」沆茫亦音變字也。又作弘敷。《文選·西京賦》「乃崇隆而弘敷」，薛綜注：「弘敷，延蔓之貌也。」異文又作怫鬱、怫凡、紛媪、馮翼詳下文「喟憑心」注，皆根於盛發、布散義，發敷蓮華，則訓詁字作「芙蓉」。張雲遨謂「芙蓉」非艸，乃木芙蓉，不當與上句「芰荷」相復。衣用荷葉，而裳用華，雖一物而互用之，焉有犯複之嫌？衣裳用荷，其所興寓，亦濂溪先生愛其「出淤泥而不染，濯清漣而不妖，中通外直，不蔓不枝，香遠益清，亭亭凈植，可遠觀不可褻玩」，以應上「伏清白」。

是二句互文。汪瑗曰：「謂取芰荷、芙蓉以爲衣裳耳，非必芰荷可以爲衣，而芙蓉可以爲裳也。」其説最暢達。

不吾知其亦已兮　苟余情其信芳

芳　洪《補》芳音敷方切。《五百家注昌黎文集》卷一注引「苟余情」一句同今本。

【不吾知】唐張銑注「言君不知我，我亦將止，然我情實美」云云，謂「不吾知」即「不知我」之倒，蓋唐人口語未以「不吾知」句法爲常，五臣從俗以釋之。「不吾知」句法，於今爲倒，於古爲順。句中否定辭「不」、「毋」、「未」、「莫」，若賓語爲代詞「我」、「吾」、「余」、「予」、「爾」、「汝」、「若」、「之」，則居述語前。詳《馬氏文通校注》五〇〇頁。下文「國無人莫我知兮」，《涉江》「世溷濁而莫余知兮」，《懷沙》「世溷濁莫吾知」，皆同。知，猶交知。「不吾知」，承上「獨窮困」、「進不入」，言不與我交也。《墨子·經上》曰：「知，接也。」《莊子·庚桑楚》曰：「知者，接也。」古謂相交接爲友曰知，與人交亦曰知。《左傳》昭二十八年，叔向一見鬷蔑，遂如故知。言如故交、故友也。《九歌·少司命》「樂莫樂兮新相知」，言樂新相交也。又，《後漢書·宋宏傳》「貧賤之交不可忘」，《羣書治要》「交」字作「知」。下「莫我知」，亦同此。又張銑謂「君不知我」，屬君。汪瑗曰：「不吾知，言世俗之溷濁，不知己之奇服也。《涉江》曰『余幼好此奇服兮，年既老而不衰』；又曰『世溷濁而莫余知兮，吾方高馳而不顧』是也。」屬世俗。案：此總上靈脩浩蕩、衆女謠諑、時俗改錯三端，屬靈脩、衆女、時俗之人。游澤承謂「乃泛言概指朝野」是也。

【其】張銑注文「君不知我，我亦將止」云云，釋其爲將。案：《玉篇》：「亓，古文其。」包山楚簡亦作亓或作丌。亓、亦形似，古多相亂。《墨子·公孟》「而去亓冠也」，畢沅曰：「舊作『亦』，知是此字之譌。」又「《子亦》有之曰」，戴望曰：「子亦，疑當作『亓子』，亓，古其字。其子即箕子。《周書》有《箕子篇》，今亡。」又，「是亦當而不可易者也」，俞樾曰：「亦，當爲亣，古文其字也」。蓋本作「不吾知亦已」，後衍「亦」字，作「亦亦已」，淺人改「亦」爲「其」，而作「其亦已」也。其，衍文，當刪。

【已】張銑訓止，是也。已，本爲「以」別文。已，讀如巳，古書通用。《說文》：「巳，已也。四月陽气已出，陰气已藏，萬物見，成彣彰，故巳爲蛇，象形。」朱駿聲曰：「巳，似也。象子在包中形，包字从之，孺子爲兒，襁褓爲子，方生順出爲，未生在腹爲巳。者，指事；巳者，象形。《淮南・天文》：『巳則生已定也。』《廣雅・釋言》：『子，已，似也。』此字引申爲止，猶息也，定也，靜也。故反巳爲㠯。古已、㠯同讀，經傳止息之義皆當作此『巳』字。已者，止也。㠯者，用也，行也。」甲文已字作「」《前編》七・九・二、「」《佚》二八四，金文作「」《吳王光鑑》，象胞中子，非象蛇。朱子未見甲文，其說與甲、金文吻合。又爲決絕之辭。《左傳》昭十二年：「已乎！已乎！」服注：「已乎，決絕之辭。」又昭十三年「且曰吾已」，杜注：「已，猶決竟。」

【苟】汪瑗曰：「二句乃倒文法，本謂苟余情其信芳，則雖不吾知其亦已矣，又何傷哉！」朱季海曰：「《大戴禮記・曾子立事》第四十九：『人知之，則願也；人不知，苟吾自知也。』孔廣森《補注》：『屈原曰：「不吾知其亦已兮，苟余情其信芳。」』孔君引《離騷》此句，以證《曾子》是也。《曾子》既是散文，又何趁韻之有？明古人自有此句法。於此言苟，止如今俗言『只要』、『但求』耳。初非倒句。此二例仍是主句在後，苟是副詞性連詞，所以領起主句，說者未見《曾子》，不悟苟字可作此用，遂一切以爲倒句趁韻爾。」案：朱說是也。但舉《曾子》，不足立新。補援數事以佐其說。《詩・君子于役》「君子于役，苟無飢渴」。言但求無飢無渴也。《左傳》襄二十八年「小適大，苟舍而已，焉用壇」？言但求舍耳。下「夫維聖哲以茂行兮，苟得用此下土」，言乃得用此下土也。又，「委厥美以從俗兮，苟得列乎衆芳」，言但求列於衆芳也。皆同。惟朱誤「苟」爲「茍」，亦未細審。

是二句言朝野內外皆不我知亦已哉，誠我中情其好芳也。

第二十九韻：裳、芳

裳，古音爲[ʑiaŋ]；芳，古音爲[piaŋ]。裳、芳古同陽部。

高余冠之岌岌兮　長余佩之陸離

余《文選》六臣本卷六《魏都賦》注引余訛作途，李善注本則作餘。又，《文選》卷一五《思玄賦》注兩引、《太平御覽》卷六八四、《海録碎事》卷五兩引、《後漢書》卷七八《宦者傳》注、黎本《玉篇》山部「岌」字引亦作余。《對牀夜語》引作予。

冠黎本《玉篇·山部》「岌」字引冠字作冦。案：冦，俗冠字。

岌洪《補》、朱《注》、錢《傳》岌同音魚及切。

長余《後漢書》卷二八下《馮衍傳》注引「長余」一句余作吾。案：《文選》卷一五《思玄賦》注兩引、黎本《玉篇》山部「岌」字、《對牀夜語》、《海録碎事》卷五兩引、《太平御覽》卷六八四引作余。

佩《太平御覽》卷六八四引作珮。案：佩，本字；珮，佩玉專字。

【高、長】王逸注：「言己懷德不用，復高我之冠，長我之佩，尊其威儀，整其服飾，以異於衆也。」王氏以高、長爲外動。高，同《國語・吳語》「高高下下」之「高」，韋昭注：「高高，起臺榭。」高，訓崇高，形容詞，平聲；增高、高起，動詞，去聲。長，同《莊子・庚桑楚》「有長而無乎本剽」之長，《釋文》：「長，增也。」長，音持亮切，去聲，動詞余冠、長余佩，猶上「回朕車」、「步余馬」句法，倒句。余，主格，謂余高冠、余長佩。

【冠、佩】冠，即《涉江》「切雲」冠。一九七三年湖南長沙城東南子彈庫發掘戰國楚墓，帛畫一幅，中畫一髯須男子，側身直立，手執繮繩，駕馭一龍，頭戴高冠，腰佩長劍，仿佛《離騷》屈子再世。朱子曰：「佩，玉佩也。」汪瑗曰：「佩謂雜佩，劍、玉、蘭茝之類皆是。」《九歌・大司命》云：「玉佩兮陸離。」蓋朱子所本。《九章・涉江》云：「帶長鋏之陸離兮，冠切雲之崔巍。」汪氏錯雜《九歌》、《九章》折中爲説。屈賦凡佩劍，皆以長爲美。其飾語亦爲脩長義。《少司命》「竦長劍兮擁幼艾」，《東皇太一》「撫長劍兮玉珥」，《涉江》「帶長鋏之陸離」。玉佩，不以長爲飾語。佩，謂佩劍，省文耳。據郭德維《江陵楚墓論述》（《考古報告》一九八二年第一期）載：「銅劍是江陵楚墓中最重要的一種兵器，成年男姓墓中幾乎都有一件銅劍隨葬，較大的貴族墓隨葬銅劍更多，如望山 M_2 隨葬七件，天星觀 M_1 隨葬三十二件。」蓋其俗如此。

【岌岌】王逸注：「岌岌，高貌。」「高余冠之岌岌兮，長余佩之陸離」句法，句末疊字或連語，本爲句中名詞「冠」、「佩」飾語，其繫於句末而不在名詞之前者，成「動—名—之—疊字或連語」句式，爲楚辭句法所特有，最富於繪形摹色，其飾語亦必與句首動詞同義。上「貫薜荔之落蘂」、「索胡繩之纚纚」，下「揚雲霓之晻藹兮，鳴玉鸞之啾啾」、「駕八龍之婉婉兮，載雲旗之委蛇」，皆其比。《説文》無「岌」字。《新坿》曰：「岌，山高貌。從山，及聲。」因《爾雅・釋山》「小山岌，大山峘」而增補。郭璞注：「岌，謂高過。」岌，及聲，有極至義。《吕氏春秋・明理》「其福無不及也」，高注：「及，至也。」言山高極至者字作岌。岌，形聲兼轉注。又，《説文・山部》有「崟」字，曰：「崟，山之岑崟也。从山，金聲。」岑崟，高峻貌。金無高義。金，借爲今。《厂部》：「㕂，石地也。从厂，金聲。讀若紟。」紟从今聲。《黑部》：「黔，黃黑也。从黑，金聲。」《廣雅・釋器》字作「黅」。黅，从今聲。金、今二字通用。今，及也。《亼部》：「今，是時也。从亼，从㇇。㇇，古文及。」今、及爲侵緝平入對轉，見羣旁紐雙聲。崟字從金，借及聲。崟，岌字異文。《爾雅》訓岌爲小山，即極至引申。又引申言危殆。《孟子・萬章上》「天下殆哉，岌岌乎」，注曰：「岌岌乎，不安貌也。」《漢書・韋賢傳》「岌岌其國」，應劭曰：「岌岌，欲毀壞也。」顔師古曰：「岌岌，危動貌。」《說文・山部》復有「岑」字，曰：「岑，山小而高。从山，今聲。」說者或謂岑、崟、岌一字。詳黃侃、黃焯《說文同文》。非是。岑音鉏箴切，照紐，非牙音。岑，或作嶜。《漢書・揚雄傳・音義》引《字詁》曰：「嶜，古文岑。」岑，從山，從今，會意字。借今爲及。岑字，會意兼假借。許氏誤爲諧聲。

【陸離】王逸注：「陸離，猶嵾嵯，衆貌也。」洪《補》引《說文》曰：「陸離，美好貌。」又引顔師古曰：「陸離，分散也。」李陳玉曰：「陸離，所佩光彩不定也。」王夫之曰：「陸離，璀璨也。」汪瑗曰：「陸離，參錯美好之貌也。」錢杲之曰：「陸離，光耀也。」徐焕龍曰：「陸離，光彩分散貌。」蔣驥曰：「陸離，燦爛之貌。」胡文英曰：「陸離，斑駁貌。」皆於玉佩設義。案：王念孫曰：「陸離有二義：一爲參差貌；一爲長貌。下文云『紛總總其離合兮，斑陸離其上下』，司馬相如《大人賦》云『攢羅列聚，叢以蘢茸兮；衍曼流爛，痑以陸離』，皆參差之貌也。此云『高余冠之岌岌兮，長余佩之陸離』。岌岌爲高貌，則陸離爲長貌，非謂參差也。《九章》云：『帶長鋏之陸離兮，冠切雲之崔嵬。』義與此同。」其説碻乎不易。屈賦「動—名—之—疊字或連語」句法，陸離，與句首「長」義同，不解參差而解長貌。或文作淋離，《哀時命》：「冠崔嵬而切雲兮，劍淋離而從横。」王逸注：「淋離，長貌也。言劍則長好，與衆異也。」又作綝纚詳《九懷・通路》、淋灑詳《文選・洞簫賦》注。與零落屬一字音變。詳上文「零落」注。朱季海曰：「然物有長短而參差見，凡言參差則長在其中。」陸離訓參差、訓長，一義相因，隨文所用，義各有專，解者未可一槩以「參差」説之。宜沈吟反復，求其文詞旨所在。

是二句言我方當復修初服，乃冠岌岌之切雲冠，佩陸離之長劍。此同《東皇太一》祭巫「撫長劍兮玉珥，璆鏘鳴兮琳琅」之服飾，皆徽祖神之服，爲下文上征張本。

芳與澤其雜糅兮　唯昭質其猶未虧

【糅】《文選》六臣糅音女又切。洪《補》、朱《注》糅同音女救切，錢《傳》音忍九切。案：女又、女救音同，去聲。忍九，上聲。糅訓「糅飯」，上聲。引申言混雜，去聲。黎本《玉篇·食部》曰：「𩚵，女久反。《楚辭》『芳與澤其雜𩚵』，王逸曰：『𩚵，雜也。』」案：王逸用「和合」義，非用混雜義，音女久切，上聲。則字作𩚵。《説文·米部》：「粈，雜飯也。」《食部》：「𩚵，雜飯也。」段注：「此𩚵篆蓋俗增，故非其次，宜删。」朱駿聲曰：「粈即𩚵之或體。」蓋許書本云：「粈，雜飯也。从米，丑聲。𩚵，粈或从食。」後析爲二字二義，而分《米部》有粈，《食部》有𩚵。慧琳《一切經音義》卷九曰：「糅，古文粈、𩚵二形。」粈、𩚵爲一字，粈、糅爲古今字。𩚵，非俗字。古本《玉篇》引《離騷》，猶存古字。

【虧】洪《補》、錢《傳》同引一本作虧。《文選》六臣本作虧，姜亮夫曰：「虧，爲虧之或體，虧則六朝以爲俗書也。」案：虧，會意。虧，形聲。虧、虧一字，詳注。慧琳《一切經音義》卷一五亦曰：「虧從亏，或從兮作虧。經從虚作虧，不成字也。」

【芳與澤】王逸注：「芳，德之臭也。《易》曰『其臭如蘭』。澤，質之潤也。玉堅而有潤澤。」李周翰注文「言我有香潤之德」云云，謂芳澤猶香潤。朱子曰：「芳，謂以香物爲衣裳。澤，謂玉佩有潤澤也。」汪瑗曰：「芳，言其氣之芬芳；澤，言其色之潤澤。總承上衣裳冠佩而言。」李陳玉曰：「澤，脂粉之類是也。」錢澄之曰：「芳者外揚，澤者内浹。」林雲銘曰：「芳指衣裳，澤指冠佩。」朱冀曰：「芳是香氣，比君子志行芳潔；澤是芳澤，比小人聲聞過情。」皆因王注濫觴。又，聞一多曰：「澤，所以沐髮者也。」王夫之曰：「澤，垢膩也。」魯筆曰：「澤，垢澤，指小人污穢者。」陳遠新曰：「澤，汗氣，初服無之。」案：其説碻也。澤，承上「朝誶而夕替」、「忍尤而攘詬」。又，姜亮夫曰：「按，澤古字作臭，讀若浩。疑《離騷》本作臭，字形訛作臭，王逸以今文定之，又誤作澤也。」劉永濟、郭沫若借澤爲襗，引鄭《箋》曰：「襗，褻衣，近污垢。」何劍薰以澤爲沃誤字，訓污穢。説雖通，而私臆改字，不如清儒允當。澤，謂水澤，水澤藏污納垢，又爲污穢義。《禮記・曲禮》「共飯不澤手」，謂供飯不污手。不必求諸别字别義。

【雜糅】王逸注：「糅，雜也。言我外有芬芳之德，内有玉澤之質，二美雜會，兼在於己，而不得施用，故獨保明其身，無有虧歇而已。」其多蔓詞。案：「雜糅」連文，言混雜、相亂義，而非和集、和合。糅，古作粈，從米，丑聲。又作䊆，從食，丑聲。言「雜飯」，猶和飯。雜，訓五色相合義，引申言合。粈，言柔。粈、柔幽部，透日旁紐雙聲，例得通用。柔，和合。《管子・四時》「然則柔風甘雨乃至」，注：「柔，和也。」粈、䊆，借聲字，糅，聲義相合，後起專字。引申言和合、相配。《漢書・劉向傳》注：「糅，和也。」《九章・橘頌》：「青黄雜糅，文章爛兮。」言青黄二色相配合。又引申言混雜、參錯。《史記・曆書》「民神雜擾」，擾即糅。《論衡・累害》「玉石雜糅」。蓋所糅合爲平列者，雜糅謂相配；所糅爲反對者，雜糅謂混雜。芳、澤相反對，雜糅，言混雜。

【唯】王逸注：「唯，獨也。」案：至碻。唯訓獨，轉折語詞。《九章・思美人》：「芳與澤其雜糅兮，羌芳華自中出。」以「唯」爲「羌」，唯，言羌、乃。羌訓乃、訓反，轉折語辭。詳上「羌」注。《惜往日》：「芳與澤其雜糅兮，孰申旦而别之？」以「唯」爲「孰」。孰，言何，逆轉之意；獨，亦訓何。詳上「獨窮困」之獨注。《説苑・復恩》：「獻公之子九人，唯君在耳；天未絶晉，必將有主，主晉祀者，非君而何？唯二三子者以爲己力，不亦誣乎？」「唯二三子」，言獨二三子也。唯，逆轉語辭。《左傳》則作「而二三子以爲己力」。而，乃也，卻也。唯、而義同。又，《國語・吴語》：「吾欲與之徼天之衷，唯是車馬兵甲卒伍既具，無以行之。」言而是車馬兵甲卒伍既具，無以行之也。

【昭質】王逸注：「昭，明也。」注「獨保明其身」云云，謂昭質爲己昭明本質。汪瑗曰：「昭，明也。質，性質也。言雜糅其芳澤之佩服，蓋欲昭明其質性之無虧損耳。」徐焕龍曰：「惟此昭明質直之初服，庶乎猶未少虧耳。」皆同王注。聞一多曰：「質，本質。昭，彰著也。芳謂馨香，澤謂光華。二者俱皆秀出，即此昭質未虧之義。」魏炯若謂「脩名既立，昭昭乎若揭日月而行，人皆見之，故稱爲昭質」。因王注濫觴。王夫之曰：「昭質，昭明潔白之標準也。」昭訓明，質訓標準。案：昭，借作卲，同從召聲，例得相通。卲，言美。古皆以卲爲之。《小爾雅・廣詁》、《法言・重黎》「賢者不足卲也」，注並曰：「卲，美。」或通作劭。《爾雅・釋詁》舊注曰：「劭，美也。」從召聲字多涵美好義。昭訓明，亦爲美。《春秋左傳類解》引《謚法》曰：「容儀恭美曰昭。」才能絶異之謂超。《釋名・釋姿容》：「超，卓也。」舜樂名曰《韶》，根於美好義。《説文・卩部》：「卲，高也。」高者明，字作昭；高者遠，字作超。音同而義通。召，言卓也。卓，高也。召、卓爲宵樂平入對轉。邵、卲、昭、超皆借聲字。高曰卲，亦曰卓；明曰昭，亦曰焯；美曰卲，亦曰婥；遠曰超，亦曰趠。音義皆通。卲質，美質。於屈子，質之與情，本屬一體。《懷沙》曰：「懷質抱情，獨無匹兮。」情，有忠情、戀情、怨情、鄉情，内涵至廣泛，而一言以蔽之，宗教血緣之情耳。質，蓋中正本質也。卲質，義同美正。《説文・貝部》：「質，以物相贅。从貝、所。闕。」「以物相贅」，謂物相當值，蘊涵「正」義。「從貝、所。闕」，蓋闕其「所」字音義。《斤部》：「所，二斤也。闕。」所，之日切。質，從貝、所，所亦聲。《九章算術》注曰：「張衡算又謂立方爲質，立圓爲渾。」質，所字假借，象立方體。渾，軍也。古以車爲立圓謂之軍。章太炎先生《小學問答》曰：「立方爲質，則所字也。斤爲砍木斧，今浙東砍柴所用，是其遺法。背厚刃薄，作五面形。依《九章算術》『邪解立方，得兩壍堵。兩壍堵顛倒相補，即成立方』，今斫柴斤成五面者，正中壍堵。立體難象，故只以邪解平方象之，取其側形。其字本當作『』，石鼓、彝器稍變作『』，小篆變作『』，皆篆勢取姿耳。本形『』象邪解平方，實邪解立方也。兩斤顛倒相補，即爲立方矣。故二斤爲所，即立方之義。」章説發前人所未發。「邪解立方」，古人計立方體術數。立方，對邪分之爲二，是爲兩三角體，即「」、「」之形。壍堵者，積於溝渠兩側，如兩三角立體。「顛倒相補」，謂以兩壍堵顛倒相合，成立方體。「兩斤顛倒相補」、「兩壍堵顛倒相補」，皆合爲立方體。斤質、柱下石之質及門限之質，皆用立方體。所，爲立方體，故有正義。通作質。《周禮·大司馬》「質明」注、《司弓矢》「以授射甲革椹質者」注、《廣雅·釋詁》、《小爾雅·廣言》並曰：「質，正也。」又，《禮記·聘義》「君子於其所尊弗敢質」，注：「質，謂正自相當。」二物相當值是作質，從貝，從所。所，賅「相當」義。屈子「昭質」以中正爲憑，亦寓其血緣情愫。「情」與「質」、冥界與現世、生存與死亡，並存俱在。何以使昭質章著於濁世？《惜誦》曰：「檮木蘭以矯蕙兮，鑿申椒以爲糧。播江離與滋菊兮，願春日以爲糗芳。恐情質之不信兮，故重著以自明。」蓋藉服飾衆芳爲資。「復脩初服」諸事，亦在使「昭質」滿内而外揚，臻於人格之極致。

【其猶】姜亮夫謂「其猶」之其，代詞。不知「其」字代何物何事。《離騷》「其猶」凡三見：上「雖九死其猶未悔」，下「覽余初其猶未悔」，「其猶」連文，平列同義。其，言猶、尚。下文「覽椒蘭其若茲兮，又況揭車與江離」，洪《補》曰：「子椒、子蘭宜有椒、蘭之芬芳，而猶若是，況衆臣若揭車、江離者乎？」訓「其」爲「猶」。蓋單言曰其、曰猶，復言曰「其猶」。

【虧】王逸注：「虧，歇也。」下文「芳菲菲而難虧」，《九歌·大司命》「願若今兮無虧」，王氏亦訓爲虧歇。案：《説文·亏部》曰：「虧，氣損也。从亏，雐聲。𧆐，虧或从兮。」引申言歇止、毀損。昭質未虧，謂美質未毀損。虛，魚部。虧，歌部。《離騷》虧協離，《天問》虧協加，《莊子·山木》虧協離、挫、議，《韓非子·揚權》虧協靡。皆不與魚部韻。虧、雐古不同音，不相諧。虧，從雐，從亏，會意。雇，無毀損義。雇，借如户，古書通用。户，有歇止義。《左傳》宣十二年「屈蕩户之」，杜注：「户，止也。」氣歇止字爲虧。虧，會意兼假借。或體作虧，從雇，兮聲。兮音胡鷄切，歌部，匣紐四等。虧、兮同部，其聲但分喉之深淺，二字相諧。兮，舒氣。氣舒歇止字爲虧。虧，形聲兼假借。

是二句言芳香與污垢相雜糅，羌美正之質猶未虧損也。

第三十韻離、虧

戴震：「離，謂之羅。」江有誥曰：「離音羅。」案：楚音羅爲離。詳注。離，古音爲[liai]。戴震曰：「虧，古音去戈切。」江有誥曰：「虧音柯，歌部。」馬其昶曰：「《漢學諧聲》云：『虧讀科。』此从陽聲也。从陰則讀戲。《集韻》：『虧與戲通，虙虧即伏犧。』」案：虧音去戈、音柯，皆爲一等合口。戲音許宜切，三等開口。虧音去爲切，二等合口，古音爲[kr^wai]。離、虧古同歌部。

忽反顧以遊目兮　將往觀乎四荒

反《文選》卷二六潘岳《在懷縣作詩二首》注引「反」作「返」。案：反、返古今字，屈騷反顧皆作反。《文選》卷一《西都賦》注、卷七《甘泉賦》注、卷九《東征賦》注、卷一〇《西征賦》注、卷二九張華《情詩》注、卷四五石崇《思歸引序》注，《施注蘇詩》卷一八注引亦作反。

以《文選》卷一〇《西征賦》注引作而。

【遊】《文選》六臣本作游，洪《補》引一本、元刊朱《注》本亦作游，《文選》卷九《東征賦》注引亦作游。案：包山楚簡戲游字亦作庭遊。蓋游、遊已判爲二字。

【目】《文選》李善注本四明林氏校刻本卷二九張華《情詩》注引訛作國，而六臣本涵芬樓藏宋刊本李善注引作目。

【忽】王逸注：「忽，疾貌。言己欲進忠信，以輔事君，而不見省，故忽然反顧而去，將遂遊目往觀四荒之外，以求賢君也。」案：忽字冠於句首者有二義。一爲亂貌。上「忽馳騖以追逐」是也。一爲疾貌。此文「忽反顧以遊目」及下文「忽吾行此流沙」、「忽臨睨夫舊鄉」是也。後解用語辭疾義，同今語「忽然」、「恍然」，狀漫不經心之義。

【反顧】王逸注「反顧而去」云云，訓顧爲回反義，以「反顧」爲平列複語。汪瑗曰：「反顧，回首而視也。」案：反，周旋反覆。《説文·又部》「反，覆也。」引申言往來旋復。詳《詩·何人斯》毛《傳》。《頁部》：「顧，還視也。从頁，雇聲。」「還視」，言周旋而視。《詩·蓼莪》「顧我復我」，鄭《箋》：「顧，旋視也。」反顧，言環視，非回首而視。顧字從頁，首也。從雇聲，本言酬報，引申言周旋往反。形聲兼轉注。

【遊目】吕延濟曰：「故疾反顧，遠視四荒之外，以求知己者。」以「遊目」言「遠視」。汪瑗曰：「游目，謂縱目以流觀也。」案：遊、游一字。《説文·㫃部》：「游，旌旗之流也。从㫃，汓聲。」引申之言流從。《漢書·匈奴傳》「從上游來厭人」，顔師古注引服虔曰：「游，猶流也。」《項籍傳》「必居上遊」，顔師古注引文穎曰：「遊，或作流。」《史記·蘇秦列傳》「遊説諸侯」，或本「遊説」作「流説」。流有放縱義。《禮記·射義》「夫君臣習禮樂而以流亡者」，注：「流，猶放也。」《尚書·舜典》「流有五刑」，馬融注：「流，放也。」《晉語》「有直質而無流心」，韋昭注：「流，放也。」《漢書·王褒傳》：「數從褒等游獵。」或本遊作放，以其義同而替用。遊目，即流目，言放目。反顧遊目，言旋首四顧，放目騁望。

【往觀】注家以「往觀」言「往去觀視」。案：往，去也。觀，借爲勸，古字通用。《管子・七法》「立少而觀多」，尹注：「觀，當作勸。」許維遹曰：「觀、勸聲類同，古字通用。《尚書》勸字多作觀。」《禮記・緇衣》「周田觀文王之德」，孔疏：「觀，當作勸。」《荀子・非相篇》「觀人以言」，《藝文類聚・人部》卷一五引作「勸人以言」。《列子・楊朱》「故不爲名所勸」，《釋文》：「勸，一本作觀。」勸，言隨。《莊子・天運》「淫樂而勸是」，《釋文》引司馬注：「勸，讀曰隨也。」勸，去願切；隨，許規切。勸、隨爲歌元陰陽對轉，溪曉旁紐雙聲。隨，言躡、從。往隨，言往行隨從。下「周流觀乎上下」，即同此。

【四荒】王逸注：「荒，遠也。」洪《補》曰：「《爾雅》觚竹、北户、西王母、日下謂之四荒。皆四方昏荒之國。」朱冀曰：「四荒，謂楚之四境。」蔣驥曰：「四荒，舉天下而言。」謝濟世曰：「四荒，以放所四境言。」案：荒，方之借字。荒從亡聲，方、荒陽部，明紐，例得通用。方，方域。《易・既濟》「高宗伐鬼方」，注：「方，國也。」往觀四方，謂往行周徧天下。王逸謂「往觀」以求賢君，陸善經謂「欲之他國」，吕延濟謂「以求知己」。又，洪《補》曰：「當是時國無人，莫我知者，故欲觀乎四荒，以求同志。此孔子『浮海』、『居夷』之意。然原初未嘗去楚者，同姓無可去之義故也。」朱子謂「往觀四荒」，「庶幾一遇賢君」。汪瑗曰：「然屈原當時實有去楚之志。特所以去楚者，謂斂德避難而遁去耳，非謂去楚別求賢君而事之也。」戴震曰：「往觀四荒，猶言無往而不自得也。」張象津曰：「觀乎四荒，以偏考於人也。」陳本禮曰：「忽反顧昭質之未虧，而不忍坐視滔滔之天下，故欲往觀四荒，或有重我之佩飾、好我之芳菲者乎？」夏大霖曰：「忽遊目四荒者，審可仕之國。」游國恩曰：「此處往觀四荒，但云潔身遠游以避尤耳。豈得徑以求君、求賢當之乎？」皆拘局於君臣之義。往行四方，承上「反」、「退」，開啓下篇「上征」縣圃。往觀之旨，宜於反本死亡母題説之。屈子決意反本、退歸其生初始，乃復脩徼神之服。祭服既具，將啓程也。冥界之路何在？其於椒丘之上，登臨四顧，歷徧天下茫茫之路，蓋未知宗神之丘所在。於是欲往行天下四方，踏徧南國之土。往者，去椒丘而往行也。觀者，因楚族發祥之跡而躡行之也。自此以下，見詈女嬃、折中重華、求帝、求女、卜氛、問咸，乃至登遐天國，種種曲折，皆由「往觀」敷演。往觀四荒，讀《騷》之關鑰，不可輕易放過。林雲銘曰：「此二句伏下周流上下數段。」。朱冀曰：「『往觀』句伏上下求索數段也。」林仲懿曰：「一句中有牽上搭下之法。」蔣驥曰：「《離騷》下半篇，俱自『往觀四荒』句生出。只是一意，却翻出無限烟波。」又曰：「《楚辭》章法奇絶處，如《離騷》本意，只注『從彭咸之所居』，却用『將往觀乎四荒』開下半篇之局，臨末以『蜷局顧而不行』跌轉。」葉星衛亦曰：「『忽反顧以遊目』二語，開出下半篇，爲通篇之一大關捩。」先賢皆已識之，惜乎局限於臣君比喻，而置《離騷》反本歸根之不顧也。自此以下，重在生死、去留之間，於君臣已退居次要位置。海寧王静安先生《人間詞話》之「三種境界」，借以説《離騷》段落結構，則無不合。屈子在椒丘之上反顧流目，將往隨列宗列祖，即猶「昨夜西風凋碧樹，獨上高樓，望盡天下路」之第一種境界。下文求帝、求女、卜氛、問咸、西行，敘寫敷張反本歸宗、以求合祖神種種經歷，猶「衣帶漸寬終不悔，爲伊消得人憔悴」之第二種境界。「亂曰」以下二韻則不意「從彭咸之所居」，以揭櫫求女歸宿，猶「衆里尋他千百度。驀然回首，那人却在，燈火爛栅處」之第三種境界。以下記叙反本歸宗、求合始祖，實死亡意識形象化。據其反本歸宗本事，又分三段：嬃詈、陳辭重華二大章叙言反歸求祖之始，是時未遑發軔啓程。求帝、求女、卜氛、問咸、西行五大章詳叙言反歸求宗始末。亂辭以下，言反歸求宗神結局。《離騷》整體結構宜分三大段：自篇首至「雖體解吾猶未變兮，豈余心之可懲」爲第一大段，屈子由先道至被拌以至不忍苟活、欲反本歸宗之種種不幸情狀。「女嬃之嬋媛兮」至「僕夫悲余馬懷兮，蜷局顧而不行」爲第二大段，詳叙反歸求宗遐思。篇末二語爲第三大段，但結其反本結局。雖然，屈子死則死矣，但歸至宗垞即了事，何以遊目反顧而必往觀四荒如是？宜於其習俗宗教言之。反本之路，於古皆謂其先祖始遷之路，亦其族轉輾流播之路。雲南永寧納西族葬禮之《開路經》載，亡魂反本路程，即其族南遷永寧歷史，亡魂即遵其歷程而歸反於始祖。屈子「反本」，亦遵其楚族南徙之歷程。是以始去之前，必得「反顧」詳審，而後「往觀」四荒也。始祖南徙之歷程艱難曲折，則其求索死亡之路途亦必艱難曲折也。

是二句言我佇立於椒丘之巔，忽然環視四方，極目騁望，欲將往去隨行列祖之跡，偏行四海以求回歸於初始之居也。

佩繽紛其繁飾兮　芳菲菲其彌章

繽 羅本、黎本《玉篇·糸部》「繽」字引作繽。案：繽，六朝俗字。《文選》卷一《西都賦》注引亦作繽。

飾 羅本、黎本《玉篇·糸部》「繽」字引飾作餝。案：餝，六朝俗字。《文選》卷一《西都賦》注引亦作飾。

其 《文選》卷一五《思玄賦》注引作兮。案：非《離騷》用兮通例，訛字。又，羅本、黎本《玉篇·兮部》「虧」字引此句作而。

【佩】王逸注「佩玉繽紛而衆盛」云云，佩謂「佩玉」，朱子「佩服愈盛而明」云云，佩謂「佩服」。案：佩，總衣芰荷、裳芙蓉，冠高冠、佩長劍諸事，爲其所復脩之「初服」，不專指佩玉。又，姜亮夫謂此「佩」字同「長余佩」之佩，蓋不審「長余佩」但指佩劍，安得侈言「繁飾」？姜氏又謂「屈賦言佩事，大體皆以表其容儀、德行，即所謂德佩者也。古代佩芳佩玉之説常見，蓋佩玉爲古之定制，佩芳爲民間風習」云云，亦非塙論。屈子佩飾，不論佩玉、佩芳，有雙重涵意，既以表其中正、芳潔本質，又以見其通神列祖之祭司性質。此文「復脩初服」、佩飾衆芳，在於徼神以反本，類禮之所謂喪服也。徼神必薦芳潔，神不潔不芳者不歆。

【繽紛】王逸注：「繽紛，盛貌。」錢杲之曰：「繽紛，多貌。」，下「時繽紛其變易兮」，王逸注「時世溷濁」云云，繽紛訓溷濁。吕延濟曰：「繽紛，亂也。」雖一字而義反對。案：繽紛，連語，根於纏結不釋。《淮南子·俶真訓》「被德含和，繽紛蘢蓯」，高注：「繽紛，雜粈也。」《漢書·揚雄傳》「暗累以其繽紛」，顔師古曰：「繽紛，交雜也。」争鬭不解，訓詁字作「鬩鬩」。《説文·鬥部》：「鬩鬩，連結繽紛相牽也。」《廣韻》上平聲第二十文韻字又作「鬩鬩」。和合謂之雜粈，亦謂之繽紛。狀舞態柔和、舞步協調，又謂舞好貌。《文選·上林賦》「鄢郢繽紛」，李善注引李奇曰：「繽紛，舞貌。」狀旌旗偃蹇婀娜，訓詁字作翩翻，《説苑·指武》「旌旗翩翻」是也。狀飛鳥之衆亦謂之繽紛，謝靈運《王子晉贊》「與爾共繽紛」是也。引申言疾飛貌。《漢書·揚雄傳》顔師古注：「繽紛，衆疾也。」字或作翩幡。《漢書·司馬相如傳》「翩幡互經」是也。又作翻幡。詳《史記·司馬相如列傳》注。又作繽翻。《文選·吴都賦》「大鵬繽翻」是也。《説文》訓詁字作「覮覢」，《見部》：「覮覢，暫見也。」暫見，言疾見，與言疾飛相因。又引伸言亂貌，是爲惡語。訓詁字作邠盼。詳《古文苑》揚雄《蜀都賦》。又作汦棼。詳《尚書·吕刑》。又作湎紛。詳《論衡·寒温》。又作汦芬。詳《逸周書·祭公》注引孔晁曰：「亂也。」又引申爲言盛多、盛大。又作噴勃詳《文選·長笛賦》，又作蓬孛詳《漢書·藝文志》，又作烽勃詳《集韻》平聲第一東韻，又作熢焞詳《集韻》入聲第十一没韻，又作濆薄詳《文選·吴都賦》，又作湓渤詳郭璞《江賦》，又作旁礴詳《莊子·逍遥遊》，又作旁魄詳《史記·封禪書》，又作繁墳詳《淮南子·俶真訓》，又作蔽芾詳《詩·甘棠》，又作畢沸詳《説文》「畢」字，又作澎滂詳《史記·司馬相如列傳》，則不可勝計。

【繁】王逸注：「繁，衆也。」《説文》無繁字，《糸部》有「緐」，曰：「緐，馬髦飾也。从糸，每聲。緐，緐或从弁。」段注：「馬髦，爲馬鬣也。飾亦妝飾之飾。蓋集絲條下垂爲飾曰緐，引伸爲緐多，又俗改其字作緐。俗形行而本形廢，引申之義行而本義廢矣。」又曰：「各本下有『聲』字，非也。今删。每者，艸盛上出，故从糸、每，會意。」朱駿聲曰：「每，非聲。當从糸、从每，會意。每者，草盛上出，鬣飾如之。《獨斷》：『武冠曰繁冠。』今謂之大冠。疑本義之轉注。或説，《小爾雅・廣詁》：『繁，多也。』係與每皆會衆多意，本訓與『蕃』略同。」案：朱説是也。古珎文作「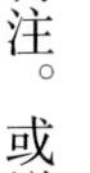」《燕陶館藏印》，楚簡文作「」河南信陽長臺關戰國楚墓殘簡，從糸，從每。金文作「」《庚八鼎》，象馬鬣飾，緐字古文。

【飾】王逸注「猶整飾儀容，佩玉繽紛而衆盛」云云，以飾爲動詞，言整治。案：繁飾，名也，非動詞；繁，「飾」疏狀字，盛多之佩飾。《説文・巾部》：「飾，刷也。从巾，从人，食聲。讀若式。」食，無刷義。食音式，借爲拭，拉也。《爾雅・釋詁》：「拭，清也。」郭注：「拉拭，所以爲清潔也。」拭有刷義。從巾，所以拉拭也。《儀禮・士冠禮》「沐巾一」，鄭注：「巾，所以拭污垢。」以巾拭污垢使潔清字作飾。飾，借聲字。《廣雅・釋詁》：「飾，著也。」《大戴禮記・勸學》「遠而有光者飾也」，《月令》疏引定本：「飾，容飾也。」

【菲菲】王逸注：「菲菲，猶勃勃，芬香貌也。」案：游澤承《離騷纂義》標點斷爲：「菲菲，猶勃勃。芬，香貌也」。中華書局一九八三年第一版白化文等點校本《楚辭補注》亦同。案：非是。王氏以「勃勃」釋「菲菲」，猶上文「羌」字注此「卿」釋「羌」之比，古今音之變也，而「芬香貌」三字訓其義爾。劉良曰：「菲菲，香氣也。」《廣雅・釋訓》字作馡馡，云：「香也。」朱季海曰：「惟《離騷》曰『菲菲』，《章句》云『勃勃』者，與今人以白話注文言無異。菲、勃同部，勃即菲之入聲。王援當時語作注，必人所共曉，知漢世楚言，芳菲字正讀入聲也。雅言作菲，轉入他聲者，此書語耳。口語未變，即古楚語之遺。《釋草》：『菲，芴。』《谷風》毛《傳》、《説文・艸部》同。陸氏《爾雅音義》：『菲，芳尾反。芴音物。』菲謂之芴，猶菲菲謂之勃勃矣。然《邶風》與上聲字韻，是菲、芴字雅言不讀入聲，芬芳字作菲，本是假借。依《説文》正篆，字當作苾。許云：『馨香也。从艸，必聲。』《唐韻》：『毗必切。』是其義。《小雅・楚茨》『艸芬孝祀』，《箋》云：『苾苾芬芬，有馨香矣。』苾苾猶勃勃，楚音同耳。字又作飶。《周頌・載芟》『有飶其香』，毛《傳》：「飶，芬香也。」陸氏《音義》『字又作苾』是也。是西周雅言，芳菲字當讀入聲，依王注、鄭《箋》，則季漢齊楚猶存此語矣。以是推之，屈賦『芳菲』字，或漢人依師讀改字，猶拂之爲蔽矣。故書今不可見，未知爲苾、爲勃，要當入聲字耳。」案：朱君謂「勃勃」漢時口語，而謂楚語「菲菲」讀入聲，引《谷風》爲證。失之牽合。《谷風》菲、違韻朱駿聲《説文通訓定聲・説韻》菲叶體、死，不審《谷風》此章爲交錯韻，而體、死爲韻。三百篇「菲」字平聲微部而不讀入聲「勃」。朱君又謂「菲」本字作苾。苾，質部，脂部入聲，而非微部字，苾非菲之入，苾、勃不同音。屈宋脂微、質物分用，無通韻例。《小雅・楚茨》「苾芬」，鄭《箋》釋「苾苾芬芬」，連語「繽紛」音變字。苾、繽爲質真平入對轉，芬、紛音同，苾芬、繽紛本一字。古言芳香者多根植於分散、布散義。芳，從方聲。方之言放也，放有分散義。芬，草初生其香分布也，從分聲，分散也。蕡，雜香草也，從賁聲。賁之言奔也，奔有奔散義。蘭，香草也。從闌聲。闌之言離也。離有分散義。菲字非聲，非之爲言飛也。飛有飛散義。芳香飛散字作菲。苾，諧必聲。必，分極也，引申言分。草香字作苾，飯香字作飶。菲、苾各有所本。朱氏考楚語，失於濫也。

【彌】王逸注「忠信勃勃而愈明」云云，言愈益。案：彌、弭本一字。《文選・羽獵賦》李善注云：「彌、弭古字通。」《漢書・王莽傳》顔師古注：「彌，讀如弭同。」顔注又曰：「彌讀曰弭。」弭，借作靡。《漢書・杜欽傳》顔注：「靡，弭也。」《李廣傳》「彌節自檀」，彌節，本作「弭節」，而《揚雄傳》字作「靡節」。《文選・答客難》「胥靡爲宰」，唐王勃文作「須彌」。《漢書・地理志》「故其俗彌侈」，《韓詩外傳》三「彌侈」字作「靡侈」。靡，言無、言不。《詩・泉水》「靡日不思」、《采薇》「靡室靡家」鄭《箋》、《柏舟》「之死矢靡他」毛《傳》、《爾雅・釋詁》皆云：「靡，無也」。彌、弭亦訓無。《文選・雜潘黄門詩》注引《國語》賈曰：「彌，忘也。」忘，猶亡也，無也。彌章，言無章也。

【章】王逸注：「章，明也。己雖欲之四方荒遠，猶整飾儀容，佩玉繽紛而衆盛，忠信勃勃而愈明，終不以遠故改其行。」訓章爲明，謂忠信章明猶可；而謂芳香章明，則非勝語。朱子曰：「佩服愈盛而明。」佩服言盛猶可，言章明，則勉强也。下「芳菲菲其難虧兮，芬至今猶未沬」，句法與此「芳菲菲其彌章」同。彌章，猶難虧也、未沬也。章，謂歇止也。《説文・音部》：「章，樂竟爲一章。从音、十。十，數之終也。」段注：「歌所止曰章。」又：「竟，樂曲盡爲竟。从音、儿。」段注：「曲之所止也。引伸之凡事之所止。」章、竟同義，訓終止。《雲中君》「聊遨游兮周章」，王注：「周章，猶周徧也。」章，猶周徧。《漢書・王莽傳》「恩施下竟同」，顔注：「竟，周徧也。」章、竟義同。彌章，猶無歇止也、無終極也。

是二句言我佩飾繽紛繁盛，芬芳菲菲而無歇止也。此既喻己之才德盛美，又以言徽神之「初服」之好。蓋「初服」退脩既成也。

第三十一韻：荒、章

荒，王力擬古音爲[r^{w}aŋ]，案：荒，從亡聲，明紐，而非匣紐。此文荒借作方，古音爲[plaŋ]。章，古音爲[tɕlaŋ]。方、章古同陽部。

民生各有所樂兮　余獨好脩以爲常

民《文選》六臣本作「人」。洪《補》、錢《傳》同引一作人。案：避唐諱。《記纂淵海》卷五〇引亦作民。

樂洪《補》樂音魚教切，朱《注》音五教反。《群經音辨》曰：「樂，五聲八音之總名也，五角切。樂，悦也，盧各切。樂，欲也，五教切。」又曰：「聲和爲樂，五角切。志和爲樂，力各切。」案：所樂，謂所欲，音五教切。魚教、五教音同。

獨《記纂淵海》卷五〇引無獨字。案： 王注「我獨好脩正直」云云，王本有獨字。《五百家注昌黎文集》卷一注引亦有獨字。

好朱《注》好音呼報反。《群經音辨》：「好，善也，呼皓切。嚮所善謂之好，呼到切。」案： 上聲之好，内動；去聲之好，外動。《釋文序録》卷一：「夫質有精粗，謂之好惡，好惡，並如字；有愛憎，稱爲好惡，上呼報反，下烏路反。」呼到、呼報音同。

脩洪《補》、朱《注》、錢《傳》同引一作循。洪曰：「下文云『汝何博謇而好脩』，又曰『苟中情其好脩』，皆言好自脩潔也。」案： 王注「我獨好脩正直」云云，王本作脩，循，脩字形訛。又，《記纂淵海》卷五〇、《五百家注昌黎文集》卷一注引亦作脩。

【民生】王逸注文「言萬民稟天命而生」云云，民指萬民，生謂生存。聞一多曰：「民生，即人生。」朱子「言人生各隨氣習有所好樂」云云，生，氣習。案： 朱《注》是也。民，泛言人與民也，不避貴賤、尊卑。生之爲言性也。生、性古通用。《周禮・地官・大司徒》「辨五地之物生」，注：「杜子春讀生爲性。」《吕氏春秋・知分》「立官者，以全生也」，《貴公》「凡主之立也，生於公」，《侈樂》「摇蕩生」，高注並云：「生，性也。」《大戴禮記・子張問入官》「既知其以生有習」，注：「生，謂性也。」又，《左傳》昭十九年「民樂其性而無寇讎」，《正義》曰：「性，生也。」《白虎通義・性情》：「性者，生也。」《孟子・告子上》：「生謂之性。」《論衡・初稟》：「性，生而然者也。」《荀子・正名篇》曰：「性，成於天之自然。」《禮記・樂記》「是故先王本之性情」，孔疏：「自然所感謂之性。」《王制》「以節民性」，孔疏：「性，稟性自然剛柔、輕重、遲速之屬。」即「氣習」之謂。《論衡》卷二《初稟》曰：「命謂初所稟得而生也。人生受性則受命矣。性、命俱稟，同時並得。」又曰：「人性有善有惡，猶人才有高有下也。高不可下，下不可高。稟性受命，同一實也。命有貴賤，性有善惡。至老極死，不可變易，天性然也。」屈子「好脩」之性亦出於「天然」。

【樂】王逸注「各有所樂，或樂諂佞、或樂貪淫」云云，樂言好，動詞。洪《補》曰：「樂，欲也。」案：樂、好互文。樂，五聲八音總名，引申言喜好，動詞。《禮記·禮運》「玩其所樂」，《釋文》：「樂，好也。」《論語·雍也》「知者樂水」，皇《疏》：「樂者，貪樂之稱也。樂，懽也。」《東皇太一》「君欣欣兮樂康」、《少司命》「樂莫樂兮新相知」及上「惟夫黨人之偷樂」、下「聊假日以娛樂」之樂，悅愉義，形容詞，音力各切。音樂音五角切。

【好脩】王逸注「我獨好脩正直以爲常行」云云，以「脩」言「脩治」義。洪《補》、朱子亦謂「脩潔」。案：脩，不解脩治、脩飾義。脩，言姱、言好，形容詞。詳上文「好脩姱」注。脩，承上「昭質」，指美正。言我獨好昭質以爲常性。屈子乃帝高陽之胄子，生得三寅，稟日月之靈氣，能通鬼神，出入天地，信楚國大器。故其以佩飾芳潔爲習氣，唯「好脩」是常。

是二句言人之天性各有所好，我獨好脩以爲習性也。

雖體解吾猶未變兮　豈余心之可懲

【雖體解】洪《補》解音古蟹切，朱《注》古買反，音同。《群經音辨》曰：「解，釋也，古買切。既釋曰解，胡買切。」《易·解》陸氏《釋文》：「解音蟹。」孔疏：「解有兩音：一音古買反，一音胡買反。解，謂解難之初；解，謂既解之後。」音義之殊在時態不同。《記纂淵海》卷五〇引「雖體解」一句同今本。

【豈】洪《補》、朱《注》、錢《傳》同引一作非。案：問句作豈，而叙述句作非。五臣「更何所懼」云云，是問句用豈。

【可】《文選》六臣云，五臣本作何。朱《注》、錢《傳》同引亦一作何。案：作何非是。

【體解】王逸注「雖獲罪支解」云云，體言支分義。錢杲之曰：「體解，支裂之也。」案：體，有支分義。《周禮・天官》「惟王建國，體國經野」，鄭注：「體，分也。」《墨子・經上》：「體，分於兼也。」《文選・宋書・謝靈運論》「延年之體裁明密」，李善注：「體，裁制也。」裁制，猶支分義。《説文・骨部》：「體，總十二屬也。从骨，豊聲。」段注：「十二屬，許未詳言。今以人體及許書覈之，首之屬有三，曰頂，曰面，曰頤。身之屬三，曰肩，曰脊，曰尻。手之屬三，曰厷，曰臂，曰手。足之屬三，曰股，曰脛，曰足。合《説文》全書求之，以十二者統之，皆此十二者所分屬也。」體，十二屬統稱，有兼合義，引申言支體，相反爲訓。《國語・周語》「貳若體焉」，注：「體，四支也。」《孟子・公孫》「皆有聖人之一體」，趙岐注：「一體者得一支也。」支分亦謂之體。戰國時器《中山王方壺》體字作「軆」，從身、豊。朱駿聲曰：「體，亦作軆。」豊，行禮之器，無兼合、支分義。豊，借作弟。《釋名・釋形體》：「體，弟也。骨肉毛血表裏大小相次第也。」體，借聲字。

【吾】注家皆以「吾」爲我吾字。案：「吾猶未變」，猶上「其猶未悔」句法，吾，猶其。吾、其古字通用。《禮記・儒行》「終没吾世，不敢以儒爲戲」，言終没其世也。《漢書・王貢傳》：「君平卜筮於成都市，以爲卜筮者賤業，而可以惠衆，人有邪惡非正之問，各因勢導之以善，從吾言者，已過半矣。」言從其者，已過半矣。其，言猶也；

吾，亦言猶也。

【余心】張銑注「亦不能變於我心」云云，以「余」爲領格。案：余，主格。「豈余心之可懲」句法，「豈余」連文，「心之可懲」四字爲頓。余爲主語，「心之可懲」，謂語。

【懲】王逸注：「懲，艾也。」洪《補》曰：「《説文》：『懲，㣻也。』艾與㣻並音乂，謂懲創也。」劉夢鵬曰：「懲，猶戒也。」錢澄之曰：「懲，謂懲楚人之摧抑，應當改道以從時矣。」又張銑曰：「懲，懼也。」案：王夫之曰：「懲，改也。」最爲明快。變、懲儷偶相對爲文，懲，猶變改。《九章・懷沙》「懲違改忿」，懲、改互文，懲，改更。《九歌・國殤》「首身離兮心不懲」，不懲，猶不變心。懲、離互文。《哀時命》：「雖體解其猶未變兮，豈忠信之可化？」莊忌夫子襲用此文，改懲爲化，懲亦訓化。《説文・心部》：「懲，㣻也。从心，徵聲。」又：「㣻，懲也。从心，乂聲。」懲、㣻統言互訓不分，析言而各有專義。㣻，乂聲。乂，訓「芟草」詳上文「刈」字，引申言創殘義。《漢書・淮陽憲王傳》顔師古注：「乂，創也。」心有所創而字作㣻。懲，徵聲。徵，猶證驗、感召。《壬部》：「徵，召也。从壬，从微省。行於微而聞達者即徵也。」段注：「按：徵者，證也，驗也。有徵驗斯有感召。」包山楚簡借陞爲徵。引申言感應。《淮南子・脩務訓》：「夫謌者，樂之徵也。」高注：「徵，應也。」《漢書・五行志》注亦曰：「徵，應也。」創於心而有感應字作懲。懲含改悔義。《易・損》「君子以懲忿窒欲」，《疏》曰：「懲者，息其既往。」猶改過。《漢書・孔光傳》：「欲懲後犯法者也。」顔師古注：「懲，創止也。」言創之使止，蘊含改義。成語云「懲前毖後」之懲，即同此義。㣻，但謂創，無改悔義。創之而止謂之懲，創之而未止謂之㣻。此懲、㣻之所別。改、懲亦異，改者，自責而自改；懲者，受創而後自止。又，《文選・思玄賦》「懲淟涊而爲清」，注：「懲，騰也。懲即徵字」。案：徵、懲、騰三字並蒸部，定澄同紐雙聲。騰言傳遞，引申言更代、替代。《淮南子・繆稱訓》「子産騰辭」，高注：「騰，傳也。」

是二句言我好脩以爲習性，雖遭支解之極刑而猶不悔改。

第三十二韻：常、懲

姚鼐曰：「常，當作恒，避漢諱改。」孔廣森曰：「常，本恒字，漢人避諱改爲常耳。慎勿又據爲陽可通蒸也。」梁章鉅《文選旁證》曰：「常，當作恒，與懲爲韻。此避漢諱改。」楊胤宗曰：「本節第二句，王逸以降各家注本，俱作『余獨好脩以爲常』。常與懲不協韻，常爲陽韻，懲爲蒸韻。按：常本爲恒，漢人書寫避文帝諱改爲常，今改之。」此一說也。又，戴震曰：「懲，讀如長，蓋方音。」江有誥曰：「常、懲謂陽蒸借韻。」聞一多曰：「常、懲元音近，韻尾同，例可通叶。《天問》曰：『荆師作勳夫何長，吴光争國何久余是勝。』長與勝叶，例與此同。《七諫·自悲》曰：『淩恒山其若陋。』《哀時命》曰：『舉世以爲恒俗兮。』此本書不諱恒字之明驗。」姜亮夫、游國恩同此説。此二説也。案：以音理言，陽蒸非韻，宜本作恒字。楚簡恒常字皆作恒，不作常。詳參拙著《楚辭章句疏證》。恒，古音爲[ʑiaŋ]。懲，古音爲[ɖiaŋ]。恒、懲爲蒸韻。

以上六韻二十四言爲是段第六章。此章始以「回朕車」領出，言欲回車反歸，追尋楚族始祖發祥之迹，以求反本歸宗。一個「反」字，道出離世就死之志，文勢至此亦陡轉，由現世而轉入冥界也。屈子且焉延佇椒丘，環顧天下，將往從先祖以去。次叙「復脩初服」，衣芰荷，裳芙蓉，冠切雲，佩長劍，繁飾繽紛盛美，芳香菲菲無歇。屈子「復脩初服」，雖與寓行正直、廉潔之德，然則非唯脩德之喻詞。「初服」，本祭司或祭巫通神、徼神之服。蓋反本始祖之神，比之徼神，必藉巫術而行。及至「初服」既成，往觀之禮亦備，則發軔上征。終言「雖體解吾猶未變」，其從彭咸之死志於此定矣。

以上六章爲第一大段，凡三十二韻，百三十言。屈子始比君王車右，爲靈脩前驅，奔走先後，盡其四輔職事。後遭讒人中傷，靈脩不察，紊我改轍離去。我不忍改遷初志以苟合世俗，決意「伏清白以死直」，則回車反歸於本祖，以就死地，乃追躡先祖遺迹，周流天下而行。是段宜於「路」字入，復從「路」字出，則會心非遠而不致發怪譎之論。注家多未從「路」出入，但據篇中片言只語，謂以某比某、某指某，其説多失中。游澤承發明「《楚辭》女性中心説」，今世學者和者紛沓，乃謂屈子自比棄婦，君比夫君。謂《離騷》但叙棄婦求反夫家事。又，金開誠、潘嘯龍諸君復從《離騷》整體結構討而論之，謂《離騷》「男女君臣之喻」爲其整體構思中之比興綫索。金文載《文學遺産》一九八五年第四期：《離騷的整體結構和「求女」、「問卜」、「降神」解》。潘文見《文學遺産》一九八七年第二期：《論離騷的「男女君臣之喻」》。皆但據其衣飾及篇中「成言」、「衆女」、「蛾眉」數語立説，而置前篇「路」主脈不顧。夫《離騷》，屈子自傳也，偶或隨文設喻，終未改男子本色。《離騷》用喻亦夥頤，或比駕車導路之前導、或比植藝之農夫、或比執性專一之鷙鳥，或比脩態委婉之蛾眉。唯前導自比施於本段二、三兩章，頗爲完整，餘皆因文而言，不成系統。若夫屈子佩飾衆芳宛如美婦人者，非以自比婦人。首章承「脩能」言，見其日神胄子氣質，亦其先在靈性天資。卒章「復脩初服」，如介於人神之間之祭巫，以徼祖神也。下一大段言求女，承此求合祖神，非君臣之喻。本段「內美」、「脩能」、「美人之遲暮」遲暮即寂寞、「道夫先路」、「中道而改路」、「靈脩之數化」、「衆芳之蕪穢」、「脩名之不立」、「民生之多艱」、「回朕車以復路」、「往觀乎四荒」等語，或承上啓下，或總括章旨，或點破題眼，或伏牽照應，爲解《騷》之關鑰，宜咏嘆反復，不可草草放過。

女嬃之嬋媛兮　申申其詈予

嬃 劉師培《考異》曰：「《詩·桑扈》鄭《箋》云：『胥，有才智之名也。』疏云：『《易》「歸妹以須」，注亦云

「須，有才智之稱」。天女有須女，屈原之妹名女須。鄭志答冷剛云：「須有才智之稱，屈原之妹以爲名。」』是胥有才智之稱。胥、須古今字耳。據《詩疏》所云似鄭君所見之本須字作胥。」案：其説極是，詳注。嬃，須字別文。

嬋媛 洪《補》、朱《注》、錢《傳》同引一作撣援，姜校云：「王逸注『牽引也』，則字作撣援爲是。《九歌》、《九章》王注皆同，後人因指女嬃言，遂改爲女旁爾。」案：嬋媛，連語，若必以訓詁字求之，宜作嘽咺。詳注。《説文繫傳》卷二四、《李太白分類補注》卷二注、《水經注》卷三四《江水注》、《邵氏聞見後録》卷二六引作嬋媛。《白帖》卷六引作嬋娟。

詈 《文選》六臣注云：「五臣作罵。」洪《補》、朱《注》、錢《傳》同引一作罵。案：王注「故來牽引數怒，重詈我也」云云，王本作詈。求之本文，亦當作詈，詳注。《李太白分類補注》卷二注、《説文繫傳》卷二四、《水經注》卷三四《江水注》、《邵氏聞見後録》卷二六引亦作詈。又，《方言》卷一〇作㦒，羅本《玉篇·言部》作謧。皆俗字。

予 錢《傳》本作余。洪《補》、朱《注》予同音與，洪《補》又引一作余。案：余、予古今字詳上文「肇錫余以嘉名」校，屈賦余、予分用至密，凡領格、主格用余，賓格用予。作予字是也。《説文繫傳》卷二四、《李太白分類補注》卷二注、《邵氏聞見後録》卷二六引亦作予。《水經注》卷三四《江水注》引作余。予音與，即「相與」、「許與」之與，余吕切，上聲。

【女嬃】王逸注：「女嬃，屈原姊也。」洪《補》曰：「《説文》云：『嬃，女字也。賈侍中説，楚人謂女曰嬃。』前漢有吕須，取此爲名。《水經》引袁崧云：『屈原有賢姊，聞原放逐，亦來歸，喻令自寛全；鄉人冀其見從，因名曰秭歸。縣北有屈原故宅，宅之東北有女嬃廟，搗衣石猶存。』秭與姊同。」謂女嬃爲屈原之賢姊。此其一説。汪瑗曰：「須者，賤妾之稱，以比黨人也。蓋嘗考之《天官書》，天文有織女三星，婺女四星。織女，天女孫也，女之至貴者也。婺女，賤妾之稱，婦職之卑者。《爾雅》曰：『須女謂之婺女。』婺，又一作務。是婺星之爲須女，須女之爲賤妾也明矣。故女嬃者，謂女之至賤者也。嬃，正作須，女傍者，後人所增耳。豈特楚人謂女爲須哉？豈可謂女嬃爲原姊哉？」李陳玉曰：「袁崧因夔州秭歸縣有屈原舊田宅在，遂謂秭歸以屈原姊得名。不知秭歸之地，誌稱歸鄉，原歸子國。《舜典》樂官夔封於此，故郡名曰夔州。《樂緯》曰：『昔歸典叶聲律。』然則歸即夔，後人乃讀爲『歸來』之歸。宋忠曰：『歸即夔，歸鄉蓋夔鄉矣。』酈道元好奇而不能辨，遂兩志之《水經注》，故世互相沿習。按：天上有須女星，主管布帛、嫁娶。人間使女謂之須女。須者，有急則須之謂。故《易》曰：『歸妹以須，反歸以娣。』言須乃賤女，及其歸也，反以作娣。娣者，正妃之次。古者國君一娶九女，娣姪從之。後人加女於須下，猶姊姪之女，本不從女，後人各加女於其旁也。漢呂后妹、樊噲妻名呂嬃，蓋古人多以賤名子女，祈其易養之意。生女名嬃，猶生男名奴耳。屈原所云女嬃，明是從上文美人生端，女嬃，乃美人使喚下輩，見美人遲暮，輒亦無端詬厲。」案：《易·歸妹》「歸妹以須」，《釋文》引陸績曰：「須，妾也。」此蓋汪、李二氏所本。《史記·天官書》張守節《正義》曰：「須女，賤妾之稱，婦職之卑者。」《文選》齊氏《瀹注》、陳遠新《説志》、朱駿聲《補注》及姜亮夫《通詁》皆據此説，謂女嬃即嬃女，屈原之侍女、賤妾。説者或謂嬃即嬬字假借，嬬言柔弱。郭沫若以女嬃爲女侍，其劇目《屈原》有女侍嬋娟者，即因此而構設。又，沈德鴻謂須訓俟，女須，女侍也。游國恩謂女嬃「與屈原有相當關係」之老婦人，猶師傅、保姆。又謂《離騷》屈原以女子自比，以見罪夫君，招致保姆之申申詬詈。不盡與汪、陳同，實因賤妾之説而濫觴。何劍薰補正汪説，謂《離騷》之女嬃，指北斗七宿須女倒文，同望舒、飛廉、宓妃之倫。此其二説。劉夢鵬曰：「嬃，衆女相弟兄之稱，蓋以比朝中士大夫。」此其三説。周拱辰曰：「按《漢書·廣陵王胥傳》，胥迎李巫女須，使下神祝詛。則須乃女巫之稱，與靈氛之詹卜一流人，以爲原姊繆矣。」林昌彝曰：「女嬃似非屈原之姊妹。《漢書·廣陵厲王胥傳》：『胥迎女巫李女須，使下神祝詛……多賜女須錢，使禱巫山。』顏師古注：『即楚地之巫山也。』考《説文》：『嬃，女字也。賈侍中説，楚人謂女曰嬃。』據此則屈《騷》之謂女嬃，非屈子之姊妹。其曰『女嬃之嬋媛兮，申申其詈予』，乃屈原往見女巫，問以休咎，女巫告以明哲保身。此與《離騷・卜居篇》往見太卜鄭詹尹前後爲一例，則女嬃非屈原之姊妹也明矣。」以女嬃爲楚之女巫之通稱。此其四説。段玉裁《説文解字注》「嬃」字曰：「《易》『歸妹以須』，鄭云：『須，有才智之稱。天文有須女。』按鄭意，須與諝、胥同音通用，諝者，有才智也。」劉師培曰：「須，有才智之名。」此其五説。又，《周易》鄭注曰：「屈原之妹名女須。」詳《詩・桑扈》「君子樂胥」，孔疏所引。須，又爲妹之通稱。聞一多曰：「須，古本與沬同字，並音莫沸切。嬃從須聲，與妹從未聲無別。嬃蓋妹之異文。《世本》曰：『陸終取鬼方之妹，謂之女嬇。』以沬又作䫲。女嬃似又即女嬇，楚之先妣也。古通稱女曰妹，《世本》鬼方氏之妹即鬼方氏女，《易》歸妹即嫁女。並可證。嬃、妹同字，而妹即女，故賈逵云『楚人謂女爲嬃』。」謂女嬃爲妹之通稱。此其六説。案：周、林之四解及段氏之五解最有思致。王氏《章句》之謬，汪瑗、李陳玉所駁甚當，切中其的，毋庸覼縷。唯汪、李之二解以女嬃同天文之須女，賤妾通名，亦不可信。何《騷》不言「須女」而言「女嬃」邪？女嬃同伯鯀之例，屬楚越語，須女，漢世語。《天文》須女云云，蓋漢人因《離騷》而生端，羌無實徵。周秦有否須女星，有待地下實物相驗證。尤不可以漢之須女星比《騷》之女嬃。女嬃詈語，深宏通達，老成世故，儼然明察秋毫、能逆知來日事之大智者，非出於賤妾下女之口。屈子見詈之後，乃不能自決，特托節中重華，足見其鄭重，其不以女嬃爲賤妾待之。且賤妾申申詬辱一朝之大夫，不亦悖乎？屈子賦《騷》，老冉冉其將至，若有師傅、保姆隨其放逐，當百齡之上。豈有百齡老嫗相從流竄之理？尤可笑喙。嬃、須同音私俞切，侯部，妹、須，物部。嬇與妹、嬃非一字。嬃非妹通名。女嬃，猶靈氛、巫咸，亦巫名。《漢書》卷六三《廣夏陵王胥傳》：「楚地巫鬼，胥迎女巫李女須，使下神祝詛，女須泣曰：『孝武帝下我。』左右皆伏。言『吾必令胥爲天子』。胥多賜女須錢，使禱巫山。會昭帝崩，胥曰：『女須，良巫也。』殺牛塞禱，及昌邑王徵，復使巫祝詛之，後王廢，胥寢信女須等，數賜錢物。宣帝即位，胥曰：『太子孫何以反得立？』復令女須祝詛如前。」顔師古曰：「女須者，巫之名也。」何女巫之名嬃耶？段君固已揭其藴奧。嬃之爲言胥也，有才智之稱。女嬃，有才智女巫。於《離騷》整體結構斷之，自此以下爲言屈子「反本」以就宗神之居。蓋其「往觀」之始，女嬃聞而阻其行，謂不當自就死地也。斷人之去留、生死者，巫也。巫之才智能通神，是以名嬃。死生之事誠大矣，必藉有才智之巫以决之。然則此文女嬃猶子虛、烏有之類，虛構人物，不得坐實而規規求之，謂女嬃爲原姊或原妹。女嬃詈語之旨，但告屈子弃好脩之服，隨從流俗，不當婞直亡身，自招其禍。其識不見有卓然過人處，類世俗愚見。女嬃無才無智而名曰嬃，猶《列子·湯問》愚公不愚而名曰愚，智叟無智而名曰智之比，皆反意爲説，亦上文「正則」、「均靈」之比，屬「寓名例」。俞樾《古書疑義舉例》卷三第三十條「寓名例」曰：「《史記·萬石君傳》：『長子建，次子甲，次子乙，次子慶。』甲、乙非名也，失其名而假以名之也。《漢書·魏相傳》：『中謁者趙堯舉春，李舜舉夏，兒湯舉秋，貢禹舉冬。』不應一時四人同以堯、舜、禹、湯爲名，皆假以名之也。説詳《日知録》。《莊》、《列》之書，讀者以爲悠謬之談，不可爲典要，不知古立言者自有此體也。雖《論語》亦有之，長沮、桀溺是也。夫二子者問津且不告，豈復以姓名通於吾徒哉？特以下文各有問答，故爲假設之名以别之，曰『沮』、曰『溺』，惜其沈淪而不返也。桀之言『傑然』也，沮與桀，指目其狀也，以爲二人之真姓名，則泥矣。」又引劉炫《述義》曰：「莊周之斥鷃笑鵬，罔兩問影；屈原之漁父鼓枻，太卜拂龜；馬卿之烏有、亡是，揚雄之翰林、子墨，寧非師祖製作，以爲楷模者乎？」《離騷》於當世人物多假寓言。「正則」寓言「平」，「均靈」寓言「宜」，「蓀」以寓言「峻」，「靈脩」以寓夫君，此文「女嬃」以爲有才智女巫，下文「蹇脩」寓言鳩。豈可求其真名耶？

【嬋媛】王逸注：「嬋媛，猶牽引也。」朱子曰：「嬋媛，猶眷戀牽持之意。」錢杲之曰：「嬋媛，淑美貌。」汪瑗曰：「嬋媛，猶娟妍也。本美女嬌媚美好之稱，亦可以爲妖嬈邪淫之稱。」錢澄之、王夫之曰：「嬋媛，婉而相愛也。」李陳玉曰：「嬋媛，賣弄之態也。」朱亦棟曰：「嬋媛猶嬋娟，美好貌。」陳本禮曰：「嬋媛，賢淑貌。」陳遠新曰：「嬋媛，侍女態。」案：嬋媛，連語。劉永濟曰：「凡解説一詞，必詳審句義，不可但觀字形，方可免望文生義之失。」隨文所用，各有其義。《湘君》「女嬋媛兮爲余太息」，《哀郢》「心嬋媛而傷懷」，《悲回風》「忽傾寤以嬋媛」，不可執一以解之。嬋媛，根於委曲不釋義，因文所用，而異體繁多。狀委曲行不進，訓詁字作儃佪，《涉江》「入淑浦余儃佪」是也。又作邅迴。《楚辭·怨思》「下江湘以邅迴」，王注：「邅迴，運轉也。」又作遲回。《文選》鮑明遠《樂府》八首《放歌行》「臨路獨遲回」是也。《後漢書·光武十王傳》字作遲回。倒言作佪遲。《文選》陸士衡《挽歌》「佪遲悲野外」是也。狀委曲纏繞字作邅迴，《淮南子·原道訓》「邅迴川谷之間」，高注：「邅迴，猶委曲也。」王逸訓「嬋媛」爲「牽引」，亦委曲纏繞義，而訓詁字從手作撣援。《方言》卷一曰：「脅鬩，懼也。宋、衛之間凡怒而噎噫謂之脅鬩，南楚江湘之間謂之嘽咺。」《廣雅·釋詁》亦曰：「嘽咺，懼也。」聞一多曰：「喘，緩言之曰嘽咺。喘訓疾息，噎噫亦疾息之謂，故亦謂之嘽咺。撣援即嘽咺，亦即喘。喘息者氣出入頻促，如上下牽引然，故王注訓撣援爲牽引。唯《方言》、《廣雅》以嘽咺爲恐懼，似不足該嘽咺之義。凡情緒緊張、脈博加疾之時，莫不喘息，恐懼特其一端耳。本篇云『女嬃之撣援兮，申申其詈予』，此怒而喘息也。《九歌·湘君》『女嬋媛兮爲余太息』，《九章·哀郢》曰『心嬋媛而傷懷兮』，《九嘆·思古》曰『心嬋媛而無告兮』，此哀而喘息也。《悲回風》曰『忽傾寤以嬋媛』，此驚而喘息也。然喘息謂之撣援，其義既生於牽引，則字自當從手。學者徒以《離騷》、《九歌》之撣援者，其人皆女姓遂改從女。」以委曲不釋義以狀喘息者，而非根於喘息。又作擅佪。《悲回風》「忽傾寤以嬋媛」，洪《補》曰：「嬋媛一作擅佪」是也。又作低回。《東君》「長太息兮既上，心低回兮顧懷。」心低回，即心嬋媛也。狀龍蟲屈伸字或作蜿蟺、婉蟺、蜿蟬、蜿蟤、蜿蟺、宛潬、蜿蜒、蜿蜑、宛延等。女以柔弱委婉爲美，訓詁字又作嬋娟。《文選·吴都賦》劉淵林注：「嬋娟，言竹妍雅也。」又作嬗緩。詳《説文·女部》「嬗」字注。聲變又爲要紹、夭紹。狀枝葉相連，字亦爲撣援。《文選·西京賦》「垂條撣援」，李善注：「撣援，枝相連引也。」《廣韻》上平聲第二十二元韻：「嬋媛，枝相連引也。」則字亦從女。嬋娟不專言婦人柔弱溫順，江淹《去故鄉賦》「情嬋娟而未罷」，嬋娟，猶牽引纏結之貌。而異構又作低回、章回、章皇、彰偟、慞惶，大抵以聲紐爲管鑰，而其韻轉變不限。據文義斷之，「女嬃之嬋媛兮」，信如聞說，嬋媛，即《方言》之嘽咺，怒而喘息貌。智巫女嬃聞屈子將往從四方，弃世歸宗，乃急急匆匆，來至屈子前，以阻其行，怒而喘息不已。

【申申】王逸注：「申申，重也。」錢杲之曰：「申申，重複也。」李陳玉曰：「申申，所詈不一次也。」陸時雍曰：「申申，繁絮貌。」王夫之曰：「申申，重言也。」朱冀曰：「申申，叮嚀反復之意。」林仲懿曰：「申申，猶言刺刺不休。」案：《說文》曰：「申，神也。七月陰氣成體自申束，从臼自持也。吏以餔時聽事，申旦政。，古文申。，籀文申。」甲文申字作「」《前編》四・四・二，金文作「」商器《宰椃角》、「」《不期毁簋二》，皆不從叉手之臼。申，象電之蜿屈之形。《虫部》「虹」字注曰：「申，電也。」先民敦樸，不識電爲何物，視如神物，故復有「申，神也」之訓。引申言申展、重申、屈申、舒緩義。重言作申申，重復貌。或借作陳陳。《呂氏春秋・慎人》「丈夫女子，陳陳殷殷，無不載說」，高注：「陳陳殷殷，衆友之盛也。」今作「陣陣」，猶其遺語。申申其詈予，言陳陳然詈我。

【詈】朱季海曰：「詈予，當作罵予。詈謂之罵，自是楚語。《淮南子・說山訓》：『烹牛以饗其里，而罵其東家母。』是其證。後人輒疑罵非雅言，改故書耳。」案：朱氏但據《淮南子》，改詈爲罵，而謂罵爲楚語。斷也。黎氏本《玉篇》唐寫本《言部》有「謧」字，云：「《方言》：『謧、⿰忄它，欺慢之語也。楚郢以南，東揚之交通語也。』郭璞曰：『亦中國相輕易蚩弄之言也。』」《說文》：「謧詍，多言也。」《埤蒼》爲⿰忄詈字，在《心部》。謧、詈一字。⿰忄詈，俗詈字。詈、罵統言不分。《說文・网部》：「詈，罵也。从网，从言。」又：「罵，詈也。从网，馬聲。」析言各有精義。罵，馬聲。許云：「馬，怒也，武也。」罵言怒斥。《釋名・釋言語》：「罵，迫也。以惡言被迫人也。」罵之義受於迫。《釋言語》又曰：「詈，歷也。以惡言相彌歷也。」案：歷，猶歷數之謂。故《說文》謂「多言」。下「喟憑心而歷茲」，王注：「歷，數也。歷數前世成敗之道而爲此詞也。」詈，謂數斥。詈、歷，錫部、來紐雙聲。凡詈者，歷數故事申申以斥之；而罵者，唯怒而斥。《韻會》曰：「正斥曰罵，旁及曰詈。」「正斥」云者，直言怒斥而不假他事。「旁及」云者，牽引他事而斥之。罵重而詈輕，罵語簡而詈語繁。女嬃之詈，引鮌事而斥之，合其「旁及」之義。此作詈不作罵。

是二句言女嬃聞我將往觀四方，而見我初服繁飾，逆知其必就死地，故急來阻我，嘽咺喘息，申申詈我，而無休止。幻出女嬃之事，爲下陳詞重華張本，亦叩閽求帝之津梁也。

曰鮌婞直以亡身兮　終然殀乎羽之野

鮌《文選》六臣本鮌作鮌，注云「五臣作鯀」。洪《補》、朱《注》、錢《傳》同引鯀一作鯀，一作⿰骨系。《學林》卷二「鯀」條云：「鯀音袞，亦作⿰骨系，其字皆從骨。諸字書皆曰『禹父名也』。鯀音袞，亦作鮌，其字皆從魚，諸字書皆曰『魚也』。古人多借用字，故《尚書》禹父名用鯀，其實當用⿰骨系字也。」俞樾曰：「然《説文》有鯀無⿰骨系，終疑⿰骨系爲俗字。《廣韻》於『⿰骨系』字下曰『《尚書》本作⿰角系』。乃悟⿰骨系者，⿰角系之變也，⿰角系者，鮌之變也。漢人作隸，往往以角爲魚，《北海景君碑》『元元鰥寡』，《曹全碑》『撫育鰥寡』，鰥字左旁之魚，并變從角。此鯀之所以誤爲⿰角系也。賴《廣韻》『《尚書》本作鯀』一語，而知其致誤之由，然則仍當以作鯀爲正。」案：俞説極是。楚簡作鮌。鮌、鯀一字，⿰骨玄，鮌之俗體。《五百家注昌黎文集》卷三注、《東雅堂昌黎集注》卷五注、《路史·後紀》卷一二《夏后氏》注、《捫蝨新話》上集卷四、《集注分類東坡先生詩》卷一七注引作鯀。景宋本《文選》卷六〇王僧達《祭顔光禄》注引鮌訛作體，而李善注本引作鯀。

婞《文選》六臣本婞音胡勁切，洪《補》音下頂切，朱《注》音胡勁、胡冷二反，又音脛，引婞一作悻（姜校引朱本訛悻作倖），錢《傳》謂「婞與悻同」。案：胡勁、胡冷、下頂音同。脛有上、去二音，婞音脛，上聲。《五百家注昌黎文集》卷三注、《東雅堂昌黎集注》卷五注、《集注分類東坡先生詩》卷一七注、《路史·後紀》卷一二《夏后氏》注、《文選》卷六〇王僧達《祭顔光禄》注引亦作婞，《捫蝨新話》上集卷四引則作倖。

亡《文選》六臣注云，亡，「五臣作方」。洪《補》引《文選》亡作方，錢《傳》引亡一作方。姜校云：「方，古文作匚，與亡形近而誤，字以方爲是。」案：亡身，猶忘身，褒美鯀，非惡語。詳注。其作方者，因《書》改易。

殀唐寫本《文選集注》及六臣本《文選》殀作夭，洪《補》、朱《注》、錢《傳》同引夭一作殀。案：作夭是也。詳注。《集注分類東坡先生詩》卷一七注引亦作夭，而《路史·後紀》卷一二《夏后氏》注引訛作殁。

羽之野《文選》五臣本「羽之野」作「羽山之野」。洪《補》、錢《傳》同引一本亦作「羽山之野」。案：《天問》曰：「永遏在羽山，夫何三年而不施？」宜有山字。「羽山」不省作「羽」。王逸注「乃殛之羽山，死於中野」云云，王本作「羽山之野」。《路史·後紀》卷一二《夏后氏》注、《集注分類東坡先生詩》卷一七注引亦脱山字。包山楚簡野字皆作埜。

【曰】王逸注：「曰，女嬃詞也。」

【鮌】王逸注：「鮌，堯臣也。《帝繫》曰：『顓頊後五世而生鮌。』」吕延濟曰：「鮌，禹父，堯臣也。」案：

曰鮌婞直以亡身兮　終然殀乎羽之野

《山海經·海内經》曰：「黄帝生駱明，駱明生白馬，白馬是爲鯀。」又曰：「黄帝妻雷祖，生昌意，昌意降處若水，生韓流。韓流取淖子曰阿女，生帝顓頊。」《華陽國志》曰：「黄帝爲子昌意娶蜀山氏，後子孫因封焉。」《竹書紀年》曰：「帝即帝顓頊産伯鯀，是維若陽，居天穆之陽。」鯀，徙居若水之陽之顓頊族之裔。天穆，一作大穆，在蜀中。《書·堯典》載帝堯「放驩兜子於崇山」。驩兜，鯀也。孔安國謂崇山在「南裔」，孔穎達《正義》曰：「《左傳》説此事云，『流四凶族，投諸四裔』，則四方各有一人。幽州在北裔，雍州、三危在西裔，徐州羽山在東裔。三方既明，知崇山在南裔也。《禹貢》無崇山，不知其處，蓋在衡嶺之南也。」《連山易》曰：「鯀封於崇。」《竹書紀年》、《國語》皆云「崇伯鯀」。蓋鯀生於若陽《吕氏春秋·越王無余外傳》載鯀「家於西羌，地曰石紐，在蜀四川」也。今四川岷山之西北有石紐村，居若之陽，封於崇，爲帝堯諸侯，號崇伯，卒流於羽山之野。鯀，帝堯水正。《海内經》曰：「洪水滔天。鯀竊帝之息壤以堙洪水，不待帝命，帝令祝融殺鯀於羽郊。鯀復生禹。帝乃命禹卒布土以定九州。」《書》、《史記》載鯀爲帝舜所殛。案：舜，《山海經》之俊，日神也；祝融，亦日神也。言舜、祝融實同。鯀之傳説，《山海經》、《書》所載略同，大體盡於此。《天問》記鯀事頗詳，且一再致以歎惋，大爲鯀不平。曰：「不任汩鴻，師何以尚之？僉答：『何憂？何不課而行之？』鴟龜曳銜，鯀何聽焉？順欲成功，帝何刑焉？永遏在羽山，夫何三年而不施？伯禹腹鯀，夫何以變化？纂就前緒，遂成考功；何續初繼業，而厥謀不同？洪泉極深，何以填之？地方九則，何以墳之？應龍何畫？河海何歷？鯀何所營，禹何所成？康回憑怒，墜何故以東南傾？九州何錯？川谷何洿？東流不溢，孰知其故？東西南北，其脩孰多？南北順橢，其衍幾何？」雖歷史、神話雜糅，然則皆與鯀治水有關，而其治水之功不可没，屈子視鯀爲古今偉人，甚於古希臘竊火英雄普羅米修斯。普氏竊火以濟蒼生，而觸怒天帝宙斯；鯀竊帝之息壤以止洪水，拯萬姓於洪滔之中，又「咸播秬黍，莆雚是營」，教民播五穀，德施後世，猶遭帝極刑，能默默無言乎？儒者斥爲「方命圮族」而視如十惡不赦之罪魁。屈子旌鯀之德，於此但「婞直」一端。《九章·惜誦》亦曰：「行婞直而不豫兮，鯀功用而不就。」鯀之爲人，剛直不撓，屈子與其同調。《呂氏春秋・行論》曰：「堯以天下讓舜。鮌爲諸侯，怒於堯，曰：『得天之道者爲帝，得地之道者爲三公，今我得地之道，而不以我爲三公。』以堯爲失論。欲得三公，怒甚猛獸，欲以爲亂。比獸之角，能以爲城；舉其尾，能以爲旌。召之不來，仿佯於野以患帝。」此歷史、神話參雜，而鮌婞直之性可見其一斑。《天問》又曰：「焉有虯龍，負熊以遊？」曰：「阻窮西征，巖何越焉？化爲黄熊，巫何活焉？」《左傳》昭十七年言鮌「化爲黄熊」。熊，蓋鮌精靈之象，鮌族先民祖先。楚族宗室以熊爲姓，熊繹、熊渠、熊通是也。楚器銘文，楚王之姓氏熊字皆作酓，熊元作酓前、熊通作酓章、熊審作酓審、熊商作酓璋是也。包山楚簡文有酓鹿耗，即熊鹿耗也。楚王熊繹作酓繹。酓，古飲字，蓋借作禽。禽、酓並從今聲，例可通用。禽，鳥獸通稱，而後但稱鳥。《爾雅・釋鳥・釋文》：「禽即鳥也。」《禮記・曲禮》「執禽者左首」，疏：「禽，鳥也。」楚人尊鳥爲其族先祖，是以姓禽氏，而借作酓。中土記其音如熊，而謂楚子爲熊氏。《天問》「化爲黄熊」，即「化爲皇禽」。熊，「禽」字楚音。是以楚人以鮌爲其族之先，其精靈之象同帝顓頊，集鳥、魚於一身。《山海經・大荒南經》謂鮌之後裔有驩頭，「人面鳥喙，有翼，食海中魚，杖翼而行」。《尸子》謂鮌子禹「長頸鳥喙」。皆非龍魚。包山楚簡祭神禱詞有「思攻解於人愚」云云，人愚，即仁禹。蓋楚人以禹象鳥而非蟲形，亦在禱祀之列。屈子於鮌，出於宗教情愫，視其爲類先祖之神。又，《吳越春秋・勾踐陰謀外傳》曰：「黄帝之後，楚有弧父。弧父者，生於楚之荆山，生不見父母。爲兒之時，習用弓矢，所射無脱。以其道傳於羿，羿傳逢蒙，逢蒙傳於楚琴氏。琴氏以弓矢不足以威天下。當是之時，諸侯相伐，兵刃交錯，弓矢之威，不能制服，琴氏乃横弓著臂，施機設樞，加之以力，然後諸侯可服，琴氏傳之楚三侯，所謂句亶、鄂、章，人號麇侯、翼侯、魏侯也。自楚之三侯傳至靈王，自稱之楚。累世蓋以桃弓棘矢而備鄰國也。」琴氏，即禽氏，楚王族之裔。《國語・晉語》謂鮌「化爲黄能」，黄能即黄熊，楚謂之皇禽。漢世或謂爲三足鼈，猶三足烏，日中俊烏。後因漢三足鼈説，謂鮌死「化爲玄魚」《拾遺記》卷二，皆以中土魚龍族神話釋之，而皇禽之鮌遂泯矣。《海内經》郭璞注引《歸藏·啓筮》曰鮌死「化爲黃龍」。黃龍，大禹也。於中土言，烏化爲魚，魚爲主，烏爲客，象魚龍族厭勝鳳鳥族。於楚言，魚化爲烏，烏是主，魚是客，象鳳鳥族厭勝魚龍族。《莊子·逍遥遊》謂北冥有鯤，化而爲鵬，徙於南冥。其深層意義即在後者。屈子褒鮌、頌鮌，不以鮌爲四凶之列，蓋南國之學異於中土孔儒，未可執六經以解屈子言鮌禹事也。

【婞直】王逸注：「婞，狠也。」謂「婞直」猶「婞很自用」。而「直」字無可着落。李陳玉曰：「婞訓狠，非。乃女子不肯低眉、才色自負之態。」鮌，禹父也，而視爲女，謬矣。周孟侯曰：「婞直，剛愎倔強，即所云怒悻悻見於其面也。」徐煥龍曰：「婞，婞婞自好。直，不知委蛇。」劉夢鵬曰：「婞、悻通。舉世習爲軟媚，反譏守道端行爲婞直也。」以「婞直」爲惡語，斥鮌剛愎自負而不遵帝命。案：朱子曰：「女嬃以屈原剛直太過，恐亦將如鮌之遇禍也。」謂「婞直」爲「剛直」，是也。婞，借爲緈，古書通用。《説文·糸部》：「緈，直也。从糸，幸聲。讀若陘。」《玉篇》下卷《糸部》亦曰：「緈，直也。」「婞直」連文，平列複語，謂正直，應上文「死直」。剛直，亦正直。婞直，所以褒鮌勝語。緈字，幸聲。幸，無直義。緈之字作經。《糸部》：「經，織從絲也。从糸，巠聲。」從，縱也；縱，直也。《大戴禮記·易本命》曰：「凡地東西爲緯，南北爲經。」東西爲横、爲邪，南北爲縱、爲直。《文選·魏都賦》「延閣允宇以經營」，劉淵林注：「直行曰經。」《公羊傳》昭十三年「靈王經而死」，杜注：「經，謂懸縊死也。」段注曰：「以繩直縣而死。」經亦藴直義。凡從巠聲字多含直義。《頁部》：「頸，頭莖也。从頁，巠聲。」謂頭之直如莖曰頸也。而圓中之直曰徑《周髀·算經》上注，直波曰涇《爾雅·釋水》，人體直而長如莖者謂之脛《釋名·釋形體》，温器圜直曰鋞《説文·金部》，枝柱曰莖《説文·艸部》。《川部》：「巠，水脈也。从川在一下，一，地也。壬省聲」。案：壬，他鼎切；巠，古靈切。壬、巠同耕部，而不同紐，不可諧。巠當從川、從一、從壬，會意。《説文》：「壬，一曰象物出地挺生也。」藴含直義。考諧壬聲之字廷、庭、脡、侹、珽亦含直義。謂水直注而下則字作巠。水脈注而下，巠有直義。後以區别經緯、經直義，制緈字以屬之，借幸爲巠。婞，借聲字。婞直，出女嬃詈語，後改緈爲婞。緈訓直，直則剛正、狠戾，美惡同辭。而後又衍生悻字，專其惡義。

【亡身】王逸據《堯典》「方命圮族」，注謂「亡身」爲「不順君意」。後又據王注改亡爲方、改身爲命，謂「亡身」即「方命」之訛。案：非是。亡身，旌表鮌德勝語，非惡語。亡身，非方命。《惜誦》曰：「行婞直而不豫兮，鮌功用而不就。」不豫，謂不猶豫。亡身、不豫義同。言鮌行直道而不猶豫，即此云忘身不復反顧也。亡，從聞一多校作忘。亡、忘古書通用。《戰國策·趙策》「秦之欲伐韓、梁，東闚於周室，甚惟寐亡之」，《韓非子·難三》「晉文公慕於齊女而亡歸」，《淮南子·要略訓》「齊景公獵射亡歸」，亡，假爲忘。《詩·假樂》「不愆不忘」，《說苑·建本》引《詩》忘作亡。《荀子·勸學篇》「怠慢忘身」，《大戴禮記》字作「亡身」。《呂氏春秋·權勳》「是忘荆國之社稷而不恤吾衆也」，《韓非子·十過》忘作亡。《史記·平津侯主父列傳》「天下忘干戈之事」，《漢書》忘作亡。《秦策》「今忘之秦」，《韓非子·内儲説下》忘作亡。忘身，謂不恤己身，猶奮不顧身云爾。

【終然】汪瑗曰：「終然，猶書畢竟耳，決詞耳。」黄文焕曰：「終然者，悻直之人其勢必至於是也。」朱冀曰：「終然云者，鮌有取亡之道，故終至乎此也。」陳遠新曰：「終然，徒然。」案：馬其昶曰：「終然，猶終焉。」是也。然、焉古書通用。《禮記·檀弓》「穆公召縣子而問然」，鄭注：「然之言焉也。」《詩·大東》「潸焉出涕」，潸焉，潸然也。《漢書·景十三王傳》字作「潸然」。《禮記·大學》「見君子而後厭然」，《荀子·王霸篇》注引作「厭焉」。《列子·楊朱》「亡介焉之慮」，介焉，《漢書，陳湯傳》作「介然」。焉，乃也，於是也，然亦乃也，於是也。詳王引之《經釋詞》卷二。終然，亦同《天問》「卒然身殺」之卒然，卒乃也。

【殀】王逸注：「蚤死曰殀。」呂延濟曰：「堯使鮌治水，鮌狠戾不用堯命，終被殛於羽山之野，而早死焉。」又，汪瑗曰：「不得善終而死曰殀。」王夫之曰：「不以考終曰殀。」蔣驥曰：「不盡天年謂之殀。」案：非是。《史記·五帝本紀》曰：「於是舜歸而言於帝，請流共工於幽陵，以變北狄；放驩兜於崇山，以變南蠻；遷三苗於三危，以變西戎；殛鮌於羽山，以變東夷。四皋而天下咸服。」流、放、遷、殛四字儷偶爲文，殛，流放之義。殛，讀如極，言放也。《左傳》云「流四凶族，投諸四裔」，鮌則四凶族之一，書流而不書殺、殛也。《說苑》亦云「舜有四放之罰」。《禮記・祭法》孔氏《正義》引鄭志《答趙商問》曰：「鮌非誅死。鮌放居東裔，至死不得反於朝。」《天問》曰：「永遏在羽山，夫何三年而不施？」王注曰：「言堯長放鮌於羽山，絶在不毛之地，三年不舍其罪也。」不以鮌爲殀死。聞一多曰：「殀，當從一本作夭。夭之爲言夭遏也。夭遏雙聲連語，二字同義。此曰『夭乎羽之野』，猶《天問》『永遏在羽山』矣。」姜亮夫曰：「夭，當讀如《左傳》宣公十二年『盈而不竭，夭且不整』之夭，杜注：『水遇夭塞，不得整流，則竭涸也。』則夭爲擁塞之義。長言之則曰夭遏。《淮南・俶真訓》『陶冶萬物，與造化者爲人，天地之間，宇宙之内，莫能夭遏』。字又作夭閼。《莊子・逍遥遊》『而後乃令培風，背負青天而莫之夭閼』。以訓詁字易之，則曰擁閼、擁遏。而《天問》之『永遏』，則雙聲之變而又以訓詁字加甚其義者也。」聞、姜之説皆是。夭，遏也。義同而音異，不相通假。姜氏引《左傳》杜注借夭爲擁，爲邕字。夭，宵部；邕，蒸部。孔廣森《詩聲類》曰：「蒸侵又之宵之陽聲。」夭訓和舒。《論語・述而》「申申夭夭，《集解》引馬融汪：「夭夭，和舒之貌。」和舒亦謂之廱。《爾雅，釋訓》：「廱廱，和也。」廱，從邕聲，夭、邕通用。《説文・川部》：「邕，四方有水，自邕城池。从川，从邑。讀如雝。𡿺，籒文邕如此。」段注曰：「池沼多由人工所爲。惟邑之四旁有水來自擁抱旋繞成池者是爲邕。引申之凡四面有水皆曰邕。」籒文𡿺，從川、〇〇。邕，或從隹，金文作雝，從水口或從二口，從隹，言「王在雝居」，「在璧雍」。詳郭沫若《兩周金文辭大系》。劉心源《奇觚室吉金文述・盂鼎》曰：「案，邕即雍之正字，〇〇象池形，巛即川，古刻從水，與川同意。此銘省水，仍是雝字。」又，「璧雍」，見《大雅・文王有聲》及《魯頌・泮水》，鄭《箋》曰：「辟辟、璧通用，雍、廱通用者，築土雝水之外圓如璧。」羅振玉先生《殷契書例考釋》曰：「𡿺從巛從口，古辟雍字如此。辟雍有環流，故從巛，或從巜，乃巛省也。金文或增口作，口象圜土形，外爲環流，中斯爲圜土矣。」蕭兵謂「辟雍」同「夏臺」，亦作均臺、圜土、重泉、泮宮、靈沼，爲環水牢獄。詳蕭文《論璧雍、泮宮、靈臺起源於水牢》，載《上海師範大學學報》一九八四年四期。《水經注》謂羽山有羽淵，即囚鮌水牢。邕，水牢，引申言囚拘、言擁塞義。夭乎羽之野，因於羽山之野。《天問》「永遏在羽山」，亦同。借夭爲邕，誤作殀而訓早死。《史記》「殛鮌於羽山」之殛，借作極。《左傳》僖二十八年「明神殛之」，又，昭七年「昔堯殛鮌於羽山」，《釋文》：「殛，本作極。」極，言放、出。《儀禮・大射義》「朱極三」，注：「極，猶放也。」《太元元圖》「催極萬物」，注云：「極，出也。」後人改極爲殛，附會《離騷》，謂鮌被舜誅死而早殀。《晉語》韋昭注曰：「殛，放而殺也。」《韓非子・外儲説右上》「殺鮌於羽山之郊」，殺，當敖之誤。殺，古文作散，敖，篆文亦作散，因而訛爲一字。《墨子・尚賢中》「賊殺萬民」，一本作「賊敖萬民」。《魯問》「賊敖百姓」，《太平御覽・兵部》卷七七引作「賊殺」。敖，借作夭。聲近通用。言夭鮌於羽山之野。同《離騷》。又，《墨子・尚賢中》曰：「昔者，伯鯀，帝之元子，廢帝之德庸，既乃刑之羽之郊。」刑之，猶囚之、遏之，亦不言殺。

【羽】羽，當從一本作羽山。洪《補》曰：「羽山，東裔，在海中。」《山海經・南山經》「又東三百五十里曰羽山」，郭璞曰：「今東海祝其縣西南有羽山，即鮌所殛處，計此道里不相應，似非也。」然郭氏但存疑而已，仍用舊説。《水經注》：「羽山，在東海祝其縣南也。」縣，即王莽之猶亭也。《書》殛鮌於羽山，謂是山也。山西有羽淵，禹父之所化，其神爲黄能，以入淵。此東土夷族羽山。案：《天問》曰：「阻窮西征，巖何越焉？化爲黄熊，巫何活焉？」王逸注：「言堯放鮌羽山，西行度越岑巖之險，因墮死也。」此中土傳説，謂羽山不在東而在西。洪《補》曰：「此云『西征』者，自西徂東也。」乃強爲之説也。朱子曰：「然羽山東裔，而此云『西征』，已不可曉。」其猶存疑而未從洪氏。羽山，蓋委羽之山。《淮南子・墬形訓》：「北方曰積冰，曰委羽。」高誘注：「北方寒冰所積，因以爲名；委羽，山名，在北極之陰，不見日也。」《墬形訓》又曰：「燭龍在雁門北，蔽於委羽之山，不見日。」高誘注：「龍銜燭以照太陰。」委羽之山，乃北極陰晦不明之地。《墨子・尚賢中》謂帝刑鮌於羽之郊，「乃熱照無有及也」。「熱照無有及」，日照不及，與委羽山「不見日」者同。鮌，玄冥。玄冥，水神也。鯀字作鮌而從玄，蓋玄冥之玄。《左傳》昭二十九年：「水正曰玄冥。」《國語・魯語》：「冥勤其官而水死。」《呂氏春秋・孟冬紀》：「水神玄冥。」鮌治水不成，化爲黄能，即黄熊，三足鼈。《史記・夏本紀・正義》曰：「鮌化羽山，化爲黄能，鼈三足曰能。」能、熊同。其神爲玄冥。高誘注《吕覽》曰：「玄冥，官也。少昊氏之子曰循，爲玄冥師，死祀爲水神。」循，「脩」字之誤。脩，蓐收，西方神，鮌之師。鮌之形爲鼈，黿屬。鮌、黿相合爲鮌黿，省形爲玄黽。《國語・鄭語》：「化爲玄黿。」韋昭注：「黿，或爲蚖。蚖，蜥蜴，象龍。」蜥蜴亦曰玄黿。或作玄黽，省變作玄冥。玄、冥皆有黑義，又作玄昧。《左傳》昭元年：「昔金天氏有裔子曰昧，爲玄冥師。」冥，又通晦，實爲海。晦、海同每聲，例得通用。《博物志》曰：「海之言晦，昏無所睹也。」水神玄冥爲海師禺強。《莊子・大宗師》注：「北海之神，名曰禺強，靈龜爲之使。」《山海經・海外北經》郭璞注：「禺強字玄冥。」禺強居幽都詳《海内經》，主司「不周風」。《淮南子・墬形訓》：「禺強，不周風之所生也。」《史記・律言》曰：「不周風居西北，主殺生。」玄冥爲冥王，北方黑帝也。又，丁惟汾《俚語證古》：「武，古音讀没，爲冥之雙聲音轉。」玄冥爲玄武。《禮記・曲禮》「前朱鳥而後玄武」，孔穎達注曰：「後須殿捍，故用玄武。武龜也，龜有甲，能禦侮也。」其猶存鮌「婞直」本色。所遏之地委羽之山宜在西北，不在東也。《天問》曰「西征」，西，猶西北。《天問》又曰：「日安不到，燭龍何照？」王逸注：「言天之西北，有幽冥無日之國，有龍銜燭而照之也。」《山海經・大荒北經》：「西北海之外，赤水之北，有章尾山。有神，人面蛇身而赤，直目正乘，其瞑乃晦，其視乃明。不食不寢不息，風雨是謁。是燭九陰，是謂燭龍。」章尾山，《海外北經》作鍾山，即委羽之山，在西北，故曰「西征」。

【野】《説文・里部》：「野，郊外也。从里，予聲。」《邑部》：「距國百里曰郊。」《冂部》：「邑外謂之郊，郊外謂之野，野外謂之林，林外謂之冂。」又，《釋地》：「郊外謂之牧。」牧，牧放也。野爲郊外之牧田。羽山，邑名。《山海經》謂之羽郊，若以羽爲山名，何以山有郊、有野哉？

是二句爲女嬃之詈語。女嬃詈曰：「前脩鮌行正直之道，不顧身命，卒乃囚乎羽山之郊野也。」謂汝好脩不變，當亦如此，宜以鮌爲鑒。此二語反意上文「伏清白以死直兮，固前聖之所厚」，是阻屈子就死地。黄文焕曰：「原自負曰死直清白，前聖所厚；　嫳曰婞直亡身，前聖所誅。」其是之謂也。

第三十三韻

予、野，陳第、江有誥曰：「予，古上肇。」案：予，古者爲[ria]。陳第曰：「野，古音署。」戴震曰：「野，古音與。」江有誥曰：「野音宇。」案：野音承與切，禪紐；署音舒吕切，審紐；宇音王羽切，喻紐三等，古屬匣紐；與音余吕切，喻紐四等，古屬定紐或邪紐。野、署、宇、與雖同部而不同紐。野，古音爲[ʑa]。予、野古同魚部。

汝何博謇而好脩兮　紛獨有此姱節

汝《路史·後紀》卷一《太昊紀》注引脱汝字。

謇《文選》六臣注謂謇，「五臣作蹇」。洪《補》引《文選》、朱《注》引一作蹇。朱云「非是」。案：朱説本王注「博采往古、好脩謇謇」，然求其文意，當作搴字。詳注。《路史·後紀》卷一《太昊紀》注、《柳河東集注》卷二注引作蹇。《五百家注昌黎文集》卷一注、《詁訓柳先生文集》卷二注、《五百家注柳先生集》卷二注引亦作謇。

好朱《注》好音呼報反。詳上文「好脩」校。

姱《後漢書》卷二八下《馮衍傳》「纂前脩之夸節兮」，祖構此文，婞字作夸，注文引此亦作姱。案：夸，當姱字爛敓。慧琳《一切經音義》卷八八引王逸注、《五百家注昌黎文集》卷一注、《路史·後紀》卷一《太昊紀》注、《五百家注柳先生集》卷二注、《詁訓柳先生文集》卷二注、《柳河東集注》卷二注引亦作姱。

節 劉師培《考異》謂節當作飾，云：「《天問》王注：『脩玉鼎以事於湯。』案：《類聚》九〇引注作『脩飾玉鼎』，此敚飾字。《御覽》八六一引作『脩節玉鼎』，亦飾訛。」案：是也。《論衡・自紀》「適時則酒」，劉盼遂曰：「則，當爲節，聲之誤也。古則與即同聲，通作節。節從即聲。」《禮記・玉藻》「童子之節也」，《儀禮・士冠禮》作「童子之飾」。《列子・崇學》：「遠而光華者，飾也。」原本、程榮畿輔本皆誤作節。節、飾相亂之證。又，《説文・魚部》：「鰂，烏鰂魚也。从魚，則聲。」或文作鯽，从魚，即聲。鰂，職部；鯽，質部。《後漢書・李膺傳》「欲令屈節以全亂世」，《鍾皓傳》作「屈志」。節，質部；志，之部，職之平。《論語》「朋友切切偲偲」，偲從人，思聲，之部。毛《傳》字作「切切節節」。王逸注「姱異之節」云云，王本亦誤飾爲節。

【博謇】王逸注「博采往古，好脩謇謇」云云，「博謇」爲「博采」。陸善經曰：「博蹇，寬博偃蹇也。」吕尚曰：「汝何博好古道，於蹇難之世，好脩直節。」朱子曰：「博蹇，謂廣博而忠直。」張鳳翼曰：「博謇，謂博洽而謇諤。」汪瑗曰：「博者，罵其立志太高遠廣大；而謇者，罵其不避艱險，獨爲人之所難爲也。」錢澄之曰：「謇，難於言而必欲言也。博謇，知無不言也。」王夫之曰：「博，過其幅量之謂，猶言過也。」林雲銘曰：「博學忠言。」徐焕龍曰：「學問廣博，立心忠謇。」吴世尚曰：「博謇，猶雷矯鶩卓厲也。」馬其昶曰：「博謇，謂謇諤之甚。」又，聞一多曰：「博謇，蓋行步合節，安舒自得之貌。《遠遊》『音樂博衍無終極兮』，博謇與博衍同。聲音安舒謂之博衍，動作安舒謂之博謇，皆有節度之貌也。」《遠遊》「博衍」非言「有節度」。洪《補》曰：「衍，廣也，達也。」謂「博衍」平列複語，言廣大。水之無涯曰莽沆，倒文作沆茫，言音樂傳騰不絶曰博衍。博謇，非博衍。劉永濟曰：「博，本廣大也。

今用作太甚義。謇，忠也。」謂「博謇」爲「太忠」。無徵不信。案：博謇，博采。王注不易。博，謂廣博、衆多。謇，讀如上文「朝搴阰之木蘭」之搴，言采。搴與謇、蹇通用。《九章・思美人》「搴長洲之宿莽」，朱《注》搴字作蹇。《管子・四時》「毋蹇華絶芋」，尹注：「蹇，拔也。」用搴字義。王念孫《讀書雜志・管子》「絶芋」條曰：「攓、搴、蹇，皆攐之或字。」《爾雅・釋言》陸氏《釋文》：「搴與攓同，又作蹇。」博搴，承上佩飾繽紛盛多之「初服」，女嬃斥其好脩之態。

【紛】王逸注：「言汝何爲獨博采往古，好脩謇謇，有此姱異之節，不與衆同，而見憎惡於世也。」王氏訓紛爲而，逆轉之辭。譚介甫曰：「紛獨，猶下云『判獨』，聲同韻近通用，義猶反獨。」案：紛不解而、反。洪《補》曰：「紛，盛貌。」紛，猶繽紛。長言曰繽紛，短言曰繽、曰紛。「紛獨有此姱節」，同上「紛吾既有此内美」句法。

【姱節】姱節，當從朱駿聲説，字作姱飾。節，即飾之誤。姱，言美、言好，概言上衣芰荷、裳芙蓉，高余冠、長余佩諸事。

是二句言女嬃斥我「初服」繁飾，曰：「汝何廣采衆芳，好脩如此，獨紛然有此姱好之佩飾？」

薋菉葹以盈室兮　判獨離而不服

薋《文選》六臣本薋音茲，洪《補》音甆，朱《注》音自資反，引一作茨。錢《傳》薋音茨。姜亮夫曰：「王引《詩》曰『楚楚者薋』，洪《補》今《詩》薋作茨，《爾雅》亦作茨。則王本固作薋也。此三家詩説。今作茨者，毛氏説也。然以文義類之，當爲『薋』之誤。」又曰：「薋，蓋資字誤。」朱引一本作茨，則脱下貝而增艸。案：茨、薋，一義相仍。茨訓「茅蓋屋」，名事相因，言積聚，又制薋字以屬之。薋，茨分别字。劉永濟亦曰：「薋同茨，積聚也。」《爾雅翼》卷二兩引、卷三，《東雅堂昌黎集注》卷五注，《五百家注昌黎文集》卷五注，《分類補注李太白詩》卷二注引亦作薋。又，⿱艹瓷，瓷字或文。《廣韻》上平聲第六脂韻薋、茨、瓷同音疾資切，第七之韻茲音疾之切。自資、疾資、疾之音同。

【菉葹】《文選》六臣本上音禄，下音失移切。洪《補》上音録，下音商支切。朱《注》上音力玉反，下音同洪《補》，錢《傳》上音同洪《補》，下音失支切。案：《廣韻》入聲第一屋韻禄音盧谷切，一等合口。入聲第三燭韻，菉、録同音力玉切，三等合口。録、禄不同等。失移、商支、失支音同。唐寫本《文選集注》引陸善經本菉字作緑。案：以文義斷之，作緑是也。詳注。《爾雅翼》卷二兩引、卷三，《分類補注李太白詩》卷二注，《五百家注昌黎文集》卷五注，《東雅堂昌黎集注》卷五注引亦作菉葹。

【薋】王逸注：「薋，蒺藜也。《詩》曰『楚楚者薋』。」王氏以薋爲蒺藜，惡草。案：薋之爲蒺藜，《説文》作薺。「薋菉葹以盈室」句法，同「擥木根以結茝」、「矯菌桂以紉蕙」、「攬茹蕙以掩涕」、「折若木以拂日」、「折瓊枝以繼佩」、「索藑茅以筳篿」、「蘇糞壤以充幃」，句首一字動詞。「薋菉葹」三字非名詞連用，薋，動詞，段君《説文》注亦曰：「《離騷》『薋菉葹以盈室』，據許君説，正謂多積菉葹盈室，薋非草名。」又，姜皋、胡紹瑛、聞一多、姜亮夫皆因段注，以薋言積聚義。薋，《説文》訓「草多貌」，形容詞。或本作茨。王氏引《詩》「楚楚者薋」，《小雅·楚茨》毛《傳》作「楚楚者茨」。《爾雅·釋草》陸氏《釋文》曰：「茨，或作薋，同。」茨、薋古字通用。《説文·艸部》：「茨，茅蓋屋也。从艸，次聲。」次有次比義。屋上之草次比相重字作茨，形聲兼轉注。名事相因言積聚。《小雅·甫田》

毛《傳》：「茨，積也。」積草曰薋。積禾曰穦。《禾部》：「穦，積禾也。从禾，資聲。」蓄財曰資。《史記·信陵君列傳》「如姬資之三年」，《索隱》云：「資，蓄也。」益土曰垐。《土部》：「垐以土增大道上也。从土，次聲。」績緝曰𦈡。《糸部》：「𦈡，績所緝也。从糸，次聲。」積餅曰餈。《周禮·天官》「糗餌粉餈」，鄭注：「此二物皆粉稻米黍爲之，合蒸曰餌，餅之曰餈。」《釋名》：「餈，漬也。蒸糁屑使相潤漬餅之也。」漬之言積也。漬餅云者，猶言積餅之也。漬、積同諧責聲，例得通用。資、垐、薋、穦、𦈡、餈，皆茨後起分别文。

【菉】王逸注：「菉，王芻也。《詩》曰『終朝采菉』。」洪《補》曰：「《爾雅》云：『菉，王芻。』注：『菉，蓐也。』《本草》云：『藎草，葉似竹而細薄，莖亦圓小，俗名菉蓐草。』」案：《本草》「菉竹」條，蘇恭曰：「葉似竹而細薄，是以有『緑竹』之稱。」又曰：「莖亦圓小，生平澤溪澗之側，俗名菉蓐草。荆楚人此草煮以染黄色，知其可爲染也，而古者貢草入染，故呼之曰『王芻』。」胡文英曰：「菉，王芻也。楚名淡竹葉，又名竹葉菜。豫名菉草，秦名翠蛾兒，吴名水淡竹。」《説文》無「菉」字，唯「菮」字，曰：「菮，艸也，可以染留黄。」菉、菮雙聲通轉。字或作盭。《漢書》「金璽盭綬」，顔師古注引晉灼曰：「盭，草名也，出琅邪平昌縣，似艾，可染綬，因以爲綬名。」菉、菮、盭聲同。漢尚土德，色黄，因以染黄爲綬。則當漢世，是草不賤。「薋菉葹」句法，「菉葹」類「菌桂」、「茹蕙」、「蕢茅」、「瓊枝」，菉，即「葹」字疏狀詞。菉，借爲緑。日本國唐寫本《文選集注》殘卷陸善經注菉字作緑。《招魂》曰：「菉蘋齊葉兮白芷生。」菉蘋、白芷儷偶對文，菉猶緑。沈約《郊居賦》「陸卉則紫鱉緑葹」，其亦作緑葹。

【葹】王逸注：「葹，枲耳也。」洪《補》曰：「形似鼠耳，詩人謂之卷耳，《爾雅》謂之苓耳，《廣雅》謂之枲耳，皆以實得名。《本草》枲枲耳，一名葹。」吴仁傑曰：「葹，《爾雅》卷耳，一名苓耳，亦云胡枲，江東呼爲常枲，形似鼠耳，叢生如盤。陸璣《詩疏》云：『葉青白色，似胡荽，白華細莖，蔓生，四月中生子，如婦人耳璫，幽州人謂之爵耳。』《本草》：枲耳，一名施，一名地葵，一名蒼耳，一名常思菜。陶隱居云：『一名羊負來。「昔中國無此，從外國逐羊毛中來。』《圖經》云：『其實多刺，俗呼道人頭。』按，沈約《郊居賦》云『陸卉則紫鼈緑葹』是也。《永嘉志》

一名葈絲。」李時珍《本草綱目》曰：「葹，其葉形如枲麻，又如茄，故有枲耳及野茄諸名。其味滑如葵，故名地葵，與地膚同名。詩人思夫賦《卷耳》之章，故名常思菜。張揖《廣雅》作常枲，亦通。」思、枲音同通用，常葈，即常思。朱珔《文選集釋》考之至詳，謂葹又名卷耳、苓耳、枲耳、胡某、胡葸、常枲、蒼耳、爵耳、璫草。文繁不録，可參。《詩》之卷耳，采之可食，可寄寓情思即婦思夫之情，似非惡草。葹，非卷耳。《廣雅》謂之枲耳，亦非常思菜，常思菜即卷耳。枲耳，即闒茸。闒、枲爲之緝旁對轉，同透紐雙聲，茸，耳聲，可得通用。闒茸，習俗比小人、佞人。《史記・賈生列傳》「闒茸尊顯」，《索隱》引應劭、胡廣曰：「闒茸，不才之人，無六翮翱翔之用而反尊貴。」《字林》曰：「闒茸，不肖也。」《漢書・司馬遷傳》：「爲掃除之隸，在闒茸之中。」顔師古注：「闒茸，猥賤也。闒，下也；茸，細毛也。言非豪傑也。」闒茸，自是草名。師古以訓詁字解之，謂細下至賤之義者，非是。《九歎・憂苦》「雜班駮與闒茸」，王逸注：「闒茸，駑頓也。言君不明智，斥逐忠良，而任用佞諛，委棄明珠，而貴魚眼，乘駑驘，雜駿馬，重班駮，喜闒茸，心迷意惑，終不悟也。」洪《補》曰：「闒茸，弱劣也。」闒茸，枲耳音轉。周秦謂枲耳，漢謂闒茸。促言之曰苔。《淮南子・泰族訓》「生以青苔」，高注：「青苔，水垢也。」《説文》字作菭，謂「水衣」，從艸，治聲。《漢書・外戚傳》「華殿塵兮玉階菭」，注：「菭，水氣所生也。」緑葹，即緑苔。葹，通作薛。葹、薛爲歌月平入對轉，心審旁紐雙聲。《史記・司馬相如列傳》「薛莎青薠」，《集解》引《漢書音義》曰：「薛，藾蒿也。」《爾雅・釋草》：「蘋，藾蕭。」郭璞注：「今藾蒿也。」葹，亦蘋屬。蘋始生時采之可食，而葹不可食。蘋但生水中，葹或生水中，或生澤地，類今地苔。大徐本《説文・艸部》曰：「蓩，卷耳，毒草也。」徐文靖謂《離騷》葹，蓩之訛。小徐本但言「蓩，惡草也」，無「卷耳」二字。《後漢書・劉聖公傳》注引《字林》、《廣韻》並曰：「蓩，毒草也。」亦無「卷耳」二字。段注：「此孫強、陳彭年輩據俗本《説文》增之。今改正篆文作『蓩，毒草也』，而刪『蓩，卷耳也』云云。卷耳果名蓩，則當與『苓，卷耳也』同處矣。」所駁至當，葹非蓩形訛。王逸注以「葈葹」比讒佞之輩，又注「女鬚言衆人皆佩薋葈枲耳，爲讒佞之行，滿於朝廷，而獲富貴，汝獨服蘭蕙，守忠直，判然離別，不與衆同，故斥棄也」云云，比讒佞德行。案：女嬃詈語，緣上文繁飾繽紛、好脩爲常而發，緑葹惡草，世俗服用物，比其穢惡之行，而不當比人。果比菉葹爲佞人，則與下句「判獨離而不服」之服，意不相貫。

【盈室】王逸注文「滿於朝廷」云云，盈訓滿、室訓朝廷。案：「盈室」同「結茝」、「紉蕙」、「充幃」、「纚佩」。盈猶充滿，用作動詞。楚簡字作「浧」。猶下「户説」之户，家室。下文「盈要」之盈字同此。

【判】王逸注文「判然離別」云云，判謂分判。注曰：「判，别也。」孫詒讓曰：「又《九歌·抽思》《九歌》即《九章》之誤曰：『好姱佳麗兮，牉獨處此異域。』注云：『背離鄉黨，居他邑也。』洪校云：『牉，一作叛，一作柈。』《補注》云：『牉音泮，舊音伴。』又《悲回風》云：『氾潏潏其前後兮，伴張弛之信期。』注云：『伴，俱也，弛，毁也，言己思君念國，而衆人俱共毁己；言内無誠信，不可與期。』洪《補》注云：『伴，讀若「背畔」之畔，言己嘗以弛張之道期於君，而君背之也。』案：判、牉、伴、叛字皆相通，蓋分別離散之意，即《遠遊》注所謂『叛散』也。云『判獨離』、『牉獨處』者，言叛散而獨離處也。云『伴張弛之信期』者，言張弛任時，叛散無定也。諸篇字舛異而義實同。《悲回風》注説亦未得其旨。」又，姜亮夫以判爲拌，言揮棄。聞一多曰：「判，違棄貌。」朱季海曰：「《方言》：『拌，棄也。楚凡揮棄物謂之拌。』郭音伴，又普槃反。諸書判、牉、伴、叛讀與拌同，皆揮棄之意。」劉永濟曰：「判，别異也，今用之以形容獨離。」又，何劍薰曰：「判假爲偏，此即今語偏要、偏不要之偏。『偏獨離而不服』者，即偏獨棄而不用也。盧照鄰《長安古意》『意氣由來排灌夫，專權判不容蕭相』，判字亦是這個意思。」案：何氏解判爲語辭，其勝人多矣。而訓判爲「偏要」、「偏不要」之偏，無徵不信。「薋菉葹以盈室兮，判獨離而不服」，同上「荃不察余之中情兮，反信讒而齌怒」句法。又《惜誦》云：「竭忠誠以事君兮，反離羣而贅肬。」《抽思》曰：「羌中道而回畔兮，反既有此他志。」《東君》曰：「操余弧兮反淪降。」賈誼《惜誓》曰：「悲仁人之盡節兮，反爲小人之所賊。」判，猶反。二字音近，例得通用。從半聲與從反聲古多通用，半，古稱半律，樂律名，或借作反。《曾侯乙編鐘》：「割肄之宫反。」割肄，姑洗也。謂姑洗之宫半律也。借反爲半。《説文・肉部》：「胖，半體也。从肉，半聲。」《周官・腊人》注：「鄭大夫云，胖，讀爲判。」杜子春讀胖爲版。版，从肉，反聲。半、反相通。《詩》「隰則有泮」，毛《傳》：「泮，坂也。」坂，從土，反聲；泮，從水，半聲。反、半相通。《莊子・秋水・釋文》曰：「反，本作畔。」畔，從田，半聲。又，《論衡・治期》「負畔其上」，《吕氏春秋・知士》字作「背反」。反，轉折詞，猶「反而」、「卻」。詳上文「反信讒」注。《抽思》曰：「好姱佳麗兮，牉獨處此異域。」言反而獨居異域也。《悲回風》曰：「氾潏潏其前後兮，伴張弛之信期。」言氾濫潏潏，水涌前後，反爲張弛之信期也。水潮漲落，有其信期爾。孫氏注謂「張弛信時，叛散無定」，意相反也。伴、牉皆借爲反。

【獨離】王逸注文比上文「紛獨有」之獨，謂獨一人。離，言離別。王夫之、聞一多曰：「離，棄也。」戴震曰：「薋菉葹，喻衆之所尚，原獨判然捨棄之。」亦訓離爲棄。案：獨離，連語，言疲憊不振貌。倒文爲鹿埵、落單、路亶、隴東、籠涷、落拓、落度、羸垂、蘭嘽。詳上文「落蘂」注。女嬃謂屈子不從世俗，以求富貴。反見斥棄而窮困其時。胡文英曰：「獨離，離南也。《爾雅》離南、活莌、倚商、活脱，一物也。又名通脱木，今婦人取以爲通草花。女嬃引之，蓋欲其學通脱以自全，非欲其爲惡行也。自王叔師以薋爲茨，遂令嬃蒙屈千載，且使『判獨離』三字義無歸宿也。通脱木，楚中産。」胡氏以無根之説譏斥叔師，益見其陋。

是二句言衆人積聚緑苔惡草，盈環家室，汝反見窮迫落拓而不佩也。王逸注下「衆不可户説兮，孰云察余之中情」曰：「屈原外困羣佞，内被姊詈，知世莫識，言己之心志所執不可户説人告，誰當察我中情之善否也。」以女嬃詈語至此。洪《補》、朱《注》、錢《傳》並同。周孟侯、方伯海、王萌、方廷珪、徐焕龍、何焯等亦皆曰：「女嬃詈詞至此。」而謂「衆不可户説兮」以下四句爲屈原自歎之語。非是。女嬃詈語終「夫何煢獨而不予聽」句。舊注不審下四句「余」、「予」所稱而誤。説詳下文。

第三十四韻：節、服

陳第曰：「節，古音即。」戴震曰：「節，讀如則，蓋方音。」江有誥、王力謂此二句無韻。案：節，當作飾。詳校「飾」字，音賞識切。古音爲[ɕi ək]。服，借作佩。佩，去聲，爲職部長入，古音爲[bi əːk]。飾、佩古同職部。

衆不可户説兮　孰云察余之中情

説 朱《注》説音輪芮反，錢《傳》音始鋭反，一如字。《群經音辨》曰：「説，釋也，失拙切。説，怡也，音悦。説，舍也，音税。説，解也，吐活切。説，悦也，如鋭切，又如字。」案：户説，用説解義，同遊説之説，音税，舒芮切。輪芮、始鋭、舒芮音同，去聲。如字，則音失拙切，入聲。《文選》卷三八庾亮《讓中書令表》注及卷六〇任昉《齊竟陵文宣王行狀》注、《五百家注昌黎文集》卷一注、《東雅堂昌黎集注》卷一注引同今本。

余 《文選》卷三八庾亮《讓中書令表》注引作予。案：余、予古今字。《離騷》用作領格，且後繫以「之」字者，皆作余。予，《離騷》四見，皆用賓格。作余是也。《文選》卷六〇任昉《齊竟陵文宣王行狀》注引亦作余。

【户説】王逸注「不可户説人告」云云，户訓家户。洪《補》引《管子》「聖人之治於世，不人告也，不户説也」及《淮南子》「口辨而户説之」二事以疏王注。聞一多曰：「户説，謂逐户曉諭之。」又，姜亮夫謂户借作扈。扈，偏也；户説，猶偏告義。案：王説未可輕易。户雖通扈，楚人語被曰扈，無周偏義。《韓非子·難勢》曰：「堯、舜户說而人辯之,不能治三家。」《尹文子・大道上》:「出羣之辯,不可爲户説。」《史記・貨殖列傳》:「雖户説以眇論,終不能化。」《説苑・政理》:「衆不可户説也,可舉而示也。」户説,或作户告。《列女傳》:「梁國豈可户告人曉也?」又作户辯。《淮南子・泰族訓》:「非户辯而家説之也,推其誠心,施之天下而已矣。」「户説」同「野死」《國語・魯語》、「隅坐」《禮記・檀弓》句法。《説文・言部》:「説,説釋也。一曰,談説。从言、兑。」案:蓋説而能釋疑者,必詳言之,反覆數説之謂。《毛詩傳》:「説,數也。」《荀子・勸學篇》「誦説以貫之」。誦説,猶誦數。或本作「誦數」。兑聲之字多含頻數反覆義。《門部》:「閲,具數於門中也。从門,兑聲。」「閲兵」、「閲歷」、「閲讀」,猶存其義。《禾部》:「税,租也。从禾,兑聲。」斂税必有具數,税亦含數義。或曰「談説」,言責斥。《大戴禮記・曾子立事》「不説人之過」,注:「説,解説也。」《周禮・大祝》:「五曰攻,六曰説。」鄭司農注:「攻、説,則以辭責之。」説之爲言鋭也。言語鋭刺人過字作説。談之言剡也,亦根於鋭刺義。説釋、談説雖一字,而義各有因,後混之匙能别。

【孰云】聞一多曰:「云,猶今語『還』也。」案:是也。云,猶有。云、有聲轉,古書通用。《廣雅・釋詁》:「云,有也。」《文選》卷二四陸士衡《答賈長淵詩》注引《漢書》應劭注:「云,有也。」詳王引之《經義述聞》卷二四《春秋公羊傳》及《經傳釋詞》卷一。有、又古通用。又,還也。孰云,猶誰又。下文「世幽昧以眩曜兮,孰云察余之善惡」,亦同此。

【余】王逸注「察我中情之善否」云云,謂屈子自稱。趙南星曰:「女嬃言人不能察屈原之情。舊説『余』字,以爲屈原之言。《論語》荷蕢曰:『莫己知也。』非言孔子耶?」案:是也。余,既爲女嬃自稱,亦槩屈子。余,猶我輩、我儕。詳郭沫若、聞一多説。不言「察汝之中情」,而言「察余之中情」,女嬃發其惻隱,親媚之辭。錢澄之曰:「上『余』字爲原言也,下『予』字自指。」王夫之曰:「『察余』之余,代原自稱;『予聽』之予,代世人自稱。」未審「余」爲複數而强爲分别。

是二句爲女嬃詈語。言衆不可户説人告,誰又察我輩之中情乎?

世並舉而好朋兮　夫何茕獨而不予聽

【茕】《文選》六臣本作㷀，朱《注》本亦作㷀，云：「一本作煢。」㷀、煢同音渠營反。洪《補》、錢《傳》同引一作㷀，亦音渠營切。案：㷀，正體；茕，㷀之誤。煢，俗㷀字。詳注。

【不】朱《注》謂「不字疑衍」。案：無「不」字不辭。

【予】洪《補》、朱《注》同引一作余。錢《傳》本作予。姜校引錢本誤作余。王泗原謂予本作余，余即爾字形訛。

案：《離騷》賓格用予，作予是也。

【並舉】王逸注「言世俗之人，皆行佞僞，相與朋黨，並相薦舉」云云，並言並相，舉言舉引。劉永濟、徐仁甫、聞一多謂舉借作與，並與謂並相黨與。又，王樹枏引《國語》韋昭注：「舉，起也。」案：錢澄之曰：「世並舉，猶言舉世也。」是也。並，皆。《廣雅・釋言》：「並，俱也，皆也。」舉，亦皆。《九章・涉江》「舉前世而皆然兮」，舉、皆互文同義。《左傳》襄六年「君舉不信羣臣乎」，杜預注：「舉，皆也。」《禮記・内則》「濡炙之舉燋」，孔疏：「舉，皆也。」「並舉」連文，平列複語。並，包山楚簡文作⿱双日，從双，從日，象二人競逐日形。引申爲俱詞。舉，包山楚簡文作⿱與止，從止，與聲。止，借作寺。寺，有扶持義。相與扶持字作舉。世並舉而好朋，言世皆好朋也。而字，蓋衍文。

【好朋】王逸注：「朋，黨也。」又注「相與朋黨」云云，好訓相與。案：好，有相與義，蓋喜好義引申。《詩・小明》「好是正直」，鄭《箋》：「好，猶與也。」好，用「好脩」之好。言喜好。洪《補》曰：「《説文》云：『朋，古鳳字。

鳳飛羣鳥從以萬數，故以爲朋黨字。』」朋，甲文有「」《前編》五・四・七、「」《乙編》六七三八，金文有「」《犅刦尊》、「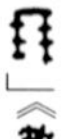」《教叔毁》，即古朋字。郭沫若謂象繫貝環於頸形，同《説文》之賏、嬰，後爲貨貝通稱。《小雅・菁菁者莪》「錫我百朋」，鄭《箋》：「古者貨貝，五貝爲朋。」鐘彝銘文有賜朋之語。《矢令簋》：「姜賞令貝十朋。」《己酉方彝》：「商貝十朋。」《陽亥彝》：「陽亥曰遣叔休于小臣貝三朋。」甲文本有鳳字，作「」，從鳥，凡聲。不可謂「朋，古鳳字」。朋，鳳字假借。《杜白簋》：「孝於皇申且孝於好朋友。」《希古樓金石萃編・金卷四》「朋友」之朋字作「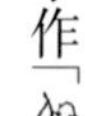」，從人、朋。借朋貝爲鳳，倗，借聲字。衆從以善謂之朋，衆從以惡謂之黨。詳上文「黨人」注。此文「好朋」之朋，用本義，謂貨貝。好朋，謂好貨財，比黨人貪婪。世並舉好朋，世人皆貪婪財富，以反意我「好脩」清潔。

【夫何】王逸注文「何肯聽用我言」云云，以「夫」爲句首語助，未釋其義。姜亮夫曰：「夫與疑問代詞『何』、『孰』、『誰』、『焉』等詞連文，置於上或下句之首，以作發問，乃《楚辭》疑問句之一形式，雖徧及於屈宋與漢賦，而屈宋爲最多，如『夫何索求』、『夫何皋尤』、『夫何惡之』皆是。《離騷》有『夫何煢獨而不予聽』，《抽思》有『夫何極而不至兮』。漢賦如《七諫》之『夫何執操之不固』，《哀時命》之『夫何予生之不遘時』。」案：「夫何」，與「夫誰」、「夫孰」、「夫焉」，不盡同義。「夫何」之夫，代詞，一句主語。何，位居述語前作狀語，猶「怎麼」、「爲什麼」，非疑問詞。「夫孰」、「夫焉」之夫，句首語助，而孰、焉皆疑問代詞，且多爲主語。《天問》：「永遏在羽山，夫何三年不施？」言彼鮌爲何三年不施也。又：「伯禹腹鮌，夫何以變化？」言彼禹爲何變化也。又：「水濱之木，得彼小子；夫何惡之，媵有莘之婦？」言彼有莘氏爲何惡伊摯也。彼、夫互文同義。又：「湯出重泉，夫何皋尤？」言彼湯爲何得皋尤也。又：「穆王巧梅，夫何爲周流？」夫，獨立，何爲連文，言彼穆王何爲周流也。又：「環理天下，夫何索求？」言彼穆王如何索求也。又：「受壽永多，夫何久長？」言彼彭鏗爲何久長不死也。夫，皆代詞。何，爲何，詮釋因由。《抽思》：「望三五以爲像兮，指彭咸以爲儀。夫何極而不至兮，故遠聞而難虧？」言我何極不至也。《悲回風》：「夫何彭咸之造思兮，暨志介而不忘？」言我因何造思彭咸也。夫，皆爲我。何，因何。此爲女嬃詈屈子語，夫，代屈子，猶汝。錢杲之曰：「汝何煢苦獨處而不聽我言？」訓夫爲汝，甚得其藴。姜氏一槩相量，疏也。

【茕獨】王逸注：「茕，孤也。《詩》：『哀此茕獨。』」劉永濟曰：「茕，孤獨也。」案：《説文·卂部》：「煢，回疾也。从卂，營省聲。」案：煢，本訓鳥疾飛，引申之言疾，故從卂，賅其疾義。營，猶言回也，從營省聲，則賅其回義。俗作茕，非是。煢，無孤獨義。段注：「回轉之疾飛也，引申爲煢獨，取裴回無所依之意。」其説繳繞。《小爾雅·廣義》曰：「寡夫曰煢。」此即鱞字，或作鰥。《書·堯典》「有鰥在下」，《孝經》鄭注：「丈夫六十無妻曰鰥。」鱞、鰥同音古頑切。或據《説文》皆謂鰥正字，鱞，俗字。鰥，魚名，鯤古字。鰥夫之鰥，本字作鱞。鱞，從魚，魚爲古俗「兩性間互稱對方之廋語」詳聞一多《古典新義》，魚有匹偶義。《管子·小問》曰：「桓公使管仲求甯戚。甯戚應之曰：『浩浩乎！育育乎！』管仲不知，至中食而慮之。婢子曰：『公何慮？』管仲曰：『公使我求甯戚，甯戚應我曰：「浩浩乎！育育乎！」吾不識。』婢子曰：『《詩》有之，浩浩者水，育育者魚，未有室家，而安召我居？甯子其欲室乎？』」尹注曰：「水浩浩然盛大，魚育育然相與而游其中，喻時人皆得配偶，以居其室中。甯戚有伉儷之思，故陳此詩以見意。」魚喻伉儷，即匹偶義。從睘，睘之爲言㥪也。睘、㥪古書通用，詳朱駿聲《説文通訓定聲》。㥪，患字別文，謂憂。言夫憂無妻字作鱞，借聲字。引申言孤獨。從睘聲與從營聲字多相通。《詩·閔予小子》「嬛嬛在疚」，《漢書·匡衡傳》作「煢煢在疚」。《釋文》：「嬛，崔作茕。」《左傳》哀十六年「煢煢余在疚」，《周禮·大祝》注：「嬛嬛在疚。」嬛通煢，猶鱞通煢。鱞、煢爲耕元旁轉。詳上文「九畹」注。煢獨連文，平列複語。又《方言》六：「介，特也。楚曰儝，晉曰絓，秦曰挈。物無耦曰特，獸無耦曰介。」儝，即煢字。煢、絓、挈、介、鱞皆音變字，因方音而轉。錢繹《方言箋疏》曰：「《衆經音義》一煢古字惸、傑二形。傑即儝之訛。《洪範》《茕獨·孟子》作惸獨。《杕杜》『獨行睘睘』，《周頌·閔予小子》『嬛嬛在疚』，《漢書·匡衡傳》引作『煢煢』。哀十六年《左傳》『煢煢在疚』，《説文》及《周官·大祝》注引並作懁懷。《説文》：「趨，獨行也。讀若煢」。儝、煢、惸、睘、嬛、懷、趨古字通用。」煢字《詩》、《書》、《春秋》、三禮皆存之，似又未可斷爲楚語。

【予】王遠、錢澄之、聞一多謂予爲「女嬃自予」，至碻。不予聽，謂不從我言。

【聽】王逸注「何肯聽用我言」云云，聽訓用。汪瑗曰：「自是衆人不肯聽信我之言耳。」聽訓信。又，朱子曰：「不字疑衍。案：非是。若無「不」字，則作「聽予」，出韻也。世人又方並爲朋黨，何能哀我煢獨，而見聽乎？」見聽，猶見信。案：《天問》「鮌何聽焉」，《九章·惜往日》「聽讒人之虛辭」，《抽思》「敖朕辭而不聽」，《悲回風》「驟諫君之不聽兮」，皆同此。《説文·耳部》：「聽，聆也。从耳、悳，壬聲。」引申言聽從、信任。壬，猶正，審察治理之謂。言耳聞音聲，正治以得曲直，則字作聽。聽，借聲兼轉注。

是二句言世人皆貪婪好財，爲溷獨之行，汝何爲孤特不羣，不信從我言。女嬃詈語終止。

第三十五韻：情、聽

情，古音爲[dzieŋ]；聽，古音爲[tieŋ]。情、聽古同耕部。

此以上三韻十二言爲第一節，緣上文往觀四荒出。言屈子將欲往觀天下乃復脩初服，繁飾菲菲，以追尋楚族先祖以去。女嬃聞之，乃申申詈斥，以阻其行。屈子爲君王所拌，要在「好脩」二字；而往觀就死，復以「好脩」爲本，不肯降志。女嬃詈語字字句句，皆因「好脩」而發，勸其隨俗改飾、與衆競逐貪婪。洪《補》斥王逸曰：「觀女嬃之意，蓋欲原爲甯武子之愚，不欲爲史魚之直耳，非責其不能爲上官、椒、蘭也。而王逸謂女嬃罵原以不與衆合，不承君意，誤矣。」朱子謂「此意甚善」。其爲女嬃遮護，用心甚苦。今諦「薋菉葹以盈室兮，判獨離而不服」語，詈斥屈子不肯從黨人服行菉葹，如此穢惡之行，豈但「欲原爲甯武子之愚」？嬃詈要在阻屈子就死，以求苟活。然則是耶？非耶？屈子非不知，而假前聖以節中，下文乃盪出陳詞重華、令其折中波浪。

依前聖以節中兮　喟憑心而歷茲

以《文選》六臣本作之，洪《補》、朱《注》、錢《傳》同引一作之。案：《九章・惜誦》：「令五帝以枏中兮，戒六神而嚮服。」句法同此，其作「以」字是也。

節中 周拱辰《離騷草木史》乙作「中節」。誤。

喟 洪《補》、朱《注》喟同音丘愧反。

憑《文選》六臣本作憑，洪《補》、錢《傳》同引一作憑，又一作馮。案：馮、憑古今字。憑，六朝俗字。《文選》卷九《北征賦》注引亦作憑。洪氏又引《天問》「康回憑怒」，憑音皮冰切；又引《說文》「憑，懣也」，並音憤。憑音皮冰切，不音憤。懣、憤音同，憤非音憑。

歷《文選》六臣本作歴。案：歴，俗歷字。

【依】王逸注「言己所言，皆依前聖之法」云云，依訓依從。汪瑗曰：「依，遵也。」案：《說文・人部》：「依，倚也。从人，衣聲。」引申言依循、依從。依、倚混言不分，析言，依就心理情感等精神狀態立言，倚就形質立言。依較倚抽象，所憑無形。

【前聖】王逸注謂「前聖」泛指「前世聖人」。汪瑗曰：「前聖，泛言也；下指舜，專言也。」案：前聖，即下重華。此言前聖，下言重華，變言避複。聞一多曰：「前聖，即下重華。」姜亮夫曰：「考聖字甲文未見，小篆從耳、口、壬。許氏又説『壬象物出挺生』，徐鉉則謂『人在土上全然而立也』，于形爲最得。人在土上挺然而立者，蓋即朝中曰廷之廷本字。金文廷皆作全，又爲徐説張目。此乃象人立於階上（即二）。古者中朝必有堂壇之屬，爲天子降臨之地。以外則以耳聽四岳百牧羣臣之告言，而以口命令之者。此正政治組織已漸完備，帝王但在中朝治事，非復雜羣衆之中，親臨指揮之時可比。故以中廷，以耳聽而口命之者，爲聖帝明王矣。則此字當始於周之混一，中原之後……其後明明德之人，有在下位者，社會亦遂以聖哲稱之。其分化時期，大約在周中葉之前；至春秋之中，而以指道德純備、智能通顯之義益大，蓋亦以社會發展此時至不尚力而尚德，故曰以德服人者王，以力服人者伯而已矣。」案：姜説繳繞。聖，從耳，呈聲。詳上「前聖」注。前聖，用「聖帝明王」義。

【節中】王逸注「節其中和」云云，節訓節制、中訓中和。陸善經曰：「皆依前聖節度中和之法。」其同王注。劉良注「依前代聖賢節度而不得用」云云，節訓度，中訓得。錢杲之曰：「節，制也。」謂「節制其中」。汪瑗曰：「節中，謂樽節至於中道，不使有太過不及之弊也。」王夫之曰：「節中，節剛柔得中也。」徐焕龍曰：「節中者，不同俗，亦不矯俗，節於中道也。」林仲懿謂「節中」同「《中庸》執兩用中確義」。又，詹安泰曰：「節是適切，中是中情。《吕氏春秋·仲春紀·情欲》：『欲有情，情有節。聖人脩節以止欲，故不過行其情。』注：『節，適也。』又：『不過其適。』這是『節中』二字很好的解釋。」林雲銘曰：「節中，即折中，乃持平之意。」朱駿聲曰：「節，讀爲折。」吴汝綸曰：「節中，當爲折中。《反騷》『將折衷乎重華』，即用此文也。」龐石歸曰：「《惜誦》『令五帝以枅中』，與此語意全同。」聞一多亦曰：「節中，猶折中。」注家皆謂節中、折中同。揚雄《反離騷》「將折衷乎重華」，祖構此文，而易節中爲折中，揚氏亦謂義同。又謂節、折通用。節，有測度義。測，言度。《國語·晉語》「抑欲測吾心也」，注：

「測，猶度也。」《淮南子・原道訓》「深不可測」，高注：「度深曰測。」《周禮・大司徒》「測土深」，注：「測，猶度也。」節，亦言測度義。古多以「節度」爲對文。《墨子・尚賢中》：「居處無節，出入無度。」節、度互文，節，度也。中，非當中義，借作終，死也。節終，測度生死。《說文・竹部》：「節，竹約也。从竹，即聲。」又《卪部》：「即，即食也。从皀，卪聲。」節、卪爲一字。《卪部》：「卪，瑞信也。門關者用符卪。象相合之形。」《漢書・杜欽傳》、《管子・君臣上》、《尹子・四儀》、《荀子・儒效篇》、《淮南子・人間訓》字並作「符節」。《說文解字後叙》：「其弘如何，節彼南山。」段注：「言大道聖門之大，比於南山之高峻也。節，高峻貌。《山部》：『岊，高山之岊山也。』《詩》之節，蓋岊之假借字。」岊從山、卪聲。亦節、卪相通之例。又，《糸部》：「絕，斷絲也。从刀、糸，卪聲。」節、絕同卪聲，音同義通。絕，謂斷也。《呂氏春秋・孟春紀》「無絕地之理」，高注：「絕，猶斷也。」《斤部》：「斷，截也。从斤、𢇍。𢇍，古文絕。」《三國志・蜀志・關羽傳》「猶未及髯之絕倫逸羣也」，「絕倫」之絕，《漢苑鎮碑》則作「繼」。節，猶斷。「節族」連文。族，借作祝。《左傳》成十六年杜注：「三族強。」《疏》引劉炫曰：「族者，屬也。」宣二年杜注：「以其故族。」《疏》曰：「族，即屬也。」《國語・齊語》「工立三族」，注：「族，屬也。」又《釋名・釋言語》：「祝，屬也。」《白虎通義》：「祝者，屬也。」族、祝當亦通用。族、祝同屋部，從照旁紐雙聲。祝，言斷。《公羊傳》哀十四年「天祝予」，《穀梁傳》哀十三年「祝髮文身」，何、范並注曰：「祝，斷也。」「節族」猶「斷祝」，平列複語。節、祝亦通用。《水經注・沭水》：「即丘縣，故《春秋》之祝丘也。」節言測度、言斷、言制，一義相仍。中、終，冬部、知照準旁紐雙。《漢書・遊俠傳》「解貧，不中訾」，師古注：「中，充也。」《儀禮・士冠禮》「廣終幅」，鄭注：「終，充也。」中、終同訓充，是其相通。節終，承嬃詈不當「死直」來，與折中非一義。折中，謂決斷。《惜誦》「令五帝以枅中」，王逸注：「言己復命五方之帝分明言是與非也。」又，《史記・孔子世家》「折衷於夫子」，《索隱》引《惜誦》爲證，曰：「折中，正也。宋均曰：『折，斷也；中，當也。』言欲折斷其物而用之，與度相中當，故言折中。」細味「折斷其物」云云，蓋用占斷之法。巫覡占卜，或斷草，或節竹，而視其吉凶之兆。下文「索藑茅以筳篿兮，命靈氛爲余占之」。王逸注：「楚人名結草折竹以卜曰篿。」節終，謂斷竹以卜死生。屈子見詈女嬃之後，乃就重華古廟，獻陳所疑，蓋廟有巫覡，令折竹決斷其生死，是謂之節終。下言「得此中正」，蓋得「吉占」，其與此相應。

【喟憑心】王逸注：「喟，歎也。」謂「喟憑心」爲「喟然舒憤懣之心」。劉良曰：「憑，滿也。」謂「喟憑心」猶言「歎息憤滿」，而心字無義可繫。洪《補》引《説文》曰：「憑，懣也。」謂憑、懣「並音憤」。「『喟憑心而歷兹』者，歎逢時之不幸也。」朱子曰：「喟，歎也。憑，滿也，恚盛貌。《左傳》、《列子》、《天問》皆云『憑怒』是也。」劉永濟曰：「喟，歎也。馮，憤積於中，楚人謂之馮。」錢杲之曰：「憑，據也。」以「喟憑心」爲言「喟然憑據己心」。夏大霖曰：「憑，當如字，作憑依解。」李光地曰：「憑心，則撫心也。」汪瑗曰：「憑者，充塞盈滿之意。憑心，言極其本心之量。」王夫之曰：「喟，歎其不然之詞。憑心，猶言任意。」劉夢鵬曰：「憑，信也。」以「憑心」爲言「信心自媿」。何劍薰曰：「喟同㥜，憂也，憤也，慨也。《説文》無『㥜』，古假『喟』爲之。《廣雅·釋訓》：『㥜，慨也。』《玉篇》曰：『㥜，不安也。』《淮南子·脩務訓》『發憤而成仁，㥜憑而爲義』，高誘注：『㥜憑，盈滿積思之貌』。㥜憑二字與《楚詞》同。高以『積思』釋㥜，以『盈滿』釋憑。積思，猶積憂。故此處之憑，亦當訓滿或盈。本篇『憑不厭乎求索』，王逸注：『憑，滿也。』是其證。」聞一多、譚介甫説同此，且先於何氏，謂「喟憑與㥜憑、㥜恲同，氣盈滿之貌」。其説至碻。「喟憑心」當「心喟憑」之乙。蓋本作「心喟憑」，後因憑字從心，衍作「心喟憑心」，而後删句首心字，而乙作「喟憑心」。心字獨立，喟憑連文。喟憑，連語，不必求其訓詁字義。或作㥜恲。《廣雅·釋訓》：「㥜恲，忼慨也。」王念孫《疏證》曰：「㥜之言喟然也。《玉篇》：『恲，滿也。』王粲《從軍行詩》云：『夙夜自恲性。』合言之則曰㥜恲。《説文》曰：『忼慨，壯士不得志也。』《楚辭·九章》：『好夫人之忼慨。』」㥜恲、喟憑，聲之轉。王氏離析二義，非也。聲變字又作鬱怫詳《九歎·離世》，又作鬱彌詳《楚辭·大招》，倒作憤盈《後漢書·崔駰傳》，又作佛㥜《後漢書·馮衍傳》，又作佛鬱《文選·琴賦》，又作勃鬱《文選·風賦》，又作馮翼《天問》，又作愊臆《方言》郭璞注，又作紛紜《楚辭·九嘆》，又作汾沄《文選・長門賦》，又作煩寃《九章・思美人》，又作紛蘊《九懷・蓄思》，又作服臆《史記・扁鵲傳》，又作愊抑《文選・夏侯常侍誄》，又作弗鬱等，皆狀氣紆結不暢，隨文所用，而各書以訓詁字。狀紆屈行不進，字又作徘徊、盤桓、方皇。心者，思也。屈賦或「思心」連文，平列複語。《悲回風》：「糺思心以爲纕兮，編愁苦以爲膺。」又曰：「憐思心之不可懲兮，證此言之不可聊。」思，憂也，愁也。詳上文「惟草木」之「惟」注。心，亦猶憂、愁。《悲回風》「思心」、「愁苦」互文，思心、愁苦義同。心喟憑，愁思憒憑，不得暢泄。

【歷茲】王逸注：「歷，數也。」謂「歷數前世成敗之道而爲此詞」。有增字之嫌。聞一多曰：「數，猶説也。」引《抽思》「歷茲情以陳辭兮」以佐王注。似是而非。《抽思》「歷茲情」句法，歷字獨立，「茲情」連文。未可比此「歷茲」。劉良曰：「歷，行也。」謂「行吟澤畔」。洪《補》曰：「歷，猶逢也。」謂「逢時不幸」。朱子曰：「歷，經歷之意。」謂「經歷於茲」。錢杲之又謂「歷觀茲事」，指下啓、羿數事。朱冀曰：「歷茲者，謂歷進退而兩難之意也。」劉夢鵬曰：「歷，至也。憑心歷茲，歎其信心自姱，以至讒廢也。」張渡《然疑待徵録》曰：「茲，年也。」謂「經年」。此説爲何劍薰張本，曰：「茲，當訓年，係載字之假。茲、載同屬精母，爲雙聲，故可相假。『喟憑心而歷茲』者，即懷着滿腔怒氣以度歲月耳。」案：歷茲，連語，聲變字作歷斯。茲、斯同訓此，雙聲通轉。詳王引之《經傳釋詞》。《説文・木部》：「櫪，櫪㯕，柙指也。从木，歷聲。」又，「㯕，櫪㯕也。从木，斯聲。」《一切經音義》卷一二引《通俗文》曰：「考具謂之櫪㯕。」猶後所稱「手枷」。楊遇夫曰：「歷訓離，二字音近，斯訓析，二字音亦近。以木離析罪人之手指而束之，故謂之櫪㯕。櫪㯕之爲言離析也。」歷茲、離析，聲之變，言支分之意。狀沙礫分散或曰磧歷，是其倒文。《漢書・司馬相如傳》「下磧歷之坻」，顔師古注：「磧歷，沙石之貌。」又或作離跂、離蹝。《荀子・非十二子篇》楊倞注：「離跂，違俗自絜之貌。」王念孫曰：「離跂、離縰皆疊韻字，大抵言自異於衆之意也。」或作離遏、離逖。《書・多方》「離逖爾土」，《左傳》襄十四年「豈敢離遏」，皆離分自逝義。狀冰之分解字作流澌詳《九歌・河伯》，又作流漸《淮南子・泰族訓》，作流壍《論衡・實知》，狀敬謹股戰字作栗斯，《卜居》王逸注，訓詁字又作慄斯《玉篇・心部》。此文歷茲，意同離跂，言違俗自逝也。

是二句蓋趁韻倒乙，本作「喟憑心而歷茲兮，依前聖以節中」。言我憂心怫鬱，乃離逷世俗而去，依前聖大舜，令決斷生死也。

濟沅湘以南征兮　就重華而敶詞

濟　《分門集注杜工部詩》卷四注引作済。案，済，俗濟字。《補注杜詩》卷三五注引亦作濟。

沅　洪《補》、朱《注》、錢《傳》三本沅同音元。

敶　洪《補》、朱《注》、錢《傳》同引敶一作陳。《文選》六臣本敶作陳。案：敶，朱云「古陳字」。《補注杜詩》卷三五注、《分門集注杜工部詩》卷四注引亦作陳。

詞　洪《補》、錢《傳》同引詞一作辭。案：辭，本字；詞，假借字。《九嘆・遠遊》、《九章・抽思》字作敶詞，而《補注杜詩》卷三五注、《分門集注杜工部詩》卷四注引亦作陳辭。

【濟】王逸注：「濟，渡也。」案：《說文・水部》：「濟水出常山房子贊皇山，東入泜。从水，齊聲。」濟無濟渡義。蓋濟之言至也。濟、至爲脂質平入對轉，精照旁紐雙聲，例得通用。濟諧齊聲，古齊、資通用。《周官・考工記》「或通四方之珍異以資之」，注：「故書資作齊。」《儀禮・少牢饋食禮》「資黍於羊俎兩端」，注：「今文資作齎。」齎諧齊聲。又，古至、資通用。《書・君牙》

「夏日暑雨，小民惟日怨。資冬祁寒，小民亦惟日怨」，《緇衣》注：「資當爲至。」資冬，至冬也。至、濟亦通用。《呂氏春秋·權勛》「則大忠不至」，注：「至，猶成也。」《爾雅·釋言》、《禮記·樂記》注並曰：「濟，成也。」至、濟音同義通。至，行也，通也，達也。《禮記·樂記》「樂至則無怨」，注：「至，猶達也。」《楚語》「至於神明」，韋昭注：「至，通也。」蓋渡水字作涇，而借齊爲至，則字作濟，是與濟水名合爲一字。古或「跮踱」連文，《史記·司馬相如列傳》「跮踱輵轄，容以委麗兮」，《索隱》引張揖曰：「跮踱，疾行貌。」跮踱平列複語，跮，猶踱。濟，亦渡。濟一曰水名，一曰渡水。而渡水之濟，借聲字。楚簡及馬王堆漢帛書「濟」作「淒」。

【沅湘】洪《補》曰：「《山海經》云：『湘水出帝舜葬東，入洞庭下；沅水出象郡鐔城西，東注江，合洞庭中。』《後漢志》：『武陵郡有臨沅縣，南臨沅水，水源出牂牁且蘭縣，至郡界分爲五谿。』又：『零陵郡陽朔山湘水出。』《水經》云：『沅水下注洞庭，方會於江。』《湘中記》云：『湘水之出於陽朔，則觴爲之舟，至洞庭，則日月若出入於其中。』」蔣驥曰：「沅水出今思州府施溪長官司，東北至常德沅江縣入洞庭。湘水出今廣西興安縣，北至長沙湘陰縣，入洞庭。重華，舜號也。舜葬九嶷山，今跨衡、永二府之界，在沅、湘南。」案：稽今圖牒，沅水出今湖南吉首鳳凰，東北流，經溆浦，折西北流；至武溪，又折東北流，經武陵、桃源縣，折東，經常德縣，而入於洞庭也。湘水出廣西靈川縣之海洋山，東北流，經零陵，東北流，至衡陽，直北流，踰長沙，折西北流，越湘陰縣，而入注洞庭也。沅、湘二水在楚南，今湖南境内，古今無異辭。唯錢穆以曲會其所倡屈子放漢北而非放江南説，乃謂沅、湘二水皆在漢北。沅水，漢北淯水，沅、淯音同字通。又據《楚策》「蔡聖侯南遊乎高陂，北陵乎巫山，飲茹溪之流，食湘波之魚」，乃謂湘波即湘水，在南陽上蔡，即漢北濯水。湘從相聲，相有視義；濯，瞿聲，言驚視。湘、濯義同互通。又以湘爲襄字假借，謂「滄浪」合音。詳錢氏《論湘澧諸水》、《再論湘澧諸水》等文。錢氏之説，至爲譎詭，方授楚詳《洞庭諸水仍在江南屈原非死江北辯》、饒宗頤詳《楚辭地理考》、游國恩詳《再論沅湘諸水》諸賢既已斥其謬，文繁不録。事雖已去七十餘祀，今猶有拾錢餘唾而大張其說者，故不可存而不論。以訓詁言，錢氏之謬有三：錢謂沅、湞通用，謂沅水即湞水，無徵而不信。又謂襄爲「滄浪」合音，師心所自，游說無根。此其一也。錢謂湘、瞿二字之聲符各訓視，謂湘、瞿互用。同義同訓而不同音之字，不得通用，且相、瞿亦非同義字瞿但訓大視、瞪視、驚視，相訓審視、擇選，湘、瞿安得互通？此謬於訓詁。爲其二也。其三，錢引《楚策》「食湘波之魚」，乃謂湘波即湘水，在南陽上蔡。未審《國策》之高蔡，非楚之上、下蔡，而在楚西。即在今湖北巴東、建始之間。《荀子》「西伐蔡」可證。蓋楚滅上、下蔡，乃遷徙蔡之餘民於巫山之陽而邑居之，猶滅鄀而徙其民於江夏之間，故江夏復有郗氏之邑。《楚策》之湘波，在江南，與《荀子》「西伐蔡」地貌吻合。沅、湘二水必在江南而非在漢北猶有三事可援爲佐證。「濟沅湘以南征兮，就重華而敶詞」，承嬃詈「鮌婞直以亡身兮，終然夭乎羽之野」來。因鮌者，舜也。屈子乃就重華敶詞，令其決斷之，蓋有繫鈴解鈴之意。錢澄之曰：「姊所言殛鮌者，舜也。試濟沅、湘，就重華而叩之，鮌以婞直見誅，豈伏清白而死直者，亦在所誅乎？」賀寬曰：「就鮌就舜，文心最密。」李陳玉曰：「爾以予爲鮌，請即質於舜！」又曰：「蓋當日殛鮌者，重華也。吾所以事君者，有一不合中正，則果是婞直，與鮌同歸，爲重華之罪人矣。」蔣驥曰：「因女嬃之言而自疑，故就前聖以正之。又以鮌爲舜所殛，而九嶷於楚最近，故正之於舜也。」重華，顓頊族後，屈子於重華，思慕之情至篤，於「世溷濁而莫余知」之際，則思「駕青虬兮驂白螭，吾與重華遊兮瑶之圃」。其視重華爲古今能傳其心事者唯一之人。《懷沙》：「重仁襲義兮，謹厚以爲豐。重華不可遻兮，孰知余之從容。」生死之事大矣，屈子見嬃詈之後，不敢魯莽，令重華折中，蓋亦出於宗教之情，不唯繫鈴解鈴而已。陳辭重華，必濟沅湘之水，以舜祠在沅湘之南也。王逸注引《帝繫》曰：「舜葬九嶷山，在沅湘之南。」果如錢說，本篇「南征」，猶南轅北轍耳。朱冀曰：「舜崩蒼梧之野，故沅湘南有廟在焉。」劉夢鵬曰：「楚人廟祀於沅湘之南，故借此爲言。」碻乎不刊。《水經注·湘水》謂九嶷之山，「南山有舜廟，前有石碑，文字缺落，不可復識」。長沙馬王堆漢墓出土《輿地圖》，以山形綫及魚鱗狀紋畫九嶷山地貌，山南畫有象石柱者有九，蓋九嶷山之九峰也。柱石之下有廟，題曰「帝舜」，猶前漢舜廟所在。《水經注》所載，良有所據。譚其驤謂所畫九柱石，即舜廟前九碑。抑《水經注》所云「石碑」乎？據此圖所載，當戰國楚俗祀舜之風至久，九嶷有舜廟，及魏晉六朝，其勝蹟尚存。屈子就舜敶詞，先濟沅湘；敶詞既畢，又朝發蒼梧，九嶷並迎；其文前後所叙地理桴鼓相應，沅湘必在江南而非漢北湞、襄二水。此其一事也。又以屈賦他篇考之，沅湘宜在江南。《九歌・湘君》曰：「令沅湘兮無波，使江水兮安流。」下文承曰：「駕飛龍兮北征，邅吾道兮洞庭。」沅、湘北流而入洞庭，是以「北征」而至洞庭。若沅、湘在漢北之湞、襄二水，不得云「北征」。沅、湘在洞庭南，始「北征」順流而上，故言令沅、湘無波，又繼言使江水安流，由洞庭而入於大江也。其文所叙與南楚地理相合。且湘君、湘夫人爲舜妃而死洞庭已見安徽大學所藏楚簡，更不宜在漢北也。《懷沙》曰：「浩浩沅湘，分流汩兮。」今湞、襄二水，涓涓細流，舟楫不運，安得侈言「浩浩」？湞、灈本一脈之水，上曰湞，下曰灈，又安得言「分流汩」也？「分流汩」云，必是二水。沅、湘之水得曰「浩浩」、得曰「分流汩」，而非漢北之湞、襄。此其二事。又以漢人構擬《離騷》之作考之，沅、湘必在江南。此最可稱道者莫如賈生《吊屈原賦》，云：「恭承嘉惠兮，俟罪長沙；造託湘流兮，敬吊先生。」湘流，踰長沙之湘水。賈生距屈子但百二十餘祀，其黜居長沙，因訪屈子遺蹟，所言最可信。劉向《九歎・遠遊》曰：「違郢都之舊閭兮，回湘、沅而遠遷。」言去郢都而邅道沅、湘，向南遷徙。亦以沅、湘在江南。《越絶書》卷一五：「屈原隔界，放於南楚，自沈湘水。」南楚，《史記・貨殖列傳》之江南、豫章、長沙三郡，不槩漢北，亦以湘水在江南，而非漢北。此其三事也。沅、湘二水在江南，絶非漢北之湞、襄，屈子流於江南，死於江南，而非死於漢北。「沅湘」連文，非言既濟湘又渡沅也，但指沅也。湘字無義可求，沅之襯語耳。聞一多曰：「湘爲南方諸水之大名，古言沅湘、江湘、瀟湘，猶言沅水、江水、瀟水也。」古有此例。《漢書・楚元王附劉向傳》：「然公卿大臣絳灌之屬，咸介冑武夫，莫以爲意。」《文選》李善注謂「絳灌」自是一人，非指絳侯、灌嬰。二名之中必一名爲襯語。《左傳》昭二年：「昔文襄之霸也，其務不煩諸侯，令諸侯三歲而聘，五歲而朝，有事而會，不協而盟。」孔《疏》曰：「襄是文公子，能繼父業，故連名之。其命朝聘之數，吊葬之使，皆文公令之，非襄公也。」「文襄」連文，襄爲襯語。《論語・憲問》：「禹稷躬稼而有天下。」躬稼而得行天下者，稷也，非禹。「禹稷」連文，禹爲襯語。《孟子・離婁下》：「禹稷當平世，三過其門而不入。」三過其門不入者，禹也，而非稷。「禹稷」連文，稷爲襯語。《書・禹貢》：「江漢朝宗於海。」朝宗於海者，江也，而非漢。漢爲襯語。二名連文而單用一名者，前脩目爲「連及」例。詳楊樹達《中國修辭學》第十四章。本書「沅湘」連用，即屬此例。

【南征】王逸注：「征，行也。」謂「南征」爲南行。案：征、行統言不別，析言各有專義。《説文》征字作𨑨，《辵部》曰：「𨑨，正行也。从辵，正聲。征，𨑨或从彳。」𨑨，甲文作「□」《存下》八四八，金文作「□」《盂鼎》，征、𨑨一字。上從口、■、▼，皆丁字古文，即釘字。釘以固木，其有準的。下從止，足所止。正，言止於準的，是以爲正中義，引申言正直、方正、平正。行有準的、目標字作征。於兵事，討伐有準的，謂征伐、征討。《禮記・月令》「以征不義」不義，征之準的。鄭注：「征之言正也，伐也。」南征，非泛言南行。南征就舜，信有準的。下文「上征」同此。

【就】王逸注「故欲渡沅湘之水南行，就舜敶詞自説」云云，謂歸依義。案：就重華、依前聖對文，就、依義同。《孟子・離婁上》「猶水之就下」，《晉書・段灼傳》作「猶水之歸下」，就，謂歸依。《廣雅・釋詁》：「就，歸也。」《説文・京部》：「就，高也。从京、尤。尤，異於凡也。」不言歸依。就之爲言造也。古書通用。《大戴禮記・保傅》「造然失容」，《新序》作「蹴然易容」。造，言比舟渡水義詳下文「告」字，引申言歸附、造至。《書・盤庚》「咸造勿褻在王庭」，孔《傳》：「造，至也。」《小爾雅・廣詁》：「造，適也。」古多借就字爲之。

【重華】王逸注：「重華，舜名也。《帝繫》曰：『瞽叟生重華，是爲帝舜。』」《史記・五帝本紀》謂舜名重華。邱光庭曰：「按，《舜典》云『若稽古帝舜曰重華，叶於帝』，孔安國云：『華謂文德。言其文德光華，重合於堯，俱聖明也。』據安國所言，重華，謂功業德化，不言是其名也。」洪《補》曰：「先儒以重華爲舜名。按，《書》曰『有鰥在下曰虞舜』，與帝之咨禹一也，則舜非謚也，名也。又曰『若稽古帝舜曰重華』，與堯爲放勳一也，則重華非名也，號也。羣臣稱帝不稱堯，則堯爲名，帝稱禹不稱文命，則文命爲號。伊尹稱尹躬暨湯，則湯號也。湯自稱『予小子履』，則履，名也。《楚詞》屢言堯、舜、禹、湯，今辨於此。」又，《史記·項羽本紀》「舜目蓋重瞳子」，《集解》引《尸子》曰：「舜兩眸子，是謂重瞳。」張守節《正義》曰：「目重瞳子，故曰重華。」謂「重華」由於重瞳形相。聞一多謂重華爲歲星別名。案：帝舜，殷商卜辭作夋。帝舜，即帝夋。夋，舜音近通用。夋，甲文作「」，鳥首人身。夋，玄鳥，爲殷人先祖。玄鳥猶神鳥鳳凰，日神之精。《山海經·大荒東經》「帝舜生戲」，戲，日神羲和。又，《大荒南經》曰：「羲和者，帝俊之妻，生十日。」又曰：「帝俊妻娥皇，生此三身之國，姚姓，黍食，使四鳥。」《海內經》：「生三身。」三身，三夋。身、夋音近通用。《楚帛書》帝夋作帝身，從厶，從身。三夋，日中三足烏。《大荒西經》曰：「帝俊妻常羲，生月十有二，此始浴之。」常義，日神，而後分化爲月神。常，尚也，言配匹。配尚於羲曰常羲。而後書以訓詁字作嫦娥。屈子於三代正史，稱舜不稱重華；於宗教世系，稱重華不稱舜。重華之重，即重黎之重。重，「祝融」促音，楚之先也。楚人祀祖亦祭祝融見《左傳》僖二十六年，祝融，帝嚳火正，德能光融天下，日神之號也。包山楚簡謂「楚先老僮、祝⿱韋蟲」。老僮之童，即重華之重。先於祝融曰老僮，亦日神之號，皆非其名。華，言光華。重華，融合楚先名號合於帝舜者而非中土之舜也。重華，楚人稱舜之名，亦楚化之帝舜。一聲之轉，重通作燭。重、燭東屋平入對轉，定禪旁紐雙聲重華，亦名燭光。《海內北經》：「舜妻登比氏，生宵明、燭光，處河大澤，二女之靈能照此所方百里。」宵明、燭光，重華神話化分也。

【敶詞】王逸注文「就舜敶詞自説」云云，以敶詞爲自説。案：《説文·阜部》：「敶，列也。从攴，陳聲。」陳，陳國名，無敶列義。陳之言申也。陳諧申聲，例可通用。申有引申、施列義，而後製敶字以專之。敶，借聲字。古多借作陳，𠻘字遂廢不用。《文選·古詩十九首》「歡樂難具陳」注：「陳，説也。」詞，亦謂説。《禮記·曾子問》「其詞于賓」，《釋文》：「詞，告也。」《説文·言部》：「詞，意内而言外也。」告語之詞，借作辭。《辛部》：「辭，訟也。从辛、𤔔，𤔔猶理辜也。𤔔，理也。」引申爲自訴、自告。《禮記·檀弓上》「使人辭於狐突」，注：「辭，猶告也。」「𠻘辭」爲文，用「訟辭」本義。謂申訴非辜。陸善經曰：「陳詞，謂興亡之事也。」林雲銘曰：「陳詞者，求其折中也。」舜廟有巫祝，屈子申訴其情，令其節終生死。古世巫史同職，是以下文𠻘辭，牽引三代以往興亡史蹟。然則屈子果有未明不釋之疑慮邪？上云「雖不同於今之人兮，願依彭咸之遺則」，「伏清白以死直兮，固前聖之所厚」，「民生各有所樂兮，吾獨好脩以爲常；雖體解吾猶未變兮，豈余心之可懲」，忠佞正邪、是非曲直，觀若洞火，了然無礙。不疑而疑、不惑而惑，是爲設疑。《卜居》叙屈原設疑於太卜鄭詹尹而難，此文設疑於重華而難其廟祝，令文勢變化多端，起落有致，即其獨具匠心處，開漢世《子虚》、《兩京》、《兩都》、《答難客》諸賦之設疑之體。此其一。屈子獻疑重華，蓋出於宗親情愫。每疑必卜，其卜必在祖廟。殷商貞卜，皆問於先祖。包山楚左尹邵𠆸墓簡文貞卜，亦多貞於先祖。其貞於遠祖者有老僮、祝融、熊繹；貞於近祖者有武王、昭王。南楚巫風昌熾，多存筮人習俗。且生死之大事，雖知去留之分，猶託決於祖神。示不敢專。此其二。聞一多曰：「所陳之詞疑被省略，以下重華答詞。」謂「啓《九辯》與《九歌》兮」以下爲重華釋疑之詞。非也。以下當屈子所陳訴之訟辭。

是二句言我濟渡沅水，南向征行，歸於舜廟，令巫祝決斷其訟辭也。

第三十六韻：　兹、詞

兹，古音爲[tsiə]。詞，古音爲[ziə]。兹、詞古同之部。

啓九辯與九歌兮　夏康娛以自縱

【啓九辯與九歌】 姜亮夫謂「啓《九辯》與《九歌》」二句中無述語，不合文法；又謂《九辯》之名，不存先秦古書，但見屈賦及《山海經》，乃據本書下文「奏《九歌》而舞《韶》」及《遠遊》「二女御《九韶》、《歌》」語，則以辯字爲韶字形訛，改此句爲「啓舞《韶》與《九歌》」。案：非也。「啓《九辯》與《九歌》」，言啓娛樂《九辯》與《九歌》也，述語探下句「康娛」而省。俞樾曰：「夫兩文相承，蒙上而省，此行文之恒也。乃有逆探下文而預省上字，此則爲例更變，而古書往往有之。《堯典》：『舜生三十徵庸，三十在位，五十載。』因下句有『載』字，而上二句皆不言『載』。」詳《古書疑義舉例》卷二第二十四條「探下文而省例」。此亦屬此例，不可謂上句無述語。屈賦，韻文也，約其字數，句中常省字，《九歌》十一篇至爲明顯。《大司命》「壹陰兮壹陽，衆莫知兮余所爲」。上句無主語，探下句「余」字而省，《少司命》「荷衣兮蕙帶」，言服荷衣與蕙帶也，省述語。《湘君》「桂棹兮蘭枻，斲冰兮積雪」，言舉桂棹與蘭枻也，探下句「斲冰」而省述語。凡此不得謂其句法「不合常規」、「文法錯誤」、「幾至不可讀」。姜氏妄改本書，雖弊弊焉千餘言，徒瘁心力之勞耳。《路史·後紀》卷一三上《夏后紀》注引辯作辨，《記纂淵海》卷七八引亦作辯。

【娛】《考異》姜校同謂《路史·後紀》卷一三上《夏后紀》注引作娛作豫。案：明萬曆本《路史·後紀》卷一三《夏后紀》注引作娛不作豫，《記纂淵海》卷七八引亦作娛。

【啓】 王逸注：「啓，禹子也。」張銑曰：「啓，開也。言禹開樹此樂，而太康娛樂自縱而喪。」汪瑗曰：「啓，開也，與上『陳』字義同。蓋承上句變文而更端之詞也。」并以啓爲述語，訓開啓。案：王注不可輕易。《世本》云：「啓，禹子。」張澍注：「按，《紀年》『啓名會』，《連山易》名余，《年代歷》名建。」《離騷》言啓，但此一例，《天問》載啓事有五，曰「啓棘賓商，《九辯》、《九歌》」，與本文同，言啓淫樂失國事。而此爲儒書所闕。又曰：「啓代益作后，卒然離蠥，何啓惟憂，而能拘是達？皆歸䠶鞫，而無害厥躬，何后益作革，而禹播降？」據《竹書紀年》、《山海經》及南楚《檮杌》佚聞所載，益干啓位，啓殺之而自立，立則樂天樂。夏后氏以龍爲圖騰，禹即句龍。益者，翳也，鳳皇之儔，東土殷族先祖。益、啓爭位，龍、鳳二族之爭。蓋其始，鳥族替代龍族，故曰「后益作革」，後則龍族滅益，得有天下，故曰「禹播降」。《山海經·海外西經》：「大樂之野，夏后啓于此儛《九代》，乘兩龍，雲蓋三層。左手操翳，右手操環。」龍族降服鳥族之象，「操翳」，降益象徵。《天問》又曰：「何勤子屠母，而死分竟地？」《繹史》卷一二引《隨巢子》：「禹娶塗山，治鴻水，通轘轅山，化爲熊。塗山氏見之，慚而去，至嵩高山，化爲石。禹曰：『歸我子！』石破北方而生啓。」啓破母胷而生，象徵母系氏族解體、父系社會之興起。蕭兵謂勤子即晴子、旱子。屠母以祭旱神，有禳災祈豐之意。其説譎詭無根。啓，開帝王世及權與，興家天下社會，是以名曰啓。敶詞始啓，非信手拈來，蓋有其招質所矣。朱冀曰：「要知大夫一言一淚、一字一血，全是爲楚王對癥發藥，並非心閒無事，坐古廟中，對土木偶人攀今弔古也。此一章對楚王不思繼穆、莊伯業，而耽樂是從。」

【九辯、九歌】王逸注：「《九辯》、《九歌》，禹樂也。言禹平治水土，以有天下，啓能承先志，纘叙其業，育養品類，故九州之物，皆可辯數，九功之德，皆有次序，而可歌也。《左氏傳》曰：『六府三事，謂之九功。九功之德，皆可歌也，謂之《九歌》。水、火、金、木、土、穀，謂之六府；正德、利用、厚生，謂之三事。』」朱子曰：「《九辯》不見經傳，不可考；而《九歌》著於《虞書》、《周禮》、《左氏春秋》，其爲舜禹之樂無疑。至屈子爲《騷經》，乃有啓《九辯》、《九歌》之説，則其爲誤亦無疑。王逸雖不見《古文尚書》，然據《左氏》爲説，則不誤矣。顧以不敢斥屈子之非，遂以啓修禹樂爲解，則又誤也。」汪瑗曰：「《九辯》，即九叙也。《九歌》，九德之歌，禹樂也。見《尚書・大禹謨》。不言禹者，既曰《九辯》、《九歌》，則不待言禹而可知其爲禹之樂矣。」徐焕龍曰：「《九辯》、《九歌》，皆禹樂名。九州攸同，九土咸辯，故曰九辯。九功惟叙，九叙惟歌，故曰九歌。」皆據經義謂《九辯》、《九歌》爲禹樂。屈子所載啓事，本不以啓爲賢君，與經義所言殊異。《天問》曰：「啓代益作后，卒然離蠥；何啓惟憂，而能拘是達？皆歸䠶鞫，而無害厥躬，何后益作革，而禹播降？」斥啓背棄禹德，殺益自立，亂以干戈，開「家天下」之首罪。又曰：「啓棘賓商，《九辯》、《九歌》；何勤子屠母，而死分竟地？」斥啓耽樂荒政，不慈不孝，生而破母，罪同十惡。陳詞重華，由啓發端，意旨深遠，朱冀固已識之。女嬃，以鮌爲比，謂鮌婞直忘身，爲帝舜囚於羽野。陳詞探嬃詈以難舜。《天問》褒美鮌禹之功，曰「伯禹愎鮌」、曰「遂成考功」，禹之煌煌功績，肇創於鮌。鮌、禹爲夏后氏聖君。而禹子啓不遵鮌禹緒業，康娛永日，卒致家鬨之亂。屈原斥啓亦爲鮌翻案。啓以下至后辛，皆失德無道之君。《天問》亦以啓干益政與后羿、寒浞、后辛同類，視爲無道。王逸謂「啓能承先志，纘叙其業」云云，以經義强解此文，多致扞格。朱子反斥屈子誤識，尤爲鄙陋。洪《補》曰：「《山海經》云：『夏后開上三嬪于天，得《九辯》與《九歌》以下。』注云：『皆天帝樂名，啓登天而竊以下用之。』《天問》亦云：『啓棘賓商，《九辯》、《九歌》。』王逸不見《山海經》，故以爲禹樂。《騷經》、《天問》多用《山海經》，異乎經典。」以《九辯》、《九歌》屬天帝之樂。錢杲之亦曰：「原詞多用《山海經》，不專據《尚書》也。」王逸博學君子，當見《山海經》，以其「怪誕」不經，故注屈賦棄之不用，似不得謂其「不見《山海經》」云爾。又，戴震曰：「言啓作《九辯》、《九歌》，示法後王，而夏之失德也。康娛自縱，以致喪亂。」謂《九辯》、《九歌》爲啓樂。翁方綱曰：「《山海經》言夏后開上三嬪於天，得《九辯》與《九歌》以下，此事雖惝恍，然必有所本。《天問》云『啓棘賓商，《九辯》、《九歌》』，亦正用此。」王引之曰：「洪《補》《九辯》、《九歌》郅確矣。解者誤以『啓《九辯》與《九歌》』爲美啓之詞。」游國恩曰：「考之本書有以《九辯》、《九歌》題篇名者矣，又本篇及《天問》，《九辯》凡兩見，《九歌》凡三見。而《大招》又有『伏羲《駕辯》』，《駕辯》是否即《九辯》，雖不可知，然即以本書證之，《歌》與《辯》之爲古樂，殆無疑也。且屈子兩言《九辯》、《九歌》，皆屬之啓，而不屬之禹，證以《山海經》，若合符節。則屈子當日必有異聞，而非空據儒家經傳爲言可知也。」案：《九辯》、《九歌》爲禹樂，爲天帝之樂，爲啓樂，實同。《山海經·大荒西經》曰：「西南海之外，赤水之南，流沙之西，有人珥兩青蛇，乘兩龍，名曰夏后開。開上三嬪於天，得《九辯》與《九歌》以下。此天穆之野，高二千仞，開焉得始歌《九招》。」此雖爲衆家所引，而「天穆之野」爲人所忽略。郭璞曰：「《竹書》曰，『顓頊産伯鯀，是維若陽，居天穆之陽』也。」又，伯鯀封崇，在「衡嶺之南」。即在天穆之野內，既包蜀中若水以北，又槩南楚衡、湘，夏后氏伯鮌發祥之居，夏后氏之聖地。《九辯》、《九歌》是爲夏后氏創世之歌。猶殷商之《玄鳥》，姬周之《生民》、《緜》之比，蓋夏頌也。禹又稱宓，通作禖，《帝王世紀》謂禹又名高密，即高禖。宓、密古通用。高，太皞、少皞之皋。皋禖，言太昊族禖神，即伏羲。伏、禖通用。羲，羲陽也，言日陽族之禖神。禹爲皋禖、伏羲，當出鳥夷族先民創世傳説，非出於夏后氏也。是以於鳥夷族，禹、伏羲時或混爲一人，而謂《九辯》亦伏羲氏之歌。《大招》，「伏羲《駕辯》」是也。於夏后氏，曰《九辯》；而於鳥夷氏，曰《駕辯》也。駕之言鵝也，二字古同歌部，例可通用。鵝，鳥也。古世氏族相互融合，以至各族創世之神及創世神話相互雜糅而張冠李戴。然則夏啓「得《九辯》與《九歌》以下」，何以「將將鍠鍠，筦磬以方」，「渝食于野，萬舞翼翼」，樂《九辯》、《九歌》於天穆之野邪？《天問》曰：「啓棘賓商，《九辯》、《九歌》。」棘，亟也，急也。賓，借爲擯，擯斥也。商，商殷始祖后益。啓急擯逐后益以自立，乃大樂《九辯》、《九歌》於天穆之野，意有「衣錦還鄉」，獻武功於祖廟，以旌其武績者。《山海經》「三嬪於天」，謂夏啓巡狩天穆，數郊祀於宗廟。三，虚數，非謂三次。本文斥曰「康娛以自縱」。啓方其黜益以自立，榮歸天穆，陳功先廟，告以成功，意氣之盛，洋洋自得，幾於忘形。及其五子家鬨，社稷傾頹。古人言：「憂勞可以興國，逸豫可以亡身。自然之理也。」辯，非辯數、辯叙之謂。辯之爲言變也。《呂氏春秋·古樂》「禹命皋陶作夏籥

《九成》」，高誘注：「九成，九變也。」《海外西經》曰：「大樂之野，夏后開于此儛《九代》。」大樂之野，即天穆之野。代，替代也。《九代》，猶九變。九成，疑九代形訛。《淮南子·齊俗訓》「夏后氏其樂夏籥《九成》」，成，亦代字之訛。郭璞注曰：「九代，馬名；儛，謂盤作之令舞也。」李善注王融《三月三日曲水詩序》引此文作「舞《九代》馬」。或云馬字衍文。馬，白馬也，鮌也。《海内經》曰：「白馬是爲鮌。」鮌之精靈爲龍，《周禮·庾人》：「馬八尺曰龍。」馬，即龍也。《九代》，鮌樂也，舞名。舞列變替因於「九」者，故曰《九辯》。《九辯》、《九歌》皆爲夏后氏宗廟之樂，以頌鮌、禹之德。至夏后氏滅，又演變爲民間祀神、娛神之樂，而流播於南楚沅湘及川蜀若水之間，是屈子《九歌》、宋玉《九辯》之淵藪。夏后氏之《辯》、《歌》又何以名「九」？一説九乃極數，非實指。馬其昶曰：「九者，數之極。」一説九乃實數。九，謂六府三事、九州、九功之類。案：九，甲文作「九」，象龍形。别作虬。《史記·賈生列傳》：「夫禍之與福兮，何異糾纏。」《索隱》引《字林》曰：「糾音九。」糾、虯同丩聲。虯，龍屬，俗作虬。《天問》曰：「焉有虬龍，負熊以遊？」王注曰：「有角曰龍，無角曰虬。」虬龍，禹也；熊即能，指鮌。夏人以龍魚爲圖騰物，虬龍、能皆夏后氏圖騰。《九辯》，即《虬辯》，《九歌》即《虬歌》，皆有夏氏祀天、祭祖之歌也。又，徐仁甫曰：「啓《九辯》與《九歌》，謂禹子啓九次辯又九次歌也。九謂次數多，不必定爲九次。」不知九爲虬之借字也。

【夏康娛】王逸注：「夏康，啓子太康也。娛，樂也。」以「夏康」連文，「娛」字獨立。陸善經、張銑及洪《補》、朱子、錢杲之等皆同王注。汪瑗曰：「夏，禹有天下之號。而此曰『夏』者，猶曰夏之子孫，指太康而言也。康娛，猶言逸豫也。」「夏」字獨立，而「康娛」連文。戴震曰：「『康娛』二字連文，篇内凡三見。」王遠曰：「『康娛』二字下皆連用，『夏』字少住亦可。」并同汪説。唯「夏」字義甚涵胡。王引之曰：「今案夏當讀爲下《左氏春秋傳》僖二年「虞師晉師滅下陽」，《公羊傳》、《穀梁傳》皆作「夏陽」，即《大荒西經》所謂『夏后開上三嬪於天，得《九辯》與《九歌》以下』。此大穆之野，高二千仞，開焉始得《九招》者也。郭璞注引《開筮》曰：『不得竊《九辯》與《九歌》，以國於下。』亦其證也。

自「啓《九辯》與《九歌》」以下，皆謂啓之失德耳。」胡紹瑛曰：「竊謂『夏』當讀如《尚書》『須夏之子孫』之夏，《禮記·鄉飲酒義》：『夏之爲言假也。』《釋名》：『夏，假也，謂寬假也。』蓋暇豫之意，即《墨子》所謂『淫溢康樂』者也。」謂「暇康娛」三動詞連用。又，姜亮夫謂夏借爲嘏，嘏，大也。嘏康娛，言大康娛。郭沫若謂夏爲「陽夏時分」。劉永濟曰：「夏，大也，太甚也。」聞一多曰：「夏，疑日之誤。」案：夏，夏后氏之夏，不煩改字。然則夏非指夏之子孫。游國恩曰：「上言啓而下言夏，變詞以避複耳。況互文見義之例，古人正復不少。」是也。啓、夏互文，夏，夏啓。屈賦句法。凡上下二句同叙一事，主語相同而不省者，則上句與下句之句首主語雖異詞而同稱。下「后辛之菹醢兮，殷宗用而不長」，后辛、殷宗同稱，殷宗，即后辛。詳俞樾《古書疑義舉例》卷一「參互見義條」。「康娛」連言，平列複語。倒爲樂康。《九歌·東君》「君欣欣兮樂康」是也。下曰康娛，同此。夏康娛，言夏啓得意忘形，康樂《九辯》、《九歌》於天穆之野。《墨子·非樂》引武觀曰：「啓乃淫溢康樂。于野飲食，將將銘筦以力，湛湎於酒，萬舞奕奕，章聞於天，天用弗式。」于野，即于天穆之野。《竹書紀年》亦曰：「帝啓十年，帝巡守舞《九招》《九招》即《九辯》也。非舜樂於大穆之野。」大穆，即天穆。

【縱】王逸注：「縱，放也。」汪瑗曰：「縱，放恣也。」案：《説文·糸部》：「縱，緩也。一曰舍也。从糸，從聲。」朱駿聲《説文通訓定聲》曰：「凡絲持則緊，舍則緩，緊則理，緩則亂，一意之引申也。」又引申言行不檢束。秦《詛楚文》曰：「今楚王熊相即楚懷王也，康回無道，淫佚甚亂，宜侈競縱，變輸盟刺。」《戰國策·楚策》曰：「莊辛謂楚襄王曰：『君王左州侯，右夏侯，輦從鄢陵君與壽陵君，專淫逸侈靡，不顧國政，郢都必危矣。』」又曰：「君王因是左州侯，右夏侯，輦從鄢陵君與壽陵君，飯封禄之粟，而載方府之金，與之馳騁於雲夢之中，而不以天下國家爲事。」皆類夏啓康娛自縱。又，楚懷王好大喜功，爲五國之縱長，率山東諸侯以伐秦，可謂意氣洋洋。其亦如夏啓，獻功於太廟，日康娛而自無檢束，不知秦兵迫在眉捷。

是二句言夏后啓敗益自立之後，獻功祖廟，康娛夏頌《九辯》、《九歌》，自縱而無檢束也。此藉以諷刺楚君好大喜功、得意忘形，被一時之勝衝昏頭腦，而於祖廟之中康樂聲色。

不顧難以圖後兮　五子用失乎家巷

難 洪《補》、朱《注》、錢《傳》難同音乃旦反，去聲。《群經音辨》曰：「難，艱也；乃干切。動而有所艱曰難，乃旦切。」周祖謨曰：「案經典相承，難易之難，與問難、難卻、患難之難音有不同。難易之難爲形容詞，讀平聲。問難、難卻之難爲動詞，讀去聲，患難之難爲名詞，亦讀去聲。此本爲一義之引申，因其用法各異，遂區分爲二。」「顧難」之難，患難，去聲。《路史·後紀》卷一三《夏后紀》注引此句同今本。

用失乎 當作「用夫」。詳注。

巷 朱《注》本作「衖」，引一作「巷」。洪《補》、朱《注》、錢《傳》同引一作「居」。案：衖、巷古今字。包山楚簡文作遳、𢓈。巷，隸省字。一本作「居」。蓋因王逸注「兄弟五人家居閭巷」而改，作「居」字，出韻。巷，本作閧，今作訌。詳注。

【不顧難】 王逸注文「不顧患難，不謀後世」云云，「不」字統領全句，既否定「顧難」，又否定「圖後」。陸善經注文「不顧禍難，以謀其後」云云，以「不」字唯以否定「顧難」，而不兼否定「圖後」。案：王氏得屈賦句法。屈賦句首語詞，多統括全句。「不顧難以圖後」，言不顧難、不圖後也。顧，還視，引申爲思念、思慮。難，患難也。不顧難，王逸謂「不顧患難」，自是碻詁。姜亮夫曰：「《天問》：『啓代益作后，卒然離蠥；何啓惟憂，而能拘是達？』《竹書》：『益代禹立，拘啓禁之。反超殺益，以承禹祀。』《戰國策》：『禹受益而以啓爲吏。及老，而以啓不足任天下，傳之益。啓與友黨攻益而奪之天下。』」此事又見《韓非子·外儲説》、《史記·燕世家》。蓋戰國所傳啓、益争立之故事也。不回顧其得天下之不易，即指此事爲説，且與《天問》相應。「以圖後」者，言啓圖謀不善，子姓姦回，至有五子失於家閧之事，即所以引起下文一句而言，爲下句「用」字設辭也。不顧難以圖後，謂夏啓沈湎一日之勝，以爲萬世之業已固，日日沈溺於頌聲中，不復顧念玄鳥氏作亂於其後。難，非指啓創業之艱難。難，猶下文五子家閧，羿澆相亂及夏桀逢殃諸事。《新語·術事》：「夫進取者，不可不顧難；謀事者，不可不盡忠。」《春秋繁露·王道》：「虞公貪財，不顧其難，快耳悦目，受晉之璧、屈産之乘。」不顧難，蓋通語。

【圖後】王逸注：「圖，謀也。」以後爲後嗣。劉永濟曰：「圖後，計畫未來也。」案：不圖後，生前不管身後之憂。《説文·口部》：「圖，畫計難也。从口，从啚。啚，難意也。」段注：「啚，嗇也。嗇者，愛濇也，慎難之意。」圖字從口，口，回也，言圍繞、周旋。會口、啚以爲「畫計難」者，則爲圖，會意兼轉注。

【五子】王逸注：「言太康不遵禹啓之樂，而更作淫聲，放縱情慾，以自娱樂，不顧患難，不謀後世，卒以失國，兄弟五人，家居閭巷，失尊位也。《尚書序》云：『太康失國，昆弟五人，須於洛汭，作《五子之歌》。』此佚篇也。」王逸依據今文《尚書》，故曰「佚篇」。洪《補》曰：「《書》云：『太康尸位，以逸豫，滅厥德，黎民咸貳，乃盤遊無度，畋于有洛之表，十旬弗反。有窮后羿，因民弗忍，距于河。厥弟五人，御其母以從，徯于洛之汭；五子咸怨，述大禹之戒以作歌。』逸不見全書，故以爲佚篇。他皆放此。」洪《補》所引之《書》，乃古文《尚書》也。王、洪二本皆以五子爲太康昆弟五人，謂此二句斥太康而非斥啓。案：五子，非《尚書》「《五子之歌》」之五子，《墨子·非樂》謂之「武觀」，《楚語》又謂之「五觀」，韋昭《國語》注曰：「五觀，啓子，太康昆弟也。」五觀，與《書序》「《五子之歌》」之五子，當非一人，全祖望、翁元圻皆有詳考。翁氏曰：「全謝山《經史問答》二，以有扈氏與觀並稱，見於《春秋內傳》；以朱、均、管、蔡並稱，見於《外傳》。而東郡之縣，名畔觀，則其不良，亦復何說？惟是以五觀遂指爲太康之五弟，而因指洛汭之地爲觀，則古人亦已疑之。厚齋曰，五子述大禹之戒，仁人之言藹如也，豈若世所云乎？但厚齋亦但以《尚書》詰之，而即韋昭之說，其自相悖者，未盡抉也。夫東郡之畔觀，非洛汭也。觀既爲侯國，則五觀者，五國乎？抑一國乎？五國則不聚於一方，一國則不可以容五子，況五觀據國以逆王命，又何須於洛汭栖栖也？是按之地與事而不合者也。蓋五觀特國名，猶之三朡。今以太康之弟適有五，而以配之，則誣矣。然《內傳》尚無此語，《外傳》始以爲夏啓之姦子。夫以追隨太康之弟，而反曰姦、曰畔，則必其從羿而後可矣。蓋嘗讀《續漢書·郡國志》曰：『衛故觀國姚姓。』乃恍然曰，畔觀非夏之宗室也，而況以爲太康之同母乎？是足以輔厚齋之說者也。愚謂《左傳》『夏有觀扈』，杜注止云觀國、今頓邱衛縣，並不言爲啓子。且趙孟舉三苗、姺、邳、徐、奄皆指畔國而言，見諸侯之向背不常，以諷楚免見叔孫耳。不應於叛國之中，忽雜以姦子，今證以全氏之說，信矣。然《外傳》以『五觀』與朱、均、管、蔡並言，而明曰『五王皆有姦子』，則韋注未可全非也。竊謂《內傳》之觀扈，是二國名；《外傳》之五觀，是啓子。而非作歌以述大禹之戒者也。案：《竹書紀年》：『帝啓十一年，放王季子武觀於西河。武觀以西河畔，彭伯壽帥師征西河，武觀來歸。』則即《楚語》之五觀也。然《竹書》曰『王季子武觀』，明是一人不得爲五。或武、五聲近而誤。否則以其爲季子而以五系之歟？《書》曰『母弟』，則必有不同母者，其武觀是歟？或武觀是五子之一，必來歸之後，能率德改行。如太甲之悔過也。」其說大抵得之。上海博物館藏《戰國楚竹書·容成氏》云：「禹有子五人，不以其子爲後，見咎繇之賢也，而欲以爲後。咎繇乃五讓以天下之賢者，遂稱疾不出而死。禹於是讓益，啓於是乎攻益自取。」則五子，禹五子、啓兄弟五人也。

【用失乎】王逸，但以意解，「用失乎」三字無可着落。陸善經注「大康但恣娛樂，不顧禍難以謀其後，失其國家，今五弟無所依」云云，「用」、「乎」二字無義可繫。武延緒曰：「失乃『先』字之訛，言家先亂而國隨之也。」于省吾謂失借爲佚，五子「只貪于目前享受，逸樂乎家巷。『佚』字是承『康娛』爲言，一意相貫」。又，王引之曰：「『五子用失乎家巷。』失字因王注而衍。注內『失國』、『失尊位』，乃釋『家巷』二字之義，非以文中有『失』字而解之也。『五子用乎家巷』者，『用乎』之文，與『用夫』、『用之』同。下文云『日康娛而自忘兮，厥首用夫顛隕』、『后辛之菹醢兮，殷宗用之不長』是也。若云『五子用失乎家巷』，則是所失者『家巷』矣。注何得云『兄弟五人，家居閭巷，失尊位』乎？」王氏謂「用乎」同「用夫」、「用之」，未爲穩妥。乎，不解夫、之。又，郭沫若曰：「余意『失』字實『夫』字之訛。蓋古本一作『夫』、一作『乎』。作『夫』者訛爲『失』，後録書者遂合二本而成爲此語。」亦以「用夫」、「用乎」一意，其字作「夫」、「乎」者皆通。案：高亨曰：「用與因同意，失當作夫，語助詞。乎字當刪。」聞一多、譚介甫、詹安泰亦謂「夫字誤作失字，後復增一乎字。」其説是也。失、夫形似而訛。《戰國策·齊策》「奚以薛爲？夫齊……」，《韓非子·説林》、《淮南子·人間訓》並作「失齊」。「用失乎」，本作「用夫」，「乎」字因「用夫」訛爲「用失」而誤衍。用夫，即用此、用之。用、以，聲之轉。詳王引之《經傳釋詞》卷一「用」字。下「日康娛而自忘兮，厥首用夫顛隕」，言厥首由此而顛隕也。「后辛之菹醢兮，殷宗用之不長」，言殷宗由此而不久長也。「苟中情其好脩兮，又何必用夫行媒」，言何必由此行媒也。「用夫」、「用之」連文，則詮因由。若作「用失乎」、「用乎」，其非勝語。

【家巷】王逸注根柢已謬，了無可采。朱駿聲曰：「《竹書紀年》云：『啓十一年放季子武觀于西河。』西河，今山西汾州府，而今太原府榆次縣有武觀。啓十一年，乃太康三年；十五年，乃太康七年，是啓之第五子嘗封於觀，今直隸大名府也。故稱之五觀。家衖，即《爾雅》所云『宮中』。言失河北家而居河南也。」亦不可信。案：王引之曰：「揚雄《宗正箴》作曰：『昔在夏時，太康不恭。有仍二女，五子家降。』降與巷古同聲而通用。亦足證『家巷』之文爲實義。巷，讀《孟子》『鄒與魯鬨』之鬨，劉熙曰：『鬨，構也。構兵以鬭也。』五子作亂，故云『家鬨』。家，猶内也。若《詩》云『蟊賊内訌』矣。案：家訓内，書證至富。《詩·緜》「未有家室」，毛《傳》：「室内曰家。」《爾雅·釋宮》：「牖户之間謂之扆，其内謂之家。」《易·雜卦》「家人内也」，《左傳》昭二十九年注：「家謂宮室之内。」閧字亦作鬨。《吕氏春秋·慎行篇》『崔杼之子，相與私鬨』，高誘曰：『鬨，鬭也。』私鬨，猶言家鬨。閧之爲鬨，猶閧之爲巷也。閧之通巷，猶巷之通閧。《法言·學行》「一閧之市」是也。《宗正箴》作『五子家降』，降亦閧也。《吕氏春秋·察微篇》：『楚卑梁公，舉兵攻吴之邊邑，吴王怒，使人舉兵侵楚之邊邑，吴楚以此大隆。』大隆，謂大鬭也。降與隆通。《書大傳》「隆谷」，鄭注云：「隆，讀如『厖降』之降。」《荀子·天論篇》「隆禮尊賢而王」，《韓詩外傳》「隆」作「降」。《齊策》「八月降雨下」，《風俗通·祀典》「降」作「隆」。是知隆、降互通。《吕氏春秋》「吴、楚大隆」，高誘注：「隆，當作格。格鬥也。」案：隆亦好鬭之名，字可不改。《逸周書·嘗麥解》曰：『其在殷之五子殷當作夏，忘伯禹之命，假國無正，用胥興作亂，遂凶厥國，皇天哀禹，賜以彭壽，思正夏略。』五子胥興作亂，所謂家閧也。《竹書》：『啓十一年，放王季子武觀於西河；十五年，武觀以西河叛，彭伯壽帥師征西河，武觀來歸。』是五觀之作亂，實啓之康娱自縱，有以開之，故云『啓《九辯》與《九歌》兮，夏康娱以自縱；不顧難以圖後兮，五子用乎家巷』也。王注以家巷爲家居閭巷，失之矣。五子家巷，即當啓之世。揚雄《宗正箴》及王注以爲太康時，亦失之矣。」案：王説泰山不移。《逸周書·嘗麥解》以五子亦謂禹五子也。《廣韻》去聲第四絳韻巷、閧同音胡絳切，云：「閧，俗作鬨。」其本字閧，巷、訌、降、隆皆假借字。鬨，後起借聲字。又，胡紹瑛曰：「揚雄《箴》『五子家降』，正隱括此語。降，讀如『降在皁隸』之降，不與閧、巷義同。」以斥王説之鑿。案：《離騷》「降」字，皆神靈之降下，有特殊宗教色彩，則巷當非「降」字假借，而訓巷爲貶斥、黜降，胡氏仍囿經傳以説《騷》，謂五子爲太康時兄弟五人「降須洛汭」，猶躡舊注之謬。

是二句言啓不顧患難、不謀身後之事，五子由此内閧作亂也。以上一韻四句爲陳訴重華之第一事也。藉夏啓事以諷楚王沈醉於一日之勝，日日歌舞昇平，頌聲貫耳，而不知内亂驟作。《吕氏春秋·介立》：「莊蹻之暴郢也，秦人之圍長平也，韓、荆、趙此三國者之將帥貴人皆多驕矣，其士卒衆庶皆壯矣。因相暴以相殺。」《韓非子・喻老》：「莊蹻爲盜於境内而吏不能禁，此政之亂也。」莊蹻，楚莊王苗裔。莊蹻暴郢作亂，不亦家鬩乎？莊蹻暴郢之事，疑在楚懷王世。

第三十七韻：縱、巷

縱，古音爲[tsioŋ]。陳第曰：「巷，古音諷。」案：戴震曰：「巷，古音胡貢切。」諷音方鳳切。巷、諷異韻。巷，東部；諷，冬部異紐。巷，匣紐；諷，幫紐，古不同音。巷，匣紐二等，古音爲[ɣroŋ]。二等音有介音[r]，從李方桂説。縱、巷同去聲，爲屋部長入。

羿淫遊以佚畋兮　又好射夫封狐

羿 洪《補》、朱《注》羿同音五計切。

佚 朱《注》佚音逸。

畋 《文選》六臣本作田，洪《補》、朱《注》、錢《傳》同引一作田。朱駿聲曰：「畋，爲畋獵本字；田，假借字。」案：稼穡曰田，畋獵亦曰田。甲文、鐘鼎彝器及先秦鉨印文唯作田。後世田以主稼穡，畋以專狩獵。《説文》有田、畋，漢世已判然爲二。詳注。唐寫本《文選集注》亦作田。

又好射 洪《補》、朱《注》、錢《傳》同音食亦切。《山谷外集詩注》卷一一注引「又好射」一句同今本。

【羿】王逸注：「羿，諸侯也。」不言其爲何世。《天問》：「羿焉彈日？烏焉解羽？」王逸曰：「《淮南》言堯時十日並出，草木焦枯，堯命羿仰射十日，中其九日，日中九烏皆死，墮其羽翼，故留其一日也。」羿爲堯射官。又曰：「帝降夷羿，革孽夏民。」王逸注曰：「夷羿，諸侯，弑夏后相者也。言羿弑夏家，居天子之位，荒淫田獵，變更夏道，爲萬民憂患。」羿爲東夷主，夏世諸侯。夏啓以下皆夏后氏事，羿，夏世諸侯，而非堯世之射官。陸善經曰：「羿，夏諸侯。《左傳》云：『羿因夏人以代夏政。』」洪《補》曰：「羿，《説文》云：『帝嚳射官也，夏少康滅之。』賈逵云，羿之先祖也，爲先王射官。帝嚳時有羿，堯時亦有羿，羿是善射之號。此羿，商時諸侯，有窮后也。《天問》曰：『帝降夷羿，革孽夏民。馮珧利決，封豨是射。』」洪氏又謂商世諸侯。案：羿非一時一世之人，蓋羿姓之族，其歷唐虞至夏商，居東土，出東夷族也。羿人善射，佐堯射日。帝堯居陶唐。《説文·阜部》：「陶，再成丘也，在濟陰。从阜，匋聲。《夏書》曰：『東至于陶丘。』陶丘有堯城，堯嘗所居，故堯號陶唐氏。」陶唐故國在東土。《左傳》哀六年引《夏書》曰：「惟彼陶唐，帥彼天常，有此冀方。」冀州在今邯鄲，近東土。堯，姚也。堯、舜皆東夷族之先，爲同族二氏。堯、舜禪讓，出於儒家杜撰，實二氏争帝。唐劉知幾《史通》辯析精到，可參。羿氏佐帝堯射日，日爲帝舜之精；佐堯伐舜，非真有射日。《淮南子·本經訓》曰：「逮至堯之時，十日竝出，焦禾稼，殺草木，而民無所食，猰貐、鑿齒、九嬰、大風、封豨、脩蛇皆爲民害。堯乃使羿誅鑿齒於疇華之野，殺九嬰於凶水之上，繳大風於青丘之澤，上射十日而下殺猰貐，斷脩蛇於洞庭，擒封豨於桑林。萬民皆喜，置堯以爲天子。」猰貐氏、鑿齒氏、嬰氏、風氏、封豨氏、蛇氏及九日皆帝堯敵國。羿氏、帝舜氏亦世爲仇讎。及舜黜堯而有天下，羿氏則降在隸甿之列，是以不彰。帝舜與伯鯀争帝及夏禹代帝舜爲王天下，羿氏佐夏有功，是以復爲夏后氏諸侯，封有窮，爲東夷主。及夏啓殺益自立爲王、五子家鬨，夷羿異圖以謀夏。《天問》曰：「帝降夷羿，革孽夏民；胡射夫何伯，而妻彼雒濱？」王逸注：

「雒嬪，水神，謂宓妃也。傳曰，河伯化爲白龍，游於水旁，羿見而射之，眇其左目。河伯上訴天帝，曰爲我殺羿。天帝曰，爾何故得見射？河伯曰，我時化爲白龍出游。天帝曰，使汝深守神靈，羿何從得犯？汝今爲蟲獸，當爲人所射，固其宜也。羿何罪歟？羿又夢與雒水神宓妃交接也。」此出夷羿戕害夏民史實。河伯化白龍，白龍，白馬也，白馬是爲鮌。又，《九歌·河伯》曰：「與女遊兮九河，衝風起兮横波。乘水車兮荷蓋，駕兩龍兮驂螭。」河伯水神，其駕龍驂螭，出魚龍族，伯鮌之裔，夏后氏同姓諸侯。《帝王世紀》載夏禹「納塗山氏女曰女媧」。女媧出庖犧氏。禹娶女媧，爲異族婚；河伯亦娶虙犧氏女，稱雒嬪，亦異族婚。蓋二族結通家之好。及夏后氏之衰也，夷族有窮后羿乘其亂而弑夏后相，居天子之位而臨夏政，奪夏之家室，娶河伯之妻。后羿娶雒嬪，屬族内婚。許慎謂羿屬帝嚳諸侯，帝嚳，太皞氏也。夏尊伏羲爲太皞，《左傳》昭十七年「太皞氏以龍紀，故爲龍師而龍名」。案：太皞氏以鳥紀，出鳥夷族。帝嚳、帝皞一人。夏人融合鳥夷，視夏禹、伏羲爲一人，猶夷民以鮌、禹爲鳥喙人身之比。《淮南子·覽冥訓》：「羿請不死之藥於西王母，姮娥竊以奔月，悵然有喪，無以續之。」高誘注：「姮娥，羿妻。羿請不死之藥於西王母，未及服食之，姮娥盜食之，得仙，奔入月中爲月精也。」姮娥即嫦娥，帝堯長女娥皇，帝俊妻，生三身國者。見《大荒南經》。帝俊即帝舜，羿佐帝堯伐舜族，復納姮嫦爲妻。后羿、姮嫦本仇讎。西王母，殷商卜辭稱西母，亦夷族先祖。其後，夷人堯族爲舜族所迫而西遷，於其新居立觀建社，奉其先爲西母。夷人融合土著，西母之象爲虎首豹尾，唯其「戴勝」尚存夷氏遺存。夷羿氏發祥地曰有窮，在魯，及至有夏，其一族亦西遷，居窮石，在今山丹，與西母同居西土。姮娥，西母族女，帝舜妻，其後雖見迫於后羿，其情猶存舜而不改，故竊羿爲西王母所饋不死藥而奔歸南土沅湘之間，以從舜。後道死沅、湘，因爲湘夫人。娥皇奔舜，後演變爲嫦娥奔月神話。三代佚史，多存於荒誕不經之神話，不可不信，不可盡信。若據各族圖騰演變以推究各族之蹟，庶幾得其情實。羿，《説文》作𢏚，从弓，幵聲。謂「羽之羿風，亦古之諸侯也。一曰射師。从羽，幵聲」。從羽，猶從鳥；𢏚、羿一字，音五計切，質部，疑紐。幵音古賢切，元部，見紐。羿、幵不相諧。𢏚、羿，從幵，會意字。幵，借作貫。《淮南子・本經訓》高注：「干音貫。」幵，從二干，音如干。幵亦音貫，言彎。《史記・伍子胥傳》「貫弓執矢嚮使者」，《索隱》：「劉氏音貫爲彎，謂張滿弓也。」《陳涉世家》「士不敢貫弓而報怨」，《漢書》「貫」字作「彎」，彎弓以射之諸侯，號曰羿、曰𢏚。《墨子・非儒下》：「古者羿作弓。」《呂氏春秋・勿躬》：「夷羿作弓。」羿爲善射統名。《山海經・海内經》「羿是始去恤下地之百艱」，郭璞注：「有窮后羿慕羿射，故號此名也。」《荀子・儒效篇》：「羿者，天下之善䠶者也。」《淮南子》亦云：「古有善射者名羿，夷羿慕之，乃亦名曰羿。」《史記・夏本紀》張守節《正義》引《帝王世紀》云：「帝羿，有窮氏，未聞其姓。」《左傳》襄四年杜預注謂「夷氏」。《山海經・海内西經》：「海内昆侖之虛在西北，帝之下都。昆侖之虛，方八百里，高萬仞。非仁羿莫能上崗之巖。」仁羿即夷羿。仁、夷古通用。《水經注・河水》：「大河故瀆。西流逕鬲縣故城西。《地理志》曰，鬲津也。故有窮后羿國也。應劭曰，鬲，偃姓，咎繇後。」《路史》亦謂「羿，偃姓。女偃出臯陶」。偃之爲言燕也。戰國金文燕字皆作郾。燕，玄鳥，鳳皇之儔，夷族商人之祖。燕氏即玄鳥氏。夷者非其姓氏，岑仲勉謂「羿之號」。極塙。鬲、羿同姓，故與靡氏共謀輔立少康，傾滅寒浞，以報弑后羿之讎。又，姜亮夫謂羿即伯益，伯益即伯翳。羿、翳一字。案：趙翼《陔餘叢考》卷五「伯益伯翳一人」條云：「惟《史記》之大費，不見於《尚書》，胡應麟據《汲冢書》有『費侯伯益』之語，則大費乃伯益之封國。《史記》既云『大費即柏翳』，而伯益實封於費，可見柏翳即伯益也。又按《國語》：『嬴，伯翳之後也。』韋昭注：『即伯益也。』《漢書・地理志》又曰：『秦之先爲伯益，佐禹治水，爲舜虞官。』則伯翳、伯益之爲一人，尤明白可證。」其説是也。清華簡（二）《繫年》第三章：「周武王既克殷，乃設三監于殷。武王陟，商邑興反，殺三監而立禄子耿。成王屎伐商邑，殺禄子耿，飛廉東逃于商盍（蓋）氏，成王伐商盍（蓋），殺飛廉，西遷商盍（蓋）之民于邾吾（朱圉），以御奴沮之戎，是秦先人。先人㤆（世）作周屈。周室既卑，坪（平）王東遷，止于成周，秦中（仲）焉東，居周地，以守周之墳墓，秦以始大。」伯益，東土夷族，與夷羿同宗。啓、益争帝，益氏敗而徙居西土，是爲秦先。益、羿同族而異氏。姜説不可信。

【淫遊】王逸注「荒淫遊戲」云云，淫訓荒，遊訓戲。汪瑗曰：「淫，過也。無事而漫遨曰遊。」劉良曰：「淫，淹也。」淹，久也，長也。淫遊，言久遊。案：淫，猶遊也。《荀子・勸學篇》「流魚出聽」，《淮南子・説山訓》作「淫魚出聽」。《詩・板》、《文選》謝朓《和伏武昌登孫權故城詩》、馬融《長笛賦》之「遊衍」，《漢書・孝武李夫人傳》作「淫衍」。《史記・范雎傳》「遊説諸侯」，《韓非子・説疑》「遊説」作「淫説」。《招魂》「不可以久淫些」，王逸注：「淫，遊也。」《方言》卷一〇：「遥，淫也。九疑荆郊之鄙謂淫曰遥。」又曰：「媱，遊也。江、沅之間謂戲爲媱。」遥同媱，言逍遥，淫同遊，言戲遊，皆謂戲也。楚人語戲曰淫，亦曰遊。「淫遊」連用，平列複語。下文「日康娱以淫遊」，同此。

【佚畋】王逸注：「畋，獵也。」注「言羿因夏衰亂，代之爲政，娱樂畋獵，不恤民事」云云，佚言娱樂。汪瑗曰：「佚，縱恣也，《書》多作泆。」朱駿聲曰：「佚田，讀爲泆田。」劉永濟曰：「佚同逸，荒逸好田獵。」案：佚與泆、逸通用。《禮記・坊記》「淫泆而亂於族」，《釋文》：「泆，又作佚。」《莊子・天地・釋文》：「泆蕩，司馬本作佚蕩。」《荀子・性惡篇》「骨體膚理好愉佚」，注：「佚與逸同。」訓娱樂爲佚，訓放恣爲泆。逸，泆字假借。「佚畋」同「顧難」、「圖後」句法，不訓縱恣、放蕩。佚，如字，訓娱樂、喜好。《説文・人部》：「佚，佚民也。从人，失聲。一曰佚，忽也。」安樂無所羈束之民謂之佚民，引申言樂。《文選・東京賦》「居之者逸」，薛綜曰：「逸，樂也。」逸、佚、泆皆通用。蔣禮鴻曰：「有土田之田字，有田獵之田字，義不相涉。田獵之田字，後世加攴作畋以爲別。謂有田獵之田字者，《説文》：『畢，田網也。从華，象畢形。微也。或曰由聲。』又云：『率，捕鳥畢也。象絲網，上下其竿柄也。』訓率爲捕鳥畢者，析言之；渾言之則捕鳥獸之網皆曰畢。畢，金文作『[illegible]』、作『[illegible]』、作『[illegible]』，甲文作『[illegible]』、作『[illegible]』、作『[illegible]』。篆文畢下之[illegible]，即甲文諸形之稍異者，非《説文》所云推糞之器也。其上半之⊕，則徐鉉以爲即《説文》鬼頭之甶，段氏直以爲土田之田，云田、畢古韻同部，皆不可據。此實即田網之形，植而旁視之則爲[古文字]，探網口而視之則爲[古文字]，加[古文字]於[古文字]而爲畢，此字形之複緟，古字類然。」其說至塙。土田、獵田雖一文而二義矣，古本未溷。獵田，以網致鳥獸，引申言捕獵。後世以爲田獵事亦在土田中，故捕獵鳥獸亦曰田，謬矣。包山楚簡文畢字作[古文字]、[古文字]，上從网，下從田、[古文字]，田亦網也，與網相緟以表意。

【夫】夫，猶彼也。《禮記・三年問》「夫焉能相與羣居而不亂乎」，《荀子・禮論篇》「彼安能相與」，「夫」作「彼」。《齊語》「夫爲其君動也」，《管子・小匡》「夫」亦作「彼」。《漢書・賈誼傳》「夫且爲我死，故吾得與之俱生；彼且爲我亡，故吾得與之俱存」，夫、彼互文見義。

【封狐】王逸注：「封狐，大狐也。」劉永濟曰：「封，大也，大狐也。」朱駿聲謂封「大」義作豐。《莊子・山木》「夫豐狐文豹，棲於山林」，《韓非子・喻老》「翟人有獻豐狐玄豹之皮於晉文公」，皆作豐。《說文・豆部》：「豐，豆之豐滿也。」引申言豐厚、豐大。《說文》「豔」字曰：「豔从豐，豐，大也。」《方言》卷一：「凡物之大貌曰豐。」王闓運曰：「封，豐茸，毛盛貌。」非是。又，「狐」字。自王逸以下皆讀其本字，而不疑。姜亮夫據《天問》「封豨是射」，謂狐即豨字形訛。出韻。聞一多曰：「狐，疑當爲豬，字之誤也。篆書者作[古文字]，缺其上半，與[古文字]相仿，而豕旁與犬旁亦易混，故豬誤爲狐。《天問》說羿事曰：『馮珧利玦，封豬是射。』《淮南子・本經訓》曰：『堯乃使羿禽封豬於山林。』封豨，即封豬也。其在《左傳》，則神話變爲史實。昭二十八年稱樂正后夔之子伯封『謂之封豕，有窮后羿滅之』。封豕，亦即封豬也。《古文苑》揚雄《上林苑箴》曰：『昔在帝羿，佚田淫遊，弧矢是尚，而射夫封豬，不顧於愆，卒遇後憂。』字正作豬。揚文語意全襲《離騷》，『封豬』之詞，或即依本篇原文。若然，則漢世所傳《離騷》猶有作豬之本。」案：豬，未見先秦古書。《爾雅・釋獸》曰：「豬，豕子。」固非豕統名。豬之爲豕，漢世通語。狐、豬二字同部不同聲，不可通用。竊疑狐即猳音訛。狐、豭同魚部，牙匣旁紐雙聲。封狐，即封豭。《說文・豕部》：

「豭，牡豕也。从豕，叚聲。」《左傳》哀十一年「輿豭從之」，孔疏：「豭，是豕之牡者。」又爲豕之統名。昭四年「深目而豭啄」，《釋文》：「豭，豬也。」《詩・何人斯》「出此三物」，毛傳「三物豕犬雞也」，孔疏：「豭即豕也。」湯炳正曰：「由『豨』、『豕』、『猪』演化而爲『狐』，如果從古代神話演化慣例來看，則語言因素所起的媒介作用，還是有痕蹟可尋的。例如，《方言》八云：『猪，北燕朝鮮之間謂之豭，關東西或謂之彘，或謂之豕，南楚謂之豨。』由此可見，《天問》所謂『封豨是射』，或係后羿神話流傳於『南楚』者，故據《方言》稱『封豨』，《淮南子・本經訓》也謂羿射『封豨』當顯係『南楚』之傳説，至於《左傳》昭公二十八年，晉人又稱后羿滅『封豕』，則或係神話之流行於北方者，已向歷史化發展，故《方言》稱爲『封豕』。至於揚雄《上林苑箴》謂羿射『封猪』，則係用通語，故稱猪。但根據《方言》所記，又謂『猪，北燕朝鮮之間謂之豭』，而且現在看來，春秋時稱猪爲『豭』者，也並不限於『北燕朝鮮之間』，如《左傳》昭公四年謂穆子夢見一人『深目而豭喙』，哀公十五年亦有『輿豭從之』之語，可見齊魯之間當時稱猪爲『豭』，因此，很可能后羿射『封豨』的神話流傳於齊魯之間者，或據《方言》稱『封豨』爲『封豭』。而『豭』與『狐』古係同音字，皆屬喉紐魚部。由於『豭』、『狐』同音無别，故后羿射『封豭』的神話，以語言爲媒介，從『封豨』轉爲『封豭』，又由『封豭』演化爲『封狐』。屈原在《天問》裏稱『封豨』，可能是用南楚傳説；而在《離騷》裏又稱『封狐』，或齊魯傳説之流入楚地者。」湯氏與鄙説不謀而合，其進以神話演化之蹟説之，發前人所未發，勝吾多矣。方言俗語之異，或因音，或因義。因音者，雖一字而異讀之。因義者，不關字音，數字共一名。豭之與豨，因音而異者也。蓋齊、魯、北燕朝鮮曰豭，而楚人謂豭如豨。豨，中土據楚音而記。新蔡葛陵楚簡、包山楚簡有「⿰豕古」、「豬」二字。⿰豕古，即豭字。於北土，⿰豕古猶豨音，而楚人讀魚部之⿰豕古。猪，小豕名。楚亦謂小豕曰猪。先秦不以猪爲共名。豕之與猪，古今義之變，先秦統稱豕。《招魂》：「魂兮歸來，南方不可以止些；蝮蛇蓁蓁，封狐千里些。」封狐，亦封豭之訛。《天問》曰：「馮珧利決，封豨是射；何獻蒸肉之膏，而后帝不若？」王逸注曰：「后帝，天帝也。若，順也。言羿獵射封豨，以其肉膏祭天帝，天帝猶不順羿之所爲也。」王逸釋「封豨是射」、「又好射夫封狐」，但就事論事。后羿所射，非真「封豨」。《天問》既謂「䠶夫河伯」，又謂「封豨是射」，封豨即河伯。河伯，又名馮夷，《穆天子傳》作「無夷」，《竹書紀年》作「冰夷」。據殷商卜辭祀河，禮同殷族先公先王，蓋夷族之先，故稱曰夷。夷，非其名。《説文·馬部》：「馮，馬行疾也。从馬，仌聲。」疾行之馬亦謂之馮，古或借作風。馮、風音近通用。風，鳳也。又，《周禮·夏官·庾人》：「馬八尺以上爲龍。」河伯氏以疾行之馬爲稱龍。河伯化白龍，猶鮌化爲白馬之比。然則河神之精，非馬，豬也，故又稱封豨、封豭。河伯氏與彭氏同宗。馮、冰、無、彭，皆聲之轉。河伯居於河，在桑林、濮上之間，屬顓頊之虚。羿射河伯，同出顓頊夷族羿氏與豬龍族河伯氏同室操戈以相殘。《天問》曰「后帝不若」，帝，帝顓頊。言帝不忍子孫相戕害，是以不若。「射夫封豭」，出於后羿、河伯相殘，非唯無稽之寓言神話。

是二句言有窮諸侯后羿戲娛好畋，又好射彼封豭氏而淫其妻室也。

固亂流其鮮終兮　浞又貪夫厥家

固 錢《傳》本作國，洪《補》曰：「固，一誤作國。」朱《注》云：「固，一作國，非是。」案：洪、朱是也。

鮮 洪《補》、朱《注》、錢《傳》同云：「鮮，一作尠。」姜亮夫曰：「王訓『鮮，少也』，則尠乃本字，鮮則借字也。然經典多借鮮爲尠。王逸本作鮮，尠則後人據字書改也。」案：《説文》字作「尟」，段注謂「尠者，尟之俗」。尠，尟字形訛。是、甚形似而誤。敦煌變文《燕子賦》「你甚頑嚚」，王重民曰：「甚，原作是，據戊、己兩卷改。」《易·乾》注「尟克有終」，《繫辭》「故君子之道鮮矣」，《釋文》「鄭作尟」。《爾雅·釋詁》：「鮮，善也。」《釋文》：「郭《音義》本或作尠。」蓋六朝誤尟爲尠。

浞《文選》六臣本浞音任角切。洪《補》、朱《注》同音食角切。錢《傳》音仕角反。姜亮夫校曰：「任字誤。浞無日紐者也。且古聲紐無『任』字用爲切者，當爲『仕』字之誤。」案：是也。仕角、食角音同。

【亂流】王逸注：「言羿因夏衰亂，代之爲政，娛樂畋獵，不恤民事，信任寒浞，使爲國相。浞行媚於內。施賂於外，樹之詐慝，而專其權勢。羿畋將歸，使家臣逢蒙射而殺之，貪取其家，以爲己妻。羿以亂得政，身即滅亡，故言鮮終。」王氏既謂「羿因夏衰亂」，又謂「羿以亂得政」，雖一「亂」字而前後錯綜，未知歸指。洪《補》引《傳》曰：「以德和民，不聞以亂；以亂易亂，其流鮮終。」以「流亂」爲暴亂之流。錢澄之曰：「亂流，謂亂逆之流，統諸凶言也。」高亨曰：「亂流，淫亂之風氣。」游國恩曰：「亂流，淫亂之輩。」季鎮淮曰：「亂流，荒淫作亂之流。」詹安泰謂「横行胡亂」曰「亂流」。皆同洪説。王夫之曰：「横流而渡曰亂流，言不順理也。」徐焕龍曰：「亂流，不由川澮之流，喻羿之以亂易亂。」劉永濟曰：「流，亦亂也。羿之放逸無度，故曰亂流。」又，聞一多曰：「《爾雅·釋水》：『正絶流曰亂。』郭注曰：『直横渡也。』疑此所謂『亂流』，或亦實有所指，特其詳弗可考耳。」案：王雲璐女士著文曰，亂流，施之於《水經注》多言「合流」義。《濟水》一：「濟水又東徑原城南，東合北水，亂流東南注。」《濟水》二：「盟津河别流十里，與清水合，亂流而東，徑洛當城北，黑白異流，涇渭殊别，而東南流注也。」《沁水》：「而東會絶水，亂流東南入高都縣，右入丹水。」《滱水》：「渚水東流，又合洛光水，水出洛光溝，東入長星水，亂流東徑恒山下廟北。」《聖水》：「水出西山東，南徑之廣陽縣故城南，東入廣陽水，亂流東南至陽鄉縣，右注聖水。」《巨馬水》：「又東南至泉州縣西南，東入丈八溝，又南入巨馬河，亂流東注也。」謂亂流言合流，亂有混合義。至塙。又，

《河水》：「自西南逕故城北，右入南水，亂流東北注灕水。」「湟水又東，左合承流，谷水南入，右會達扶東西二溪水，參差北注，亂流東出，期頓鷄谷二水。」「定水又東注于黑水，亂流東南入于河。」「又東北入辱水，亂流注于河。」「有小水西南注沙澗，亂流逕大陽城東，河北郡治也。」《汾水》：「水出祀山，其水殊源共舍，注于嬰侯之水，亂流逕中都縣南，俗謂之中都水。」「又西北流與勞水合，亂流西北逕高梁城北，西流入于汾水。」《洞過水》：「又西合涂水，亂流西北入洞過澤也。」皆可輔王氏之説。亂，有總聚義，樂章之終所謂合樂者曰亂詳下文「亂曰」注是也。《招魂》曰「士女雜坐，亂而不分些」，言合而不分。亂亦訓合聚義。亂流，施之於人事，猶同流合污之意耳。流，不解流水，猶邪僻也。流，有邪僻鄙俗義。《禮記・鄉飲酒義》「知其能和樂而不流也」，注：「流，猶失禮也。」《樂記》「使其聲足樂而不流」，注：「流，猶淫放也。」《荀子・君子篇》「貴賤有等，則令行而不流」，注：「流，邪移也。」《彊國》「其聲樂而不流汙」，注：「流，邪淫也。」又，《九章・橘頌》「蘇世獨立，橫而不流兮」，王逸注：「言屈原自知爲讒佞所害，心中覺寤，然不可變節，猶行忠直，橫立自持，不隨俗人也。」流，訓流俗、邪僻。

【鮮終】王逸注：「鮮，少也。羿以亂得政，身即滅亡，故言鮮終。」汪瑗曰：「鮮終，謂少有得善其終也。」以「鮮終」同《詩・蕩》「鮮克有終」。又，聞一多曰：「《天問》曰：『浞娶純狐，眩妻爰謀；何羿之䠶革，而交吞揆之？』」案：《左傳》昭五年『葬鮮者自西門』，杜注曰：『不以壽死曰鮮。』《列子・湯問》『其長子生，則鮮而食之』，張注曰：『人不以壽死曰鮮。』然則此言羿『鮮終』，蓋即指《左傳》『殺而亨之』及《天問》『交吞揆之』之事。」何劍薫曰：「鮮終，古語，與『令終』爲對文。令終者，善終也。《史政父爵》：『用祈介眉壽永令靈終。』即用祈求長命令終。鮮終，即《論語》『不得其死』。王逸訓鮮爲少，即使解少爲年少之少，亦不明確。因年少而死謂之夭。鮮終，則爲死於非命，不論老少皆然。杜預《左傳》注：『人之不以壽死曰鮮終。』亦不明確。因不以壽死，亦可謂夭，不當言鮮。故鮮當訓爲殺。或徑讀爲殺。因鮮、殺同屬心母，爲雙聲，故可通用。故書中有假鮮爲殺者。《墨子・魯問篇》：『楚之南有啖人之國者橋，其國之長子生，則鮮而食之，謂之宜弟。』又《節葬篇》：『越之東有亥沐之國者，其長子生，則鮮而食之。』兩『鮮』字皆當訓殺或讀爲殺。」案：其説是也。《文選・蜀都賦》「割芳鮮」，李善注：「鮮，新殺者也。」王逸鮮訓少，尐字形訛歟？尐音姊薛切，月部、精紐，與殺字音近，例得通用。

【浞】王逸注：「浞，寒浞，羿相也。」《左傳》襄四年載魏絳對晉侯曰：「寒浞，伯明氏之讒子弟也。伯明后寒棄之，夷羿收之，信而使之，以爲己相。浞行媚於内，而施賂於外，愚弄其民，而虞羿於田，樹之詐慝，以取其國家，外内咸服。羿猶不悛，將歸自田，家衆殺而烹之，以食其子。其子不忍食諸，死於窮門。」杜注：「寒，寒國也。北海平壽縣東有寒亭。」《漢書・古今人表》作「韓浞」。寒、韓音同通用。伯明氏，今不可考。竊疑伯明即博父音變。《山海經・海外北經》：「博父國在聶耳東，其爲人大，右手操青蛇，左手操黄蛇。鄧林在其東，二樹木，一曰博父。」博父，即夸父，出炎帝氏，宗鳳鳥。炎黄之戰，夸父佐炎帝，爲應龍所殺。事出《大荒東經》、《大荒北經》。夸父嘗與日逐走，道渴而死，化爲鄧林。詳《大荒北經》。《北山經》言梁渠之山有鳥「狀如夸父，四翼一目，犬尾，名曰囂，其音如鵲，食之已腹痛，可以止衕」。《西山經》謂崇吾之山有獸，「狀如禺而文臂，豹虎而善投，名曰舉父」。郭璞注：「或作夸父。」郝懿行疏曰：「《爾雅》云：『豦，迅頭。』郭注云：『今建平山中有豦，大如狗，似獮猴，黄黑色，多髯鬣，好奮迅其頭，能舉石擿人，玃類也。』如郭所説，惟能舉石擿人，故經曰善投，亦因名舉父。舉、豦聲同，故古字通用；舉、夸聲近，故或作夸父。」後多以夸父類獮猴。似是而非。夸父象鳥。蓋或西徙者與西土犬、豹、獮猴諸族融合，其象遂雜以犬、豹、禺諸形。雖然，其「迅頭」猶在。迅，卂也，鳥飛也。韓浞，夸父之裔。生而棄之，羿氏收而養之。先民不養異族棄子。伊尹，出東夷族，棄於空桑，有莘氏收而養之。有莘氏出東夷。《遠遊》：「奇傅説之託星辰兮，羨韓衆之得一。」洪《補》引《列仙傳》：「齊人韓衆，爲王採藥，王不肯服。終服之遂得仙也。」韓衆即韓浞。浞、衆爲覺冬平入對轉，照牀旁紐雙聲。齊語名韓衆，楚語名韓浞。浞殺后羿，屬同室操戈，亦類家鬩。遠古氏族相亂多因婦人，「浞因羿室」，亦母權社會遺習。

【貪】王逸注「貪取其家」云云，貪訓貪取，非謂貪取家財。案：蓋取之言娶也。古書通用。貪，猶貪色、好色，與上「貪婪」之貪同。

【厥】王逸注「貪取其家，以爲己妻」云云，厥訓其。劉良曰：「厥，其也。」案：厥、其聲之轉，古書通用。金文厥字作「」，隸定作「氒」。本篇用「厥」者四，皆同金文，厥猶其也。《天問》用「厥」至夥，曰「厥利」、「厥謀」、「厥大」、「厥首」、「厥萌」、「厥弟」、「厥兄」、「厥嚴」是也。「厥」先於「其」，故《尚書》多用「厥」，《詩》用「厥」者但存《雅》、《頌》而不見《國風》。厥，三代古語。敶詞及《天問》所載，皆三代古史，是以用「厥」而不用「其」，猶篇首用「于」而不用「於」之比。

【家】王逸注：「婦謂之家。」聞一多曰：「家謂妻室。浞貪厥家，即《左傳》浞因羿室，《天問》浞娶純狐事。」又，朱季海曰：「《玉燭寶典・正月孟春第一》：《歸藏・鄭母經》云：『昔者浞射羿而賊其家，久有其奴。』注：『浞，本羿臣之名。奴，子也。』是據《歸藏》，浞不惟『貪夫厥家』，又并『有其奴』也。王注略本《左傳》襄四年傳，唯《傳》不云逢蒙殺之耳。《傳》言『羿猶不悛，將歸自田，家衆殺而亨之，以食其子，其子不忍食諸，死於窮門』。是羿子死於難，而云『久有其奴』者，蓋魏絳所聞《夏訓》與《歸藏》異辭也。《傳》又曰：『浞因羿室，生澆及豷。』或謂之家，或謂之室，其實則一，方言殊矣。觀魏絳所云，先澆及豷，則澆自居長。更有嫂者，《天問》有云：『浞娶純狐，眩妻爰謀。』王注：『言浞娶於純狐氏女，眩惑愛之，遂與浞謀殺羿也。』是浞賊家之前，已娶純狐，其兄蓋即純狐之子。又浞既有羿奴，即羿子於澆，亦爲同母兄弟，故澆得至女歧之户矣。」案：羿妻，嫦娥也，帝舜妻，堯女娥皇、女英是也。夏禹代舜，羿因其室。嫦娥不忍委身於羿，是以奔之投舜，而道死沅、湘之間。羿伐封豨氏河伯，又取其婦洛嬪爲妻。《天問》曰：「浞娶純狐，眩妻爰謀。」王逸注：「言浞娶於純狐氏女，眩惑愛之，遂與浞謀殺羿也。」純狐,后羿之妻。實河伯封貑氏之婦,出伏羲氏,稱虙妃,又稱封貑婦。純,言大。《爾雅·釋詁》疏引《尸子·廣澤》:「純,大也。」《詩·賓之初筵》「錫爾純嘏」,鄭《箋》:「純,大也。」狐,借爲貑,猶上封狐爲封貑之比。純狐氏,即封貑氏。雖委身於羿,而心懷異謀,思報其射,於羿爲「眩妻」。終與寒浞通,而謀殺后羿。「貪夫厥家」,猶《天問》之「浞娶純貑」。家,借作貑。家字从宀,貑聲,例亦相通。

是四句爲陳詞之第二事,言有窮后羿雖得有夏天下,而樂於田獵,濫征諸侯,背逆而行,以仇讎之婦爲妻,卒被眩妻所銜,與伯明氏子寒浞相謀,而見殺戮也。此蓋就懷、襄二王迎秦婦之事而發。懷王二十四年,秦昭王初立,乃厚賂於楚,楚往迎婦。二十八年,二十九年,三十年,秦三伐楚,取楚地。乃又遺楚書曰:寡人與楚,故爲婚姻,相親久;今秦楚不歡,無以令諸侯,願會武關。蓋懷王久以秦女爲妻故也。頃襄王七年,楚迎婦於秦,秦楚復平。秦婦雖適於楚,而心存異志,猶純貑之於后羿者。屈子因以諷諫楚王。

第三十八韻:狐、家

狐,借作貑,古音爲[xia]。家,朱《注》叶古胡反。陳第、江有誥曰:「家,古音姑。」案:家,即貑字,古音爲[kra]。貑、家古同魚部。

澆身被服強圉兮　縱欲而不忍

澆 《文選》六臣本澆音五弔反,洪《補》、朱《注》、錢《傳》三本亦同音五弔反,又同引一作奡,音五耗切。洪《補》:「奡即澆也,聲轉字異。」姜亮夫曰:「洪氏以《論語》『奡盪舟』附會此澆,與《左傳》、《竹書》皆不合。《論語》之奡，自是與丹朱同惡之傲，與此夏時之澆非一。舊説皆非。」案：《論語》、《説文》、《漢書》、《古今人表》、《潛夫論》皆作「奡」，漢人奡、澆相溷，非自洪氏始。楚簡作泆。澆、奡二字同音同紐同呼，但不同等耳。

被服強圉 洪《補》曰：「被服強圉，一本作『被於強圉。』」朱《注》、錢《傳》同云：「服，一作於。」姜校云：「被服古謰語，作於者非。」案：「澆身被服強圉」，不合嗽詞句法，當作「澆跛扈以强圉兮，身縱欲而不忍」。王注不爲「被服」作注，本極可疑。蓋古作跛扈，後因王注「楚人名被爲扈」，而改作「被於」。於，爲「扈」字音訛，而後又誤「於」爲「服」。詳注。圉，洪《補》、朱《注》、錢《傳》同音魚吕切。

欲 《文選》五臣本作慾。《説文》段注曰：「古有欲字無慾字，後人分別之，制慾字，殊乖古義。」案：欲、慾古今字。欲本訓冀欲，引申言情慾，而以欲字專之，不得謂「殊乖古義」也。洪《補》、朱《注》同引一本「欲」下有「殺」字，朱云「非是」。錢《傳》「欲」字一作「殺」，一本作「欲殺」。案：王逸注「縱放其情，不忍其欲」云云，王本無「殺」字。王注又云「以殺夏后相也」，乃援《左氏傳》以解《騷》，不關字義訓詁，後據此而增「殺」字。

而 洪《補》、朱《注》、錢《傳》同引而一作以。案：《詁訓柳先生文集》卷二注、《五百家注柳先生集》卷二注、《柳河東集注》卷二注引并同今本。

【澆】洪《補》謂澆即《論語》「奡盪舟」之奡。聞一多曰：「《尚書·臯陶謨》曰：『無若丹朱傲，惟慢遊是好，傲虐是作，罔晝夜頟頟，罔水行舟，朋淫於家，用殄厥世。』澆、傲音同。澆與丹朱實一人之分化。此所言丹朱傲與澆事合，『朋淫於家』，即淫於嫂，并其餘各事，亦即所謂縱欲不忍，康娛自忘也。」奡，誠與丹朱傲爲一人，而與澆則非一人。姜氏駁之甚當，詳校。趙翼《陔餘叢考》卷五「羿奡非夏時人」條云：「澆之盪舟，不見所出。《正義》云：

『孔注謂陸地行舟者，以此文云奡盪舟，盪，推也。以此知其多力，能陸地推舟。』然則孔注以澆能盪舟，不過就《論語》本文，而別無所據依也。而陸德明《音義》於『丹朱傲』云：『字又作奡。』蓋古字少，傲、奡通用。宋人吴斗南因悟即此『盪舟』之奡，與丹朱爲兩人也。蓋禹之規戒，若但作『傲慢』之傲，則既云『無若丹朱傲矣』，下文何必又曰『傲虐是作』乎？以此知丹朱與傲爲兩人也。曰『罔水行舟』，正此『陸地行舟』之明證也。曰『朋淫于家』，則丹朱與奡二人同淫樂也。吴氏之説，真可謂鐵板注脚矣。傲之不得其死，雖無可考，然傲與奡之音相同，既不比澆與奡之但音相近，且罔水行舟之與盪舟，尤針孔相對。則南宫适所引『奡盪舟』，實指丹朱所與朋淫之人，而非寒浞子，斷可識也。」其説韙矣。《論語》之奡與《離騷》之澆，固非一人，洪氏非也。案：王逸注：「澆，寒浞子也。」浞因羿妻純狐氏而得澆，《左氏》所謂「浞因羿室生澆及豷」是也。《歸藏·鄭母經》曰：「昔者浞射羿而賊其家，久有其奴。」注：「奴，子也。」即《左傳》「生澆及豷」也。澆，蓋羿遺腹子，堯氏也。其母娥皇，帝舜之妻。后羿娶而生澆。豷從豕，蓋河伯封豨氏遺腹子。其母虙妃，即純狐氏婦。后羿妻虙妃得其遺腹子豷。寒浞因羿室，澆、豷爲浞所得。

【身被服】王逸注：「言浞取羿妻而生澆，彊梁多力，縱放其情，不忍其慾，以殺夏后相也。」王氏訓「身被服」，甚爲涵胡。汪瑗曰：「被，如《書·康誥》『紹聞衣德言』之衣字，亦服也。服，事也。被服強圉，謂專尚猛力，如被服之在身而不舍也。」朱冀曰：「被服者，習用之意。」劉夢鵬曰：「被服，襟帶之謂。」游國恩曰：「力之在身，猶衣之被體，故以『被服』言之。」劉永濟曰：「被服同義。此文『被服』當作負解。負者，澆負恃其勇武也。」衛瑜章《離騷集釋》據《漢書·景十三王傳》「河間獻王被服儒術」，顔師古曰：「被服，言常居處其中也。」又，文懷沙謂「被服」爲「負矢」，服，猶矢服。案：以「被服強圉」言負恃多力，與下句「縱欲而不忍」不相接榫。屈子敶詞一章句法，「澆身被服強圉」一句之中，「被服」、「強圉」之間宜有連與辭「以」或「與」。且「被服」、「強圉」爲儷偶對文，意亦相同，被服，猶強圉。「身」字本在下句之首，誤置「澆」字下。此文本作「澆被服以強圉兮，身縱欲而不忍」，同上文「羿淫遊以佚畋兮，又好射夫封狐」句法。然則「被服」無「強圉」義。被之言拔也。被、拔歌月平入對轉，幫滂旁紐雙聲。連語「婆娑」異文作「拔肩」者是也。婆、被同諧皮聲。婆通拔，則被亦得通拔也。詳上文「昌披」注。服，當從一本作於，扈字音訛。於、扈，魚部，匣紐雙聲。被服，即拔扈。《文選・西京賦》「睢盱拔扈」，李善注：「拔與跋古字通。」或作跋扈。《後漢書・馮衍傳》「誚始皇之跋扈兮」，注：「跋扈，猶彊梁也。」又作伴奐。《集韻》上聲第二十九換韻「伴」字注：「伴奐，不順也。」又作畔換。《漢書・叙傳》「項氏畔換」，顔師古曰：「畔換，強恣之貌，猶言拔扈也。《詩・大雅・皇矣》『無然畔換』。」《文選・魏都賦》作叛換，《玉篇・糸部》作絆換，《人部》又作伴換。《論衡・程材》作毗戲，㵒怒貌，《西京賦》作贔屭，壯猛貌。《莊子・外物》作勃溪，盛怒相爭貌。《大雅・蕩》作咆哮、彪休，怒貌。《易・大有》干寶注作「彭亨」，驕滿貌。《莊子・知北遊》作馮閎，虛曠貌。倒曰桓發，《韓詩外傳》卷四：「《詩》曰『玄王桓發』。」桓發，武毅貌。又作桓撥。《商頌・長發》「玄王桓撥」是也。毛《傳》、鄭《箋》皆據訓詁字義，而解廣大政治之義。皆一字異文。

【強圉】王逸注：「強圉，多力也。」洪《補》曰：「《詩》曰『曾是彊禦』，彊禦，彊梁也。」案：彊梁，亦言多力貌。強，本作勍，陽部、羣紐，例得通用。《説文・力部》：「勍，強也。从力，京聲。」京，絶高丘，引申有大義。《爾雅・釋訓》：「京，大也。」力大字作勍。包山楚簡、鄂君啓節字皆作𢐇，從弓、口，工省聲。工，通作鴻，言大。楚人東部字轉陽部。工，猶言高大義。𢏳，借聲字。圉，本作禦。圉、禦古書通用。王夫之曰：「謂力可禦人。」禦，言抵禦，從示，御聲。力禦字作御。殷契卜辭曰：「鼎，疒齒邻于父乙。」言齒有疾，禦祀父乙以禳疾。又：「辛酉，邻大水于土。」言祭社神以禦大水。邻，即御字，而借爲禦。《説文・彳部》：「御，使馬也。从彳、卸。」馬逸以力制之使馴謂之御，抵御之引申，專字作「馭」。又，《史牆盤》「⿱埶口圉武王」，駿御，言多力。強禦，平列同義。或曰：強禦，連語。王念孫曰：「凡連語之字，皆上下同義，不可分訓。」而「強禦」但書以訓詁字。或作堅禦。《管子・地員》：

「格，堅禦也。」形體高大字作魁梧，《文選・三都賦序》「魁梧長者」，李善注引《漢書音義》曰：「魁梧，丘墟壯大之意也。」狀山峻高字又作嵬峨、嵬嶷、嶢阢。堅確不拔字作強項，《後漢書・楊震傳》「卿強項，真楊震子孫」，李賢注：「強項，不屈也。」拘禁辠人之所曰囹圄，不可勝計。

【身】非身體或我身之身，借爲申。《春秋名字解詁》曰：「《元和姓纂》，曹叔孫申，字子我。」《爾雅・釋詁》：「身，我也。」曹叔孫申之申，身字假借。《釋名・釋天》：「申，身也。」《白虎通義・五行》：「申者，身也。」申，承接之辭，言又、再。《書・堯典》「申命義叔」，言又命義和也。「申縱欲而不忍」，同「又好射夫封豨」、「浞又貪夫厥家」句法，申、又互文見義。

【縱欲】王逸注：「縱，放也。」蔣驥曰：「縱欲，如淫於女岐之類。」又，呂向謂欲爲殺欲，言殺夏后相。朱冀則比之「殺斟灌、滅斟尋之類」。案：縱欲，即從容。從、縱古今字，古祇作從。容、欲同從谷聲，例得通用。王念孫曰：「從容有二義：一訓爲『舒緩』，一訓爲『舉動』。其訓爲『舉動』者，字書、韻書皆不載其義。今略引諸書以證明之。《九章・抽思篇》云：『理弱而媒不通兮，尚不知余之從容。』《哀時命》云：『世嫉妒而蔽賢兮，孰知余之從容。』此皆謂己之舉動，非世俗所能知，與《懷沙》同意。《懷沙》曰：「重華不可遌兮，孰知余之從容。」王逸注曰：「從容，舉動也。言誰得知我舉動欲行忠信也。」王氏訓「舉動」。《後漢書・馮衍傳・顯志賦》：『惟吾志之所庶兮，固與俗其不同；既俶儻而高引兮，願觀其從容。』此亦謂舉動不同於俗。李賢注云：『從容，猶在後也。』失之。又案《中庸》云：『誠者不勉而中，不思而得，從容中道，聖人也。』『從容中道』，謂一舉一動，莫不中道，猶云動容周旋中禮也。《韓詩外傳》云：『動作中道，從容得禮。』《漢書・董仲舒傳》云：『動作應禮，從容中道。』王褒《四子講德論》云：『動作有應，從容得度。』此皆以從容、動作相對成文。《中庸正義》云：『從容閑暇，而自中乎道。』失之。《緇衣》云：『長民者衣服不貳，從容有常。』引《都人士》之詩云：『彼都人士，狐裘黃黃，其容不改，出言有章。』從容與衣服相對成文。『狐裘黃黃』，『衣服不貳』也；『其容不改』，『從容有常』也。《正義》以從容爲舉動。得之。《都人士序》曰：『古者長民衣服不貳，從容有常。』義與《緇衣》同。鄭《箋》以從容爲休燕。失之。《大戴禮・文王官人》云：『言行亟變，從容謬易，好惡無常，行身不類。』從容與言行相對成文。『從容謬易』，謂舉動反覆也。盧辯注曰：『安然反覆。』失之。《墨子・非樂篇》曰：『食飲不美，面目顏色不足視也；衣服不美，身體從容不足觀也。』《莊子・田子方篇》云：『進退一成規，一成矩，從容一若龍，一若虎。』《楚辭・九章・悲回風》云：『寤從容以周流兮。』傅毅《舞賦》云：『形態和，神意協，從容得，志不劫。』《漢書・翟方進傳》云：『方進伺記陳慶之從容語言，以詆欺成罪。』此皆昔人謂『舉動』爲『從容』之證。舉動謂之從容，跳躍謂之竦踊，聲義并相近，故竦踊或作從容。《新序・雜事篇》云：『元蝯居桂林之中、峻葉之上，從容遊戲，超騰往來。』從容即竦踊也。自動謂之從容，動人謂之慫慂，聲義亦相近。故慫慂或作從容。《史記・吳王濞列傳》：『鼂錯數從容言吳過可削。』從容即慫慂。《漢書・衡山王傳》『日夜縱臾王謀反事』，《史記》作從容。」其説是也。慧琳《一切經音義》卷六五曰：「從容，舉動也，今取其義也。」從容訓「舒緩」，事也；訓「舉動」，名也。此借作「從容」，言澆之舉動，猶今語「行爲」、「所作所爲」，名詞。

【不忍】王逸注文「不忍其欲」云云，忍訓忍止。張鳳翼、聞一多曰：「不忍，不能自制也。」王夫之曰：「忍，戢也。」戴震曰：「不忍，謂不能自止其欲也。」劉永濟曰：「不忍，不節制也。」楊胤宗曰：「不忍，謂縱欲不能節制也。」案：段氏《説文》「忍」字注曰：「凡敢於行曰能，今俗所謂能幹也。敢於止亦曰能，今俗所謂能耐也。忍之義亦兼行止，敢於殺人謂之忍，俗所謂忍害也，敢於不殺人亦謂之忍，俗所謂忍耐也。其爲能一也。仁義本無二事，先王不忍人之心，不忍人之政，中皆必兼斯二者。」忍兼殘忍、仁愛義，故仁愛謂之忍。《呂氏春秋・去私》「忍所私以行大義」，注：「忍，讀曰仁行之忍也。」《釋名・釋言語》：「仁者，忍也。好生惡殺善含忍也。」不忍，言不仁愛。

是二句言澆拔扈強圉，其舉動行爲不仁愛也。蓋澆憑其勇力，嗜殺成性，不以仁慈爲本。

日康娱而自忘兮　厥首用夫顛隕

而 洪《補》、朱《注》、錢《傳》同引一作「以」。案：以上「夏康娱以自縱」句法斷之，舊本作「以」。《詁訓柳先生文集》卷二注、《柳河東集注》卷二注引「日康娱」一句同今本。

夫 洪《補》、朱《注》、錢《傳》同引一無「夫」字，又同引一作「以」。案：「用夫」，恒語。詳上文「用夫乎」注。

顛 洪《補》引《釋文》、朱《注》云：「顛，一作巔。」案：顛、巔古今字。

【日康娱】，王逸注「日康娱」言「澆既滅夏后相，安居無憂，日作淫樂」。案：「日康娱」有本事可憑，《天問》曰：「惟澆在户，何求於嫂？」又曰：「女歧縫裳，而館同爰止。」澆淫其嫂女歧，放浪情欲，謂之「日康娱」。康娱，指淫樂聲色。

【自忘】王逸注「忘其過惡」云云，謂自忘猶無憂慮。汪瑗曰：「自忘，謂忘其脩身之道也。」王夫之、聞一多曰：「自忘，忘其身之危也。」朱冀曰：「坦然自娱，忘其國恤也。」陳本禮曰：「自忘，忘羿之被殺。」游國恩曰：「康娱自忘，即上文『康娱自縱』之意。自忘，當從王夫之説。」案：游氏謂「自忘」比「自縱」，不無有識。其又謂同王夫之忘失，亦失其旨。忘無言放縱，借作亡，古書通用。詳上「亡身」注。亡，猶《孟子·梁惠王下》曰：「樂酒無厭謂之亡。」謂放縱無所約束，不知厭足。朱熹曰：「亡，猶失也。言廢時失事也。」失之。亡有亂義。《淮南子·説林訓》「驪戎以美女亡晉國」，注：「亡，猶亂也。」自亡，同自縱，猶自亂也。

【顛隕】王逸注：「自上下曰顛。隕，墜也。」洪《補》曰：「顛，倒也。隕，從高下也。」案：《説文・頁部》曰：「顛，頂也。从頁，真聲。」顛，即天字。天，甲、金古文作「」，象人頂。《易・睽卦》「其人天且劓」，馬融注：「剠鑿其額曰天。」引申之言蒼蒼之天，而天字本義遂晦。其後天額字作顛，天、顛判爲二字。頂巔曰顛，倒亦曰顛，相反爲義。考其語源，蓋受於「丨」。《丨部》：「丨，下上通也。引而上行讀若囟，引而下行讀若退。」楊樹達曰：「此字爲囟、退二字初文。其以『引而上行讀若囟』，孳乳者皆有上義，以『引而下行讀若退』，孳乳者皆有下義。今分別言之。《説文》十篇下《囟部》云：『囟，頭會匘蓋也。象形。』按，《釋名・釋形體》云：『囟，峻也，所生高峻也。』是囟在上之説也。古人名動相因，在上爲囟，向上陟高亦爲囟，故囟孳乳爲䙴。三篇上《舁部》云：『䙴，升高也。从舁，囟聲。』或从卩作䙴。又孳乳爲遷。二篇下《辵部》：『遷，登也。从辵，䙴聲。』按，二篇上《癶部》云：『登，上車也。』又孳乳爲僊。八篇上《人部》云：『僊，長生僊去。从人、䙴。䙴亦聲。』《史記・封禪書》記黃帝僊去，乘龍上天。是長生僊去者必升高。此僊从䙴聲之説也。囟，古音在真，䙴、遷、僊古音在寒，部居雖異，然䙴从囟聲，其爲囟之孳乳字無疑。僊還真又孳乳爲真。八篇上《匕部》：『真，僊人變形而登天也。』從真聲類孳乳之字有顛。九篇上《頁部》云：『顛，頂也。从頁，真聲。』顛又孳乳爲槙，六篇上《木部》云：『槙，木頂也。从木，真聲。』按，囟爲頭會匘蓋，顛爲頂，義相近。僊爲長生僊去，真爲僊人變形而登天，義又相同。古字義訓之交流互映有如此者。其以『引而下行讀若退』孳乳爲復。二篇下《彳部》云：『復，卻也。从彳、日、夊，或作衲。又或作退。』又孳乳爲隊、䃍、隤、𢉩。十四篇下《𨸏部》云：『隊，從高隊也。从𨸏，㒸聲。』九篇下《石部》云：『䃍，陊也。从石，㒸聲。』又，《𨸏部》：『隤，下隊也。从𨸏，貴聲。』九篇下《广部》云：『𢉩，屋從上傾下也。从广，隹聲。』十四篇上《金部》云：『鐜，下垂也。』从敦聲而讀音在微。此皆引而下行之義也。又人體最下者爲脽。故「丨」又孳乳爲脽。四篇下《肉部》云：『脽，屍也。从肉，隹聲。』體之在最下者爲脽，猶體之在最上者爲囟矣。十四篇下《金部》又有鐓，云：『矛戟柲下銅鐏也。』从敦聲而讀音亦在微。亦以在下義受名。脽對轉痕孳乳爲𡱂。八篇上《尸部》云：『𡱂，髀也。从尸下兀尻几。』或作脾，又或作臀。對轉痕又孳乳爲頓。九篇上《頁部》云：『頓，下首也。从頁，屯聲。』其在痕部而聲變不在舌音者有隕、磒二文。十四篇下《𨸏部》云：『隕，從高下也。从𨸏，員聲。』九篇下《石部》云：『磒，落也。从石，員聲。』」據聲求義，多所創獲。然謂隕、磒亦根於「丨」，蓋濫也。隕、磒同員聲，於敏切，匣紐三等，雖與囟、退同韻而不同聲。員之爲言玄也。員、玄音近通用。玄有懸下義。《釋名·釋天》：「天又謂之玄。玄，縣也，如縣物在上也。」《釋親屬》：「玄孫，玄，縣也，上縣於高祖，最在下也。」《釋疾病》：「眩，縣也。目視動亂，如縣物搖搖然不定也。」隕、磒及殞皆假聲字。「顛隕」連言，平列複語，言倒落。引申言死、傾覆、失敗。《後漢書·馮衍傳》「社稷顛隕」，《潛夫論·思賢》「豈有不顛隕者哉」、《忠貴》「思登顛隕之臺」、《釋難》「父母將臨顛隕之患」，字亦作顛殞。《後漢書·隗囂傳》「妻子顛殞」，《鄧析子·轉辭》「終顛殞乎混冥之中」。此「厥首顛隕」，言澆首隕落，即用死義。《左傳》襄四年曰：「浞因羿室生澆及豷，恃其讒慝詐僞，而不德于民，使澆用師，滅斟灌及斟尋氏。」哀元年曰：「昔有過澆殺斟灌以伐斟鄩，滅夏后相。后緡方娠，逃出自竇，歸于有仍，生少康焉。……」此「厥首顛隕」

靡自有鬲氏收二國之燼，以滅浞，而立少康。少康滅澆於過，后杼滅豷於戈，有窮由是遂亡。」洪《補》引《論語兼義》曰：「羿逐后相自立，相依二斟，夏祚猶尚未滅。及寒浞殺羿，因羿室而生澆，澆長大，自能用師，始滅后相。相死之後，始生少康，少康生杼，杼又年長，始堪誘豷，方始滅浞而立少康。計太康失邦，及少康紹國，向有百載，乃滅有窮。」案：少康滅澆，《天問》最詳。曰：「惟澆在户，何求于嫂？何少康逐犬，而顛隕厥首？女歧縫裳，而館同爰止。何顛易厥首，而親以逢殆？」女歧，女艾也。《左傳》哀元年云：「使女艾諜澆。」歧、艾爲支月旁對轉，見疑旁紐雙聲。《竹書紀年》作「汝艾」。蓋澆嫂女歧，類西施，爲少康作間諜，以色誘澆，與淫亂，而少康因逐犬入其室，遂顛隕澆首也。

是四句爲嗽詞之第三事，蓋諫崇武及淫亂也。《戰國策·楚策》曰：「張子曰：『王徒不好色耳。』王曰：

『何也？』張子曰：『彼鄭、周之女，粉白黛黑，立於衢閭，非知而見之者以爲神。』楚王曰：『楚，僻陋之國也，未嘗見中國之女如此其美也。寡人之獨何爲不好色也？』乃資之以珠玉。」懷王固是「好色」之君，而舉澆縱情好色而首身異處以諷諫之。言澆飛揚拔扈，強梁多力，舉止不仁，日日康娛，縱情欲色，其首由此顛隕。

第三十九韻：忍、隕

忍，古音爲[ȵzien]。隕，古音爲[ɣien]。忍、隕古同文部。

夏桀之常違兮　乃遂焉而逢殃

【常違】王逸注「上偝於天道，下逆於人理」云云，以「常違」言背逆。惟「常」字無背逆義。李周翰曰：「言常背天違道。」以「常」言常常、時常，而益「天道」以足其義。錢杲之曰：「常違，背天道也。」錢澄之曰：「常違，無往不違也。」并同五臣。汪瑗曰：「常違，謂屢背乎道也。或曰，倒文耳，謂背乎常道也。」朱冀曰：「常違，謂違背其常道，用倒字法也。」魯筆曰：「常違，違其五常之道，用倒字法。」聞一多曰：「違，謂違棄天命。」又，朱駿聲謂「常違」同《周書・前大匡》「有常不違」。王夫之曰：「常違，與常道相違。」案：陬詞三代信史，皆有實事，非空泛語。常，借作倀。二字同陽部，端禪旁紐雙聲。《晏子春秋・外篇・重而異者》「此國之常患也」，《羣書治要》作「此治國之長患」。《史記・屈原列傳》「寧赴常流」，《索隱》：「常流，猶長流也。」《説文・二部》：「恒，常也。」段注：「常，當作長，古長久字衹作長。」《説文・人部》：「倀，狂也。」俗作猖，言猖狂。違，通作回，言邪辟、不正。《詩・小旻》「謀猶回遹」，毛《傳》：「回，邪也。」《禮記・禮器》：「禮釋回。」注：「回，邪辟也。」倀回，同上「桀紂之猖披」之猖披，言行不由直道。

【遂焉】王逸注文「乃遂以逢殃咎」云云，「遂焉」爲「遂以」。錢杲之曰：「遂，不反也。」以遂言遂往，而「焉」字無義可繫。汪瑗曰：「遂焉，猶忽然，易詞也。」朱冀曰：「遂，謂遂非也。言遂非而不改。」王夫之曰：「遂，長惡不悛。」魯筆曰：「遂，遂其常違而不改。」龔景瀚曰：「遂，《玉篇》，安也。遂焉者，任其性而不改。」游國恩曰：「《廣雅·釋詁》：『遂，竟也。』又《漢書·陳平傳》：『漢王召平而問曰：「吾聞先生事魏不遂。」』師古注：『遂，猶竟也。』」遂焉逢殃者，言畢竟遭放代之咎也，文義與上文『終然殀乎羽之野』同。」何劍薰亦以「遂焉」同「終焉」。又，朱駿聲曰：「遂，聆遂也，地名。《周語》『其亡也，回禄信於聆遂』，《竹書紀年》『聆隧災』，聆作聆，誤。隧即遂之俗。《墨子·非攻篇》：『天使陰暴，毀有夏之城，命融隆火於夏之城間西北之隅。』據《竹書》，是湯征昆吾之年也。明年，桀出奔王朡，獲之焦門，放於南巢。」謂遂焉爲聆遂災。聞一多同此說。案：上博簡《容成氏》「湯陞自戎遂，入自北門，立於中□。桀乃逃之鬲山氏。湯又從而攻之，降自鳴條之遂，以伐高神之門」。戎遂，即《尚書序》之陑遂。鳴條之遂，有娀之虛。于省吾曰：「遂，應讀作墜。金文『墜』字均作『㒸』，墜乃後起之孳乳字。《廣雅·釋詁》訓『墜』爲『失』。」墜，本作隊。《說文》段注：「隊、墜，正俗字，古書多作隊。」隊、遂同㒸聲。皆有失義，不煩改字。《說文·辵部》：「遂，亡也。」引伸言亡失。《墨子·非命下》「暴逆百姓，遂失其宗廟」，遂失，平列同義，遂，猶言失。或借作遺。《詩·角弓》「莫肯下遺」，《荀子·非相篇》引《詩》作「莫肯下隧」。隧即遂。《詩·桑柔》「大風有隧」，陸德明《音義》「隧音遂」。焉，通作夷，古書通用。《周禮·行夫》「焉使則介之」，注：「故書曰『夷使』。」遂焉，猶遂夷，九夷之一。夷，東夷諸族。《爾雅·釋地》：「九夷、八狄、七戎、六蠻，謂之四海。」郭璞注：「九夷在東。」邢疏：》「夷有九種，曰畎夷、于夷、方夷、黃夷、白夷、赤夷、元夷、風夷、陽夷。」《竹書紀年》，帝相征淮夷、畎夷、風夷、黃夷、于夷。又，后芬三年，「九夷來御」。《說苑·謀權》載其本事言：「湯欲伐桀。伊尹曰：

『請阻乏貢職，以觀其動。』桀怒，起九夷之師以伐之。伊尹曰：『未可，彼尚猶能起九夷之師，是罪在我也。』湯乃謝罪請服，復入貢職。明年，又不貢職。桀怒，起九夷之師。九夷之師不起。伊尹曰：『可矣。』湯乃興師，伐而殘之，遷桀南巢氏焉。」當夏后氏末世，東夷諸族日見強盛，夏得夷則存，失夷則亡。楚出東夷，故亦稱九夷。《文選》李斯《上秦始皇書》「包九夷，制鄢郢」，注：「九夷，屬楚夷也。」殷商出東夷，亦藉九夷以傾夏政。夏桀無道，蓋九夷之師盡歸於湯矣。《墨子・非命下》下引《仲虺之告》曰：「我聞有夏，人矯天命，於下，帝式是增，用喪厥師。」《尚書・湯誓》曰：「夏王率遏衆力，率割夏邑，有衆率怠弗協，曰：『時日曷喪，予及汝皆亡。』」言「厥師」、言「衆力」、言「有衆」，皆九夷也。

是二句言夏桀猖狂邪辟，不依正道，乃失九夷之衆，而逢條放之咎也。

后辛之菹醢兮　殷宗用而不長

【菹】《文選》六臣本作葅。洪《補》、錢《傳》同引一作葅。元刊朱《注》本作葅，宋端本作菹。洪《補》菹音臻魚切，朱《注》音側魚反，錢《傳》音子魚反。案：葅，俗菹字。《說文》但作菹，或體作𧄻，亦後起俗字。楚簡作蔖。臻魚、側魚、子魚音同。「臻魚」屬「正音憑切」門法，「子魚」屬「精照互用」門法。

【醢】朱《注》醢音海，錢《傳》醢音呼海反。

【而】洪《補》、錢《傳》同引一作之。案：而，當作「夫」，形訛字。夫，篆體作「」，與而字形似。「用夫」，《離騷》恒語。或本作之者，因義而改。

【后辛】王逸注：「后，君也。辛，殷之亡王紂名也。」《史記·殷世家》云：「帝乙崩，子辛立，是爲帝辛，天下謂之紂。」殷先公先王皆以十干爲名，曰上甲、曰大乙、曰祖丁、曰武丁、曰康丁、曰祖辛者是也。王國維曰：「疑商人以日爲名號，乃成湯以後之事，其先世諸公生卒之日，至湯有天下後定祀典名號時，已不可知，乃即用十日之次序，以追名之。故先公之次，乃適與十日之次同，否則不應如此巧合也。」《殷卜辭中所見先公先王續考》。殷族取十日爲名，蓋本於日陽次舍，出其圖騰宗教禮俗。然則殷人名十干者，亦非專名，其氏族所以序先後輩分名。同族之人必以昭穆分輩分，而輩分皆各有專稱，同族同昭穆者皆共之。若吾族黄姓，輩分之名有應、徵、方、以、兆、紀、幾、尚、遵、祖、世、可、必、有、成，凡十五名，尊卑皆共有之，同某輩者即名某。辛，非紂專名，名辛者，亦非紂一人，乃與紂同輩之統名。成湯名天乙詳甲骨文、《荀子·成相篇》、《史記·殷本紀》等，乙，輩名；天，本名。湯父名主癸，癸，輩名；主，本名。紂本名佚不可考。甲文辛字作「」《後編》上一七·一、「」《粹》九·六、「」商器《辛爵》，金文作「」《臣辰卣》、「」《禽簋》，象刀鉞，爲刑戮殘殺利器。名事相因，辛猶言戕害。《白虎通義·五行》：「辛，所以煞傷之也。」從辛之字多涵刑罰義，如辠字訓「犯法」，辜字訓辠。周人敵愾之，而謚其號曰紂，則本名遂廢。

【菹醢】王逸注：「藏菜曰菹，肉醬曰醢。」吕延濟曰：「菹醢，肉醬也。」洪《補》曰：「菹，《説文》：『酢菜也。』一曰：麋鹿爲菹。虀菹之稱，菜肉通。《爾雅》曰，肉謂之醢。」案：「菹醢」連文，但言肉醬。菹，無義可求。單用各有專義。藏菜曰菹，肉醬爲醢。《周禮·醢人》「七菹」，鄭注：「韭、菁、茆、葵、芹、菭、筍，凡醯醬所和，細切爲齏，全物若牒爲菹。」唐五臣吕氏但知「菹醢」爲「肉醬」，改菹爲葅，洪氏謂「菜肉通」，皆未詳審。菹，王訓「藏菜」、許訓「酢菜」，而鄭訓「以醬和菜」，一義相仍。菹字从艸，沮聲。沮無藏義。沮之爲言藏也。沮、藏爲魚陽對轉，精照旁紐雙聲。沮通藏，例同且通將。詳王引之《經傳釋詞》。言菜和鹽而掩藏之曰菹菜。菹菜味酸，而謂之酢，俗字又作醋。酢菜，亦名酸菜，酢、藏聲轉義通。其汁液謂之醬。醬之言藏也。故醬肉亦謂之菹。《説文・魚部》：「鮺，臧魚也。」《釋名・釋飲食》：「鮓，菹也。以鹽米釀即醬字魚以爲菹。」《説文》一曰「麋鹿爲菹」，即用此義。後因以改字作葅，以別於「藏菜」，包山楚簡文字作蔖，从艸、又，虘聲。楚古文也。《禮》有「七菹」簡文，《遺策》有「莌蔖」即蔥菹、「莴蔖」即藕菹、「莤窳之蔖」即蕕茋菹，其名物不盡與《禮》同，蓋楚産也。居延漢簡《倉頡篇》字亦作菹，不作葅。《爾雅・釋器》曰：「肉謂之醢。」《説文・酉部》：「醢，肉醬也。从酉，㿝聲。」案：肉醬，猶藏肉。㿝，小甌也，無藏義。許氏㿝讀若灰，一曰若酭。㿝之言晦也。《一切經音義》云：「賄，古文脢同。」《儀禮・聘禮》「賄在聘于脢」，鄭注：「古文脢皆爲賄。」㿝音脢，猶㿝音晦。《釋名・釋飲食》：「醢，晦也。晦，冥也。封塗使密冥乃成也。」醢，借聲字。《周禮・醢人》，掌醓醢、麋臡、鹿臡、麇臡、羸醢、蠯醢、蚳醢、魚醢、鴈醢。鄭注：「作醢及臡者，必先膊乾其肉，乃復莝之，雜以粱麴及鹽，漬以美酒，塗置瓶中，百日則成矣。」包山楚簡字作酭，從酉、有聲。其《遺策》有「魦酭」、「[illegible]肉酭」、「䔢酭」。皆楚字、楚物，然醬肉之法則同也。居延漢簡字作「㿝」。此所醢者，非禽獸之肉，乃人肉也。蓋古食人遺俗，於禮不載。然則紂所醢，皆忠良之臣，其恉以斥其戕殘忠賢也。下「固前脩以菹醢」，亦同。《天問》曰：「梅伯受醢。」又曰：「受賜茲醢。」《涉江》曰：「比干菹醢。」賈誼《惜誓》曰：「梅伯數諫而致醢。」《九歎・怨思》：「王子比干之逢醢。」則所醢者，有梅伯、比干二人。又，《周官・明堂解》：「夫商紂暴虐，脯鬼侯以亨諸侯。」《國策・趙策》：「昔者鬼侯、鄂侯、文王，紂之三公也。鬼侯有子而好，故入之於紂；紂以爲惡，醢鬼侯。鄂侯争之急，辯之疾，故脯鄂侯。」《吕氏春秋・過理》：「刑鬼侯之女而取其環，殺梅伯而遺文王其醢。」《韓非子・難言》：「文王説紂，囚之，翼侯炙、鬼侯脯、比干剖心、梅伯醢。」《史記・殷本紀》張氏《正義》引《帝王世紀》曰：「伯邑考質於殷，爲紂御。紂烹以爲羹，賜文王。謂曰：『文王聖人，當不食其子羹。』文王得而食之，紂曰：『誰謂西伯聖者？食其子羹，尚不知也。』」《韓詩外傳》曰：「昔紂王殘賊百姓，絶逆天道，靳朝涉，刳孕婦，脯鬼侯，醢梅伯。」《春秋繁露・王道》：「桀紂殺聖賢而剖其心，生燔人聞其臭，剔孕婦見其化，斮朝涉之足察其拇，殺梅伯以爲醢，刑鬼侯之女取其環。」《墨子・明鬼下》：「昔者殷王紂，貴爲天子，富有天下，上詬天侮鬼，下殃虐天下之萬民，播棄黎老，賊誅孩子，楚毒無罪，刳剔孕婦。」《淮南子・俶真訓》：「逮至夏桀殷紂，燔生人，辜諫者，爲炮烙，鑄金柱，剖賢人之心，析才士之脛，醢鬼侯之女，菹梅伯之骸。」又《説林訓》：「紂醢梅伯，文王與諸侯構之。」則紂殺人雖衆，而見醢者，蓋但梅伯耳。聞一多引《天問》「受賜兹醢，西伯上告；何親受上帝罰，殷之命以不救」事，乃謂「紂醢伯邑考而賜其羹於文王，文王受而食之，後知其子，悲憤而告於上帝，帝怒紂無道，殷竟以亡也」。謂見醢者爲文王世子伯邑考。伯邑考事始載《帝王世紀》，晉人所杜撰。王逸注云：「言紂醢梅伯，以賜諸侯，文王受之，以祭告語於上天也。」漢人祇言醢梅伯。

【殷宗】王逸注「武王杖黄鉞，行天罰，殷宗遂絶，不得長久」云云，以宗言宗緒。汪瑗曰：「宗，猶統也。」案：宗訓緒、訓統實同。《説文・宀部》：「宗，尊祖廟也。从宀，从示。」段注：「尊莫尊於祖廟，故謂之宗廟。」又，祖廟者，所以序昭穆，别統紀，故又謂宗緒、宗屬。同宗爲同族。《文選・爲袁紹檄豫州》「所愛光五宗」，注：「宗，亦族也。」《荀子・王制篇》「百宗城郭立器之數」，注：「百宗，百族也。」殷宗，猶殷族。

【用而】而，當「夫」字形誤。詳校。錢《傳》曰：「用，以也。」用夫，猶以此、因此、由此也。

是四句爲敶詞之第四事，言夏桀猖狂邪僻，而失衆師，殷紂暴虐醢梅伯，以失賢良，皆致亡身滅國。此蓋諷斥楚懷、襄二王昏庸無道、用讒棄賢。秦《詛楚文》斥楚懷王「内之則暴虐不辜，刑戮孕婦，幽刺親戚，拘圉其叔置諸冥室櫝棺之中」，蓋有實事。《新書・春秋》謂「楚懷王心矜好高，人無道而欲有伯王之號」。懷、襄其人，庶幾桀紂也。

第四十韻：殃、長

殃，古音爲「ʔiaŋ」。長，古音爲「ɖiaŋ」。殃、長古同陽部。

自「啓《九辯》與《九歌》兮」至此十六句，皆反意爲說，託言夏啓驕蹇縱放，后羿好畋、浞澆淫亂、夏桀倀回、殷紂菹醢，以諷楚之懷、襄二君昏庸無道也。下文正說之。

湯禹儼而祇敬兮　周論道而莫差

[儼]《文選》六臣本謂「五臣作嚴」。錢《傳》儼同作嚴，引一作儼。洪《補》、朱《注》同引一作嚴，并音魚檢切。姜亮夫校曰：「嚴，蓋儼之借字，古經典多以嚴作儼。」案：朱季海校曰：「日本古寫本《文選集注》殘卷第六十三《離騷經》及王注并作嚴。《集注》：『《音決》：「嚴，騫上人魚檢反。」』又云：『今案陸善經本嚴爲儼』，是道騫、李善、公孫羅字并作嚴。蓋故書如是。今本儼者依音改字，殆始於陸善經耳。」是也。下「湯禹嚴而求合兮」，王注曰：「嚴，敬也。」字亦作嚴。嚴、儼古今字，非通假字。

[祇]《文選》六臣本祇作祗。王念孫曰：「祇字從氏，與祗字不同。祗音脂，敬也，字從氐。此兩字一屬五支，一屬六脂，聲義既殊而字形亦異。」案：王逸注「皆畏天敬賢」云云，訓敬，王本作祗。祇，形訛字。

[而] 朱季海校曰：「日本古寫本《文選集注》殘卷六十三《離騷經》文作『周論道既莫差』，《集注》云：『今案陸善經本既作而。』是道騫、李善、公孫羅本字并作既。蓋《楚辭》故書如是。經本既作而者，當出陸生臆改，後人又

以《文選》改《楚辭》耳。」案：是也。

差 洪《補》曰：「差，舊讀作蹉。五臣以爲差殊，非是。」案：是也。朱《注》差音七何反。

【湯禹】王逸注「言殷湯、夏禹、周之文王」云云，湯謂商湯，禹謂夏禹。姜亮夫別創新解，曰：「古無倒稱『湯禹』之例，此兩語乃詰上文而反言之，上不言殷湯事，此文不宜忽出湯。案：《莊子·逍遥遊》『湯之問棘是已』，簡文注：『湯，廣大也。』重言曰湯湯，《詩·載驅》『汶水湯湯』，《傳》：『大貌。』則湯禹猶後言大禹也。又下言曰：『湯禹嚴而求合兮，摯咎繇而能調。』句法與此同。下文禹得咎繇而能相調，亦當訓湯爲大。古書皆言禹湯，已成通例，無言湯禹者。如《墨子·公孟篇》：『魚聞熱旱之憂則下，當此雖禹湯爲之謀，必不能易矣。鳥魚可謂愚矣，禹湯猶云因焉。』他如《左傳》、《荀子》、《韓非》、《吕覽》諸書皆然，而決無倒言湯禹者。則此湯必不指商湯言明矣。」姜説似是而非。案：屈賦言「湯禹」有三，本篇二例，又《九章·懷沙》一例，云：「湯禹久遠兮，邈而不可慕。」而皆不言「禹湯」。又，《吕氏春秋·審分》：「堯舜之臣不獨義，湯禹之臣不獨忠。」《韓非子·五蠹》：「然則今有美堯舜湯武禹之道於今之世者，必爲新聖笑矣。」《漢書·宣元六王傳》：「大王誠賜咳唾，使得盡死，湯禹所以成大功也。」《貨食志》：「今海内爲一，土地人民之衆不避湯禹。」唐天后《蔡州鼎銘詩》：「唐虞繼踵，湯禹乘時。」皆言「湯禹」，則不得謂古書決無倒言湯禹之例。大禹爲湯禹，古無書徵。然則何以「禹湯」倒言「湯禹」耶？惜前脩皆未深考。《世説新語·排調》云：「諸葛令、王丞相共争姓族先後。王曰：『何不言「葛王」而云「王葛」？』令曰：『譬言「驢馬」，不言「馬驢」，驢寧勝馬邪？』」余嘉錫曰：「凡二名同言者，如其字平仄不同，而非有一定之先後，如夏商、孔顔之類，則必以平聲居先、仄聲居後，此乃順乎聲音之自然，在未有四聲之前，固已如此。故言『王葛』、『驢馬』，不言『葛王』、『馬驢』，本不以先後爲勝負也。如『公穀』、『蘇李』、『嵇阮』、『潘陸』、『邢魏』、『徐庾』、『燕許』、『王孟』、『韓柳』、『元白』、『温李』之屬皆然。」鑿破溷沌，泰山不移。湯音吐郎切，平聲；禹音王矩切，上聲。平聲居前而上聲居後，故此作「湯禹」而不作「禹湯」。又，王逸《九思・逢尤》「吕傅舉兮殷周興」，聞一多曰：「『吕傅』疑當作『傅吕』，傳寫誤倒也。上文『思丁文兮聖明哲』，先武丁，後文王，此云『傅吕舉而殷周興』，先傅説、後吕望，二句相承爲文也。」非是。吕音力舉切，上聲；傅音方遇切，去聲。蓋二名同言，其字雖皆仄聲，則上聲居前，去聲、入聲居後。「吕傅」亦同此例，本不以時之先後爲次序。又，《荀子・賦篇》：「法禹舜而能弇迹者耶？」禹，上聲；舜，去聲，故曰「禹舜」，亦不較其時之先後。屈賦之蘭蕙、蘭芷、蘭茝、荃蕙、草木、雲霓、鸞皇、燕雀、江夏、幼艾、猿狖等兩名排列，皆以平上去入爲先後次序。《史記・殷本紀》曰：「主癸卒，子天乙立，是爲成湯。」《索隱》曰：「湯名履，《書》曰『予小子履』是也。又稱天乙者，譙周云：『夏殷之禮，生稱王，死稱廟主，皆以帝名配之。』天亦帝也。殷人尊湯，故曰天乙。」甲文作天乙。天，本名，非帝也。乙，乃輩名。殷人以十日爲輩名。《帝王世紀》曰：「成湯，一名帝乙，豐下鋭上，倨身而揚聲，長九尺，有聖德。」湯「豐下鋭上」，猶《荀子・非相篇》之「湯偏」，象鳳鳥形，出於其族宗教也。湯，子姓，契之後。殷自契以下十四世，凡八遷其居。湯都亳，以伊尹爲相。當是時，夏桀暴虐，囚湯於重泉，而後出，乃率九夷之師伐夏，敗桀於有娀之虚，桀奔南巢，湯乃踐天下位。禹，鯀子。夏商周三代之始有天下者，史稱三王，而禹居三王之首。《史記・夏本紀》曰：「夏禹，名曰文命。」《帝王世紀》曰：「伯禹，夏后氏，姒姓也。生於石紐，虎鼻大口，兩耳參漏，首戴鉤，胸有玉斗，足文履巳，故名文命，字高密，身長九尺二寸，長於西羌。西羌，夷人也。其父既放，降在匹庶，有聖德，夢自洗於河西，四嶽師舉之，舜進之堯。堯命以爲司空，繼鯀治水，乃勞身涉勤，不重徑尺之璧，而愛日之寸陰。手足胼胝，故世傳禹病偏枯，足不相遇，至今巫稱『禹步』是也。又納禮賢人，一沐三握髮，一食三起。堯美其績，乃錫姓姒氏，封爲夏伯，故謂之伯禹。天下宗之，謂之大禹。年百歲崩於會稽，因葬會稽山陰縣之南，今山上有禹冢并祠，下有羣鳥芸田。」禹之神爲句龍。《左傳》昭二十九年「共工氏有子曰句龍，爲后土」，共工氏，鯀也。《國語・魯語》亦曰：「共工氏之伯九有也，其子曰后土，能平九土，故祀以爲社。」禹爲后土神，爲社神。包山楚簡稱「人愚」，即仁愚，禹亦在楚人祭祀之列。又有侯土，即后土，禹神。《天問》載禹事頗詳，不與北土所傳盡同。《天問》曰：「伯禹愎鯀，夫何以變化？纂就前緒，遂成考功；何續初繼業，而厥謀不同？」又曰：「洪泉極深，何以窴之？地方九則，何以墳之？應龍何畫？河海何歷？鯀何所營？禹何所成？」又曰：「禹之力獻功，降省下土四方；焉得彼嵞山女，而通之於台桑？閔妃匹合，厥身是繼；胡維嗜不同味，而快鼂飽？」又曰：「何后益作革，而禹播降？」案：愎鯀，言腹鯀。或據此謂鯀爲女姓之神龔維英《鯀爲女姓說》載《活頁文史叢刊》一三號，泥也。腹生禹之説雖至爲詭異，出古産翁習俗。婦人生子，其夫易婦坐月子。《太平廣記》卷四八三引唐尉遲樞南楚新聞曰：「南方有獠，婦生子便起。其夫臥牀褥，飲食皆如乳婦，稍不衛護，生疾亦如孕婦。妻反無所苦，炊爨樵蘇自若。越俗，婦人誕子，經三日便澡身於溪河。返具糜以餉婿。婿擁衾抱雛，坐於寢榻，稱爲産翁。」周去非《嶺外代答》卷十引唐人房千里《異物志》亦曰：「僚婦生子即出，夫憊卧，如乳婦，不謹其妻則病，謹乃無苦。」鯀腹生禹，正此類也。《歸藏・啓筮》曰：「鯀殛死，三歲不腐，剖之以吴刀，是用出禹。」《世本》曰：「禹母脩己，吞神珠如薏苡，胸拆生禹。」則神話信史化。禹一生最大功績在治水。《山海經・海内經》曰：「鯀復生禹，帝乃命禹卒布土以定九州。」其所「布」之「土」，爲鯀所竊帝息壤。《淮南子・墬形訓》云：「禹乃以息土填洪水以爲名山。」故《天問》言「纂就前緒」、「續初繼業」，明禹承父志。又言「洪泉極深，何以窴之」，言禹用息壤填洪。然又云「應龍何畫」，蓋禹治水堙、疏并用，而鯀但用堙法。《詩・信南山》「信彼南山，維禹甸之」，《韓奕》「奕奕梁山，維禹甸之」，《文王有聲》「豐水東注，維禹之績」，《長發》「洪水芒芒，禹敷下土方」，則禹爲洪水神話創世神。禹名「高密」，高禖神號。本文稱禹湯，但「舉賢而授能」事。《吕氏春秋・求人》曰：「禹東至榑木之地，日出九津青羌之野，攢樹之所，搢天之山，鳥谷青丘之鄉，黑齒之國；南至交趾孫樸續樠之國，丹粟漆樹，沸水漂漂，九陽之山，羽人裸民之處，不死之鄉；　西至三危之國，巫山之下，飲露吸氣之民，積金之山，共肱一臂三面之鄉；　北至人正之國，夏海之窮，衡山之上，犬戎之國，夸父之野，禺彊之所，積水積石之山；　不有解墮，憂其黔首，顏色黧黑，竅藏不通，步不相過，以求賢人，欲盡地利，至勞也。」

【儼】儼，本作嚴。詳校。王逸注：「嚴，畏也。」注「畏天敬賢」云云，以嚴爲敬畏天命。王夫之曰：「儼，莊恪也。」案：《說文·吅部》：「嚴，教命急也。从吅，厰聲。」引申言敬畏、莊嚴。《人部》：「儼，昂頭也。」嚴急之分別字。金文但有嚴。敬畏曰嚴，使人敬畏亦謂之嚴，施受同辭。《禮記·大學》「其嚴乎」，注：「嚴乎，言可畏敬也。」《左傳》昭六年疏：「嚴，謂威可畏也。」《文選·羽獵賦》「犯嚴淵」，注：「嚴，可畏也。」《史記·司馬相如列傳》載《封禪文》曰「湯禹至尊嚴，不失肅祇」，襲用此語，以嚴爲尊嚴，猶可畏也。

【祇敬】王逸注：「祇，敬也。」案：祇，《說文·示部》从示，氐聲。氐之爲言低也。低首俯身所以敬字作祇。祇，借聲字。金文作「」，象二相牴，《蔡侯䨇鐘》字又作「」，其形漸改。，甾之古字。二相牴則傾仄，比祇敬義，會意字。祇言俯首與儼言「仰頭」爲對文。《鄦侯簋》：「祇敬禴祀。」《尚書·皋陶謨》：「日嚴祇敬六德。」言湯武、夏禹嚴然可畏，受人敬也。

【周】王逸注：「周，周家也。」謂周文王。洪《補》曰：「言『周』，則包文、武矣。」姜亮夫曰：「『周論道』句，正是祇敬之事。『周』乃『論』之疏狀字。《說文》：『周，密也。』」以「周論道」爲周密擇道。案：周，猶終。王念孫曰：「《淮南子·俶真訓》『智終天地』，謂智周天地也。《左傳》昭二十年『吾將死之，以周事子』，杜注曰：『周，猶終竟也。』《管子·弟子職》『周則有始』，言終則又始也。終、周一聲之轉，故《大戴禮記·盛德》『終而復始』，《後漢書·光武帝紀》注引『終』作『周』。《史記·高祖紀贊》『終而復始』，《漢紀》作周。」詳王引之《經義述聞·通說》卷三一。周、終爲幽冬陰陽對轉，同照紐雙聲。

【論道】王逸以「論道」言「論議道德」，朱子則解「講論道義」。汪瑗曰：「此亦互文，非謂禹湯能祇敬而不能論道，文武能論道而不能祇敬也。」聞一多論訓謀，又借道爲討。論道即論討，猶討論。案：「周論道而莫差」，喻詞，譬駕輿行路，同上「既遵道而得路」。論，猶循。論字從言，侖聲，從侖聲字或通循。《説文・木部》：「棆，母杶也，从木，侖聲，讀若《易》卦屯之屯。」又：「楯，从木，盾聲。」論、循音同通用。道，路也。周論道，言終焉循道。

【差】王逸注：「差，過也。」劉良曰：「論議道德，無有差殊，故得永年。」錢杲之曰：「莫差，無差失也。」案：洪《補》曰：「差，舊讀作蹉。」《離騷》本作「蹉」。差、蹉古書通用。《禮記・曲禮》注：「重蹉跌也。」《釋文》曰：「蹉，本亦作『差』，同。」蹉，言失足、倒仆。長言之曰蹉跌。《漢書・朱博傳》「不敢蹉跌」是也。又作蹉跎，《文選・西京賦》「鯨魚失流而蹉跎」，李善注：「《楚辭》曰：『驥垂兩耳，中坂蹉跎。』蹉跎，失足也。」又，失氣長歎曰猗嗟、咨嗟，不齊曰差池、參差，皆其異文。

是二句言湯禹聖王，嚴然可敬可畏，終焉循行正道，而莫蹉跌也。

舉賢而授能兮　循繩墨而不頗

舉賢 朱《注》、錢《傳》「賢」下皆有「才」字，洪《補》引「舉賢」一作「舉賢才」。姜亮夫校曰：「『舉賢授能』，戰國常語，見於《儒行》、《莊子・庚桑楚》，蓋賢與能對，則『才』字誤衍也。」案：王逸、吕向注并云「舉賢用能」，漢、唐古本無「才」字。

授能 朱駿聲謂「授」爲「援」之訛，引《禮記・儒行》「其舉賢援能有如此者」爲證。聞一多曰：「朱説非也。

《莊子·庚桑楚篇》曰『且夫尊賢授能，喜義與利，自堯舜以然』，《荀子·成相篇》曰『堯授能，舜遇時，尚賢推德天下治』，『授能』之語，并與此同。《呂氏春秋·贊能篇》『舜舉皋陶而堯受之』，高注曰：『受，用也。』受、授古同字。授能猶用能也。《左傳》閔二年「授方任能」，《管子·幼官》「尊賢授德則帝」。授，亦猶用也。本篇王注曰『舉賢用能』，訓授爲用，與高説正合。然則《儒行》『舉賢援能』，實『授能』之誤。漢《曹全碑》、《永受嘉福瓦》及《𨻰受印》『受』字皆作『受』，與爰形近，故授、援古書多相亂。《九歌·東君》『援北斗兮酌玉漿』，《御覽》七六七引誤援作授。《呂氏春秋·知分篇》『授綏而乘』，《意林》引誤授爲援也。當據本篇及《莊子》、《荀子》之文以訂正，朱氏反欲援彼以改此，疏矣。」案：是也。唯其謂《儒行》「援能」爲「授能」形誤，削足適履。援，猶引也。援能、授能同義。此可謂存之則全，引彼改此則傷也。

循 《文選》六臣本作脩，云「五臣作循」。洪《補》、朱《注》、錢《傳》同引一作脩。案：洪又曰：「《思玄賦》注引《楚詞》『遵繩墨而不頗』，遵亦循也，作『脩』非是。」朱子《辯證》曰：「循、脩唐人所寫多相混，故《思玄賦》注引『修繩墨』而解作『遵』字，即『循』字之義也。」其始誤自唐。《哀時命》「履繩墨而不頗」，履亦循也，不當作脩治。《文選》卷一五《思玄賦》注、《後漢書》卷五九《張衡傳》注引亦作循。

頗 洪《補》、朱《注》、錢《傳》同引一作陂，同普木切。姜校云：「頗、陂實後起分別字，王逸訓偏，則兩字皆可用。頭偏曰頗，與陂偏曰陂蓋同。然經典多用頗，少用陂。」案：陂，楚語。朱季海曰：「《方言》第六：『陂、傜，袤也。陳楚荆揚曰陂。』此自楚，字正作陂，一本是也。陸德明《周易音義·泰卦》出『不陂』云：『彼僞反，徐，甫寄反，傾也。注同。又，破何反，偏也。』陸氏雖出又音，而不破字，知所見諸本，亦皆作陂也。今《章句》引《易》作頗者，蓋後人不曉陂字古音，讀《離騷》不諧，遂變其舊文，并改王注也。」是也。然則陂、頗皆跛字假借，詳注。洪、朱同音「普木」，木，當禾字爛脱。《文選》卷一五《思玄賦》注、《後漢書》卷五九《張衡傳》注引亦作頗。

【舉】王逸注「舉賢用能」云云，舉、用互文，舉，猶用。《禮記・儒行》「懷忠信以待舉」，注云：「舉，舉用也。」《國語・周語》「唯能釐舉嘉義」韋昭注、《吕覽・遇合》「凡舉人之本」，高誘注并曰：「舉，用也。」

【賢】王逸注賢訓賢士。《説文・貝部》曰：「賢，多才也。从貝，臤聲。」段注：「財，各本作才，今正。賢本『多財』之稱，引申之凡多皆曰賢。人稱賢能，因習其引申之義而廢其本義矣。」案：賢訓「多財」，古無書證，段氏據形強解。楊樹達曰：「三篇下《臤部》云：『臤，堅也。』古文以爲賢字。據此知臤乃堅之初文。人堅則賢，故即以臤爲賢，後乃加形符之貝爲賢字耳。十篇上《能部》云：『能，熊屬，足似鹿。从肉，㠯聲。能獸堅中，故稱賢能而彊壯稱能傑也。』今按，能與耐古字同。惟堅乃能耐也。九篇下《㣇部》云：『⿱高㣇，⿱高㣇豕，鬣如筆管者，从㣇，高聲。』或从豕作豪，今通作豪。按，豪豕以毛鬣堅剛如筆管，故引申爲豪傑之豪。賢、能同義，賢、豪亦同義，能義受自堅中，豪稱緣於剛鬣，賢之受義於堅，以二文互證而益明矣。」賢根於堅，字从貝，喻詞。貝爲至寶，以喻才高。賢，形聲兼轉注。信陽楚簡文字作「⿱臤子」，从子，美稱也。

【授】授，朱駿聲謂援字形訛，非是。授，王逸注文訓用。本字作受。《説文・受部》：「受，相付也。从𠬪，舟省聲。」受，古摽字。受，甲文作「」《後編》上一七・五，金文作「」《毛公鼎》，姜亮夫云：「受者以盤，即。」其説是也。舟，即盤字。盤取象於舟，故舟亦爲盤。《周禮・司尊彝》：「春祠，夏礿，祼用鷄彝、鳥彝，皆有舟。」「秋嘗，冬烝，祼用斝彝、黄彝，皆有舟。」鄭注曰：「舟，尊下臺，若今時承槃。」受，象雙手捧槃。《盂鼎》曰：「受天有大令。」《毛公鼎》曰：「膺受大命。」《詩・天保》：「受天百禄。」《禮記・王制》：「受命於祖，受成於學。」《左傳》閔二年：「受命於廟，受脤於社。」杜注：「脤，宜社之肉，盛以脤器也。」皆用本義。引申言「相付」，兼受之、付之。授，

付之也，以別於施予。則受、授判爲二文。姜亮夫謂「爰」字受以玉，「即後世之瑗字，皆相授受之義，故二字經典多通用不別」。案：爰，甲文作「」《乙編》七·〇一四反，金文作「」《辛伯鼎》，不从玉，而象牽引犬形。犬亦聲。引申言舉引、任用。授能、援能同。《中山王嚳壺》曰：「舉孯使能。」使，古使字。又曰：「進孯散能。」散，即措字，亦任用義。《涉江》曰：「忠不必用兮，賢不必以。」

【頗】王逸注：「頗，傾也。《易》曰『無平不頗』。」吕向頗訓僻邪，洪《補》以頗爲陂。王夫之曰：「頗，傾仄不安也。」案：《文選·思玄賦》「遵繩墨而不頗」，一本作「遵繩墨而不跌」。頗，猶跌也，蹉跌也。頗、陂，跛字假借。《公羊傳》襄三十年「薳頗來聘」，《釋文》：「頗，本用跛。」《一切經音義》一引《字林》曰：「跛，蹇行不正也。」《說文》字作，云：「行不正也。」《禮記·王制》「瘖聾跛躃斷者」，孔疏云：「跛躃，謂足不能行。」不跛，同上「莫蹉」，變言以避複。

是四句爲噉詞之第五事，自兹此下皆正言之，謂殷湯、夏禹嚴然可敬可畏，終焉遵循直道，舉賢任能，而行不跛躃失蹉也。

第四十一韻：差、頗

差，陳第、戴震、江有誥并音嗟。案：差，借作蹉，古音爲「tsrai」。頗，借作跛，古音爲「pai」。蹉、跛古同歌部。

皇天無私阿兮　覽民德焉錯輔

無 黎本《玉篇·阜部》阿字引天下敓無字。

【民】《文選》六臣本作人，注云「五臣本作民」。洪《補》引《文選》、錢《傳》引一作人。案：避唐諱改字。

【德】洪《補》引一作悳。姜亮夫曰：「悳，即德之本字也。」

【錯】洪《補》、朱《注》、錢《傳》錯同音七故反。

【皇天】王逸注：「言皇天神明，無所私阿，觀萬民之中有道德者，因置以爲君，使賢能輔佐，以成其志。」以「皇天」爲有靈性、意志之天帝。案：《九章・哀郢》「皇天之不純命兮」，王注曰：「德美大稱皇天。」皇訓美大，美辭；天，猶德合天地之帝，天尊也。《天問》：「皇天集命，惟何戒之？」《九辯》：「賴皇天之厚德兮，還及君之無恙。」皇天，亦同。雖然，篤信「皇天」存在，能祐善罰惡；而於《天問》、《哀郢》，既言「反側」，罰祐失中，又言「不純命」，又似不信皇天。蓋於天命，屈子在信與不信間，亦其精神相悖所在。

【私阿】王逸注：「竊愛爲私，所私爲阿。」錢杲之曰：「偏愛曰私，徇私曰阿。」案：析言，阿甚於私；渾言不別。《說文・厶部》：「厶，姦邪也。韓非曰：『倉頡作字，自營爲厶。』」今本《韓非子・五蠹》作「自環者謂之私，背私謂之公」。厶、私古今字。自營、自環同，營、環，皆言周幣。厶之爲言自也。厶音疾二切，自音息夷切。厶、自同脂部，心從旁紐雙聲。自營謂之厶，厶就自我言，故云「自私」、「私己」、「私獨」。王注「竊愛」，即「自私」。私人曰阿。《淮南子・主術訓》「是以執政阿主」，高注：「阿，曲從也。」《管子・重令》「不阿黨」，尹注：「撓法從私謂之阿黨。」《禮記・月令》「是察阿黨」，鄭注：「阿黨，謂治獄吏以私恩曲橈相爲也。」又借作何。《天問》「雷開何順，而賜封之」，何順，即阿順。王逸訓「所私」，錢氏訓「徇私」，皆私人、曲從義。《阜部》：「阿，曲阜也。」引申言曲。阿之爲言和也。和、阿歌部，同匣紐雙聲。和有和柔義，美惡同辭，則曲會謂之和，亦謂之阿。

【覽】皇天上帝之察視也。詳上文「皇覽揆」注。

【民德】王逸注「觀萬民之中有道德者，因置以爲君」云云，「民德」屬君。錢澄之曰：「民德，是民之有德，足以利賴萬民者。」夏大霖曰：「民德之民，指君；對天言，故以人民概稱也。」又，劉永濟以德爲得，民得，言人民所得。案：林雲銘曰：「見爲民所德者，而默置佑助，此定理也。」王邦采曰：「民德，民心之所歸也。」其説至碻。民德，謂民所德者。德，本作悳。《説文・心部》：「悳，内得於己，外得於人也。从心、直。」段注：「『内得於己』，謂身心所自得也；『外德於人』，謂惠澤使人得之也。」意兼内外。《周禮・師氏》「以三德教國子」，鄭注：「德行内外之稱，在心爲德，施之爲行。」施受同辭，施行亦謂之德。《禮記・玉藻》疏引賀氏曰：「德，有所施與之名也。」《管子・心術》曰：「舍之之謂德。」又，《左傳》僖二十四年「王德狄人」，孔疏：「荷其恩者謂之爲德。」成三年「然則德我乎」，孔疏：「德加於彼，彼荷其恩，故謂荷恩爲德。」皆謂受荷。於民，猶報恩、報德。於皇天，謂之天德。《墨子・天志中》：「夫愛人利人，順天之意，得天之賞者誰也？若昔者三代聖王，堯、舜、禹、湯、文、武者是也。觀其事，上利乎天，中利乎鬼，下利乎人，三利無所不利，是謂天德。」天德對天賊，民德對民賊也。

【錯輔】王逸注：「錯，置也。輔，佐也。」王氏注以錯言「置君」，輔，言「使賢能輔佐」。洪《補》曰：「上天祐之，爲生賢佐，故曰錯輔。」朱子曰：「猶言『惟德是輔』也。言皇天神明，無所私阿，觀民之德有聖賢者，則置其輔助之力，而立以爲君也。」又《辯證》曰：「『覽民德焉錯輔』，但謂求有德者，而置其輔相之力，使之王天下耳。注謂『置以爲君』，又生賢佐以輔之，恐不應如此重複之甚也。」以「錯輔」言置賢。又，劉永濟曰：「錯，廢也。輔，佐也。此言或廢棄之或佐助之。」案：張鳳翼曰：「二語即皇天無私，惟德是輔。」明快無滯。錯輔，平列複語，言佐助。錯，本作措，古多通用。《禮記・禮器》「錯則正」，《樂記》「舉而錯之」，《釋文》：「錯，本作措。」《説文・手部》：「措，置也。从手，昔聲。」引申言扶助。輔，佐也。輔佐不干賢臣，實自皇天，謂皇天觀民所德者乃佐助之也。

是二句言皇天大帝觀民所德者乃佐祐之，而無所私阿也。歷數亡君失國，歸咎天命，不罪己行。桀紂臨亡，纍呼「天命殛之」，終不引躬深責。楚之懷、襄二君不圖自彊而祈諸鬼神，要河伯以禦秦師，兵挫地削，延及殞身敵國，而猶不寤也。故皦詞設此二語以諷諫時君，治國之本，在乎重民望、順民心，而不在天命、鬼神。脱若有天命、鬼神，當亦佐助萬民所德者，而刑罰萬民所賊也。屈子民本重德思想於此一見。《墨子・非命中》：「古之聖王，舉孝子而勸之事親，尊賢良而勸之爲善，發憲布令以教誨，明賞罰以勸沮。若此，則亂可使治，而危者可使安矣。若以爲不然，昔者桀之所亂，湯治之；紂之所亂，武王治之。此世不渝而民不改，上變政而民易教，其在湯武則治，其在桀紂則亂，安危治亂，在上之發政也，則豈可謂有命哉！夫曰『有命』云者亦不然矣。」差同此意。

夫維聖哲以茂行兮　苟得用此下土

以　朱《注》本作之，引一作以。案：作以是也。詳注。元刊朱《注》本亦作以。

行　洪《補》、朱《注》、錢《傳》三本同音下孟切。

【聖哲】王逸注「獨有聖明之智」云云，聖訓明，哲訓智。洪《補》曰：「睿作聖，明作哲。」謂平列複語，指「聖明之人」。林仲懿曰：「聖哲，指禹、湯、周。」案：聖，借爲聽，古書通用。《尚書・無逸》「此厥不聽」，漢石經作「不聖」。《禮記・樂記》「小人以聽過」，《釋文》：「聽，本作聖。」包山楚簡聖皆作聽。聽，從也，順也。哲，賢智也。齊、宋謂之哲。聽哲，言順從賢智。

【茂行】王逸注：「茂，盛也。」謂「盛德之行」。錢杲之曰：「茂行，美行也。」劉夢鵬曰：「茂行，盛德也。」案：吳世尚、戴震、胡文英、吴汝綸并曰：「茂，勉也。」其説碻也。茂，本作懋。《爾雅・釋訓》：「茂，勉也。」《釋文》：「茂，本作懋。」《釋訓》：「懋懋、漠漠，勉也。」《釋文》：「懋，本作茂。」《説文・心部：》「懋，勉也。从心，楙聲。」楙，訓木盛，實同茂，無勸勉義。蓋楙之爲言冒也。《爾雅・釋天》「太歲在戊曰閹茂」，孫炎注《爾雅》：「冒，茂也。」冒，訓「蒙而前」，引申言上行、上進，則爲勸勉。懋，借聲字。行，德行也。

【用】王逸注用訓「用事」。案：汪瑗、劉夢鵬曰：「用，有也。」用此下土，謂有此下土也。朱駿聲求本字，讀用爲龓，龓，有也。裴學海謂用借爲容，猶言容受。皆爲多事。《莊子・齊物論》：「庸也者，用也；用也者，通也；通也者，得也。」得之者，有也；失之者，無也。展轉遞訓，用之言有，不煩改字。

【下土】王逸注：「下土，謂天下也。」案：於皇天上帝，而變言「天下」爲「下土」。

是二句言人君但從賢哲以勉懋其行，宜有此下土也。清華簡《厚父》：「古天降下民，設萬邦，作之君，作之師，惟曰其助上帝亂下民之匿。」其是之謂也。

第四十二韻：輔、土

輔古音爲[ba]；土，古音爲[t'a]。輔、土古同魚部。

大維聖哲以茂行兮　苟得用此下土

離騷校詁（上）

作　　者：黃靈庚
發 行 人：黃振庭
出 版 者：崧燁文化事業有限公司
發 行 者：崧燁文化事業有限公司

E-mail：sonbookservice@gmail.com
粉 絲 頁：https://www.facebook.com/sonbookss/
網　　址：https://sonbook.net/
地　　址：台北市中正區重慶南路一段 61 號 8 樓
8F., No.61, Sec. 1, Chongqing S. Rd., Zhongzheng Dist., Taipei City 100, Taiwan

電　　話：(02)2370-3310
傳　　真：(02)2388-1990

印　　刷：京峯數位服務有限公司
律師顧問：廣華律師事務所 張珮琦律師

定　　價：580 元
發行日期：2024 年 11 月修訂一版
◎本書以 POD 印製

國家圖書館出版品預行編目資料

離騷校詁（上）/ 黃靈庚 著 . -- 修訂一版 . -- 臺北市：崧燁文化事業有限公司 , 2024.11
面；　公分
POD 版
ISBN 978-626-416-037-7(上冊：平裝). --
ISBN 978-626-416-038-4(下冊：平裝)
1.CST: 離騷 2.CST: 注釋
832.12　　113015941

電子書購買

爽讀 APP

臉書